《唐代文学研究年鉴》编委会

唐代文学研究年鉴

TANGDAI WENXUE YANJIU NIANJIAN

【2015】

中国唐代文学学会
首都师范大学文学院 编

广西师范大学出版社

GUANGXI NORMAL UNIVERSITY PRESS
广西师范大学出版社
·桂林·

图书在版编目（CIP）数据

唐代文学研究年鉴．2015 / 中国唐代文学学会，首都师范大学文学院，广西师范大学出版社编．—桂林：广西师范大学出版社，2015.10

ISBN 978-7-5495-7261-8

Ⅰ．①唐… Ⅱ．①中…②首…③广… Ⅲ．①中国文学—古典文学研究—唐代—年鉴 Ⅳ．①I206.2-54

中国版本图书馆 CIP 数据核字（2015）第 236153 号

广西师范大学出版社出版发行

（广西桂林市中华路 22 号 邮政编码：541001
网址：http://www.bbtpress.com）

出版人：何林夏

全国新华书店经销

桂林漓江印刷厂印刷

（广西桂林市西清路 9 号 邮政编码：541001）

开本：890 mm ×1 240 mm 1/32

印张：16.5 字数：490 千字

2015 年 10 月第 1 版 2015 年 10 月第 1 次印刷

印数：0 001～1 300 册 定价：58.00 元

目 录

一年记事

会议综述

专载

一年研究情况综述

新书选评

问题研究综述

台湾及海外研究动态

盛德清风

索引目录

一年记事

“李白文化遗产保护和利用”座谈会在安徽马鞍山市召开

2014年4月11日，由马鞍山李白研究所主办的“李白文化遗产保护和利用”座谈会在马鞍山市李白研究所召开。马鞍山市委领导和有关单位专家学者参加了会议。会议就马鞍山城市文化定位、文化发展与生态保护相结合、李白文化资源的整合与开发、李白文化作品的创作等问题进行了讨论。

中国王维研究会第七届年会暨王维国际学术研讨会在江苏南通召开

2014年5月8日至9日，由南通大学、首都师范大学联合承办的中国王维研究会第七届年会暨王维国际学术研讨会在江苏南通召开。来自中国大陆、香港、台湾地区以及日本、韩国的70余位学者出席了这次会议。会议收到学术论文约60篇，主要围绕王维与地域文化研究、王维乐府歌诗研究、王维历史地位研究、王维接受研究、王维研究的研究五个议题展开讨论。

2014中国·宜春韩愈国际学术研讨会在江西宜春召开

2014年5月24日至26日，由中国唐代文学学会主办、宜春学院文学院承办的韩愈国际学术研讨会在江西宜春召开，海内外50多位学者出席了这次会议。会议收到学术论文近60篇，主要围绕“韩愈文献研究”“韩愈生平和思想研究”“韩愈古文研究”“韩愈研究史研究”“韩愈的当代影响研究”五个议题展开讨论。

台湾地区“第十一届唐代文化国际学术研讨会”在中国文化大学召开

2014年6月26日至27日，由中国文化大学历史系、中国唐代学会主办，“科技部”及“国史馆”协办的台湾地区“第十一届唐代文化国际学术研讨会”在中国文化大学晓峰纪念馆召开。来自中国大陆、香港和台湾地区以及日本、韩国、法国等国家的53位学者出席了这次会议。会议分为文学、史学及敦煌学两组进行讨论，其中文学组共收到学术论文16篇，主要围绕唐诗、唐代小说、唐代散文等问题展开讨论。学术研讨会结束后，与会学者还赴中国文化大学博物馆与图书馆进行考察。

“丝绸之路与唐代文学”学术研讨会在甘肃兰州召开

2014 年 9 月 29 至 30 日，由兰州理工大学文学院、甘肃省唐代文学学会主办的“丝绸之路与唐代文学”学术研讨会在兰州理工大学举行。与会学者围绕丝路文化与唐代文学、丝绸之路与宗教文化、敦煌艺术与丝路文化等议题展开了深入研讨。

中国唐代文学学会第十七届年会暨唐代文学国际学术研讨会在江苏苏州召开

2014 年 10 月 11 日至 14 日，由中国唐代文学学会、苏州大学文学院、苏州大学古典文献研究所主办的中国唐代文学学会第十七届年会暨唐代文学国际学术研讨会在江苏苏州召开。来自中国大陆、香港和台湾地区以及韩国、新加坡、日本等国家的 170 余位学者出席了这次学术盛会。会议收到学术论文 160 余篇，主要围绕“地域文化与唐代文学关系研究”“家族文化与唐代文学关系研究”“唐代江南文学家及其创作研究”“唐代文学海外传播和影响研究”“唐代应用文体研究”“唐代文学新见史料研究”“近代唐文学史家研究”“唐代文学研究重大问题再讨论”八个议题展开讨论。学术研讨会结束后，与会学者还赴寒山寺、木渎古镇、平江路老街、苏州新区开展了一系列考察活动。

杜甫与地域文化学术研究会暨四川省杜甫学会第十七届年会、天水杜甫研究会第八届年会在甘肃天水召开

2014 年 10 月 17 日至 20 日，由四川省杜甫学会、成都杜甫草堂博物馆、天水杜甫研究会共同举办的“杜甫与地域文化学术研究会暨四川省杜甫学会第十七届年会、天水杜甫研究会第八届年会”在甘肃天水召开。来自中国大陆和台湾地区的 120 余位学者出席了会议，会议共收到学术论文 120 余篇。本次会议的主要议题是杜甫与地域文化，与会学者围绕“杜甫与秦陇文化”、“杜甫与巴蜀文化”、“杜甫与中原文化”、“杜甫与湖湘文化”、“其他相关杜甫研究”等问题展开了讨论。

中国·西昌 2014 李白月文化与西昌月文化学术交流会在四川西昌召开

2014 年 12 月 14 日至 16 日，由四川省李白研究会、西昌市人民政府和江油市李白纪念馆主办，西昌学院、西昌市文学艺术界联合会、西昌市文化馆和西昌市作家协会具体承办的“月咏西昌 放飞梦想”——中国·西昌 2014 李白月文化与西昌月文化学术交流会在西昌学院召开。薛天纬、葛景春、孙琴安等学者参加了会议。与会学者主要围绕李白月文化、李白月文化与西昌月文化的渊源展开了讨论。

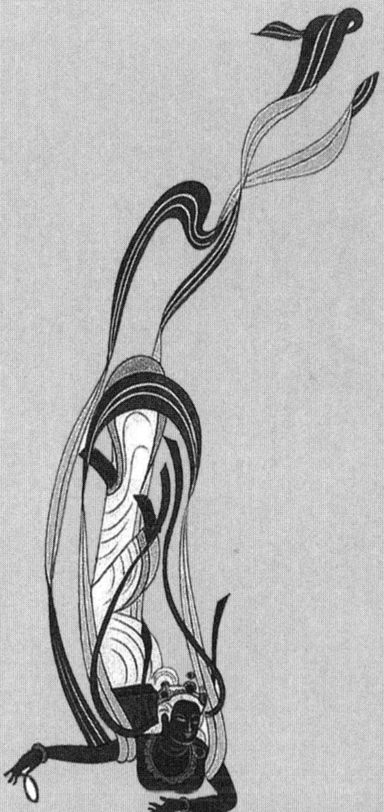

会议综述

中国王维研究会第七届年会暨王维国际学术研讨会综述

□ 潘 鸣

2014年5月8日至9日，由南通大学、首都师范大学联合承办的中国王维研究会第七届年会暨王维国际学术研讨会在江苏南通召开。来自中国大陆、香港、台湾地区以及日本、韩国的70余名学者与会。

开幕式由中国王维研究会副会长、南通大学教授王志清主持。中国王维研究会会长、乐府学会会长、中国唐代文学学会副会长、首都师范大学教授吴相洲致开幕辞。南通大学校长程纯、南通市委常委兼宣传部长章树山先后致欢迎辞。中国唐代文学学会会长、复旦大学教授陈尚君发表寄语。此外，在开幕式上致辞的还有中国屈原学会副会长、南通大学文学院院长周建忠，韩国代表金昌庆，日本代表内田诚一。

本次会议收到学术论文近60篇，与会学者就王维研究的诸多问题展开了热烈讨论，广泛涉及王维研究的各领域、各层次。现综述如下：

一、王维生平事迹和相关文献研究

陈尚君教授在开幕式讲话中认为，王维在盛唐诗坛有着崇高的地位，其全面卓绝的文学成就仍待今后更深入的发掘，而出土文献为包括王维研究在内的唐代文学研究提供了大量崭新材料，理应得到进一步重视和利用。他还特别提供了学人们极为关心的王维墓志出土的讯息。尽管墓志内容迄今尚未公布，然而其中可能涉及的王维享年等问题已在本次会议上引发了学者们的热烈讨论。

（一）关于王维生平的推进。胡可先《石刻史料与王维文学家族研究》认为出土文献里王维、王缙的资料都有，而以涉及王缙的更多，借此可补王缙不少早期事迹，也有助于研究王氏家族文学。其中特别值得探讨的是同为太原王氏的王维、王缙家族与王之涣家族之间可能存在的关联。崔际银《王维崇佛表征考绎》从名字载佛、诗文颂佛、行为向佛、解惑由佛、终老归佛五点展开分析，认为奉佛贯穿王维人生之始终。刘万川、曹向华《王维生平研究中有关职官的几个问题》考察了王维何以考中进士后即任太乐丞、何时从左补阙迁任库部员外郎、为何在开元元年自中书舍人转为给事中等问题。元文广《再谈王维“窃”李嘉佑诗》总结了自唐以来对王维“窃”李嘉佑诗的四种主要观点，认为根据各自创作的实际情况，王维并未“窃”李嘉佑诗。

（二）关于王维生卒年问题的再讨论。王维的生卒年，自清人赵殿成提出武后长安元年说后，近数十年来许多学者又提出不同看法。本次会议上，邱小毛、赵黎明《王维生于证圣元年新证》便通过解读王维《与魏居士书》及《送韦大夫东京留守》诗中线索，推证王维生于证圣元年。黄蓉、姜剑云《王维生年研究综述》则在考察了包括上述邱小毛论文在内的研究成果后，评述了目前学界关于王维生年问题的几种观点。

（三）关于王维与李白交游问题的探赜。毕宝魁《王维与李白关系臆说》就王辉斌所著《王维新考论》一书中对王维、李白无交游原因的分析提出不同意见，认为王、李二人有两次可以结识的机会，只是由于性格差异而始终没有交往。王辉斌则撰《关于李白与王维的“骊山交游”》反驳毕宝魁的观点，认为据现有资料不能证明王、李有结识机会。

（四）关于王维与长安周边地域的考证。师长泰《唐“细柳营”考释——兼及王维〈观猎〉诗地名辨误》考释了汉代与唐代“细柳营”的各自方位，并对王维《观猎》诗中“细柳营”地名予以辨析。高萍、师长泰《王维蓝田辋川诗地名释义考辨》结合古今文献及实地考察，勘证了诸多选本、注本在涉及辋川、蓝田等地名注释时存在的问题。荣小措、梁瑜霞《王维隐居辋川原因探析》通过对辋川地域的分析，指出王维择此而居的主要原因是宗教信仰和审美需求等方面的期待。

（五）关于王维集异文的整理。谭庄《王维集异文表微》归纳了王维集异文的六种类型：后人不晓原文之意而妄改、为同义词或近义词替代、为音同字或音近字替代、形近讹误、异文双方为异体字、异文为同一联绵词之不同变体。

二、王维文学风度与创作成就研究

文学风度与创作成就是王维研究的基础。吴相洲《王维〈暮春太师左右丞相诸公于韦氏逍遥谷宴集序〉笺证》联系当时诗坛背景，指出王维对初唐景龙年间山庄贵游崇尚自然的意义给予高度评价，认为王维作为继沈佺期、宋之问之后最著名的宫廷诗人，对张说倡导的将景龙文学传统引入盛唐以实现文治的理想表示高度认同。吴晓琦《论宫廷诗人王维》以王维的生平和创作为证，以上官婉儿、沈佺期、宋之问等的宫廷诗为参照，论述了王维宫廷诗人的身份及宫廷诗的成就。张紫微《论王维的“高人”形象》分析了王维的过人之行、过人之名与过人之才，认为王维的各种形象与诸多评价都可统一到“高人”这一概念上来。王志清《王维何妨这样读》以问题意识为导向，阐述了为何“盛世读王维”、为何以王维诗为“诗的哲学”、为何选本重在技术层面的解读、为何选本如此选择等一系列命题，强调从意境营造和词采声律方面解读王维诗的意义。

王维诗创作与传播研究。吴振华、戴玉佩《论王维诗歌刻画人物形象的艺术成就》指出，王维诗超越了魏晋以来刻画人物呆板的赋体模式，成功地将人物画的技法应用于诗歌。韩善滨《论王维诗歌关注下层民众生活的审美倾向》认为，解读王维诗歌有助于充分认识盛唐士人是如何关注下层民众的。黄金灿《论王维诗自然意象的运用》通过统计王维诗自然意象的使用情况，探讨了王维最偏爱的自然意象及其偏爱这些自然意象的原因。逯宏《论王维边塞诗与草原文化》认为王维边塞诗既有中原华夏文化的因子，也是北方草原文化的折射。管琴《论王维诗中不遇感书写方式的新变》认为不遇感是王维诗中一个重要主题，其表达方式或是直抒胸臆，或是与风景结合间接书写，体现了盛唐诗写作的特点。黄逸《王维诗歌的唐代传播》指出王维诗在唐代的传播过程整合了多种渠道，且有多类社会名人充当意见领袖，为其诗歌“代言”。

王维文创作研究。潘鸣《王维文韵律探赜》探析王维文的韵律审美，认为借此既可补裨王维文的文本，又可就王维文创作上的特点有大致把握。秦峰《哀情缭绕，诗意纵横——王维祭文研究》认为在应制性较强的祭文里，王维增声设色、以诗为文，缔造出多方面新变。

三、王维思想、心态与人生哲学研究

王维思想研究历来受到广泛关注，此次也不乏引起热议的论文。钱志熙《论王维玄佛结合的人生哲学及与艺术的关系》指出王维具有多种身份角色和多个思想及艺术层面，对此进行调谐与整合的主要是一种渊源于东晋南北朝士族文化玄佛结合的人生哲学；王维出处同归、色空无碍、名教即自然等思想，具有一种虚假性，而其艺术境界也体现了与上述思想对应的多种层次。姜光斗《论王维的禅宗思想》认为王维虽佛教思想比较浓重，但儒、道思想也较鲜明；其亦官亦隐正是儒家“兼济”“独善”的体现。魏红艳《王维闺情诗女性平等意识探幽》认为王维人生观深受其母影响，故能以独有的视角、清醒的头脑在作品中表达对女性形象的关怀、理解和尊重。卢晓河、杜莹《无可逃避的隐痛——王维山水田园诗的“长安”情结》指出“长安”情结对王维影响深刻，王维正是借助诗化的家园来逃避现实的冷峻。朱慧玲《王维辋川时期诗心探微》认为辋川诗表明王维“苦行斋心”与隐逸山林并非弃世之举，而是为痛苦难宁的心灵寻找安顿之所。梁树风《王维笔下的桃源想象与建构》认为尽管《桃源行》写于早年，但王维是在归隐辋川后，才渐悟陶潜笔下桃源的意义，并借此建构了属于自我的桃源世界。秦利英、付兴林《王维与白居易隐逸情怀之比较》认为王维与白居易晚年皆循“亦官亦隐”的“中隐之路”，但个人志向、家庭生活背景的不同导致王诗多禅意而白诗多酒香。曾智安《“走笔”：王维人生负面的流露与掩饰》指出王维是唐代较早、较多进行“走笔”创作的，其《黄雀痴》的“走笔”较为特殊，是家庭生活中负面心态的曲折流露与有意掩饰。

四、王维接受研究

王维接受研究是本次大会的主题之一。从论文来看，王维作为接受者与被接受者两方面研究都有涉及。

（一）王维对他人的接受研究。周建忠在开幕式致辞中阐述了屈原、楚辞与唐诗、王维的渊源，指出诗骚传统在唐人心中的影响巨大，而王维正是颇得骚人风旨和庄屈三味的。姚艾《论王维对庄子的接受》认为王维庄禅双修，其在创作中发展了庄子的言意之论，追求韵外之致与无我之境，以虚静的修养方式获取心灵的闲适自由。

（二）宋元以来王维诗文接受研究。张进《论朱熹与王维接受》认为：从审美评价看，朱熹推赏王维的律诗、辋川体与《辋川图》等；从道德评价看，朱熹尖锐批评王维在政治上的失节，以至压倒其审美评价，这种态度与朱熹的政治理想与审美理想密切相关。董就雄《清代初期王维接受史述论——以王维诗注解、评点为中心》详析了金圣叹《贯华堂选批唐才子诗》、徐增《而庵说唐诗》、王夫之《唐诗评选》、黄生《唐诗摘钞》及《唐诗矩》诸书对王维的接受情况，认为清初王维诗的注解、评点主要表现在对诗艺的关注。

（三）王维画接受研究。杨晓慧《唐五代王维绘画接受研究》认为绘画发展程度决定了唐人所重视的是人物画和绘画技法，且唐代文艺的审美取向与王维幽寂的画风不合，故王维山水画在晚唐五代才逐渐引起人们关注。刘方《王维画在宋代的升格运动及其文化语境》认为王维画从宋代始确立起崇高的地位，属于一种再发现与再创造，是根据新的士大夫审美趣味与审美理想而选择性塑造出的新典范。万德敬《明清时期王维诗意图的文献考释》认为明清时期大量王维诗意图的出现,从文学角度看反映了王维诗的传播盛况和当时唐诗学的繁荣,从绘画角度看则反映了明清画家在仿摹前代作品时的宗派归属意识。

(四)王维接受与音乐文化关系研究。柏红秀《论音乐文化与盛唐王维的接受》指出,长安上流社会是盛唐音乐的繁荣地,盛唐歌辞风骨、声律兼求,与盛唐文士的关系空前密切;王维与盛唐音乐文化极其契合,音乐文化是盛唐王维接受的基石。

(五)域外王维接受研究。金昌庆《朝鲜文人对王维诗风的接受》梳理了朝鲜王朝汉诗创作品评的风格流变,以成侃、李达、申纬等为例论述了东国文人对王维诗风的接受情况。内田诚一《从古代中国舶来日本的〈王维集〉版本初探——兼论〈三体诗幻云抄〉中的〈题崔处士林亭〉一诗》探讨了日本内阁文库藏《增注唐贤绝句三体诗法幻云抄》中王维《题崔处士林亭》诗的注释,认为《幻云抄》所引《王维本集》与现存宋、元版《王维集》不同。沈文凡《王维名篇名句日本江户以来汉诗受容文献缉考》是其在对杜诗进行相关研究后拓展到王维研究领域的尝试,反映了王维诗歌在日本的传播接受情况。

五、王维诗学研究

王维诗学是与会论文中的一个亮点,其不断被解读和阐释的过程,与王维接受息息相关。刘宁《晚唐诗学视野中的右丞诗:司空图对王维的解读》指出王维诗受到司空图的推重并影响深远,然而司空图的评价与王诗的艺术特点本有距离;司空图"韵味论"诗学相对于盛唐、中唐"境象论"诗学的变化,正是其右丞诗解读中的晚唐趣味的理论基础。魏耕原《李白与王维的五、七言绝句比较》认为李白与王维的七绝兴象玲珑、句意深婉,然李以气运词,王以巧为工;王维五绝山水诗如画入禅,李白五绝则以发露为主,似逊于王。袁晓薇《成就经典的非文学性因素一探——以王维〈息夫人〉和〈凝碧池〉为例》认为,《息夫人》和《凝碧池》二诗的创作背景及其产生的实际效果是其成为经典的关键因素。李明《论王维诗学思维的转变》指出王维诗学思维从重功名情结到重山林情趣，传达出对生活的独特理解。董连祥《简论历代王维诗歌创作批评》总结了从唐代到近代大量评论王维诗的观点，发掘了诗学视野下王维诗的历史地位和美学价值。

六、王维研究的外延研究

从王维出发拓展到更广阔的领域，是王维研究的外延，也具积极意义。陈冠明《论"右丞妙趣"——从"左思风力"、"九龄风度"说起》以明人董其昌评价王维诗画成就的"右丞妙趣"一语为核心，分析了其中的命意构成及演变渊源。潘殊闲《叶梦得与王维》从叶氏《石林诗话》中涉及王维的两条信息出发，探讨了诗中叠字的诗学意义和画卷题咏所反映的政治文化生态。高建新《王维及唐朝诗人与朝衡交往述论》指出，以王维为代表的唐代诗人与日本遣唐使朝衡的诗歌交谊对当时及后来的日本文学创作及学术研究产生了重要影响。陈才智《〈画〉的作者是王维吗？》从《画》（远看山有色）这样一首作者被误署为王维、实为宋僧释道川的偈颂说起，分析了其中的意蕴内涵以及流传影响，并循此思路，考释了《雪》与《山村》。王作良《宇文所安唐诗史研究的启示——以〈学会惊讶：对王维《辋川集》的重新思考〉为中心》认为，宇文所安强调以文本分析为核心，其问题意识和回到历史语境的研究方法极具启示价值。另外，王卢生的《王维山水诗的自然之美对建设美丽中国的几点启示》对王维诗歌的现代意义有所阐发。

七、王维研究综述

本次参会论文中专题研究综述有前文论及的《王维生年研究综述》，宏观层面的研究综述也有两篇。吴姗姗、何淑苹《台湾王维研究成果述评——以学位论文、专书为范畴》综述了1949年以来台湾地区王维研究的学位论文和专书概况，指出相关成果体现在王维诗之分期与细密解读等方面；而佛教思想、园林造景、音乐图画等是王维研究的主要聚焦点。刘全发、黄旦怡《王维研究二十年(1993—2012)定量分析》通过计量分析发现,近二十年的王维研究总体上呈现规模逐年扩大、内容更趋全面、角度更加多样、作者队伍愈加壮大等特点,但也暴露出一些未来应予改进的问题。

5 月 9 日大会举行了闭幕式,闭幕式由中国王维研究会副会长兼秘书长高萍主持。中国王维研究会名誉会长陈铁民、师长泰在闭幕式上讲话。陈铁民先生对学会今后的工作、学人今后的研究都提出了殷切期望;师长泰先生回顾了学会成立二十三年来的发展历程,祝贺本次研讨会取得圆满成功。最后,中国王维研究会副会长、辽宁大学教授毕宝魁总结发言,宣布会议闭幕。

2014中国·宜春韩愈国际学术研讨会综述

□ 丁恩全

2014年5月24日至26日，由中国唐代文学学会主办、宜春学院文学院承办的韩愈国际学术研讨会在江西宜春召开，海内外50多名学者参加了会议，提交了近60篇论文，在以下几个方面取得了较为突出的成果：

第一，韩愈文献研究。这是本届韩愈国际学术研讨会中研究成果较多的一部分。杨国安《蜀刻〈新刊经进详注昌黎先生文〉考论》认为蜀刻文谠注、王俦补注韩集作为仅有的现存完整的韩集单注本，在号称"五百家注韩"的时代具有独特地位，文谠注最显著的特点是详赡，而王俦补注广泛吸收了宋代众多韩集注本的成就，对于研究宋代蔚然成风的韩集注释具体面貌和宋代版刻发展都有重要意义。柯万成《龙輴非厌翟——论韩愈诗〈梁国惠康公主挽歌〉应系元和十一年》就《梁国惠康公主挽歌》的编年问题阐述了见解，他从"龙輴非厌翟"一句的解释得出惠康公主和庄宪皇太后王氏同时安葬，庄宪皇太后死于元和十一年，所以此诗也应写于元和十一年。户崎哲彦《日钞本绍定六年刊王伯大〈昌黎先生集〉音释初探》就日本国会图书馆藏《昌黎集音释》一书做了考查，认为该书是王伯大为南剑州州学刊刻《朱文公校昌黎先生文集》所作的音释，长期以来王伯大音释单行本因为残存量少而不受重视，而该书却极为完整，有极高的文献价值。郝润华、莫琼《从顾注征引文献看〈昌黎先生诗集注〉的注释特色》认为清初顾嗣立《昌黎先生集注》可能是现存最早的韩诗单行注本，在征引文献方面有其独特性。丁俊丽《论〈韩文起〉的时代特色及价值》认为《韩文起》在体例编排和解析中以道统思想为核心，贯穿经世观念，融入福建地域文化信仰，在韩集文献中独一无二。《韩文起》采用考评结合的阐释方式细致入微地详解韩文文法，在韩文评点文献中开风气之先。杜学林《〈新刊经进详注昌黎先生文集〉的成书与流传》认为文谠注王俦补注《新刊经进详注昌黎先生文集》是文谠注释完成于乾道初，并进呈朝廷，其后王俦进行补注。该书刊刻于南宋中期，清代徐乾学、汪士钟先后收藏，后入藏杨氏海源阁，杨承训将其抵押至天津盐业银行，最终收归国有，入藏国家图书馆。

第二，韩愈生平、思想研究。刘宁《韩愈古文理论与儒家修养思想》先阐述了韩愈对古文价值的阐发主要在于士君子内在成德的修养论，韩愈通过学习古文来体会进而发明圣人之道，以荀子学以成德、虚一而静的方式，改变内在的本性与气质，化性去伪，进而达到"浩乎沛然""醇而能肆"的"全粹""成人"之境，与孟子浩然之气较为接近。所以，韩愈结合了荀子、孟子的修养思想。总体上看，中唐古文作者中，很少能够做到把古文和心性修养如此紧密地结合在一起。与柳宗元强调自我约束、讲究抉择和鉴别的修养论相比，韩愈更强调全身心的涵养学习。韩愈的以上认识与宋人既有联系又有分歧。宋儒认为韩愈通过学习古文来修养身心，对于明心见性，也是一条歧路，而韩愈沉潜涵养，直至豁然贯通，又与宋儒的涵养修养功夫相似。唐晓敏《韩愈的穷而后工文学思想》认为韩愈先于欧阳修表达了"穷而后工"的文学思想，论述了"穷"与作家创作及创作成就的多方面关系。高玮《从碑志看韩愈的人生观》总结了韩愈墓志文体现出的仁爱为本、发奋乎文章、逆境中的奋发有为等人生观，并简要论述了韩愈人生观的实践和缺憾。谢志勇《韩愈传记文学理论刍议》较为全面地论述了韩愈的传记文学理论，认为韩愈传记文学的创作目的是补益于世、内在精神动力是不平则鸣、创作思想是文以明道、艺术追求是道以文传。此外，相关论文还有闫琦、张淑华《王韦新政与中唐文人刘禹锡、柳宗元及韩愈》，朴文铉《韩愈与郑传道的排佛论》，孙君恒、闫艺《韩愈的君子思想论》，王雷《中唐儒学复兴与韩愈的思想认同》，杨丕祥《重议韩愈的人才观》，黄俊明《解读韩愈〈论淮西事宜状〉中的军事思想》等。

第三，韩愈古文研究。洪本健《雄奇奔放与幽峭敛蓄——从八组文对比看韩柳风格之迥异》挑选了《张中丞传后叙》和《段太尉逸事状》、《应科目时与韦舍人书》和《上门下李夷简相公陈情书》、《进学解》和《起废答》、《龙说》和《谪龙说》、《鳄鱼文》和《逐毕方书》、《燕喜亭记》和《小石城山记》、《子产不毁乡校颂》和《梁丘据赞》、《讳辩》和《桐叶封弟辩》等八组文章对韩愈和柳宗元散文风格进行了对比，说明韩愈的雄奇奔放和柳宗元的幽峭敛蓄。在此基础上又阐述了韩柳风格不同的秉性、遭遇、文论、学养等原因。张志勇《论韩愈颂体文的创作》认为收录在《全唐文》中的《河中府连理木颂》《子产不毁乡校颂》《伯夷颂》三篇颂文内容上揄扬盛德、言志抒情，语言上追求典懿清铄，句式上以散体为主，整体上汪洋流畅，扩大了颂的表现领域，增强了颂文的表达功能。李伯瑶《浅论韩愈碑志的艺术特色》着重探讨韩愈碑志文"随事赋形，各肖其人""精选细节，偏师取胜""雄浑恣肆，浪漫神奇""叙中有议，相映生辉""结构善变，开合不凡"等创作特点。吴振华《凌跨百代，姿态横生：论韩愈、柳宗元的诗序》认为现存韩愈十九篇诗序，创作时间跨度大，从年轻时期延续到晚年，内容广泛。柳宗元诗序现存十四篇，主要是贬官永州和柳州期间创作的，内容主要是朋友之间的赠别慰勉，常常包含贬官之痛。韩柳诗序既是表述诗歌观念的载体，又是宣扬道学、抒发忧郁的工具，其高超的艺术技巧使诗序这种文体日臻成熟。艾媛媛《论韩愈的记体文》对韩愈现存9篇记体文进行了研究，认为韩愈记体文数量虽然不多，但是从历来选家选录情况来看，质量颇高。这些记体文类别较多，艺术上结构多变、艺术手法多样，经常涉及自己的生平事迹，当时的社会现实，极具艺术价值和史料价值。戴玉佩《论韩愈的书信文》认为韩愈现存四十九篇书信文内容主要分为论政治、论文艺两类，有着耳目一新的文学理论观点、真实鲜明的自我人物形象、在虚词和反问的运用中追求情文相生浑浩流转的风格。

第四，韩愈诗歌研究。陈龙《唐代地狱观念的传播及其对韩愈诗歌创作的影响》认为地狱观念在唐代非常流行，通过佛教类书、唱导、俗讲、变文、变相、小说等多种方式流传于世，韩愈诗歌中“山林之牢”、月食仿作、地狱描述等方面显示了地狱观念的深刻影响，再次印证了韩愈与佛教的复杂关系。吴振华《论韩愈的乐府观念及其〈琴操〉的创作》认为韩愈、孟郊的乐府观念与元稹、白居易不同，更注重道统的传承。任职国子监对于韩愈乐府观念的形成有密切关系，《琴操》的写作意欲通过儒家圣贤形象来实践他的道统观。

第五，韩愈研究史研究。张弘韬、张清华《钱谦益在清初首倡韩诗》就钱谦益学习韩愈诗歌创作学问诗，以诗史观评韩愈诗歌，以灵心、胎性论韩愈诗歌等几个方面阐述了钱谦益对韩愈诗歌的倡导。因为钱谦益在文坛的巨大影响力，清代韩愈诗歌研究得以步步深入。李文博《论曾国藩的韩文批评》认为从《曾国藩读书录》中可以看出，曾国藩于集部中最重视《昌黎集》。韩诗批评54首，大约占韩诗总数的八分之一。韩文批评165篇，几乎占到了韩文总数的一半。这些韩文批评反映了曾国藩读书治学的诸多特色，如将读书与读人结合，各种学问兼通的“士大夫之学”特色以及承袭桐城而又突破桐城的特色等，并可看出他于韩文研究的成绩和心得。丁恩全《刘咸炘论韩愈》则分析了近代四川著名学者刘咸炘的韩愈研究。他指出，刘咸炘认为韩愈儒学的特点是“轻细目而重大义，贱杂家而标儒宗”，一方面充分肯定韩愈是六朝到宋代学术传承的关键人物，一方面认为韩愈在具体事件的处理中有不少不符合儒学标准之处。从文体学角度看，刘咸炘一方面认为韩愈文章“变单行，以前所无”，一方面认为韩愈文章不符合文体的规定性。刘咸炘继承了章学诚的研究方法而有所发展，努力“定韩子之真”，既不过誉，又不过毁。刘咸炘的韩愈研究在多个方面启发了后学。刘咸炘是在韩愈研究出现重大转折的时期参与到韩愈研究中的，具有较大的学术意义和时代意义。

第六，韩愈影响尤其是当代影响研究。郭树伟《文以载道之文学现象和中原文化精神》认为“文以载道”既是中原文化精神的文学表达，又是世袭贵族士人向科举贵族士人的一种文化托付，古代中原作家群体的现实主义文学创作就体现在“文以载道”与中原文化精神之内在联系。胡阿祥《法律与情理视域中的台湾“诽韩案”分析》介绍了1976年10月10日《潮州文献》(台北)第二卷第四期发表的《韩文公、苏东坡给与潮州后人的观感》一文在台湾引起的诉诸法院的纠纷并做出了深刻分析。吴炀和《台湾六堆客家韩愈信仰研究》,邱春美、许登芳《台湾内埔之韩愈文化祭的文创探索》都以台湾屏东内埔地区的韩愈文化建设为研究内容。吴炀和文探讨了该地区韩愈信仰源流,并阐述了韩愈信仰如何在地方社团、政府部门操作下成为一种文化复兴运动。邱春美和许登芳文则就该地区2005年至2013年连年举行的韩愈文化祭系列活动的文化创意进行了思考。曾楚楠《潮州崇韩文化成因分析》认为潮州的崇韩文化根植于韩愈的人格魅力、韩愈在潮州的作为、理学风气的推动。欧阳俊峰《韩愈文化的内涵与现代价值》从精神、物质、行为三个层面分析了韩愈文化的丰富内涵,认为韩愈文化在当今三个文明建设中也具有重要意义。

台湾地区"第十一届唐代文化国际学术研讨会"综述

□ 林淑贞 柯惠馨

2014年6月26日至27日，由中国文化大学历史系、中国唐代学会主办，"科技部"及"国史馆"协办的台湾地区第十一届唐代文化国际学术研讨会在台湾中国文化大学晓峰纪念馆举行。来自大陆、香港及台湾地区以及日本、韩国、法国等国家的53位学者出席了会议。两天议程文学组共发表十六篇论文，以武汉大学王兆鹏教授《20世纪下半叶台湾唐代文学研究成果量的变化与作者队伍的构成》作为总论开端，该文以计量的角度，统计并分析20世纪下半叶台湾唐代文学研究成果量化升降变化，以分析不同年份、不同时段的研究成果涨落、研究热点的递移现象，进而分析作者队伍之兴替等。其余论文主要涉及以下五个方面：

一、唐代诗歌研究

本次会议涉及唐诗研究的论文数量不少，所论除了王维、白居易等大诗人，更注目于唐代佛学对唐诗的影响以及唐人选诗、唐诗传播与接受等问题。

(一)诗家研究

关于诗家研究，罗时进《白居易在唐代诗歌史上的"第三极"意义》强调白居易不同于李白神龙见首不见尾的诗界典型以及杜甫沉郁顿挫、晚年留心声律的诗学风范，显示出平凡朴实的诗人胸怀与不突破道德底线的最充分的物质与精神享受。论文虽对张在林“白居易是宋型文化第一个代表人物”的说法有所修正，却也赞同白居易是在李白、杜甫后善于容纳兼有，思通雅俗，表现出其特殊生存智慧与文学姿态的“第三极”，并确立元和体在中唐以降的地位和白派诗人的代表地位。

钟晓峰《自我的隐退：论孟郊的组诗》旨在表现孟郊一系列组诗描述的自然世界与社会世界为探索自我晚年内心图景的途径之一。论文将孟郊组诗分前后两期，指出前期组诗呈现恶意自然与自我对立的世界，强调孟郊面对现实挫折的态度，其挫折不仅表现在仕途不遇，更有古道于现实世界难以实行的焦虑；后期组诗则是诗人透过两种身份，确认自我核心价值的体现。一以“诗人”身份表述“至亲唯有诗，抱心死有归”，二以面对“贤人”受困于现实世界，所发出的沉痛呼告。二者多含有死亡主题。然而，孟郊更以悲秋之怀，融涉二者身份，聚焦于悲老叹逝，更凸显出专属于老人情怀的情感体验与死亡恐惧，形成其独一无二的隐退心态。

（二）佛学影响研究

萧丽华《唐诗中的维摩诘意象》回到经论中重新考察“维摩诘”的居士形象在佛教中的意义，进一步讨论《维摩诘经》在“居士佛教”概念形成中扮演的角色所构成之影响，并在文中归纳《全唐诗》收录作品中文人所用的《维摩诘经》意象，重新梳理唐代文人的“维摩诘形象”，以认识诗人所理解以及想象的维摩诘居士，借以窥视中国居士文化的丰富内涵。

刘卫林《唐代清丽诗风与六朝隋唐禅法》指出，唐人主清丽诗风的理念源头并从诗学观念上分析其成因，以阐明唐代清丽文风与六朝隋唐间禅法之密切关系。论文得出唐代清丽文风与诗论异于六朝，乃在于其清丽之作往往针对诗僧与禅学相涉之歌创作而言，诸如皎然、灵澈、齐己等，更有刘禹锡、权德舆等文士，多刻意借由空寂定慧禅心冥搜万物，以纳万景于虚寂之心的取境之法以成诗。

吴静宜《佛教音律思维与唐代格律诗的关系》旨在说明佛教音律对格律诗兴起产生何种影响。认为中国魏晋时期声律与对偶观念尚未建立,仅有对句,直至佛教传入,佛经上记载骈文文字,巧妙转化为对偶句子,成为诗歌对偶的雏型。然而诗歌律化需等到六祖慧能提出三十六对,原意希望信徒不离自性,却因此形成对句与联句的兴盛。而诗格与诗法的形成,更是不离佛法,声律乃是对禅法的体悟,因此唐代诗僧开始大量创作诗歌并钻研创作法则,因而有诗格之作。

(四)选诗研究

王辉斌《唐人乐府题解与吴兢〈乐府古题要解〉》认为《艺文类聚》对乐府诗的辑录与整理影响题解类批评的乐府著作纷纷问世,例如有刘餗《乐府古题解》、吴兢《乐府古题要解》、郗昂《乐府古今题解》等,这些题解乐府专书具有批评史价值,对刘次庄《古乐府序解》、郭茂倩《乐府诗集》之编纂,亦有不同程度的影响。

(五)唐诗传播与接受研究

侯雅文《元明时期载录刻刘辰翁评点王维诗考论》认为现今可见刘辰翁评点王维诗较早版本是《须溪仙声校本王右丞集》,乃元刊本,六卷本。然而,明人所编著刊行的《唐诗选集》、《王右丞集》笺注、注说、汇评本之中所收录的刘辰翁评语,却与元刊本内容颇见差异,从中可见刘辰翁诠释、评论王维诗的观点,在刊录过程中呈现的消长关系。

2.唐代散文研究

本次会议关于唐代散文研究的论文虽然仅有一篇,却能知人论世地透过作者背景与处境,还原其当时创作的心境与意义。李芳民《韩愈惧为史官发覆:以〈答刘秀才论史书〉的绎说为中心》指出,韩愈《答刘秀才论史书》表面上虽呈现出作者畏为史官以及怠惰史职的议论,遭致人们对于韩愈人格与道德的负面认识。然而,结合韩愈当时的心境以及为官理念、当代著史现实环境的冲突、任职史官期间的实际作为等,却可探索韩愈创作的特殊心迹以及《答刘秀才论史书》背后所欲表达的浓郁牢骚以及情绪化的心理。从这个意义上讲,《答刘秀才论史书》具有彰显文人真实心迹与个性的可贵价值。

3.唐代小说研究

本次会议关于唐代小说研究的论文也仅有一篇。林淑贞《“织女”形象的颠覆与悖异:论唐小说〈郭翰〉对神话传说之沿承与新创》旨在论述唐人张荐《灵怪集·郭翰》对唐前织女神话传说所衍发的互文性情形,以见其颠覆传统、新创织女形象的意图。先秦迄唐代,织女神话传说仍然流传在民间。论文揭示了唐前织女神话传说与叙写范式。以董永故事为主,织女下凡助孝子董永偿债确立了织女故事的基本模型。《郭翰》故事虽以织女为主,形象却悖异于前说,不仅主动下凡追求人间情爱,且屡屡下凡展现对情之耽溺,主题迥异于流传中的织女故事基本模型。《郭翰》所要表述的意图可以从主题、表述手法二途入手,从而揭示织女形象悖逆的新创意义。

4.唐代文化研究

本次研讨会关于唐代文化研究的论文有三篇且讨论面向各自迥异。严纪华发表《一旦新妆抛旧样:论〈时世妆〉的语汇指向与时代意义》认为,唐诗为当代生活轨迹与所生存的环境留下真实记录,以白居易《时世妆》为基准,参照妇容图影以及清编御订《全唐诗》中的时世妆容诗,由其语汇指向探讨唐代安史之乱后唐诗体制发展的转变;由其妆容词语中描绘的妇女造型所反映的审美风潮及渗透于作品中的时世感叹和历史借鉴,考察作为华风胡化交融迭错的载体、珍贵社会文化史料的记录之《时世妆》,进而分析其夹带肆放的时代精神、透射出变异的美学风格,如何具体而微地见证其所置身的社会与时代。

林雪铃《边塞的边塞文学:唐代敦煌在地作品中的场域记忆及其特征》以“在地场域记忆”“边塞的边塞文学”两个视角探讨敦煌地方文学的在地特质,此一特质与作者曾经造访边塞或未曾踏足边塞以及在场时间久暂呈现在地性/在地化之间的差异。论文指出在边塞与中原的交流互动中,一方面边塞地区的景观特色透过中原人士强烈的感受冲击被鲜明地凸显出来;另一方面边塞地区的地理特征也因为被定位为边塞、被寄托以国家命运与个人理想而得以鲜明地存在。这些作品由于以中原为核心,自然也产生作品内容与边塞地区之间的“在地性”与“在地化”落差。此一落差即敦煌文献中敦煌在地文学作品独特而珍贵的原因。

张蜀蕙《唐代南贬文人的水域书写》认为，唐代文人贬谪南方笔下的风土民情、山岭川泽，甚至南方水域书写，在舟行既有的身体感与视野变化下，“进入”文化异域，透过江河、空间转换之际，对于南方水域的描写，取择为何？论文以屈原自沉与马援征南的水域书写图示展开讨论，揭示文人的书写场域由河洛、汾水一带转自南方水域，当文人身心俱疲时，开展其感知与书写。

5.域外学者论唐代文学

本次国际研讨会文学组有三位域外学者，分别来自韩国、日本、法国，其论文方向也各自有别。

韩国学者金鲜《韩中女诗人被遗弃感(abandonment)之比较：以李梅窗与薛涛为例》从“遗弃感”入手，讨论韩国李梅窗及唐代薛涛两位女诗人遗弃感的形成背景、内心深处的反映，以了解她们的真情实感。论文认为二者的差异在于：李梅窗因对与人离别有强烈的不安感，因此每与知己离别时多感受悲伤，且因身份遭受歧视与误解而备受煎熬，疾病委屈的情感接连折磨，于是极度想将自身与外界隔离；薛涛则是为了掩饰自己的羞耻感，拼尽全力获得他人的认可与宠爱，不断为着讨好他人而努力，却因为说错话或冒犯主人而使得铺垫许久的信任与关心消失殆尽，对于自身的坎坷处境深感叹息，更对因琐碎事件遭受抛弃的现实进行讽刺，如实展示她委屈的心境。

日本学者佐藤浩一《是散佚还是废弃：日本研究者如何看待杜甫早期诗》讨论杜甫早期诗歌究竟是散佚抑是废弃的问题，他认为主张废弃是因为杜甫三十岁遇到李白，与之生活一年半，体会诗歌应该开拓自己的风格与领域，故而转向书写社会诗，三十岁之前的作品则废弃了；关于散佚，大历中有《杜工部小集》共六十卷，内容仅包括部分 30 岁前的作品。

法国学者蓝碁《一个女人肖像的演变：从元稹莺莺到金圣叹的莺莺》从传奇、鼓子词、诸宫调到金圣叹点评中分析崔莺莺形象的演变，认为金圣叹眼中的崔莺莺与元稹所述差异不大，无论是妖物、神仙或观音，男人笔下作为女性精髓本身的崔莺莺，似乎将对方引入异域一般。由此可知，崔莺莺这一角色是一个富有魅力又显得陌生的双重“他者”形象。

杜甫与地域文化学术研讨会暨四川省杜甫学会第十七届年会、天水杜甫研究会第八届年会综述

□ 聂大受

2014 年 10 月 17 日至 20 日，由四川省杜甫学会、成都杜甫草堂博物馆、天水杜甫研究会共同举办的杜甫与地域文化学术研讨会暨四川省杜甫学会第十七届年会、天水杜甫研究会第八届年会在甘肃天水召开，来自中国大陆及台湾地区的 120 余位学者出席了会议。会议共收到学术论文 120 余篇，其中甘肃地区代表提交的会议论文 25 篇，收录在天水杜甫研究会编选的《杜甫与陇右地域文化文集——纪念杜甫流寓陇右 1255 周年》中。与会代表围绕这次会议的主题——杜甫与地域文化，就杜甫与秦陇文化、杜甫与巴蜀文化、杜甫与中原文化、杜甫与湖湘文化以及其他相关议题进行了深入探讨和广泛交流。现择要综述如下：

一、杜甫与地域文化及特定地域诗歌、行迹研究

本次会议的主题是杜甫与地域文化，故这方面的论文较多，主要集中于杜甫与秦陇文化、杜甫与巴蜀文化两个方面。

（一）杜甫与秦陇文化、陇右诗、陇右行迹等

祁和晖《杜甫秦州诗记写西域丝绸之路首段栈程山川人文风貌》从今日天水市及周边地区秦汉唐世是长安通向西戎、西域的交通要道、杜甫居停秦州的时间与作诗数量、杜诗实地描写了西域丝路秦州栈程的历史痕迹、陇右秦州为汉唐开辟西域丝路

之“寻源”首途、西域丝路秦州栈程的华夷混合风光五个方面论述了杜甫秦州诗对这一区段山川人文风貌的记写，认为今日建设西域丝绸之路、南方丝绸之路、草原丝绸之路、海上丝绸之路应可以杜甫秦州诗作参照。聂大受《杜甫与陇右地域文化》认为杜甫陇右时期诗作具有与其他时期不同的鲜明个性，其成就的取得与地域文化影响密不可分：陇右地域文化激发了杜甫的诗兴，影响了杜甫山水诗的创作，陶冶了杜甫的心灵，升华了杜甫的境界。同时，杜甫流寓陇右的经历和诗作对陇右文化产生了多方面的影响：记写了陇右社会生活的多个方面，具有证史、补史作用；使历史上无人专门咏写过的陇右山川风物得到了全景式描绘；为陇右文化艺术的拓展延伸提供了一个“武库”；对陇右地区的文化建设、经济发展起了积极促进作用。

张文静《杜甫陇右诗与盛唐晚期审美文化风尚》认为，杜甫陇右诗在主题趣味和艺术风貌上展示了重要变化，这种变化与诗人的现实经历与处境有直接关系，同时也与盛唐晚期独特的审美文化风尚息息相关。王飞《诗心与画意——杜甫陇右入蜀山水纪行诗对诗境与画境的开拓》以杜甫陇右入蜀纪行诗为例，从四个方面论析了杜甫诗风与中国山水画风之间的关系，如杜甫山水诗中画意的呈现、画境的开拓，中国画如何表现杜诗山水的诗心与画境等。葛景春《杜甫在陇右的思亲怀友诗》将杜甫寓居陇右时所写的思亲怀友诗分四个部分论述，认为与亲友的别离虽然使杜甫增加思念或略带感伤，但他的忧国忧民之心并未减少，并极力勉励他的诗友同道更加努力前行。吴明贤《试论杜甫秦州所作〈遣兴〉诗》认为杜甫二十一首《遣兴》诗中有十五首作于秦州，其具有如下特点：一是随意命题，题材不拘；二是比兴寄托，委婉含蓄；三是五言古题，语短情长。杨胜宽《杜甫秦州诗的咏怀特征》认为秦州诗有遣兴、咏物、纪行、交往等内容，其最突出的特征便是抒写诗人身陷飘荡流离而心怀忧国、忧民、忧亲之情的悲愁与感怀。李子伟《杜甫陇右诗三题辩疑》分别对秦州诗中的“无风云出塞，不夜月临关”、杜甫入秦之因、地名鱼龙川作了辨析。温虎林《论杜甫陇右寺庙诗及其云鸟意象》认为杜甫陇右之行确实有归隐之志，这是与他受佛道思想影响分不开的，而其对佛道的消解是寄寓在云鸟等意象之中。商拓《杜甫〈秦州杂诗二十首〉诗艺探微》从形式体裁的继承发展、表现手法的变化多样、诗歌语言的精炼准确三个方面作了精细论析。

与此相随，探究杜甫陇右行迹的论文也较为集中，这类研究中涉及杜甫陇右行迹的有十余篇，作者均为杜甫流寓地天水、陇南地区的学者。他们结合实地考察对杜甫陇右行迹作了新的梳理考证。聂大受《杜甫陇右行迹及纪念物考略》将杜甫在陇右的行踪分为西越陇板、寓居秦州、南下同谷、转徙蜀郡四个阶段，结合实地考察，对杜甫陇右行迹及由此而生的纪念物作了梳理。安志宏《"少陵弃官之秦"探因——兼论李白故里》认为杜甫弃官从华州到秦州，其内心世界是复杂的，在《秦州杂诗二十首》开篇已经明确无误地道出了他西行的缘由。"因人"中的"人"有三层含义，但其重点是"神恋"中的挚友李白。张广成《试论杜甫弃官》从杜甫身世、求仕目的及其历程诸方面对杜甫弃官的原因作了探析。王元中《杜甫西征客秦缘由研究述论——兼论杜甫陇右诗研究存在的问题并及应有的价值取向》在梳理他人相关研究基础上，对杜甫西征客秦研究中存在的问题进行了分析。王钰《杜甫陇右行踪几处主要线路和诗句学界争议题略》对杜甫陇右行踪中一些学界尚有争议的问题作了搜集罗列，并结合实地考察作了辨析。袁智慧《杜甫在陇南的行踪与诗作》对杜甫在今陇南地区的行踪和诗作作了述析。曹鹏雁《杜甫在徽县的行程与相关的纪行诗》认为杜甫当年由同谷赴成都，路经古河池县境内，是沿着徽县木皮岭上的木皮道与青泥岭上的青泥道这两条官道入蜀的。魏仲煜《也说"龙门镇"与〈龙门镇〉》认为龙门镇就是废于后唐清泰三年改称的"府城集"，即今天的成县纸坊镇府城村。杜锋《杜甫历徽入蜀线路新疑》对杜甫从徽县入蜀线路中的几个疑点作了辨析，结合实地调查勾勒了杜甫历徽入蜀的大致路线。武将《探寻"诗圣"丢失在秦州的日子》认为杜甫寓居秦州的时间是四个月而并非三个月，因在铁堂峡滞留了一个月。有关杜甫陇右行迹的文章还有李三祥《杜甫从秦州南下经铁堂峡至同谷路径漫谈》、宋金鹏《杜甫寓居东柯药语小考》等。这些文章集中对杜甫在今天水、陇南地区的行踪作了探究，对一些尚无定论、存有争议或不尽明晰的问题从文本解析与实地考证这两方面作了论证。资料翔实，不乏新见，使这一问题的研究有了新的进展。

艾叶《杜甫秦州诗中的五首排律的艺术特点》和《杜甫陇右诗的艺术特点以及在近体诗格律完善过程中的作用浅析》对杜甫秦州诗的体裁、格律作了探究，认为陇右时期杜诗风格已完全形成，格律固定，形式臻于完美，达到其艺术的顶峰；陇右诗对唐诗格律的发展完善起到了决定性的作用，对发展古风、拓展排律形式有开创性贡献。

另外，讨论杜甫秦州杜诗碑刻和同谷杜诗碑刻的论文各有一篇。李吉定《〈老杜秦州杂诗碑〉与〈二妙轩诗碑〉镌刻杜诗比较》对明成化十九年(1483)傅鼐主持镌刻的《老杜秦州杂诗碑》和清顺治十二年(1655)宋琬主持镌刻《二妙轩诗碑》的文字相异情况作了比较。蒲向明《杜甫"同谷诗"与同谷唐宋评杜诗碑——杜甫同谷诗研究系列之二》认为同谷唐宋诗碑的诗学价值在于：开阔了人们认识杜诗的视野，增加了后世对杜甫同谷诗的体验，人们依此可以感受到自江西诗派以来，杜诗在中国诗歌发展史上从宏观到微观的影响。此外，讨论杜甫秦州诗的还有朱明伦的《杜甫秦州诗特点浅析》等。

(二)杜甫与巴蜀文化

张志烈《杜甫诗歌与成都文化》认为杜甫在成都居住的三年零九个月中，作诗 240 余首。文章从总体风貌、自然景色、都市繁华、人文胜迹四个方面论说了杜甫诗作中映射的成都文化。认为这些诗歌已定格为成都文化的历史画卷，具有多面信息与深刻主旨的统一。张宗福《巴蜀文化与杜甫的诗意空间》认为巴蜀文化在自然风物、人文地理、风土人情、文化人格等方面的独特性在杜诗中得到了广泛的展示，巴蜀文化最大限度地拓展了杜甫的诗意空间。陈丽娟《杜甫诗歌与古蜀神话》，景志明、朱瑞昌《论杜甫蜀中诗篇对地域中国风歌曲创作的启示》，程得中《杜甫入蜀诗歌刍议》，张起《杜甫与巴蜀文化》也从不同角度对此作了探讨。

另外，对成都杜甫草堂文化及相关问题研究的论文有李霞锋《成都杜甫草堂古代碑刻再考》，该文认为成都杜甫草堂尚存的二十五通古代碑刻是研究四川历史文化，特别是成都杜甫草堂的重要资料，不仅具有珍贵的文物价值，同时还具有一定的文学和艺术价值。此外，他还对其中的《浣花草堂附祀黄涪翁陆放翁记刻石》等碑刻进行了考述。房锐《清末明初日本人游记中的成都杜甫草堂》指出，作者在游记中以相当的篇幅对成都杜甫草堂加以介绍，留下了当时草堂真实的影像，这些文字及图片成为研究清末民初巴蜀历史文化的重要文献，具有珍贵的史料价值。濮禾章《文章千古事　得失寸心知——刘开扬先生与四川省杜甫学会》记述了刘开扬先生的杜甫研究和对四川省杜甫学会建设所做的贡献。

二、杜甫思想、性格、交游研究

汪聚应《杜甫所受的侠风濡染及对侠文化的接受》认为，杜甫与侠和侠文化的关系是全面认识杜甫及其诗歌创作精神不可或缺的一个文化视角，也是杜甫研究中鲜为探知的方面。莫道才《沉郁顿挫背后的清狂——从任华〈寄杜拾遗〉看被忽略的杜甫清狂性格》认为，任华这首诗对了解杜甫的清狂具有难能可贵的见证意义和价值。以往我们对杜甫的描述过于强调沉郁顿挫，通过任华的这首诗，应该复原杜甫的清狂，让杜甫的形象丰满起来。郭树伟《“腐儒”之腐：文化地理学视域下的杜甫儒学思想新探》从文化地理学的角度对杜甫晚期诗歌中出现“腐儒”的意象作了审视。认为这既是诗人对自己人生命运的论定，也是诗人坚持自己人生理想的执着精神之体现。李丹、李敏《杜甫与儒学复兴运动的关系辨析》认为，杜甫在天宝年间未能中举和取得官职，政治地位和社会地位不高，文名不显，并不是儒学复兴运动的领导者、创始人，顶多是这一思潮的附和者、追随者。这方面的论文还有刘伟《论杜甫的仁者之爱》、李茂丽《杜甫蜀中时期的诸葛亮情结》、郭永锋《浅谈杜甫的忠君思想》等。

讨论杜甫游历的文章有四篇。张思齐《杜甫人生旅途的十个阶段及其文学意涵》运用比较文学研究的方法从五个方面对杜甫的一生游历作了述论，全面详尽又富有新意。王作良《长安十年与杜甫诗歌风格关系简论》认为，长安十年是杜甫诗歌发生重大变化的时期，也是杜诗走向成熟的重要时期。马晓《杜甫诸人“梁宋游”文献考述》和马兰州《梁宋文化特征及杜甫诸人“梁宋游”的文化内涵》从不同的方面对杜甫的“梁宋游”作了考论。二文联读，则可对杜甫的“梁宋游”获得较为全面、明晰的认知。

三、杜甫诗歌研究

杜诗研究历来是杜甫研究的一个重要方面，这次会议共有论文二十余篇，涉及诗体研究、风格研究、格律研究、意象研究、杜诗美学研究等各方面。

讨论杜诗内容、风格的论文数量较多。吴淑玲《从〈江南逢李龟年〉谈唐代诗歌的传播》认为这首诗反映了开元盛世时期爱好文学的王公大臣们对诗歌传播所起的作用，可以看作唐诗传播的浓缩。谷曙光、陈梦圆《杜甫两游何园十五首论略》认为杜甫的这十五首连章五律无关“沉郁顿挫”，是杜诗主要风格之外别具一格的存在。这组诗作，显示了一个与传统印象迥然不同的杜甫，展现他率性纵情、洒脱开怀的一面。张蜀蕙《宋人论杜诗中的物候与风土》以宋人如何看待杜甫的风土物候诗为切入点，分几条线索检阅存在于选诗与地志诗话中的记载，得出宋人对杜甫的接受。黄慧娟《忠贞负冤恨，宫阙深旒缀——浅论〈八哀诗〉的深思成果及其指控与期待意义》认为“忠贞负冤恨，宫阙深旒辍”是全篇诗眼，所有的构思都指向这一主题。崔际银《杜甫诗歌与小说结缘初探》认为杜甫诗歌与小说具有十分密切的关系。这种关系，促进了不同文体的相互借鉴融合。这方面的论文还有刘洪仁《比兴传统与杜甫的刺君诗》、庄逸云《简论杜甫的兄弟诗》、喻芳《论杜甫戏题诗之成因》等。

杜诗格律、用典研究。韩成武《杜甫排律体制研究》通过对杜甫诗作的细致考察，总结了其声律、韵律、对仗、结构等方面的特征，对杜甫排律的体制作了系统深入的研究。艾叶《杜甫秦州诗中的五首排律的艺术特点》专门对杜甫在秦州所作排律作了探讨。孙微《杜诗"陶侃胡奴"用典考辨》梳理了杜诗学史上对杜诗《示獠奴阿段》中"陶侃胡奴"的诸种说法，认为将此典笼统地理解为少数民族的特异人物，可较为通顺地解释诗意。胡绍文、罗筱玉《杜诗"乌龟"考辨》一文，从唐代文献中"乌龟"的词义分析入手，结合杜诗语境、唐代的渔业生产情况以及唐人的意识观念，认为"乌龟"指捕鱼的水獭，是杜甫临时的创造。

杜诗意象。潘殊闲《论杜甫的"幽人"情结》论述了杜诗对《周易》"幽人"意象的援用与阐扬，认为在杜甫笔下，"幽人"正是他自己，是他虽不"得位"，但坚守自己"刚中"品质的真实象喻。安建军《凤文化视野中的杜甫人生散论》在凤文化视野中观照诗圣杜甫，认为诗圣人生即凤凰人生。诗圣杜甫的一生，实乃一个凤凰的传奇，一个凤凰的悲剧，一个凤凰的寓言。罗宁《杜甫诗中的雁意象和咏雁诗》认为雁意象在杜诗中往往表现出四类含义或象征：兄弟之性、故乡和乡思、羁旅和漂泊、传书。四个方面又互相交织、互相推进、互相深化，在完成杜诗的"沉郁"诗风方面发挥了重要作用。此类文章还有温虎林《论杜甫陇右寺庙诗及其云鸟意象》。

四、杜诗学研究

杜诗学研究是这次会议的一个热门，论文数量、质量都比较突出。论题涉及杜诗所受前人影响和杜诗对后世及域外影响、杜甫诗学思想、杜甫与其他诗人比较、对历代研究杜甫著作的再研究和再评价等多个方面。

薛天纬《李杜互通互补论》一文摒弃"李杜优劣论"的传习，提出了"李杜互通互补"的观点，文中所说的"互通"是指李、杜之间的共同性；"互补"是指李、杜之间的差异性。李、杜互通的基础有三：一是时代，二是文化传统，三是人性；互补，则源于李、杜性格与艺术趣味的差异。互通互补既体现于李、杜之思想倾向、诗歌内容，又体现于李、杜的艺术风貌。王德军《杜甫诗学思想的承前与启后》认为杜甫注意风骚和汉魏传统，对当代也是择善而从，转益多师，遂成就了杜诗包举万有的集大成气象。赵鲲

《王维与杜甫的异同——兼论中国诗学的两种范式》认为，王维和杜甫更能代表中国诗歌的不同范式。

郑永晓《陈师道学杜略论》以陈师道为例，从相关讨论和具体创作两方面考察宋人学杜的特点和优劣短长。认为陈师道学杜的历程说明，杜甫在后代的影响和被接受必然以不同的面貌得到呈现，学杜而能有所新变才能将杜诗的精神发扬光大。宋人对杜诗的继承与新变，对宋调的形成具有极为重要的作用。祝尚书《村夫子辨——对宋代杜甫接受史上一个命题的探讨》围绕"村夫子"这个命题，从宋诗建构及杜甫接受史的视角，对宋人文学典范选择的问题作了探讨。魏耕原《诗传悖论：杜甫〈八哀诗〉论》认为《八哀诗》是杜甫诗史中呕心沥血之作，弥补了诗史传记体的缺失，属于创举。然而，却遭受到后人尖锐的批评与无奈的冷漠。杜甫叙事性的诗史是成功的，而其中诸多手法在千头万绪的传体诗中派不上用场。故非集中高作，而受冷置。杨经华《诗集编年与文本阐释——以杜诗编年为考察中心》认为宋人将杜诗编年纳入文集整理笺注的内容，不仅是宋人在诗中发现"史"的因素，更反映了宋人的一种阔大的阐释视野。王红霞、李强《宋诗话对杜诗地位的论述》从四个方面加以评述，认为由此可看出杜甫其人其诗成为宋人学习的榜样和典范，其影响极为深远。黄义华《文天祥〈集杜诗〉初探》从宋代集杜诗的发展、文天祥集杜的原因、文天祥对杜诗的继承和新变三个方面对《集杜诗》进行了探讨。门岿《元曲家心目中的杜甫》重点对散曲及杂剧的综合考察得出：杜甫在元曲家心目中是高大的但又是孤苦的；是清贫的但又是自放的。这和唐宋明清人笔下的杜甫形象是迥然有别的。刘晓凤《试析中国传统蒙学中的杜甫及其诗歌——以〈千家诗〉为中心》尝试从《千家诗》拓展开来，考察杜甫及其诗歌在中国蒙学中的面貌，以期对今天的儿童教育有所借鉴。

白建忠《杨慎杜诗考证三则》通过对杨慎考证杜诗句中"当"、"绿沉"、"逐子"辨析，认为杨慎杜诗考据学中突出的内容是用杜诗与其他作品进行对比、互证，重要特点是能综合各家之注而为说，还有一个方面是对杜诗的改字探讨。曾祥波《从〈钱注杜诗〉编次论其成书渊源——兼论〈钱注杜诗〉与吴若本之关系》通过对《钱注杜诗》与各种宋人系年编次系统的对比以及其书自身编次异常情况的考察，认为《钱注杜诗》成书建立在对吴若本原编次有极大的调整修订基础上，但就目前呈现的面貌来看，此书仍是钱谦益之未完成稿。邝建行《仇注对杜诗句中字词去取用心臆析——以〈秦州杂诗二十首〉为例》认为《仇注》句下小字注反映出仇兆鳌整理杜诗时的内心斟酌和思考，他集中材料，比对思索，定出哪个字哪个音最恰当，整理成自己认为是杜诗最好的定本。

徐希平《清代夔州诗人傅作楫诗之巴蜀民族风情及崇杜情怀——以〈锦江秋怀八首〉为中心》和胡钰《试论清人傅作楫对杜甫的接受》对清代夔州诗人傅作楫的崇杜情怀和所受杜甫诗歌的巨大影响作了专门研究，从一个侧面反映了清代诗人对杜诗的接受。胡永杰《论杜甫对夔州文学的影响》认为杜甫夔州诗开拓了夔州文学的境域，后世夔州文学在重文风气、儒学精神、艺术风格、题材内容等方面都深受影响。潘玥《试论彭端淑对杜甫的接受》从彭氏诗歌理论的形成、对杜诗创作的继承、彭氏与杜甫草堂等方面总结了彭端淑对杜甫及其诗歌的接受。讨论杜甫对清代及近代影响的论文还有张海《简论李调元对杜甫的接受》、孙文杰《和瑛诗歌与宗杜》、赫兰国《近代学杜的典范——丘逢甲》、孔令环《胡适与杜甫》等。蒋蕾《论杜甫其人、其诗对李仁老的影响》、刘志锋《高丽诗人李穑对杜诗诗语接受分析》则对杜诗在高丽诗坛的传播和影响作了探讨。

彭燕、许燕妮《杜甫研究一百年》通过对百年杜甫研究的回顾与总结，指出百年杜甫研究经历了三次变化：第一次是二十世纪初，其特点是以西方“科学”与“民主”之精神来关照和研究杜甫；第二次变化是在新中国成立以后，其特点是联系时代，结合背景，捕捉历史特征，挖掘现实意义；第三次变化发生在二十世纪末到二十一世纪初，经历了各种外来“先进”思想和文艺观指导后，通过对现代与传统、西学与东学、理论与文献等融会贯通的思考后回归对文本细读的重视和对文献研究的积累，并在此基础上试图建立起“杜诗学”研究的框架与体系。

杜诗学及相关研究的论文还有吴怀东《黄伯思〈校定杜工部集〉小考》、张家壮《论宋代杜诗辑注的“经典”特色》、左汉林《论宋代诗人使用杜诗典故的特点》、叶文举和钱芳《南宋理学与杜诗》、王欣悦《蔡梦弼〈杜工部草堂诗笺〉所见南宋福建地区杜注特色》、王燕飞《俞浙及其〈杜诗举隅〉辑考研究》、朱光立和林鹏《〈杜诗详注〉与金圣叹关系考论》、曾绍皇《复旦图书馆藏“奚禄诒批点〈杜诗详注〉”考辨》、王伟《浅论蒲松龄诗歌在艺术风格上对杜甫的接受》、周燕玲《查慎行评杜甫诗》、吴华峰《厉鹗批点杜诗考论》、郝润华和柳湘瑜《一部高质量的杜诗学文献整理著作——〈〔翁批杜诗〕稿本校释〉评介》、陈才智《陈友琴先生的杜甫研究》、张子开《道藏所见之杜甫及其诗作》、汪政《上海图书馆藏善本杜集题跋汇析》、陶喻之《北宋诗涉杜甫陇右蜀道行作者考》、杨挺《陆游成都寓居时对杜甫踪迹的空间追寻及其人生认同》、张仲裁《陆游〈剑门道中遇微雨〉细读:兼论剑门的“地方”意义》、白登懿《浅说诗圣杜甫》、樊纯轩《一生漂泊　魂归故里——杜甫终葬邙岭考》、熊飞宇《抗战大后方的杜甫研究》、李新和何秋野《〈康震评说诗圣杜甫〉辨误》、宋开玉《读杜杂释(杜诗地名旧注杂考)》、李贵《北宋时期文学与图像交汇的杜甫》、周兴陆《王嗣奭与〈杜臆〉》、朱安女《杜甫与明清时期大理的地域文学》、郑家治《试论杜甫“诗史”对现代诗的启示》等。

总之,这次会议的特点,主要有:一、宏观审视与微观探究相结合;二、总体研究与区域研究并重;三、文学研究与文化史研究相结合;四、文献的甄别和史实的考订相结合;五、研究视野新的拓展;六、研究方法的多样及综合运用;七、多角度观照,跨学科研究。此外,两地杜甫学会联合办会,也是这次会议的一个特点。这种方式,对资源互补、优势互惠、交流借鉴、合作共进具有积极的意义。诚如中国杜甫研究会会长张忠纲先生所说:“两会联合举办研讨会这一做法,更有利于信息的交流和互相学习,又节约时间和费用,值得提倡,值得推广。”会议期间,与会代表还对杜甫流寓地、纪念地同谷杜少陵祠、秦州南郭寺和麦积山等作了实地考察。

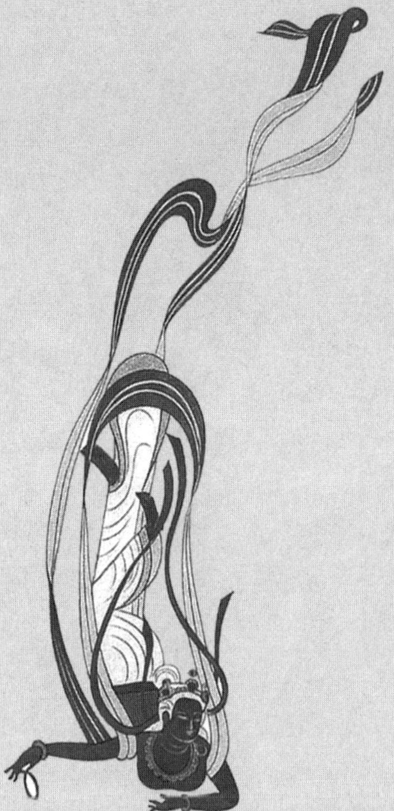

专载

中国唐代文学学会第十七届年会暨唐代文学国际学术研讨会综述

□ 赵红卫　袁　茹

一、会议概况

2014 年 10 月 11 日至 14 日，由中国唐代文学学会、苏州大学文学院、苏州大学古典文献研究所主办的中国唐代文学学会第十七届年会暨唐代文学国际学术研讨会在苏州大学召开。来自中国大陆、台湾和香港地区以及日本、韩国、新加坡等国家 170 余位学者出席了大会。大会共收到学术论文 160 余篇。

会议开幕式由中国唐代文学学会副会长、苏州大学教授罗时进主持。苏州大学副校长袁银南、苏州大学文学院院长王尧致欢迎辞，中国唐代文学学会会长、复旦大学教授陈尚君致开幕辞。中国社科院文学研究所党委书记、副所长刘跃进，台湾大学教授何寄澎，韩国外国语大学教授柳晟俊，日本岛根大学教授户崎哲彦分别发表讲话。在开幕式上，大会安排了两场圆桌论坛，分别以唐代文学研究的现状与前景、唐代文学研究的成果与发展路径为主题展开讨论。圆桌论坛分别由葛晓音、赵昌平、廖美玉主持，刘跃进、董乃斌、蒋寅、高克勤、莫砺锋、吕正惠、金世焕、刘燕萍先后发言。此后，会议还举行了追思仪式，缅怀唐代文学研究领域近五年逝世的学者。

10 月 13 日大会举行闭幕式，何寄澎、卢盛江、吴相洲、蒋寅、戴伟华分别担任主持和评议。下定雅弘、王兆鹏做了主题发言。中国唐代文学学会副会长、武汉大学教授尚永亮代表中国唐代文学学会做大会总结报告并致闭幕辞。他充分肯定了本次会议的成就，认为“会议研究的问题有密度，有广度，有深度，也有新意”。“选题多样化，研究视角亦有新变。”“这种情况，一方面说明大家对这次会议的重视，另一方面也印证了唐代文学研究蓬勃发展的态势，同时，也展示了唐代文学研究的若干新的动向。”他对苏州大学的支持及罗时进教授带领的会议筹备团队的精心组织、辛劳奉献表示诚挚感谢，对西北大学文学院等单位协办会议致以谢忱，期待唐代文学研究更新局面的到来。

二、论文综观

本次会议共分五个小组展开讨论，兹从以下几方面加以综述：

(一)地域、家族与唐代文学关系研究

地域、家族与唐代文学关系研究是本次会议的中心议题，与会学者围绕议题交流了各自的最新研究成果。复旦大学陈尚君表示，苏州是中国历史文化名城，也是唐代文学的重镇，“唐代经济中心在江南，江南的文化代表是苏州。从三国孙氏建立政权，苏州大族历两千年不衰，在中国文化史上写下浓墨重彩的一笔”。而拥有中国古代文学全国首批获批博士点的苏州大学，近二十年所作明清地域文学和家族文学研究，是活生生的城市记忆，值得文化研究学者参考。廖美玉(台湾逢甲大学)《唐代〈月令〉组诗的物候感知与地志书写》阐释了唐代《月令》组诗如何透过江南节令、物候的地志书写，体现了着重人地关系的地志书写特性，映现出特定地理区域的自然物候、日常生活及社会文化。曹瑞娟(浙江工商大学)《从白居易苏杭诗看文学与地域的互动》、李谟润(广西民族大学)《唐诗涉苏地佛寺略考》、王志清(南通大学)《吴风日渐与唐诗转型》、邢蕊杰(绍兴文理学院)《唐大历浙东唱和与江南雅集文学复兴》都探讨了江南地域与文学的互动关系。另有多位学者透过历史场域变迁来观察唐代文学，张蜀蕙、杨晓霭、李芳民分别着眼于唐代南贬文人群体、唐丝绸之路及唐长安佛寺与文学记忆。黄奕珍(台湾大学)通过文本细读揭示了杜甫夔州时期以诗立传之意。查屏球(复旦大学)研究韩愈寓居宣城时的修业备考经历,旨在阐明安史之乱后山东士族文化南移与古文运动的关系,翟满桂(湖南科技大学)等研究了柳宗元哲学思想与湘学的关系。郭院林(扬州大学)《唐代文学中的西域歌舞艺术》、孙植(南京师范大学)《西域风情与岑参诗歌独特的诗美风貌》、海滨(海南大学)《试论汉唐情结在西域的现实对应》都不约而同涉及西域与唐代文化文学的关系。田恩铭(吉林大学)《地域、士族与初唐文学格局构建中的文学图谱重绘》、米彦青(内蒙古大学)《唐代诗人出塞北诗述论——以今内蒙古地区为例》、李德辉(湖南科技大学)《唐代五都交通圈及其文学效应》、滕汉洋(盐城师范学院)《运河环境、寄户身份与白居易符离修业生活考论》等论文阐述了历史地理场域对作家创作的影响。在家族文学研究方面,罗时进以唐代韦氏家族"花树韦家宗会法"为切入点,阐明家礼及对家礼的文学记忆维系着家族的文化精神,明清及域外史料中依然能看到对"花树韦家宗会"的追念和模仿,可见虽家族世泽渐斩,家族文化却能在文学史中长久存留,产生跨越时空的强大影响,这一研究拓宽了唐代家族文学研究的新空间。洪树华(山东大学)《唐代杜甫家族的诗歌情结及杜甫诗风的演化》、梁尔涛(郑州大学)《论唐代姻娅诗群及其文学意义》、孙虎(苏州科技学院)《陈訏与陈氏家族杜诗学研究》、吴淑玲(河北大学)《唐代杜氏家族文化与杜氏文学家的诞生》,分别围绕唐代韦氏、杜氏、卢氏、阎氏、萧氏家族,清代的陈氏家族及其与文学的关系作了细密的爬梳和分析,深化了对相关领域问题的理解。

(二)新见史料与唐代文学研究

新见史料与唐代文学的研究新见迭出。胡可先(浙江大学)《新出石刻史料与唐代卢氏文学家族考论——以卢士玫族系为中心》、景遐东(湖北师范学院)《新出土阎仲连、萧守规墓志与唐代萧氏及其他江南家族姻亲研究》借助新材料,发现良多。卢盛江(南开大学)《〈文笔眼心抄〉非伪书辨》提出《文镜祕府论》和《文笔眼心抄》二书在编撰体例、思想上具有很高相似度,二书有着共同的原典材料，由此推论二书作者皆为空海，其书无法伪造并对质疑的观点作出反驳。赵阳阳（西北大学）《〈颜鲁公文集〉宋本原貌蠡测》对《颜鲁公文集》的二种北宋本及南宋本产出的先后及资料增补过程作了详细考察并对严可均的论见予以深度省思。韩震军（安徽师范大学）《〈藏园群书经眼录·诗纪〉辨误》在前人纠谬基础上检阅相关传世文献，对傅增湘《藏园群书经眼录》集部所录《诗纪》一书予以考辨订误。卢燕新（南开大学）就《会稽掇英总集》卷二所录《送贺监》及相关编纂问题作了推论。亓娟莉（咸阳师范学院）指出，《旧唐书》著录的乐府文献之中属于唐人乐府论著的主要是初唐文献，而这类文献或因词多不经、词多郑卫，不得归入经部乐类，所以被著录于集部总集类。王永波（四川省社科院）阐释明代编纂、评注、刊刻李白集的盛况与明代社会政治、经济条件、士人心态、复古诗学的尊唐思潮之间的密切关系。彭燕（《杜甫研究学刊》编辑部）《宋代巴蜀地区石刻杜诗》将宋代巴蜀地区的石刻杜诗分为杜甫手迹和他人手书两类予以介绍和评述。柳晟俊（韩国外国语大学）从《全唐诗》及其《补编》之中收集古代渤海国的唐代诗人诗作，考辨其籍贯并诠释其作品内容。下定雅弘（日本冈山大学）推论《琵琶引》是白居易于长庆初年从忠州回到长安后不久所写的虚构作品，不是以往学界所认定元和十一年白氏在贬地江州所作，其推论奠基于四项文学传统的佐证，分别是虚构文学、琵琶文学、闺怨文学、贬谪文学。佐藤浩一（日本东海大学）《江南学术的精华〈杜诗详注〉》从家族师友的传承、宁波地区的文风与士风阐明仇兆鳌《杜诗详注》所以成书的原因。长谷川真史（日本九州大学）《元稹〈连昌宫词〉创作年代考》将元稹《连昌宫词》的撰成年代重新订于元和十五年并由作品的叙述观点、预设读者的分析为前提，对"六皇帝"一词提出新解。户崎哲彦（日本国立岛根大学）提出了据日本所藏王伯大《昌黎先生集音释》可以部分恢复早已佚亡的方嵩卿《韩诗编年笺校》，对《韩愈集》的整理与研究有很高的史料价值。刘洁（日本九州大学）结合中日两国古文献，对王维诗作在日本的存在形态以及王维作品集初渡扶桑等问题进行了论证。李定广（上海师范大学）《杜甫、元淳、张泌生平考实》针对杜甫死后归葬地、女道士诗人元淳的活动时期以及与张泌即张曙等诗人行迹的补证、考辨,解决了相关作品编年问题。邓芳(日本东京大学)由《静夜思》日本版本是"床前看月光""举头望山月"和中国版本的差异出发,说明导致此现象出现的版本源由并从"物哀"与"阴翳"的日本审美观诠释为何日本较为认可的是细小幽冷的山中弯月。柏红秀(扬州大学)重新定位李龟年的身份是盛唐京城著名市井乐人,并由此省思南宋胡仔质疑《江南逢李龟年》作者身份一事系出于误解而来的伪命题。房锐(四川师范大学)对日人竹添进一郎《栈云峡雨日记》等三部日记中的杜甫草堂记述进行了研究。朱玉麒(北京大学)考证了宋刻张说集残抄本的流传情况。罗宁(西南交通大学)推定《开元天宝遗事》约作于北宋中期,是与《云仙散录》《清异录》同类的伪典小说。凌郁之(苏州科技学院)考证张旭诗歌十首,认为七首与宋人重出,三首在疑似之间。戴伟华(华南师范大学)论证《使至塞上》与崔希逸破吐蕃事无关。刘明华(西南大学)《"杜甫卷"整理与研究进展报告》介绍了杜甫诗歌整理方面的最新成果。

(三)唐代文学传播、影响研究

围绕唐诗接受及域内外传播提交了多篇论文,内容涉及接受背景、原因、时段、效果,传播地域、方式、途径等方面,既有实证分析,又有理论概括,体现了对新方法的灵活使用。在唐诗接受史方面,丁放(安徽师范大学)和陈才智(中国社会科学院)分别讨论元代和清代的唐诗学问题,对唐代诗歌的传播与接受背景进行了深入分析。曹丽芳(辽宁师范大学)讨论宋代文学中的"三生杜牧"叙写。周睿(西南大学)分析隋唐五代谶文学生成的语言特质并转用传播学的概念,建构谶文学所依倚的造谶、传谶、解谶之传播机制。长谷部刚(日本关西大学)考察了日本诗歌集锦《和汉朗咏集》中少量初唐诗歌的流传情况。袁晓薇(合肥师范学院)认为大历主流诗人对王维诗歌的心慕手追构成了王维诗歌接受史上极为壮观的一幕。这些论文表明近年来唐诗接受问题仍然为学者们所关注,显示出这一方向研究的前景。

(四)唐代文学文体研究

本次会议相关论文既有诗歌研究,也包括唐代判文、露布文、制诰文、小品文等方面的考察，显示出类别细化，多向深入的态势。何寄澎《韩愈古文的古典意义与现代意义》从韩愈古文的古典意义与现代影响立论，指出其开启现代散文中“诗化散文”章法多变、以文为戏之传统，思通千载，视野宏阔。萧晓阳（中南民族大学）梳理了寓言体小品与变文、记叙体小品与传奇、史论体小品与古文之关系，勾勒出晚唐小品文之谱系。杜晓勤（北京大学）《五言诗律化过程及唐诗体格律研究的历史回顾和学术思考》研究了古诗向律体的转化过程，系统阐释了五言诗声律理论和律化进程研究现状和五言诗律化研究的推进。王基伦（台湾师范大学）辨析了唐人文体观念的变迁。罗燕萍（四川外国语大学）探讨了《花间词》中闺怨词的典型模式。谷曙光（中国人民大学）探讨了露布文体的唐宋流变及其文学价值。王辉斌（湖北文理学院）对明代批评家胡震亨的“唐代乐府论”进行了全面梳理。吴河清（河南大学）论述了唐代赋得体诗的创作特征及其流变。周诚明（台中科技大学）论证了唐文宗下诏以齐梁体格选士为中唐以后诗风转变之重要关键。近年来唐代文体研究的成果在本次会议上得到了展示，由“问题意识”驱动“文体研究”成为一个特点。

（五）唐代重大学术问题再讨论

本次会议既有学术上的薪火相传，更有学术观点、研究方法上的不断创新，或是放宽研究视野，跳出唐代看唐代；或是对唐代文学理论观念进行新的诠释；或是在宏阔视野下重新阐释经典；或是对唐代重要作家作全新阐释；研究对象和选题更是表现出广泛多样性。

一些学者由唐入宋、入清，或由唐返汉、返先秦。尚永亮在会议总结中认为：“在这方面，蒋寅、罗时进诸位教授最具代表性，他们在唐代文学研究中都有很丰厚的成果，但他们近些年都将关注的重点转移到了清代，而在关注清代的同时，又不忘记唐代，通过新的视角，发现原来不易发现的问题。这种跳出此山以观‘庐山真面目’的做法，是有启发意义的。”董就雄（香港珠海学院）选择过去学界研究王维诗时较少关注的清代后期三部具代表性的诗话《养一斋诗话》《昭味詹言》《筱园诗话》，详析他们评说王维诗之观点的同与异，从而呈现晚清接受王维诗的主流与歧向。苏铁生（华南师范大学）《从杜牧的重塑看元明清戏曲的审美取向》在既有研究反思的基础上，提出以元明清戏曲的历史脉络为参照，借此呈现杜牧形象之重塑与转变的论述角度，并且应由剧场舞台的场域所涵有的演员与观众的互动关系，对杜牧形象之所以重塑的原因予以深入诠释。李宜学（台湾"中央"大学）认为，"明末清初李商隐诗接受中'比兴说诗'视野的形成"一方面来自文字狱、苏州文苑的家族师承传统等外缘因素，另一方面来自对宋明以来重赋轻比兴，因而不利于抒情的诗学困境的内缘因素。李正春（苏州科技学院）《论唐代景观组诗对宋代"八景诗"体式定型化的影响》指出"八景"诗蕴涵道家天人合一之精神。刘京臣（中国社会科学院）以杜牧为例，探索了宋人消解唐诗中崇高感的几种方式，提出了历史感的淡化、哲理化、游戏化等思辨模式。

本次会议对唐代文学理论观念详析及新解的论文较多。蒋寅（中国社会科学院）《方氏诗论语桐城诗学的中唐取向》提出了迥异前人的观点，认为确立桐城诗学并非姚鼐，而是方世举、方贞观兄弟，重建了桐城诗学体系源流。莫砺锋（南京大学）《中唐诗坛上的韩潮柳江》认为韩、柳都是极具艺术个性的诗人，而"韩潮""柳江"既是韩、柳二人的古文风格特征，又是两家诗歌的独特风貌，这为深入考察一位文学家在不同文体创作中是否具有同样风格倾向问题提供了例证，也为充分认识韩、柳二人在中唐文学史上的地位提供了特殊角度。陈冠明（鲁东大学）《论王维的"画意诗"与"诗情画"》通过考察王维的绘画及诗歌阐释苏轼从"诗中有画，画中有诗"的观点接受王维诗的意义及价值，揭示了右丞诗画的妙趣。张巍（华南师范大学）从赋句、赋体分段、赋题三方面对成书于中唐后期的《赋谱》中的专有名词作了诠释，并举唐宋相关律赋作品实际分析，以印证赋谱所能达到的约束效力。侯雅文（台湾政治大学）《刘辰翁校评王维诗辑佚考论》通过比对元刊本刘评以及明代文人所载录的刘评，提出"刘氏佚评"并就"刘氏佚评"所呈现刘辰翁诗观的消长变化以及刘氏对唐宋时期王维诗评说史的接受歧向进行分析。李金坤（江苏大学)《孔颖达"比兴"之释义与唐诗比兴生态世界审美》认为,孔颖达最重要的诗学成就,在于对"六义"重新排序,将风赋比兴雅颂按照体裁与表现手法分开,改为风雅颂、赋比兴,提出了"三体三用"说,揭示了孔颖达对于唐诗学的重要意义。李欣锡(台湾清华大学)《论"前唯山谷后钱卢"在杜诗学上的意义》指出,清初王士禛对穿凿释杜之病的批判,从侧面阐释了钱注杜诗扬弃"隐喻"式的笺注在杜诗学上的地位。朱易安(上海师范大学)阐释刘禹锡《竹枝词序》,认为文人所作《竹枝词》体现了儒家诗教传统。林淑贞(台湾中兴大学)借鉴西方"互文"理论分析唐小说《郭翰》和六朝志怪《白水素女》《董永》诸文本,揭示三篇小说故事所涉织女符号之多义和歧义的形成及相反相成的小说叙写模式。刘宁(中国社会科学院)以疏理唐代社会尚武精神的沉浮来解释韩愈狠重文风形成的原因、钱志熙(北京大学)论隋唐之际诗学中雅正与浮艳的对立、吕正惠(台湾淡江大学)论香草美人传统的新变、吴光兴(中国社会科学院)论唐人"文章即诗歌"的文学观念、查正贤(华东师范大学)论唐诗创作中的"冥搜"概念与"冥搜得境"的命题,立意都很新颖。另外,陈珀如(新加坡新跃大学)论唐代诗歌与佛教七宝之关系、汪聚应(天水师范学院)论唐人豪侠小说与佛教道教关系、邱晓(西北大学)引入荣格学说研究杜甫诗歌的大水意象、吴夏平(贵州师范大学)论中唐"六经皆文"观念的生成、吴振华(安徽师范大学)论韩愈的乐府观念及其《琴操》的创作、张清华(河南省社会科学院)论殷璠《河岳英灵集》的诗学思想、杨旭辉(苏州大学)论王嗣奭《杜臆》的唐诗学观等,都能跳出窠臼,独标胜义。

(六)对唐代作家及近代唐文学史家的研究

陈尚君《李杜齐名之形成》对李杜齐名问题作了考证,文章指出"认为杜甫在唐代诗人中地位不高、影响不大,实是皮相之见"。他引征第一手文献资料证明,杜甫诗已提及"李杜齐名"。任华也曾将李杜并论,考证出李杜齐名始于贞元、元和之间。尚永亮《"元白"并称的特点及其符号意义》论述唐诗人元稹、白居易的并称,除包含人们熟知的尚通俗、重写实、求讽谕的创作追求,还具有远超其他并称的多元义项;而且从其得名原因、方式和指称对象优劣、排名次序先后等方面看，也都具有一些可供玩味的细节。林锦婷（台湾逢甲大学）对韩愈“余事作诗人”作了全新阐释，指出了其涵义是：自我抒情、自我娱乐、交游论诗与为诗放才。鞠岩（中国海洋大学）指出元稹在中唐推崇《尚书》文本有着反对骈文浮泛的深刻意义。郭海文（陕西师范大学）《唐五代女性诗歌综论》对这一时期女性诗歌作了全面梳理。李振中（商丘师范学院）《徐铉诗风辨》提出了徐铉深受“太白体”之影响这一论断。李翰（上海大学）《士权陨蚀与唐代文学之启幕》考察了士族特权融蚀对唐代诗人与诗歌的影响。李尧涓（台湾逢甲大学）讨论了寒士出身的中唐政坛群才独特的人生经历与心态。毕宝魁（辽宁大学）和葛景春（河南省社会科学院）分别将李白与王维、杜甫进行比较，崔小敬（浙江师范大学）论述了唐代神僧万回及其文学因缘，吴相洲（首都师范大学）探讨了上官婉儿主持诗坛的意义，何湘（湖南科技大学）论罗隐作品接受问题，皆新见迭出。另外，曲景毅（新加坡南洋理工大学）《谫论唐代开国“大手笔”作家》论述陈叔达、颜师古、岑文本三人的文学成就及他们与李唐开国文坛的关系。陈炜舜（香港中文大学）对李炳南为中兴大学中文夜间部讲授诗学课程编订之教材《诗阶述唐》中《读诗先读求味》一节作了阐释。在现代唐诗研究家方面，有路海洋（苏州科技学院）《论钱基博的韩愈古文研究》、黄晓丹（江南大学）《“力”、“诚”、“生”——顾随唐诗批评中的三个概念及其逻辑关系》、方丽萍（青海师范大学）《浅论〈柳文指要〉的成就及文化品格》等。

（七）对经典的重新阐释及新方法、新视角的应用

郑滋斌（香港城市大学）《李商隐〈柳枝五首〉及〈序〉文研究》认为，李商隐怜惜柳枝然而并未与柳枝有心的交流，否定了“柳枝是李商隐平生第一知己”之说。郭丽（首都师范大学）《论古乐府的经典化过程》考察了从隋唐至明清一千多年的古乐府经典化历程。刘青海（上海师范大学）指出杜牧游冶诗并非简单的艳情诗。刘航（首都师范大学）从女性体态角度讨论温庭筠词。崔际银（天津财经大学）将柳宗元“用世之文”按主观指向分为六类。高建新（内蒙古大学）对李益边塞诗中情景、音乐与将士心

理进行了解读。张中宇(重庆师范大学)关注唐代诗人对天台山的钟爱,以此为基础考察李唐的政治力量、天台山的胜景及所在的道教等诸因素之间的关联以及对浙东唐诗的形成所发挥的促进作用。刘洁(西北民族大学)指出夜泊诗是止泊诗人心灵的场所。程苏东(北京大学)认为孔颖达《毛诗正义》大量义疏源自刘炫、刘焯旧疏,反映了北朝与隋初北地一般学者的学术取向。刘燕萍(岭南大学)讨论螺女故事的民间故事形态。李鹏飞(北京大学)提出唐代小说繁荣与行卷、古文运动并无必然联系。曾智安(河北师范大学)认为王湾的诗句"海日生残夜,江春入旧年"作为唐诗歌楷式是气候变迁推动的结果。金昌庆(韩国国立釜庆大学)从历史视角考察了晚唐咏史诗的兴盛。沈文凡(吉林大学)探讨了唐代渤海使节和日本文臣创作的通聘赠答诗的文学史价值。陶小路(上海大学)论述英语学界对唐传奇的翻译与研究、童岳敏(安庆师范学院)探讨了唐代私学与文学的互动关系、田苗(西北大学)论王孟韦柳诗歌中的冬景书写等,俱为精心之作。王兆鹏(武汉大学)《20 世纪国内唐代文学研究历程的量化考察》展示了电子时代唐代文学的定量研究所取得的扎实成果。胡旭(厦门大学)考证唐景龙年间修文馆学士数量的变化并由此评估宫廷文学对于初盛唐文学发展的影响。杜晓勤在讨论现场演示了自己的最新成果软件数据库《古典诗歌格律文库》。

三、特点简述

本次会议在筹备组织工作上有新创意,主要表现在四个方面:

(一)圆桌论坛,聚焦唐代文学研究现状和未来

本次会议开幕式上设置了两轮圆桌论坛,分别邀请 8 位著名学者参加讨论。第一轮圆桌论坛由葛晓音主持,主要议题是唐代文学的现状和前景。刘跃进围绕如何对待经典的问题发表了看法,他认为唐代是抄本最后的时代,经典性更强,传抄不是原貌,但也不是不可靠。如何对待经典?解构还是守望?他认为应该坚守经典,文学研究工作者在主张回归传统的同时,也应

当回归经典，在历史还原、文化还原与多元解读、尤其是审美分析方面，经典重读具有广袤的可能性空间。他认为目前学界研究者有很多人在外围兜圈子，对于经典的细心程度不够，不能完全进入文本，导致有些文本尚未读透，老话说尽，没有新意。经典的妙处是常读常新，他提出“可以采取‘倒着读’的方式进行文本阅读”。“原原本本，老老实实地去读，才能更接近经典。”董乃斌（上海大学）坦言对目前唐代文学研究现状很满意，《全唐诗》新的整理正在进行，《全唐文》的整理也正在进行，《全唐五代笔记》已出版，等等。面对当今学界认为“唐代文学研究中新论题不容易找到”，他觉得这一现状确实存在，但是只要思路开阔，唐代文学的研究就会没有穷尽。要有文学史无限论的思维，即文学史研究与深入是无限的。蒋寅认为，研究唐代文学，要跳出唐代看唐代。所谓“跳出”是“移位”，也是“超越”，可以对唐代文学发展中的问题有更清晰的把握。高克勤（上海古籍出版社）站在成果出版的角度，希望不仅应该有更多的论著，还应该有好的新注本，为学界提供新资源。第一轮圆桌会谈结束后，葛晓音做了总结发言，指出目前唐代文学研究有平庸化的倾向存在，要引以为戒并加以摒除。

第二轮圆桌会谈由赵昌平、廖美玉共同主持，主要议题是唐代文学研究的成果与发展路径。莫砺锋对当今的学术评价体系，尤其是对以C刊作为“评价标准”提出批评意见。他认为目前的学术环境不太理想，评价体系让人无奈，但是大家还是要做好自己应该做的事情，不要为外界过多的东西所困扰。吕正惠认为唐宋要贯通，唐代文学研究与后代文学研究要“整体思考”。金世焕（韩国釜山大学）发表即兴演讲，既有韩国近年来的研究现状介绍，也有个人感悟。刘燕萍回顾香港近几年来唐代文学研究现状，给予充分肯定。她认为香港研究唐代文学的学者虽然不多，但论文水平比较高；选题的分布，主要集中于大家，也接触到关注不多的作家。

（二）追思六位学者，寄托怀念与敬意

本次年会在开幕式上安排了“怀念与致敬”环节，追思唐代文学研究领域近五年逝世的学者。这一环节由李浩（西北大学）

主持，分别由胡旭悼念周祖譔先生，朱易安悼念朱金城先生，胡可先悼念吴熊和先生，李德辉悼念陶敏先生，陈尚君悼念王运熙先生，丁放悼念余恕诚先生。发言的六位学者或是逝者的学生，或是子女，或是同事。

（三）与会代表年轻化，鞭策与宽容并存

本次年会既有享誉海内外的唐代文学研究前辈，也有朝气蓬勃的中青年学者，而父子（女）同行、夫妇携手、弟兄联袂参会更成学林佳话。值得一提的是，本次年会也尽量给中青年学者展示才华的机会。在讨论中每一位与会代表都是论文发表者，至少有十分钟时间发表自己观点，同时也都是评议人，有至少五分钟评议他人论文的机会。

（四）注重节俭办会，在“认真”与“质朴”中体现精彩

本次年会是在大力提倡节俭的背景下进行的，但也没有因此失去光彩，精彩在“认真”“质朴”的学术讨论氛围中得以呈现。由于每位代表都有评议任务，所以领到会议手册和论文集后，与会学者便集中精力阅读相关论文，力求作出中肯评价并提出高质量的意见。几天的小组讨论热烈而有节制，激烈而有风度。另外，在每场讨论结束之前都留有至少30分钟的开放讨论时间，这更拉近了学者们之间的距离，提高了探讨的自由度，使得会议气氛既严肃又活泼。出于勤俭办会的理念，本次会议没有安排规模性的文化考察，但是寒山寺赞助的古寺访问和枫桥踏访活动却给与会者留下了深刻印象。近郊木渎古镇和市内平江路老街以及苏州新区的游览，虽然对整个江南文化而言只是一个掠影，但其中有对唐人苏州经历的直观感受。

中国唐代文学学会第十七届年会暨唐代文学国际学术研讨会开幕辞

□ 陈尚君

尊敬的袁校长、各位学者和同仁：

上午好！正值江南好风景，姑苏古城聚高贤。经过两年多的筹备，中国唐代文学学会第十七届年会暨唐代文学国际学术研讨会今天在苏州大学隆重开幕，请允许我代表中国唐代文学学会，对来自海内外的与会学者表示热烈的欢迎！对给以本次会议以积极支持的苏州大学学校和文学院领导、苏州大学古典文献研究所，表示衷心的感谢！对以罗时进教授为首的会议筹备团队所作的前期奔忙，对为会议提供服务的老师和同学们所付出的辛劳，表示由衷的感激！

苏州是中国历史文化名城，也是唐代文学的重镇。据我估计，存世唐诗写于苏州者超过两千首，仅次于长安、洛阳。苏台览古，甫里论诗，虎丘试剑，真墓竞奇，太湖缥缈，洞庭霜橘，横塘夜月，阊门烟雨，破山竹径，寒山清钟，多少场景，无数名篇，让我们至今浮想联翩，心追神往。苏州文化越至晚近，越加辉煌，观平江古城图，读《桐桥倚棹录》，名园书楼，夜弦晨诵，城内外名胜到处触手可及，我们居住的东吴宾馆，开窗就能看见《全唐诗》领衔编者彭定求故居，网师园、沧浪亭皆步行可到。具有一百多年历史的苏州大学秉持“养天地正气，法古今完人”的校训，继承苏州文化传统，学术森严，成就卓越，是中国古代文学全国首批博士点，钱仲联先生是世界公认的诗学巨匠，吴企明先生等老辈学者唐诗研究论著堪为典范，中青年学者治学庄重，勇于开拓，成果丰沛。我因为地理与工作原因，与苏州大学来往极多，所知甚稔，久存心仪，谨表敬意。凭借苏州的灵气，本次年会参会学者多达 170 多人，收到论文 160 多篇，除出席代表外，海内外都有远道而来的旁听者，这是至今为止人气最旺的一届年会。我也相信在如此良好的学术环境与文化氛围里，本次年会一定可以取得丰硕成果。

唐代文学大约是中国古代文学研究中探讨最深入、成果最丰富的领域之一。我最近给一些大学的研究生作学术讲座，总结已有成绩，足感自豪，继续开拓进取，偶然也会感到前路迷茫。如何在全球化、信息化的背景下，在学术规范化已经形成学术共同体自觉的时代，真正做出无愧于前辈的成绩，每位学者都会有各自的考虑。就我之认识，本学会始终坚持多元、开放、踏实、创新的学术理念，文献考订与宏观议论并重，文学欣赏与知人论世同行。同时，也更多地倡导关注新文献，开拓新视野，运用新方法，在每次年会都设立特定主题。本次年会以地域与家族为中心议题，就是考虑到苏州在唐代的文化定位和苏州大学的学术优势而决定。唐代经济中心在江南，江南的文化代表是苏州，“吴中盛文史”，“苏州刺史例能诗”，“姑苏城外寒山寺”，世人耳熟能详，《松陵集》皮陆唱和展示的江南生活全貌，范成大《吴郡志》记录的苏州名胜人文，当然更值得关注。从三国孙氏建立政权，苏州大族历两千年不衰，在中国文化史上写下浓墨重彩。苏州大学近二十年所作明清地域文学和家族文学研究，是活生生的城市记忆，也值得治唐代学者参考。

每次参加年会的学者，总感到一半熟识，一半陌生，本次也一样。特别感谢多年参与唐代会议的海外各位老朋友，感谢你们带来新成绩和新思考，让我们深受启发。感谢与会的年高德劭的柳晟俊、吴企明、蒋凡、张清华等先生，还有董乃斌先生，古稀仪型，足为年轻后学景仰。因年高未能到会的德高望重的傅璇琮先生、罗联添先生也嘱托我们问候每位与会学者，祝会议取得成功！此时此刻，还有一些资深的国外学者正在前来苏州的航程上，这种纯粹的学术精神和国际间的学者友谊让我们非常感动。同时，这里特别欢迎首次与会的年轻学人，旧雨新知，济济一堂，是学术事业之幸！你们的论文就是最好的名片，你们代表唐代文学研究的未来，希望你们了解并尊重传统，也能以冲决的勇气开拓唐文学研究的新境界，并期待你们多参与学会的工作。由于会议接待能力的限制，本次会议谢绝了一些才俊，对列席者照顾难以周到，敬请谅解！

广西师范大学出版社及时印出新一期学会两刊，西北大学学会秘书处向每位学者赠送两书。《唐代文学研究年鉴》在吴相洲教授接手后编纂及时，田苗和郭丽两位青年学者为秘书处日常事务和《年鉴》编辑出力辛苦，也在此一并致谢！

同时我也想遗憾地说，最近几年多位成就卓著的前辈离开了我们，虽然沧海桑田，逝水如斯，但我们始终心存感激，牢记言容。本次会议特别安排了对近几年逝世的唐代文学著名专家的追思怀念环节，他们始终在我们心中，与我们在一起。

本次会议议程安排充实而紧凑，会议期间安排了参访镌刻着唐代文化印迹的木渎古镇和寒山寺，必会给各位认识苏州文化和园林景观留下深刻印象。为作好安排工作，罗时进教授很费心力，动员了各种资源，很不容易。当然苏州可以参访的地方太多，好在路途不远，交通便利，举目可及，步行可到。

最后，祝所有与会学者身体健康，心情愉快，共享苏州的学术文化盛宴！

中国唐代文学学会第十七届年会暨唐代文学国际学术研讨会闭幕辞

□ 尚永亮

各位代表、各位来宾：

经过两天半紧张而热烈的讨论，经过刚才诸位代表发表完激扬的感言，“中国唐代文学学会第十七届年会暨唐代文学国际研讨会”今天就要闭幕了。受陈尚君会长委托，我想在这个闭幕的总结中，首先向苏州大学文学院和会务组表示衷心的感谢！从会前的长期准备，到会议期间的种种安排，罗时进教授和他的团队为代表们做了大量工作，为会议的圆满和成功付出了辛苦努力；同时，西北大学文学院在经费方面也给予了有力支持。我提议，大家用热烈的掌声，向他们表达我们的真诚谢意！

这次会议，到会代表共170余人，其中来自中国台湾、香港等地以及日本、韩国的海外学者30余人，提交论文160余篇。从规模上看，是历届会议中最大的一次，用尚君会长在开幕辞中的话说，这是至今为止人气最旺的一届年会。有这种盛况，一方面说明大家对这次会议的重视，另一方面也印证了唐代文学研究蓬勃发展的态势。同时，也展示了唐代文学研究的若干新动向。我们这次会议共设置了八个重要的议题，即地域文化与唐代文学关系研究，家族文化与唐代文学关系研究，唐代江南文学家及其创作研究，唐代文学海外传播、影响研究，唐代应用文体研究，唐代文学新见史料研究，近代唐文学史家研究，唐代文学研究重大问题再讨论。这八个议题，纵横交错，古今沟通，从史料到理论，从地域到家族，从应用文体到海外传播，包容比较广泛，重点也很突出。从大家提交的论文看，大致都有涉及，在某些问题上还有非常集中、深入的讨论。除此之外，还有一些代表依据个人兴趣和积累，另辟蹊径，展开了若干新的论题，发表了很多启人耳目的意见。所有这些，刚才五个小组的代表都有很好的总结，我就不一一细说了。我想补充说明的，是我对这次会议的几点突出感受。

我的第一个感受是，此次会议设置了两个独特环节。一个环节是开幕式上的两轮圆桌论坛，分别邀请了8位著名学者，就唐代文学研究的现状与前景作了很好的阐述。其中涉及细读精典、微观与宏观、唐学关联与唐学贯通、数字人文以及当前的评价体系、力避空疏浮躁学风等问题，不少意见颇富针对性、启发性。另一个环节是对近些年辞世学者，特别是近五年辞世的知名学者周祖譔、朱金城、吴熊和、王运熙、陶敏、余恕诚先生的追思。这些先生高风亮节，著述丰厚，为唐代文学和相关领域研究作出了突出贡献。通过追思，不仅寄托我们一份深深的怀念和敬意，而且对我们形成一种鞭策，激励我们继承他们的遗志，深化并完成他们的未竟之业。

我的第二个感受是，会议研究的问题有密度，有广度，有深度，也有新意。比如，在家族文学研究方面，围绕唐代的韦氏、杜氏、阎氏、萧氏家族，清代的陈氏家族及其与文学的关系，作了细密的爬梳，深化了我们对相关领域的了解。再如，在传播接受学方面，围绕李白、杜甫、王维、元稹、李商隐、罗隐等人的接受史，以及唐诗的域内、域外传播，提交了多篇论文，其内容广泛涉及传播的地域、方式、途径，接受的背景、原因、时段、效果等方面，既有实证分析，又有理论概括，体现了对新方法的灵活使用。

我的第三个感受是，选题多样化，研究视角亦有新变。从代表们提交的论文看，不仅涉及传统的作家作品研究、文献整理、史实辨误等诸多方面，而且涉及气候变迁、姻娅诗群、五都交通、佛寺建筑、神话民俗、夜泊舟行、月令组诗、冬景描写，范围非常广泛。仅以文体研究为例，就有关于唐代判文、露布文、制诰文、小品文、赋得体诗等方面的专门考察，由此拓展了视野，细化了类别。其中有若干选题，如五言诗的律化过程、韩愈古文的古今意义、韩愈狠重文风形成与元和时期的文武关系、香草美人传统之新变、隋唐之际诗学中雅正与浮艳之对立、元白并称的特点及其符号意义、新出石刻史料与唐代卢氏文学家族等,都能跳出窠臼,独标胜义,令人读来,耳目一新。

以上几个方面,还只是我对这次会议的一点观感。如果稍微放开视野,从近几年海内外唐代文学研究的总体态势来看,我以为也基本展示出这些特点,与我们对会议的感受是相吻合的。其中特别要提及的,是在以下几个领域取得的发展和获得的成果。

一是以乐府学为代表的诗体研究。首都师范大学吴相洲教授带领他的团队,相继创办了《乐府学》刊物,成立了乐府学会,出版了一系列论著,风生水起,颇具影响。

二是出土文献与文学研究。浙江大学胡可先教授在这方面用力最勤,相继出版了《考古发现与唐代文学研究》《出土文献与唐代诗学研究》等专著,借助新材料,发现良多,并申报了"考古发现与中古文学研究"的国家重大课题,使这一论题有了更好的开展前景。

三是唐代文学的定量研究。这方面的代表是武汉大学的王兆鹏教授。刚才他所作的《20世纪国内唐代文学研究历程的量化考察》的报告,已经使我们感受到了借助新方法所取得的扎实成果。而在近几年中,他还发表了一系列相关论文,相继推出《唐诗排行榜》《宋词排行榜》,在坚持学理性的同时,注重普及,扩大了古典诗词的在大众中的影响。

四是唐代文学的传播接受研究。这方面的成果非常丰富,近几年较具代表性的有谷曙光《韩愈诗歌宋元接受研究》、袁晓薇《王维诗歌接受史研究》、吴淑玲《唐诗传播与唐诗发展之关系》、尚永亮等的《元和诗歌传播接受史的文化学考察》。在理论层面和操作层面,都积累了较为丰富的经验。

五是唐代文学诸文体间的关系研究。这方面的代表作,是余恕诚先生和吴怀东教授合著的《唐诗与其它文体之关系》一书,该书深入论证了唐诗与赋、文、小说、词之间的文体互动情况,并从这一角度揭示出唐代文学繁荣的原因,颇具开拓价值。

六是拓展了研究领域。一些学者由唐入宋、入清，或由唐返汉、返先秦，用圆桌论坛中蒋寅教授的话说，就是：跳出唐代看唐代。在这方面，蒋寅、罗时进诸位教授最具代表性，他们在唐代文学研究中都有很丰厚的成果，但他们近些年都将关注的重点转移到了清代，而在关注清代的同时，又不忘记唐代，通过新的视角，发现原来不易发现的问题。这种跳出此山以观察庐山真面目的做法，是有启发意义的。

当然，近年唐代文学研究也还存在若干可议的问题，还有不少可以继续提升的空间。记得八年前在北京召开的第十三届年会上，董乃斌副会长曾在闭幕辞中提到研究中应注意的两个倾向：一是我们的研究多以诗文，特别是诗为主，散文、小说偏少，赋、骈文和通俗文学更少，由此导致研究的失衡；二是所讨论的问题，具体、微观者多，中观以上，达到宏观层次的比较少，由此导致学术视野的局限。而在四年前南开大学召开的第十五届年会上，赵昌平副会长在闭幕辞中也就唐代文学研究的现状和发展提出过几点意见：第一，要使史料学建设与文学现象研究结合起来；第二，应注意唐代文化的研究与文学研究的互动；第三，要重视文学理论与文学史研究的互动；第四，要强化文体研究与风格研究的结合；第五，要前瞻后望，瞩左顾右，注意中西结合、宏观与微观的结合。我以为，董先生、赵先生这些意见，看问题很准确，具有很强的针对性和指导意义，今天看来也未过时。在他们的基础上，我想补充两点。一是选题问题。这是一个老问题，也是一个重要问题。人们常说：好的选题是成功的一半，选题不好，直接关系到研究的成败。在不少情况下，一个知识储备丰厚的学者，如果选题不当，可能会写出平庸的文章；而一个入道未久的新锐，如果选题好，也能事半功倍、取得可观的成就。长期以来，选题陈旧，缺乏新意，尤其是缺乏思想含量和文化内蕴，重复别人，也重复自己，是古代文学研究、包括唐代文学研究领域存在的较为普遍也较为突出的问题。这个问题不解决，将会严重影响我们的研究质量。二是材料使用的问题。现在大家都重视新材料的使用，这是对的，但新材料、特别是出土文献，既有数量上的限制，又是可遇而不可求的，因而，在充分关注新材料的同时，我们还应将注意力放在旧材料的细读上，要从旧材料中读出新问题。而要从旧材料中读出新问题，关键在于视角的变换，只有改变了研究的视角，旧材料才能为新问题服务。否则，新材料也可能沦为旧观点的注脚。

会议到此结束了，文化考察即将开始。我们一些未尽的话题，还可在明后天的行程中继续展开，我们对唐代文学的体悟，也将在“姑苏城外寒山寺”的悠扬钟声中获得深化。谨预祝大家心情愉快，旅程顺利！

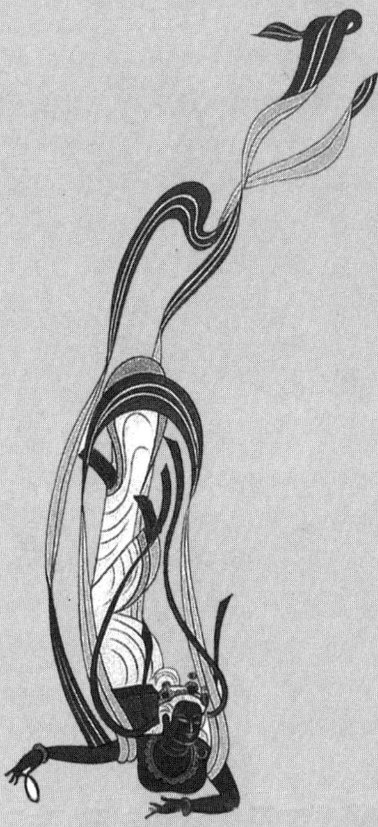

一年研究情况综述

初唐文学

□ 钟乃元

据中国学术文献总库、维普中文期刊全文数据库统计，2014年发表的有关初唐文学研究的论文有110篇，数量比上一年有所减少。从研究内容及研究方法来看，与往年相比没有太大突破。最为引人注目的是部分选题十分重视对新出土的文献资料例如墓志铭的研究与运用。现择要综述如下。

一、总体研究

此类文章有10余篇，涉及文学批评、文学与政治军事关系、文献研究等内容。李海燕《初唐史家的文学伦理学批评》(《理论学刊》2014年第3期)认为，文学与伦理学之间以道德为中介建立起了不可分割的联系，我国古典文学中文学的伦理价值具有核心地位。初唐史家出于总结前朝经验，为新朝的统治提供借鉴的目的，在所修“八史”中对前朝文学创作集中进行了伦理学批评，其文学伦理学批评是建立在对文学伦理功用充分肯定的基础上的。初唐史家从伦理学角度对南朝和隋代的宫体诗等进行了批评，主要表现在四个方面：从文本层面指出了文学伦理价值缺失的严重危害；从作家自身层面揭示前朝文学伦理价值缺失的原因在于作家的主观选择；立足文本，不以人废言，比王通等人更为理性地体现出了作家批评与文本批评的二元层次性；较为辩证地分析了文与质的关系，不固执于文学的伦理价值之一端，在强调伦理功用的同时尊重文学的艺术价值，为唐代文学的发展开辟了宏阔的生长空间。初唐史家在所修“八史”中坚持文学伦理学批评，与唐太宗侧重于治国安邦、礼乐教化的历史观以及意图恢复文学的伦理教化功用的文学观有密切关系。

余恕诚、王树森《论初盛唐东北边塞诗及其政治军事背景》（《吉林师范大学学报》2014 年第 1 期）提出初盛唐时期的东北边塞诗创作大体上可分为三个阶段：第一阶段以唐太宗为代表，第二阶段以陈子昂为代表，第三阶段以高适为代表。东北边塞诗具有丰富内容，情感基调呈现明显的阶段性变化，特别是将陈子昂、高适的东北边塞诗与开元、天宝时期的西北边塞诗相对照，会发现前者写边疆负面现象较多，情绪不及西北边塞诗高昂。这种差异，只有统观唐代武后至玄宗后期从国家西陲到东北的总体边疆形势、民族关系态势以及朝廷的应对策略，将相关诗歌置于初盛唐时期总体民族关系态势影响下的各战区实际状况之中，方可获得更为清晰的认识。

李荣《宫廷诗歌创作与初唐政治秩序的构建》（《牡丹江师范学院学报》2014 年第 1 期）认为，初唐宫廷诗歌在一定程度上显示了唐朝建立初期政治文化建构的要求和方向，并在一定程度上揭示了唐人关于政治建构的某些思考。从宫廷诗歌普遍具有的颂美特征来看，它体现了国家开创阶段所强调的加强君臣伦理秩序的要求；从宫廷诗歌在某些情况下显示出的反思精神来看，它显示了基于儒家伦理而形成的对于统治根本原则的思考。

文献研究方面，王兰兰《〈三教珠英〉考补与发微》（《唐史论丛（第十七辑）》2014 年 1 月）对初唐类书《三教珠英》的主持编撰者、参与编撰人数、成书时间、底本、得名、体例、流传、撰修背景等问题进行了考辨，认为《三教珠英》是武周时期由张昌宗、李峤领衔编修，共四十七人参与编写，时间从圣历三年至长安元年，历时仅一年多；《三教珠英》一千三百卷，仅比底本《文思博要》多一百卷，应未做大的改动，主要增补了一些佛道教方面的内容。《三教珠英》的编写反映了武则天对李唐文化乃至政权的继承与发展。另外，张超《〈全唐文〉初唐诏敕编年考辨》（《山东师范大学学报》2014 年第 1 期）对《全唐文》中无系年的初唐诏敕文进行修订时，对有系年但年号、年份、月份存在争议的初唐诏敕文进行考辨。

二、帝王与文学研究

此类文章主要研究唐太宗、武则天的文学创作及其对文学的影响。关于唐太宗的文学创作,出现了专论其诗歌创作的硕士学位论文,例如左红杰《唐太宗诗歌论稿》(吉林大学 2014年)。此外,值得注意的有刘远鑫《唐太宗效仿南朝诗风与文化融合》(《宁夏大学学报》2014 年第 5 期),文章认为唐太宗一方面与魏徵等北方学者一样,从政教的角度对南朝绮靡文风多有否定之词,而另一方面则又表现出对南朝文学的极大热爱并竭力效仿。其诗作也是集这两种对立思想于一体,呈现出矛盾和割裂的状况,而究其原因,则当从地域、种族和门第等文化背景考虑才能得到合理的解答。唐太宗作为尚武特质的关陇军事集团中人,一方面秉承宇文泰、苏绰等人尚质轻文的传统,对浮华乱政的南朝奢靡之风极为警惕,而另一方面由于自身文化的落后,又使其对汉文化极为倾慕,且身处大一统的时代,要想巩固本集团的统治,只能积极地学习汉文化,消除文化隔阂。唐太宗能突破所属关陇集团之狭隘眼光,积极学习中华文化以期融入其中,而效仿南朝文风正是其在文学上的努力。也正是由于文化之融合,最终达到了盛唐诗歌的高潮。

对武则天的研究,呈现出重视利用碑刻、出土墓志等文献资料的特点。刘玉娥《从嵩山武则天诗碑看初唐诗坛盛况》(《吉林师范大学学报》2014 年第 3 期)指出,武则天在嵩山活动中留下诸多遗迹与碑刻,其中一些诗歌正史阙载,可补正史之不足。文章对少林寺《大唐天后御制诗书碑》、石淙摩崖诗碑、杂言游仙诗碑等所蕴含的文化内涵、反映的君臣唱和文学活动盛况、体现的文学艺术特色等进行了研究,有助于深入了解武则天嵩山活动、文学素养以及对初唐诗坛的引领和激荡作用。马强、魏春莉《从出土唐人墓志看唐高宗、武则天时期的政治侧影》(《社会科学战线》2014 年第 5 期)对近年来新出唐人墓志所涉唐高宗及武则天时期的政治现象作了考察,认为唐高宗、武则天时期墓志多含政治隐情，是当时上层政治集团内部斗争激烈复杂的体现；不少墓志通过墓主个人遭际揭露了酷吏政治的黑暗；同时武周时期及唐玄宗前期墓志表明当时士大夫阶层对武周政权经历了一个从抵制、困惑到接受的思想过程，其中不乏对武则天执政时期的肯定性评价。

三、宫廷文人研究

上官婉儿成为了此类研究的焦点，相关文章有近10篇。以新出土上官婉儿墓志为契机，学术界展开了一场讨论，有主张上官婉儿墓志的出土具有重要的史料与文学价值的，也有主张要理性看待新出土墓志的。

持积极态度的文章，值得注意的有2篇。仇鹿鸣《碑传与史传：上官婉儿的生平与形象》（《学术月刊》2014年第5期）认为上官婉儿是中宗时代重要的政治人物，其墓志的发现给进一步研究唐朝中宗时代的政治史提供了重要的新史料。分析新旧《唐书·上官昭容传》的史源，可以注意到《旧唐书》本传反映了玄宗时代对上官婉儿的负面评价，而《新唐书》则取材于《景龙文馆记》等。文章结合墓志与传世文献，探讨了上官婉儿的政治角色，及皇权性别转换的现实与才女政治的关系。胡可先《上官氏家族与初唐文学——兼论新出土〈上官婉儿墓志〉的文学价值》（《求是学刊》2014年第5期）认为在初唐诗坛上，上官仪和上官婉儿是前后相继的两位领袖人物，影响着整个唐诗发展的进程。《上官婉儿墓志》的出土又为初唐文学研究带来了新的契机，尤其是墓志的一半篇幅记载其家世情况，为从家族文学层面研究初唐文学提供了重要的原始实证材料。《上官婉儿墓志》本身也是一篇出色的传记文学作品，其特殊的传记形式和文字上的曲笔表现透露出墓志文体新变的信息。

主张理性看待上官婉儿墓志的文章，以陆扬《上官婉儿和她的制作者》（《东方早报》2014年3月30日第5版）为代表。陆文认为，墓志的出土并没有改变原先对于上官婉儿的历史认识，墓志铭本身也是一篇平庸之作。上官婉儿墓志出土的意义在于引发了对唐朝以“文”为核心的政治文化大潮的发展脉络的思考与认识。初盛唐之际的武后、太平公主、李隆基，都希望通过制度和用人在弘扬以“文”为核心的新统治模式上走得更远。上官婉儿是武后奠定的以“文”为核心的政治文化的重要实践者甚至化身，这种统治模式到了开元时期便以更为制度化的方式积淀下来并逐渐转型，从而产生出既依赖于皇权又相对独立的政治文化精英，张说恰恰是那个转型阶段的关键人物。应当承认，在构建唐代政治中的“斯文”传统过程里，曾经有过一个“上官婉儿的时刻”。

四、作家作品研究

(一)王绩研究

李海燕《王绩与唐代田园山水诗的生成》(《东岳论丛》2014年第2期)认为王绩的《春日山庄言志》《野望》等20余首传统上被认为是田园诗的诗歌与陶渊明的田园诗相比，其发生的环境、体现的志趣及审美关照的视角等方面存在诸多不同，更具有山水诗的特点，可称为“田园山水诗”。文章所说的“田园山水诗”，是点缀有少量田园词汇，以描写山野林泉等自然景致为主，并抒发隐逸幽情等相关情思的诗歌，属于山水诗的范畴。“田园山水诗”中与田园相关的词汇只具有符号的意义，在文化传统中代表一种脱离世俗官场，人格独立，洒脱高逸的状态。王绩创作田园山水诗是由自适其适、热爱山水的天性，以及“会意为功”的文学主张决定的，同时也是向山水诗人学习的结果。田园山水诗拓展了唐代山水诗的题材，丰富了我国古典诗歌的意蕴，值得探讨。作者将王绩的山水诗分为“田园山水诗”“园林山水诗”“自然山水诗”“边塞山水诗”，可备一说。刘静、徐希平《〈全唐文·王绩卷〉与〈五卷本会校王无功文集〉校读志疑》(《西南民族大学学报》2004年第11期)则对现存王绩文进行了考校。

(二)初唐四杰研究

四杰研究重点在于王勃与杨炯，其中涉及王勃的文章最多，有10余篇。

1.王勃研究

相关文章主要探讨王勃在文学史上的意义、王勃的心态以及对王勃名篇的解读。杨晓彩《王勃之文学史意义》(《忻州师范学院学报》2014 年第 1 期)认为,王勃诗文兼融前代缘情绮丽与唐代新风慷慨雄壮于一体,既对前代文风删汰与选择,又对盛唐文风开启与呼唤。特别在五律、五绝、七言歌行等诗歌形式定型中,王勃是重要的奠基者、有力的实践者和大刀阔斧的开创者。此外,其文情感饱满、气势磅礴,非常人能及。唐代杜甫誉之为"王杨卢骆当时体",明人胡应麟奉之为"唐人开山祖",清代纪昀尊之为"四杰之冠",充分显示了王勃在文学史上的重要意义。李昌舒《论王勃、高适的出处心态及其对文学的影响》(《西南民族大学学报》2014 年第 12 期)认为,初盛唐士人以积极入仕为己任,然而,蹉跎仕途之现实与建功立业之理想形成巨大反差。这一矛盾带给士人的不是灰心绝望,也不是抽身离去,而是愤激感慨,或是如王勃作理论反思,或是如高适坚持不懈。在此心态的影响下,其诗文多具悲壮风骨,建安风骨正是在此意义上以更为强劲的姿态回归文坛。王立颖《"海内存知己"新解驳议》(《丽水学院学报》2014 年第 6 期)认为王勃"海内存知己,天涯若比邻"这句诗中的"存"一直都理解为"存在",即"有"的意思。杜沛鹤《"思念"方觉"比邻"》(《中国语文教材》1995 年第 5 期)指出"存"字应该理解为"存想""想念"。

2.杨炯研究

研究杨炯的文章有若干篇,最值得注意的是祝尚书《杨炯事迹三考》(《中山大学学报》2014 年第 4 期)。祝文认为"初唐四杰"之一的杨炯,由于其文集散佚严重,史传简略,故生平事迹留下许多空白。当前学术界认为杨炯举神童科在唐高宗显庆四年(659),时年十岁;事实上,应该在永徽六年(655),时年六岁。《梓州惠义寺重阁铭》的作年,有学者认为在武则天垂拱四年(688);考之文本,应作于天授二年(691)。杨炯出任盈川令的时间及卒年,文献没有记载,学界一般认为当在武则天如意元年(692),死时约四十四、四十五岁;考之本集,应在"万岁登封"元年(696),约卒于圣历元年(698),享年四十九岁左右。

（三）陈子昂研究

相关文章有16篇，主要包括陈子昂诗歌革新理论的内涵与影响、对《登幽州台歌》和《感遇》等名篇的解读等内容，文章虽多，却鲜有创见。值得关注的有龚祖培《论元兢与陈子昂的诗歌新变观》（《湖南城市学院学报》2014年第4期）。龚文认为，在陈子昂之前的元兢有突出的诗歌声律理论的贡献，还是追求诗歌新变的初唐先驱。他标举谢朓诗为审美对象，事实上是对当时流行的"上官体"的疏离和反拨，目的是托古以变今。谢朓诗情与景会，生命意识的忧伤以及语言清丽洗练的特质，客观地影响了唐诗的创作。"玄晖诗变有唐风"，从这一点说，元兢的激赏和推介产生了作用，不应该忽视其在诗学史上的影响。元兢和陈子昂相比，追求诗歌新变的目标和内涵是不同的，尤其是审美和思想的差异，艺术和明道的不同。元兢没有复古明道的明确主张，没有突出的思想影响，仅局限于艺术鉴赏的感性层面，背离了文学的传统核心价值取向，因此没有也不可能得到如陈子昂那样高的评价。

（四）沈、宋研究

相关文章有6篇，值得注意的有2篇。刘正平《由"沈宋"看宫廷诗人与初唐佛教》（《吉林师范大学学报》2014年第3期）探讨了以"沈宋"为代表的初唐宫廷诗人与佛教的关系。沈佺期和宋之问是初唐诗坛上著名的宫廷诗人。"沈宋"的佛理诗是初唐佛教发展状况的一种反映。宫廷诗人的普遍人格特征决定含有佛教义理的宫廷应制诗，仍难脱离点缀升平、歌功颂圣的富贵相。人生际遇的改变促使"沈宋"对佛道有了真正的感悟，诗作也显出了一些骨鲠之气，但这些诗作是遭受打击后从佛道中自求精神慰藉的产物，当命运再次转折时，他们会很快恢复宫廷诗人的角色。郭殿忱《沈佺期〈遥同杜五过庾岭〉考校》（《韶关学院学报》2014年第9期）认为沈佺期《遥同杜五过庾岭》异文多达16处，经与《唐诗别裁集》、《全唐诗》比勘校释，诗题应合为《遥同杜五员外审言过庾岭》。颔联似以"洛浦风光何所似？崇山瘴疫不堪闻"为佳；颈联出句中"鸢"字不若"人"字；尾联"江山"一词胜于"春风"一词。

（五）文章四友研究

相关文章有7篇，主要是对“文章四友”中的杜审言、李峤、崔融的个体研究，研究渐趋细致和系统。关于杜审言的研究，已由文学层面进入到其他更深细的领域。谢思炜《唐代葬法与杜审言夫妻合葬问题——据杜甫〈卢氏墓志〉考察》（《清华大学学报》2014年第3期）据敦煌卜葬书及《地理新书》等考察认为，杜甫《卢氏墓志》所记杜氏大茔葬法是采用唐代流行的六甲八卦冢葬法。根据杜甫文中提供的数据推算，杜审言所葬系八卦冢中的乾冢壬穴。杜审言之妻卢氏后葬取甲穴，则是采用“卧马”葬法。杜氏葬取壬穴，合于唐代五姓葬法中杜姓属商之说。卢氏祔葬而不与夫合葬，合于唐代士族的通行做法。杜甫文中称其出于卢氏“遗意”，是尽力为卢氏美言。对于李峤的研究则涉及家族问题。姜剑云、吴萱《“苏瓌有子李峤无儿”小考》（《河北大学学报》2014年第3期）指出李峤与苏瓌为武后、中宗时代朝中重臣，“苏瓌有子，李峤无儿”之说见于各种杂史笔记，有三种不同说法：中宗召二子问“所通书”，苏颋之应答颇令中宗满意；苏颋为其父苏瓌守制，坚不起复；同在朝为相，李峤子不及瓌子颋有才能。根据两《唐书》、李峤长子李畅《墓志》等史料，对此三说逐一详加考证后可知，同在武后、中宗时代官居要职，峤子不及瓌子颋有才能之说，当为三说之中最为合理的解释。

对于崔融的研究，不仅有硕士论文论其诗文创作，例如张金玲《崔融诗文研究》（山东师范大学2014年），也有研究其编纂思想的文章，如卢燕新《论崔融〈珠英学士集〉及其“官班为次”的编集体例》（《山西大学学报》2014年第4期），该文认为初唐崔融集撰的五卷《珠英学士集》特点是选编预修《三教珠英》学士李峤等人唱和诗什，集前有序；诸诗人题其爵里，以官班为次。《珠英学士集》编撰的年代，当在大足元年（701）十一月稍后。《珠英学士集》“官班为次”的编集体例有三个基本特征：一是“里”，即所著录诗人均题其籍里；一是“官班”，即诗集所著录的诗人，均注明其职官；一是“为次”，即编集时依据职官品级由高至低排序。这一体例源于此前诗文总集编纂者撰写文士小传、职官题名时力求全面、力求准确的做法。此外，参与修撰《三教珠英》诸学士多为朝廷要员，参与唱和诸文士职官高低分明，故采用官班为次就显得更为合情合理。“官班为次”的编集体例一经产生，即对唐人编纂诗文总集产生了一定的影响，芮挺章《国秀集》、马总《奏议集》的编纂皆采用了这一体例。

（六）张若虚、刘希夷研究

研究张若虚的文章有10篇，焦点依然是对《春江花月夜》的解读与探究。最值得关注的是莫砺锋《千古常新的明月颂歌——张若虚〈春江花月夜〉浅析》（《名作欣赏》2014年第13期）。文章对闻一多、李泽厚关于《春江花月夜》的评价作了一些补充。作者认为《春江花月夜》虽然没有达到像阮籍、嵇康的忧患意识或杜甫的忧世情怀那样的思想高度，但那种对人生与宇宙之关系的深刻体会以及对离愁别恨的真切感受，都不符合少年人的年龄特征，而应该出于成熟的青壮年时代。由于诗人身处盛唐前期，沉浸在积极向上的浪漫主义氛围中。诗人面对着美丽的江山风月，他在精神上的所有不满或遗憾都源于自然而非社会。所以诗中有惆怅而无悲哀，有迷惘而无痛苦。诗人的全部思考和感受都与万物的自然属性有关，诗人的所有追问都指向宇宙的奥秘。从总体上说，《春江花月夜》是美丽自然的一曲颂歌，也是美好人生的一曲赞歌，这便是无数读者为之倾倒的主要原因。

（七）王梵志、寒山研究

相关文章有11篇，兹举3篇为例。杨万里《从王梵志诗看唐初的民间信仰文化》（《文化学刊》2014年第1期）认为，王梵志的诗歌是通过对底层民众心中阴森恐怖的地狱观、驳杂不纯的宗教信仰及消极的人生观与拜金思想等方面的描述，向读者反映与传统文人士大夫截然对立的底层世界，真实道出了底层社会民众的处世哲学和生活情绪，并完整地描绘出底层民众的精神信仰状态。郜同麟《〈王梵志诗校注〉商兑》（《敦煌研究》2014年第6期）对项楚《王梵志诗校注》一书提出了一些商榷意见，着重考察了“险语”“产图”“遭罗”等几组疑难词。尚荣《寒山融汇佛道之“无事”义》（《南通大学学报》2014年第5期）指出“无事”作为寒山诗的一个意象最能体现出寒山诗中闲适安然的境界。“无事”含义是随着“事”的内涵不断变迁而变化的，寒山诗中的“无事”，融汇了佛道两家对于“无事”的理解。寒山诗中的“无事”意象一方面表现为对生死之事的彻底理解，从而成为歇心意味上的无事；另一方面，寒山诗在体认心性时，重视其中所具有的在世意趣，由此表现为任运意味上的无事。上述两方面，揭示出寒山诗逍遥自在感的生成过程并指出理解寒山诗的一个重要背景。

综观一年来的研究，在稳步前进中透露出了一些新气象，例如一些在校的大学本科生依托创新实践计划也写出了较为扎实的论文，家族与文学的研究亦有所收获，限于篇幅不再一一列举。此外，史学界近年来出现了研究墓志的热潮，例如冯敏《〈大周故汝南郡王墓志〉考释》（《唐史论丛（第十七辑）》2014 年 1 月）所考墓主李隆悌是大周皇帝武则天之孙、睿宗李旦第六子、玄宗李隆基三弟；王双怀《唐〈李询墓志〉考释》（《唐史论丛（第十八辑）》2014 年 4 月）所考墓主李询是高祖李渊之孙，道孝王李元庆之子，两《唐书》无传，据墓志考其家世与生平事迹，知其著有诗文十卷。相关的成果应当引起文学研究者的注意。

盛唐文学

□ 莫道才　杨　颖

2014年是盛唐文学研究较为平稳的一年。从数量上看，据中国知网全文数据库、国家哲学社会科学学术期刊数据库统计，2014年盛唐文学研究相关论文及研究成果150余篇（不包括研究李白、杜甫、王维者），基本与往年持平；从内容看，既有结合多种方法、从不同角度对传统热点问题的研究，也有根据新出土文物进行的考据研究，现分类摘要加以简述。

一、整体研究

本年度对盛唐整体文学风貌的研究多结合交叉学科，多角度呈现盛唐时代的多元风貌。王向峰《诗人士子的理想与县尉职司的错位——对唐代进士诗人一种心理现象考察》（《辽宁师范大学学报》2014年第6期）以唐代进士诗人为研究对象，从史学及心理学角度考察了其文学创作及政治活动，指出唐代进士多会作诗，而这些入仕的诗人绝大多数只能担任县丞、县尉等县令属官，在官僚品级中最低，他们当年意欲辅弼君王、致君尧舜的期许落空；积存于心的治国安邦的宏韬伟略不得用武之地，政治上擢拔无望，因而在宦途上日感失趣。这些人一般都选择了挂冠而去，以在诗意中安居为归宿，其中高适、孟郊和顾非熊最有影响力。

同样结合史学角度进行研究的还有冯敏《盛唐时期的史学研究》（《北方论丛》2014年第3期），文章梳理了盛唐时期的史学研究成果指出,史学的发达和在整个学术体系中地位的突出是中国传统文化的一大特色。盛唐时期国力强盛,文治武功显赫一时,其史学研究也颇有建树,其成果首先体现在史学理论创新、官修史书的编撰、前代史学研究等方面,同时在地理书、姓谱之学、行政法典及目录编纂方面也成绩斐然,影响深远。

潘链钰《汉唐精神的另一侧面——“男悲女怨”的文化解读及其经学观照》(《北京社会科学》2014 年第 8 期)则从经学的角度解读汉唐文化精神,认为雄强傲岸的汉唐精神也有着“男悲女怨”式盛世悲音的一面。以司马迁为代表的汉代“士不遇”的悲愤与以王昌龄为代表的大唐“女宫怨”的哀凄集中体现了汉唐精神中的这种“盛世悲音”;站在经学角度观照这种“盛世悲音”,可以说既是封建社会政治矛盾不可解决的结果,也是文人基于文学与经学政治的角色错判形成的块垒式悲怨心理因素造成的。“盛世悲音”作为汉唐精神的另一侧面,给予当今现实深刻的历史启示。

贺威丽《初盛唐宫廷音乐的垄断地位及其文学影响》(《西安音乐学院学报》2014 年第 3 期)将文学研究与艺术研究结合起来,从音乐对文学影响的角度研究初盛唐宫廷音乐,指出初盛唐时期的音乐生产及消费集中在宫廷,宫廷音乐具有垄断地位,宫廷之外的音乐表演受到限制,这也是初盛唐诗歌创作“宫廷化”倾向的重要因素之一。

对传统文学体裁的研究同样注重呈现历史风貌,刘伟生《盛唐辞赋中的帝国形象》(《怀化学院学报》2014 年第 2 期)认为,盛唐辞赋的强劲气象既体现在个性的张扬、文风的雅健与文体的溢越,更集中于帝唐的意识与帝国的书写。盛唐时代的赋体创作已突破了题材的拘束,但其中最为显著的却是天命瑞象、宫殿典礼、奇伟物景、边塞武功与游艺歌舞等礼赞大唐帝国的作品,描绘了一幅幅以国家创建、君臣唱和、京都形胜为核心内容的大唐帝国的图像。此类书写透露着赋家们帝国的立场与心态,缘乎盛唐文化的多元与赋家胸襟的阔大。盛唐文化精神造就了盛唐辞赋的成就,但日渐体制化的盛唐文教也开始显露出对辞赋创作的负面影响。

与往年相同，学者们同样关注不同题材的诗作研究。于海博、吕铁元、孔令升《唐代击鞠诗内容及风格考论》（《沧州师范学院学报》2014 年第 2 期）关注唐代击鞠这一诗歌题材，指出这类诗作中全面记载了唐人击鞠的器材、场地、规则和比赛场景并以初盛中晚的时代分期为观照，分析出此类诗的风格由冷静淡漠向热烈奔放转变，既体现出初盛唐时期积极创业、奋发图强、戒奢远佞、适度享乐的时代主旋律，也说明击鞠在中晚唐时期已成为人们展示才干、宣泄热情的一种重要方式，体现了唐人特有的尚武精神和青春激荡的时代特色。

除此之外，还有侠类诗、茶诗、宫廷诗等各类诗歌题材进入学者的研究视线，为盛唐诗歌分类研究提供了成果积累。

二、山水田园诗派和孟浩然研究

本年度的山水田园诗派研究注重结合文献，辨析诗人的生活轨迹及创作意识。魏景波《孟浩然辞去张九龄幕的时间与原因》（《文学遗产》2014 年第 6 期）针对以往研究薄弱点深入考察了孟浩然晚年在张九龄幕时期的诗歌唱和之作，以此考据了其辞幕的时间及原因。作者结合其作品考据出其在幕时间至少为一年零三个月，辞幕原因则是由于张九龄的政治失意，引发了孟浩然的仕途无望，因心灰意冷而辞幕还家，此文为孟浩然这段重要经历划出了明晰的轨迹。

魏耕原《孟浩然诗的女性、模式与用语创新》（《安徽大学学报》2014 年第 4 期）从题材创作角度考察孟浩然诗，通过对其诗歌创作的考察，指出孟浩然自身满怀壮志，颇具侠气，故其诗中时露峥嵘而有壮逸之气；然而他对女性题材也有着特别的兴趣，不仅有专写女性的闺怨思妇诗，而且在山水、送别、登临、酬赠、咏物中都有女性的光彩。孟诗还存在模式化的倾向，可以说是“天宝之风尚党”的先行者。在诗语上对口语俗词甚为重视，影响到杜甫等诗人。

葛力力《关于孟浩然诗歌的“清”》（《江西科技师范大学学报》2014 年第 2 期）则以马克思的“有意识的生命活动”理论进

行观照，着重探讨了孟诗“清”的特色和形成原因。文章分析了其诗歌“清”之蕴涵和意象、意境，认为这种“清”是其对隐逸生活长期向往的清高思想的表现，这种思想主要受其出身经历、家乡地理历史背景和儒、道、释超脱世俗的思想以及仰慕陶渊明和魏晋风流等的影响而形成。

在孟浩然研究之外，学者还将重点关注了唐人生活方式对创作的影响。侯长生《唐代山水田园诗背后的城市意象》(《长安大学学报》2014 年第 1 期)认为，唐代山水田园诗作为诗人们向往的一种生活方式的情感表述，不仅反映了诗人的政治主张和价值追求，而且反映了城市作为人工设计的场所，与自然空间及乡村的非设计空间三者之间的联系，从山水田园诗中可以看出诗人的成长环境、成长历程对其影响以及诗人对城市生活的态度。而朱媛在《论唐人冲淡诗风中的自然观》(《贵州社会科学》2014 年第 10 期)里则着重阐述了自然对唐人创作的影响，认为唐诗中的冲淡之作多以自然为吟诵对象，诗人或将自然对立于世俗，流露出超尘拔俗的人格理想；或以禅入诗，谈空证性，抒发孤寂幻灭的人生感慨；或淡化主体，呈现为无所用意的表达方式，表达与天地同趣的自然兴味。唐代自然观的复杂性形成了唐诗冲淡之风的丰富意蕴。

三、边塞诗派及相关作家研究

本年度边塞诗研究不仅涉及传统边塞诗派，更从政治、地理角度拓展到更广阔的空间。王树森《唐蕃角力与盛唐西北边塞诗》(《北京大学学报》2014 年第 4 期)就充分结合政治因素从唐蕃关系视野解读唐代边塞诗。文章认为盛唐西北边塞诗植根于玄宗时代唐与吐蕃的持续角力中，需本着历史唯物主义的态度，从现实、历史与个体功名诉求等多个方面审视西北边塞诗，辨析其中流露出的各种情绪、表达出的各种看法，并探求其成因；同时指出西北边塞诗的和平描写成分说明和平始终是民族关系的主流，和平的缔造与维护为保障丝绸之路的畅通与繁荣起到了关键作用。

更多学者将边塞诗研究范围拓展到了更广阔的地理空间。王永莉《唐代边塞诗"绝域"意象的历史地理学考察》(《人文杂志》2014 年第 10 期)指出唐代边塞诗中的"绝域"意象通常指漠北、西域、岭南、辽东等中央王朝统治中心的边远地带,作为唐代诗人以中原地理、经济、文化背景为参照体系观照并重构唐代边塞地理环境的必然产物,唐代边塞诗"绝域"意象是唐代中原诗人在边塞环境感知与文化表达过程中被典型化的符号象征,指示着那些距离中央统治中心区悬远、经济落后、文化习俗与中原汉族文化明显不同的边疆地区,是一种超越了单纯地理景观与诗歌意象的精神文化符号,是唐代中原诗人对中原地区的认同感、归属感与对"塞"外的恐惧感、逃避感的代名词。

除地理区划外,学者还从当时的政策角度进行了考察。周斌《从对西域与岭南的治理看唐代民族政策的南北差异性——以柳宗元、岑参的诗文创作为考察中心》(《云南民族大学学报》2014 年第 4 期)通过对边塞诗的考察,比较了唐王朝对南北边塞地区的民族政策。文章认为唐代中央王朝对岭南、西域的文人输出是民族政策的重要组成部分,处置贬官流犯和激励忠臣名将的文人输出差异反映了唐代中央王朝民族政策的重北轻南。唐代中央王朝对西域、岭南民族地区的治理在征讨挞伐与羁縻怀柔,文化认同与民族文化交流,经济政策与经济交往活动等方面呈现出不同程度的差异性。而造成民族政策差异性的原因主要在于羁縻民族政策的灵活性,南北地理环境的不同,南北民族历史发展的不同及南北民族形势的变化。

结合边塞诗进行的地域文化研究也是本年度学者关注的重点。余恕诚、王树森《论初盛唐东北边塞诗及其政治军事背景》(《吉林师范大学学报》2014 年第 1 期)认为初盛唐时期的东北边塞诗创作大体上可分为三个阶段:第一阶段以唐太宗为代表,第二阶段以陈子昂为代表,第三阶段以高适为代表。指出东北边塞诗具有丰富的内容,情感基调呈现明显的阶段性变化,特别是将陈子昂、高适的东北边塞诗与开元、天宝时期的西北边塞诗相对照,发现前者写边疆负面现象较多,情绪不及西北边塞诗高昂。这种差异,只有统观唐代武后至玄宗后期从国家西陲到东北的总体边疆形势、民族关系态势以及朝廷的应对策略，将相关诗歌置于初盛唐时期总体民族关系态势影响下的各战区实际状况之中，方可获得更为清晰的认识。

朱瑜章《试论唐诗中的凉州都市文化》（《兰州文理学院学报》2014年第6期）关注边塞诗中的凉州都市文化。明确了唐代凉州的概念，既指河西重镇凉州城，亦指以凉州为政治军事文化中心的河西诸州；唐诗中的凉州都市文化表现在描绘凉州的繁华景象、描写凉州歌舞、反映凉州民俗与士人精神风貌、凉州的衰落等方面；指出凉州都市文化是东西方文化融合的典范。

此外还有马海龙的博士论文《唐代咏青海诗歌研究》（陕西师范大学2014年）等，分地域讨论了边塞诗的地理历史价值。

边塞诗派相关作者研究同样与历史地理学科联系紧密。李芳民《岑参安西之行事迹新考》（《复旦学报》2014年第5期）在检讨学界关于岑参安西之行诸多观点的基础上对其安西之行作了新的考索，认为所谓高仙芝入朝表请岑参入幕之说难以成立，岑参任高幕掌书记或判官亦证据不足，并通过岑参仕宦心态、个性禀赋与盛唐文人游边风气的分析考察，认为岑参此行或是其西入边塞寻找入幕机会，借以求得在仕途上有大发展的个人游边行为。

杨晓霭、高震《岑参的西域行旅与"丝路"之作》（《宁夏师范学院学报》）以岑参留存至今的约78首"丝路"之作为研究对象，指出此类作品在诗歌体裁上继承发扬七言歌行、绝句的音乐性，创立了"……歌/行，(奉) 送……"的歌行新体式，实现了对边塞体裁的创新。同时"丝路"之作所呈现的奇丽悲壮风格体现在对优美、崇高这两个美学范畴的并力探索，进一步促成岑诗的多样风格。

对具体作家的研究还有郭殿忱《高适诗异文考——以〈河岳英灵集〉为中心》（《衡水学院学报》2014年第5期），该文将《河岳英灵集》所选13首高适诗，与他本比勘、考证其异文并从诗人的际遇、诗歌的意境、古体诗的音韵、近体诗的格律诸方面加以分析，给出了作者自身的见解。

四、张说、张九龄及其他作家研究

本年度中小作家研究呈现出重文献、多考据的特点，尤其是新文献的发现，为学者研究带来了更多文献依据。

熊飞《张九龄研究相关史料甄辨》（《广东技术师范学院学报》2014年第1期）、《宋版〈曲江集〉流传考》（《中国典籍与文化》2014年第3期）两文对张九龄研究领域的相关史料进行甄辨，对张九龄生平籍贯、科考及主试等问题进行了重新探讨。同时从史籍记载中考察唐张九龄〈曲江集〉的传存流播情况，除通常为人所知的曲江本、蜀本等宋刻外，又从《文苑英华》中找到了学者未曾注意的"闽本"，从《永乐大典》佚文中找到了另一个不同于今传《曲江集》的"宋以来之旧本"；从《绛云楼书目》中又发现了一个疑似"大字本"的"宋版《曲江集》"。

新文献的出土往往为学界研究带来更确凿的研究资料，本年度的研究者有效利用这些资料，对一些史料较少的作家生平进行了考据研究。高慎涛《洛阳出土盛唐文士陆据墓志考释》（《古籍整理研究学刊》2014年第5期）、《洛阳新出盛唐文士邢巨墓志考释》（《攀枝花学院学报》2014年第1期）结合洛阳新出土的墓志，分别考证了陆据、邢巨的生平资料。陆据是盛唐著名文士，《旧唐书·文苑传》《新唐书·文艺传》有载，然各本传寥寥不足70字；洛阳出土陆据墓志有820余字，对其家世、籍贯、科第等均有明确记载，尤其是历官记载更为详尽，可极大补充《唐书》本传之失载、补正《登科记》、纠正《元和姓纂》之误，具有重要文史价值。邢巨也是盛唐著名文士，《旧唐书·贺知章传》提及邢巨与贺知章、张若虚等吴越之士为文词俊秀，现存邢巨资料仅散见于《贺知章传》及《唐会要》《册府元龟》中的零星记载；新出土的萧昕撰《邢巨墓志》提供了其籍贯、家世、历官等详细生平资料，可补文史资料之阙。

李由《盛唐诗人张万顷生平考释》（《北京师范大学学报》2014年第6期）根据新公布的《唐故朝散大夫使持节颍州诸军事守颍州刺史张府君墓志并序》等碑志考证了张万顷的世系、姓名、生卒、科第、仕宦、家庭、行踪等一系列问题，梳理了其政治生涯及文学创作内容，提出了一些尚待解决的问题，对张万顷生平及其所处的时代背景作了一定程度的再现。

另有金晶的博士论文《独孤及研究》（黑龙江大学 2014 年）以盛中唐之交的著名文人独孤及为研究对象，分五章叙述了所处时代的时代特征；独孤及的家世、生平，其儒、道、佛思想体系的建构模式；独孤及的文章、诗歌创作，以及其与“古文运动”的关系，讨论了在天宝、大历年间唐代政治变革的大背景下，知识分子如何将自己塑造为能文、能儒又极具吏干之才的“经世致用”型文人，呈现出了当时的时代风貌。

五、文学理论研究

本年度的文学理论研究主要集中在“诗格”研究上。高晓成的博士论文《从“法之格”到“意之格”——唐五代“诗格”理论核心的转移》（中国社会科学院 2014 年）从五个专题内容对唐代诗歌理论进行研究，内容涉及唐代“诗格”类著作的主要部分。作者认为唐代以“诗格”为主要形式的诗歌理论大致可划分为前后两期，前期主要内容以讨论对属、声律、句法、结构等外在形式为主，可称为“法之格”；以王昌龄《诗格·论文意》篇为标志，唐人诗歌理论开始转向意象、句势、格调等内在的审美诉求，可称为“意之格”，他主张的“意高则格高”也逐渐成为中晚唐诗人普遍认同的终极美学理想。

文爽《凝心用思，精练意魄——王昌龄〈诗格〉“论文意”辨析》（《南华大学学报》2014 年第 1 期）则着重讨论了王昌龄“论文意”的文学思想，指出王昌龄在《诗格》“论文意”一篇中重点论述了诗歌的用意构思，他强调要“凝心用思”“精练意魄”，认为“意高则格高”，这是其论文“意”的逻辑起点和总纲，他还阐述了“意”的内容、产生条件以及具体的运转规则。“意”是王昌龄论境思的重要组成部分。在经历了初唐诗格对声律对仗等诗体规范作出大量论述之后，王昌龄的主要关注点转移到境思上来。如何通过构思，寻求内涵丰富和境界高妙的文章主旨（意），是其

“论文意”的重点所在。

总体而言，本年度的盛唐文学研究成果较为显著。一方面重视文献考据，及时把握新出土的文献资料并进行深入研讨，厘清了若干以往尚且存疑的史料问题；另一方面，学者善用新角度和新方法，结合多学科视角进行研究，不仅呈现出盛唐时期的文学风貌，更呈现出了广阔的历史政治风貌，为其独特的时代背景添加了更多细腻的笔触。与此同时，本年度的研究仍不乏陈腐之作，应引起后来者的关注并予以修正。希望来年的盛唐文学研究能去伪存真，涌现出更多优秀成果。

中唐文学

□ 李芳民 罗燕萍

2014年有关中唐文学研究的论文，据中国人民大学报刊复印资料中心所编《中国古代、近代文学研究》及所附索引与中国知网期刊类数据库统计，约有150篇左右(不包括研究韩愈、白居易、元稹者)。与上年度相较，总数虽有所减少，但整体质量较上年度则有所提高，无论是宏观综合性研究、作家作品研究，抑或是唐人小说研究，均出现了一些值得称道之作。以下择其要者，略作介绍。

一

本年度有关中唐文学宏观综合性研究的论文约有10余篇，涉及内容较为广泛，其中以围绕中唐诗歌演变、中唐诗歌体式、古文运动之新探讨、中唐儒学思想与文学关联研究的几篇论文较为出色。

涉及中唐诗歌演变研究的论文主要有陈伯海《诗到元和体变新——古典诗歌艺术转型之枢纽谈》(《社会科学战线》2014年第10期)及罗筱玉《变文、话本与中唐诗歌的雅俗之变》(《文学评论》2014年第2期)两篇。陈文可说是一篇既具宏阔的视野又有深湛的思辨的上乘之作。作者站在整个古典诗歌艺术演进的角度对“诗到元和体变新”这一话题作了新的阐释，认为元和诗变是当时危机与自救形势下的儒学复兴、士子的迷茫自失心态与佛禅思想的广为流行以及市民文化的兴起及其向士大夫群体的渗透这三重时代精神变奏驱动的结果，元和诗变的具体内涵其一是从艺术思维的角度表现为“由‘直觉的表现’转向‘反省的创造’”，其二是因艺术思维方式的变化，诗歌艺术上具体表现为“假象见意”与“以文为诗”。由此作者认为，以元和为代表的中唐所具有的“古今百代之中”的意义，除使诗歌由原来“主情”的“唐音”转向“主意”的“宋调”外，它所蕴含的丰富内容使其还具有多向演化的可能性，如其艳情一路交给曲子词去发展，讲故事的职能给了鼓子词、诸宫调，风俗入诗在一些民歌小调如《竹枝词》《杨柳青词》里有所体现，而嬉笑怒骂、谐谑逗趣则通过部分元明散曲的作者得到淋漓尽致的表现。文章对“元和诗变”以及元和诗歌作为“古今百代之‘中’”地位的分析与解说，颇能给人以启发。罗文同样关注的是中唐诗歌的演变问题，而角度则有所不同。作者从中唐至北宋文学演进为由雅入俗和化俗为雅这一“古今一大变”的认识出发，围绕变文、话本等俗文学与中唐文学发展之间的关联，从一个新的角度对中唐诗歌由雅趋俗的原因作了分析。文章主要是通过元白、韩孟两大诗派的创作展开变文、话本等俗文学对诗歌这种雅文学影响的分析的，认为在中唐特殊的文化氛围影响下，变文、话本等俗文学的发展对这时诗歌雅俗转化的影响主要表现以下三端：一是诗歌对变文、话本等叙事文学叙事元素的吸纳，叙事性大为增强，从而大大促进了中晚唐五代叙事诗的大力发展；二是对俗文学世俗风情以及诞幻想象的汲取导致中晚唐诗歌的轻俗化与游戏化；三是在俗文学的影响下，中唐至五代诗歌大量以方言俗语入诗，导致诗歌语言上的尚俗、尚尽。中唐新兴的文学样式既促成了中唐诗变，也左右着中唐诗变的方向，从而加速了中晚唐诗歌由雅入俗的进程。

关于中唐诗歌体式的研究，肖伟韬《元和体、长庆体与元白辨析》(《江西社会科学》2014 年第 4 期)及朱易安《略论竹枝词的诗学传统》(《上海师范大学学报》2014 年第 2 期)二文值得关注。肖文围绕“元和体”“长庆体”“元白体”三个诗学范畴作了考察与辨析。文章通过元白的自我界定、后人的品评、当代学人集中论述的有效解读以及相关仿效体诗歌的取类比照，辨析了几个诗学范畴的使用边界，阐明其内涵、外延及它们之间的相互关系，并由此指出今人在使用这些诗学范畴，特别是运用这些诗学范畴理解唐宋诗学走向或者是对中唐以后诗学的影响时，一定要对其内涵和外延以及它们的使用边界有清晰的认识和理解，这样才不至于作出肤浅之论。《竹枝词》自刘禹锡、白居易等中唐诗人创作之后，影响及于明清，可说已成为古典诗歌中一种特殊的诗体。朱文论述《竹枝词》不限于具体时代与具体作家，而是从追溯其诗学传统出发对这种诗歌形式的创作动因与功能意义作了新的阐释。文章首先对诗乐同源的儒家标准与后世诗歌发展关系做了考察分析，由此揭示了《竹枝词》这种形式得以发生发展的原因。在此基础上分析了《竹枝词》与诗学传统之间的关联，指出其诗学传统一是言志的传统，二是乐府传统。此外，文章还分析了《竹枝词》的“声诗”渊源及其与“声诗”的关联，认为因其拥有“声诗”的“血统”，才使得它在明清以后有了转向满足大众文化的可能。

中唐古文运动的研究，有李建华《唐代古文运动与山东士族的家学门风》(《江西师范大学学报》2014 年第 4 期)一文。文章分析了山东士族所具有的宗经传统、反佛立场、经世致用等家学门风特点，并将之与唐代古文家的思想旨趣进行对比，指出其在精神上与山东士族家学门风上的契合。同时，作者还分析了山东士族与古文发展之间的关系，指出山东士族不仅是古文创作的参与者，而且与古文作家之间关系密切，中唐一些古文家虽非出自山东士族，但都深受其影响。由此作者认为中唐时期随着山东士族的复兴以及他们对古文运动勃兴的贡献，他们参与并引领了古文运动。

曹丽芳《论中晚唐儒学变迁对骈文演进的影响》(《文艺评论》2014 年第 10 期)则就中晚唐儒学与骈文之间的关系作了探讨。作者认为中唐前中期的儒学复兴引发了文坛上的明道复古思潮，对历来重视文章形式美的骈文创作产生了一定的冲击，但此时并没有明确地把“俪偶”这一骈文最基本的形式因素予以彻底否定，只是在文风方面强调要宗经务实，所以这股理论思潮在一定程度上也促进了骈文自身的改革和完善，对此，陆贽、令狐楚、元稹、白居易等人的骈文创作都有切实的体现。而晚唐儒学衰微，导致士人在思想上疏离了匡时济世的高远追求，转向对自身心性的关注，复古载道的文学思想渐趋隐退，文章自身的审美价值重新受到重视，骈文创作又承续了六朝时所取得的各种艺术经验。但回归不是倒退，经历了各种冲击、不断自我修正的晚唐骈文在实质上与六朝俪语还是大不一样的。

此外，杜光熙《贞元八年“龙虎榜”科举内涵与文学观念的转变》(《文艺评论》2014 年第 6 期)一文也较出色。文章以贞观八年的“龙虎榜”为中心分析了中唐科举变革与文学之间的关系，认为贞元八年的“龙虎榜”是此前一系列科举革新思想与实践的结晶，又指引了此后科举变革的方向，最终促成科场风习在贞元末期的根本改变。其与文学的关系突出体现在两方面：一是以贞元八年贡举为纽带，韩愈等人在此前后的科举经历正是他们所秉持的新的文学理念与科场传统风习相互碰撞的外在表现；二是以“龙虎榜”为代表的中唐前期科举变革深刻改变了科场文风，进而对当时的文学理念产生了较大影响。文章循此分析了科举取士标准的变化与文学理念的关联，论述了贞元八年“龙虎榜”在科举变革、取士标准及文学观念变化等方面的意义。

二

本年度围绕中唐作家作品的研究，与上年度相比略有不同，主要表现为作家作品所涉及的面有所收缩，论文主要集中于中唐一些著名作家。但从总体水平看，则出现了一些用功较深、质量较高的论文。

关于韦应物的研究，赵生泉《韦应物家世释疑》(《社会科学战线》2014 年第 6 期)是一篇较为扎实的论文。文章以西安新近出土的《大唐故韦府君墓纪石》为中心，结合相关史籍对韦应物家世秘辛作了考析。作者在文中主要以对韦应物祖父韦令仪、父韦銮的仕宦经历的考证辨析为主，认为在韦后专权时，因其刻意培植“诸韦”势力，因而韦令仪、韦銮的仕途颇顺，后在“唐隆政变”中，韦后集团被铲除，韦应物家族因遭受连带打击，骤然衰微。此后，韦应物的父亲韦銮闲居20余年，以绘事自娱，至开元后期始再度出仕，但未及门庭复振就因病去世，数年后由嗣子韦宰安葬。而韦应物因为是庶出幼子，故未能参与安葬事宜。

孟郊的研究多年来一直论文较少，本年度则有范新阳《选本视阈中的孟郊诗——从历代唐诗选本看孟郊诗歌》(《淮阴师范学院学报》2014年第5期)一文值得注意。文章以十五种历代唐代选本为样本分析其对孟郊诗的选取情况，又以八种历代唐诗选本为样本分析其所选孟郊诗的选目特点，通过比较分析指出从十五种历代不同类型的选本对孟郊诗的选取看，其对孟郊诗的选取差异较大，但孟郊所受关注的程度则是随时代发展而逐渐加深的。从八种历代选本的选取孟郊诗的选目看，各家对孟郊不同体类诗歌的选择不平衡，但乐府诗是共同的首选目标。在历代唐诗选本的传播与接受过程中，逐渐形成了以《游子吟》为代表的一批孟诗名篇，它们构建起了孟郊诗高妙简古的印象，因此而拉开了与诗论家眼中酸呻苦吟的孟郊的距离。

“作用”是皎然诗论中的一个重要概念，其含义近年来不断有学者对之做出探讨，文爽《皎然“作用”说再释》(《中国韵文学刊》2014年第1期)所讨论的虽是旧问题，却于平实中不乏新意。文章对学界有关“作用”含义的不同解说作了梳理，复从语义角度对“作用”之本源及涵义作了分析，然后将之与学界的两种不同阐释进行比照，分析其合理允当与否。通过溯源与比对分析，作者认为“作用”本是佛学常用语，皎然将之引入诗学，其含义指向一方面带有主观能动色彩的艺术构思，另一方面还包含了“体用”论的思想。认为皎然明确指出近体诗对于声律、对仗的要求(包含“情”的要求)属于一般规范的“体”，而诗人在遵照这些基本规范的基础之上发挥主观能动性创造具体诗歌文本时便产生了主体的“用”。这种“用”一是一般之“用”，二是特殊之“用”。特殊之“用”就是皎然所谓的“作用”，其内容包括立意、选择物象、用事、比兴以及运句成篇(诗歌体势)等各个方面，贯穿诗歌创作的全过程。它要求诗人在这些方面精心构思，最终创造出无穷丰富、深远的艺术境界。作者认为如此解释，既不违背“作用”在佛典中的原意(主观能动作用)，又是从皎然诗论中总结出来、运用“体用”方法观照得出的结论，因此可以融合当今学界对于“作用”说研究的两种倾向。

关于刘禹锡的研究，本年度有多篇论文，而以肖瑞峰的研究最为突出。其相继发表了《论刘禹锡出牧苏州期间的诗歌创作》(《浙江学刊》2014 年第 4 期)、《论刘禹锡谪守夔州期间的诗歌创作》(《宁波大学学报》2014 年第 6 期)、《论刘禹锡重入庙堂期间的诗歌创作》(《杭州师范大学学报》2014 年第 2 期)、《从“天论”到“因论”：刘禹锡哲学思想的演进》(《浙江工业大学学报》2014 年第 1 期)四篇论文，成为本年度刘禹锡研究成绩最显著的学者。其中前三文是对刘禹锡不同时期诗歌创作特征的论述分析，显示了作者对刘禹锡不同时期创作的理解与把握，也对认识刘禹锡诗歌创作不同阶段的面貌颇有助益。而《从“天论”到“因论”：刘禹锡哲学思想的演进》一文则是围绕刘禹锡哲学思想展开，内容、角度与前三文略有不同。作者认为，刘禹锡的哲学思想集中体现在其创作于朗州的《天论》三篇和创作于夔州的《因论》七篇中。《天论》是刘禹锡在哲学领域中驰骋的起点，《因论》则标志着刘禹锡的哲学思想在经过多年的艰苦探索后，已发展到更加成熟的阶段，呈现出更加丰富多彩的面貌。从《天论》到《因论》，可以清晰地看到刘禹锡哲学思想的演进。文章由此分析了《天论》在哲学思想与政治伦理上的双重意义及《因论》中所体现的刘禹锡不断成熟、不断深化的朴素辩证法思想，论证了其哲学思想演进所达到的新的历史高度。

柳宗元研究也有多篇论文，内容也较广泛，主要有吴振华《论柳宗元唐雅的现实意义及其艺术特征》(《文学遗产》2014 年第 3 期)、刘亮红《柳宗元“大中之道”的道德修养》(《江西社会科学》2014 年第 6 期)、梁德林《论柳宗元诗歌的奇险风格》(《广西师范学院学报》2014 年第 3 期)及翟满桂《柳宗元祖籍及家眷亲属考略》(《湖南科技大学学院学报》2014 年第 6 期)等。

吴文所讨论的是学界很少关注的柳宗元铙歌、平淮夷雅等雅诗歌曲，分析这些诗歌所具有的价值与艺术特征，就论题而言，文章可补目前相关研究之不足。文章通过对柳宗元的雅道观念及《唐雅铙歌十二曲》与《平淮夷雅》具体作品的论析，认为柳宗元创作铙歌、平淮夷雅等雅诗歌曲，不仅具有补苴罅漏的意义与重新构建礼乐秩序的价值，还有脱自己于政治泥淖的干谒意图，因而具有很强的现实意义。这类诗是柳宗元在痛苦的心境下创作的“鸣国家之盛”的作品，具有春容醇厚的大雅气象，也是体现他“高壮广厚，词正理备、丽则清越”创作理想的佳作，其在艺术上锤炼精工，骨力坚劲，生动形象，意境雄浑，取得了超越魏晋而追攀《大雅》的成就。

刘文则对柳宗元“大中之道”作了新的阐释。作者认为，“大中之道”原本是孔子及其门人对中庸思想的发挥，柳宗元在吸纳传统儒学思想因子的基础上，在啖助及其弟子赵匡、陆淳开创的新《春秋》学派的影响下，结合当时的社会现实，赋予“大中之道”以新的内涵，并将之作为士大夫们道德修养的境界与目标。文章主要从这一层面阐释柳宗元“大中之道”的内涵，认为“去大惑”是道德修养的前提，“唯当之所在”是道德修养的关键，而“以生人为己任”则是道德修养的最终目的，并指出柳宗元倡行的“大中之道”不仅在学理上而且在道德生活中创造性地实践了儒家传统的内圣外王之道，是有志于成人成圣的道德修养准则与理想境界，在道德修身治心方面真正体现了“及物为心，则养己与养民非二道”的道德修养理想境界与目标。

关于柳诗的风格，向来有似陶似谢等不同认识。梁文则认为柳诗中似陶渊明平淡风格者为数并不多，更多的是奇险之作。文章由此对柳诗奇险特征作了具体阐释，认为柳诗的奇，主要体现为题材奇异、构思奇妙与语言奇特。而所谓险，则主要体现在用韵上。作者分析了柳诗用险韵（专押包含字数较少的韵部、用艰僻字押韵）以及独创拾余韵诗、增韵体等特点。而对于柳宗元创作奇险风格诗作的原因，作者认为则与柳宗元好奇的个性、所处地理环境及时代审美风尚的影响有关，并认为柳诗追求奇险，固然带来很多弊病，但其往往因难见巧，对提高作者的艺术技艺有很大帮助。

柳宗元的家世亲属等情况，史籍记载较简略，也不够系统完整，翟文综合相关文献，对此作了较为细致的梳理。文章主要围绕柳宗元的祖籍、家世、家眷、亲属等的梳理展开，间杂以考辨，并连带对柳宗元贬谪永州期间随同之亲属及侍妾等作了考述。整体而言，文章虽以述为主，但系统介绍柳宗元家世、亲属与家眷等情况，对于全面了解柳宗元其人仍不无裨益。

吴武陵是元和时期的著名文人，韩愈、柳宗元皆与之游，但学界对之较少关注。洪迎华《吴武陵生平事迹考索》(《西北师大学报》2014 年第 5 期)钩沉载籍，爬梳整比，对其家世、生平及仕宦经历进行了系统考证与辨析。其结论是：武陵本名偘，郡望濮阳，信州贵溪人。元和二年进士擢第，次年流永州。约元和十年北还，为裴度器遇，以史才直史馆。长庆初，擢户部员外郎。宝历元年，为桂管观察使李渤副使。大和元年，入为太学博士，因《阿房宫赋》荐杜牧登第。后出为韶州刺史，约大和七年因党争牵连，以赃贬潘州司户参军，八年卒。

贾岛研究本年度论文不多，值得关注者为胡大浚《诗人贾岛与诗僧无本》(《中国典籍与文化》2014 年第 3 期)及涂承日《从尚“奇”看贾岛对杜甫诗风的接受》(《中国韵文学刊》2014 年第 1 期)二文。贾岛早年曾出家为僧，法名无本，此为人所熟知，但唐末别有一位诗僧无本，且也有诗留存，却因贾岛诗名籍籍，其名与其诗乃被淹没，其诗也往往被错系于贾岛名下，遂造成了文学史研究的错讹。胡文即通过考察诗人贾岛与唐末诗僧无本二人所涉之交游者时代差异以及历代文献载录情况，对作为诗人的贾岛与作为唐末诗僧的无本作了辨析，并追溯文献记载源流，分析了二者混淆致误之缘由，将唐末诗僧的面貌呈现出来。文章指出，根据确定为唐末诗僧无本的《行次汉上》《马嵬》和郑谷、齐己的酬赠诗，以及《宋诗纪事》所载，唐末诗僧无本乃成都修觉寺诗僧，其年或与齐己相若，曾出蜀行脚荆汉一代；能诗，与郑谷、齐己交往，诗曾收入《才调集》；历五代，疑入宋后卒。涂文则对贾岛诗风的求“奇”倾向与其对杜甫诗歌的接受关系作了论析，指出贾诗之偏于求“奇”，是对杜甫诗风一偏的接受与继承，并从奇僻的诗歌风调、精奇的语言锤炼、奇姿的变体对仗以及奇特的语法结构四个方面，对贾岛继承杜甫诗歌风格的具体表现作了分析。

李贺研究本年度较前热度有所下降，有分量的论文不多，值得称道是余恕诚《李贺诗歌的赋体渊源》(《文学遗产》2014 年第 1 期)一文。文章认为,李贺诗歌渊源在杜牧《李贺集序》中有“骚之苗裔”之称,后代在理解或阐释杜牧的说法时,多半是从楚骚影响长吉最为显著的那种奇情幻思、比兴手法和幽峭意境等方面着眼,至于楚骚是否以赋体特征影响李贺的问题则未予深究,作者因将考察范围放在赋体进一步确立后,以司马相如等为代表的赋家对于李贺的影响上。文章主要从李贺对司马相如等辞赋家的态度、李贺几种主要题材诗歌与赋之间的关系以及李贺诗歌创作精神与艺术手法几个方面,对李贺诗歌与赋家赋体的关系作了分析,指出李贺推崇赋家赋体,常引司马相如以自喻;李贺诗歌中艳情美人、游仙、招魂与咏鬼、咏物等题材都与赋有密切关联;相如的“虚辞滥说”与李贺的“虚荒诞幻”曾受到“夸过其理与理或不足”的非议,而赋体的“隐言谲说”被李贺纳入诗性思维,用于抒情状物、创造意象、锤炼字面,以更加诡异的形式出现,直接影响到诗境与风格,体现了长吉体奇诡僻艳的面貌。作者还指出,考察李贺诗歌的赋体渊源,可减轻阐释李贺诗时把“谋篇命意”看得过重的压力,从而避免种种臆测,乃至给作品附会某些政治背景,强行穿凿成“诗史”,同时也有助于认识文学史上不同文体之间相互递转为用的规律。余文之外,童岳敏《日藏〈李长吉歌诗〉钞本及批点本考述》(《文献》2014 年第 1 期)介绍了日本所存室町写本《唐李长吉歌诗》与《李长吉歌诗》评点本的面貌、特点以及其在文献校勘上的价值。顾冰峰《姚文燮〈昌谷诗注〉与其诗学思想》(《安庆师范学院学报》2014 年第 5 期)论述姚文燮《昌谷诗注》“以史注诗”的特点与姚文燮“性情论”诗学思想之间的关系,也有一定的参考价值。

三

本年度有关唐人小说的研究也取得了不俗成绩,高质量的论文数量较上年度有较大提升。

自鲁迅《中国小说史略》将传奇作为一种文体来界定唐人小说后,这一概念基本为学界所认同,但近年来也不时有学者对此提出质疑或异议。王庆华《古代小说学中“传奇”之内涵和指称辨析》(《文艺理论研究》2014 年第 2 期)从中国古代小说学的视野历时地梳理文献,对“传奇”的内涵、特征、地位以及传奇小说的虚构意识诸问题复有考辨。作者认为,在古代小说话语体系中,“传奇”一词并非是从文体角度命名的文体概念,而是从内容性质角度命名的题材类型概念,“传奇”作为文体概念,主要是近现代研究者从研究的需要出发,为把握古代小说文体演进过程而重新界定的,古人从文体角度指称文言小说中的“传奇”类作品,主要使用“传记”而非“传奇”。“传奇”是以“专书一事始末”的单篇形式为基本单位,并以此区别于“比类为书”的笔记小说集,这在明清时期是文人的一种普遍共识,而且在古代正统观念中,“传奇”的地位和价值仅属于“独秀的旁支”,其地位与笔记小说相比是等而下之。关于鲁迅所说唐传奇“自觉虚构”的问题,作者认为是对胡应麟“唐人乃作意好奇,假小说以寄笔端”语的“断章取义”,并认为传奇小说的自觉虚构并非始于唐人传奇,而是出现于明代。

戴伟华《唐代小说的事、传之别与雅、俗之体》(《文学评论》2014 年第 3 期)则从“事”“传”之别角度,探讨唐代小说在口头传述形态与书面传述形态之间错综复杂的关系及其雅俗兼行的叙事形式与形成原因。文章指出,唐人小说创作中有一明显的现象,即“事”“传”二体交叉兼行,其以口头传述之故事谓之“事”,以文字记述者谓之“传”,唐代文人在小说创作中自觉运用并区分这两个概念。两者最本质的区别在于,前者是群体的、民间的创作,后者是文人的、个体的创作,唐代小说正产生于书面叙事与口头叙事的“互动”状态当中,由此也出现了唐代小说中雅化与俗化并存、并用的倾向。该文述指出唐代小说口头和书面叙述共存的形态特点,也是唐前小说的共同特征,唐人关注和有意使用“事”“传” 两个概念,是对小说特征较为成熟的认识,而只有在“事”传”之别的叙述语境中,才能正确理解和分析唐人小说雅体与俗体相交融的叙事体式及其审美特点。

围绕唐人小说中精怪聚会赋诗的故事,康韵梅《娱玩、逞才、托寓:唐代精怪聚会赋诗叙事分析》(《复旦学报》2014 年第 3

期)探讨了这类小说文本如何运用叙事和修辞的策略以达到游戏、谐谑的娱玩效果和逞才的目的,以及其在游戏、谐谑之外所具有的更深一层的托讽情味与蕴涵。文章通过对这类故事中“吟诗为戏”“谐隐的文趣”及嘲谑和颉颃的氛围的分析,指出其从聚会活动本身至活动进行的诗歌自喻和言谈对话,具有浓厚的游戏色彩和谐谑的氛围,认为营造出如此的气氛,最重要的原因是叙事文本充分体现出谐隐的修辞特色所致,由此也可以看出作者用以展现文才学识的撰作意图。而对于这类刻意经营的叙事形式和修辞技巧以逞展文才学识而充满了游戏、谐谑意味小说故事,历来的评论都认为其并无寄寓的深意可供探寻,作者则认为其中间接地反映出唐代文人对于政治现实的论议、文坛现象的批评、自身处境的感叹,因而并不是毫无深意可供探寻的作品。

同样是围绕小说精怪故事的研究,夏广兴《隋唐精怪小说与佛教流播》(《上海师范大学学报》2014 年第 6 期)则从佛教影响的角度作了阐释。文章对隋唐精怪小说的报应思想、故事题材特征以及精怪形象的人化等作了分析,揭示了其与佛教之间的关系。作者认为,因原始宗教信仰而形成的中国传统的动植物精怪信仰,随着异域佛教文化的传入,使得此类动植物成精的路径、动植物人格化的模式、动植物艺术表现诸方面都有深化,且这种传统的异类故事,经文人的艺术加工而演变成为中国古代所独有的精怪文学,对中国精怪文化诸方面都产生毋庸否认的巨大影响。

李萌昀《除魅与遇仙——唐代小说中的书生旅行故事》(《华南师范大学学报》2014 年第 3 期)对唐代小说中书生旅行除魅与遇仙的主题作了分析。文章指出唐代小说中出现了大量以科举为背景的书生旅行故事,描写书生在应举、下第、干谒、客游途中的种种遭际,其中除魅与遇仙是一对值得关注的主题。作者指出在除魅故事中书生是知识和经验的传播者,其以儒家思想开启民智,而儒家思想在崇尚天命与德性、反对蒙昧与迷信之外,也鼓励人们积极入世,建功立业,这也成为他们投身科举考试的直接推动力;而在遇仙故事中,书生不再是知识和经验的传播者，仙境的见闻和仙人的启示往往震撼着他的旧有观念，迫使他对入世理想加以反思，书生因此从启蒙者变成了被启蒙者。唐代小说中这两种主题的并存现象，体现了唐代书生的思想困境。不过，书生心底的入世理想极为牢固，遇仙故事中的出世情节实际上是科举受挫之后的情绪发泄与自我安慰。

唐代变文等讲唱文学的研究论文相对较少，谢思炜《唐代讲唱文学的民间性及其文化意义》(《江苏师范大学学报》2014 年第 5 期)则是一篇出色之作。作者认为讲唱文学的民间性不同于一般的民间文学或口头传承文学，它属于上层文人创作和民间自发创作之外的第三种文化产品，由此文章着重对其社会功用、生产条件及其作品内容和叙事方式进行了综合考察，指出唐代讲唱文学在继承源自宗教的宣教性的同时，发挥了民间文化认同的重要社会功用，唐代的科举制度和教育普及为它提供了必要的社会生产条件，它对孝道主题和民间伦理思想的表现反映了佛教教义与世俗伦理的融合过程，同时也体现了民间伦理对上层社会和统治阶级意识形态的积极影响。它的叙事内容和策略则反映了普通民众对生活的认知方式和宗教及其他观念影响于生活的复杂性。

除上述论文外，本年度尚有余丹《论宋人对唐传奇名篇的接受——以〈莺莺传〉为中心》(《暨南学报》2014 年第 5 期)、李冬梅《红线女故事演变与道教文化意蕴》(《天中学刊》2014 年第 4 期)以及熊明、张丽萍《论唐人小说的节庆民俗意象及其文化审美价值》(《辽宁大学学报》2014 年第 5 期)、梁苍泱《唐小说中的人身异物化缘由探究》(《云梦学刊》2014 年第 4 期)等，或内容或切入角度，都有一定特点，限于篇幅，介绍从略。

晚唐五代文学

□ 亢巧霞　吴在庆

2014年的晚唐五代文学研究，从文章数量上看，高于去年。同时，学界对于唐墓志和文言小说的研究呈上升趋势；对温庭筠的研究，除去已有的词作之外，对他的诗歌和文章留存状况也有关注；另有晚唐的家族文学研究、诗词的传承变化等研究，是本年晚唐五代文学研究的新趋势。

一、晚唐五代词作和词人研究

李晶《论晚唐五代享乐词的创作特点》(《佳木斯大学学报》2014年第3期)以唐末五代词为主，从四个方面论述词作特点。文章认为晚唐五代享乐词在艺术上呈现抒情距离化的创作特点。陈明霞《论欧阳修对南唐词的接受及其文化审美心态》(《安康学院学报》2014年第5期)重在研究南唐词对后世词人的影响。邓经武《花间丽词：巴蜀文化美学的一次聚焦狂欢》(《中华文化论坛》2014年第7期)指出《花间集》的价值在于用全新的形式表现趋于觉醒的人文精神，以集群对文学形式美进行一次淋漓尽致的聚集展示，从而与中国"温柔敦厚"主流诗教传统形成背离，拓展出中国文化美学的另一新途。王莉《中晚唐文人词与进士文化关系考索》(《湖北职业技术学院学报》2014年第2期)基于文人词的发生原理和进士文化发展嬗变的互动，综合历史文献考证、文人词原典解读、社会分析三种研究视角考察进士群体游宴狎妓制度和音乐文化之间的文化意义。曾渔渔《论"清丽”“沉郁”对韦庄词的美学建构》(《重庆师范大学学报》2014 年第 5 期)认为,由于韦庄对“清丽”与“沉郁”的自觉追求,韦庄词在美学意蕴上,呈现出清疏秀逸的韵致与苍凉的悲剧美。黄盼《花间别音——论冯延巳〈蝶恋花〉词及其意义》(《玉林师范学院学报》2014 年第 6 期)以冯延巳《阳春集》中十四首《蝶恋花》为切入点,认为冯延巳通过创作实践确定并完善了《蝶恋花》词的体制。其词内容虽仍以男女相思恋情为主,但格调更高雅,境界更扩大,是唐五代《蝶恋花》词题材和风格的最大开拓者。周韬、邓乔彬《论唐代“诗客曲子词”的体式特征及其对词体演进的贡献》(《齐鲁学刊》2014 年第 6 期)指出“诗客曲子词”多革除以敦煌传辞为代表的民间曲子词的“俚俗之风”,去其常见之口语、虚词、语气助词入以近体诗律格句中,兼之革除其民间传辞的平铺直叙的书写习惯,以诗之“赋”“比”“兴”手法施予其中,唐代文人又出于创作惯性引近体诗律为句,迈出词体律化第一步。陈伯海《“温李新声”与词体艺术之先导——唐诗意象艺术转型之另面观》(《江海学刊》2014 年第 1 期)认为温李新声是由传统的诗体艺术导向新兴词体艺术的必要中介。文章对“主情”诗歌情景构建方式的演变作出梳理,提出从原初的“触景生情”经“缘情构景”、“移情入景”,至晚唐“因情造景”和“拟情布景”,是其大致的演变历程。“温李新声”不仅完成了“因情造景”情景构造方式上的创新,而且抒情表达上也是独特的。这一独特性表现于三个方面:一是意象的密实性,二是意脉的跳脱性,三是意境的空灵性。文章认为温庭筠的艺术世界和情感世界,最集中地体现了晚唐五代的时代氛围,而李商隐的生命体验和审美情趣,虽酝生于晚唐,却又超越了时代界限。另外,王小荣《温庭筠“花间”词的性别审美》(《河北工业大学学报》2014 年第 3 期)、胡煦《论温庭筠词的艳化》(《齐齐哈尔大学学报》2014 年第 1 期)等紧扣花间词作,对温词特点作了细致研究。

二、政治与诗歌关系研究

王志清《安史之乱后唐诗的吴风日盛与气骨顿衰》(《南通大

学学报》2014年第1期)认为以吴地为中心的江南,在安史之乱时成为北人南移的首选地。大量的南移诗人或有过南方生活经历的诗人,自觉或不自觉认同江南文化,从吴地获取了大量的创作题材与灵感,并生成了偏于阴柔的诗歌审美取向。另外,马吉照《从唐诗看中晚唐藩镇割据下的河北社会文化状况》(《保定学院学报》2014年第1期)、徐乐军《晚唐诗文中的科考》(《古典文学知识》2014年第2期)也是从文学和政治两个角度展开研究的。徐乐军《令狐绹与晚唐诗坛》(《社会科学研究》2014年第3期)指出令狐绹于大中朝秉政十年,他对晚唐诗坛所起负面作用远大于积极的一面。文章从令狐绹对大中科场的干扰、令狐绹与李商隐人生困折、令狐绹对温庭筠的打压三个角度展开分析。

三、诗人生平事迹和文献考证研究

吴在庆《韩偓诗注释解读辩误》(《杭州电子科技大学学报》2014年第3期)以韩偓《奉和峡州孙舍人肇荆南重围中寄诸朝士二篇时李常侍洵严谏议龟李起居殷衡李郎中冉皆有继和余久有是债今至湖南方暇牵课》《过茂陵》《侍宴》《南浦》《乱后却至近甸有感》《过临淮故里》《访同年虞部李郎中》诗为例,分析韩偓诗歌误读和误解之因。文章认为不明事典、误解语词之义、不明比喻之义、误解题面作年背景主旨等是误解韩偓诗的主要原因。黄林纳《〈唐温邈墓志铭〉考释》(《江汉考古》2014年第5期)结合温邈的父亲温佶神道碑文对温邈墓志进行考释。文章梳理出温邈作为隐士的三个阶段并列出温邈家族从唐初温大雅开始的七代世系表。周玲《唐代〈王宰墓志〉释文校补》(《黄河科技大学学报》2014年第1期)比照原拓,运用文字学、校勘学等相关知识,结合学界成果,详细分析订正了该释文之失。汪国林《〈哀挽歌〉作者考述》(《怀化学院学报》2014年第4期)指出《全宋诗》将晚唐卢延让《哭李郢端公诗》误为宋初卢多逊《哀挽歌》。刘瑶瑶《〈报恩吉祥窟记〉释录补正》(《时代文学》2014年第9期)以郑炳林《敦煌碑铭赞辑释》为基础,参核《敦煌社会经济文献真迹释录》诸书,将《报恩吉祥窟记》录文中部分尚存异议的字词用加按语的形式逐一核实补正，这将便于更多学者通过该敦煌碑文，进行晚唐五代时期敦煌社会生活的相关研究。王晓鹃《〈北里志〉作者和创作考述》（《中国海洋大学学报》2014 年第 2 期）指出《唐摭言》和《唐才子传》将《北里志》作者误记为赵光远的原因和赵的世家出身及其冶游放荡生活有关。何锡光《许浑籍里小考》（《重庆三峡学院学报》2014 年第 5 期）认为称许浑是润州丹阳人的说法有误，许浑应是润州丹徒人。陶绍清《史料所见晚唐迄北宋初骈文专集选本考》（《广西师范大学学报》2014 年第 3 期）梳理出自晚唐五代到北宋天圣前骈文的写作状况与文本的主要表现形态。李晖《七十余岁中进士，正九品的校书郎——唐才子曹松史迹探索与佳诗赏析》（《巢湖学院学报》2014 年第 4 期）分别梳理曹松及第前后的行踪，整理其存留的 146 首诗歌并作了部分赏析。高新伟《皮日休襄阳行事作品考》（《襄阳职业技术学院学报》2014 年第 5 期）围绕皮日休襄阳诗文展开分析，重点介绍了皮日休在襄阳隐居于鹿门山的行事交游，便于襄阳历史文化研究。熊伟《温庭筠文集结集、散佚考论》（《唐山师范学院学报》2014 年第 1 期）考述温庭筠文集在晚唐五代、南宋及元明清时期的留存情况。文章指出温庭筠文集于晚唐五代时期问世后，至北宋嘉祐（1056　1063）年间温庭筠文集《汉南真稿》尚存，温文集散佚时间最早当在南宋时期。

四、个体诗人心态和诗风研究

徐海冰《晚唐战乱背景下高骈的心态命运与诗歌创作》（《广东海洋大学学报》2014 年第 2 期）从高骈 50 首诗歌入手分析其创作心态。张丽丽《晚唐五代女诗人诗歌情感体验》（《河北联合大学学报》2014 年第 2 期）以晚唐鱼玄机、张琰、花蕊夫人、元淳和徐月英等女性作家作品为研究对象，文章指出这个时期的女性作品多直言其意，情感真挚而直接。刘宁《晚唐诗学视野中的右丞诗——司空图对王维的解读》（《北京大学学报》2014 年第 6 期）认为司空图以“韵味”论诗，改变了盛唐、中唐诗论以“境”“象”论诗的理论侧重，弱化了对物象做天真自然表现的理论追求，强化了主观体验对诗歌意境形成的意义，这正是晚唐诗歌重人工、尚锻炼的诗风变化的反映。杨榴霞《论赵嘏省亲诗的创作原因、主题内容、情感特质》(《齐齐哈尔高等专科学校学报》2014年第5期)认为赵嘏的省亲诗创作深受唐代科举制和儒家思想的影响，他的诗歌主题集中于两个方面：一是诗人对自己久举不第发出的感叹；二是对别人不第失意的慰藉。焦杰《唐代女冠诗人李冶与鱼玄机比较研究》(《广东技术师范学院学报》2014年第10期)认为李冶和鱼玄机的情爱诗与酬唱诗各具特点。情爱诗，鱼玄机多爱欲求托身，李冶多伤感求真情；酬唱诗，李冶多友情与明志，鱼玄机则多暧昧与诱惑。汤军《鱼玄机与迪金森生态女性诗学比较》(《盐城师范学院学报》2014年第4期)对照分析晚唐女诗人鱼玄机和美国19世纪作家迪金森，以女性意识书写表达方式的差异性入手，考察跨文化中西女性意识的诗学特征的不同点。高明峰《试析贾岛"推敲"一事真伪及缘由》(《吉林师范大学学报》2014年第5期)列举贾岛"推敲"一事的几种版本，认为该事件实为后人杜撰。文章进而从贾岛自身性格和苦吟诗风、社会因素和历史因素三个方面分析贾岛"推敲"故事产生的原因。朱大银《诗僧贯休之诗论》(《安康学院学报》2014年第3期)从三个方面概括贯休诗论特点：极称李白"碧海掣鲸"的诗歌风格；崇尚清澹的诗歌意境；写诗主张"苦吟"。胡大浚《诗人贾岛与诗僧无本》(《中国典籍与文化》2014年第3期)一文首先考证唐末五代另有一位诗僧无本，这位诗僧无本和晚唐诗人贾岛(早年为僧，法名无本)实为两人。文章梳理了诗僧无本的大致生平：唐末成都修觉寺僧，年或与齐己相若，曾出蜀行脚荆汉一带；能诗，与诗人郑谷、齐己交往，诗作收入《才调集》，历五代，疑入宋后卒。佘军《论诗僧齐己与〈早梅〉一诗的矛盾性》(《钦州学院学报》2014年第6期)从《早梅》诗入手，认为原本习禅的僧人齐己透过《早梅》诗透露出的投身于士大夫政治生活的渴望，具有与其身份不相符的矛盾性。文章认为这种矛盾性是晚唐特殊的时代造成的，解析诗歌矛盾性的根源是该文的重点。胡海燕《杜旬鹤苦吟诗与贾岛苦吟诗之异同》(《作家研究》2014年第6期)对照分析两人苦吟诗。文章提出贾岛的苦吟重在炼字、炼句、精炼意境；杜旬鹤的苦吟时刻关注社会现实，这是杜旬鹤对贾岛苦吟诗的一种超越。王辰《论王驾七绝特色——以两首诗作为例》(《重庆三峡学院学报》2014 年第 4 期)着重分析王驾《古意》和《社日》诗，指出王驾七绝具有流畅巧思与细腻深挚、典雅秀致并妙趣横生的特点。周裕锴《皮日休送圆载归日本诗解读》(《古典文学知识》2014 年第 1 期)介绍了皮日休《送圆载上人归日本国》诗作的创作背景，进而逐一解析该诗各句。王辰《韵度自愔隐秀有致——略谈崔橹的绝句诗》(《湖北经济学院学报》2014 年第 8 期)梳理出晚唐崔橹的生平经历和创作情况。文章对崔橹绝句特点展开分析，提出语辞清丽、画面鲜艳、借景抒情和意深境远四个特点。付芮《温庭筠诗中的"马"意象研究》(《吕梁学院学报》2014 年第 3 期)认为温庭筠诗歌中"马"意象展示了衰败的晚唐背景下文人志士的复杂心态，这种写作手法是"温庭筠自身的性格特点和坎坷的人生遭遇以及对于李贺咏马诗的学习与继承"的综合体现。陈超《论中国古典诗歌的美感形态——以〈二十四诗品〉的审美旨趣为中心》(《文艺评论》2014 年第 4 期)探讨了《二十四诗品》有关格与风格、各品之间及其美学旨向等现象，指出晚唐司空图诗论著作《二十四诗品》深受老庄哲学思想的影响，司空图对于诗歌命题的把握，与中国传统艺术美学的精神存在一定的关联性。司空图概括出的诗歌创作方法和意境形成的理论，强调自然本真的生命意识，强调艺术本真的精理呈现，是典型的中国艺术美学理论经典、诗学经典。从滋杭《唐诗风貌的翻译——以韦庄诗为例》(《浙江树人大学学报》2014 年第 3 期)从韦庄诗作入手，阐释对唐诗翻译的思考。文章认为译者翻译唐诗，也应关注唐诗产生的时代背景、个体诗人的创作思想和艺术手法等背后因素，仅关注原诗的韵律、技巧、体裁、语言是不够的。另外，还有郭倩《唐末王贞白其人其诗》(《齐齐哈尔大学学报》2014 年第 7 期)、岳九五《从薛能看晚唐文人的思想和心态》(《安顺学院学报》2014 年第 2 期)等。

五、晚唐诗风、诗貌和家族文学研究

董素贞《论中晚唐游仙诗的世俗化》(《贵州师范学院学报》2014年第8期)对照中晚唐游仙诗与唐之前的游仙诗,提出中晚唐游仙诗最重要的一个特点是全面世俗化——仙境人间化、仙人世俗化、仙家活动世俗化。另外,董素贞《中晚唐文人游仙诗创作心态论析》(《赣南师范学院学报》2014年第5期)从心态学角度论述晚唐游仙诗特点。毛德胜《论晚唐咏史诗的审美特性》(《贵州师范大学学报》2014年第1期)从感伤性、哲理性、人文性三个方面论析晚唐咏史诗。张艳辉《论五代时期闽国诗学的历史地位》(《求索》2014年第4期)指出五代时期闽国诗学得到全面发展,主要表现为:出现了以王延彬为核心的诗学集团;《泉山秀句集》等书的编纂代表着地域诗学意识的萌芽;徐夤、黄滔等人的宗尚晚唐或宗尚盛唐、中唐诗学理论的构建。文章认为闽国诗学的发展为宋代福建地区诗学的隆盛拉开帷幕。王伟《唐代弘农杨氏家族文学创作考论》(《文艺评论》2014年第4期)主要概述了弘农杨氏家族的著述及其家族文学创作情况。孟子勋《杨夔诗文研究》(《焦作大学学报》2014年第3期)择取晚唐弘农杨氏家族中的诗人杨夔,对杨夔留世诗歌13首、文22篇做了分类,进而分析其诗文的思想意蕴,是晚唐杨氏家族文学研究的细化成果之一。

六、文言小说和碑志研究

陈尚君《范摅〈云溪友议〉:唐诗民间传播的特殊记录》(《文学遗产》2014年第4期)指出唐末范摅《云溪友议》中记录的唐代中后期唐诗名人名篇的故事,核以史实,多有错误。但正基于此,《云溪友议》也保存了唐诗在民间传播,唐诗走向社会时,文本动态变化的复杂现象。陈丽荣《裴铏文言小说集〈传奇〉中的儒家思想》(《晋中学院学报》2014年第2期)认为裴铏小说集的儒家思想主要表现在两个方面:一是将故事设于现实世界当中,二是通过与道家思想的矛盾碰撞来彰显。陈丽荣另有《裴铏文言小说集〈传奇〉与儒释道思想的兼容》(《文艺评论》2014年第8期)探究该文言小说的思想内容。张金桐《几人曾预南熏曲——从〈李娃传〉看中晚唐小说家对仁与义的张扬与呼唤》(《西夏研究》2014年第4期)认为《李娃传》随着荥阳生穷达生死情节的推进,小说蕴含着丰富的"仁"与"义"思想,这一思想与作者白行简的高度社会责任感联系紧密。张岗《一轴绚丽多彩的唐代生活画卷——〈玄怪录〉居住风俗文化释读》(《天水师范学院学报》2014年第2期)以小说中的官宦府邸和百姓宅舍为例,指出《玄怪录》作者牛僧孺对奢华豪靡与简约朴素两种不同居住风俗风格的崇尚,体现了以他为代表的中晚唐文士追求奢华与简朴的矛盾心态。《玄怪录》蕴含了深厚的居住风俗文化意蕴,成为展示唐代居住风俗的绚丽画卷。王新芳《论晚唐五代笔记小说对杜甫生平事迹的杜撰》(《中国典籍与文化》2014年第1期)认为,由于晚唐五代人对盛唐风流的特别追慕与好奇,加之杜甫的史传资料过于简单,从文献角度分析,晚唐五代笔记小说对杜甫生平事迹的记载绝大多数都出于后人的杜撰。然而这些杜撰的文献材料此后又多被新、旧《唐书·杜甫传》采纳,造成负面影响。徐海容《论晚唐碑志文的发展变化》(《深圳大学学报》2014年第1期)认为晚唐碑志文整体趋于衰落,作家的创作理念也随之发生转变,由家国之思转向人生如梦的命运感慨,多咏史怀古,以以古喻今为创作旨趣。高慎涛《温庭筠撰杨挚墓志及其文学史料价值》(《中国文学研究》2014年第2期)结合新近出土的墓志铭——由温庭筠撰写的《故华州参军杨君墓志铭并序》进行了翔实分析。文章评价了出土文献的文学价值,文学价值之一在于温文提到杨挚是李贺之后又一位擅长乐府倚曲的高手,补充了文学史上一位被遗落的文人生平及其贡献;价值之二则是温文提到了文学史上乐曲与诗词相配合的问题。另外,李博昊《温庭筠华州参军中的"史才"、"诗笔"与"议论"——以元稹的〈莺莺传〉为比照对象》(《湖南科技学院学报》2014年第6期)也以新出土的该墓志铭为切入点。陈春梅《温庭筠与〈干撰子〉的创作》(《福建商业高等专科学校学报》2014 年第 2 期)据《太平广记》《类说》《绀珠记》等旧籍搜罗温庭筠该书,进而据此考察温庭筠创作《干撰子》的意图、成书原因、成书过程、版本及其佚文。

王维研究

□ 康 震 张 华

2014 年王维研究领域最重要的成果当属《王维资料汇编》的出版。该书汇编了历代有关王维诗文、绘画、音乐等方面的评论与评点，以及有关王维交游出处、诗文集版本源流、绘画收藏流传等方面的考述。全书所辑资料起自唐代迄于近代，分为唐宋金元、明代、清代三个部分，所收资料全面，编排条理清晰，易于检索。《王维资料汇编》的出版，改变了“已出版的《古典文学研究资料汇编》系列中，王维资料长期阙如”（《王维资料汇编》编后记）的尴尬境地。纵观 2014 年，王维研究也因此书的出版更添了一抹亮色。2014 年以王维为研究对象的论文共有一百余篇，其中包括 6 篇硕士论文，各类研究如杂花生树，选题的多样性也大大丰富了王维研究的外延，进而促使相关研究更上层楼。

一、生平与作品考辨

关于王维的生卒年，学界历来众说纷纭。如王维的生年，从如意元年(692)说到长安元年(701)说，前后跨度竟达十年。目前，学界主要观点集中在如意元年(692)、延载元年(694)、证圣元年(695)、圣历二年(699)、圣历三年(700)这几个时间点上。邱小毛、袁志成《王维生于证圣元年新证》(《中国文学研究》2014 年第 2 期)根据王维《与魏居士书》及《送韦大夫东京留守》两诗，推断王维的生年应该是证圣元年(695)。文章认为《与魏居士书》中的“罪人”一词并非实指，而是谦称，典出《三国志》，指“凡大臣年高力尽,虽不能裨补朝政而犹贪禄恋栈者”。故此文不必作于安史之乱后。作者认同林继中根据文中“仆年且六十”而提出的“作于天宝末年”的提法。根据《送韦大夫东京留守》里出现的“老病”一词,作者推论王维写作此诗时应较之韦陟即诗题中之“韦大夫”年长,韦陟充东京留守在乾元二年(759)秋七月,时年 64 岁,因此,作者推断,乾元二年(759)王维不得少于 65 岁。作者认为《与魏居士书》中“相国急贤”中“相国”即杨国忠,杨国忠于天宝十一载(752)任右相,天宝九载(750)至天宝十一载(752)三月期间,王维丁母忧服阙,故此文当作于国忠入相次年,即天宝十二载(753)。文章据此推断:“天宝十二载(753),王维‘年且六十’,若以 59 岁推算,则其在乾元二年得 65 岁,与其在是年的岁数下限正合。由天宝十二载(753)王维 59 岁逆推,得其生年在武后证圣元年(695)。”较之以史传及年谱为依据进行的考证,从诗文互证以及官职考辨等角度出发厘清纷繁复杂的王维生卒年问题不失为一种新的尝试。

关于王维作品,学界关注的重点仍在名篇辨析上。自南宋胡仔以来,对名作《江南逢李龟年》的作者是否为杜甫一直争论不休,至今亦然。在否定杜甫著作权的学者中,对《江南逢李龟年》的作者归属也是莫衷一是,赵海菱在《〈江南逢李龟年〉作者发疑》(《社会科学辑刊》2014 年第 5 期)一文中提出,作者极有可能是王维。赵文从胡仔《苕溪渔隐丛话》质疑的立场生发开来,对晚唐人郑处诲《明皇杂录》、范摅《云溪友议》中所载《江南逢李龟年》的创作背景进行了辨析,指出天宝十五载(756)到至德二年(757),“杜甫先是被安史叛军俘虏,后来逃出后直奔肃宗即位的甘肃灵武,待两京收复后,随肃宗朝班回长安。在此期间,杜甫未曾到过湖湘。他流落湖湘是在大历三年(768)之后的事”。因此,认为郑、范二人文中所提到的流落湖湘的李龟年歌“杜甫赠诗”的事情是无稽之谈。针对支持杜甫与李龟年曾于开元年间有密切来往的学者所依据的诗句乃“斯文崔魏徒,以我似班杨”。赵文通过近年来陆续出土的《唐故陈王府长史崔府君(尚)志文》《大唐故河南府泗水县尉长乐冯君墓志铭并序》等史料证实,对杜甫颇为赏识的崔尚、魏启心根本未曾做过郑州刺史、豫州刺史，杜甫自注里的"崔郑州尚，魏豫州启心"实属子虚乌有，而"在杜甫现存的所有作品中，找不到任何有关他与歧王(李范)、崔九(涤)、李龟年等人相识的记载"。基于同样出众的音乐才能，又同样被歧王所赏识，赵文推断王维与李龟年"都是歧王宅里的常客"。开元十四年(726)岐王去世后，李龟年有过漫游江南的经历，而开元十五年(727)，王维在离开济州返长安后不久，转官吴越。王维第二次赴江南，是在开元二十八年(740)，使命是"知南选"。这样，王维和李龟年便有了在江南两次交集的前提条件。至于王维有无诗作记载与李龟年的相遇，赵文指出，据凌濛初刊《王摩诘诗集》，王维著名的《相思》，一作《江上赠李龟年》。"从版本学的角度看，一般而言，古人诗作，题目内容详细具体的往往是原题，而相比之下简略概括的则常常出自后人的改动。"因此，《相思》的原题应为《江上赠李龟年》，因而《江南逢李龟年》极有可能是王维的作品。著作权的问题，历来都是见仁见智，虽然赵文所得出的结论尚可商榷，但其大胆设论仍具开创之功。

二、诗歌艺术研究

针对王维诗歌艺术所的研究历来都是王维研究领域最为集中的部分，也正是因为这样，这一领域的研究成果数量虽多，却往往乏善可陈。众所周知，王维诗歌意象丰富，又因其与绘画、音乐等艺术相融摄，故而为研究者提供了解析的广阔空间。对于王维诗作中某一意象的解析，往往能在总基调不变的基础上，有一些小小创获，比如对王维诗歌中"松"意象、"花"意象、"云"意象的解读。比较而言，许总、白凯《论王维诗歌中的听觉感知》(《河北科技师范学院学报》2014 年第 3 期)对王维诗歌中所涉及的听觉感知进行了重点考察，略显新意。文章通过统计得出，在《王右丞集校注》收录的 438 首诗歌中，关于听觉感知的有 126 首之多，占到全部诗作的将近三分之一。通过对这些诗歌的对比分析，结合王维生平，作者提出王维诗境建构与听觉感知密切相关，王维诗歌的情思不少是由听觉感知触发的，由声音感知展开联想与想象，与细致观察过的景致、真切体验的主观感情相融合来铺叙诗情。

本年度对王维诗歌艺术的观照主要集中在其山水田园诗上，尤以《辋川集》最具代表性。关于《辋川集》的研究，颇具新意的有吴振华《试论李白〈秋浦歌〉与王维〈辋川集〉的异同》（《阅江学刊》2014 年第 2 期）和张红《王维〈辋川集〉与南国文学传统》（《中国文化研究》2014 年夏之卷）等。吴文认为李白《秋浦歌》与王维《辋川集》是天宝后期创作的表现江南秋浦胜境和北方蓝田辋川佳境的两组山水诗。尽管王、李二人没有交往唱和，也没有受到对方的影响，但两组诗还是存在相同之处的。王维和李白都继承了南朝大谢、小谢山水诗的艺术传统，运用五绝组诗描写山水景物。在分析共同点的基础上，吴文还进一步指出《秋浦歌》《辋川集》的差异，主要有：李白重主观抒情，王维重客观描摹；李白受民歌影响，追求"诗中有人"。王维则受佛禅影响，追求"诗中有画""诗中有禅"等。张红文则从文学流变的角度，考察了《辋川集》对南国文学即楚辞、《庄子》及六朝辞赋的接受。张文认为《辋川集》对《庄子》的接受主要表现在对道家、道教思想的接受，而对《楚辞》的接受，则表现为对其语词与意象的借用和新意境的开发等方面。王维对六朝辞赋的接受，更深入更直接，"不只是接受南朝诗人的意象，还连带接受了南朝诗人组接意象的方式"。同样是围绕王维与辋川，杨晓慧《从王维诗画接受看蓝田辋川旅游开发策略》（《河南理工大学学报》2014 年第 3 期）将古代文学研究与当下实际相结合，体现了古代文学研究者的当代担当。

山水田园诗之外，本年度陆续有学人关注到王维的其他诗歌类型，比如边塞诗和女性诗。王维的边塞诗不仅数量可观，其成就也非同凡响。据李术文《论王维边塞诗的魅力构成》（《太原理工大学学报》2014 年第 2 期）统计，王维诗集中有边塞诗三十几首，且名篇荟萃，佳句迭出。李文认为，王维边塞诗独特的魅力构成，除了与时代精神风貌相一致外，还有诗人本身的文化因缘。王维自幼生长在"人性劲悍，习于戎马"的晋阳古地，从小便非常赞赏那些重义轻生的游侠豪客。除此之外，丰富的塞外经历更拓展了王维的视野，为其边塞诗创作提供了无尽的源泉。

王维边塞诗在艺术风格和美学意义上有三点突破:一者为用乐府歌豪情,一为以画笔造境界,一为从壮美到柔美。因此,王维的边塞诗既有豪迈壮阔的胸襟,又有缠绵哀婉的柔情,他用深沉的思想和细腻的笔触,唱出了盛唐昂扬奔放的时代最强音。张自华《王维女性诗的孤独情怀》(《华南理工大学学报》2014年第5期)对关注度更小的女性诗进行了解读。文章粗略统计,王维描写女性的诗歌共有二十多首。在诗中,王维用彩绘般的美丽语言描绘出一幅幅女性闺思、宫怨、爱情的画面,同情、怜悯封建时代妇女的不幸遭遇,绵绵情意、委婉蕴藉的语句隐喻着诗人内心深处的寂寞,王维借诗中的女性形象诉说孤独不安的情怀,安顿他那颗漂泊的心灵。

三、思想研究

关于王维的思想,学界讨论的重点历来以佛禅思想为主,近年来陆续有学人开始探析佛禅之外的思想对王维创作的影响。钱志熙《论王维玄佛结合的人生哲学及与艺术的关系》(《北京大学学报》2014年第6期)结合玄学与佛学对王维的人生哲学和艺术进行了全面观照,文章认为王维具有多种身份和多个思想及艺术的层面,对此进行调谐与整合的主要是一种玄佛结合的人生哲学。这也是他所说的“道”的主要内容。从渊源来讲,这种人生哲学来自于东晋南北朝的士族文化传统,但在盛唐时代以王维为代表的寒素士人群体成为它的主要继承者。王维诗歌中表达了丰富的自然及自然与名教合一的玄学主题,并且常常与佛禅哲学结合。崇尚自然与证悟无生,是其在玄学与佛学方面的主要追求。王维对于世俗与现实,从早年的有所对抗到晚年的完全调和,正是其上述人生哲学调谐的结果。其思想特点更接近于谢灵运,而与陶渊明存在一些质的不同。王维的出处同归、色空无碍、名教即自然等思想,具有一种虚假性。王维的艺术境界也体现了与上述思想对应的多种层次。

探讨王维的思想,并不仅仅局限于文学,还可以扩展到绘画艺术。徐菁菁《从“不问四时”看禅宗对王维水墨画构图观的影响》(《西华师范大学学报》2014年第4期)认为王维作画经常违背现实世界的时令,张彦远称之为"不问四时"。文章进而指出,"不问四时"是一种审美选择,是王维创导的一种新的审美风范,对后世影响深远。而"不问四时"与禅宗思想有着密切的关联。王维正是在禅宗思想影响下创作出这类画作,也是以"不问四时"这一荒诞的形式来表达他心中的禅意。同样是对王维画作的关注,杨晓慧《试论禅宗对王维绘画技法创新的影响》(《唐都学刊》2014年第2期)重点阐述了禅宗在王维绘画技巧创新过程中的作用。文章认为王维的画弃彩用墨,自然天成,幽深淡远,是中国画史上文人画"以墨为色"的最早表现。"水墨"的大量使用,无疑表现了王维在绘画方面的开拓精神。这种开拓精神是与禅的创新精神密切相关的。禅宗那种灵活自由、不受拘束的精神对王维在艺术上的开拓精神有重要启发。

四、译介与比较研究

值得注意的是,近年来越来越多的研究者从比较文学的角度解读王维并取得了一定的成就。在本年度有关王维研究的6篇硕士学位论文中,对王维进行译介和比较研究的竟达到4篇之多。其中,张泉《虚无的风景——王维与史蒂文森诗学研究》(华中师范大学2014年硕士学位论文)和郭主美《华兹华斯与王维的比较研究》(厦门大学2014年硕士学位论文)都把选题的焦点放在王维的比较研究上。张文分析了两人诗篇中有无相成的互动关系,揭示其诗学结构的不同形态、构建过程以及背后成因。郭文指出华兹华斯和王维二者之间存在着一些相似之处。首先,华兹华斯和王维都受宗教影响。并且,在一定程度上,他们的人生境况也颇为相似:在经历了人生的跌宕起伏后,二人均选择了隐居自然。最后,从生态批评的角度来看,其作品中均反映出二人的生态意识。他们可谓是生态诗人的先驱。在诗歌语言特色上,二者诗歌中包含一些相似意象;但是,反映到诗歌的句法以及创作诗歌的视角上,二者的差别较大,这是由于不同语言本身所具有的特征以及诗人不同的思维模式所造成的。范觅

《对俄汉语教学之王维诗歌教学——以〈鹿柴〉等四首诗为例》（湖南师范大学2014年硕士学位论文）、段政丝《本雅明翻译理论下的中国古典禅意诗英译研究——以王维禅意诗为例》（西北大学2014年硕士学位论文）、高隽《"阐释学"指导下的王维诗歌英译》（河北师范大学2014年硕士学位论文）都对王维诗歌的译介提出了自己的看法。

魏家海《译画入诗、译禅入诗和译典入诗——宇文所安的英译王维诗的翻译诗学》（《理论月刊》2014年第9期）从宇文所安英译王维诗的"译画入诗"、"译禅入诗"和"译典入诗"三个方面探讨了诗歌画境中的动态性、静态性和光线色彩的和谐性在翻译中的摹写和润饰作用，分析了禅宗审美意境翻译中的"无我之境"、情景交织中的意境翻译的动感、声情意象翻译的乐感，总结了典故翻译的文化交互性，指出了宇文所安翻译艺术的再现性重于表现性。此外，顾力豪《中国古典诗歌翻译中的音乐性再现——以〈王维诗百首〉为例》（《淮海工学院学报》2014年第10期）、秦小红《模糊理论与翻译的模糊对等——以王维〈鸟鸣涧〉三个译本为例》（《陇东学院学报》2014年第3期）、肖新新《王维山水诗禅意的再现——以〈辛夷坞〉、〈鸟鸣涧〉、〈鹿柴〉为例》（《牡丹江大学学报》2014年第5期）等，都结合王维具体作品的外文译本，探讨了如何更真实、更完美地在译介中呈现中国古典诗歌的美。

五、接受研究及其他

本年度王维诗画接受的研究继续受到关注。刘宁《晚唐诗学视野中的右丞诗——司空图对王维的解读》（《北京大学学报》2014年第6期）从晚唐诗学趣味出发分析了司空图对王维诗解读失真的主要原因。文章提出，"澄澹"与"精致"，是司空图解读王维诗的核心认识，但这一评价也存在着明显的局限，即与王维诗的艺术特点存在一定的距离。刘文认为这也折射出司空图自身诗学观念的晚唐趣味。司空图用"澄澹"与"精致"来理解王维，与其"韵味论"诗学思考有密切联系。刘文指出，司空图以

"韵味"论诗改变了盛唐、中唐诗论以"境""象"论诗的理论侧重，弱化了对物象做天真自然表现的理论追求，强化了诗人主观体验对诗歌意境形成的意义，反映了晚唐诗歌重人工、尚锻炼的诗风变化；产生于晚唐的"韵味论"诗学，是司空图在解读王维诗中所体现出的晚唐趣味的理论基础。从知人论世的角度出发，刘文进一步指出，司空图对王维诗解读存在局限的精神层面上的成因是二人不同的社会生活环境，即"富贵"与"山林"的对立。也正是人生观、价值观上的巨大差异，使得司空图虽然追慕王维却又难以追复王诗神韵。王增学《论刘商对王维诗歌的接受》(《山东理工大学学报》2014 年第 5 期)则主要考察了大历时期诗人兼画家刘商对王维的接受。文章认为，刘商与王维的家世、身份、经历近似，且审美观念趋同，因而刘商在诗歌艺术上能主动学习王维。文章进一步研究发现，刘商、王维二人诗歌的意象、意境、句式与韵律有不少近似之处，均具诗有画境的特点；二人都善于用画家之锐眼"取象"，在诗中以散点透视法"经营位置"，将线条与色彩巧妙搭配，使诗作富有画面感。王文认为，刘商继承王维的诗歌艺术并有新的探索，他是王维诗歌接受史上一位重要诗人。刘京臣《离歌自古最消魂——〈送元二使安西〉与宋代送别诗词》(《邵阳学院学报》2014 年第 1 期)认为《送元二使安西》是宋代送别诗词中最常见的取法源头之一。对诗意的展现，宋人或形之以画——如李伯时的《阳关图》——为宋诗带来了一系列的题画诗；或于词中创制新调——如《古阳关》《阳关引》《阳关三叠》等；或于诗词中直袭本意、化用意象，以书写别绪离情。

关于王维在海外的接受与传播，本年度有日本学者内田诚一《从古代中国舶来日本的〈王维集〉版本初探——兼论〈三体诗幻云抄〉中的〈题崔处士林亭〉一诗》，该文认为日本室町时代五山禅僧月舟寿桂(号幻云) 曾编辑《三体诗幻云抄》，其中收录了王维诗的注释，从中得以看到 15 到 16 世纪日本五山禅林流传的《王维集》版本的情况。文章认为在当时日本广为流传的《王维集》版本之中，应有现在中日两国都没有见到的宋版《王维集》。这部版本与中国国家图书馆收藏的《王摩诘文集》和日本静嘉堂文库收藏的《王右丞文集》有所不同。

此外，刘全发、黄旦怡《王维研究二十年（1993—2012）定量分析》（《南都学坛》2014年第1期）采用计量分析的方式对20年来王维研究期刊论文进行统计分析。作者通过对研究总量、研究内容、期刊种类及作者分布的详细考察，发现近20年的王维研究总体上呈现研究规模逐年扩大、内容更趋全面、研究角度更加多样、作者队伍愈加壮大等特点，但同时也暴露出诗文研究比例不协调、论文质量不容乐观以及个别研究者一稿多投甚至抄袭等现状。这些，都应该引起我们的注意。

综上所述，2014年度王维研究继续向前发展，取得了一定成绩。首先，《王维资料汇编》的出版，为更有效地开展王维研究奠定了良好基础；其次，学界对王维的研究继续保持很高的热度，所探讨的内容也日趋深广；再者，王维研究领域出现了越来越多新的探索，有些研究直接与时代相结合，体现了古代文学研究的当代参与和担当。然而，在肯定成绩的同时，也要清醒地看到，在研究内容更加全面，研究更加深入，论文数量越来越多的同时，本年度王维研究领域也存在着一些值得注意的问题。比如研究比例不协调，本年度关于王维文的研究近乎空白，对于王维诗歌的研究也主要集中在山水田园诗上。由于比例的不协调，进而导致有些论文质量不容乐观，一方面表现在过多的重复；另一方面表现为研究流于表面，论述缺乏深度。诚然，这些问题属于古代文学研究所面临的共性问题，要想解决也并非一朝一夕所能达成。仅就王维研究而言，如何引导学界更多关注悬而未决的课题显得尤为重要，比如聚讼不休的王维生平研究，莫衷一是的某些作品考辨等。同样，王维研究也存在薄弱环节，比如王维文的研究，需要进一步加强。我们相信，在学界同仁的共同努力下，王维研究定能取得越来越多的新成果。

李白研究

□ 王友胜　胡玉尺

2014年度李白研究不仅在前人已有的领域内继续深入发掘，务求完善，而且还不断开拓新的研究领域，取得了不少新成果。据不完全统计，本年度出版的李白研究各类著作11种，论文200余篇（含硕士学位论文11篇）。这些成果多集中于李白诗歌的研究，词与赋的研究很少，而文的研究则付之阙如。

本年度李白研究的相关著作有：李白诗集的选编四种，分别是沈文凡、孙千淇选注《李白诗·中华传统诗词经典》（中华书局2014年1月），李永祥编著《李白诗集》（济南出版社2014年4月），傅东华选注《李白诗》（崇文书局2014年9月），管士光编注《李白诗集新注》（上海三联书店2014年3月）；李白生平传记一种，萧本雄编写《李白》（陕西人民出版社2014年2月）；李白研究著作四种，张炜著《也说李白与杜甫》（中华书局2014年7月），张佩著《李白与道统》（中国政法大学出版社2014年6月），左红著《李白与江南》（黄山书社2014年1月），屈小强著《李白——梦里游客竟未归》（济南出版社2014年6月）；英译一种，许渊冲著、李旻赏析《许渊冲英译李白诗选（汉英对照）》（中国对外翻译出版有限公司2014年5月）。李白研究论文集1部，即由中国李白研究会和马鞍山李白研究所合编的《中国李白研究》（黄山书社2014年10月）。该集共收录论文41篇，内容涉及李白诗文及版本、家世婚姻、思想与心态、后世对李白的接受与评点、李白作品的重新解读等方面，既有对李白研究的多方面总结，也有对具体问题突破性的研究，具备一定的理论研究深度，彰显了当代学人对于李白文化的守望以及对李白文化血统的维护与延续。本年度李白研究的硕士学位论文有11篇，比去年略少。内容有李白思想研究，如贵州师范大学赵朝芳《李白儒学思想与诗歌研究》；有李白诗歌研究，如内蒙古大学龙腾《李白诗歌与神话》，四川师范大学贺志伟《李白诗歌道教语言文化研究》。从研究方法来说，有接受与传播研究，如华中师范大学田明珍《沈德潜视野中的唐诗典范——以〈唐诗别裁集〉选评李白、杜甫、王维为中心的考察》、华东师范大学李婧熔《明代题画诗中的李白形象研究》、西北大学姚璐《〈李白全集编年注释〉研究》、西南大学余小燕《潘德舆的李杜论研究》、陕西师范大学白云慧《唐宋笔记小说中的李白故事研究》；有比较研究，如内蒙古师范大学张文玲《华兹华斯诗歌与李白诗歌的对比研究》；有英译研究，如广西师范大学梁莉《刘宓庆文化翻译观视角下的李白诗歌英译研究》，延安大学胡晓燕《美化之艺术在许译李白诗歌的再现》。

本文略去李白作品整理著作、诗歌研究著作及学位论文、会议论文部分，仅就2014年度李白研究中质量较佳，论题较新的期刊论文进行归纳梳理，分别概括，以资李白研究者参考。

一、生平行迹与交游研究

李白一生萍踪浪迹，大半生在漫游中度过，其生平与事迹中的诸多疑点千年来争议不断，演化成学界难解之公案。李白晚年从璘一案，不仅为李白个人一生中最重要的事件之一，而且牵连甚广，可谓唐朝安史之乱后又一件重大政治历史事件。对此，邓小军在《李白与永王璘"谋主"李台卿——李白〈赠别舍人弟台卿之江南〉诗笺证》（《北京大学学报》2014年第2期）中指出，李白流放遇赦东归寻阳途中，不畏永王璘"叛逆"案的极大政治压力，在岳阳作《赠别舍人弟台卿之江南》，是仗义为永王璘鸣冤，亦为李台卿鸣冤。文章通过对本诗详尽细致的分析认为此诗的创作体现了李白为人主持正义、敢于冒险犯难，更得出永王璘"叛逆"案实为绝大冤案的结论。李白的婚姻问题，也是李白研究的热点之一。盖因李白曾两次入赘相府，在很多人的心目中这与李白飘逸豪俊的性格似有出入。对此，伏俊琏、郑骥在《李白入赘婚之异族文化背景详考》(《宁夏师范学院学报》2014年第4期)一文中认为，李白极有可能在一个入赘之风盛行、母系制氛围浓厚的多民族杂居地区度过了自己的青少年时期。同时，蜀地历来重视女性的社会文化氛围也很可能对李白的婚恋观造成影响。这些原因，都是他两次入赘婚的根由所在。唐玄宗开元二十六年(738)至二十七年(739)间，李白曾沿着当时的水路交通要道运河进行过一次旅行，并留下不少诗篇。

关于李白的交游，最受关注的便是李白与杜甫。他们是盛唐诗坛两颗巨星，二人的交游堪称千古绝唱。葛景春《杜甫在秦州的李白情结》(《杜甫研究学刊》2014年第1期)探索了杜甫在秦州怀念李白的内在原因并分析了杜甫作于秦州怀念李白的诗歌作品，指出杜甫与李白同有逐臣之悲，因此杜甫诗中对李白的诗歌成就做了高度的评价，并对李白怀冤被逐的遭遇进行鸣冤辨解，其实也是为自己的逐臣命运鸣不平。文章认为李白在政治上的失败与诗歌的巨大成就，对杜甫放弃功名追求转向以诗歌创作为使命的诗人意识的思想觉醒起着至关重要的作用，开启了杜甫追求以近体诗创作为中心的创新之路。与李白同游梁、宋的，除了杜甫还有高适。他们共同经历了安史之乱，但他们的人生结局却大相径庭。亓凤珍《试论李白、杜甫、高适的人生理想与政治智慧》(《山东社会科学》2014年1期)分析了他们走向不同人生结局的原因，认为李白是个天才诗人，有着浪漫不羁、任侠使气的个性特征，但对于良好政治品质的养成却有害无益，而杜甫与李白一样，缺乏“经世之儒”的政治才干。他虽忧国忧民，以天下为己任，但言谈“大而不当”，缺乏实际的政治才能。而高适则“义而知变”，审时度势，绝不偏执、拘泥。

二、思想情感研究

李白身处唐代由盛转衰的转折点，动荡不安的局势、相互激荡的各种思想、诡谲的命运，都交织在李白这位伟大的诗人及其文学作品之中。本年度这一领域的研究，重在分析李白思想情感与创作的关系，以及探寻李白求取功名与崇尚归隐的矛盾。

关于李白的思想、心态与创作的关系，张起《李白另类人生及其创作动力揭秘》（《广州大学学报》2014 年第 4 期）提出，全面还原认识李白须从一个普通的社会人角度去整体考察。并认为以巴蜀文化为基点考察李白的“民间性现象”，以及服丹对他创作狂想的刺激作用，还指出他的创作动力或来自这种药理作用。岳成龙《李白文史哲一体的创作观及其创作心理探析》（《内江师范学院学报》2014 年第 9 期）则以文史哲三位一体的综合文化观考察李白的诗文创作观，认为李白有大历史观的思维倾向、诗化哲学思维与超迈的生命哲思意识。杜文婕《从禅、诗交涉的角度谈禅宗对李白诗歌的渗透》（《前沿》2014 年第 9 期）则探讨了李白的禅宗思想对其诗歌的影响，认为李白的禅诗体现了禅境、禅理、禅趣以及与僧人的交往和禅悟，禅宗不仅从内容上渗透到李白的诗歌中，而且改变了李白行云流水的抒情方式，形成了柔和的风格，指出李白的五十多首禅诗无论是对于佛教思想还是对于诗歌美学都具有重要的研究价值。历来人们研究李白生平，多从史实角度着眼。而陈咏红《老庄之“道”在文人生活方式中的作用——以李白的生活方式为例》（《周口师范学院学报》2014 年第 4 期）则通过探究先世文人的生活方式来考察李白的生活方式，认为李白接受了肇始于老庄、生活化诗意化于陶潜的文人生活方式的影响，并最终合乎逻辑地将其演变为以价值理性和工具理性统合为特征的生活方式，即以老庄哲学自然观为底蕴，以精神自由为终极目标，以“文化承传者”及“官”为社会角色选择，以“观化”“无所待”为对待外物的态度。龙新辉《李白写“月”诗歌的精神内涵》（《湖南社会科学》2014 年第 2 期）以李白写月诗为例，分析诗人幻想被现实粉碎以后的失望、不平、悲愤及内心对现实又存幻想的矛盾复杂心情。诗人不能科举入仕，亦无缘建功边塞，便只好走“平交王侯”，“立抵卿相”，然后功成身退的第三条路。

李白一生交织在儒家思想的出仕与道家思想的归隐这一矛盾之中，李白是杰出的浪漫主义诗人，却经历了建功立业方面失败的人生。丁国祥《错位名士心态与李白悲剧》（《广西社会科学》2014年第9期)认为对魏晋名士风度的认知错位,造就了诗人失败的个性要素。将魏晋乱世的高逸移植天下大治的盛唐,让诗人有志于天下却表现得无意功名,遍干诸侯却蔑视权贵,使诗人不能遇于当时,也令后人纷争不已。康怀远《功成与身退的艰难选择——李白"并庄屈以为心"再解读》(《重庆第二师范学院学报》2014年第2期)提出在李白的理想图式中,"功成"的一面有着心系社稷的执着追求,"身退"的一面有着亲和自然的宇宙意识。认为对李白来说屈原式的执着追求和庄子式的宇宙意识真可谓艰难,他付出了巨大代价,在功未成而身亦未退的煎熬和悲愤中终了一生。而他"并庄屈以为心"的文化人格精神及其用文化人格精神铸就的诗文却是日月高悬、朗照乾坤的永恒和不朽。杨挺《李白离京后的长安记忆与身份认同及其帝都书写》(《西南交通大学学报》2014年第2期)考察了李白从受召入京到供奉翰林,再到"赐金放还"期间身份认同所经历的从边缘到中心,再到边缘的巨大变化,认为李白离京之后,"供奉翰林"成为他身份叙述的素材,在诗歌中时时向人呈现:在对金陵景观的书写中,城市兴衰与身世荣辱融合无间;对金陵历史名胜的重新定义,隐含着对永王东巡政治合法性与自身出处的解释;当成都升制为南京时,诗人以侍臣与乡导的双重身份将成都与长安进行比附,也坚持了对玄宗政治形象的维护。指出诗人始终将自己的身份认同依托于京城的活动空间,从而使其流寓期的诗歌总是表现出沉重的无所归依感。

此外还有两文值得一提,其一是胡远远《从〈古风〉看李白的现实主义精神》(《佳木斯教育学院学报》2014年第1期),该文以《古风》组诗为例,探讨"古风"的史诗特征和李白的现实主义精神,认为李白《古风》组诗不乏针砭时弊、忧国忧民之作,诗作常与历史事件相呼应,体现了鲜明的史诗性质;其二是王隆升《论李白渝州诗〈峨眉山月歌〉的生命情调》(《重庆理工大学学报》2014年第12期),该文从《峨眉山月歌》中的地名意象及诗歌声情,分析其中的生命情调。通过分析诗中出现的五个地名意象、"思君"所指为何以及诗中的情调,认为该诗深具眷恋乡园的感伤基调。

三、题材内容研究

本年度题材内容研究成果颇丰，主要集中在文化、宗教、妇女题材的研究以及意象研究等方面。

李白所处的盛唐，正是各种文化大融合的时代，西域的文化，也反映在李白的诗歌题材之中。本年度关于李白诗歌与西域文化关系的文章有张玉萍、李改婷《李白诗歌中的西域文化》（《华中师范大学学报》2014 年第 7 期），该文分析了李白对西域文化的接受情况，主要从大唐兼容并包的文化环境和李白家庭受西域文化影响两个方面探寻李白诗歌接受西域文化的原因，并从内容和形式两个方面分析了李白诗歌中西域文化的表现，指出西域乐舞在传入中原之后，就成为众多诗人笔下的常见元素，也打破了以往的诗歌风格与创作传统。段盟盟《李白诗歌中的西域歌舞情结》（《艺术科技》2014 年第 3 期）指出，西域文化在灵魂、精神、气质上对李白的吸引则是本质上的影响，深层次的融合。李白的诗歌中有着浓郁的西域歌舞情结，西域乐舞对李白诗歌创作起到了举足轻重的作用。

本年度李白研究对传统的佛道教题材亦有涉及。李金坤《李白游仙诗世界之形态、模式及其审美意义——兼议李白游仙诗对〈楚辞〉游仙体式的接受》（《顺德职业技术学院学报》2014 年第 3 期）认为李白的游仙诗，在道教文化的影响下，从神仙道教的角度驾驭神仙题材来传达其思想感情，吸收《楚辞》游仙的精神内核与表达形式，突破了六朝以来一味升登求仙而企慕长生的游仙题材与颇为单纯的游仙意象，结合自身遭遇，融合现实时事，在浓烈的性情中涂抹上相当个性化的梦幻色彩，认为在诗人“仙”气弥漫的梦幻世界里，别具三种游仙文化形态，即超凡之人、奇幻之境与至诚之情，同时又创造了“以幻写仙”、“以梦写仙”与“以游写仙”的三种抒写游仙世界的新异模式，呈现出丰富多彩的游仙面貌与深刻意境。袁书会《李白佛教诗歌略说》（《西藏民族学院学报》2014 年第 3 期）认为李白作为唐代诗人的代表，其身上所反映的唐代文化是浓厚的。李白对一切充满幻想和好奇,因此他学习广泛。他对于当时流行的佛教经过了认真的学习,他的佛教知识深厚,不仅能与高僧相往还,能为高僧写作铭赞,其诗歌中对佛教语词及思想的驾驭是相当熟稔的,他号"青莲居士"也是恰如其分的。因此,过于简单地评价李白的佛教思想的态度需要反思。在唐代,西方的基督教已经传入中国,当时被称为"景教",李白乐府名篇《上云乐》是否含有景教意蕴,学术界颇有争论。对此,杨富学、盖佳择《李白〈上云乐〉景教意蕴探蠡》(《石河子大学学报》2014 年第 6 期)揆诸文本并结合葛洪《太清金液神丹经》、西安所出《大秦景教流行中国碑》、敦煌景教文献与开封犹太人碑刻等相关文献中的旁证,认为"道"与"大道"可指异教法门,"元气"为景教士借用之道教术语,女娲、盘古之名为西方神灵的音译或意译,而李白的身世决定他接触景教士的机会极多,故而推定本诗应当为景教歌辞,应作于唐玄宗或唐肃宗时期。

此外,本年度还有一篇研究李白妇女题材的论文。李文华、周芃《男权视野下的李白妇女诗》(《安徽文学》2014 年第 7 期)认为由于李白无法摆脱传统男权社会文化的桎梏,李诗依然展现的是传统男权文化视野下的妇女形象。一方面,女性存在被物化,被作为男性赏玩与赠送的物品;另一方面,美女形象被喻体化,成为诗人寄托政治之恋的拟设对象;最后,李白笔下的女性还以传统的思妇、怨妇、弃妇等形象出现,展现女性对男权的挑战与僭越,体现出诗人朦胧的女权主义思想。

李白的诗歌创作经常使用丰富奇特的诗歌意象,如"月""酒""侠客""蓬蒿""山水"等,本年度发表的文章对此多有研究。王树君《李白〈天姥吟〉中的浪漫主义》(《文学教育》2014 年第 2 期)通过对李白《天姥吟》从时间逻辑性和象征意义两方面的分析,指出了作品中"月亮"意象所包含的浪漫主义特点。刘洁《李白诗中酒意象与其风格之间的关系》(《文学教育》2014 年第 7 期)则就"酒"意象与李白诗中清新自然与豪放洒脱这两种不同风格之间的关系作出了分析。姜喜平《曹植、李白〈白马篇〉中侠客异同点解析》(《鸡西大学学报》2014 年第 7 期)对曹植、李白诗中的"侠客"意象进行分析比较,认为曹植和李白《白马篇》中的侠客意象对传统的侠义伦理、侠的人生价值取向进行了改造和规范，树立了一个经典化的侠意象，为封建社会中的不遇文人找到了一种新的情感宣泄模式。诗中所提到的白马宝刀、重仁重义、保家卫国等，丰富和扩充了侠客文学，成为文人笔下一个不朽话题，对以后武侠小说的创作有很大影响。岳成龙《李白诗歌中的蓬蒿意象探究》(《安阳工学院学报》2014 年第 1 期)则对李白诗歌中的各类蓬蒿意象分类解析，阐发了飞蓬意象所折射出的李白客居人生的飘零不偶感、人生如寄感、超迈洒脱感等情怀。佘振丹、陈蓓《另类的崇高——对〈蜀道难〉山水意象的审美解读》(《美与时代》2014 年第 4 期)认为在《蜀道难》中，山水意象首次作为崇高的审美对象在诗歌中出现。该文还指出崇高山水意象的出现源自唐朝政治环境下士人个体意识的觉醒，也与李白率直天真的性格和惊绝卓越的才华密切相关。

四、诗歌艺术研究

本年度李白诗歌艺术研究的论文，既有对李白诗歌艺术的整体分析，也不乏对李白具体诗歌的个案探讨。

巴蜀地区所孕育的巴蜀文化是中华文化中的一朵奇葩，李白自小受到巴蜀文化的浸润，其独特的诗歌艺术风格不可避免地受到巴蜀文化的影响。甘成英、毛晓红《巴蜀文化对李白诗歌艺术风格的浸润》(《西南科技大学学报》2014 年第 2 期)以地域文化为切入点，探讨巴蜀文化与李白诗歌艺术风格之间的关系，提出巴蜀宗教文化给李白的诗歌创作插上了想像的翅膀，巴山蜀水养育并熏陶了李白“飘逸”“浪漫”的诗情画意，巴蜀“豪放”风气统摄着李白诗歌创作的基本艺术趋向，巴蜀文化的多元交融造就了李白诗歌的恢宏气象。陈在东《论李白诗歌的“跑题”现象》(《山东理工大学学报》2014 年第 5 期)认为不管什么诗题、题材，作者总要借他人之酒，浇自家胸中之块垒，要么表现人生的伟大志向、卓尔不群的独立人格，要么表现自己的人生不如意、有志不得伸的激愤、孤独和痛苦，形成独具特色的抒情艺术。李白是自我意识强烈的诗人，在诗歌创作中最容易受“隐含作者”支配，脱离最初的诗题构思行文，使诗歌呈现出违背初衷的状态，形成“跑题”现象。李文凡《李白诗歌节奏特点简析》(《长春教育学院学报》2014 年第 4 期)指出李白诗歌有十分明显的节奏特点，之所以具有如此独特的节奏特点，主要原因：第一，李白具有丰富的情感，能将其与诗歌节奏完美结合；第二，李白具有非常个性化的思维方式，形成了多元化的诗歌节奏；第三，李白对音乐舞蹈十分擅长，这对节奏的把握发挥着重要作用；第四，李白有着其他诗人所没有的浪漫情怀和强烈的主观意志，因此其诗歌的节奏特色也是独一无二的。

本年度李白诗歌艺术个案研究主要集中在《蜀道难》与《梦游天姆吟留别》二首作品上。《蜀道难》是唐诗中的名篇，也是李白歌行的代表作。自其产生以来，历唐、宋、元、明、清直至今天，对其主旨的阐释莫衷一是。冷卫国《李白〈蜀道难〉历代主题说平议——兼论李白与〈文选〉赋的关系及其“以赋为诗”的艺术特征》(《中国海洋大学学报》2014 年第 1 期)在系统地分析《蜀道难》艺术特色和创作背景渊源的基础之上指出，李白此作存在着“以赋为诗”的倾向，汉代以降乃至魏晋六朝的辞赋是李白乐府歌行创作的艺术渊源之一。李白的七言古体表现出了磅礴卓异、起落无迹的特点，自汉魏以来的乐府歌行亦因李白天才的创造而别开一新的境界。孙之龙《李白〈梦游天姥吟留别〉的美学色彩》(《现代语文》2014 年第 12 期)指出《梦游天姥吟留别》中蕴藏的“形象美”“情感美”“意境美”和“形式美”四个方面，是其浪漫主义创作风格美学色彩的集中体现。冯渊《释李白的“天姥”梦境》(《内江师范学院学报》2014 年第 11 期)认为“天姥”梦境雄浑壮伟，代表了诗人极度丰富的生命体验；诗人从梦境中苏醒，获得了超越世俗的生命感悟。

另外，杨挺的《李白〈上皇西巡南京歌〉对成都的三重地理想象》(《四川师范大学学报》2014 年第 2 期)认为，组诗《上皇西巡南京歌》的写作使用了三种不同的视角来构想成都，即帝都眼光的审视、古蜀神话的附丽、自我易位的想象，李白被公认为伟大的浪漫主义诗人，但是其关注社会现实、“指言时事”的诗作也不在少数。

五、接受与传播研究

李白诗歌脍炙人口，广为传颂，直到今天，仍然有着十分强烈的感染力和影响力。本年度探讨李白作品在历代接受与传播的文章不胜枚举，其中既有以学者或诗论家为中心的研究史分析，也有以作家为中心的创作影响史考论。以时间而言，既有对古代接受与传播史的勾勒，也有对现当代接受与传播的研讨；以文体而言，既有对诗歌接受与传播的描述，也偶尔涉及对词接受与传播的论析。

王永波《李白诗在唐五代的编集与流传》(《吉林师范大学学报》2014年第1期)总结了李白诗作在唐五代的四次编集情况，其中前三次为李白生前亲授手稿托友人编集，今皆不存。作者指出，李白诗歌在北宋前的流传主要有刻本、手抄、题壁、碑刻、选本等形式，其传播途径多样，区域广泛，影响深远。此外，作者分析了李白诗歌在唐代不同时期的接受情况，指出对李白及其诗歌的评价在当时出现过钟摆现象，原因与所处社会背景与诗歌主潮密切相关。在开元年间，李白的名气之所以远远大于杜甫，一个重要的原因即在于李白诗流布的广度要大于杜诗。王永波的另一篇文章《李白诗在宋代的编集与刊刻》(《吉林师范大学学报》2014年第2期)探析了李白诗歌在宋代的整理情况，指出李白诗文集在宋代流传过程中形成了两个系统，即《李太白文集》三十卷与《李翰林集》三十卷。这两个版本在体例与内容上各有优长，直到元代至正辛卯后再编李白集，才出现了合流现象。宋代李白诗的整理，乐史始创全集编纂之功，宋敏求、曾巩二人分别增广与编次，使得李白诗文全集在北宋末年定型，影响到后世李白集的整理，具有重要意义。刘尊明《从追摹次韵看金元明代词人对李白词的接受》(《社会科学战线》2014年第11期)指出金、元、明代词人追摹次韵李白词共约62人86首，其中严格次韵之作只有4人5首，其他多为宽泛追和模拟之作；以明代词人为主体，其中15位女词人23首追摹之作格外引人注目；对李白词的追摹次韵主要集中于《忆秦娥》《菩萨蛮》《清平乐》

《清平调》4 调，而尤以《忆秦娥》《菩萨蛮》为主。金元明代数十人近百首的追摹次韵创作，既反映了李白词在历代广泛传播的事实，也体现了历代词人对李白词创作成就和词史地位的接受与认同；这些追摹次韵之作虽然未能超越李白的艺术高度，但是它们对原作也做出了不同程度的开拓与创新，并进一步推动了李白词的传播与接受，其意义不容忽视。孙易君《清代博学理念中的李白诗文注释——论王琦〈李太白全集〉的注本风格》（《河北师范大学学报》2014 年第 4 期）指出，王琦《李太白全集》是李白诗文注本的后出转精之作，从学术史角度看，该注本明显体现了清代学术特色，即注释详赡繁富，深受清初考据学派和官方博学理念影响，同时亦反映了杜诗注释中尚博理念的横向渗透；就整个清代学术思想发展来看，王琦的李白诗文注释恰恰显示了从清初学风向乾嘉学派转化的思想路径，是清代学术史上不可缺少的一环。郑慧《二十一世纪明代李白接受研究评述》（《阿坝师范高等专科学校学报》2014 年第 2 期）指出明人通过多种方式接受和传播李白诗歌，对李白的评价较宋代有所提高，内容涉及总论、个案、选本注本、李杜之争等，角度不同，成果丰富，也存在不够具体深入，缺少宏观把握的不足，有待继续拓展。

仅论一家之李白接受与传播的文章有潘殊闲《论“金士巨擘”赵秉文对李白杜甫的接受与传播》（《吉林师范大学学报》2014 年第 1 期），该文认为作为金代颇有影响的文宗巨擘，赵秉文对李白、杜甫的接受与传播，在李白、杜甫研究史、传播史上占有一席之地。文章指出赵秉文对李白、杜甫都有极高评价，没有优劣抑扬于其间；但对二者诗歌的瑕疵也有客观批评，如称李白“词胜于理”，称杜甫“未知不诗之为诗”等，称李白、杜甫为词人之文，可师其词，不应师其意。

本年度有关现当代李白接受与传播研究的论文主要有，姜葵、骆海辉《从李白到方文山：明月意象的心灵书写与视觉崇拜》（《成都大学学报》2014 年第 1 期）探讨当代流行文化对传统文学的继承情况，提出当下流行歌曲“中国风”盛行，“明月”亦成为词作者频繁采用的意象。比之于李白，“中国风”代表词人方文山笔下的明月，已由李白式的心灵书写还原为画面布景；由意蕴追求沦为视觉崇拜。“中国风”在远离低俗，标榜风雅的同时，难免流于另一种形式的媚俗。作者认为，在创作上，方文山摆脱不了李白诗歌文化符号潜移默化的继承和影响，甚至是刻意的模仿和沿袭。而谈及深度，李白诗歌意象的内涵之深广是方文山远远不及的，李白意象所承载的广阔的人文情怀和社会内涵不是方文山可以比肩的。这是由歌词艺术的规律所决定的。流行歌词的口头传唱方式和娱情遣兴功能，注定它不能像诗歌一类的案头文学去过多地抒情言志，坐而论道，发天地之悲慨，思生命之意味。同时作者提出，当古典意象进入流行歌词，不仅是经典的重温和继承，更是文化的解构，是大众文化语境下必然的文化选择。张淑华《论李白诗歌当代传播与大众接受的形态与特征》(《河北学刊》2014 年第 3 期)通过统计三十年来基础教材选择中国古代诗人作品的情况发现，李白诗歌的入选量最大、入选率最高。究其原因，是近几十年来文学思潮的推动使然。该文指出在李白诗歌的传播与接受中，存在着将李白诗歌简单化、片面化的倾向。同时提出李白诗歌入选频率高的作品恰是唐以来各种选本认定的经典之作。由此可见，李白诗歌的当代接受相对于历史上的李白接受既有继承又有突破，是李白诗歌历史接受的一部分。张玉奇《李白对后代作家和文学流派的影响》(《文学教育》2014 年第 5 期)指出李白对现代诗人郭沫若产生了重要影响。郭沫若在“五四”时期所作的许多诗歌，在风格和诗风上与李白十分相似，这与他一生对李白的敬仰，并对李白文学进行深入研究，汲取丰富营养有重要关系。

六、比较研究

本年度有关李白比较研究的论文相当多，涉及面也很广，古今中外无所不包。

关于李白同古代作家的比较研究，主要集中在与杜甫、王维诗歌创作异同的分析上，如黄楚蓉《李白、杜甫“蜀道难”诗作创作心态及艺术表现手法比较》(《西安文理学院学报》2014 年第 3 期)通过比较两人同题诗《蜀道难》创作背景、创作方法、创作心态、艺术表现手法等方面的差异，指出李白在《蜀道难》同题乐府中抒发过“蜀道难”的浩叹，杜甫因其亲历过艰险的蜀道而留下了细腻、真切地描写“蜀道难”的诗篇，差异鲜明，展现出两位诗人独具个性的主体风格。杨文庆《浅论李白与杜甫的诗歌风格和美学追求的异同》(《时代文学》2014 年第 4 期)从李白和杜甫所处的时代以及出生、家庭、思想、个性等方面分析二人诗歌风格与美学追求的异同，认为李、杜二人的诗歌都体现出他们满腔爱国之情、对百姓疾苦的深切关怀、对自身命运和前途的慨叹，同时由于李、杜出生的家庭不同、受到的思想熏陶存在差异、个性差别等因素的影响，形成了风格迥异的诗歌艺术风格和美学追求。石润宏《杜甫与李白赋作的创作动机探析》(《濮阳职业技术学院学报》2014 年第 1 期)则比较了李白和杜甫的赋作，指出他们的赋作思想情感差异很大，造成这种差异的原因是他们创作的动机不同，而这种动机的差别与李杜人生的不同直接相关。王晓明《深远、高远、平远：从杜甫、李白、王维诗歌看盛唐诗歌之美的三个维度》(《河北科技大学学报》2014 年第 3 期)同时比较了李白、杜甫与王维的诗歌，提出了盛唐诗歌的三个维度。诗圣杜甫以其忧国忧民、悲天悯人的情怀为盛唐诗开出了深远美之维度；诗仙李白以其古风之志和不羁气骨为盛唐诗开出了高远美之维度；诗佛王维则以其宁静平和的心境为盛唐诗开出了平远美之维度。吴振华《试论李白〈秋浦歌〉与王维〈辋川集〉的异同》(《阅江学刊》2014 年第 2 期)比较了李白《秋浦歌》与王维《辋川集》两组山水诗的异同，指出尽管王、李二人没有交往唱和，也没有受到对方的影响，但两组诗还是存在相同之处，它们都继承了南朝大谢、小谢山水诗的艺术传统，运用五绝组诗描写山水景物。而《秋浦歌》《辋川集》的差异在于：李白重主观抒情，王维重客观描摹；李白受民歌影响，追求“诗中有人”，王维则受佛禅影响，追求“诗中有画”“诗中有禅”。

李白与陶渊明、鲍照的比较研究论文有：樊婧《也论陶渊明、李白饮酒诗蕴涵的生命意识》(《文艺评论》2014 年第 6 期)比较了陶渊明和李白的饮酒诗，认为李白近似于陶渊明，他始终幻想着“平交王侯”,“立抵卿相”，待到建功立业后便功成身退，归隐江湖。换言之，他不是一位持久的责任承担者，而是临时的责任承担者，然而这是不切实际的。同时指出陶渊明与李白虽然都写了不少的酒诗，但其中所反映的意识是不一样的。二人虽都谈归隐，但陶渊明是在静中谈隐，且在彻底放弃仕途后又彻底归隐；而李白则是在动中穿隐，即在四处漂泊的行程中短暂归隐，因此李白的酒诗就比陶渊明的多了些“流浪”意识，且以“流浪”意识为主导。关茂、岳成龙《试论鲍照与李白的悲情观》（《河南机电高等专科学校学报》2014 年第 4 期）从二人渴望建功立业而不得的总体悲慨遭遇入手，上贯下彻地剖析二人怀才不遇的忧愤、羁旅漂泊的孤苦、人生如寄的感伤及其同而不同的成因，指出鲍照与李白的身世遭遇与诗文风格，相似性颇多，而因时代背景、文化思潮、个人性情等不同，产生的差异性也不少。

诗歌的魅力是不分时代、国界的，李白作品亦然。本年度李白与现代作家及域外作家的比较研究的文章也有不少。洛夫是台湾著名现代诗人，诺贝尔文学奖提名者，被诗歌界誉为“诗魔”。董正宇《洛夫与李白》（《南华大学学报》2014 年第 4 期）指出，洛夫不少诗引用、化用了李白的诗歌名句，更有《李白传奇》等诗在精神上与李白进行对话。在创作手法上，李白追求的浪漫主义与洛大修正的超现实主义也有相通之处；在诗歌风格上，李白以“瑰奇”著称，洛夫则以“惊奇”出众。文章还指出，“诗仙”李白与“诗魔”洛夫虽然时空远隔，但诗成为两人联结的精神纽带。勃朗宁夫人是英国维多利亚时代最受人尊敬的诗人之一。戚华星、岳国法《中西方古典爱情诗之比较——以李白的〈怨情〉与勃朗宁夫人的〈我怎样爱你〉为例》（《温州大学学报》2014 年第 6 期）通过比较李白《怨情》与勃朗宁夫人《我怎样爱你》两首诗，指出中西方爱情诗歌都歌颂了人类情感中最神圣、纯洁和崇高的爱情，然而由于地理环境、文化心理等各种因素的差异，中西方爱情诗也各有特色：中国古典爱情诗少了几分奔放，多了几分婉约；而西方爱情诗少了几分柔肠，多了几分刚烈。让·尼古拉·阿蒂尔·兰波是 19 世纪法国著名诗人，早期象征主义诗歌的代表人物，超现实主义诗歌的鼻祖。庞程《梦与醒之间的超越——兰波与庄子、李白作品之比较》（《文学教育》2014 年第 5

期)通过对兰波和庄子与李白的作品进行比较分析,指出兰波与二者作品之间有一些共同之处,即梦与醒的冲突与超越、异化之感、无意识倾向、转移倾向,双方均通过对梦境的冲突和自我的超越,渴望获得心灵的自由并探寻无限的永恒。

七、译介研究

李白堪称世界文化名人,其作品在古代就传入东瀛与朝鲜半岛,后来又翻译到欧美诸国,译介范围之广,受众之多,堪为古代诗人的佼佼者。李白诗歌的译介研究由此也十分广泛,其中既有英译研究,也有俄译、法译等其他语种的译介研究;既有对李白诗歌译介的总体性研究,也有就某一首诗、某种意象等译介的个案研究。

关于李白英译的总体性研究,黄焰结《英译李太白——闻一多与小畑薰良译诗对话的文化考量》(《外语教学与研究》2014年第4期)通过考察新月派诗人闻一多与日本学者小畑薰良就英译李白展开的一场译诗对话,指出小畑英译李白采取了变通的"厚翻译"策略,目的是移植中国文学以便让英语读者接受和尊重中国文化,但其译文也受制于当时的汉诗英译文化规范;另一方面,闻一多对小畑的翻译批评既是个人诗歌翻译主张的体现,又是新月派翻译诗学的张扬,应和了新诗格律运动对五四新诗流弊的反拨与反思,展现了新月派的诗歌翻译文化。海滨《一部印在宣纸上的英译李白诗集——艾龙选译〈李白诗集〉初探》(《绵阳师范学院学报》2014年第7期)介绍了选辑李白诗歌并英译的重要版本美国学者艾龙选译的《李白诗集》,并就艾龙的李白研究及李白诗英译展开讨论,对艾龙翻译的精彩之处和值得商榷的地方作了详细的探讨。庞德是美国著名诗人,对中国古典诗词有着浓厚的兴趣,翻译了大量的诗词作品。马燕《浅析哲学阐释学在庞德英译李白诗歌中的体现》(《新乡学院学报》2014年第3期)指出庞德在翻译时所运用的创意翻译法在学术界一直褒贬不一,并认为伽达默尔所提出的哲学阐释学三大原则为这一现象的解释提供了有效的理论依据。郭勤、骆海辉《李白诗歌国外译介共性之我见——以小烟熏良、庞德和洛威尔为例》(《安徽文学》2014 年第 5 期)则通过研究小烟熏良、庞德和洛威尔这三位国外译介李白的集大成者,指出了他们译介李白的初衷,译介过程中诗学观的折射,翻译方法的一些失误之处以及西方世界对他们译介成果的接受等方面的共通之处。张惠民《李白诗歌用典英译刍议》(《绵阳师范学院学报》2014 年第 7 期)指出早期译者对于李白诗歌用典的翻译倾向于转换与省略。在中国文化逐渐被世界重视的今天,李白诗歌中的用典应该重新翻译。王涛、刘瑄传《李白诗歌中"万"字的英译策略——以许渊冲的翻译为例》(《湖北第二师范学院学报》2014 年第 6 期)通过分析许渊冲对李白诗歌中"万"的翻译,归纳出三种翻译方法,认为只有根据具体的诗歌语境,采用与之适应的翻译方法,才会对唐诗中的"万"取得较好的翻译效果。唐静《李白诗歌中道家思想的译介》(《绵阳师范学院学报》2014 年第 1 期)认为在李白诗歌的译介实践中,译者或优先考虑译入语文化,或为迎合西方世界对东方文化的口味,或受限于手中有限的资料,更或根本不识中文,在翻译时大多对原诗中的道家思想不够忠实,对其随意修改,甚至直接舍弃不译。在此基础上指出从道家思想的角度出发重新审视李白诗歌的英译,不仅有利于丰富和加深对原诗的理解和研究,还能在帮助西方读者了解和欣赏原诗文化内涵的基础上,凭借李白诗歌在西方世界已经取得的认可和喜爱达到宣传、传播道家思想乃至整个中国传统文化体系的目的。

本年度还有很多对某一首诗为个案进行的英译研究。张丽娜《浅析汉诗英译中的策略补偿——以李白〈长相思〉两种英译为例》(《广州广播电视大学学报》2014 年第 4 期)通过对李白《长相思》一诗的两种接受性较高的英译进行了个案分析,对其中的翻译策略进行了对比研究,指出译者可通过语言的移情策略,文体归化策略,文化交际策略来实现翻译效果补偿最优化。何慧珍、卿倩《关于李白〈静夜思〉英译的思考》(《疯狂英语》2014 年第 2 期)以李白《静夜思》为研究文本,分析了不同译者的不同英译版本,指出翻译欣赏应超越"对"与"错"的局限,同一部作品的不同翻译版本正是个体独特价值的创造成果。王永斌《概念流利与诗歌翻译的忠实性原则——以李白〈月下独酌〉为例》（《渭南师范学院学报》2014年第6期）对李白《月下独酌》四个不同译本进行了对比分析，指出译诗不管是在词汇、句法还是文化、社会层面都应与原诗概念底层结构相匹配，以符合忠实性原则，实现概念流利。纪红《文化视角下唐诗英译的意象探析——以李白〈黄鹤楼送孟浩然之广陵〉为例》（《安顺学院学报》2014年第2期）指出译者只有了解原诗的创作背景，体会所涉及的文化意象，对原诗的内容、结构和韵律进行全面审视，才能准确表达出唐代诗歌蕴含深厚的文化意象。孙贵兵《关联理论在汉诗英译中的应用探析——以李白的〈静夜思〉英译为例》（《吉林省教育学院学报》2014年第9期）指出关联翻译理论是把翻译看作对原语进行阐释的明示——推理的过程，汉诗英译的过程，也是译者对原语言的认知推理过程。该文认为，关联理论能够很好地指导汉诗英译，使译文读者找到原文和译文的最佳关联，以达到最佳交际效果。赵歆怡《李白诗〈长干行〉英译对比》（《语文学刊》2014年第8期）以庞德和威利的英译版本进行对比研究，分析总结了二者的异同。颜凡博《目的论关照下的李白〈送友人〉英译分析》（《开封教育学院学报》2014年第1期）则以目的论为基础，分别论证了“跨文化交际”“审美”以及“忠实”三个主要目的在唐诗《送友人》英译过程中的应用。

此外，本年度还有其他语种的译介研究。李春蓉《李白诗歌意象的翻译转换》（《牡丹江师范学院学报》2014年第6期）在对比分析李白诗歌俄译的基础上，研究了李白诗歌意象在翻译转换中所呈现出的民族文化心理、意象内涵、文化缺失。该文认为采用加词、直译、加注等翻译策略在一定程度上可以避免文化意象的缺失。张燕《李白诗词法译、英译比较探究》（《时代文学》2014年第2期）以“英译本”翻译模式为参照，评介了李白“法译本”的得失。

八、跨学科研究及其他

近年来的李白研究领域中，跨门类、跨学科的交叉研究十分热门，本年度有关这一话题的论文也不少。从音乐的视角研究李白的文章有下面两篇，金红莲、马玉峰《基于李白诗词创作的艺术歌曲概述与研究》(《音乐创作》2014 年第 10 期)探索基于李白诗词的艺术歌曲，总结了其中的四种类型。薛冬艳、尹蕾《李白“抱子弄白云”的琴学、律学解读及古琴曲名考》(《音乐生活》2014 年第 12 期)认为李白《邺中赠王大》中“抱子弄白云，琴歌发清声”一句中，“抱子”实为古琴调弦之手法，所定之调当为唐代回避徵调的传统、以商调作为表达的琴调；“白云”是流传于唐代的琴乐作品，可供文人填词入乐、琴歌相和；“清声”涉及琴律的概念。此三者实为音乐学于诗词的体现。该文从音乐的角度剖析了李白诗的含义，有别于传统注释，十分新颖独特。从体育的视角研究李白的文章有韩彩灵《李白诗词中的体育活动意向》(《语文建设》2014 年第 17 期)基于李白的诗词佳作，阐述李白作品中的体育文化内涵。从考古的视角研究李白的文章有冉万里《李白〈将进酒〉中“五花马”的考古学观察》(《中原文化研究》2014 年第 5 期)从考古学的角度对李白《将进酒》中的“五花马”进行了研究。从旅游及经济建设视角研究李白的文章有欧阳玉澄《再论李白万州诗〈赋得白鹭鸶送宋少府入三峡〉——兼议万州应加强对码头文化的认识与发掘》(《重庆三峡学院学报》2014 年第 1 期)指出李白《赋得白鹭鸶送宋少府入三峡》作于万州，“使君滩”即万州古城东二里大江中的桥马滩和钟滩子。该文还介绍了峡江地理概况，说明宜昌以下长江中下游主航道再无险滩，论证了《一统志》载“使君滩在荆州府夷陵州西百十里”所指不实，并论及峡江码头文化，还认为万州应加强对码头文化的认识与发掘。

有关李白辞赋的研究，除前揭石润宏《杜甫与李白赋作的创作动机探析》一文外，赵朝芳《李白辞赋用典研究》(《韶关学院学报》2014 年第 5 期)也值得一提。该文指出，李白辞赋用典来源广泛，经史子集无所不包，辞赋用典灵活自如，取舍得当。作者还分析了李白辞赋用典的类型：一是语典的运用，使得文句典雅含蓄，意蕴丰富；二是事典的运用，这是李白思想的外化，是彰显情感的艺术手法。

有关李白作品文献学研究的文章有郭殿忱、郭志媛《李白诗异文考——以〈河岳英灵集〉为中心》(《绵阳师范学院学报》2014年第1期)一文,作者以《河岳英灵集》与《唐写本唐人选唐诗》《乐府诗集》等多种集本相比勘,发现异文若干。该文从诗的意境、声韵及诗人际遇等方面加以考论,提出了很多献可替否的论断。杨栩生、沈曙东《〈文苑英华〉之李白诗题目异文辨读》(《绵阳师范学院学报》2014年第1期)从《文苑英华》的本文中择出了《将进酒》等七首诗题目颇为重要的异文并加以辨析。

有关李白研究文献探讨的文章有孙易君《王琦〈李太白年谱〉成就与不足》(《河北大学学报》2014年第2期)一文,作者指出,由宋迄清仅有三种年谱流传于世:南宋薛仲邕的《唐翰林李太白年谱》明代胡震亨的《李白年谱》和清代王琦的《李太白年谱》。相对而言,薛、胡所订年谱疏误甚多,内容较简略;而王琦编订的李白年谱则准确度颇高,在李白生平重大问题方面,年谱编纂方法和李诗系年方面都有自己的贡献,为李诗研究者提供了重要借鉴。

杜甫研究

□ 李 翰 杨长正

本年度大陆各类学术期刊正式发表的杜甫研究论文约 270 篇，其中含硕士论文 22 篇，涉及作家生平、交游履历、思想心态、文本细读、作家作品比较、杜诗学等诸方面，涵盖范围全面广泛。以下按作家、作品、接受史三大部分择要介绍：

一、作家研究

本年度作家研究呈现出继续深化与细化之趋势。在杜甫家世、亲属等问题的考察上范围不断拓展，交游、履历的考察也越来越细致。

（一）家世、履历与交游

杜甫生平家世研究不断深入，其先人、后辈诸方面问题也被细致挖掘。本年度这方面论文数量不多，但谢思炜《唐代葬法与杜审言夫妻合葬问题——据杜甫〈卢氏墓志〉考察》(《清华大学学报》2014 年第 3 期)却对杜甫家世及唐代墓葬问题有所补正，给人很大启发。该文认为《唐故范阳太君卢氏墓志》确是杜甫所作，再结合唐代葬法，得出卢氏与夫杜审言各自的葬法，且卢氏祔葬而不与夫合葬。

履历方面，仍多集中于成都草堂、陇右、长安等三个时期。杨挺《嗜酒爱风竹，卜居必林泉——杜甫草堂栖居时的酒与物及其“日常生活”》(《杜甫研究学刊》2014 年第 1 期)考察杜甫成都草堂生活，以“酒”为中心兼及衣、竹、鸥等日常生活其他物象，并探讨其中的文化意义。张希仁《杜甫陇右诗〈石龛〉今地考析——兼论“仇池草堂”与〈仇池〉诗》(《天水师范学院学报》2014年第1期)、《杜甫陇右诗〈积草岭〉今地考》(《天水师范学院学报》2014年第6期)详考杜甫陇右纪行诗中石龛、仇池、积草岭等地的具体位置,使杜甫的行迹细节更为完整准确。天水师院学报近几年连续刊发此类文章,已形成显著特色。研究杜甫困居长安时期的论文有郝鹏展、李令福《杜甫在唐代长安城南的居住环境》(《陕西师范大学学报》2014年第1期),该文详考杜甫在长安城南的住址、城南宅院的环境和结构,并论述长安城南生活对其诗歌风格的影响。文章配以地图、建筑方位图,形象而直观,使此期杜甫相关研究更为细致。

杜甫晚年离开蜀地,是其交游中的重要问题。旧说或谓因严武故世失依,或谓严武尚在但杜、严失和,陈尚君早年发表《杜甫为郎离蜀考》,提出杜甫因受任员外郎而回京赴任,故其离蜀与严武无关。孙羽津《再论杜甫去蜀之原因》(《中国典籍与文化》2014年第2期)通过对杜甫相关诗作及职官、章服等问题的考辨,认为《旧唐书》“武卒,甫无所依”的说法可信。辛晓娟《杜甫与高适蜀中关系新论》(《中国典籍与文化》2014年第2期)论述杜甫旅蜀时与高适关系紧张的因由,从中可看出杜甫性格中刚正的一面。

李、杜交谊乃千古佳话,然古人亦多有不以为然者。张叹凤《李杜友情链结——着重现代研究成果》(《杜甫研究学刊》2014年第1期)认为李、杜情亲无间,最有力的证据就是李、杜的诗歌,此外大量历史文档资料信息也可互证。文章肯定近现代以来,闻一多、冯至、朱东润等学者关于李、杜亲密友情的论述,是将李、杜文本研究提升到一个科学的层次,而古代很多否定李、杜情谊的说法,则不免酸腐褊狭。葛景春《杜甫在秦州的李白情结》(《杜甫研究学刊》2014年第1期)考察杜甫秦州期间所写与李白相关的诗篇,认为李白此时政治遭遇与诗歌成就的反悖,促使杜甫反思与觉醒,从而放弃名利追求,转向以诗歌创造为使命。这当然也足以说明李、杜相知之深。

吕晓洁《杜甫的交友心态对其诗歌创作的影响》(《盐城师范

学院学报》2014年第3期)将杜甫交游对象分为三类:文人、权贵、普通人,考察杜甫与不同交游对象相处时的心态以及对创作的影响。该文综合研究杜甫交游情况,观察颇为细致。

(二)思想心态

本年度杜甫思想心态研究,呈现出多角度、全方位的态势。吴贤哲《爱国与忠君思想在分裂割据和大一统时代的文化意义——以屈原类型和杜甫类型为例》(《青海社会科学》2014年第5期)比较屈原、杜甫忠君爱国思想。文章重点论述在分裂割据与大一统的不同背景下,爱国忠君具体对象亦自不同,然其文化传统的社会及思想基础却有一致处,忠君与爱国互为表里,忠君是传统观念,爱国爱民才是其思想的实质和根本。

张倩、霍有明《安史之乱与杜甫理想的实现》(《甘肃社会科学》2014年第4期)结合安史之乱的历史背景,论析杜甫获授左拾遗的原因,分析杜甫对此职位的心理认同,并推测其晚年大量有关长安的诗歌及夔州创作的辉煌,皆与此次任职经历有重要关联。亓凤珍《试论李白、杜甫、高适的人生理想与政治智慧》(《山东社会科学》2014年第1期)则将杜甫与盛唐另两位重要诗人李白、高适作比较,认为三人皆有强烈的政治抱负,但政治智慧却各有高下。杜甫并不具备具体的政治才干,再加上迂腐的文人气与不善变通的个性,导致了其人生的困窘。韩成武《杜甫的乡人情结述论》(《山西师大学报》2014年第1期)论杜甫的乡土情结,以韦济、郑虔和房琯三位同乡为例,详述了杜甫与乡人的深厚友谊,认为可归因于河洛文化精神中的"本根情结"。

此外,张轶男《杜甫与大乘佛法》(《北方论丛》2014年第1期)讨论杜甫与佛教的关系,因以往少有学人论及,因而本文较显新意。另有两篇学位论文:王旭《杜甫责任意识研究》(重庆工商大学2014年硕士学位论文)、孙新潮《杜甫自然情怀研究》(西南大学2014年硕士学位论文)值得注意,前者探讨杜甫对社会、家庭的责任意识并分析其成因,后者探讨杜甫热爱自然的诗人情怀,二文皆对杜甫思想意识及心态研究有所启益。

二、作品研究

作品研究仍是本年度杜甫研究的主流,涉及内容、风格、创作手法、诗意阐释诸多方面。

(一)主题内容

分期、分段一直是杜诗研究的重要模式,与诗人履迹相配合,知人论世,有助于研究的不断深化。本年度多篇研究杜甫蜀中诗的文章便是如此。程得中《杜甫入蜀诗歌刍议》(《杜甫研究学刊》2014 年第 3 期)从体裁、风格、诗歌思想三方面考察杜诗的发展并论述其对巴蜀诗人的影响。申东城《论杜甫巴蜀诗与唐宋诗歌嬗变》(《安徽大学学报》2014 年第 4 期)对巴蜀诗歌再作分段分期,观察其递进嬗变,并从文学史的角度考察唐宋诗歌在汲取杜诗营养后发生的具体变化,视野宏通。胡永杰《论杜甫在蜀中文学史上地位》(《杜甫研究学刊》2014 年第 2 期)则将杜甫与蜀中历史名人司马相如、王褒、扬雄及唐代陈子昂、李白等作比较,使杜甫在蜀中文学史的地位更显突出。

温虎林《杜甫陇右诗二题:寺院诗与云鸟意象》(《天水师范学院学报》2014 年第 6 期)选取了陇右诗中"云鸟意象",分析杜甫此时复杂多元的心态,角度亦较新颖。此外,彭敏《论巴蜀地域对杜甫及其诗歌创作的影响》(《大众文艺》2014 年第 23 期)、曾超《杜甫夔州诗与三峡文化关系论说》(《重庆师范大学学报》2014 年第 3 期)等,能在较宏观的背景下关注杜甫蜀中诗,皆各有所见。

杜诗题材包罗万象,每年相关研究成果也很多。本年度汪习波《杜甫〈咏怀古迹五首〉所谓"风流儒雅"的宋玉传统》(《中国文学研究》2014 年第 2 期)从文化传统的角度研究杜甫怀古诗;王睿《论杜甫赠别诗的规谏精神及其意义》(《杜甫研究学刊》2014 年第 3 期)、刘文军《杜甫寄赠诗研究》(广西大学 2014 年硕士学位论文)等研究杜甫酬赠诗;余红芳《田园情结与田园情殇——对比分析王维田园诗〈渭川田家〉与杜甫田园诗〈日暮〉的异同》(《沈阳工程学院学报》2014 年第 2 期)对比考察杜甫田园诗;王建生《杜甫咏物诗中的“物理”与“性灵”》(《文艺评论》2014年第6期)研究杜甫咏物诗;陈杨《杜甫题画诗中的绘画艺术思想》(《新疆职业大学学报》2014年第1期)研究杜甫题画诗;郑永娟《杜甫晚年“江上”诗研究》(陕西师范大学2014年硕士学位论文),等等,皆就杜诗某一类题材,或作比较、或摘精髓,进行系统而细致的考察。此外,史丽军《杜甫与孟郊言困厄诗比较研究》(陕西师范大学2014年硕士学位论文),肖熠君、雷磊《杜甫论诗诗的文学批评价值》(《乐山师范学院学报》2014年第10期)研究杜诗中较有特色的内容,使本年度杜诗题材研究更为全面。

杜诗内容研究,还有姚菊《杜诗真性情说》(《杜甫研究学刊》2014年第3期)、李娟《杜甫诗歌与兵家思想》(《中华文化论坛》2014年第1期)、李芹《杜甫诗歌中的自我形象》(西南大学2014年硕士学位论文)等,通过作品考察作家思想、性格,与前一节所述作家研究殊途而同归。

(二)意象、修辞与体式、语词

立足于文本的艺术研究范围很广,语词意象、体式结构、修辞风格、诗句笺释等,不一而足,以下略作分类介绍。

1.语词意象

陈伯海《“感事写意”说杜诗——论唐诗意象艺术转型之肇端》(《上海师范大学学报》2014年第2期)认为杜诗“感事写意”虽未脱离唐人“主情”的大背景,而于感事述怀之际,常要引入“反思”的因子,则又为宋人“主意”诗学创设了前提,从这个意义上讲,“感事写意”诗潮恰构成由“唐音”向“宋调”过渡的起始,亦便是古典诗歌意象艺术转型之肇端。文章在文学史的坐标中观察杜诗,视野宏通,启人以胜意。

郭冲《杜诗引〈左传〉考》(《杜甫研究学刊》2014年第1期》)统计杜诗对《左传》的引用大约有337处,所涉及的篇目、各篇引用的次数都是相当可观的。考察其在引用方式上,引言与引事兼而有之;所引内容根据主题需要采用同义、转义和反义三种方式,产生了画龙点睛的功效。文章进一步论析杜诗语词中的这一现象,不仅体现了官学、家学的影响,而且与杜诗“诗史”的创作观念和艺术追求形成了互动,较有理论深度。

另有一些论文,善于采用新的研究方法。如薛世昌《杜甫“随时敏捷”本义再探》(《天水师范学院学报》2014 年第 1 期)运用索绪尔的“能指”与“所指”概念,结合“沉郁顿挫”的内涵,认为“随时敏捷”不能分而述之,而应作合观才能理解杜诗。此外,南瑛《杜诗“花”意象简论》(《安康学院学报》2014 年第 4 期)、谢天开《杜甫“恶竹”意象创造的符号解读》(《成都师范学院学报》2014 年第 7 期)、杨书全《〈秋兴八首〉中的三个意象》(《镇江高专学报》2014 年第 3 期)、张媛飞《意象图式与诗歌意境的构建——以杜甫诗歌〈望岳〉为例》(《牡丹江大学学报》2014 年第 1 期)、胡珊珊《“湿”的语义特征及其在杜诗中的修辞功能》(《理论月刊》2014 年第 12 期)等,结论上新意不多,但能借鉴应用语言学、结构学等新的文艺研究方法,也有值得肯定之处。

2.修辞风格

辛晓娟《杜甫歌行中的“尚奇”特质——兼论从汉乐府到中唐诸家的尚奇传统》(《西南民族大学学报》2014 年第 2 期)认为杜甫歌行多雄奇险怪并分析其渊源及影响,阐述了其承上启下的文学史地位。黄静《艺术造诣与生命悲歌——杜甫疾病诗艺术探索》(《海南师范大学学报》2014 年第 10 期)所论虽为专门题材,但主要从语言细节处入手,通过剖析“疾”“病”与形容词、名词、动词等的搭配,以及象征、指代、隐喻等修辞手法,来考察其疾病诗的艺术特色,论述较为细致深入。

此外,胡菁《杜甫诗歌清新风格研究》(河南大学 2014 年硕士学位论文)、陈梦圆《杜诗中率性纵情、洒脱开怀的一面——略说〈陪郑广文游何将军山林〉》(《长春师范大学学报》2014 年第 4 期)、黄楚蓉《李白、杜甫“蜀道难”诗作创作心态及艺术表现手法比较》(《西安文理学院学报》2014 年第 3 期)、王晓明《深远、高远、平远:从杜甫、李白、王维诗歌看盛唐诗歌之美的三个维度》(《河北科技大学学报》2014 年第 3 期),或角度独特,或通过比较研究的方法,诠释了杜诗艺术风格的多样性。

3.体式句法及诗句笺释

刘占召《“以古为律”与杜甫七律艺术的革新》(《安徽大学学

报》2014年第1期)认为杜甫七律“以古为律”的特点融汇了《诗经》至汉魏六朝的诗歌创作经验,使唐代七律达到风骨声律兼备的艺术境界。叶汝骏《杜甫五言律诗章法研究》(《长江大学学报》2014年第7期)论析杜甫五律的起承转合章法结构以及和连章组诗的结撰方法,以往学界多偏重于炼句炼字,本文重在论章法,是很好的补充。程仁君《杜甫五言古诗格律初探》(《语文学刊》2014年第7期)以两句为基本单位,详析杜甫五言古诗的格律形式,得出了规律:一种为前四字保持平仄,两两相间;另一种为上下相对和平仄比例为五五式或四一式。此外,李思华《诗从对面飞来——杜甫〈月夜〉曲笔手法分析》(《名作欣赏》2014年第35期)、曲笛《从〈秋兴八首〉看杜甫的诗歌技巧》(《金田》2014年第2期)、黄关蓉《试论宋诗话中的杜诗“用字”艺术》(《语文建设》2014年第24期),等等,对杜诗艺术风格及手法的论述,都有可取之处。

杜诗语词丰富,前人尝谓“无一字无来历”,本年度诗句笺释方面的论文也不少。孙微《杜诗“铁马汗常趋”用典考》(《文学遗产》2014年第5期)梳理辨析杜甫《行次昭陵》诗中“铁马汗常趋”前人注解,认为就诗意本身来看,其更合理的来源当为《隋书·李景传》和《五行志》中井龙幻化为铁马甲士之事。陈道贵《杜甫〈游龙门奉先寺〉“天阙”、“天窥”异文之争考论》(《古籍研究》2014年第1期)再次将该诗中异文之争的问题提出来,对“天阙”说、“天窥”说条分缕析,并持两说并存的观点。

(三)版本、系年及辨伪

杜诗的文本考订,包括系年、版本及辨伪等,是杜甫研究的基础。本年度在杜诗系年上,曾祥波《论杜诗系年的版本依据与标准》(《北京大学学报》2014年第1期)对杜诗歌系年的版本与标准问题提出三点意见并作论析,提出在重视祖本王洙本的源头性及承袭本吴若本的作用外,季节、地理因素对系年的重要性,尤其值得注意。顾农《杜诗系年新说二题》(《南京师范大学文学院学报》2014年第1期)分析杜诗的语义、内容、诗人思想心态及履历,对二首诗的传统系年提出异议,认为《自京赴奉先县咏怀五百字》当系于天宝十三载(754)十二月,《去矣行》至少要提到天宝十四载(755)十月《官定后戏赠》一诗之前。徐昕《宋代杜诗编年散佚著作考论》(安徽大学 2014 年硕士学位论文)考证了宋代杜诗编年散佚的四部著作:王得臣《增注杜工部诗集》、黄伯思《校定杜工部集》、鲍彪《少陵诗谱论》、权道《杜工部年谱》;张慧玲《明嘉靖朝杜律版本考略》(《江西社会科学》2014 年第 8 期)、彭燕《唐宋巴蜀地区杜集整理略论》(《杜甫研究学刊》2014 年第 1 期),对某一时期或某一地域的杜集文献梳理辨析,皆对杜诗文献研究有所补益。

辨伪方面,本年度有两篇文章讨论《江南逢李龟年》的作者问题。赵海菱《〈江南逢李龟年〉作者发疑》(《社会科学辑刊》2014 年第 5 期),将出土文献《唐故陈王府长史崔府君(尚)志文》与《大唐故河南府泗水县尉长乐冯君墓志铭并序》与杜甫、王维、李龟年生平事迹等史料相结合,认为《江南逢李龟年》的作者不是杜甫,而极有可能是王维。柏红秀《乐人身份与〈江南逢李龟年〉作者之争》(《江海学刊》2014 年第 6 期)认为宋人以来关于此诗真伪之争,源于对李龟年与梨园的关系以及唐代音乐制度的误解。文章通过相关史料,辨析李为盛唐著名京城市井乐人,没有做过梨园弟子,唐人对此没有疑问,故从未质疑过本诗作者。作者认为,基于误解而产生的质疑,是不值一驳的。杜甫本不长于七绝,而《江南逢李龟年》却不让七绝圣手李白、王昌龄,前人之质疑,发端或在阅读之第一感受,而辅之以文献。此诗真伪之争若真能尘埃落定,当有极其重要的文学史意义。

(四)文、赋研究

杜甫的文、赋向来是研究中的薄弱环节,本年度却有数篇文章予以关注。钱志熙《李杜赋合论》(《北京大学学报》2014 年第 1 期)从创作思想、在赋体创作上的各自定位、赋风、赋艺等方面,详细考察李、杜赋作之异同,肯定了二者引诗学入赋学、内容纯正、丰富的政治主题等共同点,指出李白赋以讽喻、抒情为主,而杜甫赋以雅颂为主的区别,并认为杜甫"深入赋史的渊源,秉承汉赋之旨,这一点杜比李更加突出"。石润宏《杜甫与李白赋作的创作动机探析》(《濮阳职业技术学院学报》2014 年第 1 期)则从另一角度作比较,细致地讨论李杜创作赋的动机,视角也较独特。

郭海文《杜甫〈唐故德仪赠淑妃皇甫氏神道碑〉考释》(《唐史论丛》第十七辑，陕西师大出版社 2014 年 1 月版)考释补足与皇甫氏有关的文献资料，挖掘了杜甫碑文的史料价值，也增进了我们对杜甫的碑文创作的了解。

杜甫的文、赋研究比较薄弱，自有其客观原因，但也并非不可深入、拓展，本年度的几篇文章就作出很好的示范。

三、传承影响

所谓文学传承，以杜甫为中心，向上是杜甫对前人的承接，向下是杜甫对后人的影响。

杜甫对前人的承接方面，其本人就曾说“熟精《文选》理”，可见《文选》在其创作中的典范意义。葛景春《杜甫与唐代中原的“文选学”》(《中原文化研究》2014 年第 2 期)于《文选》本文之外，剖析李善及五臣注对杜甫赋、文、诗的具体影响，将《文选》对杜甫乃至盛、中唐文学创作的整体影响，作了必要的揭示。彭莎《论杜诗与〈毛诗〉之关系》(贵州师范大学 2014 年硕士学位论文)结合唐代文学创作背景，分析《毛诗》对杜诗的影响。

杜甫沾溉后人良多，也为今人提供了丰富的研究课题。涂承日《从尚“奇”看贾岛对杜甫诗风的接受》(《中国韵文学刊》2014 年第 1 期)认为贾岛诗的尚“奇”在某种程度上受杜甫影响并有所变化与发展。文章从诗歌风调、语言锤炼、诗体对仗、打破诗句惯常结构顺序等方面展开讨论，观点颇为新颖。魏景波《百年歌苦与千秋盛名：诗人杜甫的被理解与被误解》(《西北大学学报》2014 年第 6 期)考察唐宋时期对杜甫的接受过程尤以宋代为重点，梳理杜甫经历了从诗人到官、忠臣，再到圣哲，身份地位逐步提升的过程，剖析了宋人在选择、接受中对杜甫改造的痕迹。杨理论《范成大与杜诗：一个官僚诗人的杜诗接受案例》(《杜甫研究学刊》2014 年第 2 期)考察在两宋普遍宗杜的社会风气中，作为中兴四大家的范成大接受杜诗表现在：一、诗文中化用杜诗或杜甫典故；二、在诗文中解释杜诗。此外未见有深入接受的痕迹。文章分析其原因是作为官僚诗人，范有继承宋初馆阁文人的传统之意识，摒弃江西诗派尊杜观点，则是其自成一家的诗学追求的表现。周金标《钱诗证杜——以钱谦益〈有学集〉为例》（《杜甫研究学刊》2014 年第 3 期）以钱氏《有学集》为例分析其诗歌语言，从创作的角度列举了五种钱氏宗杜的表现。陈晓峰《论杜甫对范当世诗歌创作的影响》（《西藏大学学报》2014 年第 3 期）考察晚清同光体诗人范当世的作品，发现无论是引用、化用，用典，还是主题的一脉相承以及创作技巧、艺术风格的影响，都显示出了杜诗对其深远的影响。

此外，秦蓁《论王禹偁的"诗效杜子美"》（《重庆科技学院学报》2014 年第 12 期）、顾友泽《宋代南渡诗人对杜诗艺术的接受和生发》（《南通大学学报》2014 年第 4 期）、潘殊闲《论"金士巨擘"赵秉文对李白杜甫的接受与传播》（《吉林师范大学学报》2014 年第 1 期）等，论述杜甫接受史上较突出的一些现象，也值得注意。

随着国际学术交流的加深，杜甫的域外影响越来越被学者所关注。王京钰《菅原道真与杜甫逐臣思君主旨诗歌中的意象同质性——以〈九月十日〉和〈至日遣兴二首〉为例》（《中国文学研究》2014 年第 1 期）将日本平安朝诗人菅原道真《九月十日》与杜甫《至日遣兴》相比较，认为就逐臣思君主旨而言，无论是表层结构，还是深层意蕴，二者都具有鲜明的同质性。静永健、陈翀（译）《近世日本〈杜甫诗集〉阅读史考》（《中国文论》（第一辑）2014 年）重点考述九至十世纪、十四至十五世纪、十七至十八世纪《杜甫诗集》在日本三次传播与接受的情况，文末略及明治维新后杜诗在日本的影响。对于杜诗的日本接受，作了系统的梳理。其实，杜甫在日本的生命力，至今不衰。据李寅生《日本近三十年杜甫诗集版本内容介绍》（《杜甫研究学刊》2014 年第 3 期），杜甫及其诗歌在近三十年的日本仍有一定的影响力。邹昊轩《杜甫与尹善道诗的比较研究——以自然观、处世观、理想观为中心》（延边大学 2014 年硕士学位论文）则是讨论韩国诗人尹善道对杜甫的学习，论文通过二者诗歌的比较，论述了杜甫在思想意识上对韩国诗人的影响。李特夫《美国诗人汉米尔的"杜甫情结"》(《中南民族大学学报》2014 年第 3 期)介绍美国当代诗人汉米尔译杜、咏杜和学杜,认为其有浓厚的"杜甫情结",杜诗也对其诗歌创作产生深刻的影响。

杜诗的域外传播与影响少不了翻译,本年度多篇论文探讨杜诗翻译问题。文军《杜甫诗歌英译文本择选研究》(《外语教学》2014 年第 4 期)论述了社会文化背景、译本规模、翻译目的、读者与译者的审美倾向等四要素对杜诗英译文本择选的影响,并分析了五种策略与方法。贾卉《杜诗英译的"折中"策略——评大卫·杨〈杜甫:诗的一生〉》(《华东理工大学学报》2014 年第 3 期)、郑诗韵《杜甫诗歌翻译中的归化与异化》(北京外国语大学 2014 年硕士学位论文)、张笑美《改写理论关照下杜甫诗歌英译的对比研究》(中国海洋大学 2014 年硕士学位论文)等,从不同方面讨论杜诗翻译,有助于杜诗在域外的传播。

四、杜诗学

杜诗学是对杜甫研究的研究,一直以来都是学术热点,本年度相关论文也很多。

沈扬《经典缺失的诠释与补亡——论宋人对"杜甫不赋海棠"的讨论与书写》(《文学遗产》2014 年第 5 期)从宋人对杜甫不赋海棠作出的种种解读的现象中,用阐释学理论分析杜甫、宋人、海棠之间的关系,揭示了宋人"补杜诗之亡"的文化心态:在承认杜甫及其诗歌典范意义的同时,尝试超越并形成与之并峙的宋诗风格。孙纪文、葛亚敏《沈德潜论杜诗之美》(《杜甫研究学刊》2014 年第 2 期)指出清代大学者沈德潜论杜诗之美为宏大、赤诚、蕴藉,认为他以此三者论杜诗之美"美、善一体化"和"美论与格调论一体化"的诗学主张。曾绍皇《严复手批〈杜工部集〉的批评理念与价值》(《中国文学研究》2014 年第 2 期)发掘出严复手批《杜工部集》,认为严复在评点过程中表现出的理论的深刻和批评态度的客观,在近代杜诗未刊评点中堪称典范。

李杜优劣及杜诗"集大成"说是杜诗学的经典问题,杨胜宽《杜诗"集大成"义解》(《杜甫研究学刊》2014 年第 3 期)将此二者结合起来考察，文章辨析“集大成”说在中唐元稹的雏形表达及其主要内涵，梳理自唐至北宋苏轼、秦观关于“集大成”的评价及其涵义，认为杜诗“集大成”说与李、杜各有所长无根本矛盾，试图厘清“李杜优劣论”的历史公案。杨义《李杜与盛唐：一种诗性文化名片的产生》（《齐鲁学刊》2014 年第 5 期）认为“李杜优劣”之争是以一定的艺术标准来裁判无限的诗学智慧所导致，应从中华文化与诗性智慧的角度出发，将“李杜合观”。

注杜名家或注本，构成杜诗学史的主体，本年度相关研究得到继续推进。杨旭辉《王嗣奭的〈杜臆〉及其诗歌》（《中国韵文学刊》2014 年第 4 期）将王嗣奭的《杜臆》与其自身的诗歌创作相联系，既可看出王氏在创作上所受到的杜甫影响，也能更理解他对杜诗的解读。王洙是最早注杜的北宋学者，但也有不少人对其注杜的真实性提出怀疑，本年度讨论这一问题的论文有多篇。刘文刚《王洙的杜甫研究》（《阿坝师范高等专科学校学报》2014 年第 1 期）辩驳了对王洙注杜的一些质疑，认为缺乏有力证据，王洙在杜甫学史上的地位不容否认，今日当辩证看待王注的学术价值。武国权《杜诗伪王注研究之二——论杜诗伪王注中的误注》（《杜甫研究学刊》2014 年第 1 期）则对王洙注杜细析真伪，将伪注与误注分类辑出，附例论析辨正。文章同样认为对王注须辩证看待，不可因部分伪注、误注而否定王注的价值。今年还涌现多篇关于杜诗注本与注家的专题硕士论文，如王琦宇《〈杜诗阐〉研究》（西北大学）、王秀丽《郑善夫〈批点杜诗〉研究》（山东大学）、郭雪贞《齐翀〈杜诗本义〉研究》（安徽大学）、张钰晨《黄生〈杜诗说〉的诗学思想》（宁夏大学）、顾慧《翁方纲杜诗学研究》（西南大学）等，杜甫研究从杜诗转向杜诗学的趋向越来越明显。

杜学霞《从杜甫研究看现代唐诗研究的三种范式》（《河南社会科学》2014 年第 10 期）以杜甫研究为例，论述陈寅恪的诗史互证、闻一多的研究方法多元性和钱钟书的以文艺学为核心配以语言学、心理学、哲学和艺术学说诗三种现代唐诗研究范式，并指出三种范式的不足之处，从中总结研究经验以示当代学者。论文能从杜诗学生发到唐诗学，思考研究范式的更新与方法的提高，给人以很大启迪。

去年年底《杜甫全集校注》的出版，代表了新时代杜诗学的最高成果。陈尚君《杜甫研究的里程碑著作——〈杜甫全集校注〉初读记》（《文汇报》2014 年 4 月 14 日）、赵睿才《我于古文学，特爱少陵诗——山东大学杜甫研究学统的变迁》（《杜甫研究学刊》2014 年第 2 期）等，就是对新时期杜诗学成果及治学特色的总结。此外，黄琪《学识、才情与心曲——陈贻焮先生的〈杜甫评传〉》（《文史知识》2014 年第 1 期）、孙微《整体观照与理论升华——论韩成武先生的杜甫研究特色之一》（《石家庄铁道大学学报》2014 年第 1 期），揭示现当代杜甫研究名家的治杜特色，让我们看到学术的薪火相传。

五、出版著作

本年度出版了一些普及性的杜诗选本。姜海宽主编《杜甫诗歌选读》（中州古籍出版社 2014 年 4 月）以仇兆鳌《杜诗详注》为底本，选杜甫代表作 225 首，体例上分“原诗”、“题解”、“注释”、“大意”四部分，“题解”涉及作品写作背景、系年、作者行踪、诗题中名物说明等，“注释”与“大意”合训诂与诗意解读，最有特色处在于对诗中涉及的河南方言、民俗、膳食、物种等追根溯源，并详注出处。使本书既适合作为大众普及读物，同时又不失一定的学术水准，达到学术性与普及性较好的结合。

张炜《也说李白与杜甫》（中华书局 2014 年 7 月）是其在 2013 年万松浦书院春季讲坛讲演稿的基础上整理而成，张炜是当代著名小说家，他以作家的眼光和情怀来品鉴李、杜，别有会心，能带动阅读经典的文化风气。

以上是今年杜甫研究的大致情况，总体来看，传统的思想心态及艺术研究虽成果喜人，但真正的突破也不多。杜诗学的开拓成效显著，文、赋研究的深入是本年度杜甫研究的创获。我们期待下一年度看到更多更精彩的论文。

韩愈研究

□ 张弘韬

据中国学术期刊全文数据库、维普中文期刊全文数据库和人大复印资料全文数据库统计,2014年共发表韩愈研究相关论文100余篇,这表明2014年韩学研究依然保持了蓬勃发展的势头。

一、诗文研究

韩愈诗文仍然是本年度韩学研究的重点。其中不少论文以小题目作大文章,从不同点切入,多角度解读韩愈诗文,这些文章汇集在一起,就成为韩学研究的大文章,这当是将"韩学"研究引向深入一个好路子。

刘宁《妙远不测的送行之辞——韩愈〈送孟东野序〉》(《文史知识》2014年第7期)认为韩愈《送孟东野序》章法上的"不测"来自于命意的高绝与器识的超拔。韩愈在行文中,不是直接感叹孟郊的不幸,而是把眼光放在以文章复古明道这一高绝的立意上,使之明白自己卓越的素质与身负的伟大使命。这一奇崛的构思,展现了韩孟志存古道的伟大抱负。夏先培《韩愈〈原道〉"老子之小仁义,非毁之也"正诂——兼论训诂学研究和古籍译注的几条原则》(《长沙理工大学学报》2014年第1期)认为韩愈《原道》的"非毁之也"不是一个否定判断句。"非毁"是个动词,意为"诽谤;诋毁","之"指"仁义","也"是表停顿的句中语气词。"老子之小仁义,非毁之也"意为"老子轻视仁义,(并且)诽谤、诋毁它"。吕玉华《文以明道——韩愈〈争臣论〉》(《文史知识》2014年第8期)认为韩愈《争臣论》主要针对当朝的谏议大夫阳城,中心意旨就是批评阳城行政不作为,不是有道之士。阳城初入仕途,佯醉佯狂,或许只是一种韬晦策略,冷眼旁观看清楚朝政,以无为之表象等待有为之机遇。阳城后来当职施政的积极表现,也不能全部归功于韩愈《争臣论》,但是《争臣论》一文富有规诫力量,对于有心为政者的确能起到警醒作用。杨朗《劳力者之用心——韩愈〈圬者王承福传〉》(《文史知识》2014年第9期)认为韩愈《圬者王承福传》的实际内涵非常丰富,其行文布局别具一格,文气的缓急与抑扬正好与王承福之道德与功利双重意识对应起来,使文章的内涵与风格取得了完美的统一。徐俪成《韩愈〈进学解〉创作时间献疑——〈旧唐书〉关于韩愈〈进学解〉系年之驳议》(《海南大学学报》2014年第2期)认为《进学解》应作于元和三四年间。陈婷婷《浅议韩愈〈论佛骨表〉对话策略的失误》(《现代语文》2014年第3期)指出韩愈《论佛骨表》在劝诫时未能成功预设对方角色身份,在"表达—接受"互动过程中缺少共同点,尤其在檃栝傅奕的《请除释教书》时,给人以"事佛年促"语义暗示,触怒了宪宗,导致对话失败。

对韩愈古文各种文体的研究是本年度韩学研究的一个亮点,吴振华、艾媛媛《韩愈的记体文研究》(《周口师范学院学报》2014年第6期)认为韩愈记体文虽然数量不多,却富于创新和变化,除了吸收小说与骈文的长处外,还融合了多种表现手法,对记体文的发展起到了极大的促进作用。张志勇《论韩愈颂体文的创作》(《河北师范大学学报》2014年第4期)指出韩愈《河中府连理木颂》、《子产不毁乡校颂》和《伯夷颂》三篇颂体文在内容上有的揄扬盛德、明道树义,有的关注现实、言志抒情;在形式上表现为语言上追求典懿清铄、句式上以散体为主、整体上汪洋流畅,以气贯注,注重情感的力量,展示出了流走的活泼生气和注重骨力的刚健风格。这种创作扩大了颂的表现领域,还增强了颂在实用价值上积极的表达功能。武真真《试论韩愈的说体文》(《宜春学院学报》2014年第1期)从说体文的渊源和流变、韩愈说体文的艺术特色、韩愈说体文的价值意义三个方面对韩愈的说体文进行了研究。高永康《韩愈祭文的成就》(《周口师范学院学报》2014 年第 4 期)辨析了韩愈祭文的相关问题并将韩愈祭文分为祭古人、祭亲友和祭山川、神灵、灵物三类,从内容、形式、文学价值与影响等方面对韩愈的祭文进行了分析。何玉琼《浅谈韩愈干谒性书牍文》(《青年文学家》2014 年第 27 期)以韩愈干谒性质的书牍文为研究对象,总结其干谒书启创作的两种基本模式,并举例分析说明其创作模式特点辑佚文学价值所在。

诗歌方面,洪静云《一曲芳香馥郁自由奔放的晚春歌——韩愈〈晚春〉解读》(《名作欣赏》2014 年第 2 期)指出韩愈《晚春》诗在惜春、送春的传统情绪里,不落窠臼,翻出新意,偏能在暮春中发现生机,在逆境里看到光明,是他屡遭打击而百折不挠的进取精神的写照。李林斐《韩愈的"长安印象"及其形成——从〈出门〉与〈示儿〉谈起》(《名作欣赏》2014 年第 8 期)从韩愈写于早年的《出门》与中年的《示儿》切入,通过对韩愈在不同时期、不同地方所撰写有关长安诗的文本分析,勾勒出诗人大约三十年曲折的政治生涯中对都城长安的情感变化。指出韩愈的长安印象以单一符号为开端,其内涵的演变与韩愈自身经历及政局有密切联系,经历了权贵世界—国家治乱的缩影—险恶的官场等阶段,其生活上的期待也渐渐加强,随着韩愈政治抱负的步步实现,都市的生活意义得到重视。最终,实现了家国责任与生活归宿的统一。贝文贤《一封朝奏在何时——韩愈〈左迁至蓝关示侄孙湘〉诗拙解》(《周口师范学院学报》2014 年第 4 期)以新旧《唐书》等正史和唐代律令等资料,考证出韩愈《谏迎佛骨表》完稿的时间应在唐宪宗亲阅这篇疏奏之前 4 天,即元和十四年正月初八(819 年 2 月 6 日)丁亥。李朝阳《论韩愈诗歌中的情景关系》(《牡丹江大学学报》2014 年第 4 期)研究了韩愈处理诗歌情景关系时的独创性。李国跃《论韩愈诗歌言志与缘情的合一》(《剑南文学》2014 年第 12 期)从韩诗所体现的中国传统诗学"诗言志"与"诗缘情"合一和韩愈本人的性情与人格的角度对韩诗进行了分析。蔺熙民《试谈韩愈诗文中的隐逸情结》(《大众文艺》2014 年第 7 期)指出韩愈诗文中时时流露出独特的隐逸情结,这种归隐心态在各个时期都有丰富体现，其原因是多方面的，体现了韩愈精神世界的多层次性与心灵空间的复杂性。戴金波《韩愈湖湘贬谪诗略论》(《云梦学刊》2014 年第 4 期)分析了韩愈一生多次经过湖湘地区所写贬谪诗，指出其湖湘贬谪诗描绘湖湘胜景，抒发含冤受屈的愤懑和怨恨，揭露中唐时代的政治黑暗。张仲良《韩愈诗，押韵之文耳》(《江汉论坛》2014 年第 9 期)认为从形式上看，韩愈以文为诗，混淆诗歌与散文的本质区别，追求怪涩的诗风，多用冷字拗句，失去了诗的美感。他所领导的“怪崛诗派”与元、白领导的新乐府运动大唱对台戏，是中国古代诗歌史上的一股逆流。王惠丹《韩愈奇险诗风成因探析》(《社科纵横》2014 年第 1 期)从社会风尚、宗教文化、奇朋异友和个性特征等四个方面分析了韩愈奇险诗风的成因。陈龙《唐代地狱观念的传播及其对韩愈诗歌创作的影响》(《中国文学研究》2014 年第 4 期)认为唐代流行的地狱观念深刻影响了韩愈的诗歌创作。韩愈把地狱意象成功地植入诗歌创作领域，也将地狱观念融入其险重、怪奇的诗歌风格之中。

二、思想研究

韩愈不仅是文学家，也是哲学家，对韩愈思想的研究无疑是“韩学”研究之根，舍此便无法理解韩愈，无法解读他的诗文。2014 年有多篇论文对其哲学思想包括教育思想进行了深入探讨。如刘宁《韩愈古文理论与儒家修养思想》(《安徽大学学报》2014 年第 3 期)认为韩愈古文思想的核心是文道关系，韩愈的古文思想表达了鲜明的修养论思考，特点是对荀孟的独特融合，这与他围绕“古文”来思考修养论的立足点很有关系。宋儒虽然批评韩愈欠缺儒学的修养工夫，但宋儒的格物致知又与韩愈的古文修养论有联系。文章通过分析朱熹在工夫论思考中对待韩愈、柳宗元的不同态度，指出朱熹工夫论与韩愈古文修养论的联系反映了韩愈古文观在思想史上的重要意义。杨云君《论韩愈道统大纛包裹下的法治观念与礼治思想》(《周口师范学院学报》2014 年第 3 期)认为韩愈的思想武器主要是以仁义为核心的儒家道统，其圣人创法、存信维法、正心守法、法有天刑的法治观，“德礼为先”、“仁义是修”的礼治观及其礼法并举的为官实践，既合乎唐代的法律文化精神，也表现出其对传统儒法交融、礼刑并举的法文化的继承与发扬。李珺平《韩愈的儒学转向：背景、要害及其他》（《湛江师范学院学报》2014 年第 2 期）认为韩愈并非中唐古文运动的发动者和首倡者，而是一个儒学转向者。韩愈接受了啖助“凭己意说经”的方法论，尊王攘夷的情绪更浓。这一转向尝试为儒家儒道建立一种新道统和新文统，新道统强把孟轲赓续于孔丘周公之后，新文统强把扬雄赓续于刘向两司马之后。刘亮红《韩愈的理想人格论》（《船山学刊》2014 年第 2 期）和《论韩愈以践道为核心的理想人格设计》（《求索》2014 年第 6 期）认为韩愈儒家道统论中圣、贤、君子层次分明的理想人格论是为批判佛老害政而提出来的，其核心是践行儒家仁义之道，其总原则是行其所宜。许宁宁《论“韩李”之学与理学滥觞》（《湖北函授大学学报》2014 年第 22 期）认为以韩愈和李翱为代表的儒学复兴运动，可以算是宋代理学的先导。杨朗《论韩愈眼中的佛道文学》（《北京大学学报》2014 年第 2 期）考察了韩愈对于佛道文学的评价，认为韩愈认同佛道文学恢奇或平淡风格的原因首先在于儒释道三家的思想体系都能容纳这两种风格；其次在于当时士人面对时代困境，需要通过这两种风格克服自己内心的痛苦。而韩愈坚定的儒家立场使其不满足于风格气质的克服，而需要在其中注入实质的道德内容，所以他对于佛道文学的认可只停留于浅层，实质上仍对其予以辨斥，说明韩愈实际上已意识到儒家与佛道之间根本性差异的问题。李伏清、彭文桂《辟佛与融佛——韩愈儒释观新论》（《湘潭大学学报》2014 年第 2 期）认为韩愈对待佛教的态度是表辟而实融，表面上标举道统，力辟佛教，而在思想层面，又融合佛教义理，丰满儒家心性理论。

刘炅成《论韩愈对传统价值的回归——以其散文为研究重点》（《嘉应学院学报》2014 年第 6 期）描述了韩愈散文回归传统价值艰难求索的轨迹，剖析其中隐蕴的“人格面具”与“灵魂渴望”的两难抉择。吴舜华《韩愈诗文的生命体验与审美取向》

(《吉林师范大学学报》2014年第5期)指出韩愈诗文用情深挚，抒写苦寒穷愁的人生际遇，表达了既愤激又中庸的生命体验。丘艳娟《韩愈法治的基本理念及现代意义》(《淮北职业技术学院学报》2014年第6期)论述了韩愈以民为念、德治与法治相结合的法治基本理念和勤政廉政的法治思想。张辉《中唐文人法律思想探析——以韩愈、柳宗元和白居易法律思想为代表》(《黑龙江教育学院学报》2014年第12期)对以韩愈、柳宗元和白居易三人为代表的中唐文人的法律思想进行了分析，认为他们在“一准乎礼”的社会背景下，对法律的起源和作用、刑事审判的实体和程序、法律中的民本因素等问题进行深入思考，虽然得到的结论各异，法律思想也屡屡发生碰撞，但这种争论对缓和社会矛盾，延续唐王朝的统治起到了一定的作用，并带动了唐律的持续发展。

韩愈的教育思想历来受到学者重视，2014年度有十余篇论文研究韩愈的教育思想。如潘石瑛《韩愈教育思想与其从政期间教育实践研究》(《兰台世界》2014年第3期)以《师说》《进学解》等教育名篇为例分析了韩愈的教育思想，并对其从政期间历任与教育有关的官职与教育实践进行了研究。胡敏《论韩愈文学教育思想及实践》(《文学教育》2014年第7期)从阅读教学观、作文教学观、课堂教学观等方面分析了韩愈的文学教育思想。善晶晶《韩愈和巴格莱文化传递论思想政治教育观的比较及启示》(《太原城市职业技术学院学报》2014年第4期)从文化传递论的角度对比分析了韩愈和巴格莱的思想政治教育观。王涛、王亚男《韩愈思想教育方法及其对当代思想政治教育的启示》(《云南社会主义学院学报》2014年第1期)，蔡晨晨、张晓静《韩愈教育思想对当代中小学道德教育的启示》(《现代教育科学》2014年第8期)和潘石瑛《韩愈的教育思想研究》(《家教世界》2014年第4期)均分析了韩愈的教育思想，揭示其对现代教育业产生的深远影响和深刻启示。黎清《论韩愈的教育思想对当代语文教育的启示》(《中学语文》2014年第27期)则从性三品说、师生观和学习方法三个方面分析了韩愈的教育思想。

《师说》一文是集中体现韩愈教育思想的重要文章，张占友

《韩愈〈师说〉文眼小析》(《散文百家》2014年第4期)认为文章的文眼应该是"无贵无贱,无长无少,道之所存师之所存"。雷艳《〈师说〉观点的多元解读》(《中华活页文选》2014年第8期),宋必胜《韩愈〈师说〉引发的思考》(《中学语文》2014年第11期),陈金圣、谢凌凌《师者一解——从韩愈的〈师说〉谈起》(《大学教育科学》2014年第5期)分别对《师说》进行了多方面的解读。潘行《从〈师说〉看唐代"师道不存"的现象》(《黑龙江史志》2014年第20期)认为《师说》一文是韩愈有感于当时太学中学生不尊重老师的现实情况而作,而在太学中学生不尊重老师有门阀制度的影响、官学的衰微等客观原因,与士大夫对儒家道统的冷淡背离及当时社会的主导思想以及科举考试的内容有着莫大关系。但这并不意味着当时普遍存在"耻学于师"的现象,韩愈所谓的"师道"与我们所了解的"师道"在含义上有所偏差,因此从我们现在对"师道"的理解,唐代并非是"师道"不存的时代。

三、比较研究

比较研究包括作者自身不同方面、不同作家、不同时代相同趋向、中外作家、文学现象等,当是"韩学"研究深入拓展的重要方面。特别是中外文学比较及中外对"韩学"研究的比较研究尚显薄弱。

邢海丽《浅析中国古代心性主体论和文化传递论之比较——以孟子和韩愈为例》(《吕梁教育学院学报》2014年第2期)从教育理念、哲学基础、教育内容、教育方法等方面对以孟子为代表的心性主体论和以韩愈为代表的文化传递论两种德育理念进行了分析比较。王昌昊《浅析元和年间的两种士大夫佛教观——以韩愈、柳宗元为核心》(《学理论》2014年第22期)比较了韩愈、柳宗元的佛教观。李文博《韩、柳交谊始末及其影响》(《书屋》2014年第7期)分析了韩、柳交谊始末,指出二人在佛教和作史的问题上既有斗争又有理解,在文学领域则互相敬重和支持,批驳了后人对二人交谊的怀疑。冯英华《韩愈、柳宗元赠序文的审美意蕴探析》(《柳州师专学报》2014年第1期)分析了韩愈、柳宗元赠序文的审美意蕴特征，指出其深刻处在于集天人合一的哲思、实践理性精神的重视和人道主义情怀的高扬三个方面于一体。卫宏伟《论韩愈、柳宗元创作对记体文发展的意义》（《运城学院学报》2014 年第 1 期）从题材、立意、写作角度与结构安排、写作技巧、文学的审美功能对韩愈、柳宗元的记体文进行了分析。何安平《元结、韩愈思想及文学观比较——以古文为中心》（《周口师范学院学报》2014 年第 6 期）通过对元结、韩愈思想和文学观的比较，指出在思想上元、韩都复古以求新，继承了中国传统士人的担当精神，尽管复古所取法的对象有差异，但都能继承中国文学传统的"风雅精神"，韩愈倡"文以明道"，又能文道并重，且注意到文章的娱乐功能；他们有"尚奇"的文学观念，二人所作文章都堪称"奇文"，求新求异，超越前人。

侯本塔《论唐、宋古文运动中的韩愈与欧阳修》（《三峡大学学报》2014 年第 1 期）和《韩欧之辨——以两次古文运动为中心》（《巢湖学院学报》2014 年第 4 期）从时代背景、古文观念、文章作法等方面对韩愈、欧阳修在唐宋古文运动中的地位进行了全方位比较。付芮《韩愈与苏轼祭文之异同》（《长治学院学报》2014 年第 3 期）分析了韩愈与苏轼在祭文创作上的异同之处。江枰《从"韩海苏潮"到"韩潮苏海"——关于韩愈、苏轼散文评价的一个公案及相关问题》（《学术论坛》2014 年第 3 期）讨论了在散文评论史上从"韩海苏潮"到"韩潮苏海"的转变，指出促成这个转变的关键人物是吴伟业。从"韩海苏潮"到"韩潮苏海"的变迁不仅反映了韩、苏二人文章地位随时代变迁而高下易位的实情，也是元初和明末两个不同时期文章标准的体现及主流思想形态消长的折射。田泳锦《秦观与韩愈传记文写作艺术的比较》（《华中师范大学学报》2014 年第 2 期）从文章选材、抒情特征和艺术风格三个方面对秦观和韩愈的传记文进行比较。认为秦观与韩愈传记文均深受《史记》影响，艺术风貌有相似之处，亦各具特色。在取材上，秦观传记文更重"实录"精神，韩愈传记文更尚奇追新。在抒情上，二者都具有"真"的特质，秦文多用比喻、典故，显得婉曲深邃，而韩文不拘一格，慷慨激昂。在艺术风格上，二者有雄奇奔放与简洁清丽的区别。赵文婷《朝鲜林椿〈孔方传〉与〈毛颖传〉之比较》(《长春理工大学学报》2014年第3期)从俳谐艺术、思想观念分析对比了韩愈《毛颖传》与朝鲜林椿《孔方传》,认为二文都是以物喻人的假传体小说,虽篇幅均不长,但所用意象鲜明,寓意深远。

四、源流与影响研究

文学的历史渊源、流变影响是深入研究文学发展历史、不同时期文学现象及作家所必需的,就韩愈来说,他对中国文学的影响,在中国文学史上少有其比。

张鹏飞《"惟陈言之务去"乎——韩愈诗赋创作习用〈昭明文选〉之考察》(《湖北社会科学》2014年第1期)认为韩愈的复古语之文法形式和去骈偶套话及陈旧思想言论是不相矛盾的。韩愈诗赋化用《文选》诗,学习《文选》古文辞藻、文法,扬弃其陈腐的思想言论,互补以现实生活中的活语言和新意,善于与时俱进地翻新语言,推陈出新,体物写意、抒情言志,达到了继承与革新的天然统一。姚艾、刘生良《韩愈、柳宗元在文学上对〈庄子〉的接受》(《文艺评论》2014年第10期)认为韩、柳两人对庄子的继承表现出相同特征,韩愈诗文的雄豪怪诞与传统审美习惯落差极大,而柳宗元文则蕴含个人身世之感,在幽寂中达到心灵的宁静。汪垚《论〈进学解〉对〈答客难〉的继承与发展》(《太原师范学院学报》2014年第1期)分析了韩愈《进学解》对东方朔《答客难》的继承与发展。王志清《韩愈模仿〈辋川集〉刍论》(《铜仁学院学报》2014年第3期)认为韩愈模仿王维《辋川集》而作《奉和虢州刘给事使君三堂新题二十一咏》是其生存与交往的需要和顺应清逸幽远时风的自觉选择,但韩愈诗中更多的是表现其无限的思想空间和无拘的创造活力,反映了他本质上积极事功的人性精神,具有"寄傲林丘"的文本特征,形成了貌似而质异的全然不同于王维的自家美学面目。刘广仓《诗掀波涛及云海——浅谈韩愈对李白诗歌的继承与发展》(《课外语文》2014年第14期)认为韩愈的诗歌继承和借鉴了李诗的浪漫飘逸和奇瑰壮丽,为中唐诗坛注入了新的活力。

张勇《契嵩非韩的文学意义》(《安徽师范大学学报》2014 年第 1 期)指出契嵩以古文"非韩护法"策略,代表了当时韩愈批判的最强音。契嵩否定韩文的传道功能、把韩愈定位为"文词人",批评韩文构思怪诞、思理不周、语言随意等弊病,都是以儒家思想为圭臬的,其背后隐藏着援儒护佛的真实动机。契嵩"非韩"不仅对他本人的古文写作产生了重要影响,更开启了稍后理学家"重道轻文"文学批评先河,从而使他成为理学文论的先驱者。查金萍《契嵩的"非韩"及其在宋代韩愈接受史中的意义》(《聊城大学学报》2014 年第 6 期)认为契嵩对韩愈的接受始终是为了否定韩愈排佛的正确性从而维护佛教,而要达到这一目的,契嵩对韩愈的思想、人品、文学等多方面进行批判性接受。张智炳《后世对韩愈与大颠交往的考辨》(《许昌学院学报》2014 年第 4 期)通过研究后世对韩愈与大颠交往的考辨,认为韩、颠交往在后世的考辨是一个动态过程:宋、清考、论并重;而元、明则重在评,时有新解。滕汉洋《有限实证与无奈曲解——对朱熹关于韩愈交大颠一事考论的辨析》(《盐城师范学院学报》2014 年第 5 期)认为朱熹是除佛教徒之外最早通过系统地考证判定韩愈《与颠师三书》不伪并推断韩愈入潮后对佛教的看法转变的学者,其考辨显示了一个文献学家的专业功底,但实证的方向又受其对韩愈之道先入为主的认识所左右,表现出有违专业常识的曲解倾向。朱熹的态度反映了在道统理学充分发展之后,宋儒对唐代儒学及其代表人物的基本认识。

卞良君《清代道情、宝卷中韩愈形象的演变及其历史文化价值》(《中州学刊》2014 年第 2 期)分析了清代道情、宝卷中的"湘子仙话"中"心气"与"性情"兼备的韩愈形象,认为这一韩愈形象不仅是作家和写手自己接受历史人物的成果,而且深刻地影响了历代广大受众心目中的韩愈形象,即"民间形象"的产生和完成。其另一篇论文《"韩学"及文学研究的留遗空间——俗文学中韩愈故事与韩愈形象研究的价值》(《中州大学学报》2014 年第 1 期)则认为小说、戏曲、宝卷、道情以及民间故事等俗文学中的韩愈形象是韩愈研究中被忽略了的重要对象,值得"韩学"及文学研究者深入挖掘和认真研讨。马骥葵《天圣至景祐诗坛新变》(《文艺评论》2014 年第 4 期)认为宋仁宗朝诗坛的尊韩热潮,主要学习韩诗"切于世事"的理性精神、雄奇瘦硬之风、以文为诗的形式以及豪宕劲健的笔力,开启了宋代以文为诗的新浪潮,极大地拓展了诗歌的表现力,也使宋诗更注重叙述和议论,更注重理性精神的思索。戎默《论叶适对韩、欧碑志文的继承与新变》(《温州大学学报》2014 年第 4 期)认为叶适碑志文继承了韩愈、欧阳修记录人物"随事赋形"、"纪大略小"的特点,又有着十分强烈的主观色彩。王永《〈滹南遗老集·文辨〉韩愈批评论》(《江苏大学学报》2014 年第 6 期)从韩文文体、用字、下字,韩柳比较及文脉批评等方面分析了《滹南遗老集·文辨》,指出王若虚的韩文批评体现出质疑经典的自信和眼光,这是政权和民族对立局面下文化心理变化的一种反应。王若虚这种质疑并不仅仅停留在观念层面上,相比于其他金代学者,他的实证性批评更加有力。周金标《钱诗证韩:兼论钱谦益诗歌对韩愈的文学接受》(《淮阴工学院学报》2014 年第 6 期)认为钱谦益诗歌对韩愈诗文的接受主要体现于借鉴其风格、手法和文学语言。韩愈诗歌在清初地位的转折,与钱谦益等学者的大力揄扬有关。宋红霞《论何焯的韩愈研究》(《理论学刊》2014 年第 11 期)认为何焯的韩愈研究主要集中在诗、文两方面且以评点为显著特色,熔校、考、注、评于一炉,对韩愈的诗、文进行了细化研究。宋永祥《论朱书的宗韩诗风及其成因》(《皖西学院学报》2014 年第 4 期)研究了"皖江文化"的首倡者朱书诗师法韩愈雄奇怪异与以文为诗的特点其成因。陆有富《论韩愈"以文为诗"对后世"以文为词"之影响》(《内蒙古师范大学学报》2014 年第 3 期)韩愈"以文为诗"是在诗歌创作中引进或借用散文的字法、句法、章法等,目的是对抗诗歌格律所表现出的程式化而采取的一种诗体革新手段,对后世文体变革尤其是"以文为词"提供了丰富的滋养。辛弃疾、陈维崧等人受到启发,将散文之字法、句法、议论、叙事、文气等引入词体创作之中,不仅解放了词体,增强了词的艺术表现力,同时也提高了词体的地位。

莫琼《顾嗣立〈昌黎先生诗集注〉成书背景考》(《周口师范学院学报》2014 年第 3 期)认为清初诗坛的宗宋诗风和顾嗣立于

诗宗仰韩愈这两方面因素，是《昌黎先生诗集注》成书的背景。丁俊丽《清代科举影响下的韩文评点文献探微》（《山西师大学报》2014 年第 4 期）指出清代科举影响下产生了一批韩文评点文献，促进了清代宗韩风气的发展。她的另一篇论文《论〈韩昌黎文集校注〉的韩文评点成就》（《宜春学院学报》2014 年第 1 期）认为马其昶《韩昌黎文集校注》主要依据桐城派古文创作“雅洁”审美标准，并融入自己的古文观，吸取诸家分析韩文风格、创作技巧、语言内容等评语，体现了马其昶所代表的桐城派的韩文批评观。

五、专著和硕博论文

2014 年出版了一部论文集——《韩愈研究——2012 中国·孟州韩愈国际学术研讨会论文集》，收录了 2012 年中国·孟州韩愈国际学术研讨会的 50 余篇参会论文。此外，还出版了何志利主编《昌黎韩愈文化史料》（中国文史出版社 2014 年 1 月），本书共分为传记篇、遗迹篇、碑记篇、家谱篇、年谱篇、艺文篇共六部分。主要内容包括：韩愈、韩会、韩湘、韩志等。《昌黎韩愈文化史料》以向读者提供详实的地方韩愈文化历史为目的，其中不乏从未公开过的存于民间的珍贵资料，有利于将韩愈文化研究引向深入。另外，上海辞书出版社文学鉴赏辞典编纂中心《韩愈诗文鉴赏辞典》（上海辞书出版社 2014 年 8 月）精选了韩愈代表作品 57 篇，由当代研究专家为每篇作品撰写鉴赏。该书同时附有《韩愈生平与文学创作年表》，有助于读者更好地领略韩愈文学成就。

近几年的“韩学”研究中，挺出一批生力军，即硕士、博士的论文，这些论文成为本时期韩愈研究的亮点。2014 年度韩愈研究的硕博士论文涉及面广，且不局限于古代文学专业，还包括政治学、哲学等专业。如张弘韬《清代的韩愈诗歌研究》（南开大学 2014 年博士学位论文）、韩江峰《韩愈墓志文研究》（广西师范大学 2014 年硕士学位论文）、张永美《韩愈辞赋论析》（中国海洋大学 2014 年硕士学位论文）、何果《韩愈古文对桐城古文的影响研究》(河南大学2014年硕士学位论文)、张智炳《明初韩愈诗歌接受研究》(河南大学2014年硕士学位论文)、杜征《韩愈散文复音词研究》(河北师范大学2014年硕士学位论文)、王珂娜《韩愈道统思想研究》(内蒙古大学2014年硕士学位论文)、彭文桂《韩愈的经学思想研究——以〈论语笔解〉为中心》(湘潭大学2014年硕士学位论文)、蒙祖富《论韩愈经学成就与诗歌创作之关系》(贵州师范大学2014年硕士学位论文)、王爽《论美国汉学家蔡涵墨的韩愈道统研究》(华东师范大学2014年硕士学位论文)、沈思《唐宋派对韩愈文论的继承与发展》(湖北师范学院2014年硕士学位论文)等。这表明,韩学研究的影响越来越广,各专业的青年学者从各个方面对韩愈展开了全方位的研究,这无疑会有力地推动韩愈研究的发展。

柳宗元研究

□ 李　乔

2014年的柳宗元研究依旧保持着平稳态势。据不完全统计，全年共出版柳宗元研究论著4部、学位论文11篇、发表期刊与会议论文100余篇。

研究论著方面，李伏清《柳宗元儒学思想研究：兼论中晚唐儒学复兴》（上海社会科学院出版社2014年12月）围绕中晚唐儒学所面临的“末学驰骋，儒道不举”困境，如何在争鸣中寻找独尊的出路这一时代课题展开，考察了柳宗元对中晚唐“儒学复兴”所做出的贡献，并从如何重新得到活力、如何重归儒学的基本价值、如何重现儒学的社会教化功能等四个方面对中晚唐儒学复兴问题做了探讨。日本学者松本肇的唐代文学研究论文集《韩柳文学论》（中华书局2014年1月）分上下编，其中下编柳宗元研究，包括败北之逆说——寓言论、自我处罚的文法两部分。王晚霞主编《柳宗元研究：2006—2014》（湖南人民出版社2014年8月）收录的47篇柳宗元诗文研究、柳宗元思想生平研究、柳宗元与永州、柳宗元与佛禅、柳学的传承与影响等方面的文章，是从2006年1月至2014年7月期间《湖南科技学院学报》“柳宗元研究”栏目刊发的论文中挑选出来的。上海辞书出版社文学鉴赏辞典编纂中心编《柳宗元诗文鉴赏辞典》（上海辞书出版社2014年10月）收录61篇柳宗元最有代表性的传记散文、小品文、游记以及诗歌名篇，鉴赏文章出自马茂元、吴小如、霍松林、刘学锴、刘衍文、倪其心、吴汝煜、陈邦炎、葛晓音、周啸天等当代名家之手，此外书末附有《柳宗元生平与文学创作年表》。

硕士论文方面，马草《柳宗元美学思想研究》(山东师范大学2014年硕士学位论文)从柳宗元所处的时代背景、柳宗元美学思想生成的个人际遇、柳宗元美学思想生成的美学渊源等三个方面，分析了柳宗元美学思想生成的多重基础；从文道论、文用论、神志论、奇味论及观游论等五个方面，论述了柳宗元美学思想的基本内容；对柳宗元美学思想的总体特征、历史地位、贡献、影响与不足等方面做了阐述。孙萍《柳宗元的主体意识及其文学创作的主体性研究》(四川师范大学2014年硕士学位论文)从柳宗元主体意识及在文学创作中主体性能力的展现的角度入手，研究柳宗元对主体的关注情况、主体意识的理论显现，挖掘其主体意识凸显出的创新性以及批判性的一面，探索柳宗元对自我生命价值的肯定，对文学创作中文学主体自主性精神的追寻，对柳宗元的文论做一番新的审视和探究。刘丽丽《试论柳宗元行政伦理思想及其现代价值》(黑龙江大学2014年硕士学位论文)以柳宗元行政伦理思想形成的社会历史背景和理论渊源为切入点，围绕君德观和吏德观两个方面对柳宗元行政伦理思想进行了全面系统的梳理，并对柳宗元行政伦理思想的现代价值做了阐述。刘家炜《柳宗元廉政思想的探析》(湖南师范大学2014年硕士学位论文)对柳宗元廉政思想的历史渊源、形成背景与条件，廉政思想的核心内容以及廉政思想的启示和意义做了研究。郑晓艺《柳宗元散文复音词研究》(河北师范大学2014年硕士学位论文)共选取柳宗元散文370篇，从15多万字语料中统计出2792个复音词，对其进行科学的分类和静态的描写，然后从历时演变的角度溯本求源，对复音词系统中单个词语的发展历史做了梳理。胡玲《柳宗元诗歌用典研究》(湖南大学2014年硕士学位论文)对古语用典和故实用典两种柳诗用典类型做了研究。张漪《论柳宗元诗歌的艺术渊源》(陕西师范大学2014年硕士学位论文)从柳诗对屈骚的接受、柳诗对陶渊明诗歌的接受、柳诗对谢灵运诗歌的接受以及柳诗对儒佛道三家思想的接受等四个方面分析了柳宗元诗歌的艺术渊源。韩昊然《司马迁对柳宗元的影响研究》(内蒙古大学2014年硕士学位论文)以司马迁和柳宗元的社会、思想、个人际遇为背景，从文本的角度探究司马迁对柳宗元的影响。

年内发表柳宗元研究论文涉及柳宗元的生平与思想、诗文研究、柳宗元与其他作家的比较、柳宗元思想的渊源与接受等方面，下面分类予以介绍：

一、生平与思想

翟满桂《柳宗元祖籍及家眷亲属考略》(《湖南科技学院学报》2014 年第 6 期)对柳宗元祖籍及随贬谪永州之家眷亲属做了考证。文章认为柳宗元祖籍为河东解，即今山西永济市。其祖先远祖柳下惠，父亲柳镇，叔父柳某、柳缥、柳综、柳续，柳母卢氏，大姊丈崔简，次姊丈裴墐，柳妻杨氏为杨凭之女，柳宗元续娶和娘之母，又续娶马雷五之姨母，育有二女二男。随同柳宗元谪至永州的亲属有母亲卢氏、从弟柳宗直、表弟卢遵，以及女儿和娘及其生母。王基伦《柳宗元的京城符号》(《湖南科技学院学报》2014 年第 7 期)从物理空间、心灵空间两种空间形式探讨了柳宗元对于生活空间的书写。文章认为对于主要生活时间在中唐安史之乱以后的柳宗元来说，长安曾经是柳宗元居住过的地方，这里原本是他的物理空间，等到他流放到永州和柳州以后，回望长安的姿态很形象地传达他对君王的眷恋之情，这就形成了他很独特的心灵空间。他用丰富的语言从异地山水反衬出“长安”这个符号，这里面蕴含着上下阶层的权力之别，也预示了人生祸福的象征意义，这样的符号意义乃是柳宗元诗文的一大特色。

在柳宗元哲学思想方面，刘亮红《柳宗元“大中之道”的道德修养》(《江西社会科学》2014 年第 6 期)认为柳宗元在吸纳传统儒学关于“大中之道”思想因子的基础上，在啖助及其弟子赵匡、陆淳开创的新《春秋》学派的影响下，结合当时的社会现实，赋予“大中之道”以新的内涵。在柳宗元看来，“去大惑”是道德修养的前提与基础；以经权合一为本质内容的“唯当之所在”是道德修养的关键；“以生人之意为已任”则是道德修养的最终目的。刘亮红《论柳宗元“方其中圆其外”的道德修养方法论》(《湖南大学学报》2014年第3期)认为柳宗元的“方其中,圆其外”的道德修养包括:植志笃道,即自小立下忠正信义之志,笃行尧舜孔子以利民济世为目的的大中之志;“固其本,养其正”,即认真学习孔子之道及圣贤经典,并通过学习圣贤经典、笃行圣人之道来巩固立身行事的根本、涵养自己的浩然正气;“韬义服和,外圆内方”,并一再强调,君子的外圆并不是圆滑以趋利,苟合以取容,而是像车轮一样牢固圆融,勇往直前时锐而不滞,必要的后退时也可安而不挫,顺势而为。程宏亮、叶永胜《柳宗元书信的哲学自觉与政治自信》(《湖南科技学院学报》2014年第6期)认为柳宗元书信揭示出他“天人相分”的哲学思考和行“中道”的方法论体系,表明柳氏具有坚定不移的儒家奋斗信念,其哲学自觉与自信,成为柳氏能够经受打击而矢志不渝的重要思想基础;柳宗元书信政治意味浓厚,对治政方略充满着思考,对自我仕途进退多有表白,其书信在制度问题、用才问题、税收问题等方面富有深刻的见解,柳氏之政治自信,也是支撑其抗击灾难而坚挺、自拔的理由。

张辉《中唐文人法律思想探析——以韩愈、柳宗元和白居易法律思想为代表》(《黑龙江教育学院学报》2014年第12期)讨论了柳宗元的法律思想。文章指出,以韩愈、柳宗元和白居易三人为代表的中唐文人,非常重视法律的作用,他们在“一准乎礼”的社会背景下,对法律的起源和作用、刑事审判的实体和程序、法律中的民本因素等问题进行深入思考,虽然得到的结论各异,法律思想也屡屡发生碰撞,但这种争论对缓和社会矛盾,延续唐王朝的统治起到了一定的作用,并带动了唐律的持续发展。特别是在柳宗元和白居易的法律思想中,一些朴素的唯物观和民主观对后世法律思想的发展产生了深远的影响,在中国法律思想史上应占有一席之地。

杨涛、曾长秋《论柳宗元民本廉政思想对加强廉政建设的启示》(《湖南科技大学学报》2014年第1期)认为柳宗元的民本思想中,“受命于生人之意”、“民利”与“民自利”、“吏为民役”与“民可黜罚”蕴涵了许多廉政精神,为构建和谐社会、加强党风廉政建设提供了有力的理论借鉴,具有积极的启示作用。

二、诗文研究

陈成国《论柳宗元的礼文学创作及其成就》(《湖南大学学报》2014年第5期)把柳宗元诗文中有代表意义的礼文学作品与具体的传统礼制礼义结合起来做了赏析,为认识柳宗元的文学创作提供了一个新的视角。通过分析可以看出,传统五礼除军礼以外,其他的在柳宗元诗文中都有反映。由于特殊的经历,柳宗元的礼文学作品向读者传达了他对于某些传统礼制的特殊的感情,而这就是他的礼文学创作思想与艺术水平为一般人所不及的重要原因。

在柳宗元散文研究方面,吴振华《论柳宗元唐雅的现实意义及其艺术特点》(《文学遗产》2014年第3期)认为柳宗元创作铙歌、平淮夷雅等雅诗歌曲,不仅具有补苴罅漏的意义、重建礼乐秩序的价值,还有脱自己于政治泥淖的干谒意图。这些在痛苦心境下创作的"鸣国家之盛"的作品,具有春容醇厚的大雅气象,也体现他"高壮广厚,词正理备"、"丽则清越"的创作理想,艺术上锤炼精工,骨力坚劲,生动形象,意境雄浑,取得了超越魏晋而追攀《大雅》的成就。冯英华《韩愈、柳宗元赠序文的审美意蕴探析》(《柳州师专学报》2014年第1期)认为韩愈、柳宗元赠序文审美意蕴特征表现在功利性、审美性、功利性与审美性的有机融合等三个方面,其深刻处在于集天人合一的哲思、实践理性精神的重视和人道主义情怀的高扬三个方面于一体。刘堂春《论〈永州八记〉的山水美学思想》(《太原师范学院学报》2014年第6期)认为柳宗元的《永州八记》揭示了主体在山水之美的发现、创造中的重要意义,认为山水美在有"奇味",凸显了审美客体的价值,比较辩证地阐述了主客体各自的重要性,而柳宗元对审美愉悦耳目—心—神的多层次发掘,与现代西方的格式塔心理学的"异质同构"有异曲同工之妙。李万堡《论柳宗元寓言的稗官之言与忧愤之情》(《金陵科技学院学报》2014年第3期)认为柳宗元寓言意象之摄取由"人类社会"而之"动物世界";其叙述方式由"言语描写"而之"心理刻画",依章士钊所论当属"稗官之言";

其抒情方式也由“嬉笑怒骂”而之“冷峻针砭”，并透着浓重的“忧愤之情”。柳氏寓言有先秦诸子的传承与史传文学的濡染，更有中唐特殊时代背景的政治烙印及其人生遭际的生活历练。

在柳宗元诗歌研究方面，王迎春《试论柳宗元诗歌之禅悦思想》(《阴山学刊》2014 年第 5 期)指出柳宗元的诗歌有其鲜明特点即禅悦思想，表现为明心见性的智慧心境，忧中有乐的生活意趣及忧愤难忘的心绪纠结。这与中唐时期的社会文化特征相符，同时也与诗人自幼崇佛，谪贬永州后精研佛法有关。诗人坎坷的人生经历和心境也决定了其创作中的禅悦风格。禅悦思想影响和决定了诗人的诗歌创作与艺术实现。梁德林《论柳宗元诗歌的奇险风格》(《广西师范学院学报》2014 年第 3 期)认为柳诗之奇表现为:题材奇异、构思奇妙、语言奇特。柳诗之险主要体现在用韵方面。好奇的个性、所处地理环境的影响、时代审美风尚的影响是形成柳诗奇险风格的原因。马连菊、陈向春《柳宗元律诗“峭”的成因探析》(《广西民族大学学报》2014 年第 3 期)认为柳宗元受中唐苦吟诗派风气感染，在刻意经营中谙熟律诗的表现方式，具备了在律诗中情景搭配的出新能力是形成柳诗之“峭”的重要因素。马连菊《柳宗元古体诗“至味”论》(《华夏文化论坛》2014 年第 1 期)认为“至味”是指柳宗元古体诗的一种独特风貌，表现为平淡诗风是外表，清奇至味是内在，而“至味”的内涵尤其体现在“清深”和“奇趣”上。外在平淡而无味，内里至味却又余味，这种诗歌风味在苏轼的接受和阐释中，为有宋一代创作“皮毛尽落，精神独存”的宋型诗树立了一个学习的典范，影响颇深。杨文榜、苏爱风《海畔尖山似剑铓 秋来处处割愁肠——论柳宗元山水诗的演变》(《学理论》2014 年 33 期)认为柳宗元在贬地永州和柳州的山水诗有明显的区别，在情感上是从感伤到绝望，在意象上是从清秀澄明到峻拔险怪，在诗体上是从平和的五古到凄怨的七律，在风格上是从简古平淡到险峻冷峭，如此形成了柳宗元山水诗的演变轨迹。

三、渊源与接受

肖献军《血缘与心灵相交融思想与精神互碰撞——论柳宗元对柳下惠的全面接受与突破》(《湖南社会科学》2014 年第 1 期)认为柳下惠的"三黜"经历与柳宗元长久贬谪南荒具有相似性,这引起了柳宗元情感上的共鸣。柳宗元思想多承柳下惠而来,如"和"、"仁"等就是如此。但特殊的外在环境和独特的诗人个性使得柳宗元在接受柳下惠思想之同时,又有所发展,因时制宜的求变思想与"和"之思想相辅相成,构成了柳宗元思想的主体。

卫宏伟《论韩愈、柳宗元创作对记体文发展的意义》(《运城学院学报》2014 年第 1 期)认为韩愈、柳宗元对记体文做出的重要贡献在于:题材加以扩展,多种题材都成为所记对象;文章立意表现出作者对社会政治或生活情趣、人生遭际等方面的看法;写作角度与结构安排也避免较为平直的叙述,选取最能表现作者观点的角度,注意到行文的变化;在写作技巧方面,多采取人、事、物、景交叉表现的方法,表达上多用议论。韩愈、柳宗元在记体文创作上还注意到文学的审美功能,记述作者的生活情趣,细致地描写景物,使之可以娱情悦性。杨贵环《唐宋派对柳宗元文的评点——以唐顺之、茅坤等评点为中心》(《湖北社会科学》2014 年第 8 期)认为唐宋派对柳宗元古文的某些评点本虽然存在着评语、版本需辨析的现象,但他们皆注重唐宋八家古文,通过选评古文,体现出他们从唐、宋古文上追秦、汉之文,重道不轻文的文道合一等文学主张,因此,评点本也成为明代文学观念论争的场所。唐宋派对柳宗元文的评点颇高,在柳文评点史上有着重要的批评价值。

《柳宗元风景旷奥概念对唐宋山水诗画园耦合的影响》(《中国风景园林学会 2014 年会论文集》,中国建筑工业出版社 2014 年 9 月)阐述了柳宗元风景旷奥的核心思想、来源及在唐宋山水"诗—画—园"耦合进程中发挥的作用,对继柳宗元之后,开创风景空间感受评价与应用对现代中国风景园林的启示与意义也做了探讨。李小荣《柳宗元〈江雪〉禅林传播接受谈片》(《湖南科技学院学报》2014年第1期)认为柳宗元《江雪》在禅林的接受传播除该诗表现的佛教境界外,还与柳宗元自身的佛学修养、苏轼的高度评价、两宋以来盛行的文字禅有关。

朱学召《〈沧浪诗话〉对柳宗元诗歌接受的开创性贡献》(《语文建设》2014年第23期)认为严羽《沧浪诗话》对柳宗元诗歌接受命运产生了根本性的影响。他首次提出将柳宗元作为"元和诗坛"的代表性作家,开创性地从纯"诗学"角度探讨了"柳诗"与"屈骚"共同的情感基调,揭示情感意蕴是支撑作者扬"柳"而抑"元白"的重要情感原因;严羽还从"诗之外音"和内在情感两方面把握两者共同的"悲壮"、"凄婉"情愫;并开创了以"人"论诗之法,第一次提出"柳子厚体"和"韦柳体"。

四、比较研究

姚艾、刘生良《韩愈、柳宗元在文学上对〈庄子〉的接受》(《文艺评论》2014年10期)认为韩柳或将庄子的以丑为美、或将庄子的戏谑为文推衍扩大,丰富了以奇为美的内涵。柳宗元在继承庄文的基础上,蕴含着个人的身世之感和思想认识,即使是戏谑为文,也可以看到其凄苦哀伤的泪痕,不同于韩愈狂狠的奔袭,柳宗元的山水游记则在幽寂之中,站在庄子哲学的平台上达到了心灵的宁静。

董灵超《论柳宗元与陶渊明读书、饮酒的风神之异》(《沈阳大学学报》2014年第1期)通过对柳宗元、陶渊明读书饮酒诗的比较研究,可以看出他们的诗作在写作形式、抒写内容、格调、情怀方面有很大的相似之处,但其内在风神却有很大差异,即柳宗元诗比陶渊明诗潇洒冲淡,但缺少陶渊明那种相对超脱基础上的真旷达。王亮、张伟《谢灵运与柳宗元山水诗意境比较研究》(《山东社会科学》2014年第2期)认为柳宗元的诗作风格是对谢灵运的继承与延伸,二者的艺术形式、思想内容均存在诸多相似之处,均蕴涵了山水景物的风容之美,也折射出作者浓厚的孤独之情,不过由于二人的性格存在差异,两人山水诗在抒情方式、反映出来的孤独感也存在差异。

陈未鹏《苏轼删柳宗元〈渔翁〉诗与“有我”、“无我”之境》(《湖南科技学院学报》2014 年第 3 期)认为要不要删节《渔翁》尾两句，实际上反映了柳宗元、苏轼山水诗歌对于“有我之境”与“无我之境”的不同执著。柳宗元、苏轼二人对于诗境有不同的追求，这既取决于诗人对于诗歌功能的定位，又与创作中物我关系中的情感位置、观物方式密切相关，并最终塑造了二人山水诗歌的不同风格类型。

五、其他

杨贵环《清人手批柳宗元诗四种》(《江苏省美学学会 2014 年年会暨学术研讨会论文集》)认为《韩柳诗选》《唐四家诗》等清人评本注重对柳诗风格、诗之作法等的评点，其中不乏精到的见解；尤其是，在手批本中的一些题识、序跋中包含着批点者、刊刻者的诸多批评观，且批语中还录有许多诗话中的批语，在柳诗评点史上具有较重要的文献价值。

周斌《从对西域与岭南的治理看唐代民族政策的南北差异性——以柳宗元、岑参的诗文创作为考察中心》(《云南民族大学学报》2014 年第 4 期)通过对柳宗元、岑参诗文创作考察，可以看出唐代中央王朝对西域、岭南民族地区的治理在征讨挞伐与羁縻怀柔，文化认同与民族文化交流，经济政策与经济交往活动等方面呈现出不同程度的差异性，而造成民族政策差异性的原因主要在于羁縻民族政策的灵活性，南北地理环境的不同，南北民族历史发展的不同及南北民族形势的变化。

吕国康《新世纪柳宗元研究的动态与进展》(《运城学院学报》2014 年第 1 期)搜集整理 2007 年以来的柳学研究动态，主要介绍了柳学著作及研究著作的出版情况，着重对学位论文及期刊论文进行分类综述，并对研究基地及柳文化普及作了概览，最后对柳学的发展提出意见。

白居易、元稹研究

□ 陈才智

在2014年唐代文学研究领域中，元白研究占有举足轻重的地位。一年里各种成果的发表数量，保持着近年以来高速增长的惯性，虽有碱砆乱玉之虞，但无可争议的是，研究范围确实进一步得到拓宽，所论问题更加细致入微，不少论著确实有突破性进展。从前元轻白重的研究局面有所改善，资料整理为进一步拓展打下基础。由此而论，或将目光上溯以寻渊源，或将视野下延后世以探流变，接受与传播研究渐次铺开，从空间角度出发的诗迹研究方兴未艾。作家作品、文体流派等传统纯文学意义上的元白研究固然日渐深入，新兴的角度也在逐渐拓宽，不少选题拓展至文化学、思想史、历史学、社会学、考古学、文物学、地理学、建筑学、园林学、养生学、心理学等，学科界限日渐模糊，但问题认识则愈发清晰。

一、元白通论

赖瑞和向以唐史研究著称，但其《唐后期三大类词臣的升迁与地位——以白居易、元稹、权德舆、李德裕为例》(《学术月刊》2014年第9期)值得在此推介。作者认为唐代后半叶掌诰者主要有三种词臣：中书舍人、知制诰和翰林学士，但三者的地位和权力大不相同。中书舍人为正规职事官，五品，比较接近宰相，唐初甚至佐理宰相判案，别称宰相判官，但离皇权较远。知制诰是中书舍人的使职化，是一种使职，无官品，在唐后期他们的草诏地点和中书舍人一样，在中书舍人院，也比较接近宰相，常由宰相推荐任命，同样离皇权较远。翰林学士则是玄宗所设的使职，像所有使职一样，无官品，由皇帝钦任，视事地点在宫城北区右银台门内的学士院，又称“内廷”，离皇帝的便殿和寝殿最近，和皇帝的关系最密切，在这三种掌诰者当中，最有机会得宠，掌握大权，左右政局。在唐前期，知制诰和翰林学士还不是固定常设的使职，还不重要，所以中书舍人的地位最崇高。但到了唐后期德宗以降，翰林学士的权势越来越大，超越了中书舍人。在唐后期，一个词臣如果要接近皇权，获取政治上的实权，最便捷的仕途便是进身学士院，成为翰林学士，如元稹和李德裕。若只做到舍人院的中书舍人，即使再上迁为六部侍郎和尚书等高官，也只是闲官，虽居清要，却没有什么政治权力，但可能因词臣所具有的“文”资产，拥有一种文化权力，足以开创文风，领导文坛，如权德舆和白居易。

陈伯海《“诗到元和体变新”——古典诗歌艺术转型之枢纽谈》(《社会科学战线》2014 年第 10 期)认为古典诗歌意象艺术的演进到元和时期发生了重要的转型，以元和为代表的中唐被称作“古今百代之中”，表明它在诗歌传统发展演化中的枢纽位置。元和诗风新变是时代精神多重变奏的产物，首先显现为诗人艺术思维方式从“直觉表现”转向“反省创造”，而后更落实为诗歌艺术构成关系上的“假象见意”和诗歌作品体性风貌上的“以文为诗”。历史地看，这一新变反映出由主情唐音向主意宋调的过渡，其蕴含的丰富内容具有多向演化的可能性，可从这个角度来重新体认“古今百代之中”的深刻意义。

肖伟韬《元和体、长庆体与元白体论析》(《江西社会科学》2014 年第 4 期)认为元和体、长庆体、元白体是研究元白诗学乃至中唐以后诗学演进必须弄清的基本范畴。在后世诗学视域中，元和体外延要超出、小于或游离于其原初内涵。长庆体既可指“长庆长篇”七言歌行，也可指其所有的“古体”及七言律诗，还可指元白浅切平易的诗风。元白体真正作为一个诗学范畴出现时，最初是指元、白创作表现出来的顺熟、浅易诗风，后来才趋向多元化。

元白唱和诗，不仅在当时社会轰动一时，而且对后世唱和诗的发展也产生深远影响。卢明思《论元白体的艺术特色》（《语文教学通讯·D刊（学术刊）》2014年第4期）研究元、白互相唱和的小碎篇章，从形式的多样性、次韵手法的大量运用和语言通俗易懂三个角度展开论述。认为唱和诗在他们的诗作中有了新的意义，他们二人虽未开唱和诗之始，却将唱和诗推向高潮。王晓萍《元白体的艺术特色》（《边疆经济与文化》2014年第2期）与之题目雷同，但角度有别。文章认为，元白体在中唐盛行确有其独特的艺术特色，无论在体裁、风格或是手法上都以其区别于盛唐的姿态为人们所追捧，达到一个全新的时代领域。从盛唐的风骨、声律、兴象俱备，到中唐的浅近、谐婉、趣味无穷，元白体在成就其本身独有造诣的同时，带给我们尽享“语近思深”“风情宛然”的中唐。

二、白居易研究

罗时进《白居易在唐代诗歌史上的“第三极”意义》（《文艺理论研究》2014年第3期）认为，在唐代，白居易是继李、杜之后的又一个丰碑式人物，是中唐的一个特殊的文化符号。他不仅处于“百代之中”使文学创作发生了转折性变化，而且对士人精神世界和生存观念产生了重要影响，形成了唐代诗歌史和文化史上的“第三极”。如果说李白提供了天上人间、神龙见首不见尾的诗界典型和追求狂放自由的人格形象，杜甫留下的是沉郁顿挫、晚节渐于声律细的诗学风范和济世难成的悲壮之歌，白居易则显示出将一切官样文章放下，以平凡朴质面貌示人的诗人襟怀和在不突破道德底线的前提下获取最充分物质和精神享受的生命姿态。白居易对后代士族阶层影响巨大，其中既有文学创作的传播，也有生存智慧的接收。

焦尤杰共发表7篇白居易研究论文，其中一篇为重刊。《白居易五次病免的深层原因探析》（《焦作师范高等专科学校学报》2014年第3期）总结白居易有五次因病被免职的经历。五次免职对其心理、身体健康及仕途安稳都起到很好作用。免职原因既有其自身健康的影响，也与中唐时期恶化的政治生态环境、疏于政务的时代风尚以及人际关系的紧张有关，同时也是他面临政治险境效仿前人的选择。《为何白居易文字材料流传下来的多》(《哈尔滨学院学报》2014年第11期)分析，白居易文字材料数量多、质量高、当时流传广，为文字材料流传后世奠定很好的基础；一生多次整理文字材料，是其文字材料流传下来多的主要原因；存于寺院、多处存放是另一原因。《竹林七贤对白居易的影响》(《宁德师范学院学报》2014年第2期)认为，竹林七贤循性的人生追求、饮酒弹琴的生活情趣、慵懒萧散的生活状态及刘伶《酒德颂》、嵇康《与山巨源绝交书》等作品，深深影响了白居易。竹林七贤与白居易都处于儒家思想衰落、个体意识觉醒的时代，竹林七贤是一个影响力颇大的文人群体，很容易影响到白居易；接受竹林七贤的影响，也是白居易自我选择的结果。《白居易和新郑》(《九江学院学报》2014年第1期；又见《黄河科技大学学报》2014年第1期)认为，新郑是白居易的出生地、童年生活地、启蒙教育地，也是白氏宗族栖息地，居易祖母薛氏寄埋地；新郑是影响白居易最早的故园，给他留下清晰、美好、持久的印象。《白居易洛诗纪年表现与探因》(《安康学院学报》2014年第5期)认为，白居易在洛阳创作的诗歌，以纪年岁的方式纪年、以大和三年到洛阳为起点的方式纪年，纪年表现明显。洛诗纪年是其创作勤奋的结果、与其创作定势相关，是白居易时间观念浓厚、热爱生命的表现，也是他喜欢洛阳的反映。《白居易“忠州情感”述论》(《社会科学论坛》2014年第10期)认为，白居易任忠州刺史时间一年有余，对忠州的情感有明显的变化。刚开始厌恶忠州，不愿融入忠州；一段接触后，逐渐喜欢忠州，积极建设忠州；最后，依恋忠州，细细品味忠州。白居易“忠州情感”出现这种变化，是忠州自然山水、珍奇物产、风味小吃、民间歌舞等对其影响的结果，也是他对忠州认识深化的结果。

彭静静《论忠州之移与白居易思想及诗歌创作转变之关系》(《名作欣赏》2014年第27期)也论及忠州。作者认为，白居易一生几经贬谪，出任忠州刺史是其第二次外放，虽只有一年多，但是这次外放却使他的思想发生重大变革。建功立业的愿望不再强烈，独善其身、知足保和逐渐成了其思想主导。忠州时期也是白居易思想的成熟时期，而这也都充分反映在他的创作中。量移忠州之后，白居易的诗歌风格逐渐变得含蓄蕴藉，表达思想情感的方式更加隐晦。

白居易晚年定居于洛阳东都履道坊，其第宅庭园经长期苦心经营，成为中国古典园林史上颇负盛名的一代名园。王定璋《小宅·大宅·凶宅——从白居易诗看白居易的住宅观》(《文史杂志》2014 年第 1 期)分析白居易对住宅的认知与体悟，探索其对住宅的见解。程相占、庄守平《论白居易晚年宅园生活的生态审美意蕴及其思想局限性》(《江苏行政学院学报》2014 年第 4 期)认为，白居易喜爱自然事物，他晚年写作的大量诗词都说他所居住的履道池台是一个物我相交为友的乐园，表现了其审美活动具有的浓厚生态审美意味。然而，白居易对自然事物的审美欣赏是有差别的，他并未充分尊重物性，也未足够重视自然事物的生生之德。履道池台彰显出白居易对自然事物的圈占，而履道乐园对于自然事物来说其实只是一个假相，它的人工布置可能造成对物性的折损，而且它是一个不完整的、不稳定的生态空间。孙丽娟《洛阳东都履道坊白居易第宅庭园研究》(《河南教育学院学报》2014 年第 3 期)则从建筑学角度，通过对白居易居洛时期大量闲适诗的分析，探讨白园的营建及建筑布局，弥补了考古发掘所作结论的不足，并对白园的园林景观特色及其初建、整修、扩展、废弃的历史，进行了全面、系统的探索。

徐畅《盩厔县尉白居易的长安城乡生活体验》(《人文杂志》2014 年第 5 期)关注白居易元和初年在长安近郊盩厔任县尉及此前后在长安任职的经历、行踪，通过诗文揭示其思想、言论、视野，探讨士人的长安城乡流动以及城乡观念，深入中唐社会变革背景下的长安城市与乡村，从负责“收率课调”的县尉视角，了解两税法下新的财税政策在基层执行的实况与问题。

从以上论文可以看出，从诗迹或者说环境地域角度出发的研究，是 2014 年白居易研究的一个重要趋向。类似文章还有周治杰《“野火春风古原情”——白居易的符离情缘及其〈赋得古原草送别〉》(《宿州学院学报》2014 年第 8 期)、卢秀峰《“失意”与

“诗意”的交融——白居易的江州生活与诗歌创作》(《盐城师范学院学报》2014 年第 2 期)等。当然传统的思想角度也有,如杜学霞《论白居易儒家思想的矛盾及其成因》(《河南师范大学学报》2014 年第 4 期)认为,白居易的儒家思想存在着矛盾,主要表现为“兼济”与“独善”的矛盾,民本仁政的仕进思想与冷漠的退隐思想矛盾,“志于道”与迷茫“中庸”的矛盾。这些矛盾的产生与中唐文化转型有内在联系,反映了中唐儒学转型时期白居易对儒家思想理解的局限性,也反映了中唐世俗文化的勃兴对白居易人生观的影响。应坤《浅析白居易作品中佛教思想的体现》(《科技视界》2014 年第 32 期)认为,佛教思想自始至终贯穿在白居易的思想中,只是不同时期表现出不同的特点。佛教思想的显隐,标识出白居易不同人生阶段的不同特点。其中“平常心是道”的佛禅思想对白居易的影响最大,突显出闲适自得的状态。金刚师红、许杰《白居易汉传密宗信仰溯源》(《南京晓庄学院学报》2014 年第 1 期)认为,白居易承学的应该是汉传密宗,这从他与几位禅师的交往,及其被视为“佛光寺如满禅师法嗣”可以看得出来,尤其是白居易对汉传密宗圣典《维摩诘所说经》的亲近,并“兼秉大乘金刚(宝)戒”等诸多事实,更有力地证明其密宗信仰的归趣。叶锋《白居易〈思旧〉诗背后的道教情怀》(《江西科技师范大学学报》2014 年第 2 期)通过分析《思旧》,探讨中唐文人官僚中的服食风尚、白居易早年炼丹经历与其依旧的道教情怀及内心根源,并由此发现白居易后期诗歌创作的独特个性与审美情趣。

付兴林《白居易的科考及科举观》(《陕西师范大学学报》2014 年第 3 期)认为白居易是唐代科举制度的实践者、探索者,曾有过“十年之间,三登科第”的壮举,先后以进士科、书判拔萃科和制科登第。白居易于试前苦节备战,有的放矢针对试项拟制私试、自难自砺。他试前拟作的赋、判、策成为科场士子追捧的范本。白居易赞成踏实勤奋的应试态度、反对浮躁请托之风,并从惟才是举的观念出发要求打破常限,不拘身份延揽人才。因深知科场艰辛不易并秉持宽怀息事的态度,白居易对科场弊案中的参试举子及涉事考官给予了最大限度的同情理解、体恤宽恕。

接受与影响角度的研究，近年来方兴未艾，2014年渐次铺开。南瑛《论香山〈长恨歌〉的文学影响》（《四川职业技术学院学报》2014年第4期）认为，《长恨歌》影响巨大而深远：一是给戏曲、小说、诗歌的创作，在故事情节发展、人物形象塑造、艺术表现技巧等方面提供了借鉴和发挥的空间；二是一些诗句被化用，尤其是“玉容寂寞泪阑干，梨花一枝春带雨”之句，启发文人创造出“梨花”与“杨妃”互喻的表达范式，成为吟咏梨花诗词中的常用典故。“梨花一枝春带雨”也被词人用来抒发离情别绪，有“梨花雨”、“梨花枝上雨”、“梨花春雨”、“梨花泪”等形态。类似选题，前已有刘京臣《一篇长恨有风情——论〈长恨歌〉对宋词的影响》（《临沂大学学报》2014年第1期），作者认为白居易诗最为宋词所接受的是以《长恨歌》、《琵琶行》等为代表的感伤诗，其次则是那些描写闲适优裕生活的篇章。可以说，感伤情调、闲适生活是白居易诗歌给予宋词最宝贵的财富。宋代诗词借《长恨歌》或感慨小我的命运无常，或流露浓郁的麦秀之悲，或以梧桐夜雨状写离别之凄清，或以梨花带雨写花、写人、写雨，或以分钗叙本事、咏七夕等。刘京臣另一篇论文《遗神取貌——白居易讽喻诗对宋词的影响》（《滨州学院学报》2014年第2期）认为，白居易自分其诗为讽喻、闲适、感伤、杂律四类。但最重讽喻之作，在诗集中将其冠之卷首，而杂律诗无足轻重，称“他时有为我编斯文者，略之可也”。然白氏的喜尚恰与时俗倾向相左：“今仆之诗，人所爱者，悉不过杂律诗与《长恨歌》已下耳。时之所重，仆之所轻。”不仅中唐，纵观有宋一代，词中也不重其讽喻之作。大抵而言，白氏讽喻诗中，只有《井底引银瓶》等少量作品对宋词产生较为明显的影响，并且这些“少量作品”或以女性悲欢为中心，或仅取诗歌景语，至于“唯歌生民病”之类反映民瘼的，诸如“近正声”的《秦中吟》一类，宋词并未体现出过多关注。二文又收入其《盛唐中唐诗对宋词影响研究》（中国社会科学出版社2014年2月），该著全面研究盛唐、中唐诗对宋词的影响。选取盛唐时期对宋词影响最大的王维、李白、杜甫，中唐诗歌则以韩愈、白居易、刘禹锡为中心。何水英《论宋初名儒杨徽之对白居易的接受及其文学史意义》(《重庆理工大学学报》2014 年第 9 期)认为，宋初名儒杨徽之是被人忽视的宋初白体诗人，他对白居易诗歌的接受特征主要体现在其对白居易“风雅”诗学精神、清丽典雅的诗风、自适心态以及诗歌酬唱形式的接受上，对宋初馆阁诗风由浅易走向工丽典雅起到了推动作用。于向辉、张艳存《宋初诗人对白居易诗歌语言的学习》(《语文建设》2014 年第 9 期)通过宋初诗人和白居易诗歌作品的比照，来探讨宋初诗人对白居易诗歌语言的模仿，白诗的语言以平易见长，宋初文人分别从浅近的口语和俗语；叠字的运用；散文化的句式这三个方面来学习。

惠联芳有 3 篇文章探讨民国学者的白居易研究，《指导现代作家创作经世致用——略论民国学者研究白居易之目的》(《安徽文学》2014 年第 7 期)认为，民国学者对白居易的研究，秉承“指导现代作家创作”、“经世致用”的目的。这种基于人民大众的研究目的，让白居易这样一个平民作家回归平民，使得读者能够更加深入地了解白居易诗歌的价值。同时，从文学与时代的关系出发，对白居易进行研究，对现代作家创作起到很好的指导作用。《民国期刊中的白居易研究——以研究方法为中心》(《现代语文》2014 年第 8 期)认为，民国学者对白居易的研究，其方法有比较法、品评辨体法、文艺学本体方法、知人论世法、批判法等。各种方法并驾齐驱，引导读者多角度解读白居易，使得读者对白居易诗歌的渊源所自、魅力之所在、风格形成原因各方面有了深入理解。《民国期刊中的白居易研究——以研究内容为中心》(《安徽文学》2014 年第 10 期)认为，民国期刊中发表的关于白居易的论文，研究内容集文学性与社会性为一体，主要涉及时代背景、生平、性格、思想、文学研究等方面。其中对白居易思想的研究侧重其思想中经世致用的社会价值，指出白居易具有非战思想，且对妇女问题、吏治问题予以揭露。在文学层面，民国学者分析了白居易诗的艺术特色，且以专题形式探讨讽喻诗、闲适诗、感伤诗的渊源及特点。

穆延柯《谈白居易格诗的艺术特色》(《品牌》2014 年第 11 期)认为，白居易《与元九书》将自己的诗歌分为讽谕诗、闲适诗、感伤诗还有杂律，但这只是元和十年(815)之前的分类，而后《白氏文集》未再细分，只是笼统地分为格诗和律诗。这使得人们对他后期的诗歌未能有较明朗的认识，穆随即对白居易的格诗艺术特色给予归纳，而在另一篇文章《谈白居易格诗的主题》(《品牌》2014 年第 12 期)中则对白居易的格诗主题进行了分析。

黄小珠《论诗歌长题和题序在唐宋间的变化——以杜甫、白居易、苏轼为中心》(《江海学刊》2014 年第 6 期)认为，长题和题序的大量涌现是唐宋之间诗歌演变的一大现象。以唐宋诗转型上富有典范意义的三位诗人——杜甫、白居易、苏轼为中心，可以看出：从唐至宋，诗歌的长题和题序倾向于陈述作为个体经验的日常生活，具有纪实性和干预现实的特征，反映了创作者"以诗为史"以及重视读者期待的创作追求。这是一种更广泛意义上的"以文为诗"，在一定程度上促进诗歌题材的日常生活化，并使诗歌具备更丰富的社会历史内涵，在唐宋诗转型上具有一定的意义。

白居易诗歌文本的特点是自注非常多，目前存诗 2800 余首中，500 多首有注，有的注释不止一次，内容涉及写作时间及与之有关的人物、事件，乃至字词读音与典故出处等，不仅保存了关于白居易生平事迹的大量资料，同时于唐代政治、经济、文化等方面亦多有涉及，客观上已经获得了超越文学文本的价值。滕汉洋《白居易诗歌自注辨析三则》(《九江学院学报》2014 年第 4 期)认为，这些自注中的绝大部分出自白居易本人之手并无疑问。其中一些曾经引起学者们怀疑的自注，如关于"唐书"的理解问题、"鷃鸠"的音注问题和"半月之间四人死"与相关史实乖违问题，都可以有合理的解释，未必是后人的篡改和妄增。这些自注的真实性，也从侧面证明了白居易诗歌文本保存的完整性。查正贤《论自注所示白居易诗歌创作的若干特征与意义》(《文学遗产》2014 年第 2 期)则认为，白居易自注一个较为明显的特点是对一些久已通行的典语或句法有意识地充实以具体的情事，一定程度上改变了旧的模式化用法。在另外一些情境中，白居易常借助自己的旧作来开始一次新的创作，即以经过诗歌赋形的情事来表现自己的生活，而不是直接从赋咏眼前情事开始。有的自注则特别强调了他在创作的时候对情事的表达是非常精确的，并且要求读者作同样精确的理解。这使得白居易的自注超出了解释名物本事的简单功用，一定程度上揭示了白居易诗歌创作相对于诗歌史的一些变化之处，而且反映出他的作品传播意识和求为可知的愿望。

钟振振《白居易诗注商榷》(《文史哲》2014 年第 3 期)认为，在老一辈学者所著白居易诗文选注本中，王汝弼的《白居易选集》质量较高、影响较大。但其对白居易诗的文本解读，也有一些可商榷之处。如《北楼送客归上都》、《东南行一百韵寄通州元九侍御澧州李十一舍人果州崔二十二使君开州韦大员外庾三十二补阙杜十四拾遗李二十助教员外窦七校书》、《初入峡有感》等篇。严正道《〈白居易集笺校〉系年疏正四则》(《重庆文理学院学报》2014 年第 3 期)就朱金城《白居易集笺校》中四首诗歌的系年做出疏正，将《看浑家牡丹花戏赠李二十》由永贞元年疏正为元和元年五月；《洛下雪中频与刘李二宾客宴集因寄汴州李尚书》《看梦得题答李侍郎诗诗中有文星之句因戏和之》两首，由开成三年疏正为开成二年冬；《予与山南王仆射淮南李仆射事历五朝逾三纪海内年辈今唯三人荣路虽殊交情不替聊题长句寄举之公垂二相公》由会昌六年疏正为会昌五年初。具体作品研究方面，《长恨歌》15 篇，涉及主题结构及“霓裳羽衣”、“芙蓉”与“梨花”意象，杨贵妃形象等；《琵琶行》15 篇，涉及音乐表现、审美意境和翻译，新意无多，足可省略。

以上是论文，论著则首推肖伟韬《白居易诗歌创作考论》(江西人民出版社 2014 年 12 月)，作者曾著有《白居易研究的反思与批判》(甘肃人民美术出版社 2008 年 3 月)、《白居易生存哲学本体研究》(南京大学出版社 2009 年 12 月)、《元和五大诗人年谱合订辨正》(学苑出版社 2011 年 11 月)。《白居易诗歌创作考论》涉及白居易的诗歌创作活动、创作艺术及与同时代诗人的交往等，分为上下两篇，共六章。上篇由《白居易集》“纪宦诗”辑证、《白居易集》所涉佛寺辑考、白居易与元稹酬赠唱和诗考述汇辑、白居易与刘禹锡酬赠唱和诗考述汇辑等四个专题组成；下篇分为三个专题：第一，《白居易与同时代诗人比较论析》涉及元白比较、刘白比较、韩白比较、柳白比较；第二，《白居易对后世的影响叙论》涉及白居易与晚唐五代诗人，与宋初“白体”诗人，与苏门文人群，对南宋元明清文人的影响；第三，白居易散论由作者分别发表过的12篇学术论文组成，包括《〈白居易集〉版本流传考叙》《从白居易“官历二十政”看唐代科举文士的迁官途径》《〈白居易集〉涉及佛禅典籍考论》《白居易从法凝所学为南宗禅法考论》《白居易与僧人交游考论》《刘、柳与元、白交游始年考》《白居易与元稹交游的几则公案考论》《元和体、长庆体与元白体论析》《白居易〈论语〉〈孟子〉思想论析》《白居易处世哲学的庄子情结》《论白居易对〈周易〉的受容》《白居易诗学思想的儒家经典来源》等。

刘冬颖《来何因，去何缘：香山居士白居易的醉与吟》（哈尔滨出版社2014年2月）属“走入唐诗品人生”系列丛书，将白居易的诗歌与其人生经历相结合，用唯美的语言、独特的视角描绘一个个诗中情境。马玮主编《中国古典诗词名家菁华赏析·白居易诗词赏析》（商务印书馆国际有限公司2014年1月）选取不同时期不同特色的白诗100首，提供诗歌原文，从诗歌类别、创作背景、人际关系等，逐篇进行注释、题解、赏析。其他文本方面的书籍还有勾利军点校《白孔六帖》（齐鲁书社2014年7月）、王玲编著《白居易诗词》（济南出版社2014年4月）、袁湘生《白居易诗词新释》（经济日报出版社2014年7月）、上海辞书出版社文学鉴赏辞典编纂中心编《白居易诗文鉴赏辞典》（上海辞书出版社2014年8月）、许渊冲《中华传统文化精粹·许渊冲英译白居易诗选》（中国对外翻译出版公司2014年5月）、《线装经典》编委会编《李白·杜甫·白居易诗》（晨光出版社2014年9月）。

以洛阳白居易研究会为核心，洛阳白氏家族后裔2014年出版3部研究论著和1部诗文选集。白宁北、白灵坤《走近白居易》（白山出版社2014年1月）以历史事实为准绳，以澄清历史真相、还原历史面目为宗旨，深入剖析千百年来强加在白居易及其家人头上的不实之词，深刻揭示这些不实之词的来龙去脉，展示白居易丰富多彩的壮阔人生。白坤堂、白璐瑶《再读白居易》（中州古籍出版社2014年9月）在白坤堂、白灵坤《解读白居易》（白山出版社2012年8月）基础上加以提炼和完善，分两章二十二节，记述白居易的生平和创作，对网络上传播的一些亵渎之词多有辩驳。白坤堂、白振修《白居易的洛阳缘》（白山出版社2014年10月）在白高来、白振修编著《白居易与洛阳》（银河出版社2006年8月），王保双、白高来编著《唐诗与洛阳》（白山出版社2009年11月），白高来、白永彤《白居易在洛阳》（白山出版社2012年10月）基础上，论述白居易与洛阳的不解之缘。白高来《白居易长安诗文精粹》（中州古籍出版社2014年10月）分三编，辑录白居易在长安时期创作的诗歌391首，散文50篇，并集中给与解读和赏析。近年来，地域文学成为研究热点，民间学者的成果日益凸显，尽管在水准上可能和学院派无法相提并论，但其作用和特色毋容置疑。与某些职业性乃至作业性的论文作者相比，那些因为地域和家族因缘而投入白居易研究的民间学者，拥有一份做事业乃至是志业的心怀。发上等志，寻平处论，向宽处展，与同道者共勉。

白居易研究在日本向称显学，蒋寅主编《日本唐代文学研究十家》（中华书局2014年1月）汇集了日本研究唐代文学的中坚学者的代表性论著，其中有下定雅弘《中唐文学研究论集》、丸山茂《唐代文化与诗人之心》、赤井益久《中唐文人之文艺及其世界》、芳村弘道《唐代的诗人研究》、斋藤茂《文字觑天巧：中晚唐诗新论》、户崎哲彦《唐代岭南文学与石刻考》等，关于白居易的研究占有相当比重，例如户崎哲彦《白居易〈七老会诗〉中所见卢贞考辨》一文，即颇多新见，可与陈冠明《唐诗人卢贞考辨》（《安徽师大学报》1991年第4期），金景芝、王玲玲《唐代范阳诗人卢真与卢贞考辨》（《兰台世界》2011年第8期）相互补充。

二、元稹研究

杨军、周相录主编《元稹资料汇编》（高等教育出版社2014年9月）是2014年元稹研究的重要成果，这部与元稹研究相关的资料总汇，全面收集中唐以迄今天、一千多年间记载评论元稹其人其作、元稹当时及后世诗人酬和模仿元稹作品的文献，经过仔细选择和必要删减，以著者时代先后编排，上册为唐、宋、金、元、明,下册为清及现代、域外。所收资料堪称详实,然亦有可补者。如王彦泓《拟会真三十六韵》(《疑雨集》卷三),沈德潜《读韦左司、元微之诗有感》(《沈归愚诗文全集·归愚诗钞余集》卷六),蒲松龄《元稹》(路大荒整理《蒲松龄集》,第654页),程晋芳《效元微之遣春十首》(《勉行堂诗集》卷二十四,清嘉庆二十三年邓廷桢刻本),敖文桢《陆敬承次彭城拟元白体枉寄次答》(《薜荔山房藏稿》卷三),陆可教《有怀京洛同志以诗代书拟元白体……》(《陆学士先生遗稿》卷六),陈文述《忆西湖用元白体十六首》(《颐道堂诗选》卷十八),俞樾《何处春深好四首仿元白体不用其韵》(《春在堂诗编》卷十九),彭维新《元稹论》(《墨香阁集》卷五,彭青来等编辑,道光二年家刊本)等。另,赖学海《雪庐诗话》云:"元稹诗'此夜闻君谪九江,垂死病中惊坐起',夫谪九江耳,何至是此?欲加倍写法而反失其真者也。然元诗以此种为上乘。"又,《汇编》第75—76页据《全唐文》卷七九七收入所谓皮日休《白居易荐徐凝屈张祜》,实际上,"祜初得名"以下,乃计有功之评论,并非皮日休文。此前陈光崇《〈唐诗纪事〉纠误一则》(《古籍整理研究学刊》1993年第4期)、吴在庆《唐五代文史丛考》(江西人民出版社1995年10月)、陈尚君补正《唐才子传校笺》第五册(中华书局1995年11月)、张安祖《论〈白居易荐徐凝屈张祜〉非皮日休所作》(收入其《唐代文学散论》,三联书店2004年6月)、杨明《〈唐诗纪事〉中计有功本人的说明与评论》(收入其《汉唐文学辨思录》,上海古籍出版社2005年4月)均曾论及于此。附录二"研究书目"共28页,实际上不仅包括中外学人研究元稹的各类书目,还有期刊和学位研究论文目录,可借以了解近现代学者元稹研究的历史进程及当下阵容。需要声明的是,这是笔者2004年应杨军先生之请所提供,电子版题为"元稹研究文献索引"(截至2003年,此后为《元稹资料汇编》所补),见敝所"中国文学网",但遗憾的是既不见署名,后记亦未提及。其中留下若干笔误,在此自讼:(1)1997年,前川幸雄《元白唱和诗鉴赏》高田文化协会"《文艺》226:232"应为"《文芸たかだ》第226号(1996年),第227—232号(1997年)";(2)1998年,"《文艺》234—238"应为"《文芸たかだ》第234—238号"。更为详细的修订增补，已收入拙编《元白研究学术档案》，将由武汉大学出版社出版。

周相录《从创作角度看清代至民初文人对元稹诗歌的接受》（《河南师范大学学报》2014年第5期）应是其在编《元稹资料汇编》基础上所撰。作者认为，清代至民初是唐代诗人元稹诗歌接受史上一个重要阶段，在这大约300年的历史中，出现了从皇帝到遗民、从少数民族到汉族的众多喜爱元稹诗歌的文人。从接受方式看，有大量运用有关元稹之典、接续元稹之诗作、效法元稹之诗体、追和元稹之诗、反元稹诗歌之意等多种形式，表明清代至民初元稹诗歌的接受已全面展开；从接受时段上看，清代前期与清代后期至民初，以明代遗民与清代遗民为主，而清代中期则以君臣唱和为主。清代前期对元稹诗歌的追和是较为零星的、小规模的，而清代中期与清代后期至民初两个时期则是较大规模的。从接受特点上看，清代文人对元稹诗歌的学习效仿以律诗为主，以程式化组诗为主，以和韵追和尤其是次韵追和为主。虽然清代至民初文人（包括皇帝）也往往强调温柔敦厚的诗教，强调"神韵"、"性灵"等，但对元稹诗歌的接受却表明，诗歌艺术技巧的讲究是他们创作中着意追求的一个目标，他们学习效仿元稹诗歌的作品与他们的理论主张存在着内在的矛盾。

继其《元稹全传》（长春出版社1997年4月）、《元稹评传》《元稹考论》（河南人民出版社2008年3月）之后，元稹研究领域专家吴伟斌厚积薄发，2014年发表8篇论文：《元稹与他的〈元氏长庆集〉——〈新编元稹集〉前言》（《南京师范大学文学院学报》2014年1期）、《〈元稹集编年笺注〉错误举隅》（《黄河科技大学学报》2014年第3期）、《论刘本〈元氏长庆集〉之贡献与缺憾》（《聊城大学学报》2014年2期）、《后人对元稹诗文的误读》（《宁夏社会科学》2014年第5期）、《元稹诗文辨伪汇集》（《江苏第二师范学院学报》2014年第9期）、《后人对元稹诗文的误解》（《宁夏师范学院学报》2014年第5期）、《元稹〈有唐武威段夫人墓志铭〉新解》（《西夏研究》2014年第4期）、《〈元稹集编年笺注〉错误举隅（三）》（《杭州电子科技大学学报》2013年4期），论及元稹在世之日将自己诗文进行过的八次整理，元稹诗文之辨伪，刘麟父子整理之《元氏长庆集》的贡献和缺憾，对《元稹集编年笺注》之商榷，后人解析元稹及其诗文的误解和误读，对《有唐武威段夫人墓志铭》不同于程章灿《从〈有唐武威段夫人墓志铭〉看元稹为人》(《中国典籍与文化》1995 年第 3 期)、周相录《元稹真的是一个势利小人吗——〈从《有唐武威段夫人墓志铭》看元稹为人〉商榷》(《中国典籍与文化》2009 年第 12 期)的新解，其《新编元稹集》亦将继杨军《元稹集编年笺注·诗歌卷》(三秦出版社 2002 年 6 月)、《元稹集编年笺注·散文卷》(三秦出版社 2008 年 12 月)、周相录《元稹集校注》(上海古籍出版社 2011 年 12 月)之后，由三秦出版社出版。这些成果无疑是其三十余年心无旁骛、专心致力元稹研究所积累的收获，也是近年来元稹研究足以与白居易媲美的最佳见证。

吴振华《通脱简易：论元稹的诗序》(《周口师范学院学报》2014 年第 1 期)认为，元稹集所有诗序均与诗歌连体编排，尽管有一些诗序是后来补写的，但是据当时情境所写仍为绝大多数。元稹除了在乐府诗创作方面取得突出成就外，还对文体改革充满兴趣。他对诗序这种文体的运用显得相当自如，甚至还有以书代序的做法。元稹诗序种类齐全，初唐以来的各类诗序都撰写，其最大特点是大量诗序均为组诗之序，尤其乐府诗之序，这些序往往就是他诗歌观念的具体体现。另一个特点就是有很多酬唱应答诗序，这些诗序揭示了中唐元和之际长篇次韵排律产生的背景及情境。

严纪华《论元稹〈恨妆成〉的语汇指向与时代意义》(《淮阴师范学院学报》2014 年第 3 期)以元稹《恨妆成》这首唐代妇女妆容诗为例，从妆容美学的呈现与诗歌语汇运用的角度出发，观察其所勾勒出的唐代妇女的容饰图影，分析其语汇指向。作者认为在书写策略上，元稹运用三个主轴驾驭整首诗的步调缓急：描写与论断、外在与内心、空间与时间，分别以独立的、区段式的“妆容”，组合连贯性“妆成”，基本上前几联都是在借物象与喻征处理化妆进程，最后由主观式的情意表现作结，属于论断式感叹(隐含控诉)，可以是妆容女子的(代言式)，也可以是诗人的感受。而就写实层面观察，这首妆容诗细微叙写了唐代女子的化妆术与心情。从《恨妆成》中，可以感受到不同的审美体验。

解读唐诗中百牢关位置者多从李吉甫《元和郡县图志》百牢关即西县白马关之说，严耕望考辨为在三泉县西南约七十里处嘉陵江东岸的七盘岭附近，且提出初在西县唐末五代移至嘉陵江畔的"迁移说"。付兴林、马玉霞《元稹入蜀纪行诗及"百牢关"位置考辨》(《陕西理工学院学报》2014 年第 2 期)从考察元稹入蜀纪行诗入手，认为百牢关确非白马关，推算元稹行至百牢关的时间，可进一步证明百牢关当在嘉陵江东岸七盘岭附近。通过与武元衡、于邺等诗人诗歌及相关史料相互印证，可推断出百牢关至少在中晚唐时期位于今广元市大滩镇南的七盘岭北侧附近。

元稹是唐代著名的文学家与政治家，然其政治品格历来受人非议，论争的焦点集中在元稹结交宦官崔潭峻、魏弘简以谋求权位等问题。20 世纪以来，有学者开始对这一传统说法提出异议。咸晓婷《元稹与宦官关系再考辨》(《阅江学刊》2014 年第 4 期)认为，唐穆宗朝，裴度因与元稹政见相左，受人挑拨，污蔑元稹结交宦官魏弘简。元稹与崔、魏的交往皆属政事上的正常交往，并未借助宦官谋求私利。长庆年间，李逢吉勾结宦官设计圈套陷害裴度和元稹。这就是所谓元稹"结交宦官、政治变节"的历史真相。

其他元稹研究论文还有李雪《论元稹的乐府观》(《长春工业大学学报》2014 年第 5 期)从乐府源流观、功用观和艺术观三个方面，具体探究元稹乐府观对其自身的诗学观及诗歌创作、中唐乐府观和乐府学及对后世乐府创作产生的深远影响。著作方面有董晓玲《此生，你不来，我不老：千古第一情痴元稹诗传》(哈尔滨出版社 2014 年 2 月)，作者将元稹的人生经历和他的诗歌相结合，挖掘诗词背后的故事，用清新流畅的语言为读者解读元稹的诗。虽属通俗读物，但亦值得参考。

李商隐、杜牧研究

□ 黄金灿 吴振华

一、李商隐研究

2014 年李商隐研究依然是热点，各级各类期刊发表论文 90 余篇。尽管这些论文水平高低不等，许多选题也显得有些陈旧，但也有不少论文能从新角度展开研究，有一定的学术价值。现将本年的研究概况综述如下：

（一）生平及作品考辨

李商隐与令狐绹的关系一直是李商隐研究中的热门话题。王志清《李商隐寄令狐绹诗之考论》（《徐州工程学院学报》2014 年 5 期）认为，在李商隐的交际诗作中，写给令狐绹的诗最多，情最动人，语最直截，且能"屡启陈情"。《夜雨寄北》也可断为寄令狐绹，文章指出，说令狐绹打压李商隐，是一桩冤假错案；在李商隐的所有交往中，他与令狐绹最密切，交往的时间跨度也最大，二人是朋友关系，又是府主与幕僚的关系，还是重臣与下僚的关系，但是最根本的是朋友关系。关于《夜雨寄北》的寄赠对象究竟为谁，王志清《李商隐〈夜雨寄北〉疑义辨析》（《江汉学术》2014 年第 1 期）进行了探究，他指出李商隐《夜雨寄北》诗寄主体的隐在性，使此诗蒙上了一层"神秘"色彩且令人费解，关于此诗的解读，将其视为爱情诗的观点一直占上风，甚至断言"寄北"就是"寄内"。作者指出，诗人正是通过文字的选用、取舍来表达其情感寄寓和创作意图，此诗非寄内诗，也非一般的思友诗，李商隐将渴念知遇之心托以相思之情，此乃一首行卷性质的象喻之作，具有知音渴望的价值期待。

诗歌的异文往往会对诗歌文本的理解产生至关重要的影响。沈文凡、于悦《李商隐〈燕台诗四首〉异文研究》(《文艺评论》2014 年第 8 期)通过对李商隐具体作品的研究说明了这一点。作者认为,同一书的不同版本,或不同的书记载同一事物而字句互异,包括通假字和异体字,都是异文;李商隐传世诗集版本众多,异文大量存在,致使异文产生的原因也比较复杂;文章就《燕台诗》中出现的"讹字异文""倒文异文""通假字异文"进行细致分析,认为李商隐诗歌自古难懂,《燕台诗》甚之,或曰寄托,或曰艳情,或曰闺怨,或曰作诗之法,莫衷一是,其异文折射出李商隐诗歌异文存在的普遍状况,将诗中异文作为切入点,通过文本细读的方式可领略李商隐诗歌的美感、挖掘其幽微杳渺的内心世界。

对作家祖籍及墓址等信息的确认是作家生平研究的重点之一。魏美智、任勤《李商隐祖籍、祖茔、墓址在河南博爱》(《焦作师范高等专科学校学报》2014 年第 4 期)就主要探讨了这一问题,文章回顾了 1996 年 6 月 30 日全国李商隐墓址、祖籍及祖茔论证会在河南省博爱县召开的情况,与会专家围绕李商隐墓址、祖茔和祖籍问题展开讨论,专家们一致认定李商隐祖茔在丹河东岸的博爱县许良镇江陵堡村西北隅,并认为根据现有文献资料,李商隐墓址与其祖茔同在一处。此外,张超男《李商隐〈柳枝五首〉诗中柳枝身份考论》(《南华大学学报》2014 年第 1 期)认为《柳枝五首》记录了诗人和柳枝间的一场没有结果的爱情,刻画了一位具有非凡的音乐和诗歌艺术修养能力的少女形象,通过考证相关文献可以发现唐代诗人风流之风极为盛行,李商隐与歌妓亦是交往甚密,在诗歌中尤喜用"柳"代指歌妓,柳枝实为唐代一位多才多艺的妓伶。闫春秀《李商隐诗〈圣女祠〉(松篁)系年考辨》(《辽宁行政学院学报》2014 年第 12 期)认为李商隐《圣女祠》三首后世研究者甚多,然于《圣女祠》(松篁)写作时间却未准确系年,作者对圣女祠地理位置、李商隐经历、唐代交通以及《圣女祠》记载事件进行考证,得出此诗写于开成二年自长安往兴元途中的结论。

（二）诗文艺术研究

1.诗歌艺术研究

从较为宏观的角度对李商隐诗歌进行探讨的论文较多。吴春侠《李商隐绝句研究》（辽宁大学 2014 年硕士学位论文）对李商隐绝句进行了较为全面的研究：首先，通过晚唐的社会文化环境和晚唐绝句体的发展情况来深入了解李商隐绝句创作的社会文化背景；其次，把李商隐的绝句分为咏史题材、爱情题材、仕宦题材、隐逸题材四类；再次，研究李商隐绝句的艺术特征，其中在艺术风格和写作手法上对杜甫、李贺和韩愈绝句以及齐梁诗歌都有不同程度的继承，而在其绝句深婉绵邈和色彩绮丽的艺术风格下，善于用典，常用意象，多用对比修辞的艺术手法也成为其绝句的一大亮点。龙成松《沉闷世界中解放束缚的力量——李商隐戏谑诗新论》（《中国韵文学刊》2014 年第 3 期）指出前人往往以“沉博绝丽”“繁艳遥深”等语评论义山诗，而以“伤春伤别”“悲剧诗人”论义山其人，其实这只是文学史上的固化印象，义山诗中有很大一类是戏谑之作，为窥探义山的多维心灵世界，打开了一扇窗户，认为其诗中戏谑的基本类型有谐趣、戏仿、嘲弄、讽刺等形式，其戏谑之风形成的因素有取材和用典、文体交叉、诗体创新等。作者最后指出，义山的禀赋和遭际，造就了他敏感的气质，他的戏谑诗，是他压抑内心的宣泄，这是他走向快乐和自我安慰的途径。郭蓓《李商隐诗歌的叙事性分析》（《语文教学通讯》2014 年第 3 期）认为，李商隐诗中含有浓重的叙事色彩，分为政治性叙事、刻画人物形象的叙事、怀古叙事、即兴抒怀叙事等四类。贺玉洁《李商隐诗歌中的时空意识及其艺术表现》（陕西师范大学 2014 年硕士学位论文）认为时空意识包蕴着由个人推及社会历史、宇宙人生的省思，通过时空意识的表层，不仅可以窥探到诗人的情感世界以及生命轨迹，还可以纵深了解其所处时代的风貌和民族心灵的思维模式，文章尝试以时空观念的精神文化内涵及表现方式为角度，对李商隐的诗歌进行专门性的研究。

李商隐的诗歌以美感著称，从美学角度和文艺心理学角度研究义山诗的成果也颇多。李映斌《浅论李商隐朦胧诗风的特点》(《文学教育》2014 年第 6 期)认为李商隐的诗歌历来为人们所争议,特别是《锦瑟》一诗,至今依然没有一种说法能为绝大多数学者所接受,文章从意象、用典、非逻辑结构等方面作了一些有益的思考。魏荣、赵敏蝉《浅谈李商隐诗歌风格中“隐”与“秀”的和谐统一》(《新西部》2014 年第 2 期)探讨李商隐诗歌风格中的“隐秀”特征,认为在李商隐的诗歌中,妙能体会入微,使神秀隐于句秀之下,使诗句具有一种看似清晰实则朦胧的美感,用“秀”托出了“隐”,初看似咏物诗,又似爱情诗,实则意在言外,给读者留下广阔的想象空间。钱芳芳《李商隐诗意境朦胧之创作体现》(《读书文摘》2014 年第 14 期)认为义山诗的朦胧美首先表现在主题的多义性上,其次喜欢采用重神而轻形的写意笔法,将比兴、象征和寄托往往融合在一起,再次善于就眼前的物、景,驱遣想象,将切身的生活感受转化为朦胧的情境画面,最后在遣词用字上也善于营造一种朦胧之美,正是叶燮所说的“寄托深而措辞婉”。魏刚、龙柯廷《李贺、李商隐“登仙”诗歌中的通感表现手法析论》(《六盘水师范学院学报》2014 年第 3 期)从通感角度进行了相关研究,认为唐代李贺与李商隐的“登仙”类诗歌,运用通感手法为“登仙”主题服务,可以引用通感理论来分析其具体艺术特色。郭帅《浅析李商隐诗歌中的“雪”意象》(《佳木斯教育学院学报》2014 年第 2 期)对义山诗歌中的“雪”意象进行系统地论析,探究“雪”意象多次出现的原因,最后讨论李商隐诗中“雪”意象对后世的影响。胡菁娜《论李商隐梦诗的意象与美学特征》(《学理论》2014 年第 32 期)认为义山的梦意象诗以含蓄简约的形式、丰富的文化内涵,以及批判性、理想性与超越性兼具的美学特征,影响着中国传统文化尤其是审美风尚的变迁。赵子抄《论李商隐任职秘书省的诗文创作心态与特色》(《兰台世界》2014 年第 6 期)指出李商隐利用秘书省任职的条件,以积极乐观的心态进行大胆尝试与创新,在题材的择取和艺术的创新方面取得了很高成就,是特殊的环境使李商隐七绝咏史诗创作从萌芽走向成熟。

李商隐的无题诗一直备受关注,相关的研究成果也比较集中。陆婵娣《李商隐无题诗的文体学探析》(《名作欣赏》2014 年第12期)认为从文体学的角度看,它的出现摆脱了传统爱情诗歌中模式化和风格萎靡的倾向,提升了情感日记诗创作的心灵因素,为后人抒写幽微的心理体验提供了成功的范例。唐冬萍《论李商隐爱情诗的艺术魅力》(《安徽文学》2014年第12期)认为李商隐爱情诗的艺术魅力表现在:具有一种意境深邃的朦胧美;含蓄蕴藉,内涵丰富,读来耐人寻味;富有个性特征的艺术技巧。张国军《论李商隐和他的无题情诗》(《长春师范学院学报》2014年第1期)指出无题诗中缠绵悱恻的意象,隐晦迷离的境界,体现了诗人对人生的独到感悟,因为正是托意空灵、兴寄幽微的迷离诗境,才是李商隐无题情诗别具一格的风韵所在。

2.李商隐文艺术研究

对李商隐文的研究主要集中在骈文方面。韦异才《杜牧与李商隐骈文比较研究》(辽宁大学2014年硕士学位论文)认为杜牧和李商隐的骈文代表了晚唐骈文创作的成就,在思想内容与艺术形式上既有明显的相同之处,又存在很大的差异,主要体现在:用典密度和显晦程度不同;对偶精工程度不同;散化程度不同;表现手法各有所长;文章整体风格不同。芦春艳《李商隐骈文创作的典范性》(《中国文学研究》2014年第2期)指出,《四六丛话》将李商隐骈文视为骈文创作的典范,一方面表现为李商隐对骈文体制特征和创作规范的注重与遵守,另一方面表现为在晚唐文风普遍繁缛华丽的情况下,对表意效率和表达效果的调和;尽管李商隐在创作中表现出明显的尊体意识,但却并不过分强调文章技巧和内容的标新立异。刘子闻《李商隐骈文研究》(华东师范大学2014年硕士学位论文)也对李商隐的骈文创作进行了系统的探讨,从总体上对李商隐骈文进行了概括并简要指出了其价值和历史地位。杨娟娟《李商隐公牍文研究》(福建师范大学2014年硕士论文)结合李商隐公牍文的创作背景,全面梳理了他的公文创作概况,把握主要的文种体式、创作分期和各阶段的风格演变,并进一步挖掘了李商隐公文所涉及的思想内容及审美意蕴。

(三)接受史研究

接受史研究也是学界关注的重点。孙玲玲《李商隐诗歌对宋诗的影响——以王安石、黄庭坚为例》(《读与写》2014年第6期)认为，王安石对李商隐的诗歌极为推崇，尤其是李商隐的七绝以议论入诗，对历史人物发表新见卓识以借端寄慨的翻案之作更是对王安石的七绝创作有着深刻的影响；黄庭坚在对李商隐诗歌的接受过程中，也形成了新的认识；黄庭坚在接受李商隐风格的基础上，也形成了属于自己的独特风格。何冰洁《论清代李商隐诗歌艺术批评》(湖南师范大学2014年硕士学位论文)结合清代诗学理论，采用文本细读法、影响研究法以及文献研究法等，分析了清代对李商隐诗歌艺术批评和接受情况，从四个方面对清代李商隐诗歌艺术批评进行了梳理：清代对李商隐诗歌风格深情绵邈、"曲折"及"顿挫"、"秾丽"等特点的研究；清代朱鹤龄、吴乔、林昌彝、叶燮、沈德潜、纪昀及程梦星等人提出的李商隐"兴寄"之说；清代纪昀、朱庭珍、何焯等对李商隐诗歌艺术手法的专门研究；清代李商隐诗歌艺术批评的独特价值及深远影响。

在现当代，有许多作家深受李商隐影响，学界对此给予了一定关注。张陆洲《英雄失路 绵邈情深——论闻一多对李商隐诗歌的接受》(《湖北师范学院学报》2014年第2期)指出，闻一多诗歌创作受唯美主义的影响，有着秾丽繁缛的一面，这与晚唐诗风，尤其是温、李一派的影响不无关联，认为闻一多绵邈情深的诗风取之于李而别于李的精神特质。王俊杰《试论徐复观的李商隐研究》(中国社会科学院2014年硕士学位论文)指出，徐复观在《环绕李义山(商隐)锦瑟诗的诸问题》中一反传统观点，认为李商隐非李党，一生和令狐绹维持了较为亲密的交谊，并因"倾险"和"貌寝"而见恶于岳父王茂元，致使王家人对其进行人身攻击并广为传播，从而影响了新旧两《唐书》对他的评价。作者指出，徐先生的观点完全颠覆了传统观点中对李商隐的评价，对其一生及其创作诸多方面进行了重新评估，也许限于当时某些资料尚未被完全发掘等原因，其研究成果也存在可待商榷之处。此外，将徐复观文章中散见的相关论述汇辑起来，观察他对唐代文学的一些基本论点，把其李商隐研究置于整个唐代文学观点基础之上，对于充分了解徐复观的唐代文学研究成果和更加充分地认识李商隐的人生经验与创作实绩，都有一定的意义。赵玄览《董乃斌的李商隐研究》（《焦作大学学报》2014 年第 4 期）指出，董乃斌致力于李商隐研究多年，取得了较为可观的成绩，其代表作《李商隐传》和《李商隐的心灵世界》，共同构成其李商隐研究的完整体系，前者历叙李商隐的生平遭遇，后者致力于李商隐心灵世界的开拓，两书在重出互见的同时，又勾勒出作者治学研究的发展轨迹。作者认为董乃斌的李商隐研究的独到之处是：浓厚的理论色彩；深度的心灵解剖；对散文研究的重视；通达的诗歌解读；与现代作家文学渊源的揭示。

此外，叶嘉莹主讲、刘靓整理《从西方文论与中国诗学谈李商隐诗的诠释与接受》（《北京社会科学》2014 年第 6 期）从中西诗学相结合的角度探讨了李商隐诗歌的诠释与接受，文章指出李商隐诗是以难懂出名的，有关《锦瑟》的解说更是众说纷纭，至于解说的方法、角度，可以结合中国诗学，可以运用西方文论，可以论诠释，可以谈接受，不过，读诗最重要的是“诗可以兴”。

（四）比较和译介研究

刘畅《李商隐与保尔・魏尔伦诗歌感伤美比较研究》（北京第二外国语学院 2014 年硕士论文）认为李商隐和魏尔伦之间存在着时空、国别、文化、社会背景上的差异，然而他们的诗歌都充溢着浓郁的感伤情怀，表现出不同程度的朦胧美，尤其是在意象的运用和表现手法方面极为相似；二人诗歌中感伤特质及其在诗歌发展中的意义是值得深入探讨的；二者的感伤风格固然有其各自的个人经历和社会历史原因，与此同时，魏尔伦与中国传统诗歌之间或存在着许多微妙地传承关系；人类的基本情感、心理和思维结构等有许多共通之处，这种精神层面上的共性也使得反映他们的文学具有了超越时空的相似性。吴变《王昌龄、李商隐诗中的女性形象研究》（《山东广播电视大学学报》2014 年第 2 期）对王昌龄和李商隐诗中的女性形象进行了比较，认为王昌龄的女性形象除了思妇和宫女外，还有广大民间的劳动妇女，他笔下的女性形象具有写实的性质，而李商隐笔下的女性形象更多地具有虚拟的性质，体现了女性形象由写实到虚拟的演进，从写作视域来看，确实呈现出从大到小的趋势，由外在的发现转向内心的探寻。龙珊、柯轲《人生戏梦忆游园，世事无端恨经年——白先勇〈游园惊梦〉与李商隐〈锦瑟〉的互文性分析》(《中央民族大学学报》2014 年第 6 期)认为《游园惊梦》与《锦瑟》文体各异，意趣别样，但从书写内容、艺术情感和审美意蕴等层面审视，都呈现出鲜明的互文性，蕴藉着世事沧桑、人生无常的意味，体现了作者经历的精神困境及其对人世的洞察、思考。岳成龙《李商隐情诗与仓央嘉措情歌比较》(《文教资料》2014 年第 15 期)认为李商隐与仓央嘉措的爱情诗歌是民族文学的精华，在诗中表现出的对爱情的真挚坚贞，对爱情中求不得与爱别离之苦的缺失性体验，对爱情的哲理升华和意象中的爱情表达，皆有共性与个性相统一的显现与同而不同的反映。刘国文等《李商隐诗和吴文英词的比较研究》(《时代文学》2014 年第 2 期)指出李商隐诗和吴文英词常被后人拿来比照，作为艺术载体，李诗和吴词一样，均是创作主体的内心诠释、外化的具体体现，虽体裁迥异，却意味相同，两者均具有抒情美、典雅美和梦幻美的特点。

译介方面，勇薇《从李商隐的〈锦瑟〉试探唐诗英译中的典故翻译》(《佳木斯教育学院学报》2014 年第 2 期)指出唐诗英译是极为复杂的工程，可分为不同翻译流派，可从各种不同角度探讨。文章通过分析李商隐《锦瑟》一诗中的典故，对比几个英译版本，探讨唐诗典译介的典故翻译。吴雪玲《格式塔意象再造理论指导下唐诗的英译——以李商隐作品的不同译本为例》(中北大学 2014 年硕士学位论)在格式塔意象再造理论指导下来分析唐诗的英译，提出唐诗翻译的重点在于唐诗原本意象的再造及意境的重视，认为越来越多的国内外学者热衷于翻译唐诗，然而大多数译者通常是从传统角度进行唐诗翻译的，认为对等是最重要的标准，因而更注重诗歌的语言形式而忽略了译诗的整体意境美。万晓安《功能对等理论下诗歌的翻译对比赏析——以李商隐〈无题〉诗为例》(《边疆经济与文化》2014 年第 1 期)认为把功能对等理论应用在诗歌翻译中，指导诗歌的翻译有一定的意义，根据诗歌的意、形、音韵特点，恰巧与功能对等理论中所提及的意义、风格形式基本一致。耿会灵《接受理论视域下李商隐诗歌英译研究》(中南大学 2014 年硕士论文)以接受理论为理论框架，运用期待视野、视野融合及文本的召唤结构这三个概念，辅以具体的实例，从韵律再现、意象再现方面探讨李商隐诗歌的跨文化美质再现，也有一定的新意。

二、杜牧研究

本年度杜牧研究相对于李商隐研究较为逊色，论文仅30余篇。现将研究情况综述如下：

(一)诗文艺术研究

杜牧女性题材诗歌是研究热点。马诗明《浅议杜牧女性题材诗歌》(《辽宁教育行政学院学报》2014年第1期)认为杜牧出身于世宦家庭，生性豪爽俊逸，风流倜傥，不论是对歌姬还是对后宫佳丽，都饱含着真挚深切的感情，对那些处于社会弱势地位的女性更会自觉地予以深切的同情，杜牧读史业儒的教育经历，使他具有强烈的社会责任感，因而对晚唐浮华奢靡的社会风气甚为担忧，对那些被历史指责为亡国祸水的女人，杜牧的态度一向是冷峻而凌厉的，并借批评这些女子的骄奢淫逸，讽谏当权者的昏庸无能，爱憎分明的感情，使杜牧的女性题材诗歌体现了强烈的诗情美。朱少克《杜牧诗中女性形象及其深层内涵》(《青年文学家》2014年第24期)指出，杜牧借助一些女性的不幸遭遇来表达自己"士不遇"的情结，把这些女性视为知音，和她们一样始终逃不脱悲惨命运的支配，他描写女性时往往以这些女性的命运为主线，全力描述她们悲惨的人生，给人无比凄凉之感。蒋红莉《王昌龄与杜牧宫怨诗之比较研究》(《语文学刊》2014年第2期)认为王昌龄与杜牧的宫怨诗共同之处在于借他人酒杯浇自己心中之块垒，以含蓄蕴藉的艺术手法，抒发了人道主义情怀。同时二人宫怨诗又存在很大差异：王昌龄诗主题单一，杜牧诗则丰富；王昌龄多采用华美的宫中景物作为诗歌意象，而杜牧则采用萧瑟凄凉的自然景物作意象；杜诗比王诗多一些理性的批判。

除了女性形象外，杜牧诗中还有其他值得研究的人物形象。王彪《杜牧诗"渔父"意象刍议》(《华夏文化》2014年第1期)讨论杜牧诗中"渔父"意象，认为其多采用客体审视、主体自喻两种表现手法，或将“渔父”作为审视的对象、客体用以抒发感情的写作手法，潜意识中对“渔父”的价值观念、生活方式仍有保留，或以“渔父”譬喻自我，转变为一种价值认同。作者还认为积极进取和消极颓废是杜牧思想的两条主脉，反映了杜牧思想的矛盾性，两者在杜牧一生此消彼长，映照出现实生活的沉浮状态，而“渔父”意象正是杜牧消沉思想的标志。

杜牧的绝句也值得深入研究。王冬梅《论杜牧七言绝句的艺术特色》(《新闻世界》2014 年第 12 期》)认为，杜牧作品艺术成就很大，有爽朗俊逸，情韵悠扬的艺术特色，思想上观点独到，见识高明，手法上各种表现方式独到，其七言绝句具体表现手法有：翻倒法、对比法、数字入诗。

杜牧咏史诗也颇受重视。何廷智《试论杜牧的咏史诗》(《金田》2014 年第 4 期)从三个层次论述了杜牧的咏史诗。冯雁春《杜牧〈感怀诗一首〉的“史诗性”》(《山西大学学报》2014 年第 4 期)认为安史之乱以后，唐王朝开始走下坡路，到了晚唐，政局更是动荡不宁，藩镇割据，宦官专权成为顽症，杜牧时刻为朝廷的安危担忧，《感怀诗一首》全诗一百零六句，较完整地呈现了唐王朝由盛转衰的过程，具有诗史的性质。

杜牧的赋和骈文也都有学者给予了关注。许东海《辞赋与谏书——杜牧〈阿房宫赋〉新论》(《苏州科技学院学报》2014 年第 1 期)认为杜牧撰于晚唐世变之际的《阿房宫赋》并非一篇单纯的咏史赋，而是作者深受史学与赋学谏诤文化传统濡染，以赋、论合流为体，以借古讽今为用的当代讽谏书写，其中不乏新型谏书及其变创的实验意图，因此，借由“辞赋与谏书”文化跨界的书写侧面，或许可以为杜牧《阿房宫赋》在唐、宋赋学流变史的重要地位，提供另一则参考脚注；文章从几个方面进行论述：《阿房宫赋》新体文赋意义的重新审视；世变与谏臣——唐代谏诤文化关照下的杜牧身影；过秦与谏唐——《阿房宫赋》的赋体变创及其讽刺意图；论谏与讽刺：从《与人论谏书》看《阿房宫赋》的谏诤策略；杜牧《阿房宫赋》——辞赋与谏书合流下的晚唐新体文赋。

(二)杜牧思想及文学观

对杜牧内心世界的探讨进一步深入，如张晓姗《从杜牧的政治爱国诗看晚唐士人的济世补天心态》(《哈尔滨师范大学学报》2014年第1期)指出以杜牧为代表的晚唐士人,不甘心国家沉沦,他们抱着济世补天的心态,采取上书建言献策、赋诗讽喻等多种途径,期盼能够唤醒中央统治集团,挽救国家,摆脱颓败的运势。文章主要论述杜牧"济世补天"心态的出现与现实阐释、"济世补天"心态之嬗变与聚焦、"济世补天"心态产生的心态及意义。作者认为这表现了诗人对国家领土完整与社会繁荣稳定的渴望心态、对内部攻讦与阶层矛盾斗争的厌恶心态、对统治阶级的幻想和失望心态。

杜牧的文学观也有学者进行了发掘。李珺平《论杜牧以意为主的兵家文学观》(《北京师范大学学报》2014年第6期)指出以意为主不仅是杜牧对诗文创作的具体看法,更是一种文学观,是杜牧兵家思想与兵学观念对文论的浸润,内在潜藏着杜牧的兵家思想与兵学观念,即不把意局限于某家、某派、某思想之中,而把它作为每一次具体创作活动的前提和目标,以"意"为诗文创作的核心,是杜牧的创造。许顗、杨慎等不能从兵家角度理解杜牧,被后人诟病,苏轼、王夫之等由此角度理解杜牧,可算知音。李珺平《作为兵家的杜牧——杜牧文学思想的定位研究》(《美与时代》2014年第7期)认为杜牧是一个兵家人物,杜牧有注释古代兵书的专门性著作《孙子注》,有多篇专门讨论兵事的实用性很强的论文,还写下了与历代或当时兵事相关的许多诗歌,杜牧渴望成为兵家并以之为荣,这与其显赫家世相关,也与其敬仰的祖父杜佑这一范型相关。

(三)接受史研究

杜牧受杜甫、韩愈的影响较深。王笑梅《论"杜诗韩笔"对杜牧创作的影响》(《芒种》2014年第8期)指出杜牧诗歌笔力劲健,风格俊爽,此种风格的形成,除了力矫时弊的意图之外,也是杜牧向杜、韩等前辈诗人学习的结果,韩愈"自树立,不因循"的创新精神和高超的语言创造才能为杜牧全面接受并运用于创作实践之中,诗歌有为而作的创作宗旨和对思想性的重视,表达了士大夫的责任感,这一创作倾向显然受到杜甫"诗史"类诗作的启发,杜牧在突出文学理性内涵的同时,并不忽视对艺术表现力的追求，这实际上得益于他对“杜诗韩笔”创作经验的正确认识。

杜牧作品对姜夔词产生了影响。李巍《姜夔词对杜牧诗的化用及缘由》（《遵义师范学院学报》2014 年第 4 期）认为姜夔爱化用唐诗，尤其偏爱杜牧之诗，细观其化用杜牧之诗作，内容上多怀人、惜别，感情上主悲伤；词风上尚柔靡；艺术手法上则含蓄。究其原因，除因其在自身在经历与感情上与杜牧有相似之处外，还与晚唐诗风和宋词词风的契合有关，这共同促成了姜词对杜牧诗的偏爱。

杜牧诗文在明代的接受与传播经历了曲折历程。苏铁生《试论杜牧诗文在明代的接受与传播》（《学术交流》2014 年第 5 期）指出，明代前期对杜牧诗文的评价贬抑多于赞扬；中期逐渐重视杜牧的诗文，对杜牧诗文的评价褒贬不一；后期由于复古思潮的衰微，对杜牧诗文的评价赞扬多于贬抑。此外，明人以杜牧诗入画，收录杜牧书法，明传奇中演述杜牧风流旷达的才子形象，为我们扩大了了解明人对杜牧及其诗文接受的空间；杜牧及其诗文在明代的接受和传播与崇尚盛唐、贬抑晚唐的诗学思潮相关，也与复古思潮的衰微、宗教思想的渗透和杜牧诗赋的情调密切相关。

杜牧在元明清有着多元形象。苏铁生《从杜牧形象的重塑看元明清戏曲的审美取向》（《戏剧艺术》2014 年第 3 期）指出元明清戏曲材料对杜故事的改写有如下特点：对杜牧故事的主要情节和人物有较大的增删；为激活观众的“期待视野”，元明清戏曲中的杜牧被重塑成一个酒病诗魔，或智略超凡，或品行低劣，或滑稽可笑的艺术形象；借杜牧形象的重塑宣泄元代和清代士夫文人怀才不遇及玩世之情怀，宣泄清代士夫文人反对分裂、主张统一的愿望，宣泄清代士夫文人的沦落境遇及愤世之情怀，或借以召唤观众一同参与娱乐消闲。

杜牧在朝鲜也产生了影响。季南《中朝诗家对杜牧七律创作风格的批评》（《科技文汇》2014 年第 10 期）认为纵观中朝两国诗家对杜牧七言律诗风格的批评，可以得出如下认识：中朝两国诗家都对杜牧才气大加赞赏，对总体创作风格做出了大体一致的批评；中朝两国诗家都一致认为杜牧的诗歌存在“拗峭”的特点；中国的诗家们分析杜牧诗歌中存在“拗峭”特点的原因——为了矫正当时文坛的不正之气，而朝鲜诗家只是承认杜牧诗中有“拗峭”特点，但没有进行详细的辨析。综合朝鲜诗家讨论的观点，能避免仅站在本民族的视角上的局限，更容易获得对杜牧七言律诗风格更全面客观的认识。

（四）行迹与史料考索

吴静《杜牧笔下的池州景观》（《池州学院学报》2014年第4期）指出位于安徽南部的池州曾是唐代诗人杜牧任官之所，虽系贬职，但此处怡人的风景冲淡了诗人怀才不遇的忧愁。会昌四年杜牧由黄州迁池州刺史，任职两年期间留下多篇诗文，这些作品中所描绘的清溪河、九华山、秋浦河、杏花村等景观，不仅展现了唐代池州的风貌，也保留了诗人的情怀，对于今天如何更好地开发它们、使之更具历史气息有着至关重要的价值。方向红《略论杜牧的黄州纪游诗》（《黄冈职业技术学院学报》2014年第1期）认为杜牧会昌二年至四年贬谪黄州，在贬居黄州的三年多时间里，杜牧写有多首展现地域文化的纪游诗，内容充实，意蕴深远，既表现了黄州的地理自然景物和社会风土人情，又寄寓诗人对历史和现实的感慨。在艺术上，色彩词和数词在诗中的巧妙运用使其具有很强的表现力。孟国栋《新出石刻与杜牧研究札记》（《江海学刊》2014年第2期）指出近年来石刻文献的大量出土和刊布，为解决唐代文史研究中一些悬而未决的问题提供了切实的依据，文章中两条关涉杜牧交游及诗文系年方面的新资料，一则有助于对杜牧友人韦楚老名字的辩证，另一则有助于考证《皇甫鉟除右司员外郎郑濛除侍御内供奉等制》的系年，这两则材料都能够为杜牧研究提供有益参考。

综观本年度李商隐、杜牧研究，可以发现两个现象：一、李商隐研究的论文在数量上依旧远远多于杜牧研究的论文，表面上依旧保持着“重李轻杜”的格局。实际上，本年度杜牧研究的论文在总体质量上却显得更加厚重、饱满；二、从事李商隐、杜牧研究的学者多以刚步入学术殿堂的青年学者为主，这是学术研究薪火相传的可喜现象。

新书选评

《唐代岭南文学与石刻考》

□ 莫道才

(户崎哲彦著　中华书局　2014 年 1 月)

有的论著解决了一些学术疑案或公案，推动了学术的进展；有的论著提出了新的思想，引领了学术的发展；有的论著不仅有前述的贡献，还提供了新的研究方法。收入蒋寅先生主编的“日本唐代文学研究十家”丛书之一的户崎哲彦《唐代岭南文学与石刻考》就是这样一部著作。我与户崎哲彦教授结交已经十七年了，曾经在一起进行过学术考察和实地勘查，也一直关注他的研究，经常互通学术成果，因有学术渊源的感情，对于他取得的丰硕研究成果十分钦佩。

现任教于日本岛根大学的户崎哲彦教授一直是研究柳宗元方面的专家。20 世纪 80 年代初，他从求学的日本京都大学来到南开大学师从孙昌武先生研修柳宗元研究。之后，致力于柳宗元研究，出版了《柳宗元永州山水游记考》《柳宗元在永州》《唐代中期的文学与思想——柳宗元及其周边》等著作，在中日两国学术刊物上发表了 100 多篇论文。后来，他不只关注柳宗元研究，还扩及中唐文学乃至整个唐代文学研究，同时也对唐代历史、哲学、典章制度有研究。在获得了文部省的资助研究课题后，1998 年 5 月到 1999 年 3 月，他来到广西师范大学做了为期 10 个月的研究，获得了大量实地勘查资料，先后出版了《桂林唐代石刻研究》(白帝社 2005 年)和《中国乳洞岩石刻研究》(白帝社 2007 年)并提交了两份研究报告:《中国岭南地域的摩崖石刻资料与相关的中国山水文学的实证研究》《中国桂林岩洞现存的唐宋墨书与石刻解读与其历史背景研究》。之后,每年他几乎都要来桂林进行实地勘查调研。除桂林及周边外,我与他还到过广西的上林、灌阳,湖南的永州、汨罗等地实地进行调研勘访。在这之后,户崎教授在中国和日本的刊物和学术会议上陆续发表了不少与此有关的论文。《唐代岭南文学与石刻考》就是其中一部分相关论文的汇集。记得有一次,他刚好到桂林,提到蒋寅教授写信给他约他参与编一本书,他原以为是每人提交一篇论文合编一本日本学者的论文集,想放弃。后来,他给我看了蒋寅教授给他的信,我马上与蒋寅教授电话落实,告诉他是每位学者各编自己的一本论文集。他有一些为难,因为很多都是用日文发表的,需要翻译,而且主题也分散。我建议他以在中国已经发表的文章为主,结合他近年发表和研究的方向,可以将主题集中一些,专门讨论有关岭南石刻与文学的内容,书名就可以叫做《唐代岭南文学与石刻考》。可以说,这部论文集也承载了他在岭南地区进行文学和考古调查的研究成果。

论文集共收录了 13 篇论文。分别是:《唐人所发现的山水之美与岭南地区》《唐代桂林石刻的特点及其研究法》《广西兴安县乳洞岩石刻的特点及其分类》《关于成语“桂林山水甲天下”的出处和典据》《韩愈的岭南山水文学与柳宗元》《桂林华景洞〈李珏题名〉石刻与许浑〈寄李相公〉两首诗考》《韩愈撰〈柳州罗池庙碑〉之复原及其庙碑失存年代考略》《韩愈〈柳州罗池庙碑〉撰文及立碑年代考辨》《桂林南溪山现存李渤、李涉诗文石刻考》《白居易〈七老会诗〉中所见“卢贞”考辨》《元晦事迹考略》《韦瓘佚诗〈游三乳洞〉及其事迹考辨》《广西上林县唐代石刻〈韦敬辨智城碑〉考》。虽然书名以岭南为题,但本书的内容与桂林有关的为多。为什么呢?一个主要原因就是户崎教授在桂林长期实地勘访。

论文集的首篇《唐代诗人所发现的山水之美与岭南地区——中国岭南地区文学研究的倡言》具有宏观的视野。这是以1998年12月我请他给广西师范大学古代文学专业研究生做的演讲稿整理而成，当时由张民老师翻译成中文。后来，由我推荐给《东方丛刊》发表在1999年第4期。在这篇论文里，户崎教授提出了唐代文学有三个地域的说法，前期主要是中原地域、西北地区，后期主要是岭南区域。他特别提出，要重视岭南地区的文学研究。岭南作为唐代文学的区域文学得到了特别关注，特别是岭南山水进入了流寓岭南文学家的视野。这与户崎教授作为外国人在岭南地区的实地调研考察有深刻体会有关。唐代中期以后，很多文人由于各种原因流寓到岭南地区。这样就开始将岭南地域作为文学的写作对象。户崎教授在这篇论文里实际上可以说提出了他的研究理论新视野。他指出唐代岭南山水文学的发现有主体性特征创造的机缘，一是流放者的身份和需要自然来获取心灵慰藉，二是北方人对岭南山水的新奇性。从外在条件看，一是岭南独特的石灰岩地貌，二是岭南山水的空间构造与北方不一样。户崎教授指出，这给他带来了研究的新思考，要结合考古学和文化人类学的方法来研究。具体来说就是，一要有田野考察的必要性，二是历史地理学的必要性，三是民族学研究的必要性。为此他特别提出了"岭南地域文学"这一概念。认为这一地域的主要特征是流放文学与山水文学。流放与山水是唐代文学的重要因素。仅仅沿用以前对官宦文学的研究方法是不够的。不只要加上地理、风土、景观、民俗、方言的领域，还要加上西南少数民族在内进行综合研究。他既是这样认为，也是这样去践行的。户崎教授在考察了连州与永州、柳州之后写出的《韩愈的岭南山水文学与柳宗元》比较了韩柳笔下的岭南山水文学之不同，指出韩愈在连州所写诗作更多是对山水的惊异、恐惧等心态的表露，这与柳宗元不同。这与贬谪诗人的心理有关。

把考古学的方法引进到古代文学研究使户崎教授收获巨大。他在桂林实地进行摩崖石刻考察之后出版的两种巨著正是这方面的总结。收录在论文集中的《唐代桂林石刻的特点及其研究法》《广西兴安县乳洞岩石刻的特点及其分类》两部书的前言部分。户崎教授指出"本研究是在事先通过方志、历史地理书等文献的研究基础上，尽可能确定石刻的存在地点，赶赴现场，进行更详细的数据收集工作，与此同时，选择野外考察的方式，跋山涉水，对发现的石刻进行摄影。这次选用的摄影作业方式，不仅是因为得不到拓印的许可。例如为了在高十数米的悬崖上捶拓边长数米的石刻，而制作脚手架，不仅在物理条件上，在金钱面上也是有困难的。而相机的图像数据有拓本所没有的优点”。为了研究，他甚至从日本带来了用于岩壁攀爬的活动梯子。他之所以钟情于岭南摩崖石刻，在于他认为：“岭南石刻，在作为中国文献研究上第一手资料的同时，也是显示山水文学发展的物证。其中最重要的就是‘摩崖石刻’。”而岭南唐代摩崖石刻以桂林最多，“广东省保有的唐代石刻不过是桂林的四分之一，也就是说在岭南地区，除了墓志、碑碣之外的石刻——摩崖石刻，桂林保有的最多，同时也是其他地区望尘莫及的。这就是世人评价桂林在保有唐宋以后摩崖石刻的数量上全国第一当之无愧的原因。这和桂林地区特有的山水美有直接关系。广西地貌特殊，从全国来看，再和广东比较来说，喀斯特地形尤其发达，桂林就在其中心，石山也很多，所以对摩崖石刻来说，桂林就是最适合的地点，这也是桂林山水美的起因”。他之所以要用考古学的方法进行实地勘查，而不是仅仅用拓本和文献记载，因为他认为实地勘查可以获得更多的历史信息。“无论拓本多么鲜明，也缺少原本的表现力，换言之，资料包含的信息量很少。”不如实地调查，用数码相机拍照可以在电脑上仔细辨认分析。桂林的这些摩崖石刻多是历代文学家流寓桂林时留下的。为了考察，他带来了各种照相、录像设备，丈量卷尺，甚至经纬度测量表。对每一个部分他都要丈量长度、注明方位，最后制作示意图。他常常在山里、岩洞待上一整天，仔细辨析摩崖石刻漫漶的字迹，生活简朴得像苦行僧一样，常常只带饮用水和几个馒头面包，艰苦到了极致。正因为如此努力，所以他发现了兴安乳洞里的大量石刻，这些石刻多是前人忽略的。他回国后整理出版了乳洞岩石刻的考察报告《中国乳洞岩石刻研究》，里面有详尽的考察绘图及各种拍摄的图片以及解读考释。这完全是考古学的研究方法。经过实地考察，他获得了这样的结论：“兴安乳洞岩多有唐代摩崖石刻，从数量上看可以说是当之无愧的全国第一，并且大多在洞内。”收入论文集中的《韦瓘佚诗〈游三乳洞〉及其事迹考辨》就是其中的一个个案。他通过发现乳洞现存中唐诗人韦瓘诗刻的实迹，对这首诗漫漶的文字进行识读辨析复原，补充了《全唐诗补编》未收的《游三乳洞》诗。同时，对照文献记载，对韦瓘事迹与诗刻关系作了详尽考辩，指出韦瓘的进退实与牛李党争有重要关系。韦瓘属于李德裕党，牛党的李宗闵、白敏中贬韦瓘任外官 16 年，至大中二年二月，又由楚州刺史转为桂州刺史、桂管观察使，赴任时，五月二十日途径全义县（今兴安县）在乳洞题《游三乳洞》诗。整个考证层层深入，详实合理。

《桂林华景洞〈李珏题名〉石刻与许浑〈寄李相公〉两首诗考》也是这样一篇实地调查与文献考据结合的力作。户崎教授从桂林已经荒芜的宝积山华景洞中发现的李珏题名时间落款，联系许浑《寄李相公》两首诗，勾稽大量石刻文献和史料，互相比照考辨，得出了七点可以修复历史的结论，廓清了牛李党争的很多模糊的陈说。而《桂林南溪山现存李渤、李涉诗文石刻考》一文则不仅对其诗刻做了详尽的考订辩误，纠正了《全唐诗》《全唐文》著录之误，更重要的是发现了现存石刻是唐代书法家韩方明所书，是韩方明唯一留下的真迹，有高度的艺术价值。而韩方明是日本书法界公认的空海的书法老师。空海不仅在日本书法界，在中日文化交流史上都影响甚大。所以户崎教授饱含深情地说这“不仅仅是桂林之宝，更是中国之宝，希望有关部门能完好保存”。而《元晦事迹考略》则结合元晦在桂林的石刻题名和史料文献比对勾稽了元晦的事迹系年，复原了两《唐书》及其他史书缺载的仕历与事迹，功莫大焉。

论文集中的《韩愈撰〈柳州罗池庙碑〉之复原及其庙碑失存年代考略》则是利用罗振玉携带到日本的《宋拓罗池庙碑》复原了唐刻《罗池庙碑》。他根据历代著述考证唐刻《罗池庙碑》应该在明代以前就失存了，甚至考订应该在南宋绍兴五年（1135）前就已经不存了。在 2004 年 11 月在柳州召开的柳宗元国际学术研讨会上，他将精心复原装裱制作的《罗池庙碑》贡献给柳州市柳侯祠（柳宗元纪念馆）。而《韩愈〈柳州罗池庙碑〉撰文及立碑年代考辨》一文则同时考证出韩愈《柳州罗池庙碑》作于长庆三年(823)。他更指出:原来通行说法的长庆元年说指的不是《柳州罗池庙碑》,而应是《罗池神碑》。

《关于成语“桂林山水甲天下”的出处和典据——王正功的诗和范成大、柳宗元的评论》则是对“桂林山水甲天下”出处源头的考说,他将20世纪80年代初在桂林王城独秀峰发现的南宋王正功诗的出处上推到柳宗元《訾家洲亭记》。指出:“桂林山水甲天下”这一成语,虽然出现在南宋王正功的诗里,但是与之相同的评价早已在南宋初范成大的名作《桂海虞衡志》里见到了,王正功的诗自从被钟乳石覆盖之后已鲜为人知,后人因而求之于范成大。实际上把桂林山水评价为天下第一的说法在范成大之前,已出现于北宋孙觌、李纲等人的诗里。孙觌、李纲则认为这一评价始于柳宗元。而宋人多以唐人名作为典范来写作诗文,王正功的“桂林山水甲天下”就是把柳宗元的散文形式变成了七言诗句的形式。尽人皆知的“桂林山水甲天下”的形成过程被他梳理出了清晰的发展线索。

除了桂林一带的唐代石刻考证外,还有其他石刻考证,比如收入论文集中的《广西上林县唐代石刻〈韦敬辨智城碑〉考》。这篇长文是户崎教授与我于2003年12月参加上林县唐碑国际学术研讨会的论文修改稿。这是我见到的有关上林《智城碑》最全面深入的研究成果。户崎教授对这块唐碑做了详尽考释,对作者韦氏的家族渊源也做了考辨。文章分为五部分:《韦敬辨智城碑》校勘;《韦敬辨智城碑》与《韦公厥智诚峒序》之关系;“韦厥”及唐宋岭南少数民族“韦”氏;羁縻州“廖州”、“鹩州”与韦敬辨一族之迁徙;《韦敬辨智城碑》之社会思想及其文学成就。户崎教授从文本校勘复原与断句开始,分析其用字的涵义、特点,进而分析《韦敬辨智城碑》与《韦公厥智诚峒序》的关系,又进而探寻“韦厥”及唐宋岭南少数民族“韦”氏,最后从羁縻州“廖州”、“鹩州”与韦敬辨一族之迁徙看其背后隐藏的历史信息。除了实地考察勘访外,他又结合民族学、民族语言、民族史的史料来研究,论证可谓层层剥笋,步步深入,观点新意叠出,令人耳目一新。他指出:“从中可窥见,当时岭南少数民族生活及人情,既不似韩、柳所描写的那样凶狠野蛮，亦不如范、周所描述那样贫穷落后，而自有文采，文化水平却相当高，又具有先进的和平共存的思想。中原汉族及官方从早有着偏见、误解，《智城碑》一文诚然是我们消除成见的力证。"这确实很有启迪。与笔者在《从上林唐碑〈大宅颂〉和〈智城碑〉看唐代中原文风对岭南民族地区文化的影响》(《民族文学研究》2005 年第 4 期)分析的结论颇类似。

限于篇幅，这部论文集中的精彩之处不能一一介绍。从整部论文集看，户崎教授治学严谨而细致。他的选题往往以小见大，有尺幅千里之势。他研究的往往都是亲身实地考察过的文学遗迹和石刻遗迹。他将文献资料与实地考古紧密结合，体现了日本学者精细的近乎苛刻的敬业精神。他用文学考古与文学地理实地勘查的方法来研究唐代文学，为唐代文学研究提供了很好的借鉴。蒋寅先生在《前言》中对这十部书的评价"言之有物，论不虚发，绝无人云亦云、了无新意的论说"，是对户崎教授的这部书的中肯评价。这对于我们矫正研究选题表面视野宏大实则空疏无物、论述滔滔不绝实则大而无当的学风有重要意义。

《“诗家三李”论集》

□ 王树森

（余恕诚著　中华书局　2014 年 2 月）

1978 年以后的中国古典文学研究首先是唐诗研究，在基础文献的整理、学术视野的拓展等许多方面实现了突出进展。但也应看到，对于大作家的审视，对于重要作品的释读以及对于重大文学史理论问题的讨论，一直未能有显著突破。一些学者所忧心的古典文学研究思想的贫弱、理论的沉寂、艺术的苍白等遗憾，依然不同程度地存在着。

令人欣慰的是，这些年中仍然有一些学者坚守文学本位，看重本体研究，“千磨万击还坚劲，任尔东西南北风”。日积月累，终成仰止之高峰。已故著名学者余恕诚先生在生命最后时刻所推出的《“诗家三李”论集》，就是这样一部值得静审深学的力作。本书是余先生近四十年有关唐代三位杰出诗人李白、李贺、李商隐 21 篇研究论文的结集。要言之，这部著作从三个方面深入研究了三李诗歌艺术成就与成因。

首先，认为一定的社会历史与自然地理条件，是催生三李诗歌艺术成就的土壤。譬如《政治对李杜诗歌创作的正面推动作用》认为盛唐大诗人李白、杜甫之所以能有那么大的诗歌成就，与他们深度介入玄肃代三朝的中央朝局关系很大。又如文人所受地理环境的影响，在《李白与长江》《李白与皖南》两篇论文中，余先生做了深入探讨。前文不仅从长江上中下游的自然景观与人文传统，细致分析李白诗赋艺术风貌所受之影响，而且还以李白为例，深刻论述了文学史上著名的“江山之助”命题。如他认为“某一地域的自然风貌有某种美的特征，诗人生长其中受其感召，心物交融，天地英灵之气化入诗的性情之中，作品会自觉或不自觉地体现出地域特征。……万古长江，浩瀚汹涌，始终是动的，而李白诗歌很少静态描写，充满着动感。……所以如果说李白的‘壮浪纵恣’得长江流域的江山之助，应该是有道理的”。他又说：“一个地区有一个地区的民情风俗，文化氛围，有其文化思想乃至文化心理的积淀，更能够影响诗人的思想性格和审美情趣。……考察巴蜀、荆楚、吴越文化与李白及其诗歌的关系，无疑可以给人文地理对创作的影响提供充分的证据。”后文在梳理李白在皖南的游踪和创作之后，重点分析了李白皖南诗歌清净明丽基调所受皖南山水与江南民歌传统的影响，可以被看作是对前述理论概括的具体证明。

其次，认为三李诗歌风貌的形成，离不开对前代诗学遗产的继承发扬。中国古典诗歌发展至唐代，已有厚重积累，这使得唐人有条件在前人基础上进一步发展创造。与此同时，唐代文学特别是唐诗本身，又是持续近三百年，峰峦迭起的文学鼎盛期。处在后一个峰峦上的作家，要远望前面的高峰，进一步继承革新。本书以三李为核心，细致勾勒从屈原、宋玉、司马相如和阮籍，直至唐代杜甫、韩愈、温庭筠等的一段中国诗歌演进轨迹。他将三李在创作上的相通概括为三点：倾向于写主观、写自我；继承楚《骚》传统，多用比兴；有才气，富文采（《“诗家三李”说考论》），从理论上为“诗家三李”一说作了证明。魏晋之际的阮籍与晚唐的李商隐，诗歌风格都以幽深奥隐著称，“代表着当时象征性、多义性诗歌所达到的高度”。经过余先生的研究，可见尽管李商隐对阮籍素怀追慕，而且二人“在‘掩抑纡回’的表现手法上有共同的追求”，但李商隐通过自己的革新，从多方面推动了中国古代象征性、多义性诗歌由主理走向主情的巨大转变（《从“阮旨遥深”到“玉溪要眇”》）。李商隐之于韩愈，虽然韩诗偏于雄直奇险，李诗更显瑰艳朦胧。但余先生细致考察后认为：“李商隐在诗歌创作上发展了韩愈以来任主观化的倾向，诗艺起了很大的变化，……联系这种变化研究李商隐诗歌的体裁风格，对其多用近体，并形成朦胧深婉的面貌，也就可能获得进一步的认识。”(《诗歌：从韩愈到李商隐》)类似于这种从诗史演进角度为作家创作风格寻找成因的做法，对同类课题研究无疑具有很好的借鉴意义。

再次，认为三李诗歌艺术的巨大独创性，与主动吸收其他文体艺术经验有密切关系。早在20世纪八九十年代，余恕诚先生在从事唐诗风貌及其文化底蕴研究时，就已注意到不同文体间相互借鉴对文学发展的正面促进作用。21世纪的第一个十年，他潜心研究，最终撰成煌煌四十万言的《唐诗与其他文体之关系》。收入这部《“诗家三李”论集》中的多篇论文，即是文体关系课题的阶段性成果。余先生深入论证了异体相生，不同文体间相互借鉴、相互转化、相互吸收，对三李诗歌艺术的成熟，起到重要促进作用。譬如《论赋与诗在李白笔下的交融》展示了李白诗歌的壮伟气象与汉大赋的关系、奇幻浪漫风格与骚体赋的关系。《李贺诗歌的赋体渊源》则通过考察李贺诗歌主要题材与艺术风格所受赋体的艺术沾溉，从而进一步正确把握李贺诗歌内容与艺术的渊源。《赋体对李商隐诗歌创作的影响》《樊南文与玉溪诗》《论小说对李商隐诗歌创作的影响》三文，则结合大量作品，讨论赋、骈文、小说三种文体对义山诗歌风貌的重要影响。其中涉及的许多话题如“赋与义山诗的谐隐”、“樊南文风与玉溪诗风”、“代言体与寓言赠答中的小说成分”、“抒情诗外壳下的传奇故事”等，都是前人论之未详甚至未有涉及的。

《“诗家三李”论集》以三李为中心，讨论了唐诗史乃至整个中国诗史中许多重要的艺术发展问题，书中所归纳总结的一系列结论，有的尽管成于几十年前，但今天读来，仍觉新光弥满，振聋发聩。著者所秉持的全局视野、作品意识与科学精神，尤需引起重视。

传统的作家作品研究，一直是中国古典文学研究的起点与主体，但新时期以来，这个传统一度陷入停滞。造成这种局面的原因是多方面的。其中一个重要原因是，究竟该如何深入研究个案？学术界一直没有形成一套行之有效的法径。但从《“诗家三李”论集》中，从余先生关于作家作品研究的巨大成功中，我们可以感知到，只要跳出传统的束缚以全局眼光来审视，就有可能获得全新的认识。李白的诗歌是豪放的、浪漫的，这是几十年甚至是一千年的共识。但是原因何在？余先生既赞同郭沫若等人的看法，认为李白生于西域，中亚民族的浪漫种子早就埋在诗人灵魂深处。不仅如此，他的研究还告诉我们，去朝廷上走一遭的独特人生经历，一生蒙受浩瀚长江自然人文之滋养，乃至于对前代文学传统的深入学习，都从多方面玉成了这位“谪仙人”的天上之文。李商隐诗歌的主体风格是浑融凄艳的，这一风格，只有深入作家所处的时代，深入到作家的人生境遇，深入到作家敏感的心灵世界深处综合考量，方能得出科学的判断。与此同时，如果注意到义山曾刻苦写作骈文，曾自觉追摹韩愈，也曾对前代乃至当时的小说用过功夫，就会对义山诗中呈现的多样而独特的艺术面貌有深一层理解，而不至横生突兀之感。

个案研究特别是诗歌艺术研究这些年来之所以进展不大，最重要的原因还是作品不熟。在人生的最后一篇论文《加强本体研究，多向拓展融通》中，余先生曾大声疾呼：“对于实际的阅读、写作和文化建设来说，最关紧要的是对文学作品艺术生命的把握，是要揭示作家作品的美学价值。”为此他提出多条补救建议，其中第一条就是要“提升研究者的艺术感受力”。（《社会科学战线》2014 年第 3 期）而且还说：“对文学的感受体悟和把握能力，归根结底，要从实际阅读中来。”我们读这部《“诗家三李”论集》中的所有论文，一个最鲜明的感受恐怕就是余先生对作品涉猎得广、理解得透、体会得深、运用得活。诗经、楚辞、汉赋、乐府、四六，乃至唐以后的各代文学经典，几乎无所不熟。不仅如此，他还极擅长对作品做深入细致的分析。李白多用“剡溪访戴”之典，只要对李白诗歌稍作阅览，自会感知，但余先生却能通过对李白用典的细密考察，发现诗人的取舍玄机，并且由此辨析出以李白为代表的盛唐文人风尚与魏晋风度的区别。三李的诗歌创作都吸收辞赋经验，但究竟是怎么学的？各有哪些特点？余先生依然一切凭作品说话，通过对作品的细腻评鉴，演绎出令人信服的创见来。余先生对作品的重视，并非只是在谈艺术的文字中才体现出来，其他类型的研究同样以作品为中心。“李白与长江”这个话题，稍不注意，就会变成文化概念的堆砌，但余先生处处紧扣作品，真正说清了、落实了长江对李白文学创作的多方面影响。《李白出生于中亚碎叶的又一确证》是一篇考证文章，但通读全文方知，著者的怀疑是以对“乡关眇安西”一句诗的阅读为起点的。由此可见，只要牢牢地抓住而不是脱离作品，重视而不是轻视作品，我们的唐诗研究乃至整个中国古代文学研究，将会衍生出多少有意思的话题！

作家作品研究要想提升其学术意义，还在于要善于解剖麻雀，举一反三。著者在本书弁言中开宗明义：“三李诗歌既各有特色，又有一些很重要的相近之点。阅读研究他们的作品，不仅可以看到他们诗歌天地的丰富多彩和各自在艺术上的巨大独创性，同时也可以亲切感受到三李文脉的潜通，进而亦可能对中国诗歌演进获得某些更为深微的认识。”可见作者就是想通过三李的研究，对唐诗史乃至整个中国诗史中的若干理论问题作出思考。书中常有由具体结论升华而来的普遍性结论。譬如通过对李白杜甫与王朝政治关系的研究，得出“对中国诗歌而言，政治之渗入与否，跟诗歌是否达到高层次常相联系”这一重要观点。从李商隐对韩诗的追摹与革新，推导出文学演进中的穿透与移位现象。《论20世纪李杜研究及其差异》一文，看似是对李杜研究史的回顾，实际上却牵涉到如何“认识近百年中国古代文学研究得失、推进其健康发展”的重大理论问题。

余恕诚先生是最近四十年来在唐诗研究领域取得多方面成就的大家。他的贡献不仅在于攻克了一个又一个学术难题，更因为他始终对这个学科未来的发展怀有真挚感情与热忱期待。虽然天不假年，余先生过早地离开了我们，但他和他的研究，所带给我们的震撼，所带给我们的感动，所带给我们的启发，必将超越时空，永远与我们相伴。

《王维资料汇编》

□ 徐 波 康 震

(张进 侯雅文 董就雄编著 中华书局 2014 **年** 3 **月)**

张进、侯雅文、董就雄三位学者精心编著的《王维资料汇编》(下文皆简称《汇编》)一书,2014 年 3 月由中华书局出版。此书的刊行,填补了"古典文学研究资料汇编"系列中王维资料的长期阙如。全书分四册,共一百四十余万字,第一次对历代王维资料进行系统全面地整理汇编。《汇编》蒐集资料丰富,校对精准,功能齐备,对今后的王维研究具有重大意义,是嘉惠学林的盛举。

王维是盛唐时期杰出的艺术家,诗歌和绘画皆自成一家,同时又精通音乐、书法。杰出的艺术成就造就了王维"名盛于开元、天宝间",且在后世也享有极高声誉。因此,历代关于王维评点、评论以及考述的资料甚多。前人已经留意于相关资料的蒐集,如明人顾起经就开始搜寻关于王维的诗画评论,他笺注的《类笺王右丞全集》附录中收录有《唐宋诸家评王右丞诗画钞》数条。清人赵殿成的《王右丞集笺注》是王维诗文古注本之集大成者,该书附录辑得历代王维诗论五十二则,画论一百一十九则。今人陈铁民的《王维集校注》收罗资料宏富,在诗作之后往往附上历代论者的评论。此书附录中又按照"事迹资料"、"诗评"、"画评"分类蒐集了大量资料,在前人基础上将王维资料的整理和收集推进了一大步。“但仍然缺少一部专门、比较系统完备的王维资料汇编，以供研究者参考。”（《汇编·编后记》下文皆简称《编后记》）《汇编》的出版正填补了这一空白。该书充分兼顾到学术性和实用性。具体而言，具有资料齐备、规模宏大、体例精当、取舍有度等特点。

一、规模宏大，资料齐备

文献汇编无不追求资料完备，这也为该书最为显著的特征。王维以“博学多艺”著称，其成就涉及文学、绘画、音乐、书法等多个领域，历代关于王维的各种文献资料极其丰富。正如该书《编后记》所言：“王维杰出的艺术成就，赢得了历代诗文选家和评点家、书画收藏家和评论家的青睐，以及众多爱好者与研究者的广泛接受，关于其评论、点评以及考述类的资料之多，是其他诗人和画家少有能比肩的。”正因如此，也加大了辑录王维资料的难度。涉及门类多，时间跨度长，诸多史料散落在浩如烟海的古籍之中，钩沉稽考之工甚大。《汇编》的诸位编者本着严谨的治学态度，“废寝辍食，锐意穷搜”，搜检诗文别集、总集、诗话、词话、书论、画论、笔记、史书、方志和类书等古籍近万册，引书一千多种，辑录文字多达一百四十余万字，规模之宏大实乃古今诸家王维研究不曾有。其内容包括历代有关王维诗文、绘画、音乐等的评论与评点以及有关王维交游出处、诗文集版本源流、绘画收藏流传方面的考述等资料，力求将相关文献尽可能搜罗完备。《汇编》所辑录文献时间跨度上起唐代，下迄近代，对于明清资料辑录尤为丰富。该书共引用明清文献七百余种，篇幅占到全书的三分之二以上。明清传世文献数目庞大，相对而言和王维相关的资料也较为繁富。但是明清文献前人多未整理，还有众多王维资料淹没在浩瀚的典籍之中，未能引起研究者注意。《汇编》首次从明清两代的古籍中钩沉出大量新资料，其中不少材料对王维研究具有重要价值。这些新材料的发掘，必定会引起学界极大的兴趣。

《汇编》在全面汇集文献资料的同时，还注重反映历代的王维接受状况。该书为张进教授所主持的教育部人文社科项目《历代王维接受研究》的成果之一，在编撰过程中就以“反映接受状况为旨”。因此此书除了蒐集各类评论、评点以及考述资料之外，还将历代相关接受情况的文献资料一并录入。如《汇编》“梅尧臣”条下收录《拟王维偶作》《拟王维观猎》，二诗皆为拟王维诗而作。虽然《汇编·凡例》中说：“对王维诗的拟作、和作等，一般不予收录。”（下文所引《汇编·凡例》皆简称《凡例》）但梅尧臣是北宋重要的诗人，他的拟作具有一定的接受史意义，因此《汇编》也将梅尧臣二诗收入其中。另外，《汇编》还收录了大量以王维为典故的诗作，如“苏轼”条下收录有《至真州再和二首其一》，其中有句曰：“老手王摩诘，穷交孟浩然。论诗曾伴直，话旧已忘年。”此乃以王维“故实”入诗，正体现了该书以“反映接受状况为旨”。这部完备的资料汇编融入了编者的学术思想，充分“反映王维接受情况以及历代读者作为接受主体在文学进程中的能动作用”（《编后记》），是王维接受史研究的重要成果。

二、体例精当，取舍有度

大型史料汇集要兼顾全面性和学术性，体例就尤为重要。《汇编》在处理二者关系时充分体现了体例精当，取舍有度的特点。

《汇编》按撰者时代先后顺序编次资料，时间跨度上起唐代，下迄近代，分为唐五代、宋、金、元、明、清六部分。相对于分类编次法而言，按年代顺序编次可以最大程度地保存资料的完整性和连续性。我国古代的评点、评论多为零散的感悟，缺乏系统性，再加上王维本身涉及多个领域，因此众多文献材料很难归属在某一个主题之下。如苏轼著名的“味摩诘之诗，诗中有画；观摩诘之画，画中有诗”之论，就涉及诗论和画论。又如新旧《唐书》中王维的本传，综合介绍王维成就和事迹。如果采用分类编次，势必造成材料难以归属分类，甚至导致割裂材料或材料重复出现的现象。而按年代编次则可以避开这一问题，最大限度地保存材料的原貌，并且可以展现历代评论的发展演变状况，从而具有一种“接受史”的价值。

按年代编次，也面临资料取舍的问题。《汇编》的来源文献有著作，有编述，也有抄纂，有不少资料在不同古籍中反复出现。如果全部抄录，势必造成内容冗杂，给读者阅读带来不便。《汇编》巧妙地采用了“互见法”，“对于材料重出者，采用互见法，一般全录其较先提出或较为完善者，在后则略录其要”（《凡例》）。这样的处理，既突出了“意见的原创性”，又兼顾了“后来者接受的情况”（《凡例》）。对于注解笺释类著作，《汇编》则删繁就简，取其重点。注解笺释类著作在王维研究史和接受史中具有重要价值，是阅读和研究的重要参考材料，如赵殿成《王右丞集笺注》、吴昌祺《删订唐诗解》等。但此类著作基本是注释和评点夹杂在王维诗文之中，内容芜杂，篇幅较长；且一般有单行本发行，搜寻较易。《汇编》对此类文献“不予全录，而只录其凡例、序跋、解评、按语、附录等具评鉴色彩的部分”（《凡例》）。诸如此类，都体现了《汇编》对资料取舍精审的特点。

《汇编》充分保存了材料的准确性和原始性。由于相关文献版本众多，良莠不齐，《汇编》非常注重来源文献版本的选择，做到“尽可能据善本、标点本、整理本”（《凡例》），充分利用前人研究成果并进行谨严的考订。对古籍或标点本、整理本中存在的讹、脱、衍、倒者在辑录时都一一校订；对历代朝讳，也一一恢复。而对于辑录资料中各家所引用王维诗文中出现的异文，除了明显的鲁鱼帝虎之误，一般不做改动。对于某些撰者字号以及某些资料来源出处与误失疏漏之处也是保持原貌，只是通过编者按语加以考证和说明。《汇编》凡是所辑录资料皆标明出处，并且附有“引用书目”，以便读者查找核对原文。编者严谨的态度保证了《汇编》具有较高的学术参考价值。

值得一提的是，《汇编》是由两岸三地的学者协力完成。西安文理学院张进教授与台湾政治大学侯雅文副教授、香港城市大学一级导师董就雄博士共同承担了该书的编纂工作。张进教授是王维研究学会的副会长，在此书编撰中也用力最多。张教授独自负责唐宋金元部分并协同完成明清两代近半数的资料辑录。侯雅文副教授和董就雄博士分别完成明清两代的部分资料辑录。其间有海峡两岸数十名青年教师和学生参与了此项工作。最后由张进教授完成全书的统稿和校订。在海峡两岸三地众多学人的共同努力之下,《汇编》在学术性和实用性两方面都取得了较大成就,此可谓学术界一段佳话。尽管该书不免会有漏收,但它的出版无疑为王维研究提供了目前最为翔实完备的文献资料,必定大大推动王维研究的发展。

《考古发现与唐代文学研究》

□ 虞越溪

（胡可先 孟国栋 武晓红著　浙江大学出版社　2014 年 4 月）

胡可先教授在《出土文献与唐代诗学研究》一书的后记中曾提到过其今后的研究方向之一就是“以文学为中心，进行新出土的石刻文献、写本文献和图像文献的综合研究”。时隔两年，胡教授与其学生孟国栋、武晓红合作完成的《考古发现与唐代文学研究》一书的出版，则可以说是当初这一研究规划的阶段性成果体现。自王国维创立二重证据法以来，已有不少学者致力于利用考古发现来研究中国古代文学，并取得了不小的成就。但在唐代文学这一领域，相关研究著作却较为少见，一些已出成果也多是集中于对墓志碑文的研究，包括上文提到的《出土文献与唐代诗学研究》亦是如此。《考古发现与唐代文学研究》一书虽然仍侧重于对墓志文学的探讨，但也涉及了摩崖碑刻和实物图像的研究，并给予考古发现四大类型在文学研究中的作用以极高的重视和评价。在综合运用不同类型的考古发现研究唐代文学方面，本书可以说是一种尝试。

本书是一部论文集，但其所收论文的专题性还是十分明确的，都是近年来利用考古发现解决古代文学相关问题的学术成果。这部专题论文集按论文内容大致可分为五个部分。第一部分的四篇论文提纲挈领地探讨了唐代文学研究中考古发现的作用和价值，指出考古发现对文学主体、文学背景、文学形态、区域文学、文学历史、文学活动、文学创作、版本校勘等诸多领域的研究意义重大。第二部分四篇论文主要侧重于对新出石刻特别是墓志碑文文学形态的研究，从墓志与其文体渊源、志文与铭文的关系、碑志合作撰文现象和墓志中的家族因素等方面深入挖掘了新出石刻文献文体学的研究价值。第三部分六篇论文是对新出石刻文献的个案研究，其中既有单篇墓志的专门解读，也有多篇墓志的综合考察，更有通过碑志展开对特定家族文学群体的研究。第四部分的两篇论文是对摩崖碑刻的专门研究。其中一篇以武则天君臣唱和的摩崖石刻为切入点，展开了对武则天时期文学发展环境与背景的研究。另一篇则从文体类型、纪实特性、艺术特性等角度探讨了石门题刻的文学内涵和价值。第五部分的三篇论文皆是围绕着唐代诗词中的名物研究展开，通过对“蹙金”名物、金银饰品、杜甫《丽人行》中的名物考释进行诗词意象的实物印证。纵观全书，笔者认为本书选题和内容的价值与意义主要体现在以下几个方面。

首先，本书拓展了唐代文学研究的视阈，在某些方面的研究上发挥了先导性的作用。在唐代文史研究领域，虽然墓志研究现已取得一定的成果，但利用不同类型的考古发现研究唐代文学在学术界尚未引起充分重视。本书在首篇论文《考古发现与唐代文学研究》中就总论了石刻文献、写本文献、实物图像和重要遗址这一系列考古发现的巨大价值，并分别以断代墓志汇集著作、地域墓志汇集著作、吐鲁番写本文献、唐墓壁画、法门寺出土实物、唐代长安宫殿遗址为例加以启发性地具体阐述。在进行具体的文学作品解读时，还利用法门寺出土的蹙金绣解读杜诗，以长沙窑出土瓷器的题诗为例证明考古发现对于作品辑佚的作用。而本书的第四、五部分则涉及了摩崖石刻和实物图像这两大考古发现类型的专门研究，特别是第五部分以实物图像印证诗词名物，从多元化的角度、深层次地解读文学作品，更是为这一领域的进一步研究提供了范例。诚然，本书大部分章节还是围绕着墓志文学展开探讨，但是对其他考古类型的充分重视和探索性研究无疑为我们打开了一扇唐代文学研究的新窗户。在墓志文学方面,本书同样具有开拓研究新视野的意义,具体体现在本书对墓志文体学研究的深入探索和将传记文学与家族文学联系考察这两个方面。近年,大部分的墓志研究论文多是围绕着单篇或几篇墓志进行史学材料兼涉文学赏析性的分析,综合大量墓志进行整体文体学研究的成果仍然少见。本书对墓志志铭关系和合撰现象的谈讨,就参考总结了大量唐代墓志,发前人所未发,对墓志文体作出了较为全面的分析阐述。《墓志的起源与墓志文体的成立》一文则在前人研究成果基础上,对墓志起源和文体成立的时间作出了自己的判别,科学严谨,令人信服。在墓志的家族文学研究方面,许多墓志既是墓主个人的传记文学也是其家族文学的重要组成部分。胡教授在《出土文献与唐代诗学研究》一书中已经开始重视出土文献所涉及诗人的家族背景,但多关注于具体家族墓志的研究。在本书中,则不仅有具体家族墓志的考论,如《唐代诗人卢纶家族新出墓志考论》,还将个人墓志置于家族文献的框架中,从宏观层面对文学自传与文学家传进行对比研究,得出了一些具有高度概括性的结论。这无疑是家族文学研究的一大突破。虽然对墓志文体和家族文学的研究尚有可待挖掘之处,但本书在这些方面的先驱性意义还是非常明显的。

其次,本书充分论证了考古发现的作用与价值,同时毫不避讳其局限和不足之处,为墓志个案、摩崖碑刻、实物图像的研究提供了思想基础和方法论指导。一直以来,研究者往往将考古发现作为史料加以运用,或者仅仅关注于出土文献本身具体、微观的文学价值,对其审美与历史价值的认识有所偏失。本书认为,考古发现对文学研究的作用与价值,不仅在于其为诸多文学领域的研究提供了保存当时风貌的原始材料,能帮助我们解决一些悬而未决的问题,更是在于其有利于还原特定的历史语境,融合历史与审美。只有充分认识到了考古发现的这一作用与价值,在利用其进行研究时才能体现出更深层次的文学关怀。胡教授认为"在超越文本的基础上利用考古材料,从知识传承与文学发展的动态过程中考察相对静止的出土文献,可能会在系统研究与方法论上取得更大的突破"(第 28 页),而本书对墓志个案、摩崖碑刻、实物图像的考察无不是在这种指导思想下所进行的。比如《从〈王洛客墓志〉看王勃的隐逸生活》一文，就是利用《王洛客墓志》中涉及的墓主与王勃一同隐居的描述，辅之以其他文献，推测王勃隐逸的时间与地点，从而勾勒出王勃隐逸生活的图景。随后，作者将王勃隐逸期间的文学作品置于此种生活背景下进行联系考察，对其作品的意境领会与情感还原更显真实深刻。又如《武则天君臣石淙唱和诗碑考论》一文，并没有停留在对石淙诗碑所载诗歌的著录考订和具体分析上，而是对诗碑所反映出的唐代道教风尚与七律演化进程体现出更多关照。至于利用出土实物进行诗词名物的实证研究，这种研究路径本身就是为了还原诗词所呈现的历史语境，在立体化解读诗词的同时挖掘出名物的社会文化史意义。此外，本书作者也清醒地认识到考古发现对于唐代文学研究的局限性。这种局限性主要体现在考古发现的出土文献呈现零星、散乱的状态，具有偶然性，新出文献也并不能提供改变文学史发展进程主线的整体材料，且精华与糟粕并存。因此，本书所收论文在选择考古发现材料时总是十分谨慎，在研究过程中，也多与传世文献两相印证，并且大都围绕文学史某一具体问题进行考证，尽可能地避免陷入研究误区。

最后，本书在利用考古发现研究唐代文学这一领域内，不仅为初入门径者提供了便利，也为深入研究者指引了方向。本书的多篇论文中都有对考古发现相关材料特别是墓志汇集著作的详尽罗列，为有志于此的研究者提供了素材的指引。比如《考古发现与唐代文学研究》一文就分类列举了断代墓志和地域墓志的专门汇集著作，初学者可按图索骥据此寻找到自己所需的墓志。本书还对可待深入挖掘的一些考古发现进行了启发性的举例介绍，研究者也可据此展开进一步的考察。如《出土文献与中古文学研究》一文，提醒我们可以利用出土的北朝墓志研究北朝的文学生态与演变。作者还列举了这一研究应该多下功夫的三个方面，不过仅是以泛泛举例的形式简要阐述。后来者即可从作者所列的三个方面出发，整体性、系统化地对北朝墓志展开研究，以改变北朝文学史研究薄弱的局面。更为可贵的是，本书提供了多种可借鉴的研究思路，在该领域的研究上起到了示范性作用。比如《新出土唐代诗人〈杨收墓志〉考论》一文分志文笺证、家世身世、学术文学和撰者考察四个部分对《杨收墓志》进行研究，为文学考据型墓志研究文章提供了一种范例。另一篇《唐〈程修己墓志〉文本释读价值论衡》则以绘画史价值、书法史价值、文学史价值等角度为切入点，以墓志为中心展开延发性研究，又是另一种研究思路的示范。

金无足赤，本书也存在着一些值得调整的方面。如《考古发现与唐代文学研究》与《出土文献与中古文学研究》在对新出土文献局限性的表述上有重合之处，后者基本是前者的简略版本。这对于同一作者的单独两篇论文而言无可厚非，但若两篇论文收于一部论文集且置于前后篇，还是应作适当调整和删改。又如《新出石刻与唐文创作研究的思考》一文是由作者博士论文中的绪论部分删改而成，故文章偏向于提纲式的叙述，虽为出土石刻和唐文创作研究提供了一定方向性启发，但若作为一篇单独论文来说则显得过于简略和生硬。又如《武则天君臣石淙唱和诗碑考论》一文援引《新唐书·诸帝公主传》中“太平公主，则天皇后所生，后爱之倾诸女。荣国夫人死，后丐主为道士，以幸冥福”这则史料作为武则天晚年对道教尊崇无比的例证，笔者以为有所欠妥。荣国夫人死于唐高宗咸亨元年(670)，此时武则天46岁，应还未步入晚年阶段。再如《金银饰品与唐五代诗词》文中第三、四部分在叙述金银饰品的意象组合、意象传递和情感寄托时，对“金银”这一质地独特性的把握还略显不足，在研究其他质地的饰品意象在诗词中的组合传递与情感寄托时也可套用作者的一些叙述。

此外，由于笔者对新出石刻文献的文体学研究方面关注较多，因此就本书研究此部分的两篇文章在行文思路上提出一些建议。《论墓志文体志文和铭文的特点、功用及相互关系》一文在探讨墓志志文、铭文的主要目的、各自特点和各自功用时都涉及志文记事、铭文颂美的叙述。《墓志铭创作的主要目的》一章中提到：“古人设置墓志铭的目的主要有两个：一是记事，防止陵谷迁变，使志主的事迹能够传诸久远；二是颂美，对志主生前的嘉言懿行进行歌颂。”《志文和铭文的各自特点》一章中写道：“由此也可以看出墓志铭的志文重在记事，不求虚美的特点。”《志文和铭文的各自功用》一章也有类似的表述：“在墓志铭创作最为繁盛的唐代，志文主记事、铭文主颂美的功能得到了极大的强化。”可见，作者将志文记事、铭文颂美纳入了志文和铭文目的、特点、功用三个范畴之中，这样的归纳虽然也有其合理性，但在行文时难免前后重复叙述过多，使读者读来觉得逻辑混乱、条理不清。作者在叙述志文和铭文特点时还分析了各自行文章法、文体形式上的不同，在论及两者功用不同的原因时则提到了各自的渊源以及撰写目的。笔者认为，虽然目的和功用侧重点并不相同，前者是做一件事想要达成的效果，后者是目的达成后产生的影响，但在本文中，前者的效果和后者的影响实际上是一码事，都是志文记事、铭文颂美，为了避免重复可以将两者合为一章，无需再具体论述两者的因果关系。至于志文和铭文所受影响渊源的不同——志文主要受史传文学影响、铭文由钟鼎铭之演化而来，与其说这是志文、铭文功用差异的原因，不如将其归结为是受目的影响所致。正是由于志文的目的是记事，所以古人在撰写志文时会师法于偏重记事的史传文学，铭文亦然。志文和铭文章法文体特点的差异则是由两者目的功用和渊源影响不同所导致的，志文记事、铭文颂美虽也可算作两者的特点，但同样为了避免重复可以不再或简略论及。综上所述，全文章节内容可以按如下线性顺序进行调整：目的功用—渊源影响—特点差异—相互关系。

《碑志所见唐人合作撰文现象研究》一文则对二人合作撰文风气盛行于初、盛唐之际的原因分析不够正中要害、有理有据。文章认为，合撰现象在这段时间集中出现一是由于此时唐朝国力强盛，物质生活富足，家属对墓志的撰写极为重视；二是因为此时文学环境宽松，铭文延续骈俪之风；三是受张说、苏颋等执文坛牛耳人物的影响，其他文人难免会模仿他们合撰文章的手法。第一点的理由虽略显空泛，但仍算合理，第二点就与原因叙述并不完全契合了，铭文骈俪为什么就要两人合撰呢？第三点则缺乏对原因的深入挖掘，也即张说、苏颋等人又为什么会合作撰文呢？如果说是对初唐文风的延续，那么初唐时期为何会产生这种现象呢？由此可知，作者虽然提出了一些自己的观点，但若深入分析这些原因似乎又都不太能立稳足跟。在其后一章《合撰原因初探》中，作者则罗列了合撰现象出现的几点原因：一是志文的作者不足以胜任铭文的撰写，故请他人代笔；二是借种他人名望以抬高志主身价；三是防止谀墓现象的出现；四是其他应用文写作要求更高，碑文作者对铭文撰写笔力不足。若是将其与时间分布的原因相对比，我们不难发现其中的逻辑关联。国力强盛，家属重视墓志撰写，铭文又讲究骈俪，所以志文撰写者往往不足胜任铭文的撰写，有时则为了借他人名望，故请人合撰。至于张、苏等人合撰的缘由也脱离不开原因初探中所列的几点。因此在文章布局上，最好将合撰原因初探安排在前，后跟时间分布特点分析较为稳妥。

当然，上述种种吹毛求疵并不会对本书的学术价值造成丝毫影响。至于本书一些尚未涉及的方面，则如前文所说，本书仅是利用考古发现研究唐代文学阶段性成果的体现，相信在不久的未来，这一领域的成果会不断丰富起来。对这一领域未来的研究方向，笔者在此提出自己的两点展望：一是加强对墓志的纯文学研究，即对墓志文本进行审美性的分析。也许是受到作者研究思路的影响，本书中对墓志纯文学方面的研究涉及较少，更偏向于考据性质的学术研究。虽然墓志是一种应用文体，但其中也不乏一些文采斐然的佳作，特别是一些大文豪如张说、贺知章等人所撰的墓志，其文学性不容小觑。其实一些墓志行文本身就是绝佳的考察对象，应当引起重视；二是开展对重要遗址的研究，适当引入文化人类学的研究方法。考古发现四大类型中的石刻文献、写本文献与实物图像在本书中均已有单篇论文进行具体研究，仅缺乏对重要遗址的专门考察。虽然沧海桑田，世事变迁，遗址易消失、难挖掘，但若能好好利用现存的遗址并借助于文化人类学的实地参与、全面考察等研究方法进行文学研究，这必将成为唐代文学研究领域的又一增长点。

《接受与书写:唐诗的清代蒙古族汉语韵文创作》

□ 罗燕萍

(米彦青著　中国社会科学出版社　2014年4月)

米彦青教授的《接受与书写:唐诗的清代蒙古族汉语韵文创作》一书,是她的学术专长与所居地域结合而成的产物。在此之前,她的著作《清代李商隐诗歌接受史稿》对李商隐诗歌在清代的影响做了细致探讨和全面扫描,获得学界好评;她的另一著作《清代中期蒙古族汉文创作的唐诗接受》则是本书的前期成果与阶段性个案分析,为本书的创作成功奠定了基础。本书所涉及到的研究课题,时间上连贯唐代及清代,映带宋明,具体论题横跨诗歌接受领域、唐诗认识论、蒙古族汉语韵文创作历史等几个具有相当难度的领域,更兼少数民族文学研究在更为强势的汉民族文学研究对比之下所不得不面对的学界的"冷遇"和由此带来的尴尬处境,米彦青的选择,可以说有着不避繁难和勇于担当的勇气与责任感。

米彦青教授专注于唐代文学和清代文学的研究,既对唐代诸诗人有着深入了解和亲切感情,又对清代诗坛和清诗发展规律有相当程度的认识。同时,她善于将唐诗研究与清诗研究相结合,并采用地域、家族、性别等研究路向及方法。读其几部著作，让人有这样的体会，米彦青的学术路径渐渐走向清晰，学术积累也日渐丰厚，其学术特点，既有一种源于天性的喜爱而产生的感性与灵悟之美，又有一种日益积累、乾乾砥磨之后的学者的穿透、洞察之力，更有一种与笔下作者异代同心、理解同情之善。正如米彦青在这本《接受与书写：唐诗与清代蒙古族汉语韵文创作》的后记里所说，她所关注的研究对象"在文学史上是柔弱的一群人"，而她的研究是"属于夹缝中书写的文字"，她的关注点是"冷锅冷灶"。的确，相比于积淀深厚、名家辈出、成果甚夥的唐代文学研究领域，这样的选题外界的关注度不够强烈；相比于"矿脉"丰厚、日渐兴盛的清代文学研究领域，这样的选题似乎可供挖掘的"矿藏"数量、质地有限；而相对于汉族作家的创作，蒙古族的汉诗创作仿佛总给人以隔膜与生疏之感。然而正因如此，如米彦青所说，"他们已经被冷落了很久"，故而更有亟待被挖掘和重新审视的必要。惟其如此，米彦青的选题才更让人感到可贵。面对这样的"冷"与"难"，米彦青以她一贯举重若轻的态度，将这项异乎寻常的繁冗与琐碎的工作，完成得相当漂亮，带有鲜明的"米氏"研究风格：那或许是一种并不甘于只将自己的研究对象看成是历史风烟中的过客，而是把他们视作有血有肉、可以友之的故人，故而对他们诗歌的解读遂变成了一种感同身受的心灵交汇的深度研究。她并不因他们在主流文坛和主流文学史上的籍籍无名而轻看他们，相反，更以一种小心翼翼、善待珍重的态度对待他们。因此，在米彦青的《接受与书写：唐诗与清代蒙古族汉语韵文创作》中，可以说，她为每一位诗人传下一部"心史"，唐诗在其中的勾连固然重要，前者或许具有更重要的学术史意义。

总体来说，该书具有很重要的诗歌史和接受史方面的意义，正如米彦青在绪论中所说："接受史研究属于批评学，它要求在系统的史料整理的基础上，从审美的、理论的、阐释学和接受美学的角度做进一步的思考，以求对文本意义获得更深的理解，然后在深入理解的情况下，通过对个体诗人在诗史上的接受状况的研究，从而对诗歌创作、诗学原理和接受规律诸方面做出新的探索。"因此，对某一时期、某一族群或某一地域的文学群体做专门的接受史研究是很有意义的，它不仅是一种学术史的梳理，也是一种诗歌史的推进、细化和重新审视，会带来许多新的问题和可以继续深入的研究畛域。清代蒙古学者用汉文创作的文学作品，数量可观，不乏大家、佳作涌现，但长期以来对他们创作中所受的唐诗影响未能进行深入系统研究。米彦青此书，用唐诗这一艺术和思想的瑰宝，烛照清代处于蒙汉两个语言、文化方阵中的诗人群体及他们的作品，不仅对清代蒙古族汉语韵文创作的整体风貌考镜源流，并以他们在保有自身文化传统的同时，怎样以"唐诗"为媒介，将汉文化"移植"入自己本民族的文化为视角，从而清晰地勾勒出清代蒙古族诗人在向唐诗致敬之后呈现出的多元、丰富的文学样态以及这种样态之下涌动着的具有郁勃生动、参差多态的个体诗人的生命样态，展现出蒙汉文化通过蒙古族汉文创作而进行的文化精神交流、融合和历史性沟通的文化样态，从而将"过去那种仅仅关注同一民族间接受变成了除此之外还关注少数民族接受汉文创作的多维的文学接受史研究"(见本书"结语")。因此，从这个意义上说，本书不仅是一部诗歌艺术接受史，更是一部民族文化交流史，从古老诗歌历程的回望与不同民族文化交织的镜像中，我们更清晰地感受到了唐诗盎然气韵的流动演变，更惊喜地发现蒙古族诗人具有鲜明个性又不断传承他族精华的文化品格。这与其说是一种继承与影响，不如说是一种辉映与生发。

从具体的方法而言，本书主要以时空为经纬，从清前期、中期、晚清到近代，勾勒出一条较为清晰的蒙古族韵文的唐诗接受历史，又较为灵活地结合了家族、地域、性别等研究方法。其中，家族研究选取了以诗文著称的法式善、来秀祖孙，以诗歌写作著称的和瑛、壁昌家族等，分别对其雅好诗文的家风、家族内部良好的文学和学术传统以及绵延流传的家脉等进行了详尽分析；地域研究(其中又包含着"特殊群体"诗人的研究)如第十一章"清后期八旗驻防起家诗人瑞常、贵成、清瑞、白衣保、倭仁、恩泽、成多禄等创作的唐诗接受"；性别研究如"清代蒙古族女性创作中的唐诗接受"。

涉及具体的内容，首先，作者对蒙汉文化交流沟通等重大问题，有着宏通高远的把握能力。如其绪论中在阐述“统治阶层对汉化的揄扬”时，提到：“朝代更替时期的文学，也许不一定都是创作上的高峰期，但肯定是文学思想、创作心态、审美趣味、文学风格等重要文学因素的大变化时期，从而显示了其变异性、过渡性与转折性等重要特征。”显示了作者对宏观问题的深厚积累和思辨能力。其次，作者对唐诗和清诗的深刻把握和生动揣摩既是本书的坚实基础，也是本书的亮点之一，频频有精彩之论。如：“唐代诗人，是清代蒙古族汉语创作习唐者心中的精神标志，唐人的田园风光，唐人的边塞华庭，唐人的精神世界，是清代蒙古族诗人的精神栖所。”“（晚清诗人）在风雨苍茫中无法抗争、无法回澜，便愿在独立的人格境界里寻求安宁和自我救赎。而晚唐诗的相同的审美内涵正契合了晚清士子的审美期待。”再如，对杜甫诗歌精神的体认堪称心得之论：“平民意识成了杜甫的一种深入骨髓的东西。底层百姓身上的那种随意自然、淳朴大方、实实在在而骨子里又有一种刚毅、自尊甚至是高傲和高贵，在杜甫身上都有着真切体现，”“当诗人书写的不再是片段的个人灵感，而是全民族的集体记忆与情感，文学创作就获得了‘诗史’价值。此种诗歌的另一层意义是对历史价值的追求。一个民族的成长，一种文化的确立，同他的诗歌形象的确立是一样的，伟大人格与精神形象的诞生既是结果又是标志，还是先决前提。唐代诗歌文本的成长与诗人人格的成长之间，显然是对称的，甚至是相辅相成的关系。因此唐代出现了杜甫这样用诗歌见证历史的诗人。”此外，对李白、李商隐、杜牧、白居易、温庭筠等唐代诗人，作者均有深刻、丰富并细致的体认。再有，作者对蒙古族诗人始终亲切、基于理解之同情的“知人论世”也是本书的亮点：“（蒙古族诗人）在汲取唐诗的过程中却又根据个人情性和生活时代的不同，所选择追摹的诗人也不同，在法式善是阑入王孟一派，而在恭钊则是阑入温李一派。法式善既得王孟诗的高古娴雅，又有伦常理道的温厚清正，其总体诗风表征为清雅，已凝定为一种文学特质。这种清雅文学特质的凝定，一方面胎基于法式善简远的天性，得力于他那嗜诗的雅好；另一方面助长于乾嘉时期由上至下诗风鼓胀之滋养，扩充于家族儒学诗教之浸润。”

对蒙古族诗人在学唐时的传承和新变，本书作者也有着细致入微的体会和辨析："梦麟和法式善一生在山水诗上投以极大精力，且都获得了很大成功。但他们二者的山水诗风格歧异两极，一个清雄奇诡，一个则冲和淡远，呈现出大相径庭的美学趣味，各自代表了一个完整的审美创作模式"。对蒙古族诗人与唐代诗人声息相通的连接点，本书作者也将其提炼得颇为精当："蒙古族作家与唐人最相同之处就在于独有的精神气质……从某种意义上说，蒙古族的汉语创作，为清代的中国文化注入它正在日渐消损的包容和大气、坚忍和霸气。"对与蒙古族诗人相关的史料作者也了然于胸，考据颇见功力，如对法式善姓氏、世系问题的细致考辨等。此外，本书的另一个突出特色和价值，就是注意到不同文体之间的互渗和影响，把诗、词、赋等多样化的韵文形式放在蒙古族诗人唐诗接受的大背景之上系统考察，并因此得以对唐诗接受有着细化、丰富和深入的探索，这一点也堪称填补空白之举。同时，本书文字清晰雅丽，令人读之忘倦，赏心悦目之余又有更加深入的思考余地，这也是本书的魅力所在。

当然，本书还存在着一些可以继续推进的问题、改进的细节。在一些问题的阐述上，如果能举出比较精确的数据来说明，会更具助力，比方论述"文学家族的文化教育及科举对文学的影响"这一问题时，倘能举出具体的文学家族在蒙古科宦家族中所占的比例及具体数据，同时在阐述具体文学问题时能举出更多的典型例证，整个论述会更加有力，结论会更加精当、深刻。还有，在一些问题的论证上还存在商榷，如对蒲松龄是否为蒙古族这一从80年代以来就有诸多争议的问题，直接据《蒲氏族谱序》、《重修族谱序》、蒲氏传说等默认为他是蒙古族作家，但未做更为深入、具体的辨析，似有失全书严谨之风。因蒲氏乃是在清代文学史上极有份量的作者，如没有更新证据的提出对蒲氏族属问题作一推进，不如谨慎处理为上。此外，因主题所限，有时对作品的分析处理难免单一化，如对蒲松龄词作《莺啼序·丁未春日济城感赋》的分析，提出化用了刘禹锡、杜牧诗句及诗歌意境，指出其借鉴中晚唐诗坛李贺、李商隐、温庭筠等人最为擅长的融情入景、借词境而耽于体验自己的内心世界的方式，都是极具眼光、评析深刻的，但对词这种有别于诗的文体，是否还可以提出其中可以勾连的部分，如花间闺怨词的言说方式、吴文英词的朦胧密丽和自创词调《莺啼序》、甚至汤显祖戏剧意境的化用，似乎可以更加贴近词体。当然，诗对词的沾溉和影响是源头性的，但如果能进一步考察其流变，利用其流变的特色来说明唐诗的作用，可能会使论析不显得隔膜和生硬，反倒更能抓住其流变中较为恒定的影响因子，那或许正是唐诗对后世文学的核心性的影响。此外，体例的进一步规范、接受研究的多角度深入也是本书可以再精益求精的方向。

米彦青教授的《接受与书写：唐诗与清代蒙古族汉语韵文创作》是以唐诗为纽带研究蒙汉两族汉语韵文创作领域的一部不可多得的佳作，平实朴素中蕴藏辛勤与功力。同时，正如米彦青在后记中所言，此书之后，还有许多研究的空间可以拓展，如宋诗与清代蒙古族汉语韵文创作的关系、唐诗在被蒙古族诗人接受过程中拟用的流变研究、清代其他少数民族诗人创作中的唐诗接受情况研究、中国古代蒙古族汉文创作文献的进一步发掘等，这一系列新的学术问题的提出，更加证明了米彦青教授这一选题的价值和意义。我们也进一步期待，可以看到米彦青在蒙汉诗文研究这一领域更精彩的成果。诗歌星空的辉映，更是学人思想、心力与毅力闪光的折射。

《晚唐文人仕进心态研究》

□ 陈景春

（徐乐军著 社会科学文献出版社 2014年5月）

长期以来，可能由于文人仕进心态带有基础或铺垫性特征吧，学界习惯将此当作自然现象和应有前提，并运用在其他领域的论证之中，反倒对这一论题本身缺乏应有关注。如此一来，建立在想当然或认为理所当然的仕进心态便显得模糊难解，基于其上的各种专题性探讨难免会走样。这种"灯下黑"式的研究方式应该得到改变，徐乐军《晚唐文人仕进心态研究》一书首次对文人仕进心态进行了系统和专门的研究，是解决这一问题的一个良好开端。

晚唐文人仕进心态世俗化倾向非常明显，这一趋势自中唐以来便见端倪，较之于初盛唐文人理想化的仕进心态，相差甚远。探究这一趋势的形成和发展，是作者选取晚唐文人作为研究对象的主要原因。为此，作者把全书结构作了精心设计，通过层层推进，力探文人仕进心态形成的原由、过程和表现，尽可能还原历史现场，揭示真实的文学生态，从而得出中肯的结论。这对研究唐代文学生成环境和文化背景都有着较高的学术参考意义。

一

文人仕进问题，实质上是文职官员的选拔、录用、考核、升降等一系列问题的综合。在封建时代，官员对社会资源掌控权力较大，自然成为社会关注的焦点，其个人仕进也成为家族兴衰荣辱的大事。仕进心态便是由于仕进问题而产生的各种心态的统称，是文人其他各种心态产生的主要动因。如何对这一问题有一清晰的认识呢？该书通过选取晚唐文人群体这一个案，给了较为系统性的回答。

文人的仕进心态形成，与其生活的时代背景密切相关。除个人天赋外，地域、阶层、制度、重大事件等因素均会产生重要影响。作者紧紧抓住这一脉络，通过富有逻辑的层次安排，展现了文人在求仕为官过程中所能经历的各种人生体验和仕进缘由。为此，作者从横向之地域和纵向之阶层两方面因素入手，形成"十"字交叉式论述结构，逐步向前推进。地域方面，以都城长安作为文人仕进的中心点，举刘蜕、王贞白、公乘亿、陈季卿、卢肇等文人为例，说明过远的路途会给文人求仕带来经济和心理的压力。同时，地域因素中包含了政治、经济、文化内容。政治上，将江西藩镇钟传斥巨资支持举子入试和河北藩镇阻隔举子入试的做法加以对比，说明地方主政者的导向对文人仕进心态产生所起的重要作用；经济上，将湖南之贫穷落后导致不少举子无钱入试的情形作了分析，说明经济因素并非仕进心态生成的决定性因素；文化上，发达地区的文人读书求仕观念早已深入人心，以两京为中心的关陇和河南自不用说，连岭南封州、福建、江西袁州这样的地方也都有读书入仕的传统，可见文化因素所起的积极作用。从阶层因素入手，作者在毛汉光等学者研究成果基础上，将晚唐文人划分为士族、小姓、寒素三个阶层。士族方面，通过比较得出士族文人独重进士而轻视明经、荫庇、军功的心态；具体到士族内部各层级来讲，权要子弟自以为青紫俯拾，普通士族子弟则颇具耐心，没落者则以狂傲和哀怜心态为主。小姓文人经济基础较好，求仕之心相对平和。寒素文人是求仕主体，他们希望通过读书入仕而改变自身命运，其家庭门户的心态颇为强烈。

地域和阶层因素毕竟是先天性的，后天努力有时更为重要。作者很明显看到了这一点，在书中，将地域和阶层列为一、二章，将文人求第过程、科场成败、入仕为官分三章递进写出，逻辑关系清晰。求第干谒过程中，巴结吹捧、攀附权要在所难免，以文叩门者均不能免俗，露才扬己、赋予高义、自伤穷愁、极力吹嘘、攀结权奸、哗众取宠是主要做派。同时，作者也未忽略这一过程中制度文化因素的影响，如监寺试、州府试的不同，京兆府试的优势，贡举人的待遇、权臣荐举的威力，均有不同程度的展现，使得论述更为立体和多角度，立论也就更为扎实可信。科场成败之际是文人仕进真实心态的现场直播，成功者欣喜若狂，但基于守选制度下的释褐愿望并不容易达到；失败者才是科举文学的创作主体，他们将落第心态大量写入诗文，哀伤自怜和期待公道是主流，但也不排除个别极端者的怨恨心态产生。一旦入仕为官，顺利者锐意进取，失意者寄心官俸，而面对仕途风雨也只能看当事者内心的坚韧程度了。

晚唐重大政治事件频发，对文人仕进之心形成重要乃至决定性影响。作者在第六章专门论及于此，将牛李党争、唐末战乱、唐朝灭亡三大政治变故作为焦点，将文人置于其中加以考察。这三大变故，具有明显的历时性和共时性特征，即存在时间先后和变故内部的多重事件交叉，可以说构成了全文的第二个"十"字结构形式。牛李党争中，作者比较了两党重要人物在文人仕进问题上的态度，认为牛党多插手科场，文人干谒者多；李党魁首李德裕则持身端正，冒进投赠者少，进步性明显。由此，作者将杜牧、李商隐、温庭筠三大晚唐作家此际仕进心态作了详细分析，更为肯定了李、温二人的做法。战乱中，人民起义时除少数卷入其中者，大部分文人仍然站在唐廷一边；藩镇混战时，罗隐的犹疑、杜荀鹤的积极代表了不同文人对时代和自身价值考量后的人生选择。唐亡后，遗民文人出仕地方政权者，如韦庄、黄滔等，大多能将个人出路和苍生福祉作较好的协调，值得肯定；不仕者除个别如苏楷者品行低下无缘出仕外，大多出自耻事强藩心态，司空图、韩偓是突出的代表。

双“十”字结构形式，使得全书逻辑鲜明，层层推进，为着力探究文人仕进心态进而得出中肯的结论起到了关键作用，也是全书最为突出的写作特色。

二

仅对晚唐文人仕进心态作一全景式的考察还无法见出学术论证的严谨和缜密，这就需要对研究对象进行专题式的深入考察，才能进一步强化文人仕进心态的研究力度。该书另一特色正在此处发力，多处小专题式的探讨极见功力，不仅解决了相关学术问题，也使学术阅读变得雅趣横生。

全书专题意识很强，特别是在有关新罗文人科举、小姓文人求仕、秦韬玉《贫女》诗解读、杜荀鹤依朱温中举、小李杜在牛李党争中的表现等方面用功尤深，新见迭出。新罗文人在晚唐时入华最多，目的多在于寻求科举功名和仕进之机。作者没有囿于国别，而是以敏锐的洞察力和宏通的视角注意于此，提出唐廷在简化报名手续、固定录取名额、降低录取标准等方面为新罗文人参加科举提供了方便，指出唐廷这样做是出于和睦边疆的政治考量；同时还进一步指出降低录取标准是从技术层面解决新罗文人整体汉文化水平不高的最佳选择，是一种更高层次的政治智慧。这样的分析一针见血，是占有大量材料后精心分析的成果。关于小姓文人，虽有毛汉光从历史角度的定义和分析，但近些年几乎无人着力于此，更无人指出唐代文人中究竟谁应划作小姓一类。作者根据有限材料，指出黄颇、罗邺、杨收等小姓文人家富于财且持相对平和心态的仕进现实，为进一步研究小姓这一独特阶层打下了基础。选入《唐诗三百首》的秦韬玉《贫女》，历来均认为是诗人以寒素身份抨击举场不公的辛酸之语，作者通过大量的文史材料比较，大胆提出秦韬玉极有可能是宰相于琮亲侄，是其通过关系攀结权相路岩和权阉田令孜干扰科场却又不得中举后，因于琮全家死于黄巢乱中而引发的痛悔之词，发人所未发。晚唐朱温因篡唐而臭名昭著，杜荀鹤因攀结朱及第事，历来讽刺较多，但都惜未从文学角度寻找证据。作者从杜之好友顾云为杜诗集所写的《唐风集序》入手，从字里行间看出顾之罔顾事实的吹捧明显是受杜所托所致，杜及第后急于撇清与朱温关系的心态一览无遗，也更坐实了相关传言之真实。牛李党争作为中晚唐政治大事，杜牧李商隐二人在其中的表现令人关注。杜牧言不由衷，信口雌黄，对失势的李德裕大加挞伐，表现令人生疑。作者搜罗材料，认为杜之反常表现与其长期遭遇李德裕仕途压制有关，而其从兄杜悰即将二度入相的前景也让其尽快选边站队，与彻底倒霉的李党划清界限。功利性的人生选择，使杜牧在政治内斗面前呈现出人性的阴暗一面。较之杜牧，作者认为李商隐则无多少腾挪空间，加上其不失本真的个性，使得其一直试图在两党间寻求平衡，可惜残酷的现实毁灭了他的人生希望，而他曾以婚姻当作仕途进取的筹码行为也让他付出了惨重的人生代价。鞭辟入里的结论为我们进一步认识这一文学公案提供了良好的视角，引人深思。

三

要对文人及其作品形成穿透性研究，仅局限于对文本本身的分析是远远不够的，需要结合各种材料，采用多学科交叉的研究方式，才能得出更为客观有力的结论。该书作者在此方面同样运用得当，采用了文史互证、心理分析、同类比较等方法，使论证过程富于哲理，逻辑妥当。

文史互证作为传统的文学研究基本方法，在该书中有良好的继承，得出的结论往往也会出人意表。如对于吕思勉提出的晚唐宰相多受诬问题，作者结合制造“白马之祸”柳璨的行迹，特别是从柳璨主导的贬斥司空图的诏书中发现，柳在朱温当权时委屈忍让以保全司空图等忠义之士的苦心值得肯定。又如对唐遗民文人的分析，作者根据史料搜集了一百余名文人行迹，制成附表，结合作品，分析出如韩偓附闽后遭人嫌弃及其自辩时的心态、张道古于唐亡后宁死也不愿事奉王建的心态、翁承赞游走于梁闽之间的自得心态等，都是基于大量文史材料综合运用的研究成果。心态研究，必然注重心理学知识的有效运用。全书“以心会心”、“将心比心”，很少对文史现象作单纯的肯定或否定，重在结合实际，在理解分析的基础上对文人的个性化仕进选择之心给予足够的尊重。如在唐末动乱和唐朝灭亡之际，大量文人面对杀身破家的现实险境，选择不一，但毕竟都是当事者出自综合考量后趋利避害的理性选择，一味指责当然很容易，但这样的指责与学术无关。为此，作者分析了具体情形，在皮日休、司空图、韩偓、罗隐等文人个人行迹基础上，同情他们的遭遇，理解他们的行动，分析他们的抉择，指出其中的利弊，提炼事件本身之上的价值，是科学的学术态度，值得借鉴。论述中，书中还有意对同一背景下的文人进行比较式分析，品评优劣和得失。如落第文人的人生选择，有的寄望来年，有的归隐旧山，有的却怨恨难解，有的怨毒报复，有的甚至揭竿起义，不一而足。作者并未停留在简单的罗列上，而是分析指出这即是王朝衰落的表征，也是儒家思想的影响力在唐末式微的必然产物，发人深省，对现代社会管理问题都有着深层的参考价值。

徐乐军博士多年来专注于晚唐文学研究，建树颇多，这本《晚唐文人仕进心态研究》作为优秀著作被列入“羊城学术文库”，它的出版，无疑是其多年学术生涯的一个良好的总结。当然，该书如果能够在材料运用方面更多地结合墓志、方志，并在以后的研究中将论题延至整个唐代，或许还能拓展出一片新的学术天地。

《唐女诗人甄辨》

□ 曹丽芳

（陈尚君著　海豚出版社　2014 年 6 月）

提到陈尚君教授，熟悉文史研究的人很自然地会想到他的几部重量级的著作：《全唐诗补编》、《全唐文补编》、《唐代文学丛考》、《唐才子传校笺》（第五册）、《旧五代史新辑会证》等。与上述大著相比，收入《海豚书馆》系列丛书的《唐女诗人甄辨》一书，无论从选题看，还是容量看，似乎都可以叫作“小书”，但选题和容量两方面的“小”，却丝毫不能掩盖这部书的价值之大与启人之深。

唐代女性诗人所创作的诗歌无疑是唐诗的重要组成部分，但遗憾的是这部分诗歌存世数量太少，仅占全部唐诗的百分之一左右，而且保存零散，真伪难辨，给后人的认识与研究带来了很多困难。就现在普通读者的阅读渠道来说，唐代女诗人中除了少数几位有别集或合集流传以外，多数人的多数作品只能到《全唐诗》等大型总集中去翻检，而且真伪混杂。就学者们的研究来说，尽管女性文学长期以来就是文学研究的重镇之一，对唐代女诗人的研究也起步很早，但是关注重点始终围绕着薛涛、李冶、鱼玄机等屈指可数的几位身份特殊、存世作品较多、影响较大的诗人，很难进入对唐代女诗人创作全貌进行描述和把握的研究层面，不得不说，这种现状在很大程度上也是受限于作品的大量阙如和不能确定。陈尚君教授此著详尽地梳理了唐代女诗人几乎全部的存世史料，在此基础上发微抉隐，精辨细析，得出“在今知有名录记载的近一百五十位唐女诗人中，可以确认唐代实有其人的女性作者为八十四人，在传闻疑似之间者凡十八人，可以确认虚构、误认或后出者为四十二人”这样相对精确的结论，并对这些女诗人的生平事迹、存诗数量、版本源流、真伪完缺等情况作了详细考辨，使大多数唐代女诗人的存世作品有了可靠的认定，这项工作对研读唐代女性诗歌的价值和意义自不待言。

由于唐代女诗人多数没有别集单行传世，清编《全唐诗》中收录的女诗人作品及后来的零星补遗就成为研读唐代女性诗歌最主要的材料。《全唐诗》在卷七九八到八〇五收录名媛诗八卷，共有作者一百一十七人，在卷首的帝王后妃部分收录了皇后、公主、女官等十六人作品，卷八六三女仙部分，偶有女道士之作，卷八九九收女词人五人。后世增补作品中，有陈尚君《全唐诗补编》新增宋家娘子等几位女诗人作品，《千唐志斋藏志》所录一方墓志铭及西安碑林保存石刻《淮南公主墓志》中的零星诗句，另外，俄藏敦煌文献中存有唐人蔡省风所编《瑶池新咏》的若干残片，荣新江、徐俊二位先生从中录出李季兰、元淳、张夫人、崔仲容诗若干首。以上便是现存可知唐代女诗人的全部诗作，在没有新材料出土或发现的情况下，辑补工作的空间不是很大，工作的重点就应该放在甄辨上，因为这些已知材料特别是《全唐诗》中作品误传误收情况非常严重。明末学者胡震亨曾说过唐诗的甄辨比搜辑更难，对于历来受重视不够的女诗人作品来说，更是如此。陈尚君教授知难而上，以自己非凡的考辨功力，严谨的考辨态度，在充分吸收前人成果的基础上，对所有唐代女诗人的作品以及相关材料作了通盘的梳理和辨析，纠正颇多前人失误之处，提出了许多真实可信的结论，为后来的读者和研究者奠定了可靠的材料基础。这项工作的完成不仅在精神风范上令人钦佩，更重要的是在考辨方法上给有志于此者以诸多启示，笔者择其要者试述如下：

一是善于拓展思路，调动、整合若干相关材料进行联系、比对，发现材料中常人注意不到的有效信息来解决问题。唐人蔡省风《瑶池新咏》在南宋以后就已失传，在俄藏敦煌残片发现之前，关于这部书的性质和规模，只有《新唐书·艺文志》中著录道："蔡省风《瑶池新咏》二卷，集妇人诗。"南宋晁公武在《郡斋读书志》中记录了其所集为"唐世能诗妇人李季兰至程长文二十三人诗什一百十五首，各为小序于其前，且总为序"的简单情况后，引述了一段原书序言，其中有"况今文明之盛乎"这样的句子，至于二十三人的具体名单则都没有提及，似乎是个不可知的悬案，但陈尚君教授敏锐地发现"敦煌残卷所存四人的收诗顺序，与唐末韦庄《又玄集》卷下、传宋陈应行编《吟窗杂录》卷三〇所录四人诗的顺序相同"，《郡斋读书志》所云《瑶池新咏》所录为"李季兰至程长文二十三人"，而《又玄集》卷下所录作者为李季兰至程长文凡二十一人，《吟窗杂录》在此二人之间所录亦为二十一人，虽人名较《又玄集》有微调，但顺序相同，且经过增减人名的《吟窗杂录》与《又玄集》所收诗人相合，正好是二十三人。根据这些信息，陈尚君教授推论出这二十三人"应该即是《瑶池新咏》二十三人的完整名单，该集的基本面貌得以保存"。虽然结论本身可能还需要更加扎实的论据来支撑，毕竟《又玄集》也好，《吟窗杂录》也好，它们对于《瑶池新咏》的承继关系还不是非常明确，但是这种多向联系的思路对于解决问题来说不仅是行之有效的，而且是研究者必须掌握的。考辨文章中问题的解决当然最可依赖的是坚实的材料，但是我们面对的史料本身相当有限，并不是所有的问题都能恰好找到一一对应的史料来解答，而这些问题却并不能就此判定是不可解决的，它们同样能找到答案，这答案往往就存在于有限史料之间的复杂联系中，需要研究者具备发现联系的能力。面对同样的材料，谁能够更多、更准确地发现它们之间的有效联系，谁就拥有更多解决问题的途径，陈尚君教授在这方面无疑是值得我们学习的。陈教授曾多次谈到，早在他求学的时代，导师朱东润先生就指出他的长处是善于从纷繁复杂的文献之中理清线索，做出明晰的判断。这既是陈教授天赋的优长，同时又离不开对材料的广泛占有，这对于研究者是一个非常有益的启示。同样的方法，陈尚君教授根据上引《郡斋读书志》所记"况今文明之盛乎"一语，再联系到该书中没有选录鱼玄机的诗，大致推断出《瑶池新咏》的编成年代在宣宗之前，也是颇有道理的。

二是针对研究对象的特点，在甄辨真伪方面善于因地制宜，多种方法巧妙运用。经过历代唐诗研究者对于作品的搜集，署名为唐女诗人的作品相对于真正存世的唐女诗人作品来说，数量要多出许多。这些诗作真伪相杂，误传错讹极多，陈尚君教授此书即把主要精力放在甄辨真伪方面。而有关女诗人的史料又是零散甚至是隐蔽的，那一颗颗曾经鲜活耀眼的诗歌之魂早已被历史的烟云重重覆盖，要寻觅她们的真容，普通的适用于大家、名家的考证方法可能都派不上用场，必须因地制宜，巧妙调度，才能有所收获。陈尚君教授此书在考辨方法的运用方面也有许多成功的范例可供我们学习。方法之一是充分运用新见文献来订正传世作品之真伪归属。《全唐诗》卷七二三收李洞《寓言》诗一首，可以说也是有依据的，宋代洪迈《万首唐人绝句》和清代席启寓所刊《李才江诗集》都收为李洞作品。但此诗在唐末韦庄的《又玄集》中却收在女道士元淳名下，这是多年来被人们有意无意忽略的。如今发现的敦煌残卷《瑶池新咏》也将其收为元淳诗，就可证韦庄正确，而宋以后文献有误，《全唐诗》因不察而导致误收。书中用《瑶池新咏》来订正《全唐诗》处不少，展示了新见文献在考辨方面的巨大价值。方法之二是细读、深读常见文献，发现疑点并加以解决。《全唐诗》卷八九〇在白居易名下收《长相思》(深画眉)词一首。此词在宋代黄昇所编《唐宋诸贤绝妙词选》和明代陈耀文所编《花草粹编》中都作白居易词，但在《吟窗杂录》和明人卓人月所编《古今词统》中却作吴二娘词。当代曾昭岷等编著《全唐五代词》、谢思炜《白居易诗集校注》等均作存疑处理。陈尚君教授根据《白氏长庆集》卷二五《寄殷协律》"吴娘暮雨萧萧曲，自别江南更不闻"诗句下白居易的自注"江南吴二娘曲词云'暮雨萧萧郎不归'"，特别是白居易《对酒自勉》"夜舞吴娘曲，春歌蛮子词"句下的自注"吴二娘歌词有'暮雨萧萧郎不归'之句"，果断判定此词是吴二娘作而非白居易词，结论颇令人信服。再如《全唐诗》卷八〇二据宋计有功《唐诗纪事》

收关盼盼《燕子楼三首》、《和白公诗》一首、《临终口吟》二句，陈尚君教授也是经过细读《白氏长庆集》中《燕子楼三首》的序言，辨明前三诗为张仲素作，《和白公诗》及二残句是后来好事者附会，均非关盼盼作品。方法之三是追本溯源，考镜始末，集思广益，辨明真相。《全唐诗》卷八〇〇载李节度姬诗三首，陈尚君教授在本书初稿中曾将之置于存疑部分，考出其最早见于明人徐应秋《玉芝堂谈荟》。后承台湾大学叶国良教授指出《玉芝堂谈荟》中所记与此诗相关的寺名为北宋东京之寺名，诗事的记载也更早见于宋元间人罗烨《新编醉翁谈录》，虽注云出自《太平广记》，但不为今本《太平广记》所收，恐是罗烨误记，且罗书所记故事中的人名、官名皆为宋代所有，可以确证非唐五代时事，也非唐五代时诗歌。其后又承中华书局程毅中先生函告得知，此事最早见于宋末元初人陈元靓所编《岁时广记》，且书中载明为宋仁宗天圣二年元夕事。至此一桩诗史悬案始获告破，从中既可见学者们追本溯源不断求索的治学精神，更能够感受到存在于他们之间的互相切磋、互相补益的向学氛围。方法之四是调动各种知识、能力储备以综合判断。在本书的引言中，陈尚君教授说："要甄别（唐诗）真伪，没有对所有存世唐诗的深入体会，没有对所有唐诗保存文献的深切认识，很难得出准确结论。"反过来，如果真能把相关文献理解通透，并对各个时代的文体文风有明晰的辨识能力，那么在考证甄辨时，也就多了一些更为精妙和有效的渠道。《全唐文》卷九四五载鲍君徽《乞归疏》一篇，此文在明代以前未见记载。陈尚君教授分析并判断道："今读此文，首则云'臣以草茅嫠妇，重荷宠恩，自谓生有余幸矣'，再谓'臣不啻隐忍，方虑控诉无门焉'，末云'听愚臣之片牍，得赐归家'，唐代似绝无可能有如此文奏，可决断为明清好事者杜撰之伪文。"这个判断的思路类似于校勘学中被称为最高妙也最危险的理校法，虽然没有确切的史料支撑，但它建立在扎实的专业知识、深刻的感悟理解和严谨的学术思辨基础上，因而是不容置疑的。

三是考辨中有性情，在对唐代女诗人创作面貌的探求中，展示出当代研究者对她们温润优雅的人文关怀和敬重。古代文学研究中的考辨一途诚然以求得历史真相为目的，研究态度需要严谨、客观、冷静，但毕竟文学研究不应该丢掉人文学者对历史应有的情感和温度。陈尚君教授在本书中也体现出这样的特点，于不经意间流露出研究者与研究对象之间心灵相遇时怦然振动的印痕，这是令人感动的。相对于五万多首唐诗的总数量来说，唐代女诗人存诗的数量无疑是太少了，但就从这数量有限的诗篇中也随时能见到许多熠然放光的灵魂。陈尚君教授在《引言》中就说道，写作此书使他"有机会再次全部梳理唐代女性的诗作，体会不平凡时代各种具有独特个性的才女奇媛的人生和文学"，故本书虽是以精审考辨为主的学术专著，但从中却时时可见一个个活泼灵动的诗的精魂在闪耀，在以她们的才情或个性或人生遭际感动着穿越时空来寻觅她们的人，这种精神世界息息相通的感召力缘于研究者是带着丰饶的情感来观照他的研究对象的。在书中我们可以见识女诗人程长文的不幸遭遇和坚贞性格。从《又玄集》卷下收录的长诗《狱中书情上使君》中可知，她是鄱阳人，善草隶，原本好好地与夫君一起过着虽贫寒却宁静的日子，不料无端遭到强暴之徒的威胁，她当然抵死不从，以致"血溅罗衣"，被诬下狱，这首诗就是她在狱中为诉说清白而作。陈尚君教授评论此诗道："虽然具体过程与细节仍多不明，但可以相信这是一位刚烈自强的女子，诗也写得激烈慷慨"，对她倾注了由人品到诗品的赞赏之情。书中还可以见到晚唐时生活在平康坊（北里）的诸多妓人，她们"虽溷迹风尘，低下卑微，然皆有才情，有个性"，艰难的社会处境掩盖不住她们精神世界的美丽光华。还能见到"能饮而性豪爽"的蒋氏，陈尚君教授称之为"唐女诗人中的豪放派"，认为"她强僧知业饮酒一段，尤足令人发噱"。对于"颇善言情"的女郎崔公远，陈尚君教授则特意揭出其《远意》诗中的两句"看花独不语，徘徊双泪潸"为欧阳修的著名词句"泪眼问花花不语"之先声，展示出这位女诗人对宋代文学大家的影响。陈教授称黄崇嘏是"唐代最富传奇色彩的女诗人"，特意提到她是明代徐渭的杂剧《四声猿》之《女状元》的原型，关于她的事迹至今还在戏剧舞台上演绎。陈尚君教授又称赞刘瑶的《阖闾城怀古》"咏史而绝无脂粉气"，评价常浩"其诗善写女性心理，造语明快果决"，是一位"重情而不柔弱"的很有实力的诗人。而对于李季兰的死，陈尚君教授则为着“死因与皇帝之间肯定无法正常对话，弱女子就此死去，为皇朝的失职牺牲生命”而深深叹惋。这些自然到不经意间的情感流露拉近了读者与唐代女诗人之间的距离，仿佛她们已从历史的尘埃深处苏醒过来，与我们灵魂相知，呼吸相应，娓娓地向我们讲述着她们的人生，展示着那个不平凡时代的别样华彩。

唐代女诗人是一个值得关注的群体。陈尚君教授披荆斩棘，寻幽探微，从史料的微茫飘渺处对她们的生平和创作进行了一番艰难而卓有成效的巡检与甄辨，使得她们的行迹和文学成就清晰起来，让此后研读她们的学者有了准确可靠的资料基础，这无疑是一件意义深远的事情。而陈尚君教授一贯秉持的严谨求实的学术态度、宏博深细的研究思路以及对研究对象深刻温厚的人文关怀，也给我们以诸多启示。我们期待着关于唐代女诗人的研究工作在陈尚君教授已经开辟的学术领域里能有更多收获。

《百年杜甫研究之平议与反思》

□ 李德辉

(赵睿才著　人民出版社　2014 年 7 月)

杜诗研究迄今走过了千余年历程。二十世纪以来的杜甫研究,也经历了百年徘徊,其间有很多学术成果、经验教训值得我们去总结。可是直到 2014 年初,学界尚未有一本专书,对这百余年来海内外的杜甫研究作系统回顾,这不能不说是一大缺憾。山东大学赵睿才博士十余年来潜心杜甫研究,成果丰硕,近年看准这一空缺,写成新著《百年杜甫研究之平议与反思》,共 40 万字,分为五编,介绍大陆、港澳台、海外的杜学研究概况。叙述清晰,议论平允,内容丰厚,实为近年唐诗研究的一大优秀成果。

作为一部以概述和评议他人成果为主的学术史著作,衡量其质量高下的标准首先是"全",即看它的文献编录是否全备。落实到本书选题,则要看它在时段、地域和领域上对于杜诗研究成果的概述是否搜括齐全,无重大遗漏。持此观点来考察本书,发现其特色和成就之一正在于资料丰富,内容全备。书中从平议与反思的角度,清晰勾勒出百年杜甫研究的轨迹,理出了一条学术史脉络。由于杜甫的典范地位,杜诗研究积累至今,有着极为丰富的内涵。历览 20 世纪以来的学术史,杜诗研究者之众多、成果之丰厚,方法之多样,实际上已经超越了杜诗文本而具有学术史、文化史的意义。因而总结近百年来杜诗研究的成败得失，既是现实的必须，也有理论的必要。此书在学术史和文化史这两个方面都做得很好。从学术史角度说，书中对于每一时期杜诗研究的各门各派各家成果，都有评述。具体的叙述往往采用点面结合的方式："点"即以代表性的专家成果，作为重点；"面"即一般的研究成果，不必详述，但也不宜漏略，故只略述数笔。这么处理主次分明，详略得当，读者徜徉其间，往往有得。例如第一编 1949 年以前、第二编 1949—1976 年和第二编 1977—2004 年这三个时段大陆地区的杜甫研究，就分别以闻一多、冯至、郭沫若、刘大杰、萧涤非五家为重点，各以一节做详细介绍，加深读者印象。接下来是对各个时期杜甫研究论著的面的描述，将数人合为一节。每个章节前面还有一段提纲挈领的话来指示读者，抓住要点。如第三编即将 1977—2014 年初大陆地区的杜甫研究称为"思想解放带来的杜学中兴"。根据研究内容的不同，这一时段又可细分为对"诗史"说的重新审视、"诗史"与"诗圣"的综合研究和诗性研究三个阶段。有了这些提示性的话作指导，读者阅读的效果就要好得多。书中还很注意从文化史的角度来观察问题。如第一编第一章第一节"新学与旧学的碰撞"、第二节"新审美观念的尝试"，第二章"时代召唤杜甫——抗战期间杜甫研究测旨"，一看标题就能了解到文中大意。再如第三编对 1977—2014 年大陆地区杜甫研究的评述，章节名就变为对杜诗思想、艺术的正面研究，再无从前那种意识形态色彩，人们力图通过思想和艺术的研究来还原杜甫，可以称之为还原研究。特别是改革开放之初的拨乱反正时期，这一特色尤为鲜明，所出成果既多又好，给人印象深刻。这样，仅仅从章节名的变换就可看到百年杜甫研究的时代特征和大体走向，明白其间的起伏消长之因、承接传衍之迹。如此处理，这部书也就具有了学术史研究的良好品质。而从读者的阅读感受来说，也做到了纲举目张。民国年间的文献特别是 1910—1930 年以前的研究资料，距今已有近百年时间，搜求不易，大陆之外的港澳台和欧美韩日资料多系外文，散在他国，得来更不易。但是这些部分却未构成此书的薄弱环节，有时甚至反而是书中的精彩部分。要做到这一点实属不易，令人感佩，可见其付出之艰苦、开掘之艰难。特别是第四编台港澳、第五编域外两个部分，创获尤多。虽然因为客观条件的关系，大陆作者对于海外资料的搜求会比较困难，但书中依然按照选题的不同，将港澳台、朝鲜半岛、日本、欧美、东南亚五个区域的研究成果分别归类为五章，做出简要概述。所集成果之多样、所分门类之深细，到了令人吃惊的地步，写成的概述所占份量，约占全书百分之四十几，差不多可以形成和大陆地区杜甫研究相对垒的均势。这样就从时间、空间和视域上形成了对百余年来杜甫研究的全面覆盖，不少论题还剖析深细，时有出人意表之论，较好地满足了读者的学术期待。这样精彩的地方多了，人们自然就不会将其等同于一部平庸之作。

其次，衡量一部学术史著作的质量标准，还要看它的学术评述是否公正有深度，资料编排是否有序，是否便于阅读查检。从这两个角度来看，此书也做得很好。正如本书书名所示，它的主要任务是学术史回顾，而这也正是学术论文和著作所不可缺少的重要环节。一篇严谨规范的学术论著，必须以足够的篇幅、简要的文字来概述所涉论题研究的历史和现状。这么做，既能体现作者对相关研究的了解程度，也可表明他的问题意识，还能看出其对他人劳动的尊重。而要把学术讨论情况讲清楚，就必须以问题为视点来归纳观点，逐个说明前人和时贤在哪些问题上取得了进展，在哪些问题上争议不断，止步不前。而要做到学术评析鞭辟入里，对他人之说就必须像对待古人古说那样，怀有一种“了解之同情”，对他人的不同意见，也应保持一种“温情和敬意”。只有这样才能超越个人见解的偏见，对别人的研究做出公正、严谨的评价，对于前人在特殊处境下所说的话、所作的研究，也才能有深一层的理解，而不是仅仅停留于简单的判断、是非的评说。从学术发展角度来说，也只有这样才能让今人明白前人旧说的来龙去脉、是非得失，让后学者了解到现在还预留的研究空间，将如何承续前人工作。作者深明此理。利用身在山东大学杜甫研究学术中心的优势，主要运用归纳法，对辛勤搜集到的各类成果加以综合整理、分类和比较，力图从中概括出规律性的东西，并在适当的时候上升为理论。作者从一开始就树立了这样的目标。为此，坚持严格按照专题设计章节，每个章节只谈一个问题，每个问题都以时序为纲的标准来网罗材料，每篇文章都以简要的语句来概括观点，交代论著作者的姓名和文献出处。书中对近似的、交织的或矛盾的观点，还能做出恰当归类，说明其或是相互支持、或是相互争鸣、或是相互对立的关系。例如第四章第二节《杜甫卒葬问题》，就按照问题的不同，分解为卒地、卒因、墓地三块，写成三段，依次述说各家见解，指出争议点所在。最后提出，造成上述争议的关键在于对戎昱《耒阳溪夜行》等三则杜甫卒葬材料的不同理解和认同上。并指出，关于杜甫之死的考辨，其实萧涤非早年有三篇份量很重的论文，所说基本可成定论，这样读者就有了大致方向。这么做从横向看，可以帮助读者理清诸多观点的相互关系，说明相关问题的研究热度。纵向看，能够展现相关研究因为材料的发掘、方法的改进和理论的更新所带来的研究的深化、细化过程，体现出学术研究前后相承、由浅入深、由粗到细的渐进规律，为读者勾勒出相关研究的丰富图景。虽然面对海量文献，取资者多，但对于每个问题的综述不是仅仅堆砌文献，罗列观点，而是偶尔也亮出己见，指出进路，适当展望。遇到一个课题前人已有较广较深的涉猎，不是一笔带过或避而不谈，而是客观面对，如实评述。比如该著第135页指出，李杜比较前人做得已经够多，但其实不是不可以做，关键在于不能离开学术传统去抽象谈论审美对象的等价性，不能一开始就怀有臧否人物的个人偏见或是怀有投其所好的主观动机，讨论问题应当严格以本问题为范围，不能轻易越界，否则就乱套了，事情的性质也会发生变化。《绪言》谈到，新杜诗学的建立是个艰巨工程，可做的事还有很多。比如对杜甫“转益多师是汝师”的探讨、杜诗“集大成”意义的探讨，都是未尽话题。这样就使得本书的文献综述做得既规范扎实，又很有前瞻性，能够让研究者及时了解到学术信息，准确站在学术前沿，少走弯路。虽然身在山东大学，但是并未刻意拔高该校的杜甫研究，对其他单位其他学者的研究也能给予足够的尊重，显示出作者的科学态度。看了这部书再去阅读杜甫研究论文，就能大体明白自己所作的研究是否有创造，是否较新颖。总之，无论从学术史回顾中涉及材料的多、新、广，还是从学术评价的真实、准确度去考察，都可确信该著的起点高、基础固、视野宽、有深度，能够赋予读者以不同的启迪。

第三，此书既名“平议与反思”，反思和前瞻也就理所当然地成为衡量其质量高下的另一重要维度。初步翻阅即可确信，此书的学术反思和前瞻都做得相当好，每个章节都有这方面的精彩段落。书中特别谈到，台湾地区杜甫研究队伍之庞大、梯队之健全、数量之众多、质量之优良、论述之精细、方法之多样，简直令一些时段的大陆地区杜甫研究相形见绌，特别是对于1949—1976年来说，尤其是这样。即使是1978年以后迄今，也声势未减，颇有份量。反观大陆地区的杜甫研究，却令人意外地呈现出一股衰颓之势，近年的杜甫研究学位论文选题，明显要少于20世纪80年代。目前大陆地区普遍以发表论文的档次和数量来评奖励、定等级。这一政策导向导致大家想方设法多发文章。其结果就是论文数量的剧增和质量的下降。面对这一趋势，大家又纷纷大喊创新，指责低水平的重复。时下杜甫研究的困局与此政策也不无关系。当然，更主要的是来自杜甫研究自身的高难度。面对杜甫这样的高峰，面对千年积淀，大家不约而同地产生了一种畏避心理，感到出新不易，于是纷纷回避大家、转攻中小家，研究成果份量不及以前，选题有碎片化趋势。一些人甚至自我复制，现状令人忧心。如何深入下去寻求有效突破，大家都在思考。形势如此，作为一部以杜甫研究成果之学术综述为题的著作，不能不对此现状有所回应。著者以为，为了推动杜甫研究的深入，有必要就以下十个问题展开探讨：杜甫研究资料汇编的续写、杜诗学史的编写、出土文献的利用、杜集序跋的整理研究、跨文明背景下的文化意义研究、作为思想家的杜甫研究、杜诗词语辞典的撰写、李杜比较研究、杜甫研究怎样为现实服务、杜甫研究的大众化，这十个问题的具体介绍见全书的“结论”。末尾还特地引用唐代文学学会会长、复旦大学陈尚君教授的见解作为总结。陈教授一口气提出了杜诗编年的再斟酌、李杜齐名的形成过程、杜甫对中晚唐诗的影响、杜诗的典范意义、杜甫与中古诗歌的转型、杜甫与宋诗风格的形成、杜甫诗中所涉名物制度、词语解读、句型变化、诗律通变、人物命运、山川地理、大小杂事等十多个问题，指出这一连串问题其实都未得到很好的解决，可以继续深入讨论。可见杜诗研究还有很大的拓展空间，根本未到山穷水尽、要转移学术阵地的地步，只是研究者限于学力，短时间内还难以深化。而要真正有所推进，有所突破，就不能回避大作家、大问题，转而去谈所谓的无名小家和细小问题，应当直面重大问题，立足现在，着眼将来，克服困难，努力突破。这些话对于读者也很有指导作用，体现了该著的价值。

当然，作为一部独立编撰的著作，书中也有一些不尽如人意之处。比如一些地方资料搜求未全，著作或有漏落，内容介绍未细，偶有重复互见。一些段落开头起笔突兀，缺乏自然过渡，后面草草收笔，未能很好总结，留有未尽之意，等等。但相对于全书宏大的格局、丰厚的内涵，这些都是枝节问题。这些未臻善美之处，可以留待作者去继续完善，并不妨碍其成为一部优秀著作。《北史·儒林传序》略云：南学约简，得其英华；北学深芜，穷其枝叶。作为北学的《百年杜甫研究之平议与反思》，基本达到了"深芜"而"穷其枝叶"的期许。

《汉唐文学的历史文化考察》

□ 杨 颖

（陈伟强著 凤凰出版社 2014 年 10 月）

《汉唐文学的历史文化考察》一书最初吸引我的是它的封面。苍青的底色，江畔楼阁上临窗坐着几位士人，或听琴，或闲谈，或矫首远眺。天际处，一叶扁舟，艄公在船头摇橹，舱中亦似有二三人闲坐游观江景，与岸上楼阁呼应，构成了稳定而平衡的画面。很佩服作者从清杂剧《滕王阁》中选了这幅画影，此书给人的感受恰有类于此图，文风平和、淡定，细读之却能感受到立足于不同类型典籍文献而产生的"游观"效果的差异以及东西方学术对中国传统文学文化的不同审度方式。

陈君伟强出生于香港，受教于北大，复又远涉重洋求学于北美，拜于著名汉学家柯睿教授(Paul W. Kroll)门下。先后任教于美国俄亥俄州立大学、澳大利亚悉尼大学和香港浸会大学。客观而言，其西学的背景更加突出。但其华裔的背景尤其是在北大三年浸淫于陈贻焮、袁行霈、葛晓音诸位名师席下的经历又使得他对中国传统治学方法有深刻了解。或许正因为如此，《汉唐文学的历史文化考察》一书一方面在材料运用、研究视角和方法等方面呈现出典型的北美尤其是美国西部学术流派的特点，另一方面在文本体会和历史文化背景的研读过程中也并不让人感觉到阅读西方汉学作品时会有的突兀的新奇。恰如封面图影中的楼阁和扁舟，虽分踞南北，却因人物视线的自然穿梭而呈现出稳定的和谐。

《汉唐文学的历史文化考察》一书共有14篇文章，最初均以英文形式发表，现由作者主理翻译，结集出版。14篇文章分为四个部分：名作新析、文学史辨、仙道法术和文集考证。“汉唐文学的历史文化考察”的书名已算是平实，四部分的分目更是朴素到毫无修饰，仅仅是各部内容的直观叙述，无法再减一字。作者的治学风格由此初见端倪。

“名作新析”中有四篇文章，分别是《“幼妇”与“外孙”：“绝妙好辞”新解》《促织何唧唧：〈木兰诗〉中的机杼之声与异文穿梭》《王勃滕王阁作品中的主客问题和人物关系》《杜甫笔下的两座宫殿的宗教政治洗礼》。发端的两篇以非常直观的方式展示了美国西部汉学界的一个重要特色——强调文本解读，重视字句的理解和推敲。用作者自己的话来说，“用翻译思维对字、词、概念乃至于文学现象和传统作用”进行重新审视是选题线索的重要来源。首篇文章的核心问题是对“绝妙好辞”这个著名谜语的解释。对于一般读者而言，从“黄绢幼妇，外孙齑臼”的谜面到“绝妙好辞”的谜底，一个精彩的谜语伴随着杨修的捷悟故事已经圆满。但作者却不满足于此。一方面，作者指出了《世说新语》和绢本《孝女曹娥碑》、鱼豢《典略》、虞预《会稽典录》、《水经注》等文献在曹娥碑谜语的创制、记录、流传问题上的矛盾之处；另一方面，基于对制谜猜谜传统的探究以及东汉至晋时期的一系列谜语实例，作者指出“黄绢”、“幼妇”、“外孙”、“齑臼”并不是孤立的拼合，而是有实义的，其实义与谜底“绝妙好辞”之间有着密不可分的关联。结合语源学和文字隐喻、指代的分析，作者对曹娥谜的制作和设计进行了更为透彻的考察，并提出了颇具新意的解释：谜语的创制在石碑散佚之后，谜语设计者或为蔡邕，但其所见曹娥碑文为绢本，是为“黄绢”；“幼妇”、“受辛”故事所指即曹娥；“外孙”一词则据方音习俗及文献记载而考订为度尚的“外甥”邯郸子礼，而“齑臼”的另一重隐含义是“献舅”，暗指碑文由邯郸子礼撰写并呈献予其舅度尚之事。这一番解读，的确让读者对曹娥谜创制的丰富性多了一重体悟。相比之下，对《木兰诗》中"唧唧"一词的考证更加集中,可作为西学研究方法的一个范本。作者首先列出了《木兰诗》"唧唧复唧唧"一句的七种异文,并分析了这些异文及其解释对西文译本的影响。面对"木兰叹息声"、"蟋蟀鸣叫声"、"机杼声"、"勤劳工作情形"等数种对"唧唧"的解读,作者并不是简单地通过音韵和意义的考察证明某一种解释的正确性,而是站在历史文化的高度,指出了一个更为核心的问题——《木兰诗》文本形成过程中的文辞转移、翻译和变异。这一视角,将文本层面的论争放到文化交流的大背景中观察其动态,是极有见地的。作者对当时佛经和乐府诗中其他带有翻译痕迹和地方风味的新造词语加以综合考察,在此基础上,对同阶段文化背景中"唧唧"及相关词汇进行了音韵、结构等方面的分析,结合民歌口头传播的句型特点,进一步证实了翻译和文本变迁对"唧唧"一词的生成和变化所产生的重要影响。文章切入点虽小,但借助历史文化的考察和语料语汇的分析,将《木兰诗》异文的讨论深入到了文学交流和接受的层面,这一思路,对研究复杂文化背景下诗歌文本的演变无疑具有借鉴意义。

在接下来的两篇"名作新析"中,作者虽然不再集中针对某个具体字句,但仍然延续了综合历史文化考察解读文学作品的思路。在对《滕王阁序》的探讨中,作者从序文的文体特点出发,结合初唐赠序的典型结构和王勃父子的生平事迹考证,落实了滕王阁作品中的主客问题和人物关系。在此基础上对王勃《滕王阁序》的写作背景和自喻实践进行深度分析,对《滕王阁诗》题赠滕王的主旨和心态进行具体把握。在对杜甫《九成宫》《玉华宫》二诗的分析中,作者同样没有急于研究杜甫及其诗作,而是花了很大的气力对九成、玉华二宫的兴废历程进行了细致的梳理,尤其是通过对宫殿保留、修缮、重建、更名过程和细节的考察探讨了其背后的帝王心态和形象。事实证明,这一看似外围的工夫对作品解读的确是有意义的。九成、玉华二宫所关涉的隋帝唐皇使宫殿兴废带上了厚重的历史意蕴,一代明君唐太宗对宫殿修缮、装饰和行幸、养生诸事的推动也表现出麦大维(David McMullen)所说的唐代帝王肉身(carnal)的一面。明了了这一点,至德二年杜甫寄寓在这两篇作品中的讽喻之意、兴衰之感也就更加清晰。在此基础上，作者结合文本分析了《九成宫》诗的“错置”主题和《玉华宫》诗中对具体帝王和玉华寺历史的刻意回避，对杜甫诗作的复杂和深沉做出了令人信服的解读。

在“文学史辨”部分，讨论的重心从文本细节上升到了文学史的具体问题。唐代是作者研究的重心，本部分开篇就对有关初唐四杰“华而不实”的评语作了一番考辨。史载初唐诗人王勃、杨炯、卢照邻、骆宾王在一次吏部铨选中被吏部侍郎裴行俭评为“华而不实”。后世史书、笔记等遂以此为裴对四杰的酷评，并加入“浮躁浅露”等枝叶，学界乃以为定论。作者敏锐地发现了《唐书》《大唐新语》记载中的违和之处，通过对裴行俭行谊和品评习惯的查考，结合张说《赠太尉裴公行道碑》中的记载，揆以情理，从训诂、避讳、相学等方面，考定裴行俭“华而不实”评语的真正含义是慨叹王勃等四人有才华而事业上未有成就。这样不放过细微之处的问题意识同样体现在关于陈子昂的两篇文章中。《从陈子昂〈感遇〉诗看“感遇”诗体的形成和发展》一文针对陈子昂《感遇》诗数目的不确定和题旨的多样性考察了“感遇”一词的不同含义以及感遇诗在诗歌史上的演变情况，论证了陈子昂《感遇》诗由后人定立的事实，也梳理了“感遇”作为诗学传统的丰富内涵，对陈子昂《感遇》诗中主题的多样性作出了合理解释。《陈子昂“诗歌改革宣言”新议》一文则冲破了文学史上视《修竹篇序》为陈子昂“诗歌改革宣言”的常规认识，通过对《修竹篇序》创作背景、酬赠对象、文辞内容和特色等诸多角度的考察，分析了《修竹篇序》酬和之作的性质以及其中以正始游仙为理想诗风的文学态度。除了对《修竹篇序》文本的细致研读之外，文中对陈子昂社交圈子的考证是相当精彩且有说服力的。一方面，陈子昂与宫廷诗人东方虬、解琬的关系使得《修竹篇序》的文学理念不可能与宫廷诗风针锋相对，另一方面，卢藏用对陈子昂“横制颓波”的大力揄扬也需要考虑其和陈子昂的私交及其“随驾隐士”的个人心性而作更加切实的解读。不难看出，在上述三篇扭转文学史既定印象的文章中，对文化背景和人物社会关系的细致考证起到了相当重要的作用。《两个世界：中晚唐诗词误入桃源》一文也同样基于社会文化风尚的演变考察了中晚唐诗词中误入桃源主题，对其中的内涵、寄托以及宗教转向进行了分析。

在“仙道法术”部分中，对历史文化研究的强调在更加集中的道家文化背景中呈现。立足于道教文献，有对上清派箓文的文献文学研究，也有对早期道教诗歌中“玉华”意象的探讨。从道教的社会存在和影响出发，有对阮籍、嵇康寻“仙”事迹的考察，也有对民间寻找溺水者遗体法术的考证。阅读这些篇目，笔者有一个突出的感受，那就是学术研究的融会贯通。汉魏六朝以来，佛道等宗教文化在中国传统文化中占据着相当重要的地位。虽然在论及具体阶段和宗教背景突出的文学人物时研究者们普遍注意考察佛道背景的影响，但总体而言，文学研究和宗教研究在材料、方法、手段、目的等方面仍然处于泾渭分明的状态。对文学研究者而言，宗教文本更多起到的是工具和背景的作用，其文学意义并不受重视，专注的宗教文本研读和讨论也不多。但在作者的研究中，宗教文本对于文学研究的意义得到了更加丰富的体现。一方面，文学文献研究的方法同样适于对道教文本的研究，另一方面，对早期道教诗歌中“玉华”意象的剖析和对“上清经”意象飞扬的文学特色的探讨，从多方面展现了道教文献中的文学意象、艺术风格对宗教修炼活动的意义，这一点，对探讨文本的创作意图和文学的实用价值是极具启发意义的。除了文献之外，宗教的视角和问题意识也有助于我们加深对文学文本和事件的认识。对民间寻找溺亡者法术的理解有助于我们对孝女曹娥寻父细节变迁的认知，对阮籍、嵇康寻“仙”事迹的考证也能帮助我们理解阮、嵇二人的生平思想。

综合而言，前面三个部分作者主要还是从细处入手，针对具体问题展开讨论。在本书的最后，作者也在尝试在“文集考证”中构筑更加宏观的研究框架。在《〈楚辞〉的“经”“传”结构与作者问题》一文中，通过考察楚辞文献，分析简帛书写和古籍目录编写的习惯，作者提出了早期楚辞编订以《离骚》为经，其他楚辞作品为传的思想。并在这一“经”、“传”结构的框架下重构唐代《楚辞释文》，对楚辞作品的作者问题提出了自己的见解。在《王勃〈入蜀纪行诗〉》研究中，作者全面考证了这部小集的写作背景并对其内容进行重构，肯定了《入蜀纪行诗》作为现存最早唐人干谒诗集的历史意义。

全书读罢，一个强烈的印象就是作者研究风格的平实和谦逊。十四篇文章，大力修正旧说者不在少数，但无论是文本研读还是历史文化分析，均做足了细处的考证功夫，有一分材料便说一分话，并不追求振聋发聩的大断言、大结论。平心而论，这种特别平实细致的写法多少限制了文章的感染力。看似末节的考证如能成为重要理据，固然令人有异军突起的惊喜，但若细碎的分析占用太多笔墨，又止于旁枝，则未免影响文气贯通，压制了驳论的精彩，读来不够酣畅。

总体而言，陈伟强先生对西方研究方法和思路的接受和运用，对本土研究者而言是有借鉴意义的。个人认为，有两点特别值得强调：

一是立足于翻译的文本细读。相比于外国学者，中国本土学者在文本理解和文意把握上自然是有优势的。但有些时候，这种理所当然的优势反而导致理解的轻率，成为细究文辞内涵的障碍。反观西方以薛爱华(Edward H. Schafer)、康达维(David R. Knechtges)、柯睿(Paul W. Kroll)为代表的一批研究者，则充分重视对字句的诠释和翻译，不轻易放过任何一点纠缠不清之处。事实上，这种重视翻译的态度也奠定了西学中重视文本，以文献研究为基础的治学方法。对译文准确性的追求本身，包含着对文义、文辞、文气及其背后的隐喻、情绪和历史文化背景的把握——直接指向全面的文本研究。陈伟强先生在其著作“弁言”中，就格外强调了西学严谨的文本阐释态度对他的冲击。其研究中发现问题和处理问题的方式，也正显现出这一原则和态度在实践中的作用和意义。笔者在跟随康达维教授学习的短暂过程中，也充分感受到这位功底深厚的长者在面对具体文本时依然保持的如履薄冰的严肃态度。从这个意义上而言，翻译并不仅仅是理解的手段，也并不止步于交流的目的，而是系统研究的基础，也常常成为问题的线索和源头。因此，笔者以为，翻译，无论是从中文翻译到外文，还是由古文翻译为现代文，对于传统文学的学习者和研究者而言，的确不失为一种放慢阅读脚步，推动对文本全面深入理解的有效手段。

二是在社会文化视角下对历史文化材料的充分运用。西方汉学对社会学、民俗学、人类学理论和方法的运用一向是其特色。通过多年来的译介和交流，本土学者对于西学研究方式的了解和借鉴已经越来越深入。虽然在文学家族、社会团体等专题研究中经常借鉴西方社会学研究的框架和成果，但在文学文本研究方面，对历史文化材料使用的深度和广度还有所欠缺。陈伟强先生的研究正是在这个方面提供了很好的范例。具体而言，一方面是对文本关涉材料的寻根究底，比如在分析杜甫两首宫殿诗作时对“九成”、“玉华”二宫历史进行详细考证，充分挖掘其背后的政治生态和寓意，又如对道教诗歌中“玉华”各种关联意象的周密分析；另一方面是在开阔的思路下利用多方材料构筑文本形成和演变的历史环境，比如在考证《木兰诗》中“唧唧复唧唧”异文时对民族文化交流背景下的文本状况进行总体关照，又如探讨陈子昂文学贡献时对解琬、卢藏用等评价者的身份、个性、社会关系、文学态度等方面进行广泛考察。正是基于这种大文化、大历史的思路，在本书篇章中历史文化材料的运用远远超出了提供社会背景的意义，看似与文学有一定距离的历史语言学、宗教、民俗等方面的文化的材料不仅能够很好地融合在文学研究中，而且还时常成为立论的关键。

《汉唐文学的历史文化考察》一书的作者虽尚未被本土学者所熟知，但其立足中学融合西学的研究思路正以本书中的一系列实践为本土的中国文学研究者提供了样本和借鉴。他山之石，实有推动阐释之力；社会文化的众多支脉，也确能融入文学研究的茶炉中增色添香。

《唐宋馆驿与文学资料汇编》

□ 曾君之

（李德辉编著　凤凰出版社　2014 年 10 月）

驿和传都是中国古代官营的交通机构，驿即驿站，专管通信联络；传即传舍，负责安排食宿。二者都在交通线上，配套并行，汉唐文献常将其并称。自汉以来，驿传就走上制度化的道路。发展到唐宋，这套制度已臻完密，以后的元明清不过是唐宋之余绪，在制度史上缺乏独立意义。而馆驿诗词也是以唐宋水平最高，内容最丰，最值得研究。基于以上原因，湖南科技大学人文学院李德辉教授在 2012—2013 年精心编撰了《唐宋馆驿与文学资料汇编》一书，于 2014 年 10 月由凤凰出版社出版。该著选题新颖，内容新鲜，编纂严谨，录文准确，涵盖面广，适用性强，印制精美，值得一读。

为了做好这一项目，著者将资料辑集的范围框定在周秦至唐宋，书名则以唐宋为题，这样选题，既能涵盖古代馆驿制度的基本内容，反映馆驿与文学关系的基本面貌，又突出了唐宋这个中心。动手之前，著者首先确定了一个科学、明确的编撰体例，然后扩大搜辑范围，力求采辑全备。为了保证文献的编纂质量，还特别强调录文准确、完整，选录重要异文，讲求用书版本，注明征引出处，甄别真伪互见，限定收录范围，分别材料归属。这样，所编之书就既符合学术规范，有较高学术规格，又较为实用。

此书属于辑佚性质的文献重编。评判这类著作学术价值高下的主要标准是看它的文献辑集是否全、真、正。全即避免漏收，真即避免误收，正即录文准确，编排科学。而该著的特色正在于全备、真实、科学这三个方面。

全备主要体现在该著搜罗到了汉唐两宋时期关于馆驿与文学的基本文献，避免了辑录上的重大遗漏。文献搜集范围以史书、子部和文集为主，但又不限于此，无论经史子集、敦煌西域、地下纸上，有见必录，特别注意搜采历史文献和时人文集、地志、野史、笔记、诗话中的资料，力求对此类材料做一次总括式的辑集。同时注意选择那些内容足、精、旧的版本，避免了重要版本的遗漏。书名虽以唐宋为目，但资料的辑集并不为此所限，而将范围上溯到先秦，下延到宋金，形成一个连贯的整体，以明唐宋馆驿的渊源流变。一般不收元明清史料，仅在必要时有少数条目涉及，全书内容集中，主题鲜明。考虑到唐宋行旅的复杂性和广泛性，该著于馆驿史料之外，还涉及这一时期的物资运输、各种私行、道路绿化，将这些资料一并收入。考虑到古人赋诗作文喜用变称，而不以正名出现，故连同馆驿亭店的各种别称、代称、省称一同辑入以备采集。做到了以上几条，自然可以说是内容全备的。

真实即所辑文字不伪不滥。为了保证书稿质量，著者坚持严格甄辨资料，谨慎采取佚文，录文强调审度出处，将辑佚和目录、版本、校勘、辨伪等结合起来，这样就有效防止了辑入伪作，张冠李戴，误辑他书文字。同时，所辑文字事先都经过了严密的校勘考证，有文献校勘的功夫在，能真实、客观、准确地反映文献原貌，以便取信读者。

科学即制定了一个完善的编撰体例，并始终如一严格遵守。为此，著者特别强调录文正确，加强校勘，是正错误。引书出处一般取最早的一种。所辑文字皆于条末括号注明出处，不采用“同上”、“同前”等方式，方便他人覆按。内容相同的条目，若诸书互见而又文字略异，则取内容较全、时代较早、错误较少的一种录文，而以其他的文献参校。若时代相近、文字略同，则并列出处，首见者为引文出处，次见者为参考之书。若所辑材料较多又出自同书同卷，则连引之，而于最末一条注明出处。全书根据材料内容分为二十二类，每类之下各立若干子目，每个子目均以关键词立目。门目的划分、关键词的切分，都以汉唐两宋文献记载为据，不另拟，这样，所辑材料就既符合唐宋馆驿及文人行旅的实际，又适合当今的学术需求。二十二个部分的排列，按照先馆驿后交通、先历史后文学的原则。前面十三部分均为汉唐两宋馆驿资料，自第十四部分起，辑录行驿驿程、人物活动、交通设施、道路驿树资料。第二十一部分仿照《册府元龟·总录部》的旧例，将内容互异、其他门类不宜收入而又有研究价值的材料收入"馆驿总录"，使之有所归属，为我所用。第二十二部分"馆驿之外的其它交通设施"，辑入客舍、旅馆资料以备采辑。最后，仿照正史为立四夷传，殿于书末的做法，设"高丽馆舍"作为附录，以此反映中原文化对周边国家的影响。每个部分材料的排列，先依四部文献类目的先后，次依朝代的先后。每个朝代则依皇帝和年号的先后。

编著者在编目和排序上下了不少功夫，力求所制目录能充分反映全书内容，次序安排上能体现内容的主次轻重；门目设计具有文献索引功能，方便查检。全书根据唐宋馆驿的实际，将辑得材料分列为二十二门、二十二章。其中，"馆驿的沿革与类别"、"馆驿的设置和兴建"、"馆驿的主持和管理"、"馆驿的组织机构和人员设置"、"馆驿的变称"、"符券的发放和管理"、"馆驿的建筑设施"、"馆驿的供给与经营"、"馆驿的合法使用"、"馆驿的非法使用"等十章，主要是馆驿制度内容，偏于历史文献，兼及文学创作。自第十一章以下，则重点讲交通制度、交通设施和文人行旅，计有"行客在馆驿的住宿和活动"、"交通规则"、"交通工具"、"行驿与驿程"、"交通设施和计程方法"、"道路的等级与类别"、"驿树的栽种和道路的保护"、"馆驿内外"、"馆驿的文书传递与物资搬运"、"驿名馆名"等十章，内容以文人行旅和文学活动居多，其中诗歌方面的材料尤多，对读者更具有吸引力，增强了此书的有用性。

书稿虽以馆驿与文学为题，但作者始终立足文学本位。在资料辑录编排中，由于大量采用了文学作品，千年以前的陈旧琐屑、枯燥乏味的事物变得生动有趣起来。我们借此可以了解到唐宋古人出行的时候会遇到何种情况，使用何种交通工具，享受何种食宿待遇，要遵守怎样的制度规定，保持怎样的旅行心态，一般的迁转和贬谪流放有怎样的区别，这无疑可以大大加深我们对前人旅行诗文作品的理解，看到围绕馆驿制度，唐宋馆驿诗都是怎样发生发展的，具有哪些独特的内容和艺术表现手段，这无疑可以深化我们对唐宋诗歌的认识。

著者撰写此书，有很多有利条件。这突出表现在研究基础好，学术经验丰富。著者长期研究唐宋交通与文学，出版有《唐代交通与文学》《唐宋时期馆驿制度及其与文学之关系研究》《晋唐两宋行记辑校》等专著 3 种，发表交通与文学研究论文数十篇，成为国内这方面的研究成就较著名者之一。作者不仅研究文学，还注重文献整理，长期跟随陶敏、陈尚君等学者从事古籍辑集，熟悉汉唐两宋文献，古汉语的阅读能力较强，平时性格沉静，热爱专业研究，这就保证了对文献的准确、透彻理解，不会误解误辑，文字考校能有一定的质量保障。此书之前，已出版有《李贺集》《晋唐两宋行记辑校》《全唐文作者小传正补》《全唐五代笔记》等四种。这些项目成果的积累是他能够做好此事的重要保证。

总之，本书具有较高的历史文献价值和文学资料价值。里面辑录的内容包罗万象，表面上看是交通史料，实则涉及古代社会的许多方面。主要有道路、车马、馆舍、亭店、烽燧、疆域、岁时、城镇、邑居、衣饰、馔食、文字、教育、佛教、民族、刑法、赋税、物产、民俗等，涉及唐宋社会的各个阶层，主要内容是官士子的道路征行，包括应举、赴任、回朝、出使、迁谪、征戍等远行，都关系到亲情友情，对研究汉唐两宋文学特别有用，资料内容还广泛涉入人文社会科学研究领域，可供不同层次、领域的读者使用。

《花间集校注》

□ 张 英

（杨景龙著 中华书局 2014年10月）

2014年10月，杨景龙先生的《花间集校注》列入“中国古典文学基本丛书”，由中华书局出版，并作为“十月好书”向读者推荐。该书130余万字，倾注了著者十余年的心血，是《花间集》迄今唯一堪称完善的整理研究性质的校注本，弥补了《花间集》和唐五代词史研究领域的一大欠缺。该书获评中华书局二〇一四年度“古籍整理类十大好书”，可谓实至名归。以下拟从校勘、笺注、疏解、集评与附录几个方面，对该书的特色与价值略作评介。

一、校勘

《花间集》在词史上的地位，相当于《诗经》之于诗史。在其一千多年的传播史上，出现了众多版本。各版本在刊印流传的过程中，不可避免地出现了文字歧异，因此校勘就显得尤为重要。杨景龙先生《花间集校注》的校勘有如下特点：

（一）全面搜集取校版本。《花间集笺注》一书在大陆图书馆藏宋明清《花间集》中，除吴勉学师古斋刻本未见外，其余20余个《花间集》版本均曾取校。在取校版本中，紫芝漫抄本、钟人杰本、张尚友本、汤评墨本(二册本与四册本两种)、汲古阁后印本、明残本、文治堂本、词坛合璧本、花间正集本、清刻本等 10 余个明清版本,都并未为之前校勘《花间集》者取校。

(二)改正此前误校和失校之处。杨景龙先生对此前学者在校勘《花间集》时取校过的版本,均重新加以校勘,发现数百处失校、误校之处,其中亦不乏有公认的精校版本,如李一氓先生的《花间集校》中便有误校、失校 150 余处,对此杨先生皆一一加以改正和补充。详参杨景龙先生《〈花间集〉校勘拾零》一文,见《二零一二年中国词学国际学术研讨会论文集》,此处不赘。

(三)兼顾是非和异同。《花间集》自宋迄清,版本较多,杨先生在校勘中对各版本的是非、异同均作相应按断,一并表现在校勘记中,这样就方便了读者和研究者,使其从这一个校注本中,即可详知各本文字出入、歧异情况,免去了手头版本不全之苦与四处访书奔波翻检之劳。

二、笺注

在笺注方面,《花间集》的旧注亦存在诸多问题,杨景龙先生《花间集校注》在前人笺注基础上,或增删,或修正,为《花间集》提供了更为详尽准确的注释。具体来说,有以下几点:

(一)笺注详尽。《花间集》旧注,如华锺彦《花间集注》、李冰若《花间集评注》,台湾萧继宗《评点校注花间集》等,都存在注释过简的问题,具体表现在两个方面:一是注释语词过少,如华注本薛昭蕴《喜迁莺》其二,于"白衫"、"杏园宴"未注;二是笺释不到位,如牛峤《菩萨蛮》其五"故故坠金鞭"一句、和凝《河满子》"却爱蓝罗裙子,羡他长束纤腰"二句的注释,均未注出处语典;这两类问题在旧注本中较普遍。而杨先生基本上对于需要注释的语词均加以笺注,且每条注释都尽量征引例句,举出书证。

(二)征引文献注意时代。花间集旧注中在征引例句时有的地方会引用宋元明时期的文本,但杨先生《花间集校注》征引的例句一般不晚于五代时期,也就是《花间集》成书的时期,更为科学。

（三）推陈出新。在旧注中，很多内容已显得过于陈旧。如华注韦庄《思帝乡》其二，于“妾拟将身嫁与，一生休”句注曰：“《易恒卦》：‘妇人贞吉，从一而终也。’”于“纵被无情弃，不能羞”句注引《诗经·氓》“三岁为妇”章，曰：“风人之旨，与此同为自怨自艾之词。”显然与词意不切。此类过显陈旧的注释，在旧注中亦非仅见，该书在注释中均做了改进。

（四）更正旧注谬误。《花间集》的一些普及注本，于语词注解基本上不征引例句，且皆存在程度不等的注释错误问题。如注温庭筠《更漏子》“谢家池阁”之“谢家”为“西晋豪门谢安的家族”；注张泌《柳枝》“腻粉琼妆透碧纱”之“碧纱”为“碧纱窗”；注顾敻《酒泉子》其七“画罗襦。香粉污”，云“女子因流泪而弄污了脸上的脂粉”；注孙光宪《浣溪沙》其三“堕阶萦藓舞愁红”之“堕阶萦藓”，云“在台阶下萦回盘绕的藓类植物”等，显系错注。更有甚者，有注本可能为迁就所引例句“陇头流水，鸣声呜咽”，竟将温庭筠《清平乐》“桥下水流呜咽”一句中的“水流”改为“流水”。凡此种种，本次注释均加是正。

三、疏解

《花间集》500首词，除了数十篇名作之外，大多数词篇尚未有详细而精良的文本解读。《花间集》旧注本和评注本中，涉及到作品解说的部分往往是评点式的，虽时有灼见，但不免随意之弊；当代普及性注本，对词作的评析又往往失之浅俗，缺乏专业性和学术性，甚至有明显硬伤和讹误。杨景龙先生《花间集校注》一书，第一次在专业层面上对花间集500首词作全部进行了学术性的批评解析，用力甚勤。该书的“疏解”具有以下几个特点：

（一）深度与新意。如韦庄《菩萨蛮》“人人尽说江南好”的疏解，立“乡愁主题诗词”的“反题”一说，发人所未发；再如温庭筠《菩萨蛮》“玉楼明月长相忆”的疏解，引入自《诗经·陈风·月出》肇始的“望月怀思”的“原型心理模式”；还有对孙光宪《谒金门》“留不得”的疏解等。书中此类“疏解”甚多，均具深度与新意，俱见作者才学与识力。

(二)将传统点评的笼统印象，落实为现代批评的详切具体。表现在文本解读和名句分析两个层面：前者如对欧阳炯《浣溪沙》"相见休言有泪珠"的疏解，后者如对韦庄《菩萨蛮》其三"当时年少春衫薄"的分析。书中这类疏解和分析最多，对读者和研究者理解词意、鉴赏词艺的帮助也最大。

(三)在广泛运用中国传统诗学理论解读作品的同时，注重引入西方文艺美学理论和其他相关理论。如对母题原型理论、语义学与诠释学理论、心理分析理论、接受美学理论、互文性理论、信息论等的借鉴，均能盐溶于水般不落迹象地化入"疏解"的行文之中。如温庭筠《菩萨蛮》"南园满地堆轻絮"的疏解，温庭筠《更漏子》"背江楼"的疏解，韦庄《归国遥》"春欲暮"的疏解，李珣《酒泉子》"秋月婵娟"的疏解等。"武器的批判"使"批判的武器"得以"更新换代"，有利于破解一些文本的龃龉之处，使长期以来存在的说不圆处，解读得更显圆通。更为重要的是，在借鉴化用这些外来理论解读文本的过程中，创生出仅靠本土传统理论无法生成的新意。

(四)注意文本自身存在的问题。缘于词人或刊布传抄者的原因，《花间集》文本存在一些前后矛盾或解释不清之处。一般注解者或未曾深究忽略了、或故意回避了这类问题。如温庭筠《菩萨蛮》之十三起句"雨晴夜合玲珑日"与结句"春水渡溪桥，凭栏魂欲销"的时令矛盾；温庭筠《酒泉子》其三上片写"小河春水"、"杏花稀"，显系春天，但结句却写"雁南飞"，大雁候鸟，春秋换季时南北迁徙，须知春天是"雁北归"而不可能是"雁南飞"的，这显然又是"类型化写作"时信笔所之导致的又一处时令和景物的脱误。温庭筠《更漏子》其四非写宫怨，却出现了"宫树暗"三字，结果导致一些说词者一见"宫树"即云"宫怨"，对词中至关重要的"待郎熏绣衾"一句视而不见，忘记了如是"宫怨"，宫女怎有可能在宫中"待郎"这一最基本也是最严重的问题。还有和凝《春光好》"苹叶软"一首中的"红粉相随南浦晚"一句，解者多释"相随"为"相送"，以便将句意和词旨说通，其实带来了更多的问题，等等。该书笺注疏解，作者发现并正视了这些属于文本内部的问题，皆给出了相对妥帖的解释。

（五）疏解文字既遵从体例，要言不烦，又具体切实；既注重理性分析，又注意行文的形象生动和流畅可读，使不少篇章的疏解，颇富文采和诗意，较好地融合了传统诗话词话批评和西方逻辑分析批评之优长。如温庭筠《菩萨蛮》《更漏子》《梦江南》组词的疏解，韦庄《菩萨蛮》《思帝乡》组词的疏解，欧阳炯、李珣《南乡子》组词的疏解，孙光宪《浣溪沙》《渔歌子》组词的疏解，李珣《渔歌子》组词的疏解等；以及皇甫松《梦江南》“兰烬落”、韦庄《浣溪沙》“清晓妆成寒食天”、张泌《浣溪沙》“晚逐香车入凤城”、牛希济《生查子》“春山烟欲收”、欧阳炯《江城子》“晚日金陵岸草平”、顾夐《诉衷情》“永夜抛人何处去”、孙光宪《酒泉子》“空碛无边”、《风流子》“茅舍槿篱溪曲”、鹿虔扆《临江仙》“金锁重门荒苑静”、李珣《巫山一段云》“古庙依青嶂”等的疏解，读之均有如饮醇醪之感。

四、集评与附录

《花间集校注》在集评与附录的部分，对相关的文献资料进行了全面的搜集，为此后进一步研究《花间集》提供了资料上的极大方面。

（一）集评。《花间集》其他注本大多没有集评或虽有若干集评但不全面。而《花间集校注》在利用《唐宋词汇评·唐五代卷》《唐五代词纪事会评》等文献的基础上，旁搜博采，将集评分为篇评、词人总评、《花间集》总评三个部分，大大增加了集评的内容含量。

（二）附录。《花间集校注》的附录依次为温博《花间集补》、金介山等《花间续集目录》、《花间》词人传记资料、《花间》词人著述存目、《花间集》题跋叙录、《花间集》总评、历代重要词选词谱收录《花间》词篇目。其中温博《花间集补》、金介山等《花间续集目录》，乃是第一次收入《花间集》校注本；杨先生对题跋叙录有大幅增补，对传记资料、著述存目、词选词谱收录《花间》词篇目等，也加以不同程度的增广。

（三）此外，温庭筠等18家词人《花间集》中未收词及存目词，在《花间集笺注》中亦分列于各家词之后，使读者和研究者能够对花间词人的作品有更全面的认识。

除以上几个大的方面之外，杨先生《花间集校注》的“前言”，洋洋洒洒四万余字，描述花间词的时代与地域特征，阐发《花间集序》的内涵旨趣，分析花间词的内容特色与词艺词风，宏观统摄全书，亦足见著者理论研究的深厚功力。当然，《花间集校注》也还存在一些值得改进之处，如海外版本未见取校，个别语词笺注可再推敲等，都有待再版重印时加以完善。

《晚唐皮陆诗派研究》

□ 魏晓虹

(王永波著 台湾花木兰文化出版社 2014年11月)

晚唐诗坛按照艺术风格划分,大致可以分为两个大的诗派:一个是以李商隐、杜牧、温庭筠为代表的绮艳诗派,在绮艳题材与心灵世界的开拓上做出较大贡献,诗歌艺术的主导风格是绮丽、委婉、悲怆;一个是以皮日休、陆龟蒙、杜荀鹤为代表的寒士诗派,诗歌风格倾向于收敛、淡冷、着意,往往工于穷苦之言。近二十年来的晚唐诗研究主要着眼于以李商隐、杜牧、温庭筠为主的绮艳诗人群体,取得了丰硕的成果,而对寒士诗人群体的研究略显岑寂。台湾花木兰文化出版社2014年出版的四川省社会科学院文学研究所王永波新著《晚唐皮陆诗派研究》对晚唐寒士诗人的创作进行了较为全面的诠释,值得关注。

皮陆诗派是晚唐诗坛上一个重要的创作群体,与以李商隐、杜牧、温庭筠为主的绮艳诗派相比,他们在诗歌题材、体裁、风格等方面都有很大的差异,代表了晚唐诗歌的另一种创作风貌。皮陆诗派的成员主要有皮日休、陆龟蒙、罗隐、杜荀鹤、聂夷中等人,虽然他们大多数人是唐代的进士,但几乎都没有踏入仕途,属于寒士诗人群体。长期在外漂泊与干谒,接触到广泛的社会阶层,对晚唐时期的政治、社会、市民生活有了较为充分的了解,使得他们的创作敢于面对社会现实,接近下层民众。诗歌内容充实，艺术风格多样，继承了汉魏六朝诗歌的优良传统。《晚唐皮陆诗派研究》即以皮陆诗派作为研究对象，借鉴学界已有成果，对他们的文学创作进行了全方位观照。本书分为六章，对皮陆诗派的生平事迹、文学思想、诗歌创作、散文创作、松陵唱和、风格异同、后世接受与影响等予以了审视，尤其重视作品艺术研究。通过全面考察皮陆诗派的全部作品，指出这个诗派的成员虽在政治上不得志，然而他们在文学创作方面进行了积极地探索。在题材、体裁、艺术技巧等方面都有创获，在晚唐诗坛具有重要影响。皮陆诗派的创作，既是晚唐诗歌的余音，也为宋诗高潮的到来做了准备，具有承上启下的作用，这是他们对诗歌史的重要贡献。

作者注重将皮陆诗派置于晚唐特定的诗歌格局中予以考察，力图通过原始文献的研读还原出晚唐诗坛创作的真实面貌，探寻晚唐文化与文学之间的内在联系，以小窥大，进而总结出唐诗史发展的一些规律。为了避免文学史流派研究仅仅对流派作家自身的作品阐释和单层次的观照方式，本书把皮陆诗派放到一定历史时期的社会文化背景中，以此为基础探求这个创作群体的生活方式与心灵特征，多层次多角度考察，进一步研究皮陆诗派的创作倾向与风格特征，力求得出新的结论，进行较为准确的文学史定位。晚唐诗派与盛唐、中唐诗派的不同之处在于它的成员结构的松散，缺乏明确一致的文学主张，难以形成紧凑的文学团体，由此形成晚唐文学群体研究的障碍与难度。该著认为晚唐诗坛这一独特的文学现象是社会文化现象的一种衍伸，不仅从皮陆诗派的诗文作品，而且从大量唐五代史料笔记中搜集材料，探讨皮陆诗派成员之间的生活状态与内心世界，为研究这个诗派找出最佳视角。对他们与文学有关的社会活动，例如晚唐科举考试之中举与落第，谒客阶层形成的原因及其与幕府的关系，时人对干谒的态度以及实际成效，隐居的方式与心态，文人雅集与诗歌唱和等等，都作了深入全面的考察，找出这些与晚唐诗创作有关的共性进行剖析，为研究他们的诗文创作提供坚实的基础。

《晚唐皮陆诗派研究》在具体研究方法上，不仅能深入细致地揭示出皮陆诗派独特的创作倾向，而且还善于从诗人不同的经历中来探寻独特的心态，做到评论因人而异，避免了陈陈相因的论述，突出鲜明的创作个性。例如诗派主将皮日休、陆龟蒙的主导风格是驰骛新奇，但因为二人的生平经历不同，他们之间也是有区别的。陆龟蒙长期隐居在苏州，其诗歌主要以描写自然景观和日常生活为主，表现自己幽闲的情怀。皮日休则长期在外奔波，诗歌应酬比陆龟蒙的要多些，在《松陵集》中，皮日休迎来送往的诗歌往往是唱诗，陆龟蒙的则是和诗。这种不同的生活经历导致二人新奇诗风在某些方面显现出不同，皮诗的新奇表现在语意、意境的奇上，往往出人意料又在情理之中。陆诗风格的新奇主要表现在语言的奇峭怪异上，他往往用怪癖的生字、生词，押险韵，造成一种散淡疏放奇异之美，但两人的新奇又有同一面，即在诗歌创作中都喜欢卖弄才学逞强斗胜，写诗有时纯属是玩弄文字游戏，发泄怀才不遇之郁愤。本书在宏观审视的同时特别注意微观鉴别，力争通过分析多层次的外因来揭示深层次的美学内蕴及其形成的内在动因，做到相得益彰。

诗歌体裁与题材以及语言与体式都是评价诗歌成就的要素，这恰好体现在皮陆诗派的创作上，本书用了较大篇幅来论证，抓住了要点和切入点，凸显了作者的理论素养与学术眼光。风格的差异虽与个人的经历与喜好、才气有关，但在体裁的选择上可以明显地看出诗人的个性。在分析皮陆诗派成员之间的创作异同时，上述因素成了主要的考察对象，抓住了本质，因而论述有力，结论可信。例如在诗歌体裁上，皮日休、陆龟蒙擅长五言古诗、乐府诗，他们奇峭的诗风主要由那些长篇古诗构成，而罗隐、杜荀鹤、聂夷中等人主要是近体律绝，这种体裁上的差别导致风格上的差异，他们的特长在于五律、五绝、七律、七绝，因为近体诗的音韵，可以在短篇中创造出轻快明畅的艺术效果，诗歌风貌也趋向于平易。

全书材料翔实，考证严谨，可见作者读书之勤与涉猎之广。据不完全统计，《晚唐皮陆诗派研究》一书引用古代典籍近两百种，并且广泛吸收当今唐诗学界最新成果，文献征引准确、规范。例如分析皮陆诗派与中晚唐其他诗派之间的异同，广征博引，直接引用唐人别集达四十余种，涉及到二、三十位诗人的直接交往关系。又如《松陵集》与苏州唱和研究，作者从大量总集与别集中勾勒出当时多次雅集的唱和情况，分类归纳，进而总结出准确的数据。在此基础上对苏州文会的时间、地点、参与者、唱和诗创作做出了令人信服的论述，纠正了以往文献中的错误记载。

材料是治学的基础，难点在于对材料进行提炼、概括和宏观审视以求新意和深意。语言的表达需具有高度的思辨性与概括力，而思辨与概括离不开对比。本书在对皮陆诗派的创作进行研究时采取的一个有效方法即对比论证。例如为了突出皮陆诗派在晚唐诗坛上的地位，作者将之与元白诗派、韩孟诗派、浙东诗派、浙西诗派等加以比较。这样的对比论证，既使各自的特点更加明显，同时又使皮陆诗派在晚唐诗史上的地位有一定的显现，避免了单层面论述的缺陷，而且增加了说服性和可读性。作者善于通过翔实的材料对比，从中归纳总结，仔细辨析皮陆诗派独特的审美追求。例如皮陆诗歌创作中大量出现的以文为诗、以才学为诗、以议论为诗，虽在其他诗派中也有一些，但皮陆诗派更加臻于成熟，对宋诗的形成与高潮的到来作出了创作实践，他们是晚唐诗向宋诗过渡的转折点，具有诗史意义，这样就突出了皮陆诗派的文学史地位。

在论述皮陆诗派的创作成就时，作者也对研究对象保持客观的态度，既不囿于陈见，也不一味偏爱，而是本着实事求是的态度对皮陆诗派的创作进行评述，肯定的同时也指出其创作上的种种不足。例如苏州文会皮陆的唱和诗，尤其是有关渔樵酒茶的唱和诗，采取了和韵、依韵、用韵、次韵、和韵不合意、合意不和韵、双声叠韵、倒韵、回文、离合、吴体诗、齐梁体等体式，在用韵上喜欢押险韵，用偏冷典故从而造语诘屈。形式上讲究长篇排律，甚至写有千余字的长篇，故常有拼凑对偶、以多为贵的弊病，有些创作近似于文字游戏，缺乏诗味。作者又对此种现象进行了分析，指出皮陆逞强斗胜的文字游戏实质在于怀才不遇，这是晚唐社会的一种折射，具有普遍性。

作为一部研究诗人群体的学术著作，本书在结构方面难免有些考虑不周。例如前四章占据百分之八十的篇幅，后二章的论述有草草收场之感，前后用力不均匀。此外，在章节安排上也有前后不一致的地方，例如第二章、第三章分别论述皮陆诗派的诗歌、散文创作，进行艺术分析，第四章探讨诗文创作异同，第五章研究《松陵集》与苏州唱和，也有艺术分析但大同小异略显重复，读后有拖沓之感。或可将艺术风格研究专门作为一章来设置，会显得更明快紧凑一些，也利于集中论述。此外，与皮陆诗歌创作有关大量出现的佛、道教内容，也没有见到专门的论述，不能不说是一个遗憾，也许是作者对此方面的知识储备不足而忽略。书中个别论点也有商榷之处，如探讨唐代诗派与唐诗史的演进可能会与实际情况有出入，需要进一步深入探究。当然，每个研究者都在特定的条件下工作，思维方式也不尽相同，每一种研究视角要穷尽对象也是不可能的，这里提出来，仅供作者参考。

《论诗说稗》

□ 李芳民

（房日晰著　上海三联书店　2014 年 12 月）

房日晰教授在唐代文学研究方面的贡献是为学界所熟知的。他的《唐诗比较研究》、《李白诗歌艺术论》等论著，以视角的新颖独特、持论的公允剀切、分析的细致入微而颇受学界称道。不过，唐诗研究虽是房教授投入精力较多的学术领域，但并非其全部。唐诗之外，他对宋词以及明清小说研究都有所涉及，且都有不俗的成绩。不过其唐诗、宋词的研究已有专著出版，而其关于明清小说的论述，则因未作裒集，如珠藏于渊，未被学人所广泛了解。作者近来将其有关唐诗研究中前出之专著未曾收入的成果与他多年来有关明清小说的论述合为一集，名之曰《论诗说稗》，交由上海三联书店出版，可说不仅是作者有关唐诗研究的精彩篇章的补充，而且也是其有关明清小说研究成果的较为集中的呈现。全书共收入论文 32 篇，分为卷上与卷下两部分。卷上 19 篇，以唐代诗人及其创作论考为内容；卷下 13 篇，则以明清小说论析为中心。作者在《后记》中说："唐诗与明清小说，分据中国抒情文学与叙事文学的顶峰，自是中国古典文学中精华的精华……将有关论文汰选，放在一起，名之曰《论诗说稗》，也算是对中国古典文学精华的尝肉一脔。"通读全书，作者确实是在中国古典文学中含英咀华，但同时又表现出其勇于探索、别具只眼的学术功力。就全书的整体论述而言,以下几方面的特点是特别值得关注与称道的。

首先是作者抉发幽赜、刮垢磨光的学术探索精神。宋人黄庭坚在谈到诗文创作时曾说过"文章最忌随人后"(《赠谢敞、王博喻》)、"随人作计终后人"(《题乐毅诗后》)的话,其实学术研究也是如此。一个学者,如果缺乏勇于开掘、致力探索的学术勇气,是很难在学术上有所发明与建树的。本书虽分为论诗与说稗两部分,但力求从前人所忽略或前人未曾论及的角度做出新探索,阐发自己的独到见解,则是全书贯穿终始,前后一致的学术追求。就论诗而言,书中所收入的19篇论文,涉及了李白、杜甫、刘长卿、韦应物,白居易、李贺、贾岛、李商隐、许浑等唐代诗坛上颇有影响的诗人。这些诗人,学界研究程度不一,如何从不同角度做出新探讨,使研究更趋深化,使人们对所研究对象的认识更为全面准确,没有洞烛幽微的识力与披荆斩棘的勇气是很难做到的。即以杜甫而论,学界的相关研究已十分充分了,但书中围绕杜甫的几篇论文,却多能蹊径独辟,别开生面,读来有令人耳目一新之感。《略论杜诗的细节描写》一文即是如此。众所周知,杜甫及其诗歌,自宋已降备受推崇,其研究也早成显学,但对于杜诗细节描写及价值,却鲜有作出系统地研究与论述者。几部通行的文学史,或者语焉不详,或者浅尝辄止,可说杜诗细节描写的艺术与意义,在某种程度上被淹没。作者从对杜诗的细心体悟与中国抒情诗艺术演变的角度,对杜诗细节描写的特点与价值做了发掘,认为其是中国诗歌史上的"一场大的革命","给我国抒情诗的发展,带来了新的生气与活力",并从杜诗细节描写的生动传神、细节描写的情感特点、细节描写的类型、细节描写的艺术渊源等方面,对杜诗的细节描写作了深入系统的论析,不仅使杜诗细节描写的艺术特征以及围绕此形成的学术命题,得到了彰显,也为后来学者的进一步探索起到了引领与开先作用。刘长卿作为盛中唐之交的重要诗人,学界在对其诗歌的思想评价上多有分歧。书中《关于刘长卿诗的思想评价》一文,即是从学界的有关分歧出发,通过具体分析,力求对刘诗的思想内容特点做出客观公允的评价。应该说,对于刘诗中反映现实,特别是其对安史之乱所造成的巨大的社会破坏、人民的深重灾难与生活痛苦之类诗歌的意义，学界此前的认识是有所不足乃至有所忽视的，作者在全面完整的细读与整体把握的基础上，对刘诗的这部分内容，给予了充分肯定，同时也对刘诗中其他题材内容的诗歌做了较为全面的论述。在此基础上作者论析刘诗的思想价值，可说既照顾到了全面，又做到了客观公允，指出尽管从刘长卿全部诗歌看，其所写反映现实诗篇的数量与艺术，比不上他那些写寄愁别恨的诗篇，但不能由此就否认他是一位关心社会现实的诗人，这样的意见，不仅揭示了刘诗思想价值中应该得到肯定的部分，同时也体现了作者发掘幽隐的探索精神。论诗如此，说稗也是这样。《关于〈儒林外史〉的"幽榜"》一文，可说是一篇眼光独到、阐发幽赜的高水平之作。原书中"幽榜"一回，到底是吴敬梓原作还是后来妄增，学界是有不同看法的，而新中国成立后出版的《儒林外史》整理本，多以"妄增"待之而径予删去，故通行的《儒林外史》大都为削去"幽榜"一回的五十五回本。作者对此有不同看法。文章在对《儒林外史》的版本情况做出梳理的基础上，对最早以"幽榜"为"妄增"的金和的《儒林外史跋》做了剖析，指出金和的"妄增"说并无根据。而对于学界以"幽榜"一回没有情节、"幽榜"与《儒林外史》的主题及叙写风格、思想感情不符的观点，作者从《儒林外史》的结构、主题以及卧闲草堂本"幽榜"回评的角度，对"幽榜"一回的价值与意义做了分析，认为通过这一回，作者"把攻击的矛头直指封建制度及封建统治阶级的代表人物皇帝，从而把全书的描写内容作了精炼的概括使其对现实的揭露与批判达到了应有的高度"（第 253 页）。这一看法无疑是颇为新颖的。由于作者的这种新探索，从而引起了学界对此问题的进一步探讨，人民文学出版社一九八二年出版的《儒林外史》即将"幽榜"一回作为附录而存之，采取了更为审慎的态度（见本书《读明清小说札记》之二《儒林外史》"幽榜"所本条），由此即可见其勇于探索的学术精神所取得的成绩与影响。而像这样富于探索与开拓的论述，在书中可说处处可见，如关于李贺、贾岛生平事迹的考证、关于《三国演义》中诸葛亮形象的评价、对《儒林外史》取材来源的补笺以及论刘半农与李贺、鲁迅与吴敬梓之间的影响关系等，皆为前人所少言及或未言及者。这种剔抉幽隐、刮垢磨光之功，于学术发展无疑是具有积极推进作用的。

其次是精彩的艺术鉴赏与深中腠理的理论分析的结合。书中论文所涉及的研究对象，无论是唐诗还是明清小说，皆为中国古典文学中的英华，它们的广泛影响，是与其在思想与艺术上的成就密不可分的。研究对象的特点，当然也对研究者的艺术修养、理论水平提出了较高的要求。也就是说，面对自己的研究对象，如果研究者本身缺少艺术上的慧眼、缺乏应有的理论修养，是很难将作品的精彩与神韵揭橥出来的，也很难对其研究对象的价值做出准确的判断与评价。本书不论是论唐诗，还是论明清小说，有一个贯穿一致的特点，那就是注重对作品的细读与品鉴，在含英咀华中对作品的艺术价值与特色做出别具会心的揭示，又在此基础上对其做出富有理论价值的提炼与概括。尽管诗歌与小说有偏于抒情与侧重叙事之差异，由此也导致了研究二者所需要的学养储备的不同，但从本书所论看，作者无论是品诗赏艺，还是抽绎概括，皆显示出良好的学术素养。比如书中《略论孟浩然诗风的清与淡》一文，围绕孟诗的清、淡两个特点的分析，真是做到了将对作品细致品味与其整体艺术特征精到的提炼概括相结合。作者论孟诗之清，分为清雅和清旷两端；论其淡，则以思想情感之淡、诗意表现之淡、语言色彩之淡来细作剖别。而每一端之概括，都是建立在具体诗歌艺术的细致品鉴基础上的。作者在对作品做出品鉴时，往往抓住要害，将诗艺之精妙处，用极为简练的语言揭示出来，使人每有匡鼎说诗令人解颐之感。比如作者论孟诗意境之淡，在分析《秋登万山寄张五》时说："初读起来，诗情是淡淡的，它不是众星拱月式地突出诗的意境，而像是满天明星使月光隐而不见，这是诗人表现意境的淡，他在诗意的描写上是用了散点而非聚光。虽然似乎缺少特别突出的光点，但处处都是光亮，每一句都富于诗意。"（第 14—15 页）再看《刘长卿诗歌的艺术特色》一文作者对《逢雪宿芙蓉山主人》、《送灵澈上人》两首五言绝句的评赏："前者写天寒日暮、风雪交加、旅人望门投止的景象，描绘如见，宛然生动；后者写山林幽深、夕阳西下时的惆怅情绪，境界悠远。两首诗写得含蓄空灵，启人深思。”（第83—84页）阐发诗艺，真是文字简淡而要言不烦。而在不少地方，他对诗艺的阐发，更见其别具只眼的艺术眼光。书中《杜诗札记》（二则）对《石壕吏》、《新安吏》二诗中所蕴含之答问的解读、《贾岛考证》（四则）中对贾岛“二句三年得”的别解，作为这方面的例子自不待言，而《再论李贺诗歌艺术上的瑕疵》中，通过白居易、韩愈、李贺三者描写音乐诗歌的比较，分析李贺诗歌艺术上的不足，则更见其艺术分析眼光的独到。书中通过比较指出，“白、韩等描写音乐的诗，不特意境优美，形象生动，而且给人以可感的音乐形象把读者带进一个绝妙的音乐境界，让你领略弹奏者的技艺，从而得到高度的美的享受。李贺的《李凭箜篌引》，不能说意境不美，但诗中缺乏可感的音乐形象，没有给人以身临其境的实感，反而令人感到李凭弹箜篌的玄妙不可捉摸。李贺的这种写法，是抛开了对主体的描写而从侧面着墨，带有浓厚的象征性。犹如我国古代小说用‘沉鱼落雁之容，闭月羞花之貌’来描写美人一样，美是够美了，但太抽象了”（第144页），这样的分析，没有在诗歌艺术方面的深厚修养，是难以做到的。擅长艺术分析，不仅表现在论诗上，同样也体现在说稗上。作者对小说艺术体会的深入与阐释的精彩，绝不亚于其对诗歌艺术的评析与鉴赏。看看其对于《儒林外史》喜剧形象描写的分析，对《三国演义》诸葛亮悲剧形象的分析，对此当不难体会。而其《且说胡屠户》一文对作品中围绕胡屠户形象刻画的艺术分析及对胡屠户形象意义的揭示，则可作为其颇重小说艺术分析的典型例子。胡屠户在作品中并非主要角色，因而作品中塑造这一人物的意图，学界也就多少有所忽略。作者则指出，作品对胡屠户的描写是颇费匠心的，胡屠户是经过精心设计、工笔细描的人物，在艺术构思中，占有重要的地位，“他之所以重要，是因为作者对他的描写，对于范进发疯的原因，作了铺叙和渲染，使其发疯的社会根源，得到充分的揭示。因而使范进形象，更具有典型意义”（第278页）。作者围绕范进中举前后胡屠户的表现，揭示这一形象特殊的作用与作者的艺术匠心所在，可谓是揭示艺术形象奥秘的探本之笔。但是，相对于研究诗歌这种抒情文学，小说的分析不仅需要敏锐的感受与妙赏，更需要高屋建瓴的眼光与细密严谨的理论分析能力。书中所论，则不仅可看出作者艺术感受上的敏锐，而且也表现出出色的理论修养与缜密明晰的思辨水平，并且在进行作品的分析论述时，能将其良好的艺术感受与精彩的理论概括有机统一起来，从而使其对作品的阐释与论析，达到相当的水准。《论〈三国演义〉对诸葛亮悲剧形象的描写》一文，作者对诸葛亮悲剧形象塑造的评价即能从总体把握与细致分析的结合中，做出精彩的理性概括，提出富有价值的真知灼见。作者纵览小说中对诸葛亮的全部艺术描写，敏锐地将小说对诸葛亮形象的塑造，以失荆州为界，分为前后两个部分，在精彩细致地艺术分析基础上，归纳其对诸葛亮形象塑造的艺术得失，认为小说的后半部分，“在强烈的悲剧氛围中，展示其悲剧性格与悲壮情怀，形象丰满而真实可信，有很强的感人的艺术力量”，而前半部分，“写他与周瑜的较量，他驾轻就熟轻而易举地战胜对方，诸事顺利，几无任何坎坷，这固然显示了他的大智大勇，表现了他超人的才能，但却未写出山穷水尽到柳暗花明的艰苦历程，形象则不够丰满，诸葛亮缺乏现实的执着，有失真实。前后描写，似用了两种截然不同的笔法：前半部分理想色彩丰浓，后半部分现实描写深厚，如出两人之手，不够和谐”，这种富有见地的艺术价值判断，没有敏锐的艺术眼光与厚实的理论修养，是很难做出的。《论吴敬梓在〈儒林外史〉中表现的初步的民主主义思想》一文，则是一篇从哲学思想的角度分析《儒林外史》这部小说作品所体现的作者的思想倾向的。这不仅需要作者对作品艺术描写具有精湛的把握，而且也需要作者具备较高的思想理论水平，而把作品的艺术描写提高到一定的思想史层面加以概括判断，对于艺术批评家而言并非易事，但这篇文章却持论公允，分析准确，对吴敬梓在小说作品中所体现的思想高度给予了恰切的评价，给人以有益的启迪。《论〈儒林外史〉对喜剧形象的描写》一文，论述小说的讽刺与喜剧形象描写的关系，作者刻画喜剧形象的手段以及吴敬梓对不同的讽刺对象采取的不同手段与态度，不仅表现出作者对作品中喜剧形象塑造的独到认识，而且也体现了作者在讽刺艺术、喜剧艺术、人物塑造艺术等艺术美学原则方面深厚的理论修养。由于作者的分析是建立在清晰的艺术美学原则的基础上的,故其论述就摆脱了感性的肤浅而具有了理论的高度,同时也具有了令人服膺的逻辑力量。

其三是对学术本义的持守与惟求其是的学术品格。学术的要义在于求真求实求是,以功利的目的对待学问,势必会造成对学术本义的偏离乃至伤害。但是近年来由于受到不良世风的影响,违背学术精神、学术道德的现象在学术界时有发生,图书出版市场的不严谨、不严肃也常有表现。本书的作者显然是一个对学术精神、学术本义十分敬畏的学者。书中所论,没有迎合时尚的追风之作,也没有炫奇弄巧的惊人之论。作者本着学术的理念与原则对自己的研究对象作出探讨,故而也就具有了严肃雅正的学术品格。书中围绕李贺诗歌艺术瑕疵的讨论,即为一个显例。李贺是一个天才的诗人,其诗歌艺术上的创造性受到了众多学者的肯定,不过,李贺诗歌艺术上的瑕疵也是显然的,但人们论述李贺诗歌时,往往对贺诗艺术的优点多所肯定,而对其艺术的瑕疵却少有系统认真的研究。这当然是有所不足的。作者连写两篇论文,专论贺诗之瑕疵,这不仅是作者艺术修养与眼光的体现,同时也见证着作者对学术精神的持守。而其关于刘长卿、韦应物、许浑等的论述,也大都是在学界评价的分歧或论述薄弱的情况下做出的探讨,其持论与评价上力求客观公正的学术追求,无不是其对求真求实的学术本义的践行。不过,其恪守学术精神,维护学术的严肃,更鲜明地体现在他对学术研究及学术出版物中出现的一些学术失误、错误的旗帜鲜明、直言不讳的批评上。在学术的是非问题上,作者没有半点含糊,绝不做学术上的乡愿。这种坚持真理,维护学术尊严的勇气与态度,是十分可贵的,也是令人敬佩的。这在书中《读明清小说札记》文中,表现得最为充分。文中的札记虽然短小,但学术含量却不低。其中有些是围绕一些具体学术观点的辨析,有些是针对图书出版界的一些不良现象的批评,而不论何者,作者都能秉持学术公心,坚持学术真理,以明辨是非为旨归,体现了一个关心学术文化发展的学者的可贵品格。在《何来〈续群花宝鉴〉》文中,作者在对一套丛书的错误做出辨析后，曾有这样的议论："看了这套丛书，我觉得编者似乎缺少一点实事求是之心，却有哗众取宠之意。有些急功近利，对读者不够负责。出版社不给读者生产高品位的精神食粮，却拿出这类犯有常识性问题的出版物，封面设计也带有广告和炒作性质，似乎在向'钱'看了。出版家要营利是理所当然的，但在营利的同时，还要有真诚的学术良知，要力争良好的社会效益，千万不要被钱扰乱了视线。"而在《是到悬崖勒马的时候了》文中，作者对出版市场不良现象的批评，则更是不假辞色，情见乎词了，直斥一些出版社为了赚钱，"把一个好端端的生产精神食粮的圣地，搞得乌烟瘴气；圣洁雅致的一片净土，变得有点污秽发霉了"。这些都不难看出作者持守学术本义，维护学术尊严的学者良知以及坚持真理、明辨是非的学术勇气。正是由于作者对学术研究、学术文化的这种执着与持守，他的学术研究，也就具备了雅正崇高的品位，本书在学术上的价值，也就不言而喻了。

《唐人编选诗文总集研究》

□田　苗

（卢燕新著　中国人民大学出版社　2014年12月）

唐代文学文献研究起步甚早，积淀深厚，大家云集，成果丰硕。对于唐人编纂诗文总集的研究是唐代文学文献研究的重要内容之一，自唐代以来即受关注，尤其是当代学者如傅璇琮、吴企明、陈尚君、李浩等先生，均对该领域有颇为深入的研究。近年来又有不少研究者关注于此，在学界已有研究成果的基础上汲汲耕耘，为这一领域研究的繁荣做出自己的贡献。卢燕新博士在中国人民大学师从傅璇琮先生求学期间，即以唐人编选诗文总集为研究课题，经过孜孜矻矻的研究完成了一部高质量的博士论文。该论文曾荣获2011年全国优秀博士论文，但作者并未在已具备出版条件的情况下急于出版，而是本着精益求精的态度，用了三年多时间进行细致的修订打磨。如今，这部《唐人编选诗文总集研究》终于付梓。该书通过新的视角、新的考论、新的方法研究唐人编选诗文总集，既将这一领域的研究进一步推向深入，又充分体现出了新时期唐代文学文献研究的特色。

全书共计十一章，颇为系统地探讨了唐人编选诗文总集的一系列重要问题，从体例编排上来看，思虑周详而又独具匠心。前五章以宏观研究为主，通过探讨前唐诗文总集及其对唐人编选总集的影响、唐人编纂诗文总集的政治文化背景、唐代诗文总集的编纂者及其心态、唐人编选诗文总集的选本批评功能及其价值、唐人编选诗文总集与文献传播等问题，呈现出唐人编选诗文总集的基本面貌。第六章至第九章采用学术界传统的四唐分期，对唐代不同时期重要的诗文总集进行研究，涉及到《续诗苑英华》、《翰林学士集》、《珠英学士集》、《河岳英灵集》、《中兴间气集》、《西汉文类》、《极玄集》、《群书丽藻》等诗文总集的体例、内容之分析考辨和编纂心态、接受影响等问题的探究。虽以个案研究为主，但亦呈现出唐人选编诗文总集在唐代不同历史时期的面貌特点。第十章、第十一章以辑考为主，补考唐人编选诗歌总集、辑考唐人编选唐文总集，很好地照应了之前的宏观理论研究与微观个案研究。从整体架构来看，该书理路清晰，构思缜密，正如傅璇琮先生在序言中所言："将理论研究、个案探微、材料考述较好地结合在一起。"这样不仅展示出唐人选编诗文总集的成就，还考察了唐代总集编纂者的文学史观、文学批评观、文体观以及唐人对同时代文风及诗文作者的认识评价，同时也研究了唐总集编纂对唐以后的文学观、选学观以及对域外诗文的影响，为中国古籍编纂史的研究提供了有益参考。可以说，其意义涉及到文学史、编撰史、文学批评、文化传播等各个领域。

通览全书，还有以下几方面的特色颇值得注意。首先，学术视野开阔，论证详赡。从以上所论该书之架构已可感受到作者宏达的学术视野，而这一特点还具体体现在书中的许多方面。如该书虽然题为《唐人编选诗文总集研究》，但作者并未囿于唐代，而是上溯到前唐诗文总集的编选以求其编选之源，梳理分析了诗文总集编纂的萌芽与初步发展状况、魏晋之际诗总集、文总集的编纂及其特点、前唐诗文总集的编纂体例及前唐续集的编纂状况，并重点研究《文章流别集》、《文选》、《玉台新咏》、《晋元正宴会诗集》以及《诗品》等对唐人编纂诗文总集的影响，让读者明晰唐人编选诗文总集的历史传承。同时作者又旁及到唐代诗文总集在后代及域外的传播以下索其流，通过解析唐人编选诗文总集在唐代、宋代的传播状况以及在朝鲜、日本等国的传播，将这些诗文总集在不同时期、不同地域的影响进行了清晰的呈现。这样前后贯通的研究，从本质上来讲，是把唐人编纂诗文总集视为一种文学文化现象，置其于选学长河中予以观照，视野开阔而又源流明晰。在论及唐代诗文总集的编纂情况时，该书又能结合唐代政治、经济、文化教育以及文学创作等加以深入的探索、详赡的论证，在立体的唐代社会历史图景中探寻最为真实的总集编纂状况，如书中专辟章节研究唐代政治与文化等对唐人编纂诗文总集的影响，通过唐代的科举与铨选，唐代文士的职官变迁、幕府与宦游，唐代的馆院制度等几个方面考察了唐代政治文化对唐人诗文总集编纂的影响，眼界阔大，思深意远。

唐代诗文文献研究既已颇为成熟，欲在此领域有新的发现、新的开拓就显得格外困难。在《唐人编选诗文总集研究》一书中，作者凭借敏锐的学术眼光和鲜明的问题意识，使得其研究往往能注意到前人忽略之处，从而构成了该书各章节视角新颖、见解独到的特色，也令该书有了填白补阙的学术价值。全书以唐人编选诗文总集为中心，串联起一系列学术问题，对于一些学术界研究已经比较充分的问题，作者善于在已有研究成果的基础上另辟蹊径，作出新的探讨。如关于《河岳英灵集》的研究，学界成果甚夥，该书作者却通过统计该集选录诗歌体裁、选编对象的职官特征、遴选诗什的内容倾向性等特点，勾稽出殷璠的编纂心态。同时还据《河岳英灵集》编选李白诗数目、李白在集中的排序位置以及诗集中对李白的品评等，考察以殷璠为代表的盛唐选诗理论家对诗人李白的认识评价。又如通过《中兴间气集》分析唐人选本批评风尚的嬗变，通过《极玄集》选录王维诗状况探讨其对王维的接受等等。这些研究中分析问题的角度都是颇为新颖的，所得出的结论亦颇具见地。对于一些学界尚未充分关注的问题，作者则善于探赜发覆，见前人所未见。例如第三章第三节以李康成《玉台后集》、高仲武《中兴间气集》、韦庄《又玄集》、韦縠《才调集》、蔡省凤《瑶池新咏》为重点研究对象，讨论唐代总集编纂家选录女性作品及其心态，并据此分析唐代女性诗歌被接受的历程及其诗学意义，这是过去唐代文学研究者和女性文学研究者都忽略的问题。另如通过对《续诗苑英华》的讨论，来考察唐人续集的编纂和影响；通过对崔融《珠英学士集》的分析探讨以“官班为次”的编纂体例；通过揭示李吉甫编纂诗文总集的特征、地位与价值探讨中唐诗文总集的具体编纂状况；通过对学界关注较少的柳宗直《西汉文类》的研究，指出其与中唐古文运动的关系；通过对《群书丽藻》的研究，指出唐代大型通代总集的编纂状况及其特点……凡此种种，皆对唐代文学文献研究有补白拓殖之功。

广征博采，考辨精细是该书的又一大特色。作者在论述过程中博采了古今中外的大量相关文献，对所论问题进行阐发，充分体现出该著作扎实厚重的文献基础。但是对于浩瀚的文献资料，作者并不是毫无选择的繁琐罗列，而是有辨析、有评判，在对原始材料的考察和对学术史的综述中找寻自己的学术出发点。书中考辨之细首先体现在对一些概念的辨析上，如第四章比较唐人选诗批评与选文批评，界定唐人选唐诗与唐人选唐文的概念、比较二者之特点、分析两类选本批评之不同影响，皆细密清楚。作者的考辨之功还体现在勘误补阙上：如第五章第四节以《新唐书·艺文志》、《玉海》为重点，研究宋人公私书目文献对唐人诗文总集的重出误收；第六章第二节《〈翰林学士集〉题名职官考论》以该集诗下职官题名为研究对象，考辨其正确与舛误；第九章第二节《〈七老会诗〉与“九老”考论》澄清了唐宋典籍对“九老”与“七老”的混淆；第十章在吴企明、陈尚君等学者研究的基础上，补考唐人选编诗歌总集。这些都可见出作者阅读之勤，考辨之细。

此外，该书值得称道的一点是对研究方法的精当使用，尤其是数据统计的方法。当今学术研究方法类目众多，异彩纷呈，作者并未借新异的研究方法眩人眼目，而是在考据辨析的基本方法基础上根据研究需要寻求恰当的研究方法，充分利用。全书共列有二十个图表，其中尤以第三章、第七章最为突出。如第三章通过数据统计，分析唐代总集编纂者的政治地位、编撰家编选诗文总集的数量及其排名状况、编纂家的四唐分布、编撰家编纂的诗文总集种类及其个人喜尚特征等。关于唐代编选诗文总集的这些较为可靠数据和图表不仅可以很好地支撑作者的观点，为其考据辨析提供有力的论据，同时也具有独立的学术价值。

总体来看，《唐人编选诗文总集研究》一书恪守学术研究规范，将扎实的文献功底与独到的分析能力相融合，既继承了已有诗文文献研究的优良传统，又能不断开拓，新见迭出，可谓是一部研精覃思、颇具学术价值的著作。

问题研究综述

近十年唐诗传播研究综述

□ 吴淑玲

从传播角度研究唐诗是20世纪80年代后期开始的，但研究总是在相对狭隘的题壁诗和传播方式的范围里进行，没有专著，缺少研究层面的深入拓展，也不见本质性的突破，确乎遇到了研究进程中的瓶颈。2006年，这一瓶颈开始突破，王兆鹏《中国古代文学传播研究的六个层面》(《江汉论坛》2006年第5期)引导了中国古代文学传播研究的转向。文章认为："中国古代文学传播的研究，要探讨六个层面的问题：一要追问传播主体，即追问是谁传播文学，有哪些人或哪些机构传播；二要追问传播环境，即追问在什么环境中传播文学；三要追问传播方式，即追问怎样传播；四要追问传播内容，即追问传播什么，传播谁的作品和什么样的作品，哪些人的作品能得到及时地传播，什么样的作品更受当下和后世的欢迎；五要追问传播对象，即追问向谁传播；六要追问传播效果，即追问传播有什么作用和效果，为什么会有这种效果。"此后，古代文学传播研究向多层面深入拓展，唐诗传播研究也不例外，重要成果基本出现在近十年。

一、全面研究

王兆鹏《中国古代文学传播研究的六个层面》是对文学传播研究的全面扩展，这种扩展其实是学术界的共识，因为几乎与王兆鹏先生发表这篇论文同时段，唐代文学传播研究领域已经开始了具体而深入的研究工作。尚永亮《中唐元和诗歌传播接受史的文化学考察》、李德辉《唐宋时期馆驿制度及其与文学之关系研究》、柯卓英《唐代的文学传播研究》、吴淑玲《唐诗传播与唐诗发展之关系》等唐诗传播研究的著作几乎都开始于2005年甚至更早，比如尚永亮的著作在2002年就开始写作，李德辉、柯卓英、吴淑玲的著作都开始于2005年，只是大部头著作写作周期和出版周期都比较长，出版时间都较王兆鹏的论文稍晚。

2008年，人民文学出版社出版李德辉的《唐宋时期馆驿制度及其与文学之关系研究》。这是2005年教育部社科项目的同题结项成果，是一部制度与文学关系的论著，但与唐诗传播研究有着密不可分的联系。其中第一章馆驿制度、第三四章馆驿制度和唐宋文学之间的关系、第五章唐宋馆驿诗个案研究分别涉及了传播条件、传播方式、传播对象、传播内容等，有很多传播学方面有价值的资料。但因这部书更多侧重制度本身的考索和馆驿四周的文化及馆驿诗个案研究等问题，就传播而言，用力还不是很多，留下了很多值得探讨的空间。

2009年，柯卓英《唐代的文学传播研究》在中国社会科学出版社出版。此书是作者的博士论文，从2005年开始写作，主要从传播学角度来探讨唐代的文学创作与交流活动，并对唐代文学的传播活动、规律进行了总结。比如传播类型方面主要探讨了群体传播、人际传播、人内传播以及非现代意义的大众传播；传播方式方面主要探讨了唐诗的音声传播方式，如吟诵、乐歌、踏歌等；传播主体方面主要探讨了文人士子以及与之相关的上自帝王下至百姓的多个层面；传播媒介主要探讨了卷轴、碑石、墙壁、邸报、笺、名纸、拓印本、雕版印刷本、陶瓷器等物质载体；书中甚至进行了传播的审美心理分析，一些提法颇有价值。但因为该书是就唐代文学进行的整体探讨，还要把功夫用在小说方面，所以对诗歌传播尚缺乏更深入的探讨。

2010年，武汉大学出版社推出尚永亮洋洋百万言的《中唐元和诗歌传播接受史的文化学考察》，给学术界带来巨大惊喜。著作从元和诗歌在唐代和后代的传播接受入手，进行了多方面深入系统的考察，主要包括接受主体、接受内容、接受方式、接受原因、接受过程和接受效应六大层面，这突破了以往传播接受研究中所局限的传播方式研究的单一层面，而把传播接受研究引向与文学创作互动的最有价值的层面。叶黛莹在《接受史：为文学、文化史提供另一种参照系——读〈中唐元和诗歌传播接受史的文化学考察〉》（《燕赵学术》2012年第2期）一文中说该书“通过对大量文献史料的梳理，在广泛占有材料的基础上进行史实的勾勒与还原，力求准确地描述元和诗歌在传播接受过程中的不同变化和情形，同样运用接受学、文化学、比较学、心理学和定量分析，有意识地对以往一些尚未被人注意的方面进行挖掘，从具体传播接受的现象中总结出一些带有规律性的特点”。陈文忠在《为接受史辩护》（《文学与文化》2011年第3期）中说：“细读这部著作，可以感受到中唐元和诗歌的‘第二种辉煌’，获得接受史研究的方法论启示，也引发了我们对接受史问题的进一步思考。”“一是接受史的学术地位，接受史与创作史是文学史的两翼；二是接受史的学术价值，接受史承担多重学术任务而任重道远。”王兆鹏在《建构文学接受史研究的范式：尚永亮〈中唐元和诗歌传播接受史的文化学考察〉的方法论启示》（《北京大学学报》2012年第1期）中这样评价：“该著作深入而系统地考察了元和诗歌在当时和后世传播接受的演进历程，全方位地呈现了元和诗歌传播接受史的真实图景，将中国古代文学的传播接受研究提升到了一个新的学术高度，对打破目前文学传播接受研究的僵局具有很强的启发性。其中所建构的接受史研究范式，尤其具有导向意义。”这部著作对后来之传播接受研究有导向意义。

2013年，中华书局推出吴淑玲《唐诗传播与唐诗发展之关系》一书。这部著作是在作者博士后出站报告《唐诗的当时传播》基础上修改而成，从传播条件、传播版式、传播渠道、传播意识、传播趣尚、传播范围等六个方面考察了唐诗在唐代的传播情况，最后归结到传播效果也即“唐诗传播与唐诗发展之关系”的主题，认为唐诗传播诗化了唐人生活，为唐诗的发展奠定了良好的人文氛围；唐诗传播产生的轰动效应对唐人创作新的诗歌有激励作用；唐人诗歌传播的过程很多都是诗艺交流切磋的过程，对提升唐人诗歌创作的技术很有帮助；唐诗传播中的名家提携对培养新生代诗人的成长有重要作用。邓小军认为该书"结构恢弘,使用文献材料绵密,允称唐诗传播研究的领先著作。"(《中华读书报》2014 年 4 月 16 日)韩成武也认为"这是一部非常踏实的学术著作,也是一部勇于开拓、新见迭出的唐诗研究著作,从观点到材料,很多地方都有令人耳目一新的感受"(《河北学刊》2014 年第 6 期),对该书多所肯定。

2015 年,人民出版社出版了吴淑玲唐诗传播研究的拓展性研究著作《唐代驿传与唐诗发展之关系》。该书主要从驿传体系传播唐诗并影响唐诗创作入手,探讨了驿传与驿路诗歌生产的关系、驿传在异地交流过程中所起的作用、驿传传诗的方式、驿传与诗歌团体的形成、驿传与唐诗风尚的变迁等问题。是从驿传制度及其具体的传诗方式入手研究唐诗传播的著作。

除以上专著外,另有一些论文从全方位多角度入手研究唐代的诗歌传播,如吴淑玲《论敦煌唐写本〈秦妇吟〉的传播学价值》(《唐代文学研究》第十二辑)以《秦妇吟》的十种敦煌唐写本为依据,从传播速度、传播样式、传播性质、传播趣尚、传播者与被传播者等多种角度论述其传播学价值。吴淑玲《唐人选唐诗及敦煌写卷中少见杜诗的传播学因素》(《杜甫研究学刊》2009 年第 1 期)认为唐诗的当时传播重视进士身份的诗人,时代传播风尚的变迁错过了对杜诗的传播选择,而杜甫本人对自己诗歌的传播限制也很不利于其诗的广泛传播,敦煌写卷少见杜诗则更多应归结于地域传播因素。吴淑玲《元、白诗歌的传播学考察》(《贵州师范大学学报》2009 年第 3 期)从传播方式、传播渠道、传播速度、传播意识、传播范围等角度考察元、白诗歌在当时的传播情况。

二、传播主体研究

传播主体指进行诗歌传播活动的人,有诗歌创作者进行传播,也有非诗歌创作者进行传播。非诗歌创作者的传播主体的身份主要有王公大臣、文坛领袖和普通民众。王公大臣的传播专指爱好诗歌并进行诗歌传播活动的人,如岐王李范、九公主玉真、崔涤、韦济之类。吴淑玲《从〈江南逢李龟年〉谈唐代诗歌的传播》(《杜甫研究学刊》2015 年第 1 期)主要从岐王李范和大臣崔九所进行的传播活动关注王公大臣对传播唐诗所起的作用。文坛领袖传播诗歌,主要指张九龄、张说、白居易、韩愈、权德舆这一类在文坛上影响巨大的领袖级人物在传播唐诗中的作用,如王天觉《李贺诗歌在唐代的传播——试论韩愈、杜牧、李商隐对李贺诗歌的传播》(《西安石油大学学报》2008 年第 4 期)运用传播学理论探讨李贺诗歌在唐代的传播过程,认为李贺诗歌能在唐代发扬光大,仰仗于韩愈、杜牧、李商隐等人建构起来的三级传播模式。第一级是韩愈,他推崇李贺的过程与当时的政治斗争有密不可分的关系,重在传播李贺其人;第二级是杜牧,他为李贺进行的传播活动源于朋友之间的真挚友谊,重在传播李贺其诗;第三级是李商隐,代表了晚唐对李贺的传播审美和接受,重在传播和接受李贺的诗风。关于普通民众参与传播的,如柏红秀《论乐人与元白诗歌的传播》(《河南师范大学学报》2009 年第 6 期)从传播主体乐人入手研究元白诗歌的音乐传播,认为元白诗歌影响大,与乐人成功传播白诗有很大关系,是乐人在元白诗歌的传播中起了相当重要的作用,乐人的流动性使元白诗迅速扩散传播。

三、传播环境研究

传播环境,指传播活动所赖以实施的环境氛围。王书艳《浅谈唐诗的传播环境》(《红河学院学报》2008 年第 6 期)研究唐人传播诗歌的三个阶层营造的传播环境:官僚文人集团的酬赠寄答和聚会联唱构成了传播的核心,宫廷皇族集团有意识无意识地提倡诗歌形成了唐诗宽松的传播环境,普通民众为唐诗传播准备了广阔的人文社会环境。沈正赋《论白居易诗歌的媒介传播》(《安庆师范学院学报》2011 年第 10 期)和《论白居易诗歌的人际传播》(《安庆师范学院学报》2012 年第 1 期)两文详细考察了白居易诗歌的传播渠道畅通的情况。吴淑玲、张岚《唐代书肆与唐诗的发展》(《河北学刊》2012 年第 5 期)从传播方式(抄、拓)、传播渠道(书肆)、传播对象、传播效果进行研究,认为唐代书肆是唐诗传播的重要渠道,为唐诗的即时传播和接受搭建了作者与读者之间的桥梁,对唐诗的发展产生了积极作用。吴淑玲、张岚、许海岩《唐代宫廷音乐机关与唐诗的汇集及传播》(《河北大学学报》2011 年第 6 期)从音乐传播探讨唐诗传播环境,认为唐代宫廷音乐机关太常寺、梨园和教坊在以音乐服务于朝廷的职能之外,还兼有汇集和传播唐代诗歌的作用,它有助于诗人传名,鼓励诗人努力创制合乐诗歌,并为唐诗的后世流传奠定了音乐基础。吴淑玲《唐代秘府对唐诗的汇集与播散》(《石家庄学院学报》2013 年第 1 期)认为唐代秘府注意收集诗歌,在一定程度上担负了汇集和传播唐代诗文集的使命,而且,从敦煌写本情况看,秘府传播诗文很可能通过国子监学子抄本和秘府工作人员外传抄本向外流播。

四、传播方式研究

传播方式是指具体的传播形式,主要是书写、吟诵和歌唱之类。2010 年,陶涛《唐诗传播方式研究》由安徽大学出版社出版。此书书名非常明确,是对唐诗"传播方式"的探讨,其重点不言自明。该书主要从文字媒介、音乐媒介、口头诵读三个层面探讨唐诗的传播方式,并用现代传播学理论来分析这些传播方式对传播效果的影响,结论部分还总结了唐诗传播的作用和影响。曾定华《唐诗的传播方式对李白诗风的影响》(《南华大学学报》2008 年第 4 期)从传播方式入手,分析传播方式产生的传播效果,认为李白是在考虑了唐诗的传播方式和传播对象以后才进行创作的,为的是制造特定的声誉和获得社会的承认和皇帝的赏识,因此可称是诗人的创作对传播方式产生的影响的自觉利用,也是传播方式对唐诗创作产生影响的论述。黄俊杰《从〈艺文类聚〉与〈初学记〉的引文看初唐的文学传播》(《中国韵文学刊》2010 年第 2 期)研究了宋初通过类书进行传播的方式,认为内含诗文的类书是一种文本载体,它具有作为文学传播旁证的隐性功能。从宋初类书所引唐代诗文情况看,宋初文学传播的主流是南朝诗风，并影响着当时的文学创作。这是通过类书引文的传播倾向解读时代文学思潮的一种路径。

五、传播内容研究

传播内容是指在传播中具体传播什么的问题，近十年传播内容的研究主要集中在唐人选唐诗中传播什么样的诗作和不传播什么样的诗作。张小琴《〈唐人选唐诗〉（十种）选、阙杜诗情况分析》（厦门大学2007年硕士学位论文）、吴河清《今存"唐人选唐诗"为何忽略杜甫诗探源》（《河南大学学报》2007年第4期）、何果《〈唐人选唐诗十种〉的杜诗接受研究》（《周口师范学院学报》2013年第4期）等论文都是从唐人选唐诗入手，分析杜诗的传播情况。具体来说，这些文章从唐人选唐诗的内容、风格等角度入手，从编者所处的时代背景、文坛风气和选诗标准等方面，分析十种《唐人选唐诗》仅《又玄集》选录杜诗的原因，是从唐人选本传播内容和传播风格进行的探讨，认为今存十余种唐人选本中仅《又玄集》收杜诗7首的大体原因是：杜甫声誉在有唐一代初起时如洪流末澜，故唐人选者不以为度。又由于编选者的编选目的、艺术趣尚与作品流传等多个层面的复杂因素，杜诗在唐代不被选家重视。

关于传播内容研究，也有一些研究者从被传播作品本身的内容入手，如杜莹《岑参凉州诗的情感内涵及传播意义》（《陇东学院学报》2011年第1期）从诗歌传播影响的角度研究岑参的凉州诗，认为"岑参以诗歌为媒介把凉州的物候地貌、风土人情，异域文化传输到内地，推动了民族间的文化融合，岑参的凉州诗又有文献传播和保存的重要意义"。罗浩刚《韩孟、元白与李贺诗在中晚唐的接受》（《时代文学》2012年第3期）虽是从接受角度入手，却是对中晚唐传播内容的研究。文章认为韩愈诗除在韩孟诗派中产生影响外，在中晚唐处于沉寂状态。孟郊在中晚唐的诗名远高于韩愈。元白、张籍诗在中唐极负盛名，但晚唐前期元白诗多遭批判，后期对元白诗的接受达到了一个新的高峰。李贺诗在中唐与晚唐前期获得一致称誉，并被广泛模拟、学习，晚唐后期其地位下降。

此外,唐诗的后世传播一般主要进行选本内容研究,主要有三部重要著作:陈斐《南宋唐诗选本与诗学论考》(大象出版社2013年8月)对存世的五种南宋唐诗选本做了细密的个案研究,集中探讨了选本的编选倾向及其与选家、诗坛的诗学观念、诗歌风貌间的联系,阐明选本的诗史意义。金生奎《明代唐诗选本研究》(合肥工业大学出版社2007年7月)和贺严《清代唐诗选本研究》(人民出版社2007年3月)。这两部著作介绍了很多唐诗传播的后世选本(明代323种,清代近400种),让我们看到了唐诗在明代和清代的传播盛况,包括选本的种类、选本的审美取向(传播内容)、诗学观点(传播影响)等多方面的情况。著作题名虽无“传播”二字,其实质是选本传播研究,所以也是对唐诗传播研究的重要贡献。

六、传播意识研究

传播意识是指在诗歌传播过程中传播主体对实施传播行为的态度和想法。郑华珍、刘蓉《论白居易的自觉传播意识》(《湖南社会科学》2008年第5期)和郑慧《白居易诗歌在唐代的传播》(东北师范大学2009年硕士学位论文)都认为白居易诗歌在当时传播极广,与诗人主观自觉的传播意识有重要关系。所不同的是,前者主要从传播意识对创作的影响来谈,后者则侧重从受众角度。王鹏、魏婷婷《歌诗合为事而作——浅析白居易讽喻诗中体现的传播思想》(《新闻世界》2009年第10期)从新闻传播思想角度研究白居易的讽喻诗,作者认为“他的讽喻诗中流露出的诗论主张与现当代的传播思想有着异曲同工之妙。从传播功能看,白居易的讽喻诗强调诗歌的现实批判功能,这与当代新闻传播具有的社会监视功能相契合;从传播原则看,白居易讽喻诗强调的真实的审美取向与当代新闻传播的真实性原则相契合;从传播技巧看,白居易的讽喻诗所采用的表达方式与技巧同当代新闻传播对传播效果的要求相契合;从传播效果看,白居易具有自觉的传播意识,其讽喻诗上至宫廷,下至民间,均获得广泛的传播”。沈正赋《白居易诗歌中的新闻传播特性》(《淮北师范大学学报》2011 年第 4 期)与之观点接近。吴淑玲《唐人诗歌传播意识中的阻碍因素》(《唐代文学研究》第十三辑)认为在唐诗当时传播的过程中,有些诗人诗名不彰,是因为有些人传播意识中存在着一些阻碍传播的因素:一是藏之名山等待后世传名的诗人把诗作进行雪藏;二是“不鬻亦不借”的珍藏心态使得诗文难以外传;三是有些人比如杜甫进行类似于“将诗莫浪传”式的传播限制;四是有些人如韦庄因为政治原因“不许垂《秦妇吟》幛子”导致《秦妇吟》千年无闻;五是有些人因嫉妒或愤恨恶意阻隔传播。

七、传播效果研究

传播效果指作品传播出去的影响和作品被制造出传播声名后产生的影响。黄桂风《唐代杜诗接受研究》(北京师范大学 2006 年博士学位论文)名为“接受研究”,其实是杜诗在唐代的传播影响研究。第一章,主要描述杜诗在杜甫生前和大历时期的接受情况,认为杜甫生前的诗歌风格与当时的审美趣味不一致,所以不被广泛接受,故唐人选唐诗没有收入他的诗歌。第二、三、四章讨论杜诗在中唐的接受,认为韩愈、孟郊等接受了杜诗中的“怪奇”因素,贾岛、姚合等接受了杜甫的苦吟精神,元稹、白居易主要受现实精神的影响。第五、六章讨论晚唐和唐末五代杜诗的接受,说明杜诗的影响力在提升。吴淑玲《唐诗传播与唐诗发展之关系》(王友胜、吴广平主编《中国文学传播与接受研究》2013 年 12 月)从唐诗传播盛况所取得的传播效果进行研究,认为唐诗传播的热闹氛围为唐代诗人的成长提供了良好的生活环境,传播环节的顺畅为唐代诗人进行诗歌交流和诗艺切磋提供了便利,王公大臣或文坛领袖在传播中所起到的对后一辈诗人的鼓励和引领价值等,都可见出唐诗的当时传播对唐诗发展有重要的促进作用。唐香云、李德辉《从〈鉴诫录〉看元白诗风在剑南地区的传播与变异》(《古典文学知识》)2011 年第 3 期)从地域、交通和诗风等角度进行视野考察,认为是交通、使者、战争、移民带去了元白的诗歌，而巴蜀地区的诗风变化也受元白诗歌的传播影响发生变化。

2011 年，中华书局推出王兆鹏领衔编著的《唐诗排行榜》，在学术界引发震动，也引发学术界争论。这部书利用传统的鉴赏方法对唐诗在历代传播过程中综合指数排名前 100 的作品进行点评，其阐释价值本身并没有超越传统，但其所使用的方法和对历来唐诗传播情况的统计，获得了经过历代累积的传播影响的真实数据，令人震撼。著作通过历代唐诗选本选录唐诗情况、文学批评家评论唐诗情况、作家对唐诗的仿效情况进行综合指数排名，获得了排名前 100 的诗歌，并对这 100 首诗歌进行了综合分析。根据这本书的数据，崔颢的《黄鹤楼》排名第一，100 首中，杜甫的诗作有 17 首，入选数排第一，是当之无愧的诗圣。王维诗作入选 10 首，李白诗作入选 9 首，李商隐诗作入选 6 首，杜牧诗作入选 6 首，也是入选诗作数量排名在前的几位，确证了他们确为唐代诗歌史上的杰出人才，确证了这些诗人确实是对中国诗坛产生巨大影响的诗人。但由于占有和使用数据的局限，可能这一排行榜并不符合某些人心中所愿，所以也引发了学术界的某些批评。不过，笔者还是认为："把现代科学手段引入到了古典文学作品的研究赏析，是严肃的学术行为。"（王兆鹏语）这种数据分析法应该成为一种重要的、科学的学术方法。

除以上层面外，还有专门探讨"唐诗传播研究有何价值"的专题论文。吴淑玲《唐诗传播研究对重写中国文学史的意义》（《河北学刊》2014 年第 5 期）认为唐诗当时传播研究对重写中国文学史很有价值，一是揭示唐诗发展的又一原因；二是可以破解一些文学发展中尚未解释清楚的文学现象，如唐人选唐诗少见杜诗、唐诗地域发展的不平衡性等；三是可以更准确地评价文学史上的一些诗人或文学团体创作的实际情况。这一结论提醒进行唐诗传播研究的学界同仁，唐诗传播研究是一项很有价值的研究工作。

要言之，近十年的唐诗传播研究涉及传播主体、传播对象、传播环境、传播方式、传播内容、传播意识、选本传播、传播意义、传播影响等多个层面，所涉及的传播学层面较之王兆鹏的规范还要丰富。但是,除大部头著作外,都还没有形成规模,值得深入发掘、多方探讨的内容还很多。目前的研究中对白居易和杜甫关注最多。对白居易诗歌的当时传播,集中于探讨白居易的传播意识、传播内容、传唱传播,而对白居易诗歌的抄本传播、吟诵传播还没有足够的重视。对杜甫的诗歌传播,主要关注了两个层面:一是《唐人选唐诗》杜诗"缺席"的情况,一是后世杜甫声名大盛的原因。抄本传播在唐代是很重要的方式,但因资料很少的限制,很少有人涉及。传播对象也就是接受者,才是唐诗传播的终极目标,但这一方面的专门文章基本没有,只在很少的篇章中涉及传播对象(传给谁)。总之,唐诗当时传播的研究虽然有一定规模,但各种类型都是篇章较少,距离全面开花还有很大差距,可拓展的空间还是相当广阔的。

近十年唐诗接受研究综述

□ 袁晓薇

自上世纪80年代西方接受美学和接受史理论引进国内的同时，唐诗研究者便开始了积极的酝酿和尝试，引发了越来越多的学术关注。经历了理论探索和实践运用方面的尝试、积累和发展，接受研究已经成为唐诗研究的一个富有强大生命力的学术生长点。近十年来唐诗接受研究继续成为硕博论文的热门选题，也是各类科研项目的重要选题之一。唐诗接受研究的相关论文数以千计，大部分的系列论文相继转化为一批研究专著。标志着唐诗接受研究从零星、片段日益走向系统、深入。通过对近十年来的唐诗接受研究的回顾，有助于对下一阶段研究的继续深化与拓展。

一、作家接受研究

作家接受研究主要包括作家个体和群体的接受史研究，这方面成果最为丰厚，不仅单篇论文数量众多，更涌现出数量可观的研究专著。

(一)作家个体接受

此前杨文雄《李白诗歌接受史》(五南图书出版公司2000年3月)、蔡振念《杜诗唐宋接受史》(五南图书出版公司2002年2月)、刘学锴《李商隐诗歌接受史》(安徽大学出版社2004年8月)等专著，可视为这方面的开创性成果。近十年来，研究范围日益扩大，在研究专著和博士论文中，唐代各阶段主要诗人几乎都有专门的接受史研究。一方面，对李白、杜甫、李商隐等大家的接受研究继续深化。余恕诚《“诗家三李”论集》（中华书局 2014 年 2 月）有关李白、李贺、李商隐诗歌渊源、影响和艺术的专论，包括对“三李”并称之原因及三李相通之处的探讨，是关于“诗家三李”的第一部专著。王红霞《宋代李白接受史》（上海古籍出版社 2010 年 10 月）专论宋代对李白的接受情况。李新、刘昊旸《杜甫诗史因革论》（河北大学出版社 2013 年 5 月）对杜甫与杜诗在中国古代诗歌发展史上之继承与创新（即因与革）进行系统研究。黄桂凤《唐代杜诗接受研究》（北京师范大学 2006 年博士学位论文）通过对杜诗在唐代接受历程的梳理和考察，展现了杜诗文学史地位确立的过程。张倩《杜诗与长安文化》（陕西师范大学 2011 博士学位论文）通过唐代长安的文化在地域和都市上具有的独特内涵和杜诗之间的关系，在人地关系方面更深一层揭示杜诗形成的原因。具体探讨了长安文化精神在杜甫诗歌形成中的意义，确立长安文化在杜诗中的重要地位。此外，孙微、王新芳《杜诗学研究论稿》（齐鲁书社 2008 年 6 月）中收录的论文也涉及杜诗的影响接受。米彦青《清代李商隐诗歌接受史稿》（中华书局 2007 年 7 月）从地域文学、家族文学、女性文学等几个方面详尽地阐释了李商隐诗歌在清代不同时期呈现的表述样式，进一步梳理了清代诗史上对李商隐的接受情况。

另一方面，其他唐代大诗人的接受研究也蓬勃开展。李德辉《李贺诗歌渊源及影响研究》（凤凰出版社 2010 年 11 月）分别探讨了李贺诗歌的文学渊源和历代接受简史。彭伟《明前韦应物接受研究》（吉林大学 2011 年博士学位论文）考察了明代以前唐、宋以及辽金元时期韦应物的影响和接受情况，包括韦应物诗歌渊源与对前代的接受，预示着对韦应物接受史系统性研究的开始。袁晓薇《王维诗歌接受史研究》（安徽大学出版社 2012 年 6 月）从唐代至清代王维诗歌接受史的历程中，抽绎出一个个具体问题，对历代接受过程中有关王维诗歌地位、诗歌阐释、文化影响等情况进行了深入辨析和阐释，凸显出王维作为一个“全面的典型”的价值和意义。杨再喜《唐宋柳宗元传播接受史研究》（中国社会科学出版社 2013 年 5 月）考察了柳宗元在中晚唐、五代和北宋、南宋的传播接受情况，并对柳宗元的“文以明道”观和后世的“韩柳”并称等规律性问题进行重点研究。谷曙光《韩愈诗歌宋元接受研究》（安徽大学出版社 2009 年 4 月）着重探讨韩愈诗歌与宋元诗的关系，关注宋元诗人（以宋为主）在创作上怎样吸收借鉴韩诗并自创新意。查金萍《宋代韩愈文学接受研究》（安徽大学出版社 2010 年 3 月）中也设“宋人对韩诗的接受”一章对宋代韩愈诗歌的接受情况进行探讨。刘京臣《盛唐中唐诗对宋词影响研究》（中国社会科学出版社 2014 年 2 月）选取盛唐时期对宋词影响最大的王维、李白、杜甫，中唐时期韩愈、白居易、刘禹锡几位大诗人考察唐诗对宋词的影响。

另有大量期刊论文和硕士论文，广泛涉及其他著名唐代诗人，主要有周斌、尚永亮《宋之问诗歌艺术接受述论》（《唐都学刊》2005 年第 3 期），杨东莉《孟浩然在宋元时期的接受》（华东师范大学 2010 年硕士学位论文），陈晓红《从盛唐诗人到盛唐“边塞”诗人——从历代选诗的角度看岑参诗歌的接受》（《贵州大学学报》2007 年第 2 期），傅小林《张籍诗歌在中晚唐的传播与接受》（漳州师范学院 2009 年硕士学位论文），周相录《从创作角度看清代至民初文人对元稹诗歌的接受》（《河南师范大学学报》2014 年第 5 期），王玉蓉《唐宋时期刘长卿诗歌传播接受史研究》（暨南大学 2010 年硕士学位论文），虞华燕《晚唐贾岛接受史论》（华中师范大学 2008 年硕士学位论文），吴艳菊《宋代的贾岛接受研究》（河北师范大学 2006 年硕士学位论文），韩蓉《孟郊诗的流传与授受研究》（复旦大学 2012 年硕士学位论文），侯丽丽《杜牧诗歌在晚唐五代及两宋时期的传播接受史研究》（福建师范大学 2008 年硕士学位论文），徐永丽《元前许浑接受史研究》（武汉大学 2005 年硕士学位论文），吕海龙《许浑在唐宋时期的接受研究》（曲阜师范大学 2008 年硕士学位论文），方奇《马戴诗歌接受的定量分析——以选本与评点为中心》（《华中师范大学研究生学报》2011 年 4 期）等。

此外，研究唐代诗人的硕士论文中，多设有“接受研究”专章。如徐佩锋《晚唐诗人赵嘏研究》（北京语言大学 2008 年硕士学位论文）第一章从历代诗集、诗歌选本对嘏诗的选录情况、历代诗话诗评家对嘏诗的评议情况以及诗歌版本流传情况三个方面来阐述赵嘏诗歌在后代的接受情况，探讨了赵嘏的历史定位。胡海燕《杜荀鹤诗歌创作研究》（西北师范大学 2009 年硕士学位论文）的第三章主要讨论了杜荀鹤对前人的接受以及人们对其诗歌评价，具体分析了杜荀鹤对杜甫、元白、贾岛的继承与发展以及历代诗论家对杜荀鹤诗歌的评价。李传慰《唐代诗人项斯研究》（扬州大学 2010 年硕士学位论文）第四章主要探讨项斯诗歌的地位和接受。这些表明接受研究已经成为唐诗研究一种普遍的方法。

（二）作家群体接受研究

此前唐诗接受史研究多注重作家个体接受研究，这一阶段在作家群体接受史研究方面有了新的拓展。刘磊《韩孟诗派传播接受史研究》（武汉大学 2005 年博士学位论文）、李丹《元白诗派元前接受史研究》（武汉大学 2005 年博士学位论文）、洪迎华《刘柳诗歌明前传播接受史研究》（武汉大学 2005 年博士学位论文）分别对韩孟、元白、刘柳等中唐主要诗人群体的接受进行了专门研究。白爱平《姚贾接受史》（陕西师范大学 2006 年博士学位论文）以贾岛、姚合为研究对象，从共时和历时的角度着重梳理了中晚唐姚贾诗人群体、唐末五代姚贾后学、宋初九僧等晚唐体诗人、南宋永嘉四灵及江湖派、明末竟陵派、清代高密派和同光派等诸多文学流派对贾姚的接受。邹晓春《元白对〈诗经〉接受研究》（吉林大学 2013 年博士学位论文）从主客观两方面论述了元白对《诗经》的接受，并且对元白诗风加以比较辨析。一方面对元白诗文的源头做出了解释，另一方面对《诗经》后世接受的某个结点进行了论证，尚永亮等《中唐元和诗歌传播接受史的文化学考察》（武汉大学出版社 2010 年 11 月）全面考察了自唐宋历元明清迄至现当代对元和三大诗人群的传播接受史，以洋洋万言的厚重成果，为唐诗接受史研究拓展出一个新的研究方向。

二、唐诗整体接受研究

相对于个体作家或作家群体的接受研究，对于唐诗整体的历代接受情况进行综合研究在资料的收集和驾驭方面有更大的难度。因此，在唐诗接受研究的起步阶段较少这方面的尝试。经过一定时间的积累，近十年间相继产生了一批唐诗整体接受研究方面的成果，不乏颇见功力的力作，也是这一时期唐诗接受研究最令人瞩目的现象。

（一）历代唐诗接受研究

张浩逊《唐诗接受研究》（浙江古籍出版社 2010 年 12 月）全面梳理了唐代至现当代各时期唐诗接受传播史料，在每个阶段里，选取典型接受者对唐诗丰富多样的接受，包括辑集整理、庋藏保护、注释解读、阅读欣赏、评论研究、汲纳借鉴、传播推介等诸多层面，具体阐述了唐诗接受的四大特征：普泛性、时代性、个体性和应用性。

张毅《唐诗接受史》（人民文学出版社 2012 年 11 月）考察了唐诗自宋代至清代的影响和接受情况，对唐诗初、盛、中、晚的经典作家之地位和排序做出说明，对不同时代唐诗接受的审美特色和重要的诗学理论问题进行比较。既充分了彰显唐诗美典形成的奥秘，又在对历代唐诗接受过程的描述中反映中国诗学思想的发展脉络，可看作一部“唐后古典诗学思想发展史”。（杨万里《彰显唐诗美典形成的奥秘》，《中国图书评论》2014 年 2 期）

沈文凡《唐诗接受史论稿》（现代出版社 2014 年 7 月）是作者多年来有关唐诗接受方面的论文结集。主要从影响传承、效拟模仿、域外传播与接受三个层面，对唐诗接受史展开了宏观与微观相结合的研究。探骊得珠，多有超越前贤之处，如“排律接受研究”一章堪称该领域的开拓之作。

王兆鹏等的《唐诗排行榜》（中华书局 2011 年 10 月）是作者十多年来对唐宋诗词的传播和接受进行数字化考察与研究的成果。该排行榜从传播和接受的角度、依诗作影响深度和广度的标准，第一次用计量分析的方法，通过对历代的唐诗选本、评点资料和研究论文等数万条资料进行统计分析，排出了最具影响力的唐诗“前100强名单”，以计量分析的方法为基本研究手段，对有唐三百年间的诗歌第一次进行了令人信服的排行，拓展了唐诗接受的研究思路，也为唐诗研究的普及开创了成功的范例。

陈伯海倡导的唐诗学研究也构成了近十年来唐诗接受研究的一大主流。由其主编的《唐诗学史稿》(人民出版社2011年4月)以在历代具有较大影响并具一定代表性的唐诗观为其枢纽，横向探究作为接受范式的唐诗观与接受主体、接受对象之间的互动关系，以及这种互动作用在阅读、批评、写作各个环节(选、编、注、考、点、评、论、作诸种形态)上的显现；纵向考察唐诗观自身的流衍变化，包括不同观念、范式间的对立、交渗、转换和兴替的过程。通过纵横交织，描绘出历代唐诗接受的一幅生动活泼而又脉理分明的图景。

(二)断代唐诗接受研究

近十年来的断代唐诗接受研究主要是围绕唐诗学展开的。通过对历代各阶段的诗歌创作、理论批评、唐诗选本的综合考察，探讨唐诗在后代诗学发生、发展进程中的影响机制。随着研究的不断深入，研究范围和考察对象也日益细化。研究者从各个具体的历史时期展开研究，从各时期的代表人物(群体)入手，不断丰富着唐诗学，构建整体的唐诗学。目前的成果遍及唐代至清代各时期，主要有：

王园《唐诗与宋代诗学》(三晋出版社2012年4月)、陈斐《南宋唐诗选本与诗学考论》(大象出版2013年8月)、张培《王安石唐诗学研究》(河南大学2014年博士学位论文)、张艳辉《宋代闽地唐诗学研究》(西北大学2014年博士学位论文)、孙达《元好问唐诗学研究》(河南大学2009年博士学位论文)、张红《元代唐诗学研究》(岳麓书社2006年5月)、孙春青《明代唐诗学》(上海古籍出版社出版2006年11月)、查清华《明代唐诗接受史》(上海古籍出版社2006年7月)、贺严《清代唐诗选本研究》(人民出版社2007年3月)、韩胜《清代唐诗选本研究》(中国社会科学出版社2010年9月)、王顺贵《清代：古典唐诗学的总结与终结》(《南京师大学报》2008年第2期)、孙纪文《王士禛与清初唐诗学》(《宁夏社会科学》2008年第2期)、张丽华《清代乾嘉时期唐宋诗之争流变研究》(苏州大学2008年博士学位论文)、郭前孔《清代晚期唐宋诗之争流变史》(苏州大学2009年博士学位论文)、赵耀锋《民国时期唐诗学研究》(西北大学2014年博士学位论文)、任晓勇《民国唐诗学研究》(安徽师范大学2014年博士学位论文)等。

这些研究均注意掘发历代唐诗选本在唐诗研究史上的价值和贡献。从唐诗选本与诗歌创作、批评互动的角度入手,探讨选本的编选倾向及其与选家、诗坛的诗学观念、诗歌风貌间的联系,阐明选本的诗史意义。

(三)唐诗的渊源及所受文化影响

唐诗对前代文学的接受也是唐诗接受研究的题中应有之义。这方面的主要成果有:徐中原《神话对唐诗的影响》(《贵州文史丛刊》2007年第3期)、祁国宏《唐诗屈骚接受的定量分析与考察》(《名作欣赏》2012年第14期)、李春《唐诗对宋玉的接受研究》(广西师范大学2013年硕士学位论文)、汪文国《唐诗对汉代怀才不遇人物形象的接受研究》(西南大学硕士2014年学位论文)、杨许波《文学典范与人生际遇:唐诗接受司马相如考论》(《兰州交通大学学报》2014年第5期)、陈小燕《唐代庾信接受研究》(山东师范大学2010年硕士学位论文)、罗春兰《隋唐诗人接受鲍照诗的进程》(《宁夏大学学报》2007年第2期)、陆学松《论陶渊明对唐代诗风的影响》(《盐城工学院学报》2009年第3期)。其中,钱志熙《论初唐诗人对元嘉体的接受及其诗史意义》(《中国文化研究》2007年第2期)系统论述了初唐诗人接受元嘉体影响的诗史事实,并从晋宋迄初盛唐的诗史流变中把握这一问题。指出唐诗在全面发现汉魏诗风的经典价值之前,经历过学习晋宋体以超越齐梁体的环节,这一观点颇具新意。

随着唐代文化研究、文化交流史研究、西域研究等领域的成果的涌现,唐诗研究者开始从文化角度对唐诗进行考察。海滨《唐诗与西域文化》(华东师范大学2007年博士学位论文)系统地厘清与唐诗相关的主要西域文化现象,比较清晰地描述唐诗在哪些方面如何接受西域文化的影响,并努力显现前述现象和过程背后的诗学影响。对唐诗所受文化影响研究进行了积极新探索。

建筑景观印刻着时代的精神与文化。因此，城市也是景观建筑与文学形式的双重建构。近年来，从“文学再现城市”这个角度来考察城市建筑景观与城市文学(诗歌)之间的联系，也成为唐诗接受研究的一个新视角。陈燕妮《城市与文学：以唐代洛阳建筑景观与唐诗关系为中心》(苏州大学 2009 年博士学位论文)以传统的城市文学研究中“强调城市之于作家的经验性”的思路，从唐代洛阳城的公共建筑景观和私家建筑景观来论述洛阳城与唐诗的关系。

(四)域外唐诗接受研究

唐诗既是中国古典文学宝库里灿烂的篇章，同时也是世界文化遗产中众多璀璨的瑰宝之一。在唐诗接受研究开展的前 20 年，研究的视野多局限于国内历时性的研究，很少将视野放到中国境外，近十年来，随着中外文化交流的日渐密切，汉学研究成果日益丰厚，唐诗接受史研究视域也愈加开阔，唐诗的域外传播和接受吸引了包括海外学者在内的研究者越来越多的关注。涌现出一大批以跨文化传播为背景的成果。尚永亮、黄超《日本汉诗对王维诗之空寂、幽玄美的受容——兼谈“汉诗日本化”的形成过程》(《江西社会科学》2009 年第 8 期)，郝稷《霍克思与他的〈杜诗初阶〉》(《杜甫研究学刊》2010 年第 3 期)，[越]陶铜殿《越南新诗与中国唐诗》(湖南师范大学 2014 年博士学位论文)，曹春茹《论朝鲜汉诗对韦应物及其诗歌的接受》(《云南大学学报》2012 年第 2 期)，[韩]李南锺《在韩国传统时期孟浩然诗接受样相》(《吉林师范大学学报》2012 年第 3 期)充分展现了唐诗对域外文学与文化的影响。

江岚《唐诗西传史论：以唐诗在英美的传播为中心》(学苑出版社 2009 年 9 月)在充分吸收、借鉴已有成果基础上，对英语世界唐诗的翻译、介绍、研究的历史作了比较系统详尽的描述，进而勾勒出唐诗西传的发展历程。胡安江《寒山诗：文本旅行与经典建构》(清华大学出版社 2011 年 1 月)将寒山诗置于一个连贯的全球语境中进行系统研究。详细探讨了寒山诗的语内旅行、语际旅行及其在英语世界与故国文学史中的经典建构历程，将研究重心置于寒山诗的“横向”影响研究并由此探讨意义深远的“寒山现象”的形成与发展，以及它对于翻译研究、旅行研究、经典建构及中国翻译文学史书写的重要启示。

三、作品接受研究

唐诗接受研究在走向综合的同时，也朝着精细化发展。主要表现为学者逐渐将研究目光投向了对某种唐诗题材、唐诗名篇乃至名句的接受。

（一）唐诗单篇作品的接受研究

近十年来，较多进入研究者视野的唐诗名篇主要有张若虚《春江花月夜》、李白《静夜思》、王维《送元二使安西》、孟浩然《春晓》、白居易《长恨歌》、柳宗元《江雪》、杜牧《清明》、李商隐《无题》诗等。论者主要从传播、阐释和影响等角度考察名篇的历代接受特点和意义。陈文忠《唐人青春之歌走向顶峰之路——〈春江花月夜〉1300 年接受史考察》（《东方丛刊》2008 年第 1 期）全面考察了《春江花月夜》自唐迄今的 1300 年接受史历程，得出结论：“一部作品之所以最终成为经典，最终还在于自身的经典品质。明代以后《春江花月夜》的细读史，就是一部经典品质的发掘史，也是一部歌行美学的建构史。”罗漫《天下第一绝句〈静夜思〉——兼谈“床前明月光”何以后来居上》（《中南民族大学学报》2007 年第 6 期）考察了《静夜思》从一首默默无闻的唐诗演变为天下第一绝句的特殊历程。袁茹《李白〈静夜思〉版本嬗变及其诗学思想阐释》（《安徽大学学报》2010 年第 2 期）通过对由宋到清《静夜思》版本嬗变情况的解读，辨析了《静夜思》两种主要版本诗意阐释之不同，从而对今人阐释《静夜思》时引发的争议之处做出比较合理的解释。殷学国《唐诗经典影响史的三个层次——柳宗元〈江雪〉影响研究》（《安徽师范大学学报》2012 年第 1 期）指出《江雪》对后世文学创作的影响表现于语典引用、意境重绘和意蕴转换三个方面。这三个方面代表了唐诗经典影响史研究的三个层次。李金坤《一曲〈清明〉千古新——杜牧〈清明〉诗的接受方式》(《文史杂志》2009 年第 2 期)介绍了后世对《清明》的删缩、变体、仿拟、集句、制谜、对联、用典、故事、演唱等不同的接受方式。童明辉《李商隐〈无题〉诗接受史研究》(湘潭大学 2005 年硕士学位论文)着重探讨了李商隐《无题》诗引发诸多接受分歧的主要原因及其在诗歌阐释史上的意义。

作为唐诗的经典作品,王维的《送元二使安西》既被入乐歌唱,又被入画传播。王兆鹏《千年一曲唱阳关——王维〈送元二使安西〉的传唱史考述》(《文学评论》2011 年第 2 期)全面考察了《送元二使安西》由诗而歌,由歌而曲,从八世纪一直传唱演奏到二十一世纪今天的历程。王兆鹏《〈阳关图〉与〈送元二使安西〉的图画传播》(《中国韵文学刊》2011 年第 2 期)则细致梳理了从王维的《送元二使安西》诗到《阳关图》画再到《阳关图》题诗的传播和接受历程。启发研究者对经典作品的音乐传播和图像传播予以更多的关注。

(二)唐诗某类题材的接受研究

殷学国《中国诗学渔樵母题研究》(华东师范大学 2010 年博士学位论文)专门就诗学母题进行研究,分别从具体形态、思想命题、典型意象、经典作品和母题“旅行”等探讨了中国诗学中的渔樵母题,其中多有对唐诗名篇的接受研究。陈文忠《唐人“寻隐”之冠走向现代之路——兼谈唐人“寻隐”诗》(《安徽师范大学学报》2005 年第 2 期)将《寻隐者不遇》置于唐人“寻隐”诗和历代阐释史的双重视野中,对其走向现代之路作了全面考察。陈文忠《一个母题的诞生与旅行——古代登高诗境的生命进程》(《安徽师范大学学报》2008 年第 4 期)论述了登高母题在漫长的旅程中被创造出的多种多样的审美意境,以及所传达的处于不同阶段、不同境遇、具有不同经历的人们的各种生命境界。陈文忠对母题史方法的成功运用,对于唐诗接受研究的深化颇具启示意义。

(三)唐诗作品的综合接受研究

沈文凡、李博昊《名家讲解〈唐诗三百首〉》(长春出版社 2008 年 1 月)是《唐诗三百首》的全新注本。第一次在文学总集注本中有意识地发掘具体某一作品的“接受小史”(即后代诗人从创作上继承、借鉴三百首中名篇的情况)，也就是唐诗“名诗”和“名句”传播和被接受的过程。揭示后代作家“摹仿借用”唐诗名篇、名句的影响史。这种以文学总集中“诗人创作者为主体的影响史研究”也是迄今为止中国古代文学作品接受史研究所未及的。是文学接受史研究的模式与对象的创新。

张明华《论集唐诗》(《阜阳师范学院学报》2013 年第 5 期)、陆俊华《谈成语的唐诗渊源》(《苏州科技学院学报》2008 年第 4 期)两篇论文在研究对象的选择上独辟蹊径，张文选取了后代专门选用唐人诗句写成的集句诗这一极具接受意义的研究对象进行专门探讨。陆文选择了由唐诗演化出的成语作为考察对象，从富有民族特色的语言和文化层面凸显了唐诗的巨大影响力。

四、思考与展望

经过了较长时间的尝试和探索，近十年的唐诗接受研究队伍不断壮大，迎来了成果辈出的繁荣阶段，相关论文和专著蔚为大观，从多方面开拓了唐诗接受研究的范围。其中一批高质量的系统性研究成果，标志着唐诗接受研究已经逐步走向成熟，正在逐步确立起应有的学术地位。但是，仍然存在着一些有待改善的问题，需要进一步深入思考，努力完善。

(一)加强理论研究

理论研究的深入是一种研究范式走向成熟的标志之一。陈文忠经过多年思考，将接受美学纳入到整体文学史的立体构架中，全方位地梳理了中国文学史研究。他的两部著作《文学美学与接受史研究》(安徽人民出版社 2008 年 4 月)和《为接受史辩护》(安徽师范大学出版社 2014 年 10 月)均设专章探讨了古典诗歌接受史的研究方法问题，着重探讨了经典作家接受史和唐诗经典接受史研究的理论方法，他对唐诗经典的接受史展开的多角度个案研究正是以此为指导。相较于具体个案和宏观接受史的梳理的实践操作，目前的唐诗接受理论的研究显得较为薄弱。这方面的专著屈指可数。近十年来，接受美学的观念虽然已经深入人心，成为唐诗研究一种很常见的研究方法和参照系。

但是，一些研究者只是简单套用接受美学的相关理论，使得唐诗接受研究多停留于对“史”的客观描述，而少有“研究”层面的积极思考。

（二）避免过于注重“接受者”而不见“接受对象”

无论是整个古代文学研究，还是唐诗研究，都有文献资料整理研究与文艺学研究、“内部”研究与“外部”研究。余恕诚（《加强本体研究 多向拓展贯通——关于唐诗研究取向与深化的思考》（《社会科学战线》2014 年第 3 期）在谈到唐诗研究如何走向深化时指出：唐诗研究的“内部”与“外部”、本体研究与多元化研究之间存在着密切相连的辩证关系，不应彼此排斥，而应互相配合。同样，对唐诗进行接受研究，也需要处理协调这些关系。考察作品的经典化进程，具体分析接受群体的独特构成，深入探讨声誉的显晦升降背后的原因，一方面是为了从特定侧面揭示一个时代的审美风气和接受群体的期待视野，同时，也是为进一步的阐释文本意蕴奠定基础，深化对唐诗本体的理解和认识。如果片面强调接受美学“以读者为中心”的立场，将其简单地理解为接受者的“单向独白史”（陈文忠《接受史视野中的经典细读》《江海学刊》2007 年第 6 期），一方面会导致接受史研究中出现脱离作品本身、仅对接受史料作简单排列的现象，另一方面也易于在研究中产生低层次重复现象。这无疑会降低接受研究的学术品位和层次，从而会招致“资料汇编”、“学术避难所”之类的学术质疑。对于广大从事接受研究的学者来说，需要从提升研究者的艺术感受力入手。研究者首先要深入到接受对象中去，进行具体的文艺鉴赏和评判，方可避免过于注重“接受者”而不见“接受对象”。

（三）多方面贯通，扩大研究视野，改进研究方法

唐诗的研究对象、研究内容、研究格局，都不是单一的。研究视角也需要综合。朱易安（《试论唐诗学建构的主流与非主流——以李白接受史中的主流与非主流因素为例》，《陕西师范大学学报》2010 年第 1 期）指出：影响唐诗学建构和发展既有主流，也有非主流因素。唐诗学发展史的体系建构，除了诗学本身外，其他文化诸种因素也应一并考虑，它们与诗学本身共同构成

一个完整系统。由于唐诗接受的研究路径不是平面的，而是立体的；不是孤立的，而是多层面勾连的；往往还要把与“研究之研究”结合起来，有研究者慨叹“深入进去真有‘八面受敌’的感受，确非易事”（谷曙光《韩愈诗歌宋元接受研究·后记》）。因此，从事唐诗接受史研究需要闳深丰厚的学力。目前国内几位成果斐然的著名学者，如王兆鹏、尚永亮、张毅、陈伯海、陈文忠、沈文凡等均在文献考据、理论阐释方面颇有建树。同时，不囿于学科界限，注重学科交叉，将艺术学、社会学、定量分析、传播学、范式批评等运用到唐诗接受研究中去，因此取得了令人瞩目的成果。

陈文忠在《为接受史辩护》的“后记”中特别强调：作为学术方法的接受史包含相互关联、层层深入的三重含义：一是搜集材料的接受史方法，二是对待材料的接受史态度，三是研究问题的接受史意识。只有全面把握接受史的精神实质，才可能走出接受史的困境，取得接受史的实绩。这些也是唐诗接受研究继续深化，迎向充满希望的学术前景的必经之路。

近十年唐代诗序研究综述

□ 吴振华

诗序是序体文的一种，最早的文本是《诗经》每一篇前面的“小序”，产生的时间可能在西汉末至东汉初，乃经师解诗时对诗歌内容所作的“以意逆志”的解说，并非一定是诗歌作者有意识撰写的。序体文经过了编辑整理文献时撰写的文集序到单篇赋序再到诗序的演变过程。东汉张衡的《四愁诗序》，是现存最早的单篇诗序。（参吴振华《考论“序”的含义》，《文史知识》2009年第7期；《“序”体溯源及先唐诗序的流变历程》，载《学术月刊》2008年1期）诗序发展到唐代达到此种文体的全盛状态，随着文体研究成为学术热点，唐代诗序研究取得了丰富的成果，除了出现两篇同题的博士论文（张红运《唐代诗序研究》，陕西师范大学2007年博士学位论文；吴振华《唐代诗序研究》，安徽师范大学2008年博士学位论文）之外，还有两个国家级社科基金项目（河南大学任文京的国家社科基金项目“唐代序跋研究”2008年立项、安徽师范大学吴振华的国家社科基金后期资助项目“唐代诗序及其文化意蕴研究”2012年立项）。也有很多以唐代诗序为论题的硕士学位论文（如李志广《唐代序文文体概说》，辽宁师范大学2004年硕士学位论文；黄爱平《唐诗诗序研究》，武汉大学2004年硕士学位论文；王烨《唐人赠序研究》，复旦大学2009年硕士学位论文；刘宏民《唐诗题序研究》，河南师范大学2012年硕士学位论文等）。各级各类刊物还发表了大量有关唐代诗序研究的论文，今就中国知网所搜集的资料，对十年来唐代诗序研究成果综述如下：

一、唐代诗序的整体研究

对唐代诗序作整体研究，是博士、硕士论文必备的章节，此不赘述，现就杂志公开发表的有一定价值的论文作一综述。任文京《论唐诗序的功能、表现手法及其发展演变》(《文学遗产》2009年第4期)根据《全唐文》对诗序进行了统计和分析，认为唐诗序记录了唐代诗人的交往、创作心态和创作原因等，题材广泛，内容丰富，表现手法呈多样化；唐诗序的发展演变，既与唐代诗歌的发展同步，又与唐代散文发展密切相关；随着唐诗序功能的深化和诗序篇幅的加长，诗序的独立性明显增强，有些诗序已发展为可独立成篇的优美散文；与汉魏晋南北朝诗序和宋诗序比较，唐诗序特色鲜明，艺术成就最高；唐诗序中一大批短小精悍、风格各异的散文，为今人了解唐代诗人提供了极有价值的文献资料，这对于我们进一步研究唐代诗歌，尤其是研究唐代散文的体式、表现方式以及发展演变都有重要意义。吴振华发表了系列论文:《论唐代诗序的流变历程及文学史意义》(《唐代文学研究》第十五辑)认为诗序在唐代达到空前繁荣，唐代诗序可分为“赠序”、“游宴序”、“追忆之序”、“独特经历之序”、“诗歌观念之序”五类；每类诗序的流变都与时代风尚的变迁紧密相关，具有鲜明的阶段性特征:初唐尚丽，盛唐主气，中唐崇理，晚唐求奇；唐代诗序具有史料价值，是唐人生活的资料库，展现的是一部唐诗发展的历史；诗序与诗歌具有相互补充、相得益彰的关系；诗序又是表述诗歌理论的载体；从文体变化来看:初唐骈文占主要地位，中唐完全散文化，而盛唐则呈现一种骈散交织的状态，晚唐骈文复炽，但诗序却受唐传奇影响，继续保持散体风格；唐代诗序是“序体”发展取得成就最辉煌阶段的代表，是诗文交融的重要样本，诗的圆融韵律渗入文中，形成互进共荣的景象，说明唐诗繁荣是各种文体相互影响的结果。《从宴会诗序看唐诗创作趋向的转变》(《广东技术师范学院学报》2014年第5期)专门研究探讨唐代宴会诗序，认为大致分为朝享宴会、文人游乐宴会、群聚赋诗宴会、家宴、赠别宴会五类；这些诗序记录了应制唱和、群聚赋诗、节日游乐、离别送行等真切场景，具有广泛的史料价值，也是时代精神的折光，鲜明地展现出唐诗产生的文化背景；从文化内涵来看，既有规模宏大的应制唱和，也有追寻魏晋风流的集体创作，既是时代风向的鲜明标记，也属独抒性灵的感性空间，更是人生感慨的真切流露；唐代宴会诗序是诗人性情的晴雨表，也是时代兴衰起伏的风向标，鲜明地表现出一代文风的变化。《论唐代帝王诗序》(《文学评论丛刊》2011 第 1 期)将唐代帝王的诗序作为一个独立的整体进行研究，对唐代太宗、武后、中宗、玄宗、德宗等诗序作个案研究，认为帝王诗序(含诗歌)有以下几方面的重要意义：以帝王为中心的统治集团控制了文学的话语权，物质条件优越，便于组织大规模的朝会，帝王制序赋诗并要求应制唱和使儒家“诗可以群”的观念获得了鲜活的生命力；帝王的文学活动一般都具有政治教化的导向性，其创作往往是政治思想的延伸，在大型的歌舞宴乐或游历过程中，如果将自己的治国、修身等思想熔铸于其中，对朝臣乃至对社会风俗都有一定的导向作用；帝王诗序(尤以赐序为要)对诗人的精神状态有重要影响；帝王的文雅生活情趣对文人的创作有直接影响；从帝王的诗序及诗歌创作可以感受到宫廷文学的整体风格，即在总体的颂美氛围中呈现出一种趋同的格调，过去的文学史著作，由于过分强调“人民性”而对唐代帝王群体诗歌创作比较忽略，作者认为从文学产生的原生态来看，应该加强这方面的研究。《论初唐骈体诗序的艺术成就及其缺陷》(《宁波大学学报》2013 年第 6 期)则对初唐诗序进行宏观考察，认为初唐诗序以四杰与陈子昂为代表，将六朝以来的骈体诗序推向了艺术高峰，取得了很高的艺术成就，主要表现为：写景整饬流丽、境界开阔；刻画人物肆意铺排、神采飞扬；大量抒发人生感慨，富于文人气息；注重文气，骈偶中融贯散文的流畅自然；诗文交融，使文序具有诗的意境。当然，也存在一些重大的缺陷，如“序重诗轻”、格式雷同、用典僵化等，成为骈体诗序继续发展的障碍。

唐代诗序的文化意蕴也是整体研究的重要方面，如吴振华《唐代诗序的文化意蕴》(《古典文学知识》2010 年第 6 期)认为唐代诗序为我们记录了唐诗产生的真实情景，成为一部鲜活的唐诗创造史，是一座诗人生活、情感、心境的活的资料库；唐代诗序具有诗歌的艺术意境，表现了多姿多彩的诗学理论，体现了诗文交融的独特景观，具有丰富的文化意蕴，展现了唐人的人生境界，因而具有深广的文化内涵和永恒的艺术价值。张红运《唐代佛学诗序的文化意蕴》（《江汉论坛》2009 年第 12 期）关注唐代佛学诗序中包含的文化意蕴，认为序是处于诗题与诗文本之间、与古典诗歌创作密切结合在一起的一种特殊的文学形式；它滥觞于《诗经》的“诗大序”和“诗小序”；真正文体学意义上的诗序创作源于魏晋、流于齐梁、盛行于中晚唐；走进诗序，那是一个与唐诗同样精彩且极富文化内涵的世界，佛学题材的诗序，是唐代诗序中的一个类别，其数量约 40 篇，占唐代诗序总量的八分之一左右，不过，这数量不多的佛学诗序却真实再现了从初唐到晚唐近 300 年间唐代文人与佛学之间密切的文化关联，以及文人们借佛学而关注生命、思考生命的心路历程，这无疑是我们解读唐诗以及唐诗人所不应忽略的文化遗存。张红运《唐乐舞诗序论》（《吉林师范大学学报》2014 年第 2 期）认为唐代乐舞类诗序是唐代诗序的重要内容。从类属的角度看，唐代乐舞诗序的内涵大致包括三个方面：一是诗序保存了唐前乐舞资料，利用诗序，诗人们开展了对唐前乐舞或追本溯源，或拾缺补漏，或古今互证的“补亡”工作；二是诗序保留了相当数量的异域乐舞资料，唐代流行的异域乐舞都在诗序中有着明确的记载；三是诗人在诗序里特别强调了乐舞的声教作用，这既是传统礼乐文化在文学中的反映，也是诗人们对诗序可补诗之不足的文学功能的自觉运用。张红运《唐代伤悼诗序及其文化解析》（《湛江师范学院学报》2014 年第 4 期）指出唐代诗序是与唐诗密切结合在一起且同样精彩的文化形态，现存唐代伤悼题材诗序共 24 篇，占唐代诗序总数的 2.58%，是唐代诗序的一个小类别，但它形象化地再现了 300 年间唐代文人感伤生命消歇、探索生命质量、关注生命、思考生命的心路历程；不仅如此，唐代文化的诸多因素也借这类诗序得到了很好的保存。

黄爱平是较早研究唐代诗序的学者，其《论唐诗诗序与诗作的关系》（《兰州学刊》2006 年第 10 期）认为在同一题目下有两种不同的文体，即属于散文的序和诗歌，它们的出现使作品呈现出仅有诗歌的那类作品所没有的特点；根据唐诗诗序本身的内容及其与诗歌的关系分为以下几种情况来考察它出现后对作品的影响：异音同调、主调众和、旁白烘衬、理实相应；序文和诗歌具有相互影响的关系。黄爱平《大众化与唐诗诗序》（《古籍研究》2006 年第 2 期）认为诗序这种散文化文体本身所具有的使作品平易明白的特点使它有可能成为文学大众化的一个手段，而中唐时代处在贵族文化向俗文化转型时期，不仅是文坛风貌，创作主体的平民化、世俗化也为诗序的运用提供了外在因缘；元白通俗派诗人大量创作诗序更证明了诗序在中唐兴盛既是时代风气的呼唤，也是诗序本身内在特点的恰当运用，由此可见，一种文体的兴盛主要在于它本身的特点寻找到适合它发展的机缘。

唐代诗序中含有丰富的文学思想，著名学者葛晓音、吴相洲在研究盛唐气象的论文中，都指出唐代诗序具有重要的理论价值，认为唐代诗序丰富了先唐文学观念。这方面，潘仁炎、吴振华《论唐代诗序对文学理论的贡献》（《江淮论坛》2014 年第 1 期）认为唐代诗序是表述诗歌理论的重要载体，空前繁荣的诗歌创作总以独特的文学观念为理论支撑。唐代诗序阐述诗歌创作的价值取向，追溯诗歌体裁的历史演变，总结诗歌发展中的经验教训，确定未来诗歌发展的格局或憧憬未来诗歌的总体艺术风貌，形成一种唐代独特的诗史现象，因而具有不可替代的文学史和文学批评史意义。

此外，赵厚均《赠序源流考论》（《文学理论研究》2008 年第 4 期）考察了赠序经由赠答诗序、游宴诗序发展演变的轨迹，并对赠序的文体形态和发生模式进行探讨，进而对赠序的共时与历时性文体如别序、后序、字序、寿序等作了简单梳理，最终实现对赠序发生与演进历程的观照。作者认为赠序经过赠答诗序和游宴诗序的滋养，于初唐萌生。再经唐人的大量创作，由附庸而蔚为大观，成为实用性非常强的应用文体，并于宋以后滋生出字序、寿序等体类，几乎充斥于各家别集中。黄少光《奈良·平安朝汉诗编撰事业于日本文学史上的意义——以诗序为中心》

(《日语学习与研究》2009年第1期)就日本最早汉诗集《怀风藻》以及平安朝敕撰三集序文中“并显爵里”“爵次”等词进行观察分析，力证奈良·平安时期的诗集编撰事业的历史意义；以为该阶段的日本诗集的序文一方面秉承了六朝时期《文选》序的特征，另一方面大量地吸收了唐代诗序的模式，而日本古代文学史通过“国风黑暗时代”的洗礼，真正被《古今集》而后和文敕撰史所继承的，并非表面的对中国古代文学的构想、主题、技巧等的受容，而是从根本上理解并接受了古代中国的“文章经国”之道、“文化立国”之理。平安朝三百余年的繁荣乃至古代日本文化得以昌盛的根本，无疑根植于这种高贵的文化理念之中。薛峰《赠序之诞生及文体实践》(《南阳师范学院学报》2005年第11期)从赠序的文体角度出发，以唐代赠序为论述主体，以其辐射出的文学现象作为研究范围，界定了赠序文体的基本范围；梳理了唐代赠序的基本情况；分析了初盛唐时期赠序程式化的原因；索解了赠序从一诗附序到众诗总序，直至脱离诗歌而最后拥有独立生命的文体诞生与实践的过程。王玥琳《序文研究》(北京师范大学2008年博士学位论文)在第五章游宴序与赠序及第六章序跋类文体概述中简要提及唐代诗序。

二、唐代诗人诗序的个案研究

唐代诗序空前繁荣，作为一种文体，它吸收了赋、骈文、散文及诗歌的艺术优长，成为涵融众体并具艺术表现力的文学形式，在唐人游览、宴会、酬赠、抒怀等情境下被广泛应用，也是体现作者才华的重要文类，因此涌现出一大批对诗序创作富于热情并作出重大贡献的作家，所以十年来对唐代作家诗序作个案研究的论文很多。如吴振华的系列论文：《论陈子昂的诗序》(《文学评论丛刊》2009年第5期)认为陈子昂是初唐后期诗序创作的大家，一方面他追慕“四杰”，大量创作骈体诗序，写景状物精丽工整；另一方面他用散文诗序叙述自己的人生经历、表述他的诗歌观念，具有扭转初唐骈俪文风的作用；诗序在东汉定型，历经魏晋南北朝的骈化，到“四杰”时期达到高峰，陈子昂使诗序再次返回原始散体状态，对中唐古文运动影响深远，其诗序成为初唐向盛、中唐过渡的一个重要标志。《论王勃的诗序》(《中国文学研究》2010 年第 2 期)认为王勃是初唐时期创作诗序最多的作家，将六朝成熟的骈体诗序推向一个新的艺术境界，成为唐代诗序发展历程中的第一座里程碑，论述王勃诗序的基本类型及其特征后，认为取得了三个方面的成就：在整个时代文风的趋同中表现出独特个性；追求一种气势壮大、字挟风霜的劲健风格；景物描写具有色彩斑斓而兴象飞动的境界美，王勃诗序对整个唐代诗序产生了深远影响，具有重要的文学史地位。《试论王维的诗序》(《唐都学刊》2009 年第 5 期)认为王维诗序具有“一代文宗”的特色，其中赠别序与宴会序最有成就，用典使事，典雅凝重，文采焕发；虽然形式上多用骈文，但仍然具有盛世文章的特点，可以作为“盛唐气象”的一种代表，具有深厚的文化意蕴。《论李白的诗序》(《中国李白研究》2012 年辑)认为李白诗序题材广泛、内容丰富，具有盛唐气象，善于写景造境，景物雄浑壮丽或清丽秀美；情景交融，表现开合自然、跌宕起伏的情绪，具有诗的抒情结构；喜欢刻画人物形象，展现兀傲特出的个性和冰清玉洁的心灵；拓展了初唐四杰的写景艺术，既工整流畅，又不堆叠典故，而是随物赋形，清新自然，充满鼓舞人心的力量，有天马行空的飘逸感。《试论杜牧、李商隐诗序的差异及其原因》(《广东技术师范学院学报》2009 年第 6 期)认为晚唐时期的诗序接受传奇小说的影响，具有浪漫传奇色彩。杜牧、李商隐虽然创作诗序不多，但是他们现存的三篇诗序却具有典型的时代特色，也从一个侧面表现出两位大诗人在处理相同题材时风格的差异，深层的原因是他们对人生的体验与感悟存在差异。潘仁炎、吴振华《试论许浑的诗序》(《皖西学院学报》2009 年第 4 期)认为许浑是晚唐时期制作诗序最多的诗人，诗序一般很短小，点明作诗背景或原因，很少抒发感慨；诗序缺少中唐时代群聚赋诗的激情展露，而是遁入私人化的情感空间，挖掘内心感受，与李商隐、杜牧处于相同的主观化趋势之中；从诗序与诗歌关系看，存在“序轻诗重”的情况，但诗序使许浑诗歌总体上显得主旨明晰，诗序的简明扼要与诗歌的珠圆玉润形成鲜明对比。此外，还有《沉郁顿挫，悲怆深沉：论杜甫、元结的诗序》(《广东技术师范学院学报》2013 年第 8 期)、《通脱简易：论元稹的诗序》(《周口师范学院学报》2014 年第 1 期)、《试论陶翰的诗序》(《江淮论坛》2010 年第 1 期，与潘仁炎合撰)、《论骆宾王的诗序》(《江淮论坛》2011 年第 5 期，与潘仁炎合撰)等。这些论文按照初盛中晚的顺序，对具有代表性的作家的诗序进行了全面研究，颇能显示这些作家对序体所作出的贡献。

另外，蒋寅《权德舆与唐代赠序文体之确立》(《北京大学学报》2010 年第 1 期)认为赠序是唐代新兴的文体，其源流肇自魏晋，从赠诗附序演变为唱和冠序，迄唐代始定型为无诗徒序，其创作的繁盛与当时祖饯燕集之风的盛行密切相关；如果说唱和冠序不外以纪事为动机，那么徒序则更带有自我表达的功能；在赠序的演进历程中，权德舆的写作占有极为醒目的位置：首先，权氏因长期辗转于幕府、台阁，为中朝风雅主持，遂成为第一位大量写作赠序的作家，他的创作表明，赠序写作首先与职务密切相关；其次，权德舆的赠序在话语和文体两方面都显示出对文体功能的自觉和文章结构的成熟，标志着赠序的定型，从唐代散文史的角度考察具有多方面的意义。

此外，还有李娜《杜甫诗题管窥——兼论诗序》(《文学评论》2013 年第 6 期)认为或长或短的诗题、随意变换的形式、深邃纪实的选题和精彩而有表现力的诗序，这些特征既反映了杜甫个人的创作理念和特点，也反映了在诗题的漫长的发展历程和演变过程中，文人自我意识的觉醒和主观创造意识的发展，种种变化表明，文学是具有时代特征的，时代的文化内涵是在不断的演进的。车瑞《杜甫诗题诗序观蠡测——以陈衍〈石遗室诗话〉为例》(《杜甫研究学刊》2014 年第 1 期)认为诗题与诗序是古代诗人与诗论颇为关注的话题，杜甫的制题在继承谢灵运“妙绝今古”的制题艺术基础上臻于化境，不仅突破了诗题与诗序指涉内容主旨的功能，更极大地拓宽了诗歌内容的延展性，并对后世诗歌创作产生了深远的影响；陈衍《石遗室诗话》中关于杜甫诗题与诗序的渊源及流变的探讨，反映了清末民初新旧文学交替的特定时代诗人群体对诗歌源与流、古与今、继承与新变、内容与形式的思考与总结，以及“同光体”诗人群在诗歌精神与审美取向方面的积极探索。李晓黎《从〈新乐府〉小序看白居易的〈诗序〉观》(《中南大学学报》2011 年第 1 期)认为白居易《新乐府》模仿《毛诗》设置总序与小序，但二者的小序在具体形态上的差异却一直为学界所忽略。《诗》之《小序》，基本上皆由数句构成，而《新乐府》的小序却全部是只采《诗序》首句的“一句式”结构。“一句式”小序体现了白居易的《诗序》观，即把《诗序》分成首句和续申之词两个部分，特别重视首句，而把续申之词的地位看得相对较低。对白居易《诗序》观的揭示与还原，既能丰富唐代的《诗》学思想，也能给《诗序》论争的历史链条增加一个新的坐标。张开《从卢照邻〈乐府杂诗序〉看高宗武后朝乐府诗创作及与唐诗发展的关系》(《社会科学辑刊》2008 年第 2 期)认为卢照邻《乐府杂诗序》等文章中阐发了唐诗由初唐向盛唐转关时期的重要理论观点，这些观点与乐府诗的传承与创作有着非常重要的关系，这种关系在纵向上反映了南朝至盛唐乐府创作的传承情况，在横向上反映了初唐时期包括乐府诗创作在内的诗歌创作的雅化追求。李静《元结及其诗歌研究》(南京师范大学 2012 年硕士学位论文)第六章第一节“完整的构件叙事”，简述元结诗序的作用特点，认为元结诗序对后世影响较大，这种用序文的方式叙述本事、点明题旨的创作手法为元、白所吸收和运用，在用序文的方式点明诗歌的主旨、明确诗歌中的美刺对象，成为了新乐府诗歌的重要的形式特点，这种方式也是元结首先自觉大量运用的。张晓宇、刘毅卓《元结诗序的作用与表达特色》(《河北大学学报》2013 年第 5 期)认为元结是盛唐向中唐过渡时期一位重要的作家，善用诗序是其诗歌创作特点之一，他的诗序具有交待诗歌创作背景、解释诗歌题目、记述相关诗文情况、记载史书未载人物、阐发诗歌理论等作用，诗序以平实的叙述为主，兼有议论、抒情和描写，多种表达方式并用，传递了丰富的思想情感。

唐代写作诗序较多的还有初唐杨炯，盛唐张说，中唐韩愈、柳宗元、符载、李华、梁肃、萧颖士、于邵，晚唐陆龟蒙、皮日休等，都值得研究。

三、唐代诗人单篇诗序研究

唐代著名诗人一般都有一些经典的篇章，有些著名的诗序已经作为美文，历代传颂，很有品读的必要。如王勃的《滕王阁序》就引起人们广泛的关注，有道坂昭广《〈滕王阁序〉"勃三尺微命，一介书生"新解——以正仓院藏王勃诗序为线索》(《古典文学知识》2012年第6期)认为从作品离开作者之手的一瞬开始，它的解释就取决于读者。不仅限于中国文学，在古典作品中，这样的所谓"阅读的历史"也必须得到尊重。但是，《滕王阁序》这种情况，这个作品的"阅读的历史"中，混入了罗隐《中元传》所介绍的王勃滕王阁故事。其典型就是神童王勃的形象，所以这一形象是促使"五"成为"三"的重要因素。道坂昭广《略论〈翰墨城〉所收王勃佚文〈诗序切〉》(石立善译，《唐都学刊》2010年第2期)认为江户时代的日本文艺典籍《翰墨城》收载的一片"古笔切"乃初唐文学家王勃佚文《诗序切》。历来将这片"古笔切"称之为《诗序切》，盖缘于正仓院传存的王勃佚文名为"诗序残卷"，但是本文认为，这片题为《诗序切》的作品并不是诗序，而是为哀悼死者撰写的墓志铭或神道碑中铭文的一部分。文中的主人公，很可能是一位因违背皇命而死去(或被处死)的境遇悲惨的人物，此文换韵处夹注"其一"的分章字样，这种体裁始见于北魏的碑文，它的普遍化是在王勃所生活的初唐时期，因此这片"古笔切"传为王勃的作品，并不是没有根据的。由此可见，日本传存的大量珍贵的汉文典籍资料，尚有待于各领域专家的整理与解明。道坂昭广《略论作为文本的正仓院藏〈王勃诗序〉》(《文学与文化》2011年第1期)认为中国通行版王勃文集都是明朝时期的辑本，而此文本被视为原初《王勃集》的抄本。对此抄本，文中将焦点对准中日两国共存的作品，对作品中的文字差异进行了对照，通过文字对照可以看出，正仓院本虽然存在多处误字、漏写等部分，但就总体而言，此文本优于其他文本，保存着原初王勃文集的面貌。此文本具有使现今王勃作品解释趋于变化的可能性。咸晓婷《从正仓院写本看王勃〈滕王阁序〉》(《文学遗产》2012年第6期)认为日本正仓院藏《王勃诗序》写本一卷,抄于日本庆云四年,是目前已知王勃著作的最早写本,其文献价值极高。作者以正仓院写本为据,辨析关于王勃《滕王阁序》一文至今仍众说纷纭的几个重要问题:《滕王阁序》文末"一言均赋"的释义,历来多有分歧,本文考察了王勃诗序中其他与之相类的提起作诗的语句,并结合诗与序,确定"一言"意为"一字",而"赋"为"赋韵"之赋,"给与,分给"之意;在历代文献中不少著作将《滕王阁序》与《滕王阁诗》连缀为一体,实际上《滕王阁诗》为七言古体,中间换韵,不合赋韵诗创作规则,且正仓院本《滕王阁序》文末作"一言均赋,八韵俱成",《滕王阁诗》只有四韵,可证《滕王阁诗》非《序》之诗;《滕王阁序》的异文甚多,作者结合正仓院写本及《王勃集》其他重要版本,对其中的七处重要异文进行辨证,从中可以看出,正仓院本的文字明显优于其他版本。吴云勇《〈滕王阁序〉是诗序还是赠序》(《中学语文》2003年第19期)认为诗与序并无关系,《秋日登洪府滕王阁饯别序》虽对宴会盛事寥寥数笔带过,倾全力写登阁所见之景、因景而生之情,步步递进,却紧扣题意,实因饯别而作,而且正是借此才脱去了一般饯别文章颂扬、应酬的案臼,独辟新径,使本文成为脍炙人口的赠序佳作。吴振华《王维〈送秘书晁监还日本国并序〉的文化意义》(《古典文学知识》2009年第4期)分析了这篇诗序的内容,并揭示了该序在中日文化交流史上的重要意义,认为是雄视四方的盛唐气象的典型代表。王胜明《由新发现的〈李益墓志铭〉质疑"〈从军诗序〉为李益自作"》(《文献》2013年第2期)推定长期以来一直被视为李益自序的《从军诗序》极有可能不是李益本人所作,而是他人根据李益事迹撰写的。左汉林《杜甫〈观公孙人娘弟子舞剑器行〉诗序辩证》(《河北大学学报》2008年第6期)认为杜甫《观公孙大娘弟子舞剑器行》诗序中所涉及的音乐机构和乐人身份学界向来有不同认识,经过对唐代乐府制度的详细梳理,作者以为诗序中的"高头宜春、梨园二伎坊内人"分别指的是宜春院的女伎和梨园弟子,"外供奉舞女"指的是教坊(即外教坊)女伎,公孙大娘在开元初就已供奉宫廷,其身份为宫廷乐伎,推测是梨园弟子,杜甫之所以在郾城能够看到公孙大娘的表演，是因为在开元初年内廷歌舞曾经到宫外演出。此外还有何生风《愚溪鉴万类，愚辞超鸿蒙——柳宗元〈愚溪诗序〉辨析》（《湖南科技学院学报》2005 年第 10 期）、冯世庚《读柳子厚〈愚溪诗序〉》（《湖南科技学院学报》2014 年第 11 期）等。

综上所述，近十年来，对唐代诗序的研究取得了不菲的成绩，但唐代诗序与诗歌之间相互影响的关系，唐代诗序中涉及周边少数民族、邻国的关系，盛唐诗序与盛唐气象之间的关系，中唐诗序与古文运动之间的关系，晚唐诗序与传奇小说之间的关系，这一列问题的研究还很不深入，值得学界进一步关注。

近十年唐代唱和诗研究综述

□ 王 鹤

诗词唱和是中国文学史上一种极为普遍的现象，具有重要研究价值和意义，唐代尤其是唱和诗大发展和大繁荣的时代。然而对于这种文学现象，历来是毁多誉少，在学界也少有人问津。在现当代学者中，较早对唱和诗给予关注的，是日本学者花房英树、安藤孝行和前川幸雄等。而国内学者自 20 世纪 80 年代以来，虽逐渐注意到这一问题，但多是就一些具体的唱和作品进行讨论。如阴法鲁《中国古代诗歌中的唱和形式》(《词刊》1980 年第 1、2 期)、卞孝萱《元白次韵诗新探》(《汉唐文史漫论》，陕西人民出版社 1986 年 5 月)、赵昌平《初唐七律的成熟及其风格溯源》(《中华文史论丛》1986 年第 4 期)、熊飞《刘禹锡白居易唱和诗简论》(《湖北大学学报》1990 年第 2 期)、《刘白唱和集编集流散考》(《唐都学刊》1997 年第 4 期)、寇养厚《中国古代的联句诗》(《山东大学学报》1989 年第 2 期)、《论韩愈的联句诗》(《新疆石油教育学院学报》1989 年第 Z1 期)、刘益国《论韩愈联句》(《四川师范大学学报》1989 年第 2 期)、巩本栋《论唱和诗词的渊源、发展及特点》(《中国诗学》第一辑)。较为全面地对唱和诗词进行讨论的，是由巩本栋《试论唱和与唐宋唱和诗词》(西南大学 1987 年硕士学位论文)。赵以武《唱和诗研究》(甘肃文化出版社 1997 年 8 月)则主要对魏晋南北朝唱和诗的类型、特点和成就，进行了具体的讨论(其书仅附录中涉及唐代唱和诗)。近十年来关于唐代唱和诗的研究逐渐得到学界重视，成果较为突出，出版的研究专著有 5 部：李福标《皮陆研究》(岳麓书社 2007 年 9 月）、陈钟琇《唐代和诗研究》（秀威资讯科技股份有限公司 2008 年 4 月）、程建虎《中古应制诗的双重观照》（人民出版社 2010 年 9 月）、巩本栋《唱和诗词研究——以唐宋为中心》（中华书局 2013 年 9 月）、岳娟娟《唐代唱和诗研究》（复旦大学出版社 2014 年 7 月）。相关论文约 75 篇（含硕博士论文）。综观学界对唐代唱和诗的研究，大致可以分为两个方面，即对唱和诗的整体研究和对个别诗人或诗人群唱和诗的研究，而其研究又可大致分为文献与文学两个层面。下面就从这些方面对近十年以来唐代唱和诗研究成果加以梳理。

一、唱和诗的定义

关于唱和诗的定义，学者已经有诸多讨论，然而未能达成一致意见。大致可分为两种观点：第一种以巩本栋、赵以武、江雅玲、陈钟琇的观点为代表。巩本栋认为“所谓唱和，就是以诗词为形式进行的引发、应和，称为诗词唱和；原唱与因原唱诱导、触发而创作的能够在内容和形式上与其构成相互照应关系的诗词，称为唱和诗词。”又论及赠答诗与唱和诗之关系，“赠答诗词与唱和诗词是一种相互交叉的关系，二者有联系也有区别。赠答诗词的特点是一赠一答，赠与答的对象十分明确，内容密切相关，赠答双方所处的时代相同。唱和诗词不一样。诗人们作诗，往往并非先有一个赠答对象在心里，只有和作才有明确的和作对象，而且，你不赠我也可以和，更不受什么时间空间的限制（如和古人诗）。再说，和作中同的成分也比答诗要多。但是，赠答的性质近于同题共作，而和作往往也是‘因君投赠还相和’的，这样，二者有时就不易区分。”（《唱和诗词研究——以唐宋为中心》）赵以武认为“意，即诗作的内容，包括吟咏的对象、抒发的情感等。‘声相应’变成了意相应，‘跟着唱’变成了跟着写，‘后应声’变成了后应诗，这就是和诗……唱和诗用于彼此之间，同赠答诗……既是赠答，但不可各自立意。”（《唱和诗研究》）江雅玲持相似观点，她认为“‘唱和诗’糅合‘赠答诗之和’与‘杂诗之和’，涵摄《文选・诗类》的部分特质，又自行开发‘和韵’的新特质。换言之,中唐的'唱和诗'与《文选·诗类》的'赠答诗'属于部分交集"。(《文选赠答诗流变史》,文津出版社 1999 年 3 月)陈钟琇区分了赠答诗与唱和诗的不同,称"就形式上而言,赠答诗中的原赠诗是处于主动地位,答诗是居于被动地位;相对的,唱和诗除了朝廷奉和、即席和诗以及奉原诗作者之意和作等三种情形之外,文人交往中的原诗是处于被动地位,和诗是居于主动地位,因为唱和诗中的原诗在成为和作对象之前,均是独立的诗作,而待和诗写成之后,原唱之称才成立。再者,基本上,赠答诗最常见的模式是一赠一答,然而,唱和诗除了一唱一和外,或因唱和人数众多,往往出现一唱众和的模式。就内容方面而言,赠答诗与唱和诗这两诗类由一开始的壁垒分明到后来的连称互用,取决于文人诗作的本意"。(《唐代和诗研究》)而另一种以褚斌杰、岳娟娟的观点为代表。褚斌杰先生在《中国古代文体概论》中指出:"古人用诗歌相互酬唱、赠答,称为唱和,或称倡和……'赠'是先作诗送给别人,'答'是就来诗旨意进行回答,前者即称'唱',后者即称'和'。但若只有赠诗而无答诗,那么前者也就不能称为'唱'了。赠诗在诗题上一般标出'赠'、'送'、'呈'、'寄'等字样,而不标'唱';而答诗则标'答'、'酬'或直接标'和'字,为了表示敬重,还可以称'奉答'、'奉酬'或'奉和'。"(《中国古代文体概论》,北京大学出版社 1990 年 10 月)褚先生认为在有赠有答的情况下,唱和诗即等于赠答诗。岳娟娟沿用了褚先生对于唱和诗的定义,并考察了联句、应制、同题三种诗体,认为"唱和诗是以交往为主要目的,以赠答为主体,包含了在同次集会、酒宴上创作的同题诗、应制诗、联句诗在内的作品总称。其中赠答类赠诗为唱,答诗为和;同题类一部分以先作者为唱,其他人为和,另一部分是分头创作,不存在先后顺序,无法区分孰唱孰和;联句是共同创作,亦无原唱之说"。(《唐代唱和诗研究》)将这两种观点对比,可知第二种观点对于唱和诗之定义和范畴比第一种更为宽泛,然而笔者认为,第一种观点更为准确地揭示了唱和诗的本质属性与特征,也比较符合唱和诗的历史发展状况。

二、唐代唱和诗的整体研究

针对唐代唱和诗的整体研究大致可以分为文献和文学两个层面，文献方面主要是对唐代唱和诗总集的考察，文学层面则是对唐代唱和诗的渊源、特点、发展、评价、影响等问题的讨论。

在文献研究方面，此前吴企明《"唐人选唐诗"传流、散佚考》（《唐音质疑录》，上海古籍出版社 1985 年 2 月），陈尚君《唐人编选诗歌总集叙录》（《唐代文学丛考》，中国社会科学出版社 1997 年 10 月），陶敏、李一飞《隋唐五代文学史料学》（中华书局 2001 年 11 月），都涉及唐代的唱和诗总集。贾晋华在《唐代集会总集与诗人群研究》（北京大学出版社 2001 年 6 月）一书上编考论唐代集会总集及相关的诗人群体，下编考辑并部分复原了《景龙文馆记》、《大历年浙东联唱集》、《吴兴集》、《汝洛集》、《洛中集》、《洛下游赏宴集》、《汉上题襟集》七种集会总集（同时也是唱和总集），是研究唐代唱和诗总集的重要参考。巩本栋《唱和诗词研究——以唐宋为中心》第二章《唐宋唱和诗词总集叙录》以今存或部分保存的唐宋唱和诗词总集为对象，全面考察了其编者、编纂过程、宗旨、体例及主要内容和特点、评价、流传、版本与存佚状况等问题。岳娟娟《唐代唱和诗研究》附录有对《元白唱和集》、《刘白唱和集》、《汝洛集》、《洛中集》、《彭阳唱和集》、《吴蜀集》、《名公唱和集》的复原简表，将这几部唱和集做了部分恢复。

在文学研究方面，赵林涛、何东、高新文《次韵唱和探源》（《河北大学学报》2009 年第 5 期）考察了次韵唱和的首倡者，认为北魏时王肃的两位妻子之间的两首唱答诗是现今所见最早的次韵诗。程建虎《应制诗对和诗发展的影响——以'和意'和'和韵'为观照点》（《吉林师范大学学报》2009 年第 6 期）指出和诗由"和意"到"和韵"的转变过程中，前人将"元白"列为关捩人物，但在南朝诗人的应制和诗中，诗人已经开始进行步韵、依韵、分韵及用剧韵的韵律实践，在"和意"的同时也"和韵"，并且在唐人应制诗创作中得到继承。曾枣庄《唱和体诗》（《古典文学知识》2012 年第 4 期）探讨了唱和诗从和意到和韵的发展。姚蓉《论交往场域中的诗词唱和》(《国学学刊》2014 年第 1 期)从交往伙伴、交往手段及交往环境三个要素入手,在交往场域中考察诗词唱和活动的基本面貌,揭示了诗词唱和的功能和意义。吕肖奂、张剑《酬唱诗学的三重维度建构》(《北京大学学报》2012 年第 2 期)则从理论角度反思当下酬唱诗歌研究状况,提出从文学维度、社会学维度与文化学维度构建酬唱诗学,认为三重维度的相对独立及互补构建将对主要建立在独吟诗歌基础上的传统诗学进行全面地补充、修正,甚至颠覆其中一部分观念,对未来唱和诗的研究具有很大的启发意义。

相关研究专著则有陈钟琇《唐代和诗研究》,此书主要通过《先秦汉魏晋南北朝诗》与《全唐诗》所辑录之和诗,来探讨"唐代和诗"之源流、发展与地位,并对宫廷唱和与外邦和诗、文士之和诗与唱和集等相关论题,提出其研究心得与见解。岳娟娟《唐代唱和诗研究》采用了纵横交错的结构,上编探讨了唱和诗的定义、唱和诗与唐代民俗、科举、幕府之关系及送别诗、乐府诗与咏物诗的唱和,下编则选取了唐前期的宫廷唱和、大历年间的两浙唱和诗、元和中韩孟、元白等人的唱和、晚唐皮陆唱和这四个重要的关节点,勾勒了唐代唱和诗的发展轨迹。巩本栋相继发表了《关于唱和诗词研究的几个问题》(《江海学刊》2006 年第 3 期)、《论元、白唱和及其诗歌演进》(《西南大学学报》2012 年第 4 期》)、《唐五代唱和诗词总集叙录》(《西南大学学报》2013 年第 4 期),后将其多年研究思考和成果著为《唱和诗词研究——以唐宋为中心》,此书将综论与个案研究相结合,就唱和与唱和诗词的渊源、发展及特点,唱和诗词的评价及研究中的若干问题,唱和诗词在中国文学史上的作用、地位和影响等宏观性问题,以及韩愈和孟郊的联句、元稹和白居易的唱和诗、苏轼的《和陶诗》和南宋方千里、杨泽民、陈允平三家《和清真词》等唱和诗词的个案,进行了探讨,可谓近十年来唱和诗词研究领域最为全面系统、最有分量的一部专著,大大推进了唱和诗词的研究。此外还有一些硕士论文对唐代唱和诗做了探讨,如张永丽《唐代唱和诗研究》(河南师范大学 2010 年硕士学位论文)、李毛毛《盛唐交游诗研究》(陕西师范大学 2011 年硕士学位论文)、郭杰《中唐科举唱和诗研究》(内蒙古师范大学 2013 年硕士学位论文)、汪丽《唐代文人与僧人唱和诗研究》(安徽大学 2014 年硕士学位论文)。

三、个别诗人或诗人群唱和诗研究

除上述专著中出现的对个别诗人或诗人群唱和诗的研究之外,学界专门针对唱和个案的研究成果亦颇为丰富,而关注点多集中在元白、刘白、韩孟、皮陆等人身上,主要从诗人唱和交游之行迹及其唱和诗之内容、特色、成就和影响等方面进行了探究。

针对元白唱和交游行迹的研究有刘艳萍《白居易分司东都与洛阳闲适诗唱和群体形成的研究》(《洛阳理工学院学报》2010 年第 4 期),此文认为白居易曾长期在洛阳任分司之职,他在文坛的声望和影响力,他所倡导的“中隐”思想和闲适生活情趣以及广泛的交游、超然的政治态度和对诗歌唱和活动的热衷等因素,使他成为当时分司东都文人群中的重要人物,并促进了洛阳闲适诗唱和群体的形成。卢燕新《白居易与洛阳“七老会”及“九老会”考论》(《河南大学学报》2012 年第 1 期)考辨了“七老会”与“九老会”这两次宴集的人名、会名以及前会唱和集名,纠正了诸白居易诗文集注本以及宋以后诸典籍记载白居易事迹之舛误,且指出《七老会诗》以年齿为序的这种编集排序方法在唐人唱和诗总集中较为罕见,论述了白居易洛阳宴集唱和对中外文化的影响。针对元白唱和诗文学层面的研究则有赵乐《元白唱和诗研究》(《北京大学学报》2009 年第 6 期),此文以较全面的视角阐述了元白唱和的动因、内容、艺术特色和成就,认为元白的唱和以大量的实践将唱和诗领域中“和意”传统巩固成“和韵”体例,为后人开辟了新的方向。同时认为唱和诗在元白特定生活时段起过友情交流、精神慰藉的作用,是唱和诗的“缘情说”的体现,也应予以正视和肯定。段承校《元白唱和及其诗史意义》(《盐城师范学院学报》2009 年第 3 期)认为元白唱和诗继承了和意唱和的传统,也开创了和韵唱和的新天地,开启了诗人间相互异地唱和的新的形制规范,为文人艺术化交往确立了新的范式。张敬雅《论元白唱和诗情感交流的类型》(《贵阳学院学报》

2012年第5期)、《元白唱和诗用典研究》(《商丘师范学院学报》2013年第2期)分别从情感交流类型和用典方面探讨了元白唱和诗的特色,其《地理空间位移与元白唱和之关系》(《安顺学院学报》2012年第2期)从地理学、文化学、传播学等角度对元稹、白居易唱和诗进行剖析,认为诗人因仕历而产生的地理位移使他们的诗歌体裁发生了变化。

陈才智《元白诗派研究》(社会科学文献出版社2007年5月)从整体上探讨了"元白诗派"的组成人员、形成过程、文学特征和发展状况,考辨翔实,结论精当。第四章讨论元白诗派的元和体诗,将其分为两个层次,核心层次为以长篇排律和小碎篇章为主要体制、以唱和尤其是次韵唱和为主要形式的元白诗,后续层次为时间稍后的刘白唱和诗,以及元白与元白诗派其他诗人的唱和诗,接着对"元和体"创作的背景,元白、刘白唱和诗之特点、贡献、发展阶段等问题进行了深入的讨论。此外,还有一些硕博士论文对元白唱和诗进行了整体上的研究,如吴静焰《元白唱和诗歌研究——江陵时期唱和总论》(湖北大学2004年硕士学位论文)、赵现平《元稹、白居易唱和诗三论》(厦门大学2007年硕士学位论文)、臧焱辛《元稹唱和诗研究》(东北师范大学2010年硕士学位论文)、李汉南《元白唱和诗统计分析》(河南师范大学2013年硕士学位论文)、邱月儿《元稹与白居易之唱和诗研究》(复旦大学2009年博士学位论文)。

对刘白唱和诗的研究则有王卓华《从几部唐代唱和总集看刘禹锡的唱和诗》(《殷都学刊》2005年第4期),此文指出与刘禹锡有关的唱和总集有九部,尽管这些总集均已散佚,但通过文献考察和辑佚钩沉,能从中了解到九部唱和总集中,现在尚存世的刘禹锡诗歌在350首以上,与其交往唱和的诗人较为广泛,由此可见其在中唐诗坛的地位和影响及其与白居易等人之间深厚的友谊。马胜科、张巍《论晚唐时期刘白诗人群的文学活动与诗词创作》(《甘肃联合大学学报》2005年第2期)认为白居易、刘禹锡在晚唐时期的诗歌创作情况与其在中唐时差别极大,元白诗派就此进一步发展为刘白诗人群,并考察了刘白诗人群最主要的诗歌创作活动、诗歌内容及词体创作。王艳玲《刘白诗人群的唱和活动及其诗歌创作——以刘白唱和诗的四次结集为中心》(《天津大学学报》2009 年第 5 期)考察了刘白诗人群的唱和活动及作品的内容特色和风格,认为其对宋诗风格的形成提供了可资变革的依据和范例。相关的硕士论文则有王曼霏《刘白唱和诗研究》(广西大学 2008 年硕士学位论文)、侯薇《刘禹锡白居易交往始末述论》(中国社会科学院研究生院 2009 年硕士学位论文)、张育烨《刘禹锡、白居易交往诗研究》(国立屏东教育大学 2010 年硕士学位论文)。

新时期以来,学界对韩孟诗派研究的成果比较丰富和突出,这里不再赘述。与其唱和诗直接相关的研究主要集中在对韩孟联句诗的探讨上,如吴在庆、赵现平《试论韩孟联句诗》(《周口师范学院学报》2006 年第 3 期)认为韩孟联句诗的风格由个性鲜明逐渐向不分彼此过渡,最终达到了琴瑟相和的境界,不仅有客观条件的因素,更重要的还是二人主观努力的结果。范新阳《论韩孟联句的艺术特质及其诗学谋略》(《南京师大学报》2007 年第 5 期)论述了韩孟创作的包括《城南联句》在内的一批联句诗具有气势宏壮、意象奇崛、辞意均敌等艺术特质,他们将联句这一诗体的创作提升到了一个全新的高度,而这些成就的取得,又与二人在联句时所采取的以赋为诗、统一视点、以我为法等诗学谋略密不可分。崔文华、王红丽《简论韩孟联句诗》(《太原大学教育学院学报》2011 年第 2 期)论述了韩孟联句诗的内容与形式及其中所体现的文化意义。另外还有郭春林《韩孟体论析:以韩孟联句诗为中心》(《聊城大学学报》2012 年第 6 期)、周文慧《韩愈联句诗研究》(中国社会科学院研究生院 2011 年硕士学位论文)。刘艳萍《韩愈分司东都与韩孟诗歌唱和群体的形成》(《河南科技大学学报》2010 年第 3 期)则讨论了韩愈分司东都期间,与在洛阳任职或居住的孟郊、卢仝等人的诗歌酬赠唱和活动,认为洛阳便利的交通条件、韩愈在文坛的影响及其喜欢奖掖后进的作风也吸引了贾岛、刘叉、李贺等人,诸多诗人在此会聚,促进了韩孟唱和群体的形成,并在彼此的相互影响中形成了共同的诗歌审美追求。专门针对唐代联句诗的研究则有王胜明《论唐代联句诗的特征》(《内蒙古大学学报》2005 年第 4 期)、吴晟《论联句诗》(《学术研究》2008 年第 4 期)、崔俊娜《唐代联句诗研究》(广西师范大学 2006 年硕士学位论文)。丁国强《大历湖州文人集团联句活动考论》(《浙江学刊》2006 年第 2 期)讨论了大历湖州文人集团形成的原因、主要联句活动及其文化功能,蒋寅《大历诗人研究》(北京大学出版社 2007 年 5 月)上编第一章有部分内容则讨论到大历之前的联句历史,及大历时期浙东、浙西两个诗人群体联句现象。

针对皮陆唱和诗的研究,则有李福标《皮陆年谱》(中山大学出版社 2011 年 2 月),此书客观、细致、清晰地叙述了皮日休、陆龟蒙的一生以及他们交游唱和的因缘,是研究皮陆唱和的重要参考文献。李福标相继发表了《皮陆唱和的心理分析》(《学术研究》2002 年第 4 期)、《皮陆与韩孟、元白唱和之关系》(《西北大学学报》2003 年第 4 期)、《皮陆的个性以及他们的友谊》(《湖南大学学报》2004 年第 2 期)、《论松陵唱和的准备及运作》(《中国韵文学刊》2004 年第 3 期)、《论皮陆齐名与皮陆文集编纂之间的关系》(《中国典籍与文化》2005 年第 1 期)、《皮陆唱和与唐末苏州藏书》(《中国典籍与文化》2007 年第 2 期)一系列论文。后出版《皮陆研究》,此书考察并描述了皮陆生平行迹及其与周边文人的关系,以及他们在这样的经历中所形成的傲诞、慵散、焦虑的个性和边缘化的生存状态、文化心理,并对皮陆唱和活动和唱和诗进行深入探讨,认识其唱和背景、原因、方式、特点,及皮陆唱和诗的文学特征和在文学史上的价值,是一部关于皮陆唱和研究的力作。另外还有孙桂平《〈松陵集〉系为行卷而编》(《集美大学学报》2005 年第 4 期)、《〈松陵集〉:吴中风物的完整呈现》(《中国地名》2006 年第 12 期)、王永波《论〈松陵集〉的创作特征》(《中华文化论坛》2008 年第 4 期)探讨了《松陵集》的创作目的、内容与特色。熊艳娥《论皮陆唱和诗在宋代的影响》(《西安社会科学》2011 年第 5 期)、赵延春《从"松陵唱和"看晚唐诗歌的艺术转型轨迹》(《剑南文学》2013 第 6 期)则探讨了皮陆唱和对后世的影响。相关的硕博士论文则有叶英俊《〈松陵集〉研究》(西南大学 2008 年硕士学位论文)、毛连霞《皮陆松陵唱和研究》(曲阜师范大学 2011 年硕士学位论文)、仝锦锦《皮陆唱和诗研究》(河南师范大学 2013 年硕士学位论文)、王永波《晚唐皮陆诗人群体研究》(四川大学 2006 年博士学位论文)。

另外还有一些单篇论文讨论了其他诗人或诗人群的唱和诗情况，如刘占召《刘、柳唱和与柳宗元七言近体诗歌艺术的发展》(《东南大学学报》2015 年第 1 期)认为刘柳唱和是柳宗元贬谪柳州时期，创作重心由五古转向近体(七律、七绝为主)的重要原因，柳宗元七言近体创作从严守格律法则到自由创作，内容从大量用典到描写即目所见，感情基调从悲苦愁怨到轻松戏谑，都受到刘柳唱和的重要影响。刘艳萍《令狐楚与晚唐诗歌唱和》(《山花》2011 年第 8 期)、《唐宋洛阳分司长官对文人群体的影响：以裴度、钱惟演、文彦博、韩绛为中心》(《河南科技大学学报》2013 年第 4 期)则分别探讨了令狐楚、唐宋洛阳分司长官对当时文人群体及唱和活动的影响。

应制诗也属于唱和诗的范畴，针对应制诗的研究起初也是以对个别诗人或诗人群的讨论为主，后来随着学界对唱和现象的关注，逐渐出现对唐代应制诗的整体研究。前者如顾建国《论张九龄应制、酬赠诗的因变特征与启示意义》(《南京师大学报》2005 年第 2 期》，陈建森《从张九龄应制诗看唐诗由初唐之渐盛》(《学术研究》2009 年第 1 期)，王志清《王维：应制七律第一人》(《文史知识》2009 年第 1 期)，王早娟《中唐诗僧广宣应制诗的艺术特点》(《盐城师范学院学报》2012 年第 1 期)，高萍《王维应制诗与盛唐帝都文化》(《学术探索》2012 年第 8 期)、《王维应制诗的因革及其模式意义》(《求索》2013 年第 7 期)，殷海卫《论唐代河洛诗人群体的应制诗》(《南昌大学学报》2014 第 5 期)，郭佩姝《武则天时期宫廷应制诗研究》(《名作欣赏》2014 年第 29 期)，郭佩姝、韩永稹、李燕、柴娜娜《从比较中看武则天及其文人集团的宫廷应制诗》(《北方文学》2014 年第 7 期)，岳德虎《试论苏颋应制诗的审美特征及对盛唐诗歌的贡献》(《重庆师范大学学报》2009 年第 5 期)、《诗家之射雕手：宋之问的应制诗》(《长春理工大学学报》2009 年第 2 期)、《华赡飚举 首开宗风：评苏颋〈奉和春日幸望春宫应制〉》(《重庆科技学院学报》2012 年第 20 期)、《张说应制诗之于“声律风骨始备”》(《中华文化论坛》2012

年第6期)等。对应制诗的整体研究则有程建虎《文化资本的获取和转换:从另一个角度观照初唐应制诗的嬗变》(《学术论坛》2006年第5期)、《中古应制诗的装饰美学效果》(《湖南文理学院学报》2009年第6期)、《应制诗:妥协策略下的政治文本——以梁及唐访寺应制诗中佛教因素的消长为观照点》(《西北大学学报》2010年第5期)、《应制诗与长安气质:性别、格调与风俗》(《华南师范大学学报》2013年第1期)、《文化地理视角下的应制诗与长安气质》(《西安工业大学学报》2014年第11期),从多个角度对应制诗进行了探讨。程建虎《中古应制诗的双重观照》(人民出版社2010年9月)一书以中古应制诗为研究对象,在文化语境和诗学语境中对其进行双重观照,详细论述了应制诗的起源、风格流变、特点及影响,在多重视野下对中古应制诗进行了整体上的考察,是应制诗研究方面一部较为系统且有深度的著作。相关的硕士论文则有岳德虎《初唐应制诗研究》(广西师范大学2006年硕士学位论文)、鞠丹凤《初、盛唐时期应制诗研究》(东北师范大学2007年硕士学位论文)、李玲《唐代应制诗研究》(陕西师范大学2008年硕士学位论文)、谢凤杨《初盛唐应制诗研究》(暨南大学2008年硕士学位论文)、鄢嫣《初唐应制诗研究》(北京师范大学2010年硕士学位论文)、郑璐《唐中宗景龙朝修文馆文士群及其诗文考论》(华中师范大学2014年硕士学位论文)、王思浩《盛中唐应制诗研究》(陕西理工学院硕士2014年学位论文)。

综观以上研究成果,可知近十年以来唐代唱和诗已经成为学界关注的热点,从整体到个别现象都对唱和诗进行了探讨,而尤以对个别诗人或诗人群的研究成果为多。在研究方法上,多从文献和文学两个层面进行研究,文献层面如对唐代唱和诗集的考述、对诗人唱和交游活动的考察,文学层面则多是对唱和诗的渊源、发展、特点、类型、风格、评价、作用、影响等问题的探讨,另外还有一些涉及唱和诗的外部研究,如其与科举、民俗等之关系。基本上学界已经重新评估了唱和诗在中国古代文学史上的地位,肯定了其重要价值。唐代唱和诗研究领域虽然已经有了许多重要成果,但仍有一些空白或研究不够深入的领域等待填补，如对个别诗人唱和诗的研究，多集中在元白、刘白、韩孟、皮陆等人，而对其他时期一些重要的唱和活动关注较少，应制、联句诗研究方面也尚有许多讨论空间。在研究方法上，目前的研究多以传统诗学的方法为主，而唱和诗自有其独特的创作环境、动机和目的，也就有与一般诗歌不同的审美、社交方面的特色与价值。那么，建立独特的酬唱诗学，运用多种文化、社会学视角对唱和诗进行整体上的观照和理论上的提升，就成了未来唱和诗研究需要努力的方向。

近十年域外汉籍与唐代文学研究综述

□ 巢彦婷

唐代是中外文化交流的活跃时期。域外保存了丰富的唐代文献资料，其中日本所存最为丰富，韩国汉籍数量亦颇为可观。汉籍对外传播的渊源毋庸赘述，而最早的域外汉籍回流的事例，也应追溯到宋太宗时奝然献书，距今已有千年之久。在域外汉籍研究中，唐代文学处于时间的最上段，同时也是考察日韩汉文学形成的最初与最重要的时段。综合梳理域外汉籍唐代文学研究成果，对于域外汉籍研究和唐代文学研究，皆有着重要意义。本文拟就近十年来域外汉籍唐代文学研究的成果，择其要者作一简介。海外学者成果早于 2005 年，但此前并无译介，而近十年中有翻译面世的，本文也一并列入予以介绍。由于篇幅所限，不能面面俱到，只列出有代表性的主要成果。凡本文所列举成果，皆以其首次发表时间、发表书刊为准，其后再有收录则不再提及。

唐代文学研究史上，有着一些传统的域外汉籍研究课题，如空海与《文镜秘府论》研究、崔致远与《桂苑笔耕集》研究、白居易与《白氏文集》研究、寒山诗研究、杜诗研究等。近十年中，这些传统研究课题得到了延续，出现了一批集中的成果。

空海与《文镜秘府论》研究方面，最重要的成果是卢盛江《文镜秘府论汇校汇考》(中华书局 2006 年 4 月）和《〈文镜秘府论〉研究》(人民文学出版社 2013 年 8 月)。《文镜秘府论汇校汇考》是近年来最好的《文镜秘府论》整理本。《〈文镜秘府论〉研究》则涵盖《文镜秘府论》的研究历史、版本流传、原典考察、声病理论、属对创作等多个方面,汇集了作者以往关于《文镜秘府论》研究的大量成果,是一部较为全面的系统性研究著作。其他主要成果还有蔡毅《空海在唐作诗考》(《域外汉籍研究集刊》2005年第1辑,以下简称《集刊》),该文指出空海在唐所作的五言诗《在唐日示剑南惟上离合诗》不作于福州而作于长安,空海的离合诗创作是受到当时长安文坛风尚的影响。张伯伟《〈文镜秘府论〉与中日汉诗学》(《中国诗学》2005年第10辑)从宏观角度分析了《文镜秘府论》对中日汉诗学的影响。兴膳宏《日本汉诗史上的空海》(《集刊》2006年第2辑)通过诗歌文本分析得出空海诗歌创作实践与《文镜秘府论》理论主张相一致的结论。王勇《唐人赠空海送别诗》(《文献》2009年第4期)利用唐人送别诗考证空海在唐行迹。值得注意的成果还有陈翀的系列文献考据论文,包括《辨伪存真:〈文笔眼心抄〉古抄卷献疑》(《集刊》2013年第8辑)、《空海〈文笔肝心抄〉之编纂意图及佚文考》(《集刊》2014年第10辑)、《〈文镜秘府论〉古钞六卷本补证——以日本中世佛教文献为线索》(《国际汉学研究通讯》2013年第8期)和《空海撰三卷本〈文镜秘府论〉之选编经纬及原本形态考》(《集刊》2015年第11辑(待出))。陈氏针对部分传统观点提出了新见,引起了学术界的讨论。山崎诚《日藏古抄本〈文笔眼心抄〉真是伪作吗?》(《集刊》2015年第11辑)即是一篇与陈氏商榷的文章。但陈氏关于《文镜秘府论》的论文对认识《文镜秘府论》流传相当有益,可以补充卢盛江的研究。

空海的其他著述亦有一些相关研究成果。空海依据《玉篇》编成的字书《篆隶万象名义》有很高的文献价值。学林出版社2007年出版了吕浩校释《篆隶万象名义校释》,为研究提供了很大便利。针对整理本中的错误,邓福禄、郭萍等都撰文指出并予以修正(《汉语史研究辑刊》2010年、2013年)。此书主要研究成果有:吕浩《空海和他的〈篆隶万象名义〉》(《上海大学学报》2005年第4期)、郭萍《论〈篆隶万象名义〉的"又切"及整理方法》(《古籍整理研究学刊》2005年第5期)、杨军《从〈释文〉引"顾野王"或"顾"论〈篆隶万象名义〉与原本〈玉篇〉之关系》(《传统中国研究集刊》九、十合辑,2012年)等。空海其他方面的研究成果,还有王晓平《空海愿文研究序说》(《敦煌研究》2011 年第 4 期)等。

崔致远与《桂苑笔耕集》研究方面，2007 年中华书局出版了党银平《桂苑笔耕集校注》，这是《桂苑笔耕集》较为完备的一个整理本，成为此后《桂苑笔耕集》研究的基础。针对是书部分错误遗漏之处，孔祥军《〈桂苑笔耕集校注〉地理注释商榷》(《集刊》2010 年第 6 辑)和夏婧《〈桂苑笔耕集校注〉匡补》(《集刊》2012 年第 8 辑)都作了详尽正讹与补充。具体研究中，较早期的成果有党银平《崔致远〈桂苑笔耕集〉的文献价值》(《集刊》2005 年第 1 辑)和《新罗文人崔致远〈桂苑笔耕集〉版本源流考述》(《中国典籍与文化论丛》2005 年第 7 辑)。前者从多个角度介绍了《桂苑笔耕集》对晚唐历史文化研究的价值；后者则介绍了《桂苑笔耕集》的版本情况。而党银平的这两篇论文，也代表了崔致远和《桂苑笔耕集》研究的两大主要方向：晚唐文史研究和《桂苑笔耕集》版本流传研究。前一方向的成果主要有静永健《崔致远〈记德诗三十首〉中的唐末节度使高骈像》(《汉籍东渐及日藏古文献论考稿》，中华书局 2011 年 9 月)和余国江《〈三国史记〉所载崔致远奉使入唐之事再考》(《集刊》2013 年第 9 辑)。后一方向的成果较多，有金程宇《读崔致远佚诗札记》(《古籍研究》2005 年)、《日本国会图书馆藏〈桂苑笔耕集〉的文献价值》(《集刊》2006 年第 2 辑)和《关于崔致远〈法藏和尚传〉流传的几个问题》(《集刊》2010 年第 6 辑)，李时人、詹绪左《崔致远〈桂苑笔耕集〉的版本及校勘札记》(《文学与文化》2010 年第 3、4 期)，曹旅宁《黄永年先生旧藏高丽刊本〈桂苑笔耕集〉》(《山东图书馆学刊》2010 年第 4 期)等。文学研究方面的成果有林嵩《〈桂苑笔耕集〉所见"委曲"探赜》(《中国典籍与文化》2010 年第 2 期)等。综合性研究的成果有方晓伟《崔致远思想和作品研究》(广陵书社 2007 年 10 月)，该书对崔致远生平事迹作了较全面的考证并对崔诗作了系年。李定广《关于崔致远研究的三个误区及其突破》(《学术界》2012 年第 9 期)指出当前崔致远研究的误区，认为对崔致远的研究和评价决不能孤立进行，较有见地。值得注意的是，空海与《文镜秘府论》研究和崔致远研究已成为近年来学位论文选题的热点，尤以崔致远研究更受欢迎。仅笔者所见，崔致远研究目前已有近二十篇相关的博士和硕士论文，其热度可见一斑。

白居易与《白氏文集》研究是日本汉学界的传统课题，近年来中国学者亦对该领域较为关注。中华书局2006年出版的谢思炜校注《白居易诗集校注》，较全面地利用日本金泽文库本、东大寺本、真福寺本、伏见天皇临摹本等日藏写本，在国内首次集中地反映了写本时代白诗的文字面貌。文艳蓉《日本白集版本源流综论》（《文献》2010年第3期）是国内较有代表性的文献研究成果。日本方面致力于《白氏文集》研究的学者主要有神鹰德治、下定雅弘、静永健等。勉诚社2012年出版的下定雅弘、神鹰德治编《宫内厅所藏那波本白氏文集》影印了宫内厅书陵部所藏那波道圆刊古活字本《白氏文集》并附有索引。日本出版的主要著作有：静永健《漢籍伝来——白楽天の诗歌と日本》（勉诚社2010年），神鹰德治、静永健编《旧鈔本の世界——漢籍受容のタイムカプセル—》（勉诚社2011年，有关于《白氏文集》及白居易研究的章节），陈翀《白居易の文学と白氏文集の成立—— 盧山から東アジアへ》（勉诚社2011年）。勉诚社每年还出版有《白居易研究年报》。已有译介的著作有静永健、陈翀合著《汉籍东渐及日藏古文献论考稿》，其中包括大量《白氏文集》的研究成果。针对谢思炜整理本，此书收有书评和补正各一篇。《古典文献研究》2012年第15辑刊登金程宇书评《日藏古抄本与古文献的学术价值——读〈汉籍东渐及日藏古文献论考稿〉》，对该书作了全面的评价。

关于《长恨歌序》，胡可先、文艳蓉《论〈长恨歌〉的序与传》（《社会科学战线》2008年第5期）指出《长恨歌》原有序，而《长恨歌传》与《长恨歌》并非一体，研究《长恨歌》必须利用日本的抄本资料，否则就不能恢复其真实面目。陈翀亦有多篇相关论文，如《日藏旧抄本〈长恨歌序〉真伪考——兼论〈长恨歌〉主题及其文本传变》（《集刊》2011年第7辑）、《慧萼钞南禅院本〈白氏文集〉卷十三复原稿》（《集刊》2012年第8辑）等。《集刊》2015年第11辑将刊载陈翀《〈长恨歌并序〉之歌辞结构及传本考》一文，是该系列研究的最新成果。

此外，日本还有很多国文学研究者讨论白居易与日本文学的关系，代表学者有新间一美、本间洋一等。在日中国留学生也多从事这类"和汉比较文学"研究，代表者有清华大学日语系教授隽雪艳等。

寒山研究领域，近十年中成果集中呈现为版本研究、寒山诗研究、寒山接受研究和中日文学比较研究。代表成果有刘玉才《〈寒山子诗集〉早期刊本源流钩沉》(《北京大学学报》2012 年第 6 期)、张天健《论寒山》(《唐代文学研究》2006 年)、罗时进《日本寒山题材绘画创作及其渊源》(《文艺研究》2005 年第 3 期)和《唐代寒山诗的诗体特征及其传布影响》(《江西师范大学学报》2010 年第 5 期)、区鉷《寒山诗在日本的传布与接受》(《外国文学研究》2007 年第 3 期)等。相关论著有张石《寒山与日本文化》(上海交通大学出版社 2011 年 1 月)。

杜诗研究领域，左江用力较多，成果也最为丰富。其与张伯伟的合著《李植杜诗批解研究》(中华书局 2007 年 7 月)是"域外汉籍研究丛书第一辑"中唯一一本专书研究著作。左江的杜诗研究论文有《〈纂注分类杜诗〉研究》(《集刊》2005 年第 1 辑)、《〈纂注杜诗泽风堂批解〉与诸家注杜比较研究》(《中国诗学》2008 年第 12 辑)、《朝鲜文人李世龟次杜诗研究》(《集刊》2015 年第 11 辑)等。其中《朝鲜时代的知识女性与杜诗》(《集刊》2012 年第 8 辑)从三位女诗人的身份、家庭创作环境、君主喜好、文坛风尚等角度，考察了朝鲜时代知识女性对杜诗的接受，从一个侧面反应了杜诗在朝鲜文坛传播与影响的盛况。其他学者的研究成果还有：太田亨《日本禅林における杜诗解釈——「賛上人に別る」诗について》(《中国中世文学研究总目》2005 年第 48 号)、尚永亮《论前期五山文学对杜诗的接受和嬗变——以义堂周信对杜甫的受容为中心》(《中华文史论丛》2006 年第 4 辑)、崔晳元《论朝鲜文人金堉的集杜诗》(《古典文献研究》2012 年第 15 辑)、张伯伟《作为经典的东亚文学史上的杜诗》(台北中研院第四届国际汉学会议论文集《跨文化实践：现代华文文学文化》2013 年)、张伯伟《朝鲜时代私家杜注考》(日本京都大学《中国文学报》2012 年总第 83 册)等。

过去十年中，中外学人除了在传统域外汉籍研究领域中继续开掘之外，还广泛地致力于新材料、新课题的开拓。较有代表性的是《十抄诗》研究。

《十抄诗》及其注本《夹注名贤十抄诗》为高丽初期的唐诗选本、注本，有很高的文献价值。自韩国学者扈承喜重新发现其价值以来，学界对其颇为关注，相继出现了许多研究成果。2005年，上海古籍出版社出版了查屏球《夹注名贤十抄诗》，首次对这部域外唐诗选注进行整理，为此后研究的推进提供了便利。冈田千穗《〈十抄诗〉及其注本的文献价值》（《集刊》2005年第1辑）是其《〈十抄诗〉の研究——〈全唐诗〉の佚诗と校勘を中心》（二松学舍大学2002年硕士学位论文）的主要部分。此文全面揭示了《十抄诗》的辑佚及校勘价值以及《夹注名贤十抄诗》在辑佚、校勘、注释等各方面的价值。同一期中，金程宇《〈十抄诗〉丛札》探讨了《十抄诗》多方面的文献问题。张鹏《〈夹注名贤十抄诗〉补正》（《集刊》2008年第4期）指出查屏球整理本《夹注名贤十抄诗》采用的底本非善本，导致了校勘上的一些疏漏，虽然严杰、金程宇已对选诗做过辨正，但注文部分仍存在遗憾。张文依据韩国学中央研究院藏刻本、首尔大学藏抄本和白文无注刻本，对注文部分加以校订。其他成果主要有王新丽《〈十抄诗〉研究》（南京师范大学2009年硕士学位论文）、杨为刚《朝鲜〈十抄诗〉对〈全唐诗〉的校勘意义》（《长江学术》2012年第4期）、房锐《〈十抄诗〉与高丽朝科举文化》（《四川师范大学学报》2015年第1期）等。同时，在短时间内中、日、韩三国分别出版三部不同形式的《十抄诗》，引起学界关注。除2005年查屏球整理本外，2009年韩国学中央研究院出版了孙氏家族旧藏松簷本《夹注名贤十抄诗》，以彩色影印的方式将该旧藏本的面貌展现给世人。2011年，日本汲古书院出版了芳村弘道编《十抄诗・夹注名贤十抄诗》。关于三个版本的特点，金程宇书评《读芳村弘道编〈十抄诗・夹注名贤十抄诗〉》（《集刊》2013年第9辑）作了详尽的比较与说明。

以上所述的专题研究成果相对集中，而其他各方面的研究成果在质量和数量上也相当可观。2005年至今，是域外汉籍这一学科领域的高速发展时期。许多学者致力于海外访书，大量珍贵的域外汉籍资料以丛书、图录的形式整体影印整理出版，大大推动了域外汉籍研究和文学研究的进程。这方面代表性的成果有金程宇编著《和刻本中国古逸书丛刊》(凤凰出版社2012年4月)，其中囊括了大量稀见和刻本唐代文学文献，如《增注唐贤绝句三体诗法》、《庐山记》、《游仙窟》、《精刊补注唐宋千家诗选》、《唐大荐福寺故寺主翻经大德法藏和尚传》等。金程宇为书中每部汉籍撰写的提要，都十分简洁精当，足资参考(解题全部收入金程宇《东亚汉文学论考》，凤凰出版社2013年8月)。沈津、卞东波编著《日本汉籍图录》收录了大量日藏汉籍，皆有影印图片配以解题说明，能够方便研究者更好地利用其中的唐代相关文献。而目录学研究方面，最主要的成果是孙猛《〈日本国见在书目录〉失考书考》(《集刊》2006年第2辑、2007年第3辑)。孙猛对《日本国见在书目录》作了详细的考察，考证精确、成果可信。参考这一成果，《日本国见在书目录》中大量的与唐代文学研究有关的资料，都可以获得更好地认识和利用。

汉籍专书整理成果也相当丰厚。上海古籍出版社2006年影印出版张之象编、中岛敏夫整理《唐诗类苑》，其中第7册为索引。同年，上海古籍出版社还出有整理本大江维时编《千载佳句》。白化文继《行历抄校注》(花山文艺出版社2004年1月)后，又点校了圆仁《入唐求法巡礼行记》(广西师范大学出版社2007年12月)，此二书对考察唐代文史十分有益，但目前还未引起文学研究界的足够重视。徐时仪校注的《一切经音义三种校本合刊》(上海古籍出版社2008年12月)利用日本古抄本校勘，是该书目前最好的整理本。《游仙窟》有两个新整理本：李时人、詹绪左《游仙窟校注》(中华书局2010年5月)，以双行夹注"江户初期无刊记刊本"为底本，以白文本"醍醐寺钞本"等为参校本，采用详校详注的形式；曹小云《日藏庆安本〈游仙窟〉校注》(黄山书社2014年5月)是庆安五年(1652年)刊本的整理本。此外，唐人别集整理中，域外汉籍文献也扮演着重要的角色。上文中提到的谢思炜校注《白居易诗集校注》就是一个典型。此外还有吴在庆校注《杜牧集系年校注》(中华书局2008年10月)参校朝鲜刻本《樊川文集夹注》,并参考其注释,成为一个水平较高的整理本。

书籍成果之外,文献研究的相关论文数量较多,故按照张伯伟提出的分类方法,分为域外所藏、域外所刊和域外所写三个方面,列举如下:

域外所藏汉籍文献方面,主要成果有:藤善真澄《〈续高僧传〉管见——以兴圣寺本为中心》(《集刊》2005 年第 1 辑),金程宇《东京大学史料编纂所藏〈括地志〉残卷(影印)并跋》(《集刊》2006 年第 2 辑),李铭敬《日本知恩院藏〈冥报记〉古写本的传承与著录考略——兼谈台湾故宫博物院所藏杨守敬旧持本》(《文献》2006 年第 2 期),水口干记、陈小法《日本所藏唐代佚书〈天地瑞祥志〉略述》(《文献》2007 年第 1 期),后藤昭雄《日本传存的唐尚齿会诗断简》(张伯伟编《风起云扬——首届南京大学域外汉籍研究国际学术研讨会论文集》,中华书局 2009 年),河野贵美子《关于兴福寺藏〈经典释文〉以及〈讲周易疏论家义记〉》(同前),王晓平《〈镜中释灵实集注解〉商补》(《集刊》2009 年第 5 辑),金程宇《〈分门纂类唐宋时贤千家诗选〉新探——以两种稀见日藏本为中心》(《中国典籍与文化》2010 年第 2 期)、《诗学与绘画——中日所存唐代诗学文献〈琉璃堂墨客图〉新探》(《文艺研究》2012 年第 7 期),朱玉麒《日本宫内厅藏〈张说之文集〉研究》(《唐代文学研究》第十四辑),艾朗诺《〈游仙窟〉注者考源》(《集刊》2013 年第 9 辑)。

域外所刊汉籍文献方面(这类文献还包括域外抄本和域外人士对中国古籍的选本、注本和评本),主要成果有:住吉朋彦《伏见宫旧藏〈杂抄〉卷十四述考》(《集刊》2005 年第 1 辑)、衣川贤次《日本金泽文库藏抄本〈香严颂〉七十六首覆校》(《中华文史论丛》2006 年第 4 辑)、刘玉才《〈千载佳句〉校读刍议》(《文史》2007 年第 3 期)、琴知雅《朝鲜申纬编〈全唐近体诗选〉考论》(《中国诗学》2008 年第 12 辑)、杨欣《〈女孝经〉东传日本考略》(《文献》2009 年第 2 期)、卞东波《天隐龙泽〈锦绣段〉文献问题之考订》(《集刊》2010 年第 6 辑)、道坂昭广《论传橘逸势笔"诗序切"与上野本〈王勃集〉的关系》(《集刊》2012 年第 8 辑)和《略论作为文本的正仓院藏〈王勃诗序〉》(《唐代文学研究》2012 年第 14 辑)、咸晓婷《从正仓院写本看王勃〈滕王阁序〉》(《文学遗产》2012 年第 6 期)、童岳敏《日藏〈李长吉歌诗〉钞本及批点本考述》(《文献》2014 年第 1 期)、户崎哲彦《日本旧校钞〈增广注释音辩唐柳先生集〉四十五卷本及南宋刻〈音注唐柳先生集〉略考》(《文史》2014 年第 1 期)、陈文佳《和刻三卷本〈韩内翰香奁集〉之版本研究》(《集刊》2014 年第 10 辑)、赵庶洋《和刻本〈又玄集〉跋》(《集刊》2014 年第 10 辑)。

域外所写汉籍文献方面,日本国文学研究者和我国日本文学研究者较为关注,成果很多。而从事古代文学研究的学者,对这方面文献的关注则相对较少。主要成果有:王小盾《〈高丽史·乐志〉"唐乐"的文化性格及其唐代渊源》(《集刊》2005 年第 1 辑)、后藤昭雄《大江匡房的〈诗境记〉:十一世纪日本人所写的中国诗略史》(叶国良、陈明姿编《日本汉学研究续探·文学篇》,台湾大学出版中心 2005 年 1 月)、卢秀满《唐代小说与〈今夕物语集〉之游历冥界故事》(林庆彰主编《国际汉学论丛》第 2 辑,乐学书局 2005 年 2 月)、王小林《山上忆良的著述与敦煌愿文》(《集刊》2009 年第 5 辑)、琴知雅《朝鲜后期"唐诗诗意图"表现出来的朝鲜风——南宗文人画的实践与变容》(《中国诗学》2011 年第 15 辑)、严杰《李奎报〈开元天宝咏史诗〉的小说文献意义——以〈玄宗遗录〉佚文为重点》(《文献》2012 年第 1 期)、陈翀《日本古文献〈江谈抄〉所见全唐佚诗句辑考》(《中国典籍与文化》2013 年第 4 期)等。在日本有"学问之神"尊称的菅原道真,国内也已有一些相关学位论文和研究论文。

文学研究方面虽然成果数量较少,但也有一些代表性的论文如:兴膳宏著、蔡毅译《平安朝汉诗人与唐诗》(叶国良、陈明姿编《日本汉学研究续探·文学篇》)、林浚哲《试论韩国古代诗歌中中国诗歌意象的接受和演变——车天辂与李白诗的"鳌"意象比较研究》(《中国诗学》2006 年第 11 辑)、金卿东《"有怀与无语,聊和古人诗"——韩国古代文人与唐人文学交流之特殊方式》(《中华文史论丛》2010 年第 2 期)、金昌庆《唐代咏史诗与高丽文人李奎报》(《唐代文学研究》2010 年)等。兴膳宏《八世纪日本的汉诗》(《集刊》2011年第7辑)探讨了八世纪日本的汉诗作者在何等程度上掌握了唐诗格律以及对唐诗的接受。金程宇《卢仝与韩国汉文学》(《文学评论丛刊》2013年)介绍了卢仝对韩国古代汉诗的影响。卢京姬《十七、十八世纪朝鲜和江户文坛对唐诗选集接受与刊行之比较研究》(《集刊》2013年第9辑)考察了16至18世纪在明代、朝鲜、江户三国文坛上唐诗选集的选编和刊行情况,分析了朝鲜和江户文坛接受明代唐诗选集的迥异态度,指出接受中国文化的渠道、唐诗选本的读者群、出版文化的发展程度等文学以外的因素,是造成朝鲜和江户差异的主要原因。

同时,大量的论文集与专著也得以出版。中华书局"域外汉籍研究丛书"系列已出版两辑,其中2007年第1辑的金程宇《域外汉籍丛考》、刘玉珺《越南汉喃古籍的文献学研究》、左江《李植杜诗批解研究》、蔡毅《日本汉诗论稿》,2011年第2辑的张伯伟《作为方法的汉文化圈》,都有关于域外汉籍唐代文学的研究成果。其他重要著作还有王晓平《远传的衣钵——日本传衍的敦煌佛教文学》(宁夏人民出版社2005年6月)和《东亚文学经典的对话与重读》(复旦大学出版社2011年6月)、后藤昭雄《日本古代汉文学与中国文学》(中华书局2006年2月)、金程宇《稀见唐宋文献丛考》(中华书局2009年4月)和《东亚汉文学论考》、张伯伟《域外汉籍研究论集》(北京大学出版社2011年1月)和《域外汉籍研究入门》(复旦大学出版社2012年10月)、黄华珍《日藏汉籍研究——以宋元版为中心》(中华书局2013年3月)、王小林《汉和之间——王小林自选集》(上海人民出版社2014年10月)等。其中关于唐代文学的部分,都值得研究者参考(前文中已涉及的专著,此处则不再重复)。与此相对的是,孙德彪《朝鲜诗家论唐诗》(民族出版社2006年8月)全书基本沿袭张伯伟观点却并未注明,又缺乏独立的新见,参考价值较低。

近十年中相关领域的研究综述,最重要的是金程宇《近十年中国域外汉籍研究述评》(《南京大学学报》2010年第3期),此文详尽梳理了21世纪前十年间我国域外汉籍研究的概况,是了解域外汉籍研究领域的重要参考文献。《华南师范大学学报》

2005年第1期“韩日唐代文学研究笔谈”栏目发表蔡毅《日本汉籍与唐诗研究》、柳晟俊《韩国唐诗研究的新动向》和户仓英美《近年来日本的唐代文学研究》三篇综述性文章，也有参考价值。其他综述文章大致有金程宇、徐雁平《域外汉籍研究国际学术研讨会召开》（《文献》2007年第4期）、柳昌娇《最近十年来韩国的唐诗研究》（《中国诗学》2011年第15辑）、金昌庆《韩国唐代文学研究概况（2010—2011）》（《唐代文学研究年鉴》2012年）和《1990年以后韩国杜甫诗研究动向》（唐代文学研究年鉴》2013年）、金程宇《中日〈不空表制集〉文献学研究述评》（《古典文献研究》2013年第16辑）、马云超《中日学者关于井真成墓志的研究》（《集刊》2014年第10辑）等。

综上，自2005年至今，域外汉籍领域自身获得了长足的发展。域外汉籍之于唐代文学研究，既巩固了传统的研究领域，也开发了许多新课题，对于促进唐代文学研究无疑有着积极的意义。在取得成果的同时，我们仍应注意到目前研究中存在的问题。

首先，目前的成果存在着关注点过于集中的问题。在某些领域已有深入研究的同时，其他领域仍留白较多。总体成果缺乏系统性，而未能形成完善的学科知识体系。分论如下：

一、文学研究方面较有代表性的是柳宗元研究。日韩方面研究还处于起步阶段。临川书店2010年影印出版两足院所藏柳文注本《柳文抄》，太田亨已有系列文献考察论文，但还未引起国内学界足够重视。朝鲜刻本柳集更是几乎无人问津，国内成果仅见刘汉忠《朝鲜刻本〈唐柳先生集〉的版本及价值》（《广西地方志》2010年第6期）一文。文学研究中类似柳宗元研究这样的空白领域还有许多，开拓的余地很大。

二、域外所藏、所刊文献研究本是中国学者最乐于从事的工作，但天理图书馆善本丛书中《赵志集》由八木书店影印问世多年，却尚未见整理本。再如《和汉朗咏集》日本已多次再版，但国内还未能看到其中汉诗（唐诗）的面貌，亦急需整理本。基础文献的整理工作目前还大有可为。

三、文献研究成果多集中于前两类域外所藏和域外所刊文献，对于数量庞大的域外所写汉籍文献的研究则相对不足。与唐朝同时的菅原道真、岛田忠臣、都良香等日本平安时代汉文学名家有不少汉文学创作，但由于未曾到过中国，此前未能引起国内学者的足够重视。同样，朝鲜半岛除崔致远以外的其他汉文学作者，国内也鲜少关注。这方面的研究，对于深化对唐代文学的认识也有着积极意义。

其次，许多研究成果止步于文献。而对于如何更好地利用域外汉籍文献促进唐代文学研究，却还未建立起学界共识。域外汉籍这一新材料的自身特质，导致了域外汉籍研究的特殊性。研究者若不能以新方法、新视野进入课题，则新材料也只能成为旧材料，而这无疑是一种极大的浪费。

域外汉籍唐代文学的研究，应当在东亚汉文化圈的背景中进行，深化以往对唐代文学的认识，最终服务于唐代文学的研究。期待在不久的将来，能够出现大量采用新方法、新视野的新成果，填补学术空白、完善学科体系，进一步推动唐代文学研究的发展。

近十年唐五代词研究综述

□ 江　卉

唐五代词在这十年中的研究成果近 2100 项，比上个世纪百年间的相关研究成果总量还多，研究成果的质量有所提高。可见，近十年唐五代词的研究依然是词学研究的热点之一，并且飞速发展。

本文按研究内容的侧重点不同，将研究成果分为总论、作品论和作家论三部分，选取重要的著作、学位论文、期刊论文进行阐释，从而说明这十年唐五代词的研究呈现面广、点深、线长的特点。

一、总论

唐五代词的总体研究成果大约有 400 多项，是三类研究成果中数量最少的。总论是从宏观层面对词进行总体观照，按研究侧重点可分为词体研究、词史研究和词学研究三部分。

(一)词体

词体研究，主要是指对词的本体研究，包括对词调、乐律的研究。

1.词调

词调的研究可以分为总体观照和具体词调论述两个方面。

词调的总体观照主要是从词调史、用调情况、衍伸关系、功能变化等方面进行研究，如田玉琪《词调史研究》(人民文学出版社 2012 年 11 月)、王叔新《词调功能嬗变之管窥》(《台州学院学报》2009年第5期)、江卉《唐宋词调衍生关系研究》(厦门大学2014年硕士学位论文)。刘尊明、李志丽《唐五代词调和用调的统计与分析》(《黄冈师范学院学报》2011年第4期)根据用调的数量将词调分为高、中、低调三个层级,将词分成民间词和文人词进行统计,得出敦煌词以46调排名第一,冯延巳的用调、作词量在文人中居首位,“唐五代词十大金曲”之冠是《望江南》。

具体的单个词调分析主要从词调的发源、流变、计量统计和地域研究四个方面进行论述,涉及《竹枝词》、《浣溪沙》、《菩萨蛮》、《望江南》等16个词调。熊艳敏《唐五代〈菩萨蛮〉研究》(湖北大学2006年硕士学位论文)通过对全唐五代《菩萨蛮》词调的考证,确定该词调来自南疆甚至古缅甸的乐曲,在公元780年甚至更早时传入我国,并论述《菩萨蛮》从敦煌到文人词发展过程中的变化和七、五言交杂而成的体式以及接近近体诗的平仄。词调的地域研究主要是比对巴蜀地区民歌《竹枝歌》与文人创作《竹枝词》的异同和关联,如吴思增《刘禹锡〈竹枝词〉与巴楚民风》(《天中学刊》2005年第4期)。

通过以上分析,我们可以看到目前词调研究的角度较多、涉及面广,但还存在单个词调研究不均衡、研究选题重复等问题。

2.乐律

乐律指的是词的配乐和格律。学界普遍认为词在发展初期是配合燕乐演唱而填写的一种类似诗体的新文体,故唐五代词的研究多涉及音乐。龙建国《唐宋词乐律体系考论》(《词学》第27辑)通过分析燕乐乐律与古代三律、唐宋词乐律的变化、词乐的宫调体系来论证词从燕乐到宫调的变化过程,陈朝霞《胡乐对唐宋词的隐性影响》(首都师范大学2008年硕士学位论文)认为词所配合的燕乐在其产生之初就浸染强烈的胡乐色彩。

词律即词的格律,作为词体的一个重要组成部分,词律在南宋时期取代词乐成为词人“依声填词”的唯一之“声”。唐五代时期的格律讲究较为随性,对此专门研究的成果较少,多以唐五代为起点谈词在发展过程的格律变化。尹祚鹏《词体结构层次研究》(山东师范大学2007年硕士学位论文)辨析词名和词体的关系、词体的音乐性和诗性之间的矛盾,将词体结构划分为体制层、体用层、体貌层和体性层四个层次，构建词体系统、词体结构框架并论证词体与诗体的区别。

虽然关于词的配乐方面已经谈及很多，但因为乐谱的失传，考证方面较缺乏说服力。而词律方面的研究较少，还无法形成独立的研究模块。

(二)词史

词史研究，即探讨词的来源、梳理词的发展历程。

1.来源

关于词的来源，历来说法不一。按文体看有乐说和诗说，按作者阶层看有民间说、宫廷说，也有综合众家所说。如齐红霞《唐曲子词研究》(河北大学 2008 年硕士学位论文)，田苗《试论词体的起源及特征》(《乐山师范学院学报》2006 年第 6 期)，李飞跃《"词的起源"新论》(《北京大学学报》2011 年第 5 期)，王伟勇、薛乃文《综论词的起源(上、下)》(《中国韵文学刊》2012 年第 3、4 期)。

洛地《"律词"之唱，"歌永言"的演化——将"词"视为"隋唐燕乐"的"音乐文学"，是 20 世纪词学研究中的一个根本性大失误》(《浙江艺术职业学院学报》2005 年第 1 期)以历史事实为据，质疑"词是隋唐燕乐的音乐文学"的说法并阐述唐五代时从律诗到律词的过程，从而论证调式(宫调)对词唱没有决定作用、不存在"隋唐燕乐音乐系统"和"隋唐二十八调"。木斋《曲词发生史》(光明日报出版社 2011 年 9 月)第一次系统提出词体并非起源于民间而起源于宫廷、词乐并非源于燕乐胡乐而是新兴声乐曲子的产物的观点，并从魏晋南北朝至盛唐的音乐史、乐府史、声诗史和具体唐代词人的词体写作论证在唐五代这个历史时期之内曲词的本质属性乃为宫廷文化，具有士大夫诗人特质。

关于词的来源，各方学者都进行深入的剖析，成果质量很高。洛地对词起源的"音乐性"的质疑和木斋提出词起源于宫廷的新说，引起学界的广泛关注和探讨。

2.发展

词的发展主要研究时间段是从唐代到宋代，研究角度有从总体把握的，也有从单个类型、特征流变进行说明的。任雪莲

《论词的发展历程》(《北方文学》2011 年第 2 期)主要从民间词、文人词两条线论述词发源于唐代、敦煌曲子词保持民间词的本色和文人加工的痕迹、晚唐和西蜀时期民间词过渡为文人词、南唐词的抒情造诣极高到宋代达到鼎盛、元代逐渐衰微的过程。

单一角度对词的发展分析,有的论述词的雅俗之变,有的阐释词的艺术发展。范晓燕《试论唐五代词雅俗流变的轨迹》(《深圳大学学报》2006 第 3 期)辨析唐五代词从敦煌民间"曲子词"、中唐文人"长短句之诗"到花间"诗客曲子词"、南唐"士大夫之词"的演进来论述词体经历先天俗质、初始雅化、雅俗并存、去俗从雅的一个完整的雅俗流变过程。邓乔彬《唐宋词艺术发展史》(河北人民出版社 2010 年 5 月)系统论述唐宋词的艺术发展,并重点论述约 30 位词人的主要艺术贡献、特色及敦煌词的特色。

总体论述词的发展已经达到一个饱和状态,缺乏创新的视角,类型词发展则侧重探讨从民间词到文人词的发展,其他类型词涉及较少,有可挖掘空间。

(三)词学

词学研究可分为方法论和外围研究两个方面。

1.方法论

词学研究的方法多种多样,这里主要探讨定量分析和传播接受这两个新方法。刘尊明、王兆鹏合著的《唐宋词的定量分析》(北京大学出版社 2012 年 2 月)运用数据统计和定量分析的方法对唐宋词坛和词史进行多方位多层面的考察与分析,从词的发展史、创作史、传播史、学术史等角度对唐五代词坛基本风貌、唐五代词人历史地位等情况作定量分析,结合定性分析进行补充与证明。

从传播接受的角度进行研究,有研究唐五代词在当时的传播接受,有研究唐五代词在后代的传播接受,还有研究传播的方式方法。钱锡生《唐宋词传播方式研究》(复旦大学出版社 2009 年 1 月)从传播的角度将唐宋词分为"乐人之词"、"诗人之词"和"词人之词"三个阶段,并从歌舞传播、吟诵传播、手写传播、题壁传播、石刻传播、印刷传播六个传播方式论述传播对唐宋词创作所起到的推动作用。

定量分析和传播接受为唐宋词研究提供新的方法借鉴，是文学跨学科研究的成果，为唐五代词研究开辟一个新的研究领域。笔者认为定量分析的方法是撰写研究综述的一把利器，具有科学性和导向性，值得倡导和运用。

2.外围研究

外围研究主要是对词的外部研究，包括相关的综述、书评和对研究者的研究。

针对不同的研究角度，唐五代词研究综述形式多样。从内容上看，有总体论述和具体论述；从方法上看，有定量论述和定性论述。如王兆鹏《20 世纪词学研究成果量的阶段性变化及其原因》(《学术研究》2010 年第 6 期)、史华娜《追和词研究的现状、价值与意义》(《中国韵文学刊》2009 年第 2 期)、王思远《敦煌曲子词百年研究史》(西北师范大学 2008 年硕士学位论文)、张超《李煜词百年研究综述》(《燕山大学学报》2010 年第 1 期)。

书评是针对唐五代词相关著作发表的评论，如邓红梅《新著选评：木斋著〈唐宋词流变〉》(刘扬忠、王兆鹏主编《宋代文学研究年鉴》，武汉出版社 2009 年 10 月)、刘尊明《新著选评：杨海明著〈唐宋词美学〉》(刘扬忠、王兆鹏主编《宋代文学研究年鉴》，武汉出版社 2009 年 10 月)。学者的研究针对研究唐五代词的学者自身的观点进行的评述，如谢桃坊《试评王国维关于唐五代词的研究》(《东南大学学报》2007 年第 4 期)、李宜蓬《唐圭璋〈唐宋词简释〉的词学成就》(《文艺评论》2012 年第 6 期)。

通过上述分析，我们可以看到，关于词学的外围研究是不可忽视的一块研究领域。外围研究补充直接研究，有助于今后的研究。虽然外围研究成果很多，但没有系统的研究成果，较为零散。

二、作品论

作品论是研究成果最多的部分，大约有 1000 项，主要是针对词作进行的研究。研究角度比较广泛、复杂、零乱，主要可以归纳成词集研究、类型研究、意象研究和其他角度研究。

(一)词集

1.《花间集》

作为唐五代流传最广泛的词集,《花间集》历来是研究的热点,大约有120项左右的研究成果,主要涉及类型、意象、女性风格三个方面,如魏玮、刘锋焘《花间词意象特色论》(《齐鲁学刊》2012年第2期),张春华《女性主义观照下花间词的美学特质》(《求索》2009年第4期)。

研究《花间集》词作类型的成果不多,大概有"边塞词"、"闺怨词"、"仙道词"、"咏史词"等。管明捷《〈花间集〉闺怨作品研究》(辽宁大学2012年硕士学位论文)探究《花间集》中闺怨词闺怨情节之成因,分析其叙事方式和以意象、行为、梦境为主的情感表达方式,论述其艺术成就在整个文学史的闺怨作品中的作用。

《花间集》中的意象很多,唐晨《花间词意象研究》(湖南大学2010年硕士学位论文)对《花间集》中出现频率较高、代表性强的意象进行分类数据统计,具体论述"女性中心意象群研究"、"自然环境意象群研究"、"色彩意象群研究"所反映花间词创作的主题取向、审美风尚和艺术成就。阐释单个意象研究主要涉及"花"、"月"、"柳"、"帘"等,如戴文梅《论〈花间集〉中的花、月、鸟意象》(《四川戏剧》2005年第3期)。

花间风格与女性有不可分离的关系,王霞《〈花间集〉女性服饰描写研究》(厦门大学2014年硕士学位论文)从《花间集》中的女性妆饰、配饰、衣着三个方面论述其审美倾向和表现手法,以期理解其消极悲观、纵情享乐的生存状态,对比《花间集》与宫体诗凸显花间词人对工笔画表现手法的偏爱。

《花间集》是唐五代研究第一词集,涉及范围广、研究热点多,主要集中在对意象的分析和对女性风格的把握这两大块上,缺少创新角度。

2.《云谣集》

《云谣集》的研究成果主要有考证、论述两个方面,如王小盾、张长彬《〈云谣集〉写本斯1441、伯2838新议》(《西北师大学报》2014年第3期),陈可妍《敦煌曲子词集〈云谣集〉文人词性质探析》(《语文学刊》2010 年第 5 期)。

季品锋《〈全唐五代词〉本〈云谣集杂曲子〉校订献疑》(《兰州学刊》2006 年第 1 期)提出《全唐五代词》整理的《云谣集》存在文字问题:书写规则的认识、同音与通假的识别,如何合理处理前人研究成果和具体校订体例。鲍震培《俗曲流云谣,雅词漾花间——唐五代〈云谣集〉与〈花间集〉之比较》(《文学与文化》2013 年第 4 期)在厘清《云谣集》研究的基础上,从得名、作者、内容、描写方式、抒情方式、词体形式等方面比较《花间集》、《云谣集》两个词集的异同点,并论述早期词由民间而文人、由土朴到华丽、由俗趋雅的发展演变过程。

《云谣集》的研究涉及的范围不广,其自身内部的研究不多,研究者的地域性明显,有待研究者进一步的开拓新领域。

(二)类型

对唐五代词分类研究成果不少,包括文人词、艳情词、醉梦词、闺情词、咏史词等,另外,敦煌词研究算是特殊的类型词研究,需要单独分析。

1.敦煌词

自上世纪初敦煌文献重见于世之后,相关研究蓬勃发展,可以归纳成总体研究和分类型研究两个方面。如霍文艳《敦煌曲子词用韵研究》(南京师范大学 2008 年硕士学位论文),徐安琪《敦煌曲子词之词学思想初探》(《华中科技大学学报》2006 年第 5 期),王志鹏《敦煌佛教曲子词之调名源流考辨》(《敦煌研究》2009 年第 3 期),蒋晓城、鲁涛《论敦煌曲子词中的婚恋词》(《石河子大学学报》2011 年第 1 期)。

韩波《从"敦煌曲子词"看"词"的初始状态》(东北师范大学 2005 年硕士学位论文)以敦煌曲子词所具备的特性出发,着重从敦煌曲子词与词的起源、体制、民间文学特征、艺术特色及《云谣集杂曲子》六个方面论述敦煌曲子词。刘尊明《敦煌边塞词:唐五代的西部歌谣》(《文艺研究》2005 年第 6 期)通过对唐五代流行的边塞乐曲及敦煌民间边塞词考察再现边塞战争和边塞风情的历史画卷,论述词的功能并非只适宜表现所谓的"艳情"题材、词的体性也并非偏于婉约柔媚。

敦煌词的研究成果较多，研究点也较为集中，已有初具规模的研究系统，有待切入新角度、采用新方法来开拓新的研究领域。

2.其他类型词

词作中的类型词研究成果很多，也比较零散，根据词作内容仔细分起来大约有艳情、醉梦、俚俗、贬谪、文人、鸿雁、怀古等40多种，如王小荣《唐宋婉约词研究》（南开大学2005年博士学位论文）、沈学慈《悲莫悲兮生别离——论唐宋别情词》（汕头大学2013年硕士学位论文）、张英《唐宋贬谪词研究》（苏州大学2009年博士学位论文）、高帆《唐宋梦词探析》（南昌大学2007年硕士学位论文）、何春环《唐宋俗词研究》（北京师范大学2006年博士学位论文）。

王梦玉《唐宋鸿雁词研究》（南京师范大学2012年硕士学位论文）选取"孤雁"和"秋雁"这两个典型论述其表现漂泊怀乡、离愁别绪等八个方面的丰富意涵，并根据时代背景、个人经历和审美倾向的不同分别展示唐宋鸿雁词凄凉婉转、悲壮高远、空灵飘逸的迥异风格。朱国伟《唐宋行旅词研究》（南京师范大学2012年博士学位论文）从行旅文学的角度对行旅词的发展历程进行概述，并从"江湖行旅词"、"贬谪行旅词"、"军旅词"角度具体论述其创作概况、内容主旨、艺术特色、词史意义、文化意义。

类型词的研究成果虽然很多，但太过于繁琐并且未成体系，还需专门的研究对此进行归类和整理，为类型词研究提供一个参考和方便。

（三）意象

唐五代词作中的意象描写很多，研究角度主要有意象群和单个意象两个角度。意象群是多个意象多角度，单个意象则只有一个意象。

1.意象群

辛衍君《唐宋词意象的符号学阐释》（苏州大学2005年博士学位论文）运用西方符号学理论对唐宋词意象进行较为系统的阐释，得出"唐宋词作品是意象符号的创造"的结论，并将唐宋词分为时、空、人、景四大类进行分类，选取月、黄昏、楼、帘、美人、水、柳、花、鸟九个具有代表性的意象符号进行研究，着重论述唐宋词意象符号的选择与词风形成的关系以及意象符号排列组合与词境营造的关系。袁虹《唐五代词中多种意象的运用》(《山西煤炭管理干部学院学报》2006 年第 3 期)则通过对月亮、梧桐、杨柳、蜡烛四个意象的具体分析，论述意象在表达闺情、宫怨题材的主题上起到积极作用并展示这一时代妇女群体的悲惨命运。

对唐五代词作中总体的意象群的研究成果比较少，有待学者进一步的探索和研究。

2.单个意象

唐五代词作品中，单个意象研究成果很多，大体可归纳为景物意象、人物意象和动物意象三类。如罗云芳《唐宋词中的桃源意象》(苏州大学 2008 年硕士学位论文)、侯夏娜《唐宋词梦意象的情境模式研究》(华南理工大学 2010 年硕士学位论文)。

谭伟良《唐宋词帘意象研究》(华中师范大学 2008 年硕士学位论文)分析帘意象在唐宋词中明月映帘、双燕穿帘、秋声入帘的三种主要组合模式，概括出帘意象艳情、闲情、性情的抒情演变轨迹和华美之气、柔婉之思、幽隐之境的艺术审美特征并探讨唐宋词人喜用"帘"意象的原因。殷春华《略论唐宋词中的陶渊明意象》(苏州大学 2006 年硕士学位论文)第二章从词体自身的发展状况、词人的创作心态及当时词坛上的主流词风这三个角度论述陶渊明意象在唐五代词中没有得到进一步发展的主要因素。郑华萍《唐宋"凤"诗词研究》(南京师范大学 2014 年硕士学位论文)着重探讨唐宋时期咏凤诗的思想内容、艺术特点以及唐宋诗词中"凤"意象的描写形式、词调中的"凤"形象，阐述唐宋"凤"诗词的意义及对后世的影响。白帅敏《唐宋词声音意象研究》(苏州大学 2012 年博士学位论文)选取昼夜、季节、地域、作家等四个角度对唐宋词中声音意象进行"多元"透视，分别论述唐宋词中雨声、莺声、鹃声、蝉声、蛩声、鼓声、琴声七个声音意象对词人情感上的作用、塑造的美境。

单个意象的研究成果多、角度广泛，但存在研究重复、质量良莠不齐的问题。

（四）其他角度

词作研究角度众多，除了上述四个主要侧重方面之外，还有词与翻译、词与歌曲这两个比较热点的研究角度。

1.词与翻译

唐五代词的翻译主要有具体作品的翻译、意象的翻译和专业术语的翻译这三个主要研究角度。李蕾《古典诗词英译中意境再现的心理空间理论研究：以李煜的〈望江南〉为例》（《菏泽学院学报》2012 年第 3 期）以李煜《望江南》的两个英译本为例，从心理空间的认知角度分析古诗词英译过程中应注重在意境再现过程中发掘诗词的真切意境。姜艳《唐宋诗词的色彩意象及其英译》（中南大学 2007 年硕士学位论文）以帕尔默文化语言学的意象论为理论基础，从文化、语言、意象及三者之间的关系来对比研究唐宋诗词及其英译本中特殊的色彩意象并分析唐宋诗词色彩意象英译的文化转移问题。姚俏梅《唐宋词中术语词和词牌的翻译》（《重庆三峡学院学报》2014 年第 4 期）通过对中西学界翻译术语中的词与词牌时出现各式译文的探讨，认为术语词翻译可直接采用音译法来体现词的独立性，翻译术语词牌时根据实际内容自译题目。

以上研究虽然已经探究其中不少问题，但较为集中在“意象”的翻译，没有为系统地进行论述词与翻译之间应遵循的法则提出一个范本。

2.词与歌曲

词与歌曲的研究，已有不少学位论文谈及，如陈君丹《唐宋词与当代流行歌曲》（湖北大学 2008 年硕士学位论文）、魏蕾《唐宋诗词在现代流行歌曲中的潜行与显现》（中南民族大学 2012 年硕士学位论文）。宋秋敏《“流行歌曲”视角下的唐宋词》（苏州大学 2008 年博士学位论文）从词的社会功能和文体特性、词与乐关系的发展变化、词体的演进、唐宋词与当代流行歌曲的比较研究、唐宋词对当代流行歌词创作的借鉴意义五个方面论述唐宋词“倚声填词”的特点和具有同流行歌曲一样的商业功能、娱乐功能和社交功能等实用功能以及艳情性、通俗性、时尚性等“另类”特性的大众文化，认为当代流行歌曲是唐宋词的隔代延伸与变异。刘凤梅《中国当代以唐宋诗词为题材的艺术歌曲创作分析》(西南大学2013硕士学位论文)在分析以唐宋诗词为题材的中国当代艺术歌曲创作背景的前提下，对作品的词曲结合形态、音高材料、调性结构、和声形态进行分析，论述中国当代以唐宋诗词为题材的艺术歌曲的具体创作特征的表现及其形成的原因。

将词与当代流行歌曲作比较研究，是连接古今的研究，算是词在当代传播与接受的一类，是近年唐五代词研究的热点之一。

三、作家论

作家论研究是整个唐五代词研究的重点，其研究成果大概有700多项，涉及20多位词人。其中，李煜、温庭筠、韦庄为重点研究对象，三人的研究成果共约530项，占词人研究成果总量的七分之五；冯延巳、李白、刘禹锡、张志和四人是主要研究对象，相关研究成果数量都在10项以上；白居易、孙光宪、李珣三人是次要研究对象，相关研究成果在5项以上；其余的唐五代词人研究成果数量在1—4项，是一般研究对象。

(一)李煜

以李煜作为研究对象的成果近300项，是名副其实的唐五代词人研究对象第一人。从研究角度来看，可将李煜研究分为总体研究、词作类型分析、词作内容解析、词人心理活动和词人比较分析这五个方面。

1.总体研究

对李煜的总体研究，主要是从李煜的人生来看其词作的特色，但论述的侧重点各有不同。蔡子林《李煜的词论》(华中师范大学2005年硕士学位论文)重点对比李词前后期内容情感、用字、风格的不同并通过用字频率的图表分析来解读李词，刘吉美《李煜及其词作再探》(山东师范大学2008年硕士学位论文)从情感、表现、语言、风格四个方面阐述李煜一生的四个时期并以此来说明李词的艺术成就和词坛贡献。

2.词作类型

研究者主要从李煜词中的梦词和愁词这两个类型进行研究。李煜词中涉及"梦"的词占三分之一,由"梦"所表达出来的情感独特感人,陈立《赤子心,纯情梦——李煜梦词解析》(中南民族大学 2008 年硕士学位论文)将李词中的梦意象和梦词内容分为"醉梦"、"春梦"和"亡国梦"、"屈辱梦"几类来阐释其血泪酬唱梦词的艺术特色和影响。李煜的愁词是其真实情感的流露,杨建飞《论李煜的愁恨词》(《丽水学院学报》2005 年第 3 期)认为李词真实表现其心灵活动、真率地表达一个沦为囚徒的帝王的悲哀和悔恨。

3.词作内容

研究者对李词内容研究的角度较多,有意象、悲剧性、审美风格、佛教思想、具体作品赏析等。李煜从君王到俘虏的悲剧遭遇不仅给其人生带来了重大影响,也在词作中有所体现。王娜娜在《李煜词意象简论》(《内江师范学院学报》2012 年第 3 期)中统计李煜 30 多首词中 16 类、60 种意象。赵新宇《试论李煜词的悲情审美》(黑龙江大学 2014 年硕士学位论文)站在美学的立场剖析李词的悲情审美特质。赵治中《李煜词作艺术魅力探微》(《辽宁大学学报》2001 年第 5 期)从李煜词抒写感情的独特、真挚、深度和传达明晰来说明李词具有巨大艺术魅力的内因。李群《论禅宗美学对李煜词的影响》(《沧州师范专科学校学报》2011 年第 4 期)从李煜词的直观性、思辨性、譬喻性三个方面论述禅宗美学对李词艺术上的影响。作品赏析涉及李煜词中《虞美人》、《相见欢》等 9 个词牌。

4.心理活动

李煜一生大起大落的生活造成其心理上的巨变,并将这种心情投射在词作中。沈鲲《李煜及其词创作的心理分析》(东北师范大学 2006 年硕士学位论文)从心理学的角度来论述李煜的心理活动及其投射在词中的情感。霍明宇《李煜词生命意识研究》(《潍坊学院学报》2007 年第 3 期)则是从文学的角度来阐释生命意识。王建平《李煜词创作的心理过程寻绎》(《河南大学学报》2005 年第 6 期)通过李煜对世界的敏锐观察、透彻的情感体验两方面来分析词作。

5.词人比较

研究者常将李煜与其他的文人放在一起进行比较研究，其中以李清照、纳兰性德二人与李煜的对比研究最多，这与他们在人生经历、文学造诣和情感体验相似有关。刘姝麟《李煜与李清照词作中的艺术世界》(云南大学 2012 年硕士学位论文)从生存状态的不同对二李产生的影响，探讨其艺术世界、感情世界、性别审美意识的异同。刘海涛《李煜与纳兰性德的比较研究》(西北师范大学 2012 年硕士学位论文)从二人所处环境、个性气质、词的主题意蕴、艺术特色、词史的地位和影响五个方面进行比较。另外，李煜还与李璟、冯延巳、仓央嘉措、卞之琳、邓恩等古今中外的文人都有对比研究。

通过上述说明可以看出，针对李煜的研究角度是全方位、面面俱到的。但是，研究成果存在大量重复、有许多成果质量不高、缺乏创新思维和角度等问题。

(二)温庭筠与韦庄

温、韦二人并称，是花间词派的代表人物。温庭筠作为研究对象的成果大约有 150 多项，韦庄作为研究对象的成果大约有 60 项，二人比较研究的成果有 20 多项。

1.温庭筠

温庭筠的研究角度可分为总体研究、词作分析和词人对比这三类。

温庭筠的总体研究并不多，周建华《温庭筠词的特点及其成因》(南开大学 2008 年硕士学位论文)从社会文化、温氏个人两个方面阐释温词形成秾丽的香艳美、客观的静态美、意象的跳接美特点的原因。万国花《试论温庭筠的仕途追求与文学创作》(复旦大学 2005 年硕士学位论文)则是从温庭筠仕途的沉浮以及与上流阶层的复杂关系来探讨其人和文学。

词作分析可分为意象、女性描写和审美风格三类。周建华《略论温庭筠词的审美意象》(《北方文学》2013 年第 5 期)将温词中的意象分为梦、禽鸟、景色、花这四类并探究温词“其词愈微，而其旨益远”的特点。孙艳红《论温庭筠词的女性化词体特征》(《山西大学学报》2013年第6期)认为温词的女性化受到时代精神、词体自觉和人生经历的影响，并通过对女性形象的塑造、女性化情思的婉曲表达、感官意象的直接呈现和女性化器物以及空间的大量抒写展示其词香艳绵密的女性抒情特征。米晓英《论温庭筠词的含蓄风格》(《北方文学》2013年第8期)认为温词的含蓄风格给人以极大的想象空间，耐人寻味，是温词的重要风格之一。另外，对温词具体作品的赏析集中在《菩萨蛮》、《望江南》和《更漏子》这三个词牌。

除了韦庄之外，研究者还将温庭筠与李商隐、冯延巳、柳永、贺铸、李清照、辛弃疾、吴文英、贾宝玉进行比较分析，如赵立芳《梦窗词对温庭筠的继承与发展》(《河北理工大学学报》2005年第3期)。

研究温庭筠的成果很多，但与李煜研究一样，还存在研究的大量重复、质量的良莠不齐和创新的缺乏等问题。

2.韦庄

学者对韦庄的研究可以分为整体论述、局部论述和其他词人的对比研究三个方面。

整体论述主要是针对韦庄其人的生平和词作的分析。杨翔《韦庄词研究》(华中师范大学2008年硕士学位论文)分析韦词在题材内容上的拓展、个性情感的强化以及清丽晓畅的艺术风格，结合韦庄个人经历、文学主张以及社会环境探究韦词的艺术成因，并对比韦词、温词及花间词之间的不同。喻霏芸《韦庄诗词比较研究》(福建师范大学2007年硕士学位论文)从韦庄"秦妇吟"秀才与"花间宗主"两重身份以及创作心态入手，研究其前期诗人形象的"主导"与后期词人角色的"凸显"的转变。

局部论述主要是从某一个角度对韦庄词进行研究。木斋、祖秋阳《论韦庄入蜀前后的词体写作》(《湖南大学学报》2013年第2期)对韦庄入蜀前的词作进行分析，勾勒出韦庄词的写作历程。翁淑芳《韦庄词用典析论》(《中国韵文学刊》2005年第2期)通过数据统计得出韦词中用典作品约占了总数的38%，王倩《清丽、感伤、空灵——韦庄诗词的独特韵致探讨》(中国石油大学2010年硕士学位论文)着重从清丽、感伤与空灵三个层面阐释韦庄诗词的独特韵味。

韦庄与温庭筠并称“温韦”，既同属花间一派词人，又各自有其特点，历来是学者们青睐的对比研究对象。温、韦的比较主要从风格、女性描写这两个角度进行论述。吴丽《温庭筠、韦庄词风比较》(《文教资料》2007 年第 36 期)从温、韦不同的生活遭遇出发分析温词“婉约”和韦词“显直”艺术风格差异。郑舒诚《温庭筠与韦庄词中女性形象比较》(长沙理工大学 2012 年硕士学位论文)从温韦词中女性名物意象、女性外表描写、女性角色的异同三方面比较二人词风。另外，韦庄还与李珣、冯延巳、李煜有对比研究，如程芳萍《谈韦庄和李煜词的清丽之美》(《文教资料》2010 年第 26 期)。此外，研究成果中对韦庄词作赏析的不多，只涉及《菩萨蛮》、《谒金门》这两个词牌。

韦庄研究中的总体研究的比例较大，对词作赏析相对而言比较少，有待学者补充研究。另外，温、韦二人的比较研究是作家比较研究中最突出的，但角度不新。

(三)其他词人

除了李煜、温庭筠、韦庄三人之外，唐五代词人作为被研究对象的还有冯延巳、李白、刘禹锡、张志和、白居易、孙光宪、李珣、牛峤、杜光庭、毛文锡、牛希济、欧阳炯、顾敻、皇甫松、张泌、李商隐、韩偓、李璟 18 人，研究成果共计约 170 项左右。其中唐代词人有 6 人，五代词人有 12 人(南唐 2 人，西蜀 10 人)。

研究唐代词人的一个普遍角度是探讨词人和其最具代表性的词作，如木斋《论李白词为词体发生的标志》(《中州学刊》2009 年第 1 期)，许伯卿、田月霞《张志和〈渔父〉词地名详解与辨正》(《中国韵文学刊》2010 年第 2 期)，韦燕宁《论刘禹锡〈竹枝词〉的民俗美》(《文化学刊》2008 年第 5 期)，黄春《芳心解语——白居易诗词中的花意象》(《文教资料》2005 年第 26 期)。

五代词人的研究角度则较多，有的对词人作整体研究，如戴文婧《冯延巳研究》(扬州大学 2007 年硕士学位论文)、陈婷婷《孙光宪研究》(黑龙江大学 2008 年硕士学位论文)、梁萍《皇甫松研究》(四川师范大学 2010 年硕士学位论文)。有的则是从一个角度切入分析，如严雷《寻声律以定墨，窥意象而运斤——冯延巳词意象特质及组合方式》(东北师范大学 2005 年硕士学位论文)分析冯延巳的意象特色。王玫《孟文词之“江南情结”考论》(《文艺评论》2013 年第 6 期)侧重谈孙光宪的“江南情结”。赵丽《李珣词的道教文化意蕴解读》(《古籍整理研究学刊》2012 年第 5 期)重点解读李珣词中的道教意识。

唐代词人的研究成果、对象比较少,五代词人的研究成果、对象比较多,这和词人的数量、流传的作品、影响度都有关系。

综上所述,我们可以看到新世纪唐五代词研究呈现面广、点多、线深的特点,也存在研究重复、不均衡的不足之处。希望本文能对今后唐五代词研究提供一个参考和借鉴。

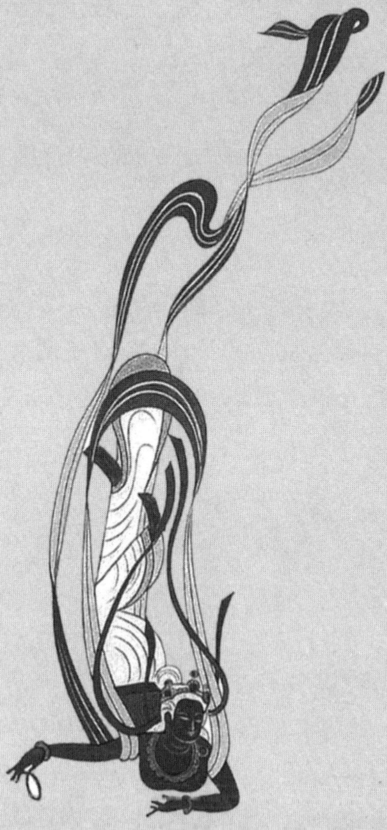

台湾及海外研究动态

2014 年台湾唐代文学研究概况

□ 杨明璋

在台湾众多检索平台中，以“国家图书馆全国信息网”“华艺在线图书馆”最为通行，其中包括专书、期刊、硕博士论文等，而《汉学研究通讯电子报》则提供了及时的研讨会、学术活动、出版等讯息。本文主要围绕上述检索平台所能查检到的资料，不足之处，再辅以 Google 各式检索功能以及各大学校学院中文相关系所学报、刊物网站来概述 2014 年台湾唐代文学研究成果，分总论、诗、词、赋、文、小说及其他类(如敦煌文学等)七部分展开。

一、唐代文学总论

2014 年唐代文学总论性的论著有两部：一为罗联添《唐代文学研究纲要》(台湾学生书局 2014 年 12 月)，此书是罗教授在台湾大学中国文学研究所开设“唐代文学专题研究”上课讲义基础上，添补新资料，并融入师生课堂之讨论的结晶，涉及唐代作家生平事迹、文集版本、典故运用、文人风尚、作品比较等，同时也见罗教授或微观、或宏观的谨严考证研究风范。二为陈珏主编《唐代文史的新视野：以物质文化为主》(台北联经出版事业公司 2014 年)，此书盖为 2010 年 12 月 21 至 23 日于台北“国家”图书馆举行的“唐代文史的新视野：以物质文化为主——纪念杜希德国际研讨会”之会后论文专书。十余篇论文中，有宋德熹《〈唐语林〉中所见社会生活与物质文化》、沈冬《唐代琴曲〈胡笳〉研究》、陈珏《唐代旅行之格局锐变与物质文化》、康韵梅《异物/

法术——唐代小说中的西域图像》、赖瑞和《唐刘知几时代的书与手抄》等论文，多从物质视角论述唐代文史材料，试图为唐代文史研究开拓新局。此外如廖泪晴《唐五代文学香事书写研究》（中正大学 2014 年博士学位论文）以唐五代文人笔下的香事书写为对象，论述了包括香品的形态与特性、香事活动在不同空间场域扮演的角色及其所呈现的空间氛围，并探讨唐五代中上层社会日常生活与香的多元关系，以及从其中一窥唐五代文人对香的特殊情感。

二、唐代诗歌

2014 年台湾唐代文学研究，一如此前，以唐诗最盛。主要有唐诗总论和作家作品论两大部分。

（一）唐诗总论

唐诗总论性的专著有萧丽华《东亚汉诗及佛教文化之传播》（台北新文丰出版公司 2013 年），本书主要观察九世纪东亚地区汉诗及佛教文化生命共同体的现象，分为“日韩篇”与“越南篇”。前者讨论的主题包括：日本汉诗之格律化、弘法大师山居修行与中国山居诗之关系、髑髅文学与中国佛教九相诗之关系、渔父词对日本《渔歌》之影响、中日茶禅之美学、新罗诗人之家国意识；后者讨论的主题有：安南诗僧与唐宋诗僧之比较、唐朝僧侣往来安南传法、越南儒学名臣之诗学观等议题。取径新颖开阔，论述详实周赡，于唐代东亚汉文学及宗教之研究有重要的意义。又潘丽珠主编的《格式塔理论融入古典诗意象分析之探索》（台北新学林出版社 2014 年 5 月）一书，尝试将德国格式塔心理学派（Gestalt theorie）的完形理论（Gestalt psychology）融入古典诗歌作品研究，让文学有较为科学化的论述，借以说明古典诗中意与象之间的关系，归纳意象系统构成的原理原则，析论了十一首唐宋诗，其中有八篇为唐诗，包括了杜甫《旅夜书怀》《登高》、李商隐《牡丹》、李贺《金铜仙人辞汉歌》《神弦别曲》、王湾《次北固山下》、赵嘏《长安秋望》、刘长卿《松江独宿》等。另外，对唐诗进行赏析评点式的专著也有数本，如现代知名诗人洛夫《唐诗解构:洛夫的唐韵新铸艺术》(远景出版社 2014 年 9 月)即是一本个人风格、审美意识较强的唐诗解读专著,也可以创作视之。又栞涵《唐诗真滋味》(大雁 如果 橡实出版社 2014 年 10 月)则是针对贺知章、卢照邻、王维、杜甫等三十余位诗人共五十首绝句进行评点。

期刊论文主要包括以下几方面内容:一是文学地理,如罗凤珠、白璧玲、廖泫铭、范毅军、郑锦全合撰的《唐代诗人行吟地图建构:李白、杜甫、韩愈》(《图书馆学与信息科学》第 40 卷第 1 期,2014 年 4 月),结合地理信息系统、遥测影像技术,以建构李白、杜甫、韩愈等三位诗人的行吟地图,同时进行诗歌语言与地理、生平游历及人际交往关系之研究。二是诗歌意象,如韩学宏《唐诗中的珍禽书写》(《长庚人文社会学报》第 7 卷第 1 期,2014 年 4 月),以唐诗中的"珍禽"书写为对象,指出珍禽除了被视为外观优美的物种,也指人类高洁而善美的灵魂,是君臣人伦的隐喻,另也从"凡鸟"与"恶鸟"检视其中涵涉的主题与寓意。又林燕玲《轩冕与闲云之间——由隐喻与认知角度观察唐诗中的鹤》(《艺见学刊》第 7 期,2014 年 4 月)指出唐诗中与鹤相关的作品近 2200 首,显示唐人对鹤的偏爱,且不同时期、不同作者的人生态度与景况,鹤被赋予的意涵也有所不同。三是或历时性或共时性的比较,如吕家慧《从庾信到王绩:北朝至唐初别业诗的形成》(《人文中国学报》第 20 期,2014 年 9 月)以庾信、王绩诗歌为中心,探讨别业诗从唐前到初唐的萌生过程,以为北朝的园林修筑影响了唐代别业的流行,并指出唐人已视庾信、王绩为别业诗之创始人,其前后相继,开启了唐代山水与田园诗合流的先声。简锦松《杜甫、李商隐七律的根本差异示例——从吟咏声情考察》(《东华汉学》第 19 期,2014 年 6 月)认为李商隐七律固然师法杜甫,但就吟咏声情一点来看,两家七律差异极大,杜甫七律基本上字音的变化多,往往爱用大开大合之法,而李商隐七律则是口腔开合度较小,喜用窄小的字音,形成缠绵吟揉的效果。王家琪《从唐代"和诗"体制论王维等四人所做〈早朝大明宫〉诗之优劣》(《静宜中文学报》第 5 期,2014 年 6 月),先析论宋、明诗评家对贾至、王维、岑参、杜甫四人诗作之接受态度,再从唐代对“和诗”体制之要求与规范，检视四人之作，并为“和诗”之品评找寻理论依据。谢明辉《山水诗中的鬼境与美境——从李贺和姚合之生平分析其诗境》(《国文天地》第29卷第8期，2014年1月)则是透过李贺和姚合两位诗人的生平遭遇，比较分析他们山水诗中的两种不同诗境。另外，也有跨文类的讨论，如傅含章《论晚唐传奇中的诗歌运用——以〈太平广记〉为探讨文本》(《人文社会科学研究》第8卷第1期，2014年3月)即是以晚唐传奇中的诗歌为对象，指出此一类的诗歌或用以抒怀，或用以预示主角的命运与结局，或铺陈史实和异事，或营造趣味性以达到作者游戏炫才的效果。而王正利《唐诗中的生死观——以时空为切入视角》(《华梵人文学报》第22期，2014年7月)选择从时空视角切入，探究唐诗反映的唐人生死观，归结出在时间上——必然而至、一去不返，在空间上——未知世界、同体适用。上文是作者学位论文《唐诗中的意志与命运》(台湾大学2014年博士学位论文)一部分，其论文主要是借唐诗讨论意志与命运的关系，分为故乡、京华、盛衰、成败、生死等五个角度，兼涉内在、外在、整体、个人、时空。

其他学位论文还有洪曜南《唐代书论与诗论之比较研究》(彰化师范大学2014年博士学位论文)从成中英“本体诠释学”本体与方法出发，试图以历史发展的观点比较唐代书论与诗论。林泓任《唐代效齐梁体诗作研究》(清华大学2014年硕士学位论文)以唐代各时期效齐梁体诗为研究对象，发现各时期诗人对齐梁体有自己的认知，使各时期作品间有些歧异，但也具有半古半律、失粘与多仄韵等共通特征。陈淑芬《唐诗菊花意象研究》(淡江大学2014年硕士学位论文)以为唐诗的菊花意象可分为：与重阳佳节有关者，跟唐人风俗有关；与人格特质有关者，往往是高洁、隐逸的象征；与人生况味有关者，从渴望入世到怀才不遇，再到感叹迟暮、孤独，渴望成仙。苏芝琪《〈全唐诗〉中初、盛唐之“芳草”诗探讨》(中山大学2014年硕士学位论文)主要在研究初盛唐诗中芳草的诸多意涵，可分为自然芳草、芳草作喻、怀古伤逝、离情之悲、隐逸绝尘、深闺幽怨、思乡之情等主题。

(二)作家作品论

2014作家作品研究,以杜甫最为热门。蔡志超《宋代杜甫年谱五种校注》(台北万卷楼2014年)一书校注宋人撰杜甫年谱五种,分别为吕大防《杜诗年谱》、赵子栎《杜工部年谱》、蔡兴宗《杜工部年谱》、鲁訔《杜工部诗年谱》及黄鹤《杜工部诗年谱》,于杜甫生平、杜诗系年帮助甚大。同是考证性质的,还有蔡振念《仇注杜诗人名补考》(《淡江中文学报》第30期,2014年6月)考订清代仇兆鳌《杜诗详注》其中若干疑而未定之人名,实有补苴之功。

其他期刊论文论及杜甫其人者,如廖美玉〈杜甫家族记忆中的两性典范与生存感知——兼论父党、母党与妻党的大家族观〉(《成大中文学报》第44期,2014年3月),从性别角度切入,探讨杜甫借拣择父党、母党中的典范人物从而形塑个人人格特质与家族记忆,以清楚认识并且坚持自己的理念,此文不但深化了杜诗研究的风姿,也为古典文学的家族书写研究树立了很好的指标。何骐竹《杜甫病后的意义治疗与自我实践》(《成大中文学报》第44期,2014年3月)则以杜甫诗文中的疾病书写为对象,考察儒学在其患病后所起的治疗作用,从而引发对生命意义的追寻、超越与克服。黄自鸿《重组杜甫的面孔:从现代传记到"心史"的回溯式阅读》(《国文学报》第55期,2014年6月)从现代杜甫传记、史传中之杜甫及杜甫的自传诗三个方面,重新审视杜甫之心史与身世。

而以杜甫作品为重心的,则有戴维扬《点燃杜甫心流光启历程——从〈望岳〉到〈登楼〉》(《国文天地》第29卷第9期,2014年2月)以心理学中的心流经验剖析杜甫《望岳》《登楼》的用字遣词、段落、篇章。许清云《杜甫七律调声研究》(《台北大学中文学报》第15期,2014年3月)以为杜诗七律调声技艺相当多元,或浮声切响,或双仄异调,或入声复迭,或拗救调声,皆颇具成效,使之声律更加悦耳,且整体的声律结构运作灵活,有极佳的音乐美感。谢光辉《从建筑轴线看杜甫夔州诗"八句皆对"的空间结构美感》(《人文社会学报》第15期,2014年7月)借建筑的导引轴线,论述杜甫夔州诗"八句皆对"的空间结构美感,而在此一严整的诗律背后，具有沉潜的人生底蕴，使游戏之外沾染上肃穆。孙千淇《论杜甫诗中佳人形象上·下》(《中国语文》第114卷第6期，2014年6月；第115卷第1期，2014年7月）主要论述杜甫《佳人》《观公孙大娘弟子舞剑器行》两诗，以为其一阴柔、一阳刚，充满人性的光辉。林柏坚《杜甫两篇咏异国刀剑的诗歌——〈蕃剑〉与〈荆南兵马使太常卿赵公大食刀歌〉》(《国文天地》第30卷第3期，2014年8月）则以为杜甫这两首诗均借歌咏来自异国的刀剑，展现忠君忧国之情，同时也可见其沉郁的诗风。

白居易在本年度也受到比较多的关注，如林玉茹《白居易诗歌中的苏州空间书写》(《思辨集》第17卷，2014年6月）从地景书写、空间感受的角度诠释白居易有关苏州的诗文，一究其仕与隐的矛盾。陈家煌《从鹤的物性看白居易诗中的鹤》(《成大中文学报》第45期，2014年6月）则从丹顶鹤的物性及鹤、人之间的关系入手，探讨白居易养鹤前、后，诗中鹤意象运用的转变，其中洛下诗的鹤，往往表达了人鹤双怜的意涵。邹孟洁《从〈与元九书〉探析白居易诗学思想的承继与开展及其讽喻诗底蕴》(《问学》第18卷，2014年6月）以《与元九书》为对象，探析白居易诗学思想的承继与开展，以及其讽喻诗的特质与生命力。许辅宸《由声情角度——诠释白居易〈琵琶行〉》(《国文天地》第29卷第8期，2014年1月）则从韵脚分布、四声变化、情境升华等三种角度分析《琵琶行》之声情。另有张健《白居易绝句研究》(花木兰文化出版社2014年）一书，惜仅于“全国图书书目信息系统”见之。

涉及唐代其他诗人的期刊论文还有：曾铭璋《初唐作家王绩个人思想暨文学成就探赜》(《问学》第18期，2014年6月）以哲学、人学、美学的不同角度对王绩的作品进行剖析。吴姗姗、何淑苹《台湾王维研究论著目录(1949—2013)》(《书目季刊》第48卷第1期，2014年6月）收入了六十余年来于台湾发表的王维研究专书和学位论文，对进行王维研究带来了极大便利。蔡琼瑶《王维〈辋川集〉意境美之探析上·下》(《中国语文》第115卷第1期，2014年7月；第115卷第2期，2014年8月）指出《辋川集》的山水景物为形神兼备做了很好诠释，体现了中国山水田园诗的成熟样貌。施筱云《李白诗中的别情特质》(《新生学报》第14期，2014年9月)指出李白的留别、告别、送别、赠别等别情诗歌颇具特色，表现出可刚、可柔、可大、可细的“自我主观的情怀、激扬奔放的笔调、含意不尽的兴寄”。熊智锐《李白自我意识心理隅窥》(《中国语文》第115卷第5期，2014年11月)则指出李白诗赋的自我意识心理可分为自负自信、自卑自怨、孤芳自赏、自娱自得等类型。谢明辉《论贾岛五律体山水诗中之动点和定点式章法布局》(《国文天地》第30卷第2期，2014年7月)依观物方式，指出贾岛的五律山水诗章法布局之特色为动点式与定点式二者。邱显镇《李贺讽谕诗所映现的同情与交感——以战争与苛政为例》(《东吴中文在线学术论文》第27卷，2014年9月)指出李贺讽谕诗发挥高度的同情与交感，对战士表现出来的是悲壮与哀愤，而对受苛政迫害者则是悲悯与关怀。黄启方《诗人 美人 文人：唐宋文学十一题》(台北“国家”出版社2014年6月)一书的乙编“美人”中有一篇《明月小楼关盼盼》，试图厘清唐代美人关盼盼究竟为张建封之宠姬还是其子张愔之爱妾。

学位论文中，韩愈、李贺、杜牧等都有两篇以上论文将其作为研究对象。林锦婷《韩愈文学思想与诗赋旨趣研究》(逢甲大学2014年博士学位论文)指出道、鸣、戏为韩愈文学思想的三个主要概念，而表现在其诗赋之旨趣分别可归纳为鸣国家之盛、自鸣其不幸及“余事作诗人”等三个重要方向。陈凯伦《北宋诗与韩愈的互文性研究》(淡江大学2014年硕士学位论文)借助“互文性”理论，讨论北宋文人如何理解并接受韩愈与韩诗，历时性与共时性的观察兼具。林胜韦《李贺诗的“无理”之美——“文学时间”与“通感艺术”的观察》(台湾大学2014年硕士学位论文)先确立文学时间与通感艺术的理论内涵，再以此观照李贺诗中的无理之美，发现李贺是中国古典诗歌中较早有意识地运用文学时间与通感艺术的诗人。刘文心《困境、逆溯与喻示——李贺女性神话诗歌研究》(中兴大学2014年硕士学位论文)以李贺女性神话诗歌为对象，解析出深隐于诗人作品中幽微澎湃的情感。郑采薇《李贺诗歌意象探析》(中国文化大学2014年硕士学位论文）以“仙、人、鬼”三界为轴，对李贺诗歌意象进行分类探析。蔡承殷《杜牧生平之地理信息研究》（云林科技大学2014年硕士学位论文）主要借地理信息统计分析法，对杜牧的生平事迹进行整体性地分析，同时也将之与其作品链接，指出其作品有反映史实性、具典型的人文地理特征和政治讯息等特点。谢淑慰《杜牧七绝诗探究》（玄奘大学2014年硕士学位论文）就情志之发抒、史迹之沉吟、即景之感怀、女性之悲悯四大类，深究杜牧七绝。

研究其他诗人的学位论文有：陈文铎《岑参七言边塞古诗之音韵风格研究》（彰化师范大学2014年硕士学位论文）尝试用语言风格学的研究方法探讨岑参七言边塞古诗之音韵风格。林雅琪《皎然诗学体系研究》（台湾大学2014年硕士学位论文）以皎然诗歌及诗论为研究核心，辅以现代诗学相关理论，使皎然诗学有更清晰的展示，亦可为当代文学理论所用。龚育莹《权德舆的文学观与诗歌研究》（佛光大学2014年硕士学位论文）以权德舆之诗文集为对象，探析权德舆之“尊经”“载道”等文学观及其诗歌内容、风格特色。杨宝琇《张籍诗修辞艺术之探析》（东海大学2014年硕士学位论文）、张之璇《李商隐诗歌修辞探析》（东海大学2014年硕士学位论文）同样都是从修辞学的角度来观察诗歌的艺术美。

三、唐代辞赋（附词）

唐赋的研究，专著有许东海《古典山岳文学论集——辞赋书写与文类跨界》（台北文津出版社2014年8月），此书以唐、宋、明三朝辞赋书写为中心并扩及诗歌及记、序、檄文、移文等古文体类，同时结合相关地方志，作为阅读及解读古典山岳文学的重要文本依据，开展专属古代山岳的文学及文化论述，其中论及李白、杜甫、柳宗元等人的山岳书写之变创、隐喻、自我凝视。

期刊论文则有许东海《倾城·谏诤·长恨——吕向〈美人赋〉与白居易诗、陈鸿传奇的玄宗情色论述》（《第十一届赋学国际学术研讨会论文集》2014年8月）和《辞赋与谏书——杜牧〈阿房宫赋〉新论》（《苏州科技学院学报》2014年第1期），前者对读吕向《美人赋》与白居易《长恨歌》，指出《长恨歌》固然首开贵妃书写，但与《美人赋》花鸟使的玄宗情色论述取向近似；后者指出杜牧深受史学与赋学谏诤文化传统濡染，以赋、论合流为体，进行借古讽今的当代讽谏书写，且不乏新型谏书及变创可能的实验意图。黄水云《唐赋寒食清明节俗书写——以"禁火、改火、赐新火"为主的考察》（《东吴中文学报》第28期，2014年11月）以唐代律赋作家王起《钻燧改火赋》《取榆火赋》及谢观《清明日恩赐百官新火赋》为对象，指出改火与赐新火节俗在赋家的书写下，丰富唐代朝廷之礼仪制度，且开展了当时以及后代民俗艺术，更体现唐代科举律赋之创作价值。

学位论文有郑色幸《唐赋中的女性书写研究》（中正大学2014年硕士学位论文）以唐代92篇与女性相关的辞赋为对象，从"辞赋书写史的概念"及"辞赋自身衍变过程"二面向切入，指出唐赋中的女性书写之特色为：神女题材偏向曲终奏雅的颂圣形式，历史女性则以史鉴与颂扬有才学的女性为主，当代女性书写则提醒帝王远离女色以及书写宫闱女性游艺活动的热络情景。江之陵《蒋防辞赋之研究》（中国文化大学2014年硕士学位论文）指出蒋防辞赋具有风格清丽雅正、藻思清丽、限韵规律严谨、架构整齐、句法务新等特色，且为律赋开创新局。

唐词的研究数量较少，附于此一并说明。简彦妗《词苑新声：名家词导读》（台北致知学术2014年）一书第一章词之概述兼述敦煌曲子词，第二章唐五代词选，则介绍晚唐五代词家、风格及其作品，包括李白、白居易、温庭筠、韦庄、冯延巳、李煜等六家词，并兼述刘禹锡、李璟之作。

四、唐代古文

2014年古文的研究不多，主要集中在韩愈古文的讨论，如柯庆明《游览"记"与山水"记"作为文学类型之美感特质的研究》（收入台湾大学中国文学系主编《林文月先生学术成就与薪传国际学术研讨会会议论文集》2014年5月）虽为杂记体之总论性探讨，但其中论及韩柳记体有一次性的游者主体体验书写之游览记,转向经常性的以山水为主题之山水记趋势。何寄澎《应酬与文学——韩愈古文改创的策略与实践》(收入台湾大学中国文学系主编《林文月先生学术成就与薪传国际学术研讨会会议论文集》)以韩愈《徐泗豪三州节度掌书记厅石记》《新修滕王阁记》《送杨少尹序》《送温处士赴河阳军序》为例,一窥韩氏应酬文之艺术性,并取《画记》《蓝田县丞厅壁记》《送廖道士序》《送高闲上人序》《殿中少监马君墓志》《试大理评事王君墓志铭》为例,以见韩氏应酬文与文体改创的关涉性。

期刊论文则有姜龙翔《韩愈祭文文体变革新探》(《"中央"大学人文学报》第58期,2014年10月),该文用编年统计分析方法,一方面了解丧祭典礼的转变,另一方面指出韩愈真正有意尝试文体改革之祭文乃祭神文。庄哲彦《韩愈〈送高闲上人序〉析探》(《问学》第18期,2014年6月)则指出韩愈《送高闲上人序》一文表面指引高闲上人学张旭草书之道,其实仍在表达辟佛之意。另外还有钱得运《"韩门弟子"考论》(《中国文化研究所学报》第59卷,2014年7月)指出"韩门弟子"的涵义是一动态的变化,一方面与科举相关的原初意义逐渐隐晦,另一方面与道统、文学的意义渐趋突出。学位论文有一篇,杨净惠《唐古文运动与孟学发展的关系》(中山大学2014年硕士学位论文)从唐代古文运动出发,探析唐代孟学发展的概况与重点,借以解释宋代孟学兴盛之因。

其他古文的讨论还有:李孟学《唐代铜镜铭文初探》(《书画艺术学刊》第16期,2014年7月)主要就文字于唐代铜镜上之布置、铭文之内容、铭文之书风进行研析,见其多变性与丰富性,亦可作铜镜断代之依据。谢育争《论李白书牍体散文的风格》(《国文天地》第30卷第2期,2014年7月)指出李白书牍体散文个人风格与性情仍旧十分鲜明,不但傲岸不屈,且用以夸耀才学。黄学文《白居易奏议类散文研究》(高雄师范大学2014年硕士学位论文)探析白氏奏议类散文的书写特色与思想内涵,也借以了解新乐府运动与古文运动之关系。

五、唐代小说

2014唐小说的研究成果，有康韵梅《游/神仙窟/文章窟——〈游仙窟〉叙事文体探析》(收入台湾大学中国文学系主编《林文月先生学术成就与薪传国际学术研讨会会议论文集》)，该文指出《游仙窟》转变六朝仙窟游历小说的叙事模式，以第一人称叙事体现游于神仙窟的仙窟游历/女体冶游，又以骈俪赋体形塑神仙窟意象，以及赋体与诗歌的交错叙事，汇聚成文章窟。期刊论文有罗佩瑄《中唐传奇与士人心灵——一个文体的文化史诠释》(《东华汉学》第20卷，2014年12月)指出最为典型的中唐传奇体，是元白士人集团以"追忆"和"补过"为框架，所形成的昼宴夜谈叙事结构，而韩柳诸家以传奇笔法为"古文"，则应理解为跨文类的文体实验，而实验的兴起彰显时代转折与个体意识。潘芊桦《妖类女体内质双面性演变——由六朝志怪到〈聊斋志异〉》(《思辨集》第17卷，2014年6月)指出从六朝志怪、唐人传奇到《聊斋志异》女妖的形象循三部曲来进行——妖性的出现、人间的历练到妖性的消失。陈玮馨《唐传奇女侠自主意识的共同展现》(《国文天地》第29卷8期，2014年1月)指出唐传奇女侠自主意识的共同展现有不受传统婚姻观的拘束、超凡意志力及特立独行的行为等。孙秀君《生命选择的智慧——以〈枕中记〉、〈霍小玉〉为例》(《东海大学图书馆馆讯》第153期，2014年6月)借生死学大师伊丽莎白·库伯勒·罗斯的著名理论——悲伤的五个阶段，解析《枕中记》中的卢生，并将之与《霍小玉》中的霍小玉做对照。而李昭鸿《学法造反——〈侯元传〉对于游历仙境小说的承继与创构》(《汉学研究集刊》第19卷，2014年12月)则在探讨《侯元传》里仙境历程的空间景象、时间母题和回归情节之构思技巧，以见其对游历仙境小说的承继与创构。

学位论文有廖佩芸《中晚唐传奇研究：世变与现实的再现》(东海大学2014年博士学位论文)旨在阐释中晚唐世变后士人心态的重要特质，并循此诠释传奇作品的深意及再现世变的方式。李總员《唐人小说中豪侠的侠客特质研究》(云林科技大学

2014 年硕士学位论文)厘清唐人豪侠小说的侠客特质。汪碧月《唐人传奇看儒道释女性与报恩观研究》(玄奘大学 2014 年硕士学位论文)从唐传奇中以女性为主的报恩故事,探究儒、道、释之女性观与报恩观。郑乔云《唐五代笔记小说之唐代佛教研究》(台南大学 2014 年硕士学位论文)借唐代笔记小说探究各阶层之唐人与佛教的互动。

六、其他

最后,要介绍的是敦煌文学研究及两场以唐代文学为重要主题之一的研讨会。2013 年底"中央"研究院历史语言研究所整理出版《敦煌遗书》,收录了该所收藏的五十一件敦煌遗书,李宗焜编《敦煌遗书书法选》(台北"中研院"史语所 2014 年 5 月)从中选印五件书法精美者,非但可窥唐楷之面貌,于该馆藏敦煌遗书之流通也大有帮助。王三庆、郑阿财合编《2013 敦煌、吐鲁番国际学术研讨会论文集》(国立成功大学中国文学系印行 2014 年 12 月)乃研讨会会后审核修改,正式出版之论文集专书,收录有三十七篇论文,其中有七篇属敦煌文学之研究,大抵已于去年之《2013 年台湾唐代文学研究概况》陈述之,今从略。王三庆《敦煌吐鲁番文献与日本典藏》(台北新文丰出版公司 2014 年 10 月)一书,主要针对日本古写经、收藏敦煌吐鲁番文献,以及其与中国其他典籍、其他敦煌吐鲁番文献之关系进行研析,其中属文学者,是日本月仪书流变之追索,从晋朝索靖〈月仪〉、故宫藏本《唐人十二月相闻书》,到敦煌本《朋友书仪》、吐鲁番本《中村不折旧藏禹域墨书集成》之《月仪书》,以至日本五山时期戏作之《妇人寐寤艳简集》,以见月仪文献于日本之藏制及发展。王三庆另有《十念文研究》(《第四届东亚宗教文献国际学术研讨会论文集》2014 年 3 月)从敦煌文献及日本驹泽大学本古逸书《五杉集》检出"十念"诸文献,并以《道藏》中《黄箓十念仪》等作为对照,说明"十念文"的使用场合及功能,同时也借以检讨"唱导"之意涵。

至于敦煌文学研究于期刊及研讨会研究成果,则有:朱凤玉

《敦煌争讼文学与东亚汉文小说之发展——以〈燕子赋〉〈聋瞽判辞〉〈鹊与乌相讼文〉等为例》(《东亚文献与中国俗文化国际学术研讨会论文集》2014年7月),该文一方面从司法争讼文牒解析敦煌本《燕子赋》并将之与越南汉文小说《聋瞽判辞》、韩国汉文献《鹊与乌相讼文》进行比较,以见争讼文学于东亚汉字文化圈的容受。郑阿财《论敦煌文献对中国佛教文学理念的建构与研究面向》(《长江学术》2014年第4期)检讨与省思中国佛教文学理念的发展历程,同时,以中国佛教文学的实际情形,从文学在宗教所呈现的功能性出发,将中国佛教文学分为以赞颂佛教三宝为主的赞颂文学、以释徒修习证悟为主的自证文学、以弘法传教之用的弘传文学等三种,为敦煌佛教文学研究开启新的思维与路径。又郑阿财《从敦煌文献论灵验故事在唱导活动的运用》(《敦煌研究》2014年第3期)以敦煌文献为核心,从灵应故事传播的途径、手段,以及其在佛教唱导活动、道教讲经及儒家宣讲等方面,论证灵验故事是曾为僧人、道士、儒生宣唱教化、开导信众时运用的。林仁昱《敦煌弥陀净土赞歌丛抄卷的构成型态与应用意义探究》(《出土文献研究视野与方法》第五辑)以《净土五会念佛诵经观行仪》出发,探究赞歌的组成与应用意义,而净土义理、劝说念佛往生虽是主要的用意,但也往往被选择性抽出,与其他宗派、法门联抄,可见其运用上的灵活性。杨仕蓉《敦煌〈降魔变文〉与经变壁画之分析》(《育达科大学报》第37期,2014年4月)探究敦煌《降魔变文》及《劳度差斗圣变》壁画反映的佛教思想兼涉儒家思想之情形,以及其中民间的庶民思维。杨明璋《敦煌讲史变文中的祭祀叙述及其祭祀活动之关系》(《中国学术年刊》第36期,2014年3月)指出敦煌变文中的祭奠神鬼叙述有两种类型,一是提供祭祀信息,以讲经变文为多,二是故事情节的环节之一,以讲史变文为多,后者一方面借祭祀情节以渲染故事、人物的悲壮与哀伤情调,一方面也借赋诵祭文对故事里的主要角色予以总结性的评述,甚至引出整个故事的要旨,而且讲史变文纵然娱乐性较浓,但也不容否定部分作品与祭奠神鬼仪式之关系密切。

另有从物质角度讨论敦煌文学者,如李文钰《从"敦煌"到

《花间》——物质书写与词体特质的构成〉(收入台湾大学中国文学系主编《林文月先生学术成就与薪传国际学术研讨会论文集》)以敦煌词与《花间集》为范围，观察从民间作者到文人创作，唐五代词的物质书写之变化。杨明璋则有《神变、物件与敦煌本〈搜神记〉》(《出土文献研究视野与方法》第五辑，2014)、《礼物、象征与讲唱叙事：论敦煌讲唱文学中的礼物》(《东亚文献与中国俗文化国际学术研讨会论文集》)、《〈韩朋赋〉禽鸟叙事之承衍与民俗象征》(《第十一届赋学国际学术研讨会论文集》)等三篇论文从物质出发探析敦煌通俗叙事：第一篇指出敦煌本《搜神记》36则故事里有28则故事有功能性对象，且它们往往就是故事怪异非常、神奇变化的具体表现，这是八卷本、二十卷本未被突显的；第二篇以敦煌讲唱文学中的礼物叙述为焦点，指出它们多为讲唱者匠心独运，成为全篇的故事核心、结点，或部分情节的叙事结点，同时对人物形象、主题意旨有所强化，且礼物往往有其象征意义；第三篇指出《韩朋赋》中的禽鸟虫鱼叙事，发挥草蛇灰线的作用，同时对作品前后情节的链接、表达的主旨与情意都深具意义，也对当时或是前代禽鸟虫鱼的民俗做了很好的镕铸。而属写本文献考论者，如石冬梅《〈俄藏敦煌文献〉第11册非佛经文献新校考》(《书目季刊》第47卷第4期，2014年3月)针对《俄藏敦煌文献》第11册中的32件非佛经文献进行新的考释，指出Дx04760为唐人临索靖《月仪帖》，是迄今所见最早的索靖书法临本。陈茂仁《敦煌写卷〈籯金〉增辑〈新序〉佚文一则》(《书目季刊》第48卷第1期，2014年6月)则从类书《籯金》增辑《新序》佚文一则。

至于敦煌文学研究之学位论文有三篇：一为郭彧岑《敦煌俗文学故事之类型与叙事研究》(中国文化大学2014年博士学位论文)从故事类型、情节单元及叙事结构模式等三方面解析敦煌俗文学中的故事；二为林颖欣《敦煌归义军时期时事文艺的“空间”与“英雄”概念研究》(中兴大学2014年硕士学位论文)以唐五代宋初敦煌归义军时期唱述及描绘时事的文艺作品为对象，探讨敦煌归义军时期人们唱述的背景、特色、技巧及彰显的意义效果，并聚焦于“空间”与“英雄”的概念上；三为谢孟儒《中国争奇文学研究》(嘉义大学2014年硕士学位论文)探讨以包括敦煌变文、邓志谟作品及冯梦龙作品中“各逞其能,争论媲美”为主的中国争奇文学作品,分析其争奇特色、模式及发展。

另外,两场以唐代文学为重要主题之一的研讨会,分别是:明道大学中国文学系暨国学研究所于2014年5月30日举办的“唐宋生态文学学术研讨会”,以及中国唐代学会、中国文化大学于2014年6月26日至27日举办的“第十一届唐代文化国际学术研讨会”。前者有吴惠珍《中唐诗歌生态意识初探》、李建昆《论唐宋竹枝词之生态书写与人文风情》、李宝玲《唐代诗人笔下的汴河》、陈钟琇《“蝗灾食苗民自苦”——论唐宋蝗灾诗中的灾异、防治与寓意》、普义南《“一切禽鸟皆能言”——论唐宋咏物诗歌中的代言书写与体物想象》、陈正平《李白诗中的山水田园与自然人文》、陈金木《愚溪僇人的山水療愈:柳宗元永州诗文析论》、兵界勇《柳宗元的生态观与政治隐喻》等八篇论文以唐代诗文为对象,来论析其中的生态书写。后者也有八篇关于唐代文学研究作品,包括吴静宜《佛教音律思维与唐代格律诗的关系》、萧丽华《唐诗中的维摩诘意象》、林雪铃《边塞的边塞文学——唐代敦煌在地作品中的场域记忆及其特征》、张蜀蕙《唐代南贬文人的水域书写研究》、钟晓峰《抒情结构的变异——论孟郊晚年的诗》、严纪华《一旦新妆抛旧样——论〈时世妆〉的语汇指向与时代意义》、林淑贞《“织女”形象的颠覆的悖异——论唐小说〈郭翰〉对神话传说之沿承与新创》、蓝碁《一个女人肖像的演变——从元稹的莺莺到金圣叹的莺莺》,相较于前者,此八篇论文涉及之文类、主题较为多元,盖前者研讨会之主题明确所致。

整体来看,2014年台湾唐代文学研究就文学体类来看,唐诗仍是独占鳌头,不论是专著、期刊论文,抑或学位论文、会议论文均如是。其他文类或敦煌文学等的研究,则算是维持一定的局面与质量。就取径视角来看,以作者为中心最为热门,尤其是心理学的引入,从物质、生态入手者也不少,与域外汉籍之比较也是相当重要的路径。

台湾王维研究成果述评(1949—2013)

□ 吴姗姗 何淑苹

唐诗在台湾是古典文学研究的“热点”,成果甚丰。单就王维而言,论著数量不少,关注课题涵盖生平、诗歌、绘画、思想、美学、音乐等方面;发表形式则有期刊、报纸、学位论文、专书。受篇幅限制,本文兹择取台湾研究王维之硕博士论文与专书为范畴,网罗1949年以来的资料,分类爬梳,回顾过往,冀供学界未来深耕拓展之参考。

一、学位论文

经笔者统计,台湾所见与王维相关之学位论文,迄今约有四十余篇。总的来说,皆以王维文本作阐释、延伸,例如分析创作、风格、历史、文化、佛禅、诗画等问题,或从语言学、色彩学、宗教信仰等不同角度切入。若从论文题目来看,约可归纳为四个方面:文本研究、宗教研究、跨国研究、外围研究。文本研究即分析王维诗的创作技巧、语言、风格等,或特别拈出“意象”“图像”等概念;宗教研究探讨王维人生经历中的持斋、修佛、习禅等问题,兼及李唐时代风气与思潮;跨国研究是将王维与国外诗人作比较;外围研究则从王维兼擅诗、乐、画特长延伸出的讨论,以及在华语教学上的运用等。

(一)文本研究

台湾较早系统研究王维的论文是柯庆明《王维诗研究》(《台静农先生八十寿庆论文集》,台北联经出版事业公司1981年),

其中部分篇章曾陆续发表在期刊或会议上，论点独到，值得注意。柯庆明《试论王维诗中常见的一些技巧和象征》主张“一切技巧的应用都是作品内涵的自身”，此文聚焦于景物描写，以统计法提出王维在技巧上之特点有：少用“兴”，而是直接描写；多用典故，且以典故作比喻；用典主题多与仕进有关，使用汉代典故最多，王维有意使用汉代的人物事迹来比配与他同时代的人；王维是一位很重要的游记作者，其游记特色是把握了特殊景象给人的特殊感受；大量应用对句，其“诗中有画”的“画”，就是以对句对比的方式出现；王维描写的自然，是将时间浸入三度空间之内而成的四度空间；意象的象征意义，则分析了：云、黄昏、花、杨柳、春、鸟、草、嗅觉、味觉等。大致而言，柯庆明提出的意象、时间、空间问题皆被后来研究者赓续开发，立基其见解之上作再阐释。笔者以为必须强调的是柯庆明所说的“时间意识”，柯氏注意到王维的空间感是浸润着时间的四度空间，以及味觉与嗅觉，在王维诗歌意象被大量讨论之余，柯庆明认为，味觉、嗅觉与视觉、听觉相比，在艺术上被视为劣等感官，故不占重要地位，但王维诗使用不同的饮食意象来象征人们不同的生命情调及涵义，这是值得重视的，可惜四度空间及嗅、味觉的观点并未被后来者发扬光大。另外特别要提出的是，柯庆明指出王维诗中象征时间的意象很多，且具备不同意涵，不可一概而论。所谓时间，一般印象与写作方式，是依早上、中午、晚上、深夜、凌晨而论，柯庆明的时间意识是由王维诗中所描写的物及其隐居而谈，此为其论文独特处。

林桂香《诗佛王维之研究》（政治大学 1983 年硕士学位论文）整理王维生平传略、佛教思想、诗作特色、在中国诗史的地位、《王维集》版本考。以全文页数来看，佛教思想及从诗话、选本采录情形说明王维在中国诗史之地位这两章所占比重较大，故知王维与佛教关系为作者着意处理的重点。由于王维被称“诗佛”，学者论述或着重诗歌、或着重宗教，侧重点并不相同；因此，林桂香的论文与杨文雄的专著书名相同（杨文雄《诗佛王维研究》，台北文史哲出版社 1988 年），两书出版相隔五年，而杨文雄在宗教方面论述较少，未有专章讨论，只在“王维的艺文观念、背景”一章中的第三节“王维诗的儒道佛三家思想”强调其佛家思想,与林桂香多方谈论王维对佛教教义的涉猎,足见两者研究重心截然不同。林桂香论文在佛教思想部分,援引许多佛教经典与教义,证之王维生命因缘及影响,除文字叙述外,兼有列表和图示,让读者更容易了解其所谈概念。作为台湾讨论王维意象及诗歌特色之先声,其后论文几乎从此出发,例如下述讨论王维在中国诗史地位演变之论文,即循着林桂香梳理的“诗的纯粹性”一义发展引伸。

探讨王维诗画创作艺术、风格特色的论文,最早有徐贤德《王维诗研究》(中国文化大学1973年硕士学位论文)、张光复《王维诗画之关系研究》(中国文化大学1973年硕士学位论文)、朱我芯《王维诗歌的抒情艺术研究》(东海大学1988年硕士学位论文)。早期学位论文常见的写作模式,基本的章节架构是:生平、家世、交游、人生观、信仰、赏析等固定叙述,平心而言,与题目全然相符的篇幅并不多。徐贤德与张光复同年获得硕士学位,毕业于同校但系所不同。徐贤德之章节即如上述的标准格式,但在“王维诗艺赏析”章多了“王维诗地理图”。二十年后,台湾学界出现不少成果,包括:李及文《王维山水诗句的美学鉴赏及研究》(彰化大学2005年硕士学位论文)、黄伟正《王维山水诗之研究》(玄奘大学2005年硕士学位论文)、陈健顺《王维五言律诗之研究》(中国文化大学2005年硕士学位论文)、吴启祯《王维诗之意象研究》(中国文化大学2006年博士学位论文)、林柏仪《王维诗研究》(高雄师范大学2006年硕士学位论文)、林明慧《王维诗鉴赏之研究》(台南大学2007年硕士学位论文)、谢美莹《王维山水诗意象探析》(台湾师范大学2008年硕士学位论文)、周丽琼《王维山水田园诗的风格及其艺术探究》(中国文化大学2009年硕士学位论文)、吕郁雯《王维山水田园诗之草木意象研究》(台湾师范大学2009年硕士学位论文)、留桦桢《王维诗的色彩研究》等(玄奘大学2010年硕士学位论文)。这些论文大致从时代背景、生平去分析王维诗歌风格,申论如何由陶谢诗的格局开创出新领域;或用统计归纳法,整理王维诗歌中“象”的选取,再针对类型加以叙述。其中,林柏仪《王维诗研究》分别讨论田园山水诗、禅学意趣、意象塑造、影响与风格特色、后世评价等，最后总结王维诗的艺术成就。亦有浓缩范畴，就某一类型更深入的讨论，如吕郁雯《王维山水田园诗之草木意象研究》探究王维如何吟咏草木、以草木表达情感，论文将王维诗歌所见草木分开花、木本、草本、作物类四种，用统计法归纳出现次数，概括草木意象的内涵有四季风情、景物风光、表情述志、佛禅意趣四种。吴启祯《王维诗之意象研究》后来出版专书，详见下文。

比较研究方面，有刘肖溪《王维李白与杜甫之比较研究》（台湾大学 1974 年硕士学位论文）、李美玲《王维和孟浩然诗歌语言之比较——从语言学角度切入》（中正大学 2011 年博士学位论文），刘、李两文发表时间相距三十七年，后出的李美玲运用语言学理论来分析，这种引进西方文学理论从事王维文本研究的路径，在传统研究王维生平、传略模式外，似乎是一种可行的尝试。刘肖溪比较王维、李白、杜甫诗形式、题材、思想言行之异同，再从时代环境、家世生平、思想性格探讨三人作品异同的原因。李美玲论文之出发点，是王维和孟浩然在文学史上虽并称“王孟”，但诗歌特色有相异处，该文从语言学的角度重新对诸如：王诗“丰缛”、孟诗“古澹”；“王氏佛语”“孟氏菩萨语”；“王清而远”“孟清而切”等评论作诠释，分析两家诗作之歧异。其研究方法以整体诗歌中的色彩词运用，来检视王诗之丰缛与孟诗之古澹；再以第一人称代词的使用，考察诗人自我形象显露的情况，由数据佐证王诗偏向“无我”，而孟诗偏向“有我”。再者，王、孟同样擅于写生，王维诗呈现静态的景物展示，孟浩然则较突出自我形象，诗作呈现白描动态的游记表述，显见两人诗作差异。

（二）宗教研究

宗教研究方面，作者隶属中文、哲学、历史、宗教等不同系所。不同系所的研究生同时关注王维的宗教议题，可看出王维研究在宗教方面的跨领域特性。这类论文包括：杜昭莹《王维禅诗研究》（辅仁大学 1993 年硕士学位论文）、王咏雪《王维诗中禅意之研究》（台湾大学 1998 年硕士学位论文）、林慧真《王维的禅学思想研究》（东海大学 2011 年硕士学位论文）、陈振盛《王维的禅意世界》（中国文化大学 2004 年博士学位论文）、陈素华《王维诗文与其宗教信仰关系之探讨》(玄奘大学2010年硕士学位论文)、陈昭伶《王维诗中的终极关怀类型》(玄奘大学2003年硕士学位论文)、郑朝通《王维、柳宗元生命情调之研究》(南华大学2005年硕士学位论文)、彭政德《王维禅诗创作技巧与艺术风格之研究》(玄奘大学2001年硕士学位论文)、陈威伯《盛唐诗人生命观之研究》(中国文化大学2000年硕士学位论文)等。

杜昭莹《王维禅诗研究》,以王维习禅过程讨论其禅诗内容、分类、分期、艺术技巧。王咏雪《王维诗中禅意之研究》,主要锁定"意境"以审视王维禅诗之美学价值,将禅诗分禅语诗、禅意诗,前者明引佛语,常损害诗歌含蓄美,后者将禅理融入山水赏玩中,无为而神化;比较王维两类诗并印证佛教义理对"意境"理论具有相当之影响力。林慧真《王维的禅学思想研究》分别从禅宗的方法论、本体论、认识论及实践功夫,来探讨王维的禅学思想,论文着重的是禅学思想,文学性相对较淡。同样讨论禅诗,但所重角度不同,杜文是较早对王维禅诗提出研究者。陈振盛《王维的禅意世界》从"史"的角度分析禅意,包括:佛教中国化过程及禅宗特征,佛教在中国的发展即中国传统思想文化和宗教互相冲突与融合的过程。作者认为王维并未达到一般学者论述禅宗"身心相离"境界,而是用禅诗表达"入世中的出世""出世中的入世",出入由心,能出能入,故必须注意王维禅诗"身心俱在"和"身心俱灭","身心相离"和"身心相融"的不同境界,突显王维的禅意世界并非简单的宗教理趣所能含括。

台湾的宗教性大学选择王维作研究论文者,范畴自然多与佛禅、信仰有关。陈素华《王维诗文与其宗教信仰关系之探讨》分析王维宗教信仰倾向与形成原因,并认为其诗作呈现道家浪漫风格,这是在学界普遍以王维融合儒释道思想为定论之外,特别提出其道家及浪漫成分居多的主张。陈昭伶《王维诗中的终极关怀类型》以类型学(typology)为方法,从禅宗教义中佛学所启示的终极关怀类型分析王维诗学,以探索王维诗歌"终极关怀"的旨趣。郑朝通《王维、柳宗元生命情调之研究》着眼唐代文人生命世界之建立,分析王、柳二人宗教涵养之具体内容与实践方式。环顾历代文人遭遇,仕路颠簸、生活蹇困者所在多有,何以独选王、柳？似应提出更具体的理由。彭政德《王维禅诗创作技巧与艺术风格之研究》根据王维禅诗内容的类型与数量进行分析、分类、统计，前者分禅迹、禅理、禅趣，后者区分为单一内容、复合内容；再运用计算机数据排比统计，由视觉、听觉、事物意象的表现技巧，摘取出重要诗眼及哲学命题，总结诗中所透露的生命价值观与人生哲学。

探讨生命观的论文还有陈威伯《盛唐诗人生命观之研究》，该文以《全唐诗》为主，佐以其他相关史料、诗人文章作为旁证和参考，研究李白、杜甫、王维、孟浩然、高适、岑参六位盛唐诗家及玄宗开元初年至代宗大历（713—765）五十余年间活动的诗人，大致从卷十四包融至卷二三七贾至为止。从中国的儒释道传统生命观，三家思想对各种生命问题的观点及对文人生命价值的影响，分述上列六诗人之生命观。作者总结诗人作品所呈现出来的生命情感、生命痛苦、消解之道，归结他们的生命特质乃是一种“追求才气”的人格特质。

此类论文在问题意识的处理上，将诗歌、宗教合论，尽管王维被尊为“诗佛”，然而笔者认为必须说明论文解决的是诗或宗教问题。另外，透过这些论文亦可发现，中国传统诗乐舞合一的特色，与唐代之诗歌与佛教融合，在诗的表现功能上，从祭神、娱乐过渡到内容蕴含高度佛教义理，说明佛教在诗歌中的呈现与地位，到了唐代是改变，同时也是进步。

（三）跨国研究

此类论文有张台萍《艺术宗教化：王维和勃莱克的诗画比较》（东海大学 1974 年硕士学位论文）、柳晟俊《王维诗与李朝申纬诗之比较研究》（台湾师范大学 1978 年博士学位论文）、金亿洙《王维研究——宗教、艺术与自然之融合》（中国文化大学 1984 年博士学位论文）、王榕《安东尼·马洽多与王维诗中对景物诠释之概述》（辅仁大学 2000 年硕士学位论文）、郝俊贤《生命意义的探讨与空义的了悟——济慈和王维诗的研究比较》（中正大学 2006 年硕士学位论文）、武氏明凤《中国王维与越南玄光禅诗研究》（元智大学 2011 年硕士学位论文）。

张台萍《艺术宗教化：王维和勃莱克的诗画比较》比较王维

与勃莱克之思想渊源，主要分析两位中西方艺术家之异同。思想渊源方面，王维综合儒、释、道三家，而以禅宗成分居多，勃莱克思想来自基督教，其中的神秘色彩带有道家与自然融合、禅宗“悟”的直觉风味，勃莱克的诗、画、思想均沾染宗教色彩；绘画方面，王维开启中国文人画，而勃莱克在水彩画方面也有立宗的贡献，由此切入点而与王维作比较，此为二人之“同”。作者指出两位诗人的“异”在于表现方法、诗的体裁、对自然的态度。张台萍首先从“自然”角度来看王维山水诗，将王维诗画合论，严格说来，传统虽有“诗画同源”之说，但学者多未厘清诗与画之差异，故在研究上容易有混沌之处，这是诗画研究的一个重要问题。张台萍第二编《艺术宗教化》拨开云雾，认为诗、画表现不同而意识上相同，界定诗、画虽同源却有所差别的范畴；又区别“唐代的山水诗画”“王维的山水画”，思路清晰，值得肯定。一般以诗画为题之论文，讨论的课题常是“诗中有画面之感”这个内涵，但审视内容，多数并未厘清“画面”或“画的感觉”，在此情况下的论述，往往存在着“同源”的传统观念而未能廓清差异。

柳晟俊《王维诗与李朝申纬诗之比较研究》是较早以外籍身份进行跨国研究的论文，身为韩国人的他，自然地选择了中、韩比较作为研究路径。本论文将王维和韩国朝鲜末期诗人申纬(1769—1845)相比较，内容四章，前三章皆在叙述王维生平、诗歌、意象、地位，仅最后一章比较两位诗人的作品风格及诗趣、书趣，并提出王维对申纬诗画的影响及申纬的汉文学地位，可见作者是以王维引出申纬来进行中、韩文学比较。之后，柳晟俊在本论文基础上作补充，加深王维诗特色，出版《王维诗研究》专书，详见下文。金亿洙《王维研究——宗教、艺术与自然之融合》是从文学和艺术的角度考察肯定王维的创造力，内容以宗教、艺术、自然三部分论王维的一生，基本上采取史的方向，至于王维生平、交游，因学界探讨已多，故作者略而不论。王榕《安东尼·马洽多与王维诗中对景物诠释之概述》比较王维与安东尼·马洽多两位诗人作品中对大地原野、河流山脉、花朵树木、季节等的营造，指出两国诗坛第一次就“风景”和季节变化为主题的诗歌，阐明“风景”的分量及重要性。自然派诗人描写实景本系常事，此论文能留意到两国诗人创作的共同焦点，着重关照“风景”这一课题，确有其新意。郝俊贤《生命意义的探讨与空义的了悟——济慈和王维诗的研究比较》选用两个国家、时代背景不同的诗人，诗作中相同的时间观念，即他们所体悟的永恒真理定义同是“空”的智慧。二人追求真理的方式相同，皆擅长以感官描述，这些生动的描写是他们透过直觉通往真理的途径；然而目标相同，追求过程不同，王维以顿悟，济慈以渐修。在实践方面，都是由诗去证“空”，借由证悟空的智慧，可以活得更美好、更有意义。此文立足点是佛教思想，因为“空”“顿修”“渐修”是佛教中国化的名词，作者运用中国佛教词汇分析济慈，与一般以西方理论用语分析中国文学的模式相反。武氏明凤为越南籍研究生，其《中国王维与越南玄光禅诗研究》以越南陈朝诗人玄光(1254—1334)和王维比较，出发点是两人虽属不同国家、时代，但所处朝代都提倡佛教，人生历程亦相似：少年别具诗才、仕途不顺、奉行佛法等。本文从两人的禅诗内容与意象探讨禅诗本质之相通性，进而比较分析两位诗人所发展出的不同风格。

以上所谓“跨国”有两种情况，一是研究者为海外人士，二是研究论题跨越王维与越南、韩国、英国、西班牙等国诗人之比较。可见王维在一千多年前所创作的诗歌及其生命经历，具有世界化的关联性。然而，三十年来仅出现四篇学位论文从事这方面的研究，将王维与其他国家的重要诗人作比较研究，应是可持续拓展耕耘的方向。

(四)外围研究

这类论文有王家琪《元前王维接受史研究》(中兴大学 2012 年博士学位论文)、谢淑蓉《明代诗话论王维》(中山大学 2005 年硕士学位论文)、李思霈《清代诗话论王维》(中山大学 2006 年硕士学位论文)、苏心一《王维山水诗画美学研究》(中国文化大学 2007 年硕士学位论文)、杨天助《王维“诗中有画，画中有诗”研究》(玄奘大学 2008 年硕士学位论文)、孙菊君《万历年间郭世元摹〈郭忠恕临王维辋川图〉石刻拓本研究》(台湾师范大学 2004 年硕士学位论文)、金信庸《〈阳关三叠〉古曲之研析》(台湾师范大学 1987 年硕士学位论文)、侯乃慧《唐代文人的园林生活——

以全唐诗人的呈现为主》(政治大学 1990 年博士学位论文)、沈轩诠《禅韵之外——王维〈辋川集〉诗歌意象之视觉设计》(云林科技大学 2011 年硕士学位论文)、廖素芳《王维之诗词衍义与图像研究——以视觉创作为例》(树德科技大学 2012 年硕士学位论文)、何韵芬《模糊语言理论在诗歌教学上的运用——以王维〈辋川集〉为讨论范围》(高雄师范大学 2011 年硕士学位论文)等。

王家琪《元前王维接受史研究》以元代之前为时间断限,讨论王维其人、作品之接受情形。诗歌接受史的研究是晚近十余年来新兴的学术方向,台湾最早的古代诗人接受史研究成果为杨文雄《李白诗歌接受史研究》(台湾五南图书出版公司 2000 年 3 月)一书,他有意改写传统文学史的撰述方式,开启台湾注意古典诗歌接受的论题,故以接受美学角度尝试探讨李白在文学史的历代解读过程,包括效果史、阐释史、影响史。

谢淑蓉《明代诗话论王维》、李思霈《清代诗话论王维》分别针对明、清两代诗话,拈出古人对王维的评论。谢淑蓉之切入点缘于宋代并不重视王维,而清初的王士祯则对王维作品相当偏爱,其影响变化的关键应在明代,故针对明代诗话论王维的部分进行考查。作者从言情比兴、人格形象、作品风格、诗歌体制、诗乐关系、诗画关系、诗禅关系等方面,勾勒出明人所论述的王维。最后指出,王维在明代深受重视,乃因董其昌“南宗画论”盛行,无形中拉抬了声势,王维的评价、地位因此有所改变。严格来说,这种方法也属于接受史的一环,只是主题选定的是断代研究。

苏心一《王维山水诗画美学研究》、杨天助《王维“诗中有画,画中有诗”研究》讨论王维诗、画。前者从山水诗画源流讲述王维文人画内涵、题画诗特色,而王维山水诗画美学则提出人文、线条、色彩、音韵、自然、象征、兼容之美。笔者以为论文第八章谈论王维诗画对后世之影响,指出“流远于张璪”“风靡于两宋”“元四家继承其水墨传统”“明朝此派衍次董其昌之手”等,似乎混淆了诗、山水画、题画诗的范围,篇题是山水诗画,但内容却割裂了山水诗、山水画、题画诗,且结论“说明王维对于诗画观光旅游花卉园艺建筑的十大贡献”，不免有离题之险。后者推翻学界以王维诗中具有的画意为：色彩、线条、对比映衬、经营位置，而认为所谓画意应是意境与神韵，“画中有诗”泛指从画中思索是否有诗的意境，并衍生出中国独特的“题画诗”艺术。

孙菊君《万历年间郭世元摹〈郭忠恕临王维辋川图〉石刻拓本研究》以现藏大阪市立美术馆郭世元临摹《宋郭忠恕临右丞真迹善本》为中心，认为其连续山水画卷形式、景点顺序安排、皴法运用等，与当年秦观《书辋川图后》阅读经验描述相合，郭世元临摹的《辋川图》原始构图年代可能在北宋晚期。由于王维画作真迹世罕流传，各种《辋川图》仿古版本根据不同需求盛行于世，万历年间的《辋川图》石刻制作说明了晚明流行风潮的背景。本论文分析后世临摹《辋川图》的情形，由王维画史地位的递嬗来检讨历代崇尚《辋川图》之现象，对厘清王维书画接受史颇有帮助。

关于王维山水画研究，学者对“文人画”了解程度不一，多数未作出明确义界，以致此一名词的使用概念模糊，甚或产生误解，且不只诗画研究方面，论文提及文人画者，多有此现象。仅少数如张台萍对文人画典型有所了解，笔者以为“文人画”应有明确定义，这是研究王维诗画之首要认识。

音乐研究方面，金信庸《〈阳关三叠〉古曲之研析》探讨王维《送元二使安西》诗之唱法“阳关三叠”。由于叠法年久失传，文献不足征，以致出现多种叠法之情况。作者勤于搜罗，数据源有：台北故宫博物院、“中央”研究院、各图书馆，及师长、亲友之收藏。研究方法是广搜集《阳关三叠》乐谱，加以译谱，分析各种《阳关三叠》乐曲。提出的结论是：《阳关三叠》歌词中，有纯用王维“渭城曲”原诗者，亦有除原诗外另加接其他歌词者；因受戏曲影响，除内容口语化外，每段并加上小标题；调式以商调最多等。这是王维研究中少见的音乐方面之专业论文，颇值注意。

王维是田园诗人，故亦为园林研究学者关注。侯乃慧《唐代文人的园林生活——以全唐诗人的呈现为主》从唐代园林兴盛的背景所呈现的“向往乐土”园林观成为中国园林的特殊传统谈起，而唐代崇尚隐逸、热衷科举考试、盛行游春等现象，也是促进园林兴盛之因。论文举王维、杜甫、白居易为例，由此延伸唐代文人的山水美感及造园理念,例如石头的运用、品石艺术、水景设计的观念及原理早在唐代文人心中便已建立。唐代文人强调"木为质,花为文"的造园序位,表现出"木重于花"的观念,同时也重视植物的象征意义。例如对"苔"的关注、"亭"的特殊形制,均已达到一定程度,说明唐人已有明显"建筑园林"的造园理念,下迄宋明清,依然流传不息。论文并指出唐代文人园林生活的特殊性是:具有山水特性;出世特性,故将园林视为养生、修道的道场;情调与美感;季节特性。而文人在四季的园林里活动不同,为唐代"吏隐"、人文与自然的调和找到平衡点。园林生活对唐代诗歌兴盛及风格转变具有一定的影响,唐代文人由仙境、桃花源、净土三方的比拟呈现"园林即乐园"的观念。文人的园林生活里,频繁的诗文创作与艺术构思,又反馈后代园林生活对山水画的开展,提供了事实及意境上的影响。

外围研究另可注意的是,透过现代符号学、图像学、华语教学来认识王维作品和思想,将古典与现代应用相结合。例如沈轩诠《禅韵之外——王维〈辋川集〉诗歌意象之视觉设计》、廖素芳《王维之诗词衍义与图像研究——以视觉创作为例》,两文以符号学、图像学原理,分析文字建构视觉创作的脉络,或结合文学与时尚设计,由于现代知名设计师追求本质的设计理念与禅的简约朴实呼应,故以王维《辋川集》的图像概念借由设计展演,营造出符合诗境之演出效果,开拓纯文学研究外的新构思。其次是应用于华语教学,何韵芬《模糊语言理论在诗歌教学上的运用——以王维〈辋川集〉为讨论范围》以模糊语言理论审察《辋川集》诗,辅以问卷调查,分析来台学习华语之外籍人士对中国古典诗的理解,最后针对"古诗教学"提出建议。

二、专书

台湾王维研究的专书,依出版先后有:刘维崇《王维评传》(中正书局 1972 年)、吴可道《空灵的脚步》(枫城出版社 1982 年)、杨文雄《诗佛王维研究》(文史哲出版社 1988 年)、皮述民《王维探论》(台北联经出版公司 1999 年)、朱我芯《王维诗歌抒情艺术研究》(花木兰文化出版社 2009 年)、王润华《王维诗学》(花木兰文化出版社 2010 年)、王家琪《王维接受史——以唐宋为主》(文津出版社 2012 年)等。其中,朱我芯、王家琪是学位论文付梓。刘维崇为较早出版的专书之作,内容广泛地含括王维少年时代、思想、诗文源流特色、交游、书画品评与流传、卜居辋川、辋川图考;在书画品评与流传方面,整理王维画作名称及出现于著录之处,最出名的《辋川图》的记载与题跋。由于王维书画真迹散佚,今所见者多为摹本,这种整理方式为学者提供清楚的名单,间接说明王维画名被诗名所掩的情况。此书延续早期的写作形式,多陈述历代数据,创见较少;在《辋川图考》一节采录宋明清历代游辋川者所写的游记,仅援引文章而未加讨论,并无"考证"之实,且仅凭五篇文章推演千百年别墅盛衰,亦嫌失之片面。

吴可道《空灵的脚步》一书虽未标举王维之名,实则内容五章均谈王维,且所重在比较诗史公认的屈原、曹植、陶潜、李白、杜甫这"五大诗人",虽然排名先后系乎评者个人偏好,但作者认为王维应予列入。五诗人中,屈原年代遥远,曹植之浪漫与游仙幻境与王维异趣,故以陶、李、杜三人与王维作比较。此书体例与行文语气侧重美感的追踪,取代文学考据,主要在突显王维的淡泊、清静、化境;书之特殊处在第五章"王摩诘文章的浏览"谈到除《山中与裴秀才迪书》外,王维的文章在唐代颇负盛名,然却寂寂无名,主要是因为体裁为骈文且内容为应制文,此书在数量庞大的王维诗、书、画、音乐研究外,再标出"文",是为先见。

前述柳晟俊《王维诗与李朝申纬诗之比较研究》学位论文经补充后,另成《王维诗研究》(台北黎明文化事业公司 1987 年)一书。内容计五章,除结论及第一章"王维评传"外,其余叙述王维诗特色,包括:自然风与画趣、禅趣与意象表现,及从王维在盛唐诗的地位贡献给韩国李朝诗人之影响作出中韩诗学比较。自然风、画趣、禅趣即分析诗歌内容,以揭示这些特色。由于是较早出版的专书,且属于域外学者研究中国文学之例,故值得关注。杨文雄《诗佛王维研究》(香港万有图书公司 1971 年)是继庄申《王维研究》后的重要专著,而与庄书最大不同处在于运用当时西方的比较文学方法。内容包含王维之生平年代、家世背景、交游、人格、文艺观念、画论、画风，并总结王维在中国诗史的地位。踵继杨文雄后出版的专书，是皮述民的《王维探论》，该书包含年谱、求学、生活、诗风、诗画作品，从多方角度解读而大半着力于考证生平。朱我芯《王维诗歌抒情艺术研究》乃增补其硕论出版。本书将王维抒情诗的艺术手法归纳为：题材主要是自然景物与隐逸人物，多偏重白描写实的发挥，并以意象的暗喻为最多；王维的写景诗得力于对山水画的技巧及经验；诗中常有弹琴高歌的场景，显见音乐是他重要的情感寄托；因潜心佛学，禅趣诗以喧闹现幽静，动中见静的反衬法是王维诗最突出的技巧；采用许多女性题材反映社会问题，而以比体讽喻权贵的手法为多。作者以王维的抒情诗为探讨重心，使中国传统主流的抒情诗特质，在历史中的盛唐诗歌有一较为彰显的论述。

王润华《王维诗学》提出十种阅读的有机方法，包括：桃源行诗学、青绿山水诗学、无我诗学、汉字语法诗学、密码诗学、远近法诗学、立体诗学、日想观诗学、经变画诗学、景物空间移动诗学。所谓“有机”，乃因十种诗学方法也可用于其他诗人，是一种多视野阅读法，带来无限广大的阅读与想象空间。十法不能单独使用，而是共同构成一种多视野阅读文学的方式。“桃源行诗学”是王维开始走进中国的田园山水，使田园山水乌托邦化，王维的宗教想象“日想观诗学”“经变画诗学”让他的山水诗成为非本土化的想象与思考，超越现实的魔幻想象，使诗歌具有多层意义结构。另外，“青绿山水诗学”“远近法诗学”“立体诗学”使山水诗艺术化；最后，“无我诗学”“汉字语法诗学”“密码诗学”把象形文字的具体感、象征意义、文化符号忽隐忽现地出现在山水诗中。吴启祯《王维诗的意象》借由心理学、古典与现代文学理论的意象涵义，厘清王维诗意象的概念及表现方式，探讨诗中的心灵，所分析的意象有：季节、色彩、声音、动植物，整理这些意象所呈现的象征意义。王家琪《王维接受史——以唐宋为主》是硕论《元前王维接受史研究》出版成专著。作者集中唐、宋两代为讨论重心，从效果史、阐释史、影响史三方面处理后世诠释的情形，做现代思考及重新分析。效果史是以读者的传播纪录与批评为主，阐释史是批评家对作品的根源、内涵、风格、审美意趣等的再度阐释，影响史是受到影响的作家或作品。作者提出王维在学佛上不主一宗一派，故其哲学思想内涵多元。影响方面，唐、宋不同调，唐代接受王维的主要贡献，反而在宋代成为次要；相反地，王维在唐代的次要性质，在宋代的接受中反被赞扬。接受史研究可厘清王维在唐以后之地位，从地位消长再现诗史的流变与兴亡，其实是在距唐代千年后的今日，可以作出中国盛世古典诗歌总结的重要议题。

学术专书外，还有偏向大众化性质的著作，包括传记、诗选集、绘本。如萧丽华《王维——道心禅悦一诗佛》（台北幼狮文化公司 1991 年），王福耀《王维诗选》（台北远流出版公司 2000 年），范庆雯《寒水秋水：王维诗文选》（台北时报文化公司 1985 年）及张维中、谢祖华《让我们看云去》（台北天下杂志社 2010 年）。传记书为有兴趣了解中国古典文学基本知识的大众，提供一个珍贵的入口。萧丽华该著内容有王维生平、初入仕途、卜居辋川、安史之乱、晚年、亲朋交往、诗佛思想，末两章为绘画的成就，书后附年谱。萧氏执笔目的，是因王维的成就在于其“人格”与“诗格”为中国人树立一风神淡远、性灵深永的典型，他既非诗圣，亦非诗仙，而是为纷扰的人世开辟物我融合、天地清明的世界，树立了中国文人极高的典型。

诗选集是特别为大众设计的读本，具有特殊性及个别性，因为在编辑体例上，均有原诗、注释、语译、赏析；从市场角度考虑，它不是学术书籍却扮演举足轻重的角色，一般民众或许无法深入认识学院殿堂里的王维，但从选诗入手，亲近这些诗篇，咀嚼赏玩，即使并未十分了解学术评价、思想底蕴等种种问题，但能认识中国著名文学家及作品，提升人们的文学鉴赏力、陶冶生命情怀与增益艺文修养，也是敦厚民风、促进社会和谐的一种贡献。故这类专著虽然内容浅显，学术性不高，但就实用价值与社会影响而言，作为文学入门或课余、休闲读物，功用仍值肯定。诗选集还有一种是部分篇章编入王维的，如《唐诗之旅》（台北号角出版社 1981 年）之《诗画共翦碧连天——王维》，该书简介唐代诗人及其著名诗作，附图有：所介绍诗描写之景地照片、诗人画像、宋刻本诗人诗集，但对选诗未做注释、赏析，着重在每位诗人的简介及附图，可知编者的意图。

《让我们看云去》乃张曼娟策划的"唐诗学堂"系列其中一部，将王维与孟浩然合为一册。此书特点有二：一是采用绘本形式，二是设计故事而引出王维诗歌。此种编辑方式有别于一般诗选采用原诗、注释、赏析的固定模式，编辑想法与做法值得赞赏。图画与故事本是引导儿童阅读极佳的方式，这一系列作品，对从儿童时期扎根唐诗阅读作出了贡献。

三、未来展望

综观台湾王维研究在学位论文与专书方面，研究论题获得进步的有：王维诗的分期，早年分为两期，即以安史之乱作划分，后来分作四期，代表学者对王维诗有更细密的观察；早年的王维研究多属泛论，后来逐渐凝聚焦点，例如佛教思想、园林造景、音乐图画、比较研究等，此即学术研究"后出转精"之发展，后来者锁定某一专题作深入探讨，较能突破前人窠臼。在研究生隶属系所上，宗教是被多数不同领域的研究生共同选中的议题，此现象颇值深思，中国文学史上不仅仅只有王维是佛教徒，何以独其宗教议题备受青睐？而在新时代研究者身上，我们看到他们激发异想，由传统文史系所的研究延伸至传播、设计、视觉、华语教学等，王维诗带给他们多方面的启发。

以后需要继续努力的是：台湾较缺乏王维接受史研究，目前成果仍嫌不足，应是未来研究热点之一。至于新时代研究者已将触角伸向文史之外的传播及设计领域，因应日新月异的世界变化，更多不同学院的研究生加入，将促使王维研究呈现多元的面貌。除了目前所见视觉、设计、园林方面的学位论文，似乎还有其他值得尝试的领域，例如结合电影理论。也可从王维诗作开发母题研究，例如王维改写桃花源诗，仕与隐是文人自古以来内心纠结的问题，桃花源母题应可加以拓展；而田园主题，在二十一世纪世界各地倡导回归自然、绿色生活的热潮下，也颇值关注。王维乃中国诗史的代表人物，与外国诗人做比较，也是值得开发的议题。而跨国研究必须兼通域外成果，驾驭外语与解读他国文献有其难度，故这类成果较少，尚待投入力量深入研究。需要注意的是，未来研究者无论从何种角度进行研究，都应植根于文本，深入探索原典。新的研究方法、材料、甚至出土文献是我们所期待的，但移植境外之花，必须与原本的树木接枝，才能重现璀璨荣景。

新加坡近年唐代文学研究概况(2010—2014)

□ 曲景毅

新加坡目前有三个公立高校中文系，即新加坡国立大学中文系(Department of Chinese Studies)、南洋理工大学人文与社会科学学院中文系(Division of Chinese，HSS)、南洋理工大学国立教育学院亚洲语言文化学部中文系(Chinese Language and Culture Division，NIE)。这三所中文系是教学与研究相结合的。新加坡还有两个中文高等教育，即义安理工学院中文文凭(Diploma in Chinese Studies)、(私立)新跃大学中文部(Programme of Chinese Language and Literature)，前者为专科文凭，重在实践培养，较少学术研究；后者为在职学位，且与中国北京师范大学、南京大学合作培养在职硕博士研究生，故有一定的学术研究。此外，民间社会团体也有一些传统文化研究者。本文即简要评述南洋理工大学、新加坡国立大学中文系相关学者近五年(2010—2014)的唐代文学研究状况并介绍新加坡出版的学术年刊《新世纪学刊》近几年刊载的关于唐代文学的学术论文。

一、南洋理工大学的唐代文学研究

南洋理工大学中文系始创于2003年，为该校人文与社会科学学院的旗舰系(目前学院拥有9个学系)。师资团队来自世界各地(包括亚洲、欧洲、美洲的大学)，该系既重视传统学问的基础，也强调跨领域的方法，提倡多元化的创意与批判思维。其中，衣若芬、曲景毅等近年研究多涉及唐代文学。

(一)衣若芬副教授

衣若芬教授长期从事“文图学”的专门研究，特别关注苏轼及宋代文学与图像研究，出版了相关专著7种，成果丰硕。衣教授近五年亦有关于唐代文学的论文，如《苏轼“李白仙诗卷”探研》(《宋代文哲研究集刊》2011年第1期)简介“李白仙诗卷”的流传与收藏情形，罗列学者对《上清宝鼎诗》作者的不同见解，继而探讨向苏轼传达此诗的道士丹元子的身份、丹元子与苏轼及其周边人物的交游关系，分析此诗可能的作者。再从诗篇内容的道教游仙色彩、托名李白的现象，论述其文献意义。最后对比同时期苏轼的书迹如《洞庭春色赋》《中山松醪赋》以显示“李白仙诗卷”的艺术价值。此文后又以《诗仙と坡仙の出会い——苏轼“李白仙诗卷”》为题发表于日本《书法汉学研究》第11号(森冈ゆかり訳，2012)。

《台北故宫博物院本“明皇幸蜀图”与白居易〈长恨歌〉》(《中山大学学报》2011年第6期)指出“明皇幸蜀图”藏于台北故宫博物院，为青绿山水画，本定名为“宋人关山行旅图”。1950年代以后，学者陆续研究认为此图描绘的峻岭栈道、出行人马，可能是唐玄宗因安史之乱避于蜀的情景。“明皇幸蜀”为历史重大事件，不过历代著录的绘画目录却罕见作品，笔者因而追索史料，探究其原因。研究指出：宋人对于白居易《长恨歌》有负面评价，并且认为“明皇幸蜀”为国祚不幸之征兆，于是鲜少图绘相关题材的画作。台北故宫博物院本“明皇幸蜀图”虽并不以《长恨歌》为创作依据，仍颇具参考价值，可借以理解日本“大和文华馆”和美国“大都会美术馆”的同类行旅图式。此文后又以《台北故宫博物院本“明皇幸蜀图”と白居易“长恨歌”》为题，发表于日本《白居易研究年报》第11号，又收录于衣若芬《艺林探微——绘画、古物、文学》(华东师范大学出版社2012年8月)一书中。与此相关，衣教授还发表《宋人评价〈长恨歌〉及其对东亚“长恨歌图”之影响》(杨国安、吴河清《第七届宋代文学国际学术研讨会论文集》，河南大学出版社2013年8月)和《白居易〈长恨歌〉之经典化及其东亚相关图绘简论》(收录于 Xin Ning, Dietrich

Tschanz, Ching—I Tu 主编《中国古代经典与传统思想:起源、流变与对话》)(Rutgers University, 2012 年),两文内容、观点较为接近。除了《长恨歌》的接受史研究,衣教授也关注《琵琶行》在东亚的流传情况,发表有《东アジア文学キャノンの研究の一隅——台湾·白居易〈琵琶行〉研究概况》(森冈ゆかり訳,《白居易研究年报》第 13 号,2012)。

《美感与讽喻:杜甫〈丽人行〉诗的图像演绎》一文,原载于 2009 年香港《研讯学刊》第 15 期,后收入衣若芬《游目骋怀:文学与美术的互文与再生》(台北里仁书局 2011 年 8 月),文章指出后世以《丽人行》为题目的绘画,依其表现形式,可分为两类:一是鞍马画,例如现存最早,题为北宋画家李公麟(1049—1106)的作品,以及受此画卷影响的续作,有清代方干、清皇室"旧王孙"溥心畬(1896—1963)。另一种为仕女画,例如傅抱石(1904—1965)、陆俨少(1909—1993)、程十发(1921—2007)等人,均画过"丽人行"图。论文首先考察《丽人行》诗是否具有"可画性",即诗人的笔法是否为读者构设出一个画面的想象空间,这种"宛在眼前"的"可画性"因素虽然不是画家所依赖的必要条件,但能够为我们提供"诗中有画"的参酌背景。其次,依序列举鞍马画与仕女画的"丽人行"图。在鞍马画部分,着重溥心畬对题为李公麟作品的继承以及画意的别解。在仕女画部分,则以傅抱石的作品为核心,考虑历史题材如何渗透人心,反映时事。最后,探讨绘画的视觉美感是否能达到杜诗的讽喻作用。

此外,上举于 2012 年华东师范大学出版的《艺林探微——绘画、古物、文学》一书亦收录衣教授以前关于唐代的 6 篇文章:《白居易的写真诗与对镜诗》《潇湘文学与图绘中的柳宗元》《从唐人诗画中马的意象看盛唐风光》《李商隐诗评价论析》《〈唐文粹〉之编纂背景、体例及其"古文"类作品》《宋代题画诗词中的李白形象》。此外,衣教授也经常于台湾、日本、韩国、中国大陆等地各大高校及学术机构发表学术演讲。

(二)助理教授曲景毅

曲景毅博士主要研究汉魏六朝唐代文学,近几年围绕"唐代大手笔作家"这一课题展开一系列个案与综合研究。《唐代"大手笔"作家考论》(《辅仁国文学报》2011 年第 32 期)是对这一课题的文献梳理,文章指出"大手笔"一词语出《晋书·王珣传》,最初是指有学识、有文采、为皇帝赏识的文章家代表皇帝草拟的朝廷公文。以唐代为界,其涵义由固定逐渐变得宽泛。作者意在厘清这一称谓的由来、涵义及其衍变,并具体考论唐代被称为"大手笔"的作家以及其身份辨认、文体类别特征等相关问题。论文指出由于朝廷所需公文一般都由专人撰写,所以"大手笔"的称谓逐渐由某类文章进而指称撰写这类文章的文章家。在唐代,"大手笔"含义仍然不出"荷明天子旨"的范围,诸"大手笔"作家在文章风格上也呈现出一定的相似性。被冠之以"大手笔"称号的文章家被要求一种极高的综合素质,唐代享此殊荣者共 16 人,不同时期皆有以"大手笔"而著称者。论文充分吸收现代补遗与考辨成果,力求将唐代每位"大手笔"作家的文章于各本的著录情况汇集一处,对其中真伪有疑义或后人著录有误者进行辨正,考辨统计得出唐代"大手笔"作家现存文约 2163 篇。

之后曲博士连续发表相关论文,如《论李德裕的公文写作》(《国学研究》第 2011 年第 27 卷)一文认为,李德裕的制诏奏议在辅佐唐武宗成就"会昌中兴"之不朽绩业的过程中发挥了重要作用。李德裕以文章德绥回鹘,以文章智平泽潞,其《会昌一品制集》是讨胡平叛的中兴实录,是文章治天下的范型。李德裕精于《汉书》《左传》,《左传》"尊王攘夷"之大义与《汉书》"旁博精萃"之典实均鲜明地体现在其公文的写作中,以古治今,援引"故事",是其行文的显著特征。他的公文气象雄毅,尽显"英雄本色",简严中能尽事理,明白晓畅,辞情兼备,实现了经世致用与文采斐然、实用与美感的和谐统一。曲博士还发表《李德裕赋与中晚唐赋的发展》(《安徽大学学报》2010 年第 6 期),该文认为李德裕是中晚唐辞赋大家,惜其赋作一向不被学界重视。他以议论入赋,渗透人生感悟及哲学思考,他以独特的赋前注和赋中注为特征,希望当世及后世理解其赋中意。以形式而言,他的语言简省自然,句式不骈不散。李德裕是唐人"新文赋"的杰出代表,在中晚唐赋史上应占有一席之地。

《"文章四友"新论:以李峤、崔融之应用文书写为探讨中心》

（《师大学报：语言与文学类》2012年第2期）一文指出，文学史上向以李峤、崔融、苏味道、杜审言并称"文章四友"，却甚少关注其文章成就。论文以崔融、李峤应用文书写为探讨中心，指出高宗、武后时期以崔融、李峤为代表的"大手笔"作家因袭六朝绮靡华赡风气，风雅之道扫地，庙堂文风一度颇为不振。就文章内容而言，徇功称美、颂德称奖的华而不实之辞大行其道，较为缺乏政教意义与真情实感的流露。李峤、崔融的颂体文尽显词臣面貌，因时代风会祥瑞观念大量体现。当然，他们又是颂体与谏议之复合体，二人的奏议文为其文章增添了一种实在与亮色。总体来说，李峤是撰写谦词雅语的行家里手，颂扬主上极尽铺张华丽之能事；与其相类，崔融亦立辞比事，润色太平之业，但崔融的文章引经据典，博闻广记，擅长使用"连珠"式的排比句，尤喜爱三字句间插句中，句式富于变化。以文学成就而言，崔融较李峤略胜一筹。本文由此申发认为"文章四友"中的"文章"兼指诗赋与文章，且偏重于指文，"崔、李、苏、杜"的排序与其文章成就及在当时被认可的程度基本吻合。

《张说苏颋之应用文比较研究》（《第九届马来西亚汉学国际研讨会论文集》2012年10月）一文，比较分析盛唐一代文章圣手张说与苏颋的应用文写作。二人并称"燕、许大手笔"，以其创作实绩形成了所谓的"燕许体"文，赢得后世效法，影响深远。张说的碑志类文字突出，苏颋则更擅长制敕类文字，张说的文章散体化程度高，苏颋的骚体与三字句成分多。相较而言，张说气盛文奇等特点使其文章更为卓著，被人称为"唐骈文之盛轨"，苏颋的文学成就特别是他的文学影响力是不能与张说相提并论的。与此相关，曲博士还发表论文《论张说的尚奇与传奇》（曲景毅《多元视角与文学文化：古典文学论集》，安徽大学出版社2014年2月），分别对张说文章鲜明之尚奇特色与其传奇创作进行解析，并指出二者在创作倾向上呈一种双向互动的关系，一方面张说的大量碑志行状透露出浓郁的传奇色彩，另一方面张说以散体古文笔法书写传奇小说。作者还对《虬髯客传》作者的争议进行推论，结合其文章尚奇的特征，认为原作者应属张说较为合理。张说不但是古文运动的先驱，亦是唐传奇臻于成熟的代表。

《试论中唐常衮制书之文章价值》(《中国文化研究所学报》2013 年第 56 期)一文认为,安史之乱后,唐人中兴意识突出,儒家原始哲学中的经世致用理念得到广泛的应用,反映到文章创作当中亦复如此。在相对岑寂的大历文坛,庙堂之上的秉笔者常衮,无疑是此期文章家中的杰出者,以往在政治还是文学上都不够重视他,基本处于研究上的空白,本文试图首次挖掘其文章价值。常衮文采赡蔚,长于应用,为当时推重,他的文章多为制文、表文、册文和墓志等应用性文体。其制书是中唐政治生活、文化礼仪、国力形势与对外交往的一面镜子,具有较高的历史文献价值和认识价值,其制诏体富于新变,其命官制文体现出既要求符合传统的儒家规范,又要具有实际的吏事能力,同时还要富于辞章文采的综合取向,代表了新"文儒"的转型。

此外,曲博士有若干篇关于唐代"大手笔"作家的综合研究论文,如《"大手笔"作家与唐代儒学的三次复振》(《古代文学理论研究》2010 年第 31 辑)、《论唐代文章之演进:以"大手笔"作家为视角》(黄霖、周兴陆《视角与方法——第三届复旦大学中国文论国际学术研讨会论文集》,凤凰出版社 2013 年 8 月),该文修订后更名为《"大手笔"作家视域下的唐文演进论》(《古代文学理论研究》第 34 辑)、《唐代"大手笔"作家的研究路径与学术空间》(《第十届马来西亚汉学国际研讨会论文集》2014 年 11 月)、《谫论唐代开国"大手笔"作家》(《第十七届唐代文学国际学术研讨会论文集》2014 年 10 月)、《奉和应制与宫廷文会:"大手笔"作家与唐代文坛》(《香港亚洲研究会第九届研讨会论文集》2014 年 3 月)

曲博士亦关注大陆学界的出版动态。比如,以中英文对袁行霈、丁放著《盛唐诗坛研究》一书发表书评,英文为"Book Review: Yuan Xingpei and Ding Fang, Shengtang shitan yanjiu [Studies on the High Tang Poetry Circles], "(Studies on Asia (Illinois State University), USA, Series IV, Vol. 4, No. 1, 2014)、中文为《评〈盛唐诗坛研究〉袁行霈、丁放著》,(《唐代文学研究年鉴》,广西师范大学出版社 2013 年 10 月)。

此外,南洋理工大学中文系不时举办有关唐代文学的学术讲座，如2010年1月27日邀请南京大学文学院莫砺锋教授演讲《唐宋诗词的现代解读》、2011年2月28日邀请南洋理工大学中文系教学研究员曲景毅博士演讲《唐代"大手笔"作家之应用文研究——以李德裕为个案》、2013年1月29日邀请首都师范大学文学院张松健副教授演讲《一个杜甫，各自表述：现代汉诗中"杜甫"形象的变异》。

在南洋理工大学中文系以外，国立教育学院亚洲语言文化学部中文系是新加坡唯一的华文师资培训机构，也有自己的语言、文学本科、研究生教育。除了传统的学术研究外，多有关于教学方面的探索与研究。该系助理教授李佳博士的研究主要侧重于先唐文学与文献学，但也时时关注西方汉学，曾在《剑桥中国文学史》（英文版）2010年刚刚出版时，撰写书评《评孙康宜、宇文所安主编〈剑桥中国文学史〉》（《汉学研究》2011年第2期），这是整个东西方汉学界关于此书的第一篇书评。李佳博士在此之后又撰写《试论宇文所安〈剑桥中国文学史〉（第一卷）的理念与呈现》（《文化与诗学》第12辑）一文，通过对宇文所安教授主编的《剑桥中国文学史》（第一卷）的分析，结合其以往著作中有关编纂文学史的观点，并与袁行霈教授主编的《中国文学史》进行比较，探讨宇文教授新编文学史理念。作者认为《剑桥中国文学史》秉承了历史主义的研究方法，注重接受史的逻辑思维，提出了文学史是对以往文学文化的叙述、文学史本身就是文学史的一部分、经典的形成经过一系列复杂的中介过程等重要观点。此外，新编文学史还特别关注物质文化对文学的作用、文学发展的不确定性，并打破以朝代进行文学分期的传统、较好地贯彻了以文学本位书写文学史的观念，从"旁观者"的视角提出了颇多新见。李佳博士的论文在分析中关注到该书第四章"文化唐朝"及第三章中"初唐"的部分。此外，由于自身在文学教育研究领域的新拓展，李佳博士发表了《汉语国际教学之唐诗教学——以新加坡为个案》（《第十一届国际汉语教学学术研讨会论文集》2013年6月），文章指出汉语的国际教学不应只是狭义的语言教学，也应该包括文学乃至文化上的推广与传播。唐诗是中华文化桂冠上的耀眼明珠，学习唐诗对于外国学生理解中华文化行之有效。新加坡是华人为主体的社会，但“脱华入英”已为大势所趋。论文对新加坡的唐诗课程及大学里的唐诗教学现状进行了深入分析，以个人的唐诗教学经验为个案，探讨新加坡华文文学教学所面临的挑战，以及相应的教学策略。

二、新加坡国立大学的唐代文学研究

新加坡国立大学中文系，前身为新加坡大学中文系与南洋大学中文系，它是新加坡历史最悠久的中文系，至今已走过六十多个春秋。目前是新加坡国立大学文学暨社会科学院属下十一个学系之一，致力于融汇东西学术，在国际中国研究学界建立自己的特色，该系的萧驰、苏瑞隆、李志贤近年发表过关于唐代文学的研究论著。

（一）萧驰副教授

萧教授是研究滥觞于北美而流播于亚洲“中国抒情传统”学术型态的重要学者，已于2013年退休离任，目前定居荷兰。近年来萧教授出版三卷本《中国思想与抒情传统》(《玄智与诗兴》2011;《佛法与诗境》2012;《圣道与诗心》,2012)，其中与唐代文学相关的论著为第二卷《佛法与诗境》，此书为2005年中华书局同名著作的修订版，该书认为佛学之“境”成为重要的诗学范畴是佛教东渐与一个以抒情诗为主要文类的文学传统相遇的结果。尝试考察东晋至晚唐五代之间佛教对中国诗观念的影响。其中部分章节如“如来清静禅与王维晚期山水小品”论述王维晚期山水小品中的独特文类品质和辋川诗境、“中唐禅风与皎然诗境观”论述皎然“诗境”论、“洪州禅与白居易亲适诗的山意水思”、“释子的苦行精神与贾岛的清寒之境”、“玄、禅观念之交接与《二十四诗品》”均与唐代诗歌与诗学相关。

（二）苏瑞隆副教授

苏教授长期研究汉魏六朝诗歌、历代辞赋研究，出版过《鲍照诗文研究》(中华书局2006年1月)。2012年11月16日至17日，主办“国际赋学研究会学术论坛”，并发表论文《变骚与新文赋：唐代柳宗元的骚体文初探》。2014年3月21至23日，苏教授出席香港大学"科举与辞赋国际赋学研讨会",发表论文《唐代试赋与长安之帝都文化》。以上两文因是学术会议论文,不是定稿,故不方便提供论文内容,尚祈见谅。

(三)李志贤副教授

李教授曾从事唐代赋税史、武后研究,出版过《杨炎及其两税法研究》(中国社会科学出版社 2002 年 6 月)。近年发表《唐人宋神:韩愈在潮州的神话与神化》(《陕西师范大学学报》2012 年第 2 期),论文指出"唐宋八大家"之一的韩愈历来享有盛誉,即便在贬谪潮州的人生低谷期也以其勤政爱民的斐然功绩在唐宋潮州民众心目中赢得了由人到神的升格。在这一演变、升格的过程中,潮州本地盛行的先贤崇拜和人神合一以及宋代理学的兴盛加速了韩愈的神化,唐宋地方祠庙祭祀政策的变化以及韩愈自身所具有的文化人格魅力等多种因素共同合力而促成了韩愈这一"唐人宋神"文化奇观。

此外,新加坡国立大学中文系也不时举办有关唐代文学的讲座,如"印刷与大众文化研究群"邀请首都师范大学文学院张松建副教授于 2012 年 8 月 23 日下午举行题为《一个杜甫,各自表述:现代汉诗中"诗圣"形象的变迁》的学术讲座。"古典文学与思想研究群"邀请南洋理工大学中文系助理教授曲景毅博士于 2014 年 10 月 9 日上午举办题为《论唐代"大手笔"作家之声名消解与历史遮蔽》学术讲座。

三、《新世纪学刊》

《新世纪学刊》是东盟(亚细亚)华文学术理论年刊,于 2001 年创刊,由新加坡斯亚舍出版,至今已有 14 期,主要发表中国文史哲与新马文学艺术教育等论文。一些新加坡本地学者、本地研究生在此发表唐代文学的论文有:萧国荣《白居易叙事诗研究》(《新世纪学刊》第 10 期)主要论述了白居易叙事诗的创作意图、结构模式、叙事手法、人物形象。第一部分由白居易的三大创作意图(生活苦难、战争祸害、痴情男女)看诗人的悲剧意识;第二部分将白居易叙事诗结构分为记事线形、联章组诗、故事情节三种模式；第三部分认为白居易的叙事手法有第三人称、回溯往事、视觉意象、对比映衬、典故引用、比喻隐喻六种；第四部分论述白居易叙事诗中的老人、妇女、帝王形象。文章注意到白居易叙事诗大多数作于806—811年间，是中唐最有责任感的诗人，重申了日本学者吉川幸次郎所认为的白居易是“用难以作诗的方法在作诗”的观点。黄治澎《狮城诗人对唐文化及唐诗的情意结》(《新世纪学刊》第13期)从东南亚华人的唐朝情意结出发，论述了韩愈与潮汕的渊源、唐朝在岭南的金银生产及经济发展、借鉴唐诗新创古诗、将唐诗移植融入现代诗、李杜王及其儒释道文化与精神跟南洋华人的情意结问题。文章论述稍嫌散漫，学术性也有所欠缺，但提出了唐代文学文化在南洋的影响问题却是值得注意的。陈新《更上层楼，是为乡愁——王之涣〈登鹳雀楼〉诗意再探》(《新世纪学刊》第10期)指出自1944年朱自清《怎样学习国文》中举《登鹳雀楼》一诗暗示人生必须往高处走的言外之意以后，六十多年来诗意似乎一锤定音，但作者通过分析认为此诗原意应为“乡愁”，有一定的新意。

新加坡新跃大学与南京大学联办博士课程之博士生许铭真的论文《陶渊明田园诗对孟浩然诗歌的影响》(《新世纪学刊》第11期)认为陶渊明开创的田园诗在整个南朝除鲍照、江淹的几首拟作外，几近湮灭。初盛唐之交的孟浩然打破了沉寂，掀起了一个田园诗创作的高潮。文章从归隐思想及创作风格两方面论述了陶渊明的田园诗对孟浩然的影响。新加坡新跃大学与南京大学联办博士课程之博士生胡荣的论文《陶渊明与王维田园诗之比较》(《新世纪学刊》第11期)将陶渊明与王维的田园诗在作品内容、表现意境进行比较。新加坡国立大学中文系硕士研究生张森林的论文《王维山水田园诗中门扉意象所承载的隐逸之情》(《新世纪学刊》第11期)由赵昌平指出的陶谢诗分启后世山水诗不同的创作倾向而王维是集大成者的观点出发，从门扉这一意象透视其山水田园诗中的隐名情怀。

总体而言，新加坡地缘有限，高校较少，官方语言为英语，整个社会古典文学及传统文化的氛围一般，专门的唐代文学研究者不多，但他们仍然抱持着延续与承传的学术使命，发表了具有一定质量的论著。以上所举新加坡2010年至2014年唐代文学研究的概况，难免挂一漏万，仅此为中国唐代文学研究者提供一个参考。

日本的唐代文学研究(2013—2014)

□ 佐藤浩一

2013—2014年度日本唐代文学研究成果主要集中在唐诗研究上,其中既有作家作品研究,也有诗歌韵律研究,还有不少译注和鉴赏集。日本诗迹研究自松浦友久先生提出后一直受到日本学界关注,近年也有重要成果出版。此外,唐代小说、类书研究等也得到一定程度关注,但论著数量不多,故而本文一并归入其他。以下就分唐诗研究、诗迹、其他三部分予以综述:

一、唐诗研究

本年度日本的唐诗研究主要集中在作家作品、韵律、译注和鉴赏集四个方面。

(一)作家作品

本年度日本唐诗研究中作家作品研究最受重视,其中杜甫、白居易仍是研究热点,此外兼及元稹、李贺。

2012年是杜甫的诞辰一千三百周年,在日本也有很多有关杜甫的研究。京都大学中国文学会编辑的《中国文学报》第83册是杜甫诞辰1300年的特刊,版权页上写着2012年10月发行,但实际上是2013年发行的。刊载的论文有:兴膳宏《杜甫与七言律诗——尤其是拗体诗》、平田昌司《有意有序的失范——杜甫七言拗律论》、川合康三《论杜甫之“贫穷”》、蒋寅《杜甫应酬诗小议》、小南一郎《杜甫秦州诗论》、西村富美子《杜甫〈咏怀古迹五首〉的第三诗——“王昭君”影像的形成和白居易的继承》、倪豪士(William H. Nienhauser)《记忆的再现——〈江汉〉初探》、深泽一幸《杜甫当错了月下老人——〈送大理封主簿五郎〉诗释》、金文京《作为山人的杜甫》、釜谷武志《杜甫诗里的陶渊明》、绿川英树《雨天之情景——论杜甫对陈与义咏雨诗的影响》、中原健二《春与"无赖"》、小松谦《〈杜甫游春〉的演变——大众眼里杜甫形象的形成》、张伯伟《朝鲜时代私家杜注考》,共十四篇论文。京都大学中国文学会1962年也发行了《杜甫诞生一千二百五十周年特刊》,其中收录论文有吉川幸次郎《杜甫与月亮》、小川环树《吾道长悠悠——杜甫的自觉》、入谷仙介《乾坤与天地——作为杜甫世界观的线索》等。这次特刊是时隔五十年以后的纪念号,执笔者除了唐诗专家川合先生以外,还有致力于其他领域研究的著名学者,如楚辞研究的小南先生、六朝文学研究的釜谷先生、宋代文学研究的深泽先生和中原先生等。戏曲研究者小松先生详述画题和戏曲里面的杜甫,以此印证杜甫形象的变迁。金文京先生着眼于"山人"这一概念,认为"山人"原意是在山中隐栖,但中唐以后"山人"的栖身之处已经不仅仅局限于山中,也开始在城市里营生。杜甫在华州弃官去秦州,就是抛开官僚志向,愿当"山人"。

中国诗文研究会、松原朗主编的《生诞千三百周年纪念 杜甫研究论集》(研文出版2014年)中包括了十四篇杜甫研究论文,分别是:古川末喜《天宝十四载,杜甫四十四岁——仕官前夜的诗和人生》、松原朗《杜甫的〈诗之死〉——然后在秦州的诗之复活》、后藤秋正《咏杜甫旧居的唐末五代诗——以同谷和成都为中心》、川合康三《杜甫周边的很小的生物》、陈尚君《杜甫离蜀后的行止试析——兼论杜甫之死》、内田诚一《杜甫〈李潮八分小篆歌〉的李潮是否李阳冰?》、葛晓音《论杜甫七律〈变格〉的原理和意义》、丸井宪《七言拗律论的滥觞和展开》、高桥良行《杜甫〈友情诗〉札记》、土谷彰男《杜陵野客和腐儒》、矢田博士《〈冥色〉的平仄——对仇兆鳌音注的一个疑问》、莫砺锋《论宋人校勘杜诗的成就及影响》、加藤国安《杜甫的跨界的言语——正冈子规的视点》、堀诚《国语科教材里的杜甫》。

杜甫研究除以上介绍的论文外,还有两部专著。谷口真由实《杜甫诗的纠葛与社会意识》一书(汲古书院 2013 年)是值得注目的。杜甫自古以来作为“诗圣”而闻名于世,但被赞扬所掩盖的另一面,很可能是我们没有察觉到的杜甫难以言表的烦恼与苦闷的心境。谷口先生在该书中,并没有神化杜甫,而是对诗人杜甫从各种纠葛中酿出的独特的表现手法予以重新观察。古川末喜《杜甫的诗与生活——用现代训读文来读解》(知泉书馆 2014 年)一书有三个特点:一是用口语的汉文训读来翻译;二是文章中没有繁琐的注释,讲解浅显易懂。现在的日本人认为日语的文言文很费解,所以对古典文学敬而远之。该书流畅的口语形式给人一种亲切感;三是针对现实生活中的杜甫。陶渊明以后,以日常生活和家庭生活为题材的诗很少,可是到了杜甫的时代却突然出现了许多。日常生活题材的诗歌从来就不太受重视,古川先生把这类作品称为“生活诗”并常年钻研,《杜甫农业诗研究》(知泉书馆 2008 年)就是他的一大研究成果。这里介绍的《杜甫的诗与生活》也是他的又一部杰作。谷口先生和古川先生研究的内容虽然完全不同,但是他们的共通点都是,不单纯地尊崇“诗圣”杜甫,而追求现实生活中有血有肉的杜甫。

此外,太田亨先生有关杜甫的研究也很有特色。他的研究领域是日本的五山文学,就是所谓镰仓、室町时代(相当于中国的元、明时期)的中国古典接受史。日本人很喜欢杜甫和白居易,但是二者名次不是按照出生和辞世的顺序来定的,白居易居首,杜甫其次。在日本,接受中国古典(汉籍)的阶层,平安时代是贵族,他们时髦敏感,对当时中国的畅销书很感兴趣,都积极地读白居易的诗歌。遣唐使被废除以后,中日之间的交流断了,结果接受中国古典的阶层由僧人取代了贵族。因为僧人去中国留学,他们在中国吸收了禅林文学。那时杜甫居顶峰,所以他们回到日本以后,最爱读的是杜甫的诗歌。太田的父亲是著名禅林文学研究者朝仓尚先生(广岛大学名誉教授),禅林文学可以说是他们的家学,太田先生就致力于这方面的研究,他每年都撰写关于日本古来对以杜甫为中心的禅林的中国古典的接受。他的相关论文如《日本中世禅林的杜诗接受》(《爱媛大学教育学部纪要》第 60 号,2013 年)、《日本中世禅林的柳宗元接受的一个侧面——关于五山版的注释》(《中国中世文学研究》第63号,2014年),等等。

其他如长谷部刚先生的《宋代时期的杜甫诗集的集成与流传》(《关西大学文学论集》,2013年),这是他获得的科学研究费的课题《以〈宋本杜工部集〉为中心的杜甫诗文集的书志学》中的一部分,也是2012年发表的《唐代时期杜甫诗集的集成与流传》的续篇。他的《英语里的杜甫》(《东西学术研究所纪要》第47辑,2014年)是介绍用英语翻译过后的杜甫作品。兴膳宏先生是一位非常有名的六朝文学、文学理论的研究者,他的杜甫研究也有很多成果,如《杜甫——超越忧愁诗人的形象》(岩波书店2009年)等。兴膳先生很喜欢听日本的单口相声"落语",2014年出版了一本他的随笔集《杜甫的幽默,孔子的失态》(岩波书店2014年),从这本书中可以领略兴膳先生严谨而幽默的文风。此外,兴膳先生的《杜甫诗注》更是他研究杜甫的一大成果。这原本是吉川幸次郎先生计划并着手的全诗译著,可是由于著者仙逝,这项计划一直中断了许多年。杜甫诞辰一千三百周年之际,兴膳先生继承了吉川先生的大业,下文将在译注部分详述。

关于白居易研究,有泽崎久和《白居易诗研究》(研文出版2013年),这是一部678页的厚重专著。该书论及白居易的日常生活与诗,白居易诗中的特殊表现手法["写真(肖像画)诗""比较"]和用语("自问""偶作")等,关于《长恨歌》与《长恨歌传》以及宋诗自注所引用的有关白居易的资料。

日本有白居易研究会,自2000年起每年发行一期《白居易研究年报》(勉诚出版社)。在研究年报的卷末,下定雅弘先生每期都撰写当年的《日本的白居易研究》,很有参考价值。并且,《白居易研究年报》每期都有一个主题,2013年的主题是《琵琶行》,2014年是《闲适与隐遁》,都很有趣味。2014年,诸田龙美先生《决意追寻闲适——在下邽的心理基础的形成》(《白居易研究年报》第14号)详述了关于下邽退居时期白居易是如何决意过闲适生活的。在这篇论文里,诸田先生对以往的通说提出不同看法。川合先生曾认为,白居易的"独善、兼济"是借着《孟子》"独善、兼济"的框架,把独善的内容由自我修养曲解为自我愉乐的。(《终南山的变容》研文出版 1999 年)这个论点已经成为日本白居易研究的通说。可是诸田先生认为,白居易的独善继承了孟子独善的核心,否则,白居易是不会安居于那种闲适的生活的。

元稹研究方面,长谷川真史先生是一位年富力强的学者,他是静永健先生的高徒。两年来他发表的关于《元稹〈连昌宫词〉》、《代曲江老人百韵》(《日本中国学会报》第 65 集,2013 年)等论文,都十分精到。

有关李贺的研究,东京大学的远藤星希先生最值得关注。对于他的学问,已经有了先行的评价(《唐代文学研究年鉴》2014),此不赘言,只介绍一下他享有的声誉。远藤先生在提交毕业论文之后,一直未间断过对李贺研究,其努力终于结成硕果,在 2014 年日本中国学会上,他的论文《李贺诗的循环时间和神仙的死》获得了日本中国学会大奖(最优秀论文奖)。这篇论文和上述的长谷川先生的论文都刊载在《日本中国学会报》第 65 集,有如两颗耀眼的明珠,交相辉映。

(二)韵律

日本学者非常重视韵律。掌握韵律对日本学者来说,可以为更好地理解中国诗歌打下坚实的基础。空海的《文镜秘府论》是最早之例。最近出版的古川末喜先生的《初唐的文学思想与韵律论》(知泉书馆 2013 年)对韵律作了系统研究。近年来,对拗体诗研讨较为盛行。如前面提及的《中国文学报》第 83 册中兴膳宏先生撰写的《杜甫与七言律诗——尤其是拗体诗》就是其中之一,他也是一位韵律学专家。原日本中国语学会会长平田昌司先生的《有意有序的失范——杜甫七言拗律论》是从言语学专家的角度来分析评论的,非常值得一读。

丸井宪先生对拗体诗的研究也很出色。丸井先生曾经在松浦友久教授、葛晓音教授指导下进行过研究。他在 2013 年刊行的《唐诗韵律论——拗体律诗的系谱》(研文出版)可以视为韵律研究的指南。他认为:拗体律诗不是杜甫开创的,源于宋朝年间的送别五律。拗体诗不是平仄随便的排列,是有一定的规则性与韵律美的。杜甫七律之中,有的属于"双拗"系的拗体诗,有的属于犯“二四不同”的禁忌，像七古那样的平仄配置等。在日本，关于杜甫的拗体诗本来就有高水平的研究成果(比如加藤国安先生的《杜甫的拗格七律》，《日本中国学会报》第32集)，丸井先生这些结论的得出，无疑意味着这一研究现在又进入了一个新的阶段。

(三)译注

日本很重视译注。中国虽然也有注释，但是全译不多。日本研究者读诗虽然不快，但是译注的精度很高，大量的全译就能够说明这一点。日本的译注执笔方式大抵有两种：一是读书会的成员共同执笔，二是由个人执笔。

爱甲弘志、浅见洋二、乾源俊、斋藤茂主编的《诗僧皎然集注》(汲古书院2014年)、竹田晃编的《柳宗元古文注释》(新典社2014年)都是读书会成员的共同研究成果。《诗僧皎然集注》是由日本关西方面(大阪、京都一带)的各位研究者编辑的，他们组织了一个阅读皎然诗的读书会——“东山之会”。这本书就是他们的研究成果。据说现在他们开始读贾岛诗。《柳宗元古文注释》是东京大学名誉教授竹田先生主持的读书会的研究成果，他的十六名高徒参加了编辑译注。《白氏文集》是1988年起冈村繁先生开始着手全译的一大工程，一共十六本。著者虽是冈村先生，实际上是先由他的同事和学生分担草稿，然后再由冈村先生校改的方式进行的(竹村则行《明治书院〈白氏文集〉刊行的后台》，《白居易研究年报》第10号，勉诚出版社2009年)。在十六本中，2014年最新出版了十二本，还有四本未出版。遗憾的是，2014年末，92岁高龄的冈村先生去世了，相信他的高徒们一定会继承先生遗志，完成未竟大业。

《杜甫诗注》原本是吉川幸次郎先生73岁时开始撰写的一部毕生大著，共有二十册。很遗憾的是吉川先生在写完第四册时就故去了。他的学生深泽一幸先生整理了恩师遗稿，在吉川先生辞世后第三年刊行了第五册，但是在其后的三十年间续刊的编辑一直处于停止状态。2012年，杜甫诞辰一千三百周年之际，出版社由筑摩书店换为岩波书店，兴膳先生开始执笔撰写。全部的二十册中，首先预定第一期刊行十册(到成都时期)，至

2014年已经刊行了六册。

除了《杜甫诗注》以外，在日本还有一项杜甫诗的全译工程正在进行。题目是《杜甫全诗译注》（讲谈社学术文库），主编是下定雅弘先生和松原朗先生。下定先生是吉川先生的关门弟子。松原先生是松浦友久先生的高徒，都是日本杜甫研究者的代表者。这部全译是以仇兆鳌《杜诗详注》为底本的。日本曾有一部以仇兆鳌《杜诗详注》为依据的全译，即铃木虎雄（吉川先生的导师）的《杜少陵诗集》共有四卷（1922年），这部《杜少陵诗集》现在也还是值得参阅的，但是铃木先生是在乘坐远洋轮船时执笔的，由于参考资料不足等原因，内容难免会有疏漏。为此，学界都在期待下定先生和松原先生主持的《杜甫全诗译注》能够弥补先行译注的不足。其他的编辑委员还有后藤秋正、佐竹保子、市川桃子、加藤国安、芳村弘道、富永一登、竹村则行等。

在中国，期待已久的《杜甫全集校注》（人民文学出版社2013年12月）已经刊行了。在隔海相望的日本，学者们也群英荟萃开始着手于杜甫诗的译注，这可谓学术界的一大喜事。九泉之下的"诗圣"杜甫，一定会闻之瞑目了吧！

（四）鉴赏集（anthology）

日本江户时代《唐诗选》广泛流传，半个世纪以前，吉川幸次郎先生的《新唐诗选》（岩波新书1952年）成为一本畅销书。日本人很喜欢读唐诗，每年都会发行一些唐诗鉴赏的大众读物。可是，这样批量发行难免千篇一律，推动日本学界发展的研究者们撰写的论文和著作才真正令人折服。这些研究成果不但为一般读者所喜爱，对研究专家来说也很受鞭策。

下定雅弘先生的《精选汉诗集——赞美生活之歌》（筑摩新书2014年）虽然是小型丛书，可是也有四百多页，收录了170首名篇。尤其引人注目的是，收录的诗人有陶渊明、李白、杜甫、苏轼。在下定先生看来，这些诗人都积极地歌咏赞美生活的诗歌。我的恩师松浦友久（1935—2002）生前主张并希望把陶渊明、李白、苏轼作为一个系统撰写成书，这与下定先生的想法如出一辙。只是下定先生认为杜甫也是写咏赞美生活的诗歌的，这种看法很有创意。

斋藤希史先生的《汉诗之扉》(角川书店 2013 年)也非常精彩。下定先生的做法是在书中收录大量作品,可是斋藤先生则相反,在二百多页的篇幅中,仅仅收录了 9 首唐诗,然后逐字逐句地从各个角度来仔细地品味和分析。斋藤先生在书的后记中说,这本书是为自身所写的。看到这里,不由得使人联想起艺术性极高的"纯文学"。日本文学奖中分"纯文学"的芥川奖和"大众文学"的直木奖,其创设者菊池宽先生对二者的不同做了这样的说明:直木奖的文学作品是作者为大众所写的,芥川奖的文学作品则是作者为自身所写的。斋藤先生撰写的唐诗鉴赏,恰似艺苑中的一株芳草,散发着"纯文学"的芬芳。

川合康三先生的《汉诗的课堂》(岩波少年新书 2014 年)也有些像斋藤先生的写法,在 272 页的篇幅中,也仅仅收录了 15 首诗。然后从每一首诗里分析出许多内涵,有如从一只蚕茧里抽出无数根蚕丝一般。开动自己身体的各个器官来感觉、来思考,并发挥知识的潜力,尽最大可能把诗的蕴意挖掘出来——这是川合先生撰写这本书的最大目的。并且,引用的诗歌都是绝句,琅琅上口,很利于背诵。这本《汉诗的课堂》主要是为年轻人写的。两个月之后,川合先生又为所有的读者出版了《新编中国名诗选》三册(岩波文库 2015 年)。岩波文库原有《中国名诗选》三册,编者是松枝茂夫。松枝先生对遣词造句非常严谨,所以《中国名诗选》的日语非常优雅精湛。这次出版的川合先生的《新编中国名诗选》中的日语也同样造诣极深,可见川合先生做学问一丝不苟的精神。

二、诗迹

在日本的定型诗"和歌"中有一个叫"歌枕(Utamakuraうたまくら)"的文学修辞。指和歌中咏的名胜。特定的地名可以给人以特定的印象,这种可以唤起读者某种联想力的手法用在文学上,就是"歌枕"。和歌的格律是五七五七七。在这仅仅三十一个字里,歌枕会让我们产生丰富的联想。

我们知道,唐诗中也有类似的文学修辞。比如,"灞桥"意味着分别，“金陵”指荣华与没落，而“巫山”则是性爱的象征，等等。唐诗里虽然有与“歌枕”一样非常丰富的文学修辞，但是，值得注意的是，没有相当于“歌枕”那样的专用术语。这不仅限于唐诗，法国、英国的诗歌也是一样。英国诗有 Allusion(引喻)，这有可能相当于“歌枕”。但是，这个 Allusion 引喻的对象，不仅限于地名，而且还可以同人名、事物相关联。所以，严格地讲不能与“歌枕”并论。唐诗和欧洲诗中没有“歌枕”这一术语，虽然令人遗憾，但我们可以把有“歌枕”这一术语的日本和歌视为一种与众不同的存在。总之，中国古典诗中的确找不到相当于“歌枕”的用语。关于这点，松浦友久先生提倡用“诗迹”这一用语(《〈万叶集〉书名的双关语——日中诗学注释》1995 年；加藤阿幸、陆庆和译《日中诗歌比较丛稿——〈万叶集〉的书名谈起》，民族出版社 2002 年)。松浦先生去世后，以植木久行先生为中心的门生们继承了他的遗志，坚持进行“诗迹”研究，取得了不小的成果。比如，植木久行先生的《惠山寺与惠山泉——关于江苏、无锡的诗迹》、松尾幸忠先生的《关于武夷山的诗迹化》、许山秀树先生的《〈杏花村志〉与〈清明〉诗的诗迹化》(以上 3 篇都收入《中国诗文论丛》32 集，2013 年)、住谷孝之先生的《六朝诗的〈铜雀台〉——六朝期成立的“诗迹”特色》(《中国诗文论丛》31 集)，等等。

这些研究成果推动了诗迹研究的进一步发展，植木久行先生主编的《中国诗迹事典——汉诗的歌枕》终于在 2015 年由研文出版社出版了。以上成果已经刊载在《唐代文学研究年鉴 2013》上，请参阅。

三、其他

本年度日本有关唐代文学研究的成果还有小说、版本学、类书等。

2013 年日本在小说研究方面有一个新的动向。富永一登先生的《中国古小说的展开》(研文出版)刊行了。富永先生作为《李善注文选》的研究者已经有了卓越成就，而且他还带动了日本小说研究。该书将《太平广记》的版本、六朝志怪、唐代传奇等作了系统地详述。比如,《〈人虎传〉的系谱》《〈白蛇传〉溯源考》《〈柳毅传〉——龙说话的展开》《沈亚之的史传作品》《唐代小说的〈鬼〉——以〈太平广记〉鬼类为中心》《商胡买宝谭》《〈莺莺传〉——爱情小说的限界》《〈鱼服传〉的创作意图——唐代传奇的娱乐性》《唐代小说的创作意图——以〈杜子春〉为中心》,等等。

版本研究方面有木大辅先生的《唐诗选版本研究》(好文出版社 2013)。由于《唐诗选》被四库馆臣视为伪书,所以在中国几乎无人问津。四库馆臣认为《唐诗选》不是李攀龙编撰,而是市井书肆为了卖书赚钱诈称李攀龙编撰。但是有木先生则认为《唐诗选》的编撰者是书肆伪造这一可能性很小,而他们汇集李攀龙的遗稿来出版的可能性则极大。在中国,自四库馆臣将《唐诗选》定为伪书以后,其存在价值就小了许多,《唐诗三百首》则备受欢迎。但是,在日本,《唐诗三百首》却并非人人皆读的书,日本人在江户时代以后重视的仍然是《唐诗选》。其中很重要的一个原因是此书深受江户中期影响力很大的文人荻生徂徕推崇。《唐诗选》在当时是怎样流传甚广,这在有木先生的《唐诗选版本研究》中有着明确的记述,很值得参考。

唐代类书研究方面,大渊贵之先生的《唐代敕撰类书初探》(研文出版 2014)可为代表。该书在尚未开展的类书研究领域里,特别指出了一个很关键的问题。即关于《艺文类聚》的主编,一般认为是欧阳询,其实令狐德棻、陈叔达、裴矩、赵弘智、袁朗等人也可能是主编的这一说。大渊先生注意到《艺文类聚》中收录了欧阳询的祖父欧阳頠的墓志铭和德政碑,这证明了主编者还应该是欧阳询。《艺文类聚》之所以编纂,大渊先生的主张是时代背景所致。武德年间即皇太子李建成与秦王李世民之间发生了激烈的继承皇位的抗争。作为新王朝唐朝的文治象征,朝廷让李建成的后援欧阳询撰写新类书《艺文类聚》,以此书来显示当时处于抗争劣势的李建成文德的荣耀,进而牵制李世民一派的势力。大渊先生的这一卓论首次发表于《日本中国学会报》第 62 集并获得了 2011 年日本中国学会大奖。《唐代敕撰类书初探》中刊载了这篇论文,还包括他的其他很有见地的论文。

有木大辅先生和大渊贵之先生都是九州大学研究生院毕业的高才生,静永健先生的门生。我们知道静永先生的研究方法之一是依照版本进行分析并立论。作为九州大学毕业的研究生,在静永先生的指导下,他们都拳拳服膺地继承了版本分析的研究方法。相信今后一定会有更高水平的研究成果问世。

韩国诗话的唐诗研究价值

□ 陶 冉 刘雨晗 毛 颖

韩国诗话作为东国汉诗诗论的主要文献，自80年代起就已在我国学界引起关注。尽管它是中国诗话的衍生品，但其内容与体制对域外汉学研究以及本土古代文学研究都具有重要参考价值。朝鲜半岛自统一新罗王朝至李家朝鲜，在汉诗创作上一直备受唐代诗学的滋养，各时期谈论汉诗的韩国诗话中也存在大量涉及唐诗的引用和评论。所以，考察韩国诗话对于唐诗研究的价值，可以从域外视角为当下唐诗研究提供新的阐释维度，从中也可看到唐代诗学的风神技艺在东国汉诗创作中的受容与传承情况。现存韩国诗话约有136部，以赵季、蔡美花等《韩国诗话全编校注》收录最为完备。综观这些诗话，涉及唐诗研究的主要有文献考订、诗句引用、诗歌品评、唐韩比较等方面内容。

一、文献考订

韩国诗话在文献考订层面涉及唐诗的内容，主要分布在总集别集、唐诗篇名、编年与补编、笺证校勘，以及家世生平上。唐代总集别集名称在韩国诗话中被提及超过171处，大都是作为文献依据出现的。韩国诗话谈及唐代总集首推《全唐诗》，别集以《白氏长庆集》《杜工部集》《李商隐集》引用最多，此外诸如《唐百家诗选》《唐诗品汇》《唐诗鼓吹》《唐音》等收录的作品也常出现。而且，由于东人文学对稗说推崇颇甚，韩国诗话也常取《酉阳杂俎》《开元天宝遗事》《杜阳杂编》等笔记小说中的轶事奇谈进行引证品评，在谈唐代典制掌故风俗时还频繁使用新旧《唐书》和张泌《妆楼记》的内容。唐诗篇名在韩国诗话中被提及也有将近800处，主要用作引用或例证，其次是用作评价或介绍，最后是用作比较、考证及化典。引用诗人以“李杜韩白”为主，其中温庭筠《题渭诗》、杜甫《秋兴八首》、李贺《高轩过》、刘希夷《代悲白头翁》和韩愈《南山诗》《听颖师弹琴》等被提较多。涉及作品编年与补编的诗话很少，不过《恕庵评诗文》称有李北海《牡丹诗》，《全唐诗》未收，或许值得考证。笺证校勘类诗话也占有一定比例，其中以笺证为主，粗略估计超过500则，多是对唐诗的遣词用物进行考证和注释，校勘约有60处。笺证校勘多涉及对唐诗典故和造语用物方面的考辨，这一方面说明了东国文人对小学的重视，也说明中韩地域文化差异带来的理解隔阂普遍存在。

而在文献考订上涉及最多的内容，是唐代诗人的家世生平，约有457处，生平事迹占90%以上。东人稗说文学自高丽朝就已渐渐走向主流，其中一支还直接发展为稗说传记类诗话。东国小说起源早，由此也影响了其他文学创作，所以在东国文学稗说传统的积淀下，诗话对见闻轶事多有偏及也就不难理解。唐代自帮助新罗统一时起就将其文化盛衰辐射给代代东人，许多故事奇谈也随之东渡，宗唐之至兼俗好稗说使得唐代文人的生平事迹在东国广为流传，虽真伪难断，却形成了韩国诗话以故事串诗人诗句并作诗评的特征。文献考订方面涉及唐诗的韩国诗话，不仅显示了唐诗对东国汉诗创作的影响，一些东传唐诗的版本差异以及东人诗话所做的校勘，都应在审慎考量的前提下留意其对辑佚补充的参考价值。

二、诗句引用

唐诗的引用和唐人唐句被东人化用在韩国诗话中尤为突出，据笔者统计，在不考虑无名诗句的前提下，136部诗话共引用唐诗约3955句。引用最多者往往出自杜甫、李白、白居易、李商隐、韩愈、王维、杜牧、刘禹锡等诗人。另外，李贺、王建、贾岛、孟郊、韩偓、罗隐、郑谷、宋之问、韦应物、温庭筠、元稹、柳宗元等人的诗句引用也较多。这些诗人的诗句集中且大量出现在《芝峰类说》《诗文清话》《星湖僿说诗文门》《诗话类聚》《诗家点灯》《龟磵诗话》中。其中《霁湖诗话》《西京诗话》《青邱诗话拾遗稿》引用杜诗尤为突出,《鹤冈散笔》引用白居易诗较多。

韩国诗话引用唐诗的目的主要以引证为主,其次是评介,再次是比较、用典以及考证。此外,唐人唐诗被当作典故化用于东国诗句之中的情形也不在少数,唐人唐诗不仅为东人提供了丰富的引用材料,也提供了精彩的典故支持。如"李杜"在东国诗作中被化用超过 14 次,"李白"和"杜甫"单独化用各为 20 次和 34 次。其他如白居易、韩愈、王维、杜牧、杨贵妃、郊岛等人的诗文轶事被化用同样很多。而且,不仅唐代著名诗人诗句多被韩国诗话提及,一些如可朋、邱丹、魏扶、卢贞、郭受、平曾、韩定、平曾、归仁绍、乔潭、炙毂子、郑繇、郑轨、庄布等不甚知名诗人的诗句也同样被化用。不过这些冷僻的诗人和作品虽然偶尔被提及评论,但他们更多是作为典事例句被引用而非出于诗学价值上的考虑才被提及。诗句涉用上多摘句、多引证使唐诗在东国诗坛增添了"典故化"的专用,许多笔记杂谈诗话在谈各类历史掌故、小学释义或方物介绍时,会自然地附上几句唐诗佐证而不取本国或宋元,这倒也可见唐诗传播数量之多,用途之广。

唐人诗句被化典借用的现象在韩国诗话中屡见不鲜,不过我们目前仅考量诗话中明确辨析了东人蹈袭唐人的部分,剩下仍潜藏相当庞大的一些句子化用和改动唐句的情况。需要指出的是,韩国诗话评介典制方物与诗句引用往往存在一定的"泛唐化"倾向,许多并非唐代的事典诗句都会被讹传或假托,冠以"唐诗""唐本""唐制"之名,这既显示了唐文化对东国影响之深,同时也会在整理考证上产生误导。

三、诗歌品评

韩国诗话关于唐诗的品评论述主要从唐诗概论、诗人诗作评析以及诗论、诗格、诗体等理论化评述方面进行考量。总体上，受诗话本身概念化特点的影响，东人论唐诗也多是泛泛而谈的唐诗概论，而且韩国诗话更倾重对诗人和诗作的实际批评，理论批评层面的诗话多关注各类诗体的评介和师法技巧，论诗多从学诗作诗出发而非单纯地论述诗学本身。

唐诗概论涉猎驳杂，内容简单随意，主要是对某类题材的唐人诗作进行比较、类举和评价，比如《诗家点灯》中李白、徐凝、唐宣宗咏瀑布诗的比较，《龟磵诗话》称秋兴诗以司空曙为最。概论对作诗技艺、诗人性情以及诗人间交往酬答也多有论及，如《玉溜山庄诗话》谈唐诗用叠字险字、《旸葩谈苑》等诗话谈元白神交感通等。评论唐代诗人的内容往往简略到在文中一笔带过，专作深入评论的情况也主要围绕唐代名家展开，仍以“李杜韩白”为最，郊岛义山王维次之，李杜、元白、郊岛和高岑王孟之间偶尔也会类比并谈。如《百家诗话抄》谈师法子美当先有恻怛之心才能沉郁顿挫，《星湖僿说诗文门》对比杜甫韩愈诗文。诗人评论还时常出现关于诸多唐人的长段总结汇评，如申维翰语“辋川之寂，襄阳之澹，储韦间婉，刘白浓纤，稹之妍，牧之豪”云云。韩国诗话在诗人评介上重视“元白张王”等糅俗入雅的诗人，重视韩杜义山等师法可循者，这既是唐诗传播的必然，也与东国好通俗稗说的文化背景相宜。单则诗话方面，杜甫作诗之胸怀和义山獭祭鱼之事也为多被论及。而且，从太宗、玄宗到张打油、胡钉铰，从花蕊夫人到寒山子，东人评唐人的范围也颇为全面。总体上评论唐人多在《弘斋日得录》《笔苑散语》《东国诗话》《恕庵评诗文》《清脾录》《智水拈笔》等诗话中。关于唐诗作品的评论在韩国诗话中也占有相当比重，约有300多篇诗作在各家诗话中被明确提到并进行评品，而收录这类诗话的作品仍多以前文总结出的几部为主，且评品内容多是简洁概论式的释义、介绍和比较，诗歌本体艺术层面的评析则相对较少或论述简单。不过，如《星湖僿说诗文门》一类诗话则对杜甫《八哀诗》《洗兵马》《北征》《寄韩谏议》等作品做了较细致的评析。唐人诗作中《长恨歌》、李商隐等人的《华清宫》、韩愈《琴操》、徐凝《瀑布》、杜甫《秋兴八首》和李白的古风兼乐府诗往往多被评品，从中也可看出东人谈唐人诗作存在一定程度的偏好长篇古体与多篇联制的倾向。

在理论化的诗论上，韩国诗话关于诗体之论居多，同时兼谈诗格的声律技法，而风神内蕴方面的诗论则相对不多。《龟礀诗话》和《小华诗评》等诗话多对诗体发展流变作简要梳理评介，其中不少内容涉及唐诗。《星湖僿说诗文门》也多论唐诗，还对五七言排律以及特殊的绝句体、四六体、联句体、试士律赋、回文集句等做了介绍，并谈其师法要点、梳理律诗发展之路、辨诗家藻绘、论近体诗起落句的处理技巧。在历代诗体辨说中，《论诗》对沈宋律诗、唐初体、盛唐体、大历体、元和体、晚唐体、太白体等更是做了细致辨说。所以，“沈宋律诗”“四六体”“七律”“晚唐拗体”“唐士律赋”和元白“次韵”等唐人诗体概念的论述在韩国诗话中颇为多见。在诗体论述兼谈技法外，诗格之论还涉及声韵、粘对、造语等内容，这些多集中在《旅庵论诗》、《声韵说》和《东洋诗学源流》中。《旅庵论诗》专门评介各类诗格诗例，多引李白、岑参等人诗作为典例细致分析。《声韵说》前两章则专论唐宋诗声韵。《东洋诗学源流》在有体系地论述中也有专门的“诗法论”，下字提王韦，用事提义山，兼谈兴趣、性情之说，在宗唐的立场下尊杜甫、裴光约、白居易、司空图、刘禹锡、薛能、柳宗元、李贺、贾岛等十多家唐人为范。在诗歌风神内蕴上，韩国诗话多重“气盛言宜”、性情主诗以及诗史关怀，受明代“格调说”等主张影响痕迹较多，且往往以李杜、韩愈和王建、白居易新乐府诗的思想意旨为准。

东人诗评和诗论等内容在域外汉学层面上丰富了对唐诗的价值阐释。并且，有小部分唐诗版本差异是东人按自身理解和评度进行的“故意讹变”，比如《龟礀诗话》中专取李白《侠客行》“纵死侠骨香”句的“死”字为“使”，称“以出处言之，‘死’字固好，而以句法论之，‘使’字为稳”。同时需留意到，在风格内蕴上韩国诗话存在颇多沿用“唐音格调”的主张，多以“唐调”“唐格”论诗，可见韩国诗话对唐诗风神的吸收和论述在相当程度上是对同时期一些明代诗学主张的转承。朝鲜王朝受同时期明清文化的辐射，集中在此时创作的韩国诗话在引称“皇明”之下，也多蹈袭明人诗话笔记之语，遵从明人评诗论诗之意，明清文坛的宗唐宗宋争论消长就同样波及东国诗坛。东人在朝鲜时期就在法唐和法宋上历经数变：西浦称“本朝（朝鲜）诗体不啻四五变……国初纯学东坡，以迄于宣靖……又变而专攻黄陈……又变而反正于唐”。韩国诗话中宗唐虽是主调，但挑剔唐人诗作之例也不难发现，《芝峰类说》就称李白《永王东巡歌》“不识永王，褒贬太过”。《旅庵论诗》等还专对唐宋诗高下做了比较论述：“唐人喜述光景，故其诗多影描；宋人喜立议论，故其诗多铺陈……唐固胜于宋……此以唐诗多影描、宋诗多铺陈故也。然而宋之不如唐，是因气格俱下之致也”。这里引用的“气格”论，也取自明清。诸如“诗至唐，古调亡。唐调至宋亦衰”等前后七子和唐宋派言论，也多被韩国诗话摘引。所以，韩国诗话对唐诗的继承学习，很大程度上是转承明清文坛诗论的结果，虽然会再进行本国文化的取舍处理，但这一来源是无法抹去的。

四、唐韩比较

自东国文化于新罗王朝快速发展时起，唐诗就已渗透其中，东人汉诗创作在东国文坛跨越了新罗、高丽乃至朝鲜前中期，约千年之久。东国文学或可分为前后两段，前段涵盖新罗、高丽约800年，其间汉文学在文士贵族间占据主导地位，朝鲜500多年为后段，在“训民正音”的推行下国文文学因有了文字而渐兴。前段文学受汉唐文学影响之深自不必赘述，而即使处于本土文学兴起的后段，仍先后掀起过数轮学唐热潮。韩国诗话在字里行间频频以“我东”“东国”“东方诗学”自居的同时，仍无法回避并且还大量引用唐人唐诗。所以，以下从“宗唐作比”（以唐代诗学为准而论东人汉诗）、“与唐争妍”（在宗唐法唐的前提下对一些东人诗作做出胜于唐人的评价）和“东人比唐”（东人对唐代诗人乃至唐诗与中国历代诗歌间关系的比较与评价）三个角度，试看韩国诗话里东人与唐人比较的情况。

宗唐作比的内容在所有诗话中普遍存在，粗略统计当超过500处，相互比较的结论多为东不及唐，或是某些东人诗作不逊于唐。宗唐作比之论多由许筠、洪重寅、徐居正、郑斗卿等东国诗人提出,而他们“可方盛唐诸子”“出高岑之上”“杜韩难酬”“置盛唐中不须多让”等评语,更被历代东人广泛传扬,这足以窥见宗唐评论者在东国诗坛的影响力,从中更折射出他们所推崇之唐诗的深远价值。至于因学唐而广为评赞的对象,则以郑斗卿、李植、李晬光以及以学唐而被称为“三唐”的崔庆昌、白光勋、李达等五十多位东国诗人为主。这些宗唐比较的诗话或作“混书唐集不辨”的笼统评比,或作“深得老杜格力”一类有针对对象的比较。很多诗话在谈论某些东人作诗风格和师承时追溯唐人,如李奎报“三言至七言法李太白”、李诚胤“诗尚温李”、崔庆昌“有王少伯、李君虞余韵”等,而且在其他论诗谈人的诗话中也多以“唐格”“唐调”为准则。除杜甫这一诗学高峰常被用作比较典范外,东人法唐的比较对象呈现出向中晚唐诗人看齐的倾向,韩愈、白居易、孟郊、贾岛、李商隐、温庭筠、杜牧等诗人在唐韩对比上出现频率更高,而盛唐诗人则略逊一筹。或许在东人看来,盛唐的风神气象已是高不可攀的诗学巅峰,他们往往只能做仰叹观而难有与之比肩的雄心,而中晚唐更攻炼句苦吟,凭“神来,情来,气来”作诗的成分也有所减少,使学唐有法可效,有范可仿,故而韩国诗话总体呈现出崇盛唐而学诗慎取盛唐,推李杜却多法“杜”而少学“李”的倾向。不过,东人宗唐的评论往往存在“口径不一”的趋向,比如评东国诗人权韠就存在“盛唐调响”和“晚唐调”两种分歧,盛晚唐诗风差异明显,而东人竟会如此混评,可见东人对唐诗风神的认识和区分程度也是需要考量的。另外,关于唐韩文事交流的诗话也时常出现,崔致远和真德女主即为常被提及的对象,而诸多东人的名字雅号化用唐人名讳,如“李后白”“韩宗愈”“潘庭筠”“景樊堂”等,这些细节亦可见东人宗唐思想之一斑。然而有些与唐诗作比的诗话在其他诗话引录时往往不再提及,这种受传抄遗漏和作者主观删改而造成的情况也需顾及。

东人在宗唐法唐的基本思想以外,也会偶尔摆出与唐争妍的姿态。这类诗话总体不多,主要是对某些东人汉诗做出“逼唐”的评价。争妍对象既有“唐人”“盛唐”一类泛化代指,也会是一些具体的唐代诗人,评价内容兼涉各类体裁汉诗和某一题材诗句。比如多部诗话引称任疏庵、李奎报等六百韵排律,“唐宋所无,杜韩难酬”;也有对某些东人诗才做出不下唐人评价的情况,比如多部诗话称金得臣“郊岛之流,何让唐人”,郑斗卿诗“可出高岑之上”,“李忘轩诗……咄咄逼王孟”等。尽管能“比肩唐人”者只集中在郑斗卿、崔庆昌、白光勋、李达等攻唐甚深的少数东人之间,但我们也可以从这些韩国诗话称赞的东国学唐诗人身上反观唐诗对东国诗人的塑造之功。与唐争妍的韩国诗话主要收录在《东国诗话汇成》、《樗湖随录》、《东国诗话》、《旸葩谈苑》、佚名《别本东人诗话》、《诗家诸话随录》、《海东诗话》、《海东诸家诗话》中,不过这些诗话间传抄严重,内容重复颇多。

韩国诗话中对唐人唐诗间进行互比的内容也占有一定比重,这类比较主要集中在“李杜”,或是比较“李杜”和韩愈三者间的诗文。对于“李杜”,东人虽兼作褒赞,却往往称“李不如杜”。同时还有一些唐诗间的优劣评比,比如《翰墨漫录》评唐人《早朝》诗优劣,《诗家点灯》比较白居易《布裘诗》与杜甫《茅屋为秋风所破歌》。另外还有相当一部分韩国诗话存在部分唐人唐诗与前后各代诗家的比较,如《清脾录》谈“王士禛习唐,不下于储、岑、韦、孟之席”。从韩国诗话看东人对唐人唐诗的比较乃至唐代诗学与中国历代诗学间关系的评价,也会为唐诗研究提供新视角,观照东国诗学对唐诗的受容和反馈。

五、结语

本文考察的136部韩国诗话有132部都是在朝鲜王朝完成,这时的汉诗文学和本土国文文学已渐平分秋色。在本土文学势头见涨、汉诗文学自前八九百年的主导兴盛逐渐走向衰落的趋势下,韩国诗话的成形流传已处在东国汉诗发展的沉潜总结阶段。在韩国诗话摘句笔记、稗说杂谈相掺杂而专尚论诗少,对中国诗话和本国历代诗话间及频频摘引重复下的总特点下,撇开历史掌故、人物山川风俗的杂说,约有40部诗话作品涉唐密切。这些涉及唐诗的韩国诗话不管在文献辑佚还是诗歌批评上都能反过来为唐诗价值研究打开新的参考和阐释之维度。而稗说色彩浓重作为韩国诗话最为重要的特点还需在此强调，这也算东国本土文学对汉唐诗学的同化吸收。前文论及唐诗在韩国诗话中的用途有“典故化”倾向，而唐人在韩国诗话中亦然，许多唐代诗人的诗人身份和诗坛地位往往不计，而其个人生平轶事却总被津津乐道。这种明显的重事不重诗，重诗人不重诗作的倾向，或许有本末倒置的不当，但细读这类韩国诗话后，又会发现唐人唐诗其实是换了一套存在方式渗透到东国文学中。东国文学似乎离不开叙事，奇闻异谈、诗谶戏说占据诗话相当篇幅，而唐诗的融入若要获得充分的受容空间，就必须有所改变。我们看到诸多诗话论诗都循着先谈诗事，再适时引出相关诗句的模式，乍一看去似乎只讲故事而与诗无涉，其实作者对所引诗句和事中诗人的评价已经在叙事之中表露，内容完整的还会直接附加两句点评。由此一来，诗话的论评与稗说的叙事得到了自然糅合，唐诗在这种模式下也有了不一样的受容空间。唐朝三百多年兴衰历史里衍生了众多轶事传奇，唐诗在东国的生命潜力也在这一层面上有了保证。另外，诸如太宗伐高句丽中箭眇目这类在《唐书》和《资治通鉴》中未见记载的事迹也给史学界提供了有价值的资料。

统观韩国诗话，我们既能清楚感知到韩国诗话以本国诗坛为本进行批评的基本立场，也同样清晰地发现了不同程度的受唐诗影响。东国文学批评始终存有一些脱唐自树立的追求，希望在汉诗创作上与唐争妍，并自发地为本土稗说、乡歌、时调等文学发展而努力。然而，诗话对崔致远入唐、真德女主献唐等历史频频回顾论说，对唐诗文集收录东人的情况分外关注，可见东国汉诗在长期的唐诗受容下形成的宗唐传统乃至“泛唐化”习惯已是根深蒂固。因此，必须将韩国诗话置于东国文学史的大背景下予以考量，才能全面估计唐诗在东人文学中的地位并由此反观唐诗价值的域外建构。

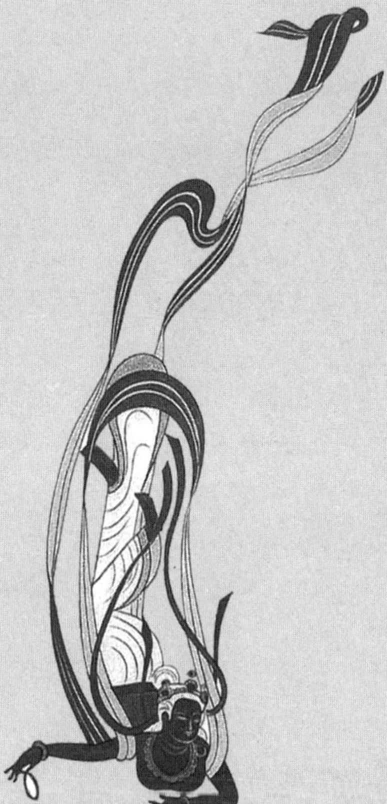

盛德清风

学问是天下最老实的事情
——哀悼王运熙老师

□ 陈尚君

看冬奥会开幕式睡晚了，电话长响也懒得动，再响，知有急事，惊起，是杨明兄："王老师今天凌晨去世了，估计是最后一口痰噎住了。"震惊，伤痛，曾给我许多提携和宽容的王运熙老师，就这样永久告别了人世，告别了他所眷恋的家人、学生和学问。两个月前，我陪徐正英到医院探望，看到因为车祸引发感染住院已经两年半的老师身体渐有恢复，师母已在考虑是否回家休养。看到我们来，老师露出笑意，我给他看ipad里陈允吉先生讲复旦往事的视频，他轻轻念出了名字，给他看朱老的照片，他响亮地说："有一点陌生。"此前很长时间已经不能发声，听到真相信终于可以好起来。这是我听到的最后一句话。

最初听到王先生的名字，是读《天问天对注》，当时我还是农场知青。几年后进复旦读书，并以工农兵学员刚升二年级的身份报考研究生，是陈允吉老师邀王先生一起推荐，当时完全不认识。直到快要考试了，才偶然在系里楼梯口见到。研究生面试，王先生是主考，顾易生老师副考，王水照老师刚到复旦不久，负责叫号和记录。大约问了十几分钟，主要询问读书情况，涉及面很广很细，我老实作答。记得当时问中国哲学史读过什么书，我告读过任继愈的三册，第四册没找到，王先生告，第四册还没有出版。因为王先生的推荐和审核，通过考试，我被破格录取为首届研究生。后来知道，王先生对学生所求之事，认可而能办的都积极支持，以致后来的系主任有“他怎么又答应了”的烦言。

进入研究生学习，我的导师是朱东润先生，王先生因为担任古典文学教研室主任，负责研究生基础课，主要讲中国古代史、思想史和文献学三门课。第一学年，他每周一下午到我们所住十号楼329室上课。这一届是束景南、杨明、周建国、黄宝华、马美信和我六人一室，四张上下铺，中间两张桌子，学生坐桌边记录，王先生有时坐桌横上座，有时就坐旁边角上，不计较，每次打开一练习本就开讲，态度亲切而随和，内容简切而明快。记得当时古代史要求读《史记》《汉书》《通鉴》以及《晋书》或《南史》，特别说明读史既要知道历史发展的梗概，是古代文学写作的背景，更应知道史书上的许多人物与故事，成为后人写作的典故，说唐人特别喜欢用汉、晋的典故。思想史则要求读《论语》《孟子》《老子》《庄子》。文献学则主要讲目录、版本、校勘，记得目录讲了三次，即《汉书·艺文志》《隋书·经籍志》《四库全书总目》各一次，讲的方法是先读序，再讲各部类的区分，特别说到目录所反映的历代典籍总貌和存亡以及对文献鉴别的价值。讲《四库提要》，先生特别说到自己早年治学，虽有老师指点，但真正的学术指引者还是《提要》，不仅从中了解各路学术的梗概和每部古籍的价值，更从中体会折衷诸说、立论务求中肯的治学态度。那段时间，朱先生也定期给我们上课，格局宏大，议论透彻，充满怀疑精神，引导我们用自己的眼光审视一切，以我当时的水平，还不能完全理解。王先生所讲亲切明白，由浅入深，更具引领初学者步入学术的意义。九十年代，王先生曾为《古典文学知识》写过一组与青年朋友谈治学的文章，我近年一直向学生推荐，是根据自己的体会。我后来作唐代文献考证，近年一直指导古典文献学博士生，其实就学业来说，仅这时期听过王先生几节课。我后来告诉先生，他教授得法，我也算能举一反三，他很欣慰。

那时我初涉学术，且因中学、大学都仅上过一年，从没发过文章，如何完成学位论文，心虚得很。朱先生庄严，不敢问，问王先生，先生很坦率，说他也不知道。过些时，我见《南京师大学报》发表孙望先生《全唐诗补逸》的摘录，硬查《佩文韵府》，发现一些重收误收，写成几千字，给王先生看。先生看后告，这样的文章已经可以发表了,但应该先征求孙先生的意见,替我寄去。孙回信工楷写了几页纸,逐条答复,王先生告,孙先生既然接受了,就不要发表了。这增加了我的信心,于是又先后写成《李白崔令钦交游发隐》《温庭筠早年事迹考辨》等文,先生主动替我转给《复旦学报》和《中华文史论丛》发表,并告学位论文能写成这样也就可以了。当时是研二上学期,王先生的鼓励让卑微的我觉得自己还行,于是有决心做新的开拓。我曾问王先生,学者应该如何发现研究课题,先生答作家应该在生活中创作,学者应该在读书中发现问题,在分析文献中得到结论。这些话,对我启发很大。在等待学位论文答辩的半年间,我一直将群籍中所见唐诗与《全唐诗》作比读并记录,王先生问我要研究什么,我说自己也不清楚,王先生说:“还是要有一个研究的重心。”我后来可以有一些发现,以此为起点。

后来知道,王先生是上海郊区金山人,中小学都没读,跟随中学教师的父亲在家课读。孤岛时期进复旦在上海租界赫德路的补习部学习,1947 年毕业留校任教,那年他 21 岁。此前他曾热衷新小说的写作,发表了不少,近年也想编入文集,但因一时没找到而作罢。他自述那一阶段因为离家不远,天天泡在合众图书馆读书。当时请教陈子展先生,陈先生建议可以研究六朝杂体诗或游戏文学。他从离合诗以及乐府民歌中的谐音双关现象开始,进而关注六朝乐府民歌的作者、本事、时代、地域、制度等问题。1949 年,他在当时代表国内古典文学研究最高水平的《国文月刊》连续发表《乐府〈前溪歌〉杂考》《离合诗考》《论六朝清商曲中之和送声》,引起学术界广泛关注。他在五十年代出版《六朝乐府与民歌》《乐府诗论丛》,成就可与前辈余冠英、萧涤非相颉颃。近年首都师范大学吴相洲教授成立乐府学会,主办《乐府学》,闲谈中说到王先生汉魏乐府达到的学术高度,至今国内外还没能超越。五十年代中期,王先生转治唐代文学与李白研究,曾主编《李白研究》与《李白诗选》,并连续发表了大量学术论文,成为当时国内文史学界年轻学者的代表人物,据说曾与治近世汉语词汇的许政扬有“北许南王”之称。从六十年代中期开始,以参与刘大杰先生主编高校统编教材《中国文学批评史》为起点，转治批评史。从八十年代初开始，他与顾易生先生共同主编《中国文学批评通史》七卷本，历时十五年方得完成，代表了当代中国文学批评史学的最高水平。其中魏晋、隋唐部分，主要由王先生本人执笔。晚年因为受限于眼疾，不能广泛读书，王先生就以熟悉的专书为重点。他几乎将《文心雕龙》全部背诵下来，因此就该书写了大量论文，深入探讨其精义要旨。

王先生曾给我们介绍近代以来的学术流派，将自己的学术定位为释古派，即努力解释古代文学中的各种特殊现象和作品，特别关注历代有争议的文学现象，努力作出合理解释。他所撰《钟嵘〈诗品〉陶诗源出应璩解》《释〈河岳英灵集〉论盛唐诗歌》等论文，就是这方面的典范之作。他的论文绝不炫奇务博，皆踏实平允，务求文献可靠，结论可信。举几个例子，如孔稚圭《北山移文》，今人多说其主题是讽刺假名士周颙抗尘走俗的丑态，他撰《孔稚圭的〈北山移文〉》一文，认为史传记载孔与周二人生活道路接近，交友相同，都富有风趣，不至反唇相讥，“只是文人故弄笔墨、发挥风趣、对朋友开开玩笑、谑而不虐的文章”。与今人喜欢拔高古人不同，这样的结论经得起推敲。再如《文心雕龙》，学术圈多认为是中国古代文学理论的集大成著作，说得天花乱坠，王先生写《〈文心雕龙〉是怎样一部书》，认为该书“原来宗旨是指导写作，是一部文章作法，但由于它广泛评论了作家作品，系统研究了不少文学理论问题，总结其经验以指导写作，因此具有很强的理论性，成为我国古代文论中的空前巨著”。如此平和就将问题说透了。再如唐诗的分体，明清以下的通行看法是分为古近体，再具体则分为乐府、五古、七古、五律、七律、五绝、七绝等体，众口一词，似乎不容置辩。王先生撰《唐人的诗体分类》一文，就唐人全部诗歌的阅读积累，认为当分为一古诗，具体又可分为古风、古调、格诗之不同；二齐梁体，指具有近体诗特征而平仄不调的作品；三歌行，包括七言、杂言和所谓新乐府；四律诗及今体诗，除五七言律绝外，还包括省试诗、长律等；五为乐府，包括古题、新题和乐府新曲等。此文似乎只是客观平实地叙述唐代诗歌的客观现象，其实非全部占有唐诗文本不可，非大气力且有平和心境者不办。王先生三十岁那年在《光明日报》副刊《文学遗产》发表《试论唐传奇与古文运动的关系》一文，因为正面与陈寅恪先生商榷，当年在本系曾有一些争议，从现在来看，应该说王先生的结论是更为可信一些。

王先生认为学术是公器，所见不同可以发表，但应该出语平和，充分讲理。我曾在一文中与某前辈商榷，用了一句"《旧唐书》本纪宣宗以后不可尽信是治唐史者之常识"，受到王先生当面批评，认为出语太重。他对前辈不盲从，对后学也平等对待。1994年我与汪涌豪合作撰文提出《二十四诗品》不是司空图所作的说法，当时知道王先生亲自执笔批评史中司空图部分，且已完稿，虽然我们的看法是清理明末以来的旧说，但仍很担心别人以为有针对老师的企图。王先生认真看后，立即撰文回应，认为证据"相当翔实，其中有两条证据我感到特别有力"，"一条是指出苏轼没有提及《二十四诗品》"，"苏轼是说司空图摘引了他自己的两句一韵的二十四个例子"，"把一品称为一韵，是绝不可能的"。另一条证据是许学夷"对司空图十分推崇，他不可能把司空图的著作斥为卑浅"。他还说明自己撰文论证司空图所作的证据，"不是很硬"，"因此，我现在也倾向于《二十四诗品》非司空图所作的说法。今后，如果其他同志提不出强有力的反证，我准备放弃《二十四诗品》为司空图所作的传统说法"。同时，也对该书明代所出的说法有所保留。我每谈及此，总感慨这是一位纯粹学者的气度胸襟。在王先生身上，我始终感受到学术的庄严和真诚，体会到学术是天下最老实的事情，来不得半点的虚伪和作假，也不应有任何的矫情与夸张。

王先生为人平和，但议论评价常很直言不隐，没有厉色，但令人敬畏。我曾听他谈到对两位著名学者的评价，认为一位还在走向成熟的过程中，一位对文本的理解还没有完全解决，都很尖锐。他谈到年轻人兴趣广泛，也常告诫应有所专心，不要做三脚猫。不同人对他会有不同感受，我与他交谈没有畏惧感，玉明兄就不同。遇到顾先生，我们感觉正好相反。八九十年代，王先生参加学术会议很积极，旅游也不落下，我记得至少曾陪侍他乘车到过扬州、南京、厦门、贵阳，得以有机会无拘束地交谈，记下一些趣事。1998年在贵州苗寨观光，有与苗女结婚的游艺节目，王先生也在门孔里向内张望，并很有兴味地招呼别人来看某某结婚。1990年在南京开会，南大图书馆办了本校前辈学术成果展，不小心把王先生与本校顾易生、徐鹏合作署名“王易鹏”的《古代诗歌选》四册，当成南大王易的著作。我看到后，不怀好意地指给王先生看：“哪能把你的书放在这里？”王先生不假思索地回答：“是不是里面插图是他们画的？”当然是很正面认真的理解，但仔细想来，则回味无穷，可入《世说》。去年文集首发，骆玉明忍俊不禁地要讲一段子：某次见王先生出行，有一女生搀着，骆迎上去：“王先生，你这样，我要告诉师母的。”回答：“师母在后头。”1985年，王先生六十初度，我与许多弟子带了一盒蛋糕到王先生家为他庆生，谁发起想不起来了。先生问：“你们谁提出来的？”我们一起说：“杨明。”“杨明不会的，他很老实的。”骆玉明径回：“那就是说我们都不老实？”大家都很开心。往事如昨，更感伤怀！

王先生身体瘦弱单薄，八十年代初感觉内脏下垂，有人建议多喝啤酒多吃肉可以胖起来，他努力实践，但成效不显著。他早年用功过度，晚年阅读不便，始终只听电视而不看。但身体器官并没有大的毛病，因此直到85岁高龄都没有住过医院。本系有老师形容他看着如同一阵风就能吹倒，但几十年就是不倒，真是奇迹。也说他研究《文心雕龙》喜谈风骨，如他这样真是风清骨峻，得其精神。1994年，在《中国文学批评通史》即将完成之际，学校落实老教师退休制度，在他一生学术巅峰时退休，他平静地退休，没有情绪，继续完成全书的定稿出版。他的退休生活平和宁静，没有波澜，继续学术，继续生活。陈允吉老师曾说，王先生内心平和，消耗少，生活规律，一定可以活得很长。很遗憾，2011年5月17日晚的一场意外车祸改变了一切。

我曾劝王先生退休后可以写回忆录，总结自己的学术道路，先生认为自己一生主要在书斋中度过，没有经历大的波澜，没有多少可写。2008年，上海社联授予先生学术贡献奖（相当于终身成就奖），是对他一生学术的最好肯定。2005年，曹旭发起，为先生出版了诞辰八十周年纪念文集，同门诸弟子在新亚饭店办两桌酒席为先生庆贺。席间王先生致词很自谦，禁不起我们一起论证先生是当之无愧的学术大师。其实我们都知道，学生的评价是不能算数的，王先生已经用他一生勤勉、锐意进取留下的五卷本文集和七卷本《中国文学批评通史》，在中国当代学术史上，占据了自己应有的位置。

王老师走好，您的学术精神将会鼓励我们继续老实前行！

（原载《东方早报》2014 年 2 月 9 日，发表时略有删节）

平生风义兼师友，不敢同君哭寝门
——余恕诚老师之于我

□ 陈冠明

余恕诚老师与刘学锴老师一起，精诚合作，从事李商隐研究，前后达四十年，是李商隐研究的第一权威。

我得拜见余老师，也是缘于李商隐，也已经过去四十年了。

那是在“文化大革命”后期，这个特殊的年代，给了我一个意想不到的“机缘”。1974 年，全国上下掀起了一场轰轰烈烈的“评法批儒”“批林批孔”运动。那一年，我被推荐上了大学，来到了安徽师范大学，担负起所谓“上、管、改”的历史重任。

这个历史背景，当代中青年都没有经历过，故稍作介绍。所谓“评法批儒”，是缘于毛泽东主席的一次谈话。1973 年 7 月 4 日，毛主席约见“中央文革领导小组”张春桥、王洪文谈话，毛主席谈到，“不赞成、否定秦始皇”，认为林彪和国民党一样，都是“尊孔反法”的。8 月 5 日，毛主席在同江青谈历史上儒法斗争的情况时，诵读自己的一首七言律诗《读〈封建论〉呈郭老》，诗云：“劝君少骂秦始皇，焚坑事业要商量。祖龙魂死业犹在，孔学名高实秕糠。百代多行秦政治，十批不是好文章。熟读唐人封建论，莫从子厚返文王。”经毛主席批准，8 月 7 日，《人民日报》刊登中山大学历史系杨荣国教授《孔子——顽固地维护奴隶制的思想家》一文，是为第一篇“评法批儒”的文章。此后，江青打出“评法批儒”的旗帜，发动了声势浩大的思想批判运动。江青组织其写作班子“梁效”(北京大学、清华大学大批判组)炮制文章，署名北京大学、清华大学大批判组《读柳宗元〈封建论〉》一文，发表在11月9日《北京日报》。江青看后，深为欣赏，指令《红旗》杂志于1974年2月1日第二期转载。1974年1月18日，经毛主席批准，中共中央转发由江青主持选编的《林彪与孔孟之道》(材料之一)。24日、25日，江青等在北京连续召开在京部队单位和中直机关、国家机关的“批林批孔”动员大会，全国开始了“批林批孔”的运动。结合“评法批儒”“批林批孔”，江青授意“梁效”炮制文章，说儒家要复辟，法家反复辟，“从封建社会到社会主义社会都贯穿此问题”。江青声称“这次运动的重点是批‘现代的儒’，批‘党内的大儒’”，并暗示周恩来就是“现代的大儒”。大搞影射文学、阴谋文艺，“批周公”，就是影射批周总理。法家人物，历代都有。如：邓析、慎到、管仲、商鞅、荀子、韩非子、秦始皇、李斯、汉高祖、吕后、汉文帝、汉景帝、汉武帝、贾谊、晁错、王充、曹操等。唐代有很多文学家，都被列入法家人物，除柳宗元外，还有刘禹锡、李商隐等。柳宗元、刘禹锡被列入法家人物，是出于政治因素，因为两人是唐顺宗时“永贞革新”的“二王八司马”集团中的二司马。历史上，凡是变法人物，如李悝、吴起、商鞅、王安石等，都是法家。李商隐不是政治人物，不是改革家，但其诗旗帜鲜明地反对、批判“宦官专权”“藩镇割据”，符合法家的政治思想要件。对于李商隐，还有一个重要原因，就是伟大领袖毛主席喜欢唐代诗人“三李”——李白、李贺、李商隐。“三李”都在法家之列。1974年12月20日，闻军《论刘禹锡的政治诗》一文发表在《北京大学学报》第六期，1975年2月1日《红旗》杂志第二期转载。4月20日，“梁效”、闻军《论李商隐的〈无题〉诗》在《历史研究》第2期发表。杜甫作为儒家诗人的代表，一再受到批判。4月25日，“梁效”《杜甫的再评论——批判杜甫研究中的尊儒思潮》在《北京大学学报》第2期上发表。“梁效”的文章，在当时有着绝对的权威，有一个顺口溜“小报抄大报，大报抄‘梁效’”可以证明。“梁效”、闻军的文章，使得李商隐好像一下子大翻身，扬眉吐气，身价百倍。摆脱了“封、资、修”的“封”，摆脱了“封建文人”的帽子，变成了有先进思想的“法家”。就在这一年的秋季，人民文学出版社的编辑来到安徽师范大学约稿，请刘学锴、余恕诚两位老师选注《李商隐诗选》。当时，全国上下实行“三结合”方针。所谓“三结合”，源于1967年，当时全国各省及以下各级政权开始成立“夺权”后的党、政“一元化”领导机构，称“革命委员会”。“革命委员会”成员由革命干部、军队代表、群众代表组成，是为“三结合”。《红旗》杂志当年第5期发表社论《论革命的三结合》，传达了毛泽东的最新指示：“在需要夺权的那些地方和单位，必须实行革命的三结合的方针。”之后，又有工、农、兵三结合，老、中、青三结合等。在学校，一项政治任务布置下来，组成人员也要执行“三结合”方针。《李商隐诗选》编写组除了刘学锴、余恕诚两位老师，还要有干部代表、学生代表。我因为不好动，比较喜欢看书，被视为走“白专”道路，“白专”是相对于“红专”而言，但当时“又红又专”的几乎没有，而“白”还没有到“黑”（“黑帮”“黑五类”）的程度，处于“红”与“黑”之间，加上我还喜欢唐诗，而当时文学作品不容易看到，一切都是“抄本”，便手抄了一些唐诗。这样，就被首推为学生代表，还有一位是同班且同一学习小组的赵慧芳同学（上海人）。进入写作组，记得当时发了两薄本油印本，一本是“梁效”、闻军《论李商隐的〈无题〉诗》，一本是马茂元先生《李商隐和他的政治诗》。两位老师分配给我们两人几首李商隐诗，其他都忘了，只记得有一首是《无题》（八岁偷照镜）。按照选注本的学术要求，即使是当下的博士也是做不好的，何况那个时候我们刚上大学，称为“工农兵学员”。当时尽管得到了刘老师、余老师的悉心指导，也尽了自己最大的努力去做，但写的稿子距离书稿的要求，绝对是非常巨大的。这段经历，是我从事古代文学研究的启蒙阶段，两位老师就是启蒙老师。

1976年，我被推举“工农兵学员上讲台”，这是“上、管、改”的具体实施。我上讲台，讲解的是李商隐《无题》（八岁偷照镜）。因为此前已经对此诗有较多的接触，比较熟悉，又请刘老师、余老师作了指导。所以，尽管是第一次上大学讲台，自以为效果还是不错的。顺便说一句，当时毛主席提出“学制要缩短，教育要革命”，直到现在，我还是认为，这个形式很好。对当事人来说，是一次很好的实践锻炼。

1982年，因住房阴暗潮湿，加之长期伏案，我罹患颈椎增生、肩周炎。余老师请在皖南医学院附属弋矶山医院工作的师母王大夫给予关照。其后，无论是夫人孙愫婷，还是女儿陈思齐，到弋矶山医院就医，都会得到师母的关照。

1989年，刘老师、余老师开始编纂《李商隐数据汇编》。我从参加《汉语大词典》编撰工作以来，养成了一个习惯，在看书、看报时，随时注意收集、摘录数据，制成卡片，每当有几百张后，就分门别类地分到卡片盒子里。开始用的是《汉语大词典》数据卡，后来用的是《全唐诗大辞典》数据卡。日积月累，有二十多个卡片盒子，数万张卡片，内容十分广泛。诸多作家中，李商隐的资料是唯一专门收集的，有整整两盒子。得知两位老师的《李商隐资料汇编》将要完稿，我就把两盒子李商隐资料悉数交给余老师。我收集的资料是零散的，不系统，两位老师是地毯式收集的，绝大部分应该都有了。但我们研究所里的书，相当数量的刻本，是所长、《汉语大词典》副主编张涤华先生叫我到北京的中国书店、上海的上海书店购买的，有不少好书，有些是学校图书馆、中文系数据室所没有的，其中或许有用。此外，受张先生影响，我比较系统地收集了清人刘淇《助字辨略》，近人张相《诗词曲语辞汇释》引用李商隐的诗句，这对于审读、理解李商隐诗歌十分有用。我注意到，两位老师的增订重排本《李商隐诗歌集解》，较多采用了《助字辨略》和《诗词曲语辞汇释》的资料，这使我感到十分欣慰。

1990年，在刘老师、余老师的举荐下，我参加了《新编全唐五代文》的整理。我在2000年出版的《李峤年谱》《苏味道年谱》的《后记》中说："1990年，承安徽师范大学教授、中国李商隐研究会会长刘学楷、余恕诚两位先生举荐，参加整理国家重点图书项目《新编全唐五代文》的整理工作，承担数十卷任务，初唐部分是李峤文八卷。1991年完成点校任务，并按要求对所有文章写出《系年考证》，共一百六十篇，不意得到副主编、西北大学教授韩理洲先生谬奖。1993年，以《李峤年谱》立项，获得安徽师范大学中青年科研基金。1994年，完成项目，同时完成近一百篇诗歌的《系年考证》，共计二十余万字。李峤与苏味道、崔融、杜审言为'文章四友'，生平交游、瓜葛，千丝万缕。于是留意有关史料，拟逐一撰写，最后合成《文章四友年谱》。"

两年以后，1992年，新编《全唐五代诗》启动，刘老师、余老师又举荐我参加这个项目，担任方干、李山甫等诗集的整理。

1993年，我因拟调动到烟台师范学院，进行双向考察，中文系考察我的是讲课情况。在芜湖，我讲授的是《大学语文》和《古代汉语》。到烟台，主课讲授中国古代文学，我准备的课程，就是《李商隐及其〈无题〉诗》。此后直到本世纪初，每年要给学生开讲座课、专题课，关于李商隐的，有两个专题：《"斯芬克斯之谜"与"哥德巴赫猜想"——李商隐〈无题〉诗解读》、《论李商隐的初恋情爱及其爱情诗——兼论唐代诗人的初恋情结》。选修课《唐诗研究》，其中也有李商隐"咏史诗"内容。我要备课，借阅余老师的唐代文学课程讲义，余老师毫无保留地借予。余老师的讲义纸张已经泛黄，有些已经碎裂。介于正楷、行楷之间讲义正文四周，密密麻麻地布满墨水笔、圆珠笔书写的批点、史料，数字至数十字不等。笔迹的色差，犹如大树年轮，记录着余老师的讲学历程。最特别之处，是余老师将课堂效果、现场反应记录在案，诸如"笑"、"大笑"等。一般的教书匠是想不起来这么做的。无论科研还是教学，余老师都是第一流的。其高度，尠有人能达到。想起一件往事：我分管文学院教学，从2000年起，历经国家教育部本科教学合格评估、学校更名评估、本科教学优秀评估等，对于教案，教育部专家的要求是，教案必须是新打印的。我不得不按要求布置，同时，还是要痛加抨击本科教学评估是多么荒唐。在余老师身上，我体会到，一位合格的教师，第一要有科学的规章制度，第二要有严格的教学管理；一位优秀的教师，第一要有高尚的职业修养，第二要有过硬的专业智能。余老师是一位最优秀的教师。

我是1977年留校的，专门编纂《汉语大词典》，最初的单位是中文系。次年，张涤华先生创建语言研究所，始与中文系分离。从留校到离校，住房一直是困扰的主因。最初78年是油毛毡工棚（与"牛棚"类似），最初，我曾找中文系办公室主任马祯科老师反映情况，称之为"牛马不如的生活"（这在当时是很"反动"

的);后来十年是二十平方、厕所公用的“蜗居”。在调整长期无望的情况下,在学校领导决心要撤销语言研究所的情况下,我们决意选择离开。一南一北,最后选择宜居的烟台。1994 年 10 月,烟台师范学院人事处调令下达,11 月初,我到余老师家告别。余老师推心置腹地对我说,他很不情愿让我走,但他没有办法解决我的困难。他说,很早就有把我调到中文系的想法,但张涤华先生是不会同意的(学校组织部曾经要我到图书馆担任副馆长,协助孙文光馆长,我征求张先生意见,张先生不主张我去)。1992 年,张先生去世后,所里的几位领导也不会同意。余老师说,很快成立文学院,心想两个单位成一家了,就不存在调动问题了,谁知道却调走了。我体会得到余老师对我的看重与厚爱。然而,住房问题是现实问题。当时,每天一早去沈家仕校长办公室,请求同意调离。沈校长承诺的是,很快就要成立文学院,安排职务;而对住房,却始终不敢承诺。在这种情况下,我离开了安徽师范大学。在住房问题上,学校有负于我;而我唯一辜负的就是余老师。对此,我至今有负疚感。

1996 年 10 月 1 日至 3 日,中国李商隐研究会在烟台召开第三届学术研讨会。我与刘老师、余老师相聚在烟台。会址中国文联烟台文艺之家就在海边,2 日中午,余老师没有休息,我们在海边散步、叙谈,特别开心。海风很大,吹散了余老师的头发。每每想起,记忆犹新,历历在目。

2002 年 4 月 14 日至 17 日,中国李商隐研究会在芜湖安徽师范大学举办第六届年会暨国际学术讨论会。与会的六十余位专家学者就李商隐诗歌的研究意义、现状和未来走向进行了相互切磋和探讨。我提交《“三十六体”:宋祁总结、认定的骈文体派》。此文余老师推荐到《安徽师大学报》,刊于 2002 年第 4 期;余老师主编《中国诗学研究》时,又被选入第 2 辑《李商隐研究专辑》(上海古籍出版社,2003 年)。

2006 年 5 月 16 日至 18 日,中国李商隐研究会第七届年会暨全国学术研讨会在广西南宁市举行。会议由广西师范学院主承办,广西大学、民盟广西区委员会、广西教育学院协办。会议期间,拜望刘学锴、余恕诚两位老师。两位老师从 1975 年以来,数十年如一日，精诚合作，同心协力，矻矻不懈，成为李商隐研究巨擘，绝对权威，出版有关李商隐著作十余种：《李商隐诗选》，刘学锴、余恕诚选注，人民文学出版社《中国古典文学读本丛书》，1978 年 8 月第 1 版，1986 年 12 月第 2 版；《李商隐》，刘学锴、余恕诚著，中华书局《中国文学史知识丛书》，1980 年 1 月；《李商隐诗歌集解》，刘学锴、余恕诚集解，全五册，中华书局《中国古典文学基本丛书》，1988 年 12 月；又增订重排本，2004 年 11 月；《李商隐诗歌研究》，刘学锴著，安徽大学出版社《唐诗研究系列》，1998 年 5 月；《李商隐资料汇编》，刘学锴、余恕诚、黄世中编，全二册，中华书局，2001 年 1 月；《汇评本李商隐诗》，刘学锴编著，上海社会科学院出版社，2002 年 1 月；《李商隐文编年校注》，刘学锴、余恕诚校注，全五册，中华书局《中国古典文学基本丛书》，2002 年 3 月；《李商隐传论》，刘学锴著，全二册，安徽大学出版社，2002 年 6 月；《李商隐诗歌接受史》，刘学锴著，安徽大学出版社《唐诗研究系列》，2004 年 8 月，等等。此外，还有数量巨大的论文。我对两位老师说，老师已经从各个角度，将李商隐研究了个透，几乎是竭泽而渔，无容置喙，没有给学界，给后人留下太多空间。除了有些方面可以深入、细化、衍生，如接受史研究等；有些可以强化，如阐释史研究，影响史研究，语言、修辞研究等。还有，系统的交游研究似乎阙如。我说，以后如果有时间，做一下《李商隐交游考》；再有时间，做大做强，做《李商隐交游年谱》。当时，我的《杜甫亲眷交游行年考》《杜甫亲眷交游年表》即将出版，正在作《杜甫交游年谱》《韩愈交游年谱》。可惜的是，由于教学管理事务繁冗，许多项目及著作被拖累、耽误，《李商隐交游考》《李商隐交游年谱》不知何时才能进入议事日程。

余恕诚老师任安徽师范大学中国诗学研究中心主任，问我手头有没有要出版的著作，可以纳入中国诗学研究中心研究项目，我就说到《李商隐诗集综合索引》。当年因征订印数不够，上海古籍出版社未能出版。余老师说可以交给他。《李商隐诗集综合索引》是 1982 年上海古籍出版社约稿的，之所以选择李商隐诗集，一是缘于 1975 年参加《汉语大词典》编纂工作，看书收词，承担的任务就是《李义山诗集》；二是缘于早年对李商隐的最初接触。《李商隐诗集综合索引》收集的底本有：清冯浩《玉溪生诗集笺注》（蒋凡点校，上海古籍出版社 1979 年版）、《玉溪生诗集笺注》（中华书局《四部备要》本）、《全唐诗》（中华书局 1960 年版第 16 册 539 卷至 541 卷）、李义山诗集（商务印书馆《四部丛刊》本），当时，余老师与刘学锴老师合作撰写的《李商隐诗歌集解》尚未出版。因此，《李商隐诗集综合索引》必须增加底本，重新编次。增加的底本有三种：刘学锴、余恕诚《李商隐诗歌集解》，中华书局 1988 年年 12 月第 1 版；不分卷，分为三部分："编年诗""不编年诗""附编诗"；正文页码：112012 页；朱怀春标点《李商隐诗集》，上海古籍出版社，1999 年年 5 月第 1 版；此本据冯浩《玉溪生诗集笺注》正文录入，亦分为三卷：第一、二卷为编年诗，第三卷为不编年；又有"新补"，据中华书局《全唐诗外编》补入孙望《全唐诗补遗》所辑一首、童养年《全唐诗续补遗》所辑二首加四句，据中华书局《全唐诗补编》补入陈尚君《全唐诗续拾》所辑一首加一句；正文页码：11108 页；叶葱奇《李商隐诗集疏注》，人民文学出版社，1985 年年 11 月第 1 版；分为上、中、下三卷，后附"新添集外诗"，正文页码：11724 页。《李商隐诗歌集解》作为第一底本，李商隐诗歌版本、总集的选入都比较多，故其异文亦多。诗句的文字，都相应改为依据第一底木。木索引为诗句索引、专名（人名、地名、书名）索引。索引的底本增入，哪怕增加一种，必须逐句、逐词标注卷数、页码，然后逐条插入，费时费力，更容易出错；增加三种，条目数量巨大，不如打散重编。七个底本，工程浩大，颇费时日。

2006 年 8 月 21 日至 26 日，出席首都师范大学中国诗学研究中心主办"中国唐代文学学会第十三届年会暨唐代文学国际学术研讨会"，同年 11 月 7 日至 10 日，出席安徽师范大学中国诗学研究中心主办的"古典诗学的现代传承"学术研讨会，我把增加的底本及想法、做法，都跟余老师作了汇报，得到余老师的肯定。由于我在鲁东大学文学院分管教学，在连续多年国家教育部更名评估、评估整改、迎接本科教学优秀评估的折腾中，疲于应付各种检查、各种准备，还有日常教学管理，加上本科生、研究生的教学工作，一直处于超负荷、高强度的工作之中，极少有时间从事研究工作。面对索引浩大的数字工程，进展缓慢。

2008年10月24日至29日，出席安徽师范大学中国诗学研究中心承办的“中国唐代文学学会第十四届年会暨国际学术研讨会”，会址在芜湖市铁山宾馆。当时，索引仍在编纂之中，而余老师已经卸任中国诗学研究中心主任，由丁放教授接任。余老师要我以后可与丁放教授联系。在翠明园门口，见到丁放教授，他说，《李商隐诗集综合索引》项目是余老师在任时确定的，而且，主要依据《李商隐诗歌集解》，所以，仍然纳入中国诗学研究中心项目。

2010年初，我将《李商隐诗集综合索引例言》《李商隐诗集综合索引目录》《李商隐诗集篇目及收录异同阙误表例言》《李商隐诗集各本卷数页码及篇目收录异同表》《李商隐诗集篇目及收录异同阙误表》等，加上正文样稿多种，寄给余老师审正。余老师告知，《李商隐诗歌集解》2004年10月出版了“增订重排本”。本索引应该补入，而且必须作为第一底本补入。由于“增订重排本”编年有所变更，相应地，“编年诗”“未编年诗”“附编诗”中篇目或出或入，各有调整。本索引必须依此本形成篇目顺序重新编号；诗句索引的文字，亦必须依据此本为准；内容有所增订，重新排版后，页码不同。这就开始了第二次重编。当时余老师手头无书（后来重印，又惠寄我一套），我到图书馆借了一套。又经过一年多的编纂，至2011年4月全书完成，书稿的电子文本发给丁放教授，希望安排出版。本来想请刘老师、余老师给拙书写一个序，考虑到此书仅仅是一部索引，非李商隐研究专著，为了避免小题大作之嫌，只是请两位老师作本索引顾问，蒙刘老师、余老师不弃，慨然应允。5月，丁放教授给我一信，原文如下：“索引的事，黄山书社放了一个月后，这两天告诉我，他们报选题来不及了，我看了一个电子稿，字数近六十万，排版也有难度，另找出版社在7月份印出来也十分困难。我跟余老师商量了一下，我们的想法是：1.由诗学中心设法出版是没有变化的；2.不赶在今年的李商隐会前出版了；3.到时要请您亲自校对。”此后，我对全书又作了部分调整，至8月，全部完成，又发给丁放教授。

但不知什么原因,此书最终还是未能兑现出版。由于余老师身体欠佳,为了避免情绪波动,所以也一直不敢惊动,没有向余老师彙报、交待。孰料余老师于 2014 年 8 月 23 日匆遽辞世,心里觉得特别内疚,我辜负了老师的期望与厚爱。

在南宁时,中国李商隐研究会会长董乃斌教授、副会长张明非教授,希望第八届年会由我承办,我很乐意地接受了下来。通常,学术研究会年会大多是两年一次,按照这个惯例,中国李商隐研究会第八届年会应该是在 2008 年举办。但由于我校 2007 年迎接国家教育部本科教学优秀评估,评估之后,是例行的整改,所以无暇顾及。经协商,拟在 2009 年 9 月 12 日至 15 日召开。然而,开学初,不少学者来函反映,新近开学,诸事丛脞,不能前来赴会。经请示会长、副会长,紧急叫停。经与董老师、张老师商量,李商隐研究会第八届年会,在 2011 年暑假召开。

2011 年 2 月 3 日,我给学界师友拜年,给余老师发上李商隐集句诗《辛卯新春集李义山诗句得绝句六首寄赠学界师友并序》:"冠明有幸结识学界诸位师友,每每得到指点,得到关爱,受到启示,受到教益。感激之情,时时油然。值此新春佳节之际,例得候问、拜贺。冠明研习唐诗有年,于唐代诸贤中,最爱'老杜小李'。爱取义山诗句,重新组合,谓为'集句'。苦思冥想,仅得戋戋六首。第一首,谓得结识诸位师友,而难免悠悠我思;第二首,表达互相思念,所谓'我见青山多妩媚,料青山见我应如是'之意,春节多在阳历二月,此'二月'借用耳;第三首、第四首,所谓'诗情酒兴渐阑珊',想象而已;第五首,谓'忆事、怀人、得句',末句用曹植'愿为西南风,长逝入君怀',希望常常得以晤叙;第六首,虚,空也,天空;祝颂之词,衷心祝愿诸位师友如同鲲鹏展翅,抟扶摇而上者九万里!"诗云:

俱识孙公与谢公,后门前槛思无穷。桐花万里丹山路,更隔蓬山一万重。

人生岂得轻离别,长定相逢二月中。龙山万里无多远,心有灵犀一点通。

郁金堂北画楼东,昨夜星辰昨夜风。独想道衡诗思苦,松醪一醉与谁同？

可羡瑶池碧桃树，分曹射覆蜡灯红。春风犹自疑联句，不觉云间有士龙。

忆事怀人兼得句，三生同听一楼钟。花须柳眼各无赖，何处西南待好风？

望见扶桑出东海，蓬岛烟霞阆苑钟。平生风义兼师友，日日虚乘九万风！

又有《辛卯新春删取李义山安平公诗二十四韵为四韵借花献佛寄赠学界师友并序》：“《新春集李义山诗句寄赠学界师友绝句六首》既成，意犹未尽，又删取义山《安平公诗》二十四韵为四韵，凑泊成之，亦诗人‘嗟叹不足’之义也。”诗云：

璠玙并列诸姓秀，逦迤出见何骈罗。清词孤韵有歌响，击触钟磬鸣环珂。

愿尔下笔即千字，疑尔读书倾五车。沥胆呪愿天有眼，君子之泽方滂沱。

我又发上《中国李商隐研究会第八届年会邀请柬》。之后，又数次打电话，盛情邀请刘老师、余老师来烟台，共襄盛会。由于烟台的铁路交通特别落后，两位老师均以年龄及健康原因，未能与会。作为会议东道主，作为被推举新任中国李商隐学会会长的我，没有能请到两位老师，心中遗憾，莫此为甚。

2013 年 11 月，经与河南省沁阳市相关领导商定，拟在 12 月 13 日，在李商隐故里举办“李商隐诞辰一千二百周年纪念会”，同时，举办中国李商隐研究秘书处揭幕仪式，中国李商隐研究网开通仪式。23 日、24 日两天，我反复打电话，诚恳邀请刘老师、余老师能莅临指导，给纪念会添彩增光。余老师说，只要刘老师去，他也去。刘老师担心路上不适应，我说可以坐飞机到郑州，余老师可以到合肥或南京机场坐飞机。最终，未能说服两位老师，失去了与余老师见面的机会。这是特别让人感到难过的。

2014 年 8 月 23 日下午，我因事到芜湖。下榻不久，就听说余老师病情危重。3时许，遽闻余老师仙逝。尽管稍前已经闻知余老师得病，还是觉得走得太过匆匆！当时我在想，倘若余老师身体安康，我就能去拜访，说往事，谈未来，请教学术事，探讨李商隐。现在，余老师已经不在了，一切都不可能了！呜呼！天乎痛哉！

当天晚上，我将此噩耗讣告中国唐代文学学会会长、复旦大学陈尚君教授，前副会长兼秘书长、广西师范大学张明非教授，中国李商隐研究会前会长、上海大学董乃斌教授。

25日10时，是余老师的遗体告别仪式。一早，我给身在北京的安徽师范大学研究生院院长胡传志教授发短信，表达悲悼之情：

> 前天下午到芜湖，惊闻余老师仙逝，十分悲痛。余老师是中国李商隐研究会前副会长，他的离世，是李商隐研究与唐代文学研究的极大损失。烦请您以李商隐研究会名义向余老师敬献一个花圈。我作为现任会长，一定会继承老师的遗志，沿着老师开创的道路向前走。烦请告知师母的手机号码，以表达吊唁、悲悼之情。

9月2日，安徽师范大学举行余恕诚教授追思会，我因事先未获信息，未能临场。之后，于甲午年、甲戌月、甲寅日10月10日余老师在天"七七"之际，泣书《祭余恕诚先生文》七章，一表痛心。祭文曰：

> 昔以欢聚，今以哀别。痛如之何？有泪如血！
> 药饵无征，丧我贤哲。痛如之何？痛之何极！
> 电灭欻逝，惨惨切切。痛如之何？心伤肠折！
> 言不能文，意不能达。痛如之何？伤兮其怛！
> 天不慭遗，哲人山陨。痛如之何？魂兮如对！
> 义山功臣，三李巨擘。痛如之何？奠祭永诀！
> 为我启蒙，给我启迪。痛如之何？眷念不息！
> 呜呼哀哉，伏惟尚飨！

余老师,您是良师,更如益友。李商隐云:“平生风义兼师友,不敢同君哭寝门。”义山之言,寔中予心。

记得好像是在2009年年中,闻知余老师被国家推为全国优秀教师候选人。余老师成为思想道德教育的楷模,我在给本科生开会、给研究生讲课时,特意向学生介绍余老师的为人、美德、学问、精神。非常平凡,特别伟大。我想给学生树立一个人生的榜样,让新一代去高山仰止,景行行止。

岁岁年年,时时事事,手里记的是流水般的账,心中淌的是流水般的泪!

索引目录

台湾王维研究论著目录(1949—2013)

□ 吴姗姗 何淑苹

编辑说明

1.本目录旨在搜罗台湾以王维为主题之论著,数据类型包括专书、学位论文、期刊、报纸、论文集等。

2.分类上,依论著性质略分为十类:1.生平;2.著作、注释、翻译;3.通论;4.思想;5.散文、辞赋;6.诗歌;7 绘画、音乐、建筑;8.影响;9.论文集;10.其他。其中,诗歌研究成果数量最多,下再细分综论、诗画合论、与其他诗人合论三类。

3.为免数据庞杂,以王维作品赏析为主之专著酌予收入,其余通代或断代诗歌选辑、赏析及文学鉴赏辞典,古籍翻印而未作整理者,皆不在收录之列。

一、生平

花　庵　王维的辋川山庄

　　星岛日报　第 7 版　1960 年 12 月 17 日

朴　人(王家棫)　辋川别业

　　中央日报　第 7 版　1961 年 9 月 8 日

庄　申　王维交游考

　　(1)大陆杂志　第 34 卷第 4 期　7—11 页　1967 年 2 月

　　(2)大陆杂志　第 34 卷第 5 期　25—29 页　1967 年 3 月

　　(3)大陆杂志　第 34 卷第 6 期　28—32 页　1967 年 3 月

　　(4)大陆杂志　第 34 卷第 7 期　30—32 页　1967 年 4 月

(5)大陆杂志　第34卷第8期　27—32页　1967年4月

大陆杂志社编辑委员会编　秦汉中古史研究论集　399—422页　台北:大陆杂志社　1970年9月

大陆杂志社编　序跋文法丛考传记　255—278页　台北:大陆杂志社　1975年10月

胡传安　两《唐书·王维传》补正

文史季刊(淡江文理学院)　第1卷第3期　44—51页　1971年4月

黄守诚　王维与柳

花莲师专学报　第4期　219—228页　1972年6月

周千秋　文人画创始者王维

中国历代创作画家列传　16—21页　台北:艺术图书公司　1974年5月

王　序　王维

中国文学作家小传　113—116页　台北:河洛图书出版社　1974年10月

朴　人(王家棫)　人性弱点造成挫跌玷辱—王维

诗人生活　37—42页　台北:台湾学生书局　1975年3月

[日]前野直彬著,洪顺隆译　王维的故事

唐代的诗人们　180—217页　台北:幼狮文化公司　1976年5月

胡传安　王维交游考

人文学报(中华民国人文科学研究会)　第3期　189—208页　1978年4月

台北商专学报　第14期　1—32页　1980年6月

钟邦统　王维的生卒年

中华日报　第11版　1978年6月10日

刘中和　"诗佛"王维评传

唐代文学全集　上册　321—351页　台北:世界文物出版社　1979年2月

郑惠文　诗佛——王维

中国文学家故事　96—100页　台北:庄严出版社　1979年3月

冯作民译著　王维传

唐代诗人列传　132—138页　台北:星光出版社　1980年2月

许湘苓 王维的辋川二十景
明道文艺 第50期 82—93页 1980年5月
洪大淑 浅谈王维一生
台南师专学刊 第2期 73—77页 1980年6月
李慕如 学仕官名类释(6)唐朝:魏征、骆宾王、王勃、孟浩然、王维、寒山、崔颢
今日中国 第112期 133—142页 1980年8月
胡传安 新旧唐书王维传斠补
人文学报(中华民国人文科学研究会) 第6期 171—177页 1981年6月
台北商专学报 第16期 61—70页 1981年8月
罗焕光 禅宗与王维
青年战士报 第10版 1981年6月24日
海潮音 第62卷第8期 23—26页 1981年8月
褚柏思 诗佛王摩诘传
台北:新文丰出版公司 110页 1981年9月
蒋健飞 古今名画家轶闻记趣·唐王维
雄狮美术 第130期 86页 1981年12月
[日]伊藤正文著,谭继山译 审美诗人——王维
台北:万盛出版公司 267页 1984年3月
方时雨 王维
中国艺术家故事 47—54页 台北:庄严出版社 1986年2月
卢光照 王维(二则)
中国历代画家故事 47—49页 台北:庄严出版社 1986年2月
杨文雄 王维人格辨诬
庆祝无锡施之勉先生九秩晋五诞辰论文集编委会编 庆祝无锡施之勉先生九秩晋五诞辰论文集 317—346页 台北:文史哲出版社 1986年3月
诗佛王维研究 133—162页 台北:文史哲出版社 1988年2月
杨文雄 诗佛王维家世及其时代背景
成功大学学报 第22卷 227—252页 1987年10月
杨文雄 王维的时代背景与生平
诗佛王维研究 13—131页 台北:文史哲出版社 1988年

2 月

萧丽华　王维——道心禅悦一诗佛

台北：幼狮文化公司　154 页　1991 年 1 月

王从仁　王维生平

王维和孟浩然　1—76 页　台北：群玉堂出版事业公司　1992 年 9 月

陈允吉　王维与华严宗诗僧道光

唐诗中的佛教思想　42—53 页　台北：商鼎文化出版社　1993 年 12 月

陈允吉　王维与南北宗禅僧关系考略

唐诗中的佛教思想　55—72 页　台北：商鼎文化出版社　1993 年 12 月

陈允吉　王维"终南别业"即"辋川别业"考

唐诗中的佛教思想　73—91 页　台北：商鼎文化出版社　1993 年 12 月

林仁昱　王维出官济州事件考

中山中文学刊　第 1 期　181—195 页　1995 年 6 月

傅正玲　以自然作道场的诗佛：王维与佛教因缘

普门　第 206 期　86—89 页　1996 年 11 月

皮述民　王维年谱

王维探论　1—22 页　台北：联经出版事业公司　1999 年 8 月

皮述民　王维十五离乡乃入太学试探

王维探论　23—40 页　台北：联经出版事业公司　1999 年 8 月

皮述民　说王维写真

王维探论　121—138 页　台北：联经出版事业公司　1999 年 8 月

简恩定　王维"郁轮袍"事件的象征意义

空大人文学报　第 9 期　19—30 页　2000 年 10 月

罗贤淑　试论王维对田园生活的倾慕与神往

中国文化大学中文学报　第 9 期　163—173 页　2004 年 3 月

吴启祯　王维道家因缘探析

中国文化大学中文学报　第 9 期　219—238 页　2004 年 3 月

许建昆　唐传奇历史素材的借取与再创——以王维、王之涣故事为例

东海中文学报　第 20 期　9—27 页　2008 年 7 月

孙明道　徐渭的绘画与王维的传说

书画艺术学刊　第 11 集　237—260 页　2011 年 12 月

简锦松　现地研究下之《辋川图》《辋川集》与辋川王维别业传说新论

台大文史哲学报　第 77 期　115—166 页　2012 年 11 月

简锦松　王维“辋川庄”与“终南别业”现地研究

中正汉学研究　第 20 期　45—92 页　2012 年 12 月

二、著作 注释 翻译

(一)著作、注释、翻译

傅东华选注　王维诗

台北:台湾商务印书馆　99 页　1964 年 12 月 1 版

台北:台湾商务印书馆　99 页　1968 年 8 月

台北:台湾商务印书馆　99 页　1981 年 9 月 4 版

褚柏思　诗佛王摩诘传

台北:新文丰出版公司　110 页　1981 年 9 月

郑　骞校订,范庆雯选注　寒山秋水——王维诗文选

台北:狮谷出版公司　318 页　1982 年 9 月

台北:时报文化事业公司　318 页　1984 年 10 月

台北:时报文化事业公司　357 页　1992 年 3 月 2 版

台北:时报文化事业公司　357 页　2000 年 7 月 3 版

林佳香　王维集版本考

中华学苑　第 28 期　139—160 页　1983 年 12 月

王福耀选注　王维诗选

台北:仁爱书局　176 页　1984 年 9 月

台南:王家出版社　176 页　1988 年 3 月

台北:远流出版事业公司　176 页　1988 年 7 月台湾初版

台北:远流出版事业公司　176 页　2000 年 6 月台湾 2 版

佚　名　王維诗赏析

台南:大块出版社　375 页　1987 年 1 月

唐文德　王维五言诗选释

中国古典文学论集　153—210 页　台中:国彰出版社　1987 年 2 月

张淑琼主编　王维

唐诗新赏　第 3 辑　1—165 页　台北:地球出版社　1989 年 4 月

唐诗新赏　第3辑　1—165页　台北:锦绣出版社　1992年8月

邓安生、刘畅、杨永明译注,倪其心审阅　王维诗

台北:锦绣出版事业公司　332页　1992年

台北:锦绣出版事业公司　332页　1993年2月再版

陶文鹏选析,秦似审订　明月松间照诗佛——王维诗歌赏析

台北:开今文化事业公司　262页　1993年5月

台北:德威国际文化事业公司　262页　2003年12月

张健编著　大唐诗佛:王维诗选

台北:五南图书出版公司　417页　1997年12月

伍道成选注、导读　画境诗心水月魂:王维诗选

台北:业强出版社　252页　1998年2月

孙燕文主编　王维诗欣赏

台南:文国书局　207页　2004年2月

陈铁民注译　新译王维诗文集

台北:三民书局　1077页　2009年11月

张维中撰写,谢祖华绘图　让我们看云去:王维、孟浩然

台北:天下杂志公司　204页　2010年10月

简锦松　现地研究下之《辋川图》《辋川集》与辋川王维别业传说新论

台大文史哲学报　第77期　115—166页　2012年11月

(二)英译

钟露升英译　酬张少府(王维)

中国语文　第81卷第6期　59—61页　1997年12月

钟露升英译　终南别业(王维)

中国语文　第82卷第1期　74—76页　1998年1月

钟露升英译　山居秋暝(王维)

中国语文　第82卷第2期　81—83页　1998年2月

钟露升英译　过香积寺(王维)

中国语文　第82卷第3期　68—70页　1998年3月

钟露升英译　栾家濑(王维)

中国语文　第82卷第4期　65—66页　1998年4月

钟露升英译　辛夷坞(王维)

中国语文　第82卷第5期　71—72页　1998年5月

钟露升英译　汉江临泛(王维)

中国语文　第82卷第6期　74—76页　1998年6月

钟露升英译　鸟鸣涧(王维)

中国语文　第83卷第1期　72—77页　1998年7月

钟露升英译　鹿柴(王维)

中国语文　第83卷第3期　75—76页　1998年9月

钟露升英译　竹里馆(王维)

中国语文　第83卷第4期　88—89页　1998年10月

钟露升英译　山中(王维)

中国语文　第83卷第5期　87—88页　1998年11月

钟露升英译　终南山(王维)

中国语文　第83卷第6期　87—89页　1998年12月

三、通论

傥　隐　乱世文人与王维

晨光　第1卷第4期　5—7页　1953年6月

刘延涛　王维

张其昀等著　中国文学史论集(一)　251—259页　台北:中华文化出版事业委员会　1958年4月

飞　扬　诗画双绝的王维

中央日报　第3版　1960年4月9日

风　人　诗禅王摩诘

畅流　第24卷第11期　19—20页　1962年1月

刘兆佑　王摩诘其诗其人

慧炬　革新号第6期　14页　1964年3月

马景贤　唐代的诗人、画家——王维书和人

第20期　1—8页　1965年12月4日　书和人　第1辑　149—156页　台北:国语日报社　1969年5月

游礼陆　王维的艺术生活

新境界　第3期　21—25页　新庄:辅仁大学学生代联会　1968年3月

中国文选　第20期　147—159页　1968年12月

佛　邻(褚柏思)　诗佛王维

慧炬　第62、63期合刊　53—55页　1968年6月

朱　湘　王维

梁启超等著　中国文学论丛　241—244页　台北:明伦出版社

1969 年 12 月

邵　父　诗佛王维

中国诗季刊　第 3 卷第 1 期　1—4 页　1972 年 3 月

刘维崇　王维评传

台北:正中书局　231 页　1972 年 7 月

台北:正中书局　231 页　1975 年 2 月

伍安娜　王维与佛

慧炬　第 110 期　20—25 页　1973 年 3 月

王商一　唐代画家王摩诘

古今谈　第 118 期　12—15 页　1975 年 2 月

刘载福　融贯诗书画与音乐的王维

中国历代大诗人　141—155 页　台南:综合出版社　1976 年 10 月

陈秀清　诗佛王维

中国诗季刊　第 9 卷第 4 期　1—34 页　1978 年 12 月

简锦松　庄申著《王维研究》质疑

出版与研究　第 41 期　29—34 页　1979 年 3 月

林桂香　诗佛王维研究

台北　政治大学中国文学研究所硕士论文　264 页　1982 年 6 月　李丰楙指导

王家文　唐代诗人画家:王维

艺文志　第 219 期　48—53 页　1983 年 12 月

本刊资料室　精通音律的王维

故宫文物月刊　第 2 卷第 1 期　94 页　1984 年 4 月

金亿洙　王维研究——宗教、艺术与自然之融合

台北　文化大学中国文学研究所硕士论文　232 页　1985 年 6 月　汪中指导

简恩定　王孟齐名,何以孟不及王?

中外文学　第 14 卷第 2 期　64—75 页　1985 年 7 月

宋　裕　中学国文作家趣闻掌故——山水田园诗人王维

国文天地　第 10 卷第 8 期　40—43 页　1995 年 1 月

依　空　空林独与白云期——一代诗佛王维

普门　第 214 期　83—88 页　1997 年 7 月

朱碧君　少年十五二十时的王维

育达学报　第 11 期　17—26 页　1997 年 12 月

傅绍良　盛唐禅宗文化与诗佛王维
台北县　佛光文化事业公司　260页　1999年5月
韩廷一　诗中有画·画中有诗——王维访问记
乾坤诗刊　第24期　41—47页　2002年10月
黑白历史:超时空人物访谈　253—265页　台北:万卷楼图书公司　2003年3月
钟崇基　王维
丰商学报　第9期　1—25页　2004年6月
陈嘉英　春来遍是桃花水——王维世界里的桃源
景女学报　第6期　25—35页　2006年1月
郑朝通　王维、柳宗元生命情调之研究
嘉义县　南华大学文学研究所硕士论文　187页　2006年1月　罗宗涛指导
柴　扉　茱萸峰下话王维
中国语文　第112卷第6期　95—99页　2013年6月

四、思想

闻明景　王维的佛学思想
慧炬　革新号第11期(总号第28期)　15页　1964年11月
庄　申　王维道家思想与生活——王维新研之一章
大陆杂志　第33卷第8期　12—14页　1966年10月
大陆杂志社编辑委员会编　秦汉中古史研究论集　396—398页　台北　大陆杂志社　1970年9月
大陆杂志社编　序跋文法丛考传记　252—254页　台北　大陆杂志社　1975年10月
罗联添编　中国文学史论文选集(三)　795—814页　台北　台湾学生书局　1979年3月
谢爱之　王维的人生观
幼狮月刊　第26卷第2期　8—12页　1967年8月
费海玑　王维的人生观
文学研究续集　90—104页　台北:台湾商务印书馆　1971年1月
文学研究续集　90—104页　台北:台湾商务印书馆　1975年11月2版

叶维廉　王维与纯粹经验美学
纯文学　第10卷第3期　38—54页　1971年9月
Tamkang Review(淡江评论)　第2卷第2期、第3卷第1期合刊　199—218页　1971年10月—1972年4月

卢桂霞　王维诗中的佛家思想
古今谈　第100期　32—33页　1973年8月

田博元　王维的园林思想——从王维的园林诗谈起
幼狮文艺　第44卷第2期　178—183页　1976年8月

田博元　王维禅诗的园林思想
佛教文化学报　第5期　31—38页　1976年10月

何寄澎　大漠孤烟直,长河落日圆——试探王维的内心世界
幼狮文艺　第46卷第5期　163—171页　1977年11月

张台萍　试探王维的安禅思想与生活
中外文学　第7卷第3期(总第75期)　86—102页　1978年8月

张曼娟　王维学佛不得已——从诗中看王维的矛盾冲突
中华文化复兴月刊　第19卷第2期(总号215期)　57—60页　1986年2月

李　沛　无我无物的王维
(1)中国美术　第2期　59—61页　1987年7月
(2)中国美术　第3期　92—94页　1987年8月

叶程义　王维老庄思想考述
中华学苑　第36期　141—179页　1988年4月

杨文雄　王维诗的儒、道、佛三家思想
诗佛王维研究　186—249页　台北　文史哲出版社　1988年2月
国立成功大学中文系编　尉素秋教授八秩荣庆论文集　289—352页　台北　文史哲出版社　1988年10月

徐月芳　王维《辋川集》中的儒、道、释色彩
中国海事商业专科学校学报　第86期　145—157页　1998年6月

皮述民　不朽与不死一论王维对生命价值与意义的追寻
王维探论　269—301页　台北　联经出版事业公司　1999年8月

刘昌佳　从《坛经》看王维诗文的禅学思维

兴大人文学报 第34期 101—121页 2004年6月

陈振盛 王维的禅意世界

台北 中国文化大学史学研究所博士论文 600页 2004年12月 皮述民指导

林慧真 王维的禅学思想研究

台中 东海大学哲学系硕士论文 126页 2010年6月 陈荣波指导

陈素华 王维诗文与其宗教信仰关系之探讨

新竹 玄奘大学宗教学系在职专班硕士论文 134页 2011年6月 林金木指导

五、散文 辞赋

杨鸿铭 王维山中与裴迪秀才书

历代古文析评——唐宋之部 25—32页 台北:文史哲出版社 1984年12月

杨鸿铭 王维山中与裴迪秀才书趣味论

孔孟月刊 第23卷第5期 41—43页 1985年1月

吴可道 王摩诘文章的浏览

空灵的脚步:王摩诘诗的境界与批评 285—310页 新竹:枫城出版社 1982年6月

王子彦 王维《白鹦鹉赋》与安史之乱的关系

问学集(淡江大学中国文学系) 第3期 25—58页 1993年5月

唐淑贞 空林独与白云期—读《山中与裴秀才迪书》

中国语文 第85卷第2期 77—79页 1999年8月

辅英技术学院国文老师合著 国文教学论文集 156—159页 台北:万卷楼图书公司 2001年9月

赖汉屏 王维《山中与裴秀才迪书》

明道文艺 第329期 41—43页 2003年8月

六、诗歌

(一)综论

王熙元　王摩诘的诗与佛学的关系

大专学生佛学论文集　第 2 集　　1960 年 7 月

文学心路　79—84 页　台北:仙人掌出版社　1969 年 11 月

台湾日报　第 15 版　1975 年 10 月 20 日

慧炬　第 311 期　30—34 页　1990 年 5 月

朴　人(王家棫)　王维及其凝碧池诗

中央日报　第 7 版　1961 年 8 月 23 日

刘兆佑　王摩诘其诗其人

慧炬　革新号第 16 期(总号第 23 期)　14 页　1964 年 3 月

沈　隐　王摩诘的诗与佛家思想

慧炬　革新号第 18 期(总号第 25 期)　6—7 页　1964 年 6 月

林茂雄　王维的诗

慧炬　第 44、45 期合刊　29—30 页　1966 年 6 月

陈秀清　王维的评传及其诗

艺术学报(国立艺术专科学校)　第 1 期　19—32 页　1966 年 10 月

杜松柏　禅宗对王维诗风的影响

(1)中央日报　第 10 版　1967 年 6 月 2 日

(2)中央日报　第 10 版　1967 年 6 月 3 日

(3)中央日报　第 10 版　1967 年 6 月 4 日

(4)中央日报　第 10 版　1967 年 6 月 5 日

暮鼓　第 11 期　12—16 页　1967 年 6 月

慧炬　第 56 期　19—21 页　1967 年 12 月

海潮音　第 48 卷第 10 期　17—19 转 27 页　1967 年 10 月

张曼涛主编　佛教文学短论　189—202 页　台北:大乘文化出版社　1980 年 1 月

知止斋禅学论文集　273—285 页　台北:文史哲出版社　1994 年 11 月

知止斋古稀学术论文自选集　183—191 页　台北:台湾学生书局　2006 年 11 月

柯庆明　王维古诗四首析评

中国人事行政月刊　第1卷第4期　71—72页　1968年4月

黄永武　王维诗欣赏
自由青年　第41卷第3期(总第475期)　64—71页　1969年3月

徐贤德　王维诗研究
台北:中国文化学院中国文学研究所硕士论文　238页　1973年1月　汪中指导
台北:文津出版社　238页　1973年5月

詹火生　王维的诗
中国时报　第12版　1975年3月19日

杨胤宗　王维诗之研究
畅流　第52卷第6期　11—13页　1975年11月

李正治　山河大地在诗佛——王维诗的特色与成就
鹅湖　第1卷第6期　43—45页　1975年12月

张春荣　谈王维的《辛夷坞》
鹅湖　第1卷第8期　53—54页　1976年2月
诗学析论　108—112页　台北:东大图书公司　1987年11月

胡传安　王摩诘诗析论
人文学报(中华民国人文科学研究会)　第2期　142—159页　1976年7月

陆润棠　Wang Wei's Attitude Towards Mountains: His Perception of Space
Tamkang Review(淡江评论)　第8卷第1期　89—110页　1977年4月

Yu, Pauline R.(余宝琳)　Wang Wei's Journeys in Ignorance
Tamkang Review(淡江评论)　第8卷第1期　73—87页　1977年4月

柯庆明　试论王维诗中的世界
(上)中外文学　第6卷第1期　76—98页　1977年6月
(中)中外文学　第6卷第2期　110—125页　1977年7月
(下)中外文学　第6卷第3期　73—87页　1977年8月
文学美综论　341—405页　台北:长安出版社　1983年5月
文学美综论　341—405页　台北:长安出版社　1986年10月再版
文学美综论　341—405页　台北:长安出版社　1993年1月

文学美综论　341—405 页　台北：长安出版社　2000 年 9 月

刘守宜　竹里馆

联合报　副刊　1977 年 8 月 16 日

杨　牧　随刘守宜先生访竹里馆

联合报　副刊　1977 年 9 月 2 日

林明德　文学批评指向　附录　127—132 页　台北：时报文化出版公司　1989 年 9 月

罗宗涛　王维诗的特征

中央日报　第 11 版　1978 年 5 月 16 日

严纪中　佛学·禅机·摩诘诗

慧炬　第 172 期　9—12 页　1978 年 10 月

颜元叔　竹光、月光、诗人

联合报　第 12 版　1978 年 10 月 24 日

林明德　静观《竹里馆》——杨牧《随刘守宜先生访竹里馆》读后

蓝星季刊　新 10 号　114—128 页　1978 年 12 月

文学批评指向　115—126 页　台北：时报文化出版公司　1989 年 9 月

陈庆煌　王维诗中的禅境

慧炬　第 182、183 期合刊　12—22 页　1979 年 9 月

R. A JUHL(朱乐本)　Vowel Mergers in the Literary Dialect of Wang Wei

清华学报　新第 12 卷第 1、2 期合刊　135—178 页　1979 年 12 月

陆润棠　从电影手法角度分析王维的自然诗

郑树森、周英雄、袁鹤翔编　中西比较文学论集　155—170 页　台北：时报文化出版公司　1980 年 2 月

徐尚定　王维诗意象两题——析英美意象派对于中国古典诗歌的误解

中国书目季刊　第 24 卷第 2 期　14—25 页　1980 年 9 月

陈启佑　《辛夷坞》的世界

明道文艺　第 54 期　144—147 页　1980 年 9 月

陈启佑　《辛夷坞》的境界

分析文学　198—201 页　台北：东大图书公司　1980 年 10 月

陆润棠　试从视觉效果分析王维自然诗与“山水论”和“山水诀”的关系

艺坛　第 152 期　6—8 页　1980 年 11 月

柯庆明　试论王维诗中常见的一些技巧和象征

台静农先生八十寿庆论文集编辑委员会编　台静农先生八十寿

庆论文集　783—820 页　台北：联经出版事业公司　1981 年 11 月

吴可道　王摩诘代表作品之解析与欣赏

空灵的脚步：王摩诘诗的境界与批评　311—320 页　新竹：枫城出版社　1982 年 6 月

陈启佑　王维《辛夷坞》的问题

中外文学　第 11 卷第 11 期　146—150 页　1983 年 4 月

柯庆明　王维诗的性质与分类

文学美综论　407—432 页　台北：长安出版社　1983 年 5 月

文学美综论　407—432 页　台北：长安出版社　1986 年 10 月再版

文学美综论　407—432 页　台北：长安出版社　1993 年 1 月

文学美综论　407—432 页　台北：大安出版社　2000 年 9 月

朱　淇　玉壶冰心论摩诘——辋川诗与中国的田园山水

中华文艺　第 26 卷第 3 期　114—127 页　1983 年 11 月

陈启佑　王维的心素已闲

明道文艺　第 96 期　148—149 页　1984 年 3 月

刘逸生　最有名的送别诗

唐诗广角镜　35—39 页　台北：汉京文化事业公司　1984 年 4 月

唐诗广角镜　35—39 页　台北：大鸿图书公司　1991 年 1 月

刘逸生　闹中取静的禅理

唐诗广角镜　40—44 页　台北：汉京文化事业公司　1984 年 4 月

唐诗广角镜　41—46 页　台北：大鸿图书公司　1991 年 1 月

古添洪　试拟王维"辋川二十首"的二度规范系统

记号诗学　231—285 页　台北：东大图书公司　1984 年 7 月

王运熙　王维田园山水诗的审美价值

伍蠡甫编　山水与美学　353—359 页　台北：丹青图书公司　1987 年 1 月

伍蠡甫编　山水与美学　353—359 页　台北：丹青图书公司　1987 年 11 月再版

王熙元　王维诗中的禅趣

古典文学散论　155—184 页　台北：台湾学生书局　1987 年 3 月

香港浸会学院中国语文学系编　唐代文学研讨会论文集
29—56 页　台北:文史哲出版社　1987 年 4 月

孙昌武　王维的佛教信仰与诗歌创作
唐代文学与佛教　74—97 页　台北:谷风出版社　1987 年 5 月

柳晟俊　王维诗研究
台北:黎明文化事业公司　287 页　1987 年 7 月

刘逸生　诗中有画,画中有诗
唐诗的滋味　39—46 页　台北:天山出版社　1988 年 5 月
唐诗的滋味　43—50 页　台北:大鸿图书公司　1991 年 1 月

杨文雄　王维的艺文观念、背景
诗佛王维研究　163—273 页　台北:文史哲出版社　1988 年 2 月

朱我芯　王维诗歌的抒情艺术研究
台中:东海大学中国文学研究所硕士论文　252 页　1988 年 6 月　李立信指导
台北:花木兰文化出版社　158 页　2009 年 3 月

郭胜宗　从语言结构浅析王维的《秋夜曲》
甲工学报　第 6 期　1—4 页　1989 年 3 月

袁行霈　王维诗歌的禅意与画意
中国诗歌艺术研究　197—216 页　台北:五南图书出版公司
1989 年 5 月初版 1 刷,1994 年 11 月初版 2 刷

刘万梓　王维《出塞作》中的“重用字”
国文天地　第 5 卷第 3 期　87—89 页　1989 年 8 月
文史丛说　143—150 页　桃园:焌贸印刷事业公司　1998 年 2 月

德　馨　王维的诗与禅
丘海季刊　第 26、27 期合刊　25—30 页　1989 年 12 月

佚　名　翰墨名诗——王维诗选　鹿柴、相思、书事
书友　第 43 期　61—67 页　1990 年 9 月

陈万成　读王维《过香积寺》
中外文学　第 20 卷第 9 期　142—151 页　1992 年 2 月

赖汉屏　深情托红豆　微物寄相思
明道文艺　第 197 期　38—40 页　1992 年 8 月

王从仁　王维的边塞诗及其他
王维和孟浩然　137—150 页　台北:群玉堂出版事业公司

1992 年 9 月

刘崇义　试赏王维的《观猎》

国中古典诗歌散文赏析　43—51 页　台北：贯雅文化事业公司 1992 年 11 月

李再仪　王维及其山水诗之研究

复兴岗学报　第 48 期　193—222 页　1992 年 12 月

沈秋雄　论王维《辋川集》

诗学十论　21—36 页　台北：文史哲出版社　1993 年 3 月

李再仪　王维山水诗之艺术特色研究

复兴岗学报　第 49 期　209—236 页　1993 年 6 月

王润华　“桃源勿遽返，再访恐君迷？”——王维八次桃源行试探

中国唐代学会编辑委员会编辑　第二届国际唐代学术会议论文集　上册：文学及敦煌学　299—315 页　台北：文津出版社 1993 年 6 月

越界跨国文学解读　387—402 页　台北：万卷楼图书公司 2004 年 2 月

杜昭莹　王维禅诗研究

辅仁大学中国文学研究所硕士论文　157 页　1993 年 6 月

叶庆炳指导

陈允吉　王维“雪中芭蕉”寓意蠡测

唐诗中的佛教思想　1　12 页　台北：商鼎文化出版社　1993 年 12 月

陈允吉　论王维山水诗中的禅宗思想

唐诗中的佛教思想　13—41 页　台北：商鼎文化出版社 1993 年 12 月

萧丽华　试论王维之宦隐与大乘般若空性的关系——兼论王维诗中“空”的境界美

台大中文学报　第 6 期　231—256 页　1994 年 6 月

唐代诗歌与禅学　第 3 章　73—102 页　台北：东大图书公司 1997 年 9 月

唐文德　王维诗中的禅意

诗词中的美学与意境　37—46 页　台中：国彰出版社　1994 年 7 月

戴文和　古典诗评之继承与批判——以“纪批王维终南别业”为例

侨光学报　第 12 期　1—23 页　1994 年 9 月

王熙元　王维和他的诗

诗词评析与教学　20—39 页　台北:万卷楼图书公司　1995 年 9 月

王熙元　唐人绝句四首赏析

诗词评析与教学　147—152 页　台北:万卷楼图书公司　1995 年 9 月

萧丽华　从禅悟的角度看王维自然诗中空寂的美感经验

淡江大学中国文学研究所主编　文学与美学　第 5 集　1—39 页　台北:文史哲出版社　1995 年 9 月

唐代诗歌与禅学　第 4 章　103—141 页　台北:东大图书公司　1997 年 9 月

林清志　论王维诗作对参访寺院之描写

宜兰农工学报　第 10 期　151—167 页　1995 年 6 月

李文献　王维《上张令公》诗略考

国立侨生大学先修班学报　第 3 期　59—88 页　1995 年 7 月

邱宜文　王维《鸟鸣涧》诗之禅释

慧炬　第 378 期　22—27 页　1995 年 12 月

潘人木　高雅清妙乐自在——手足情深的王维

小作家　第 2 卷第 12 期　28—36 页　1996 年 4 月

彭维杰　从王维诗作试探其青年期社会化的倾向

国立彰化师范大学国文系集刊　第 1 期　207—244 页　1996 年 6 月

傅正玲　王维诗中的出世精神

中国语文　第 78 卷第 6 期　101—104 页　1996 年 6 月

辅英技术学院国文老师合著　国文教学论文集　151—155 页　台北:万卷楼图书公司　2001 年 9 月

佚　名　翰墨名诗——山居秋暝·王维

书友　第 112 期　61—63 页　1996 年 6 月

李文献　王维"献始兴公"诗略考

国立侨生大学先修班学报　第 4 期　21—46 页　1996 年 7 月

刘纲纪　略论唐代佛学与王维诗歌

中国文学的多层面探讨国际学术会议论文编辑委员会编　语文、情性、义理——中国文学的多层面探讨国际学术会议论文集　259—267 页　台北:国立台湾大学　1996 年 7 月

池永歆　王维田园山水诗中"禅道式"的空间观

鹅湖　第22卷第2期　36—42页　1996年8月

叶淑丽　王维《辋川集》诗的禅趣

嘉南学报　第22期　232—240页　1996年11月

佚　名　翰墨名诗——山中·王维

书友　第116期　58—60页　1996年11月

江国贞　漠漠水田飞白鹭，阴阴夏木啭黄鹂——王维取用了李嘉佑的诗句吗？

国文天地　第12卷第10期　50—55页　1997年3月

佚　名　翰墨名诗——竹里馆·王维

书友　第125期　36—38页　1997年8月

张　健　王维和他的诗歌

明道文艺　第259期　166—173页　1997年10月

吴文雄　盛得江左风、弥工建安体——论王维少年十五二十时之诗风

育达学报　第11期　67—78页　1997年12月

佚　名　翰墨名诗——春中田园作·王维

书友　第131期　33—35页　1998年2月

吴文雄　试论遮拨艺术在王维山水诗中的运用

中国文化大学中文学报　第4期　129—142页　1998年3月

陈清俊　落花啼鸟纷纷乱，涧户山庄寂寂闲—试论王维山水诗中听觉意象

彰化师范大学国文系主办　第四届中国诗学会议论文集　唐代诗学　303—322页　彰化：彰化师范大学　1998年5月16—17日

陈碧月　略论王维隐诗作的艺术特色

中国文化月刊　第219期　49—60页　1998年6月

王咏雪　王维诗中禅意境之研究

台北：台湾大学中国文学研究所硕士论文　176页　1998年6月　方瑜指导

邱衍文　王维早年的诗

中华诗学　第16卷第2期　21—24页　1998年

萧丽华　禅与存有——王维辋川诗析论

李治夫主编　佛学与文学——佛教文学与艺术学术研讨会论文集（文学部分）　89—119页　台北：法鼓文化事业公司　1998年12月

林继生　闲情恒常在，赠意有无中：王维《辋川闲居赠裴秀才迪》赏析

中央日报　第26版　1999年2月6日

佚　名　翰墨名诗——积雨辋川庄作·王维

书友　第145期　63—65页　1999年4月

皮述民　王维绚烂诗风的建立——"少年十五二十时"的诗作

王维探论　41—58页　台北:联经出版事业公司　1999年8月

皮述民　王摩诘两变桃花源

王维探论　59—76页　台北:联经出版事业公司　1999年8月

皮述民　王维的边塞诗

王维探论　77—102页　台北:联经出版事业公司　1999年8月

皮述民　王维诗作的音乐感——兼论王维为古诗音声效果之奠基人

王维探论　139—163页　台北:联经出版事业公司　1999年8月

皮述民　神游辋川——《辋川集》二十景点析述

王维探论　165—198页　台北:联经出版事业公司　1999年8月

皮述民　神游云溪——"皇甫岳云溪杂题五首"析述

王维探论　199—221页　台北:联经出版事业公司　1999年8月

皮述民　田园诗与山水诗的融合

王维探论　223—242页　台北:联经出版事业公司　1999年8月

皮述民　王维以禅入诗的新境界

王维探论　243—268页　台北:联经出版事业公司　1999年8月

佚　名　翰墨名诗——新晴野望·王维

书友　第150期　35—37页　1999年9月

蔡玲婉　王维的送别诗

盛唐送别诗研究　104—115页　高雄:高雄师范大学国文学系博士论文　2001年6月　何淑贞指导

豪情壮志谱骊歌——盛唐送别诗的审美风格　86—96页　台北:文津出版社　2002年9月

欧丽娟　王维:佛门净土的指涉与庄禅合一的境界

唐诗的乐园意识　295—307页　台北:里仁书局　2000年2月

唐诗的乐园意识　198—207页　台北:花木兰文化出版社

2007 年 9 月

余蕙静　论王维《辋川集》中的时间观及声情技巧

中国文化大学中文学报　第 5 期　223—238 页　2000 年 3 月

苏珊玉　"看似寻常最奇崛，成如容易却艰辛"的修辞艺术——以王维边塞诗为例

中国修辞学会、国立高雄师范大学国文系主编　修辞论丛　第 2 辑　639—673 页　台北：洪叶文化事业公司　2000 年 7 月

胡立耘　王维山水诗中的景物语汇及其意义指向

中国文化月刊　第 247 期　52—61 页　2000 年 10 月

唐文德　王维诗中的禅意与趣味

诗词情境欣赏　29—32 页　国彰出版社　2000 年 12 月

黄丽容　王维咏月诗分析

中国文化大学中文学报　第 6 期　221—244 页　2001 年 3 月

彭政德　王维禅诗创作技巧与艺术风格之研究

新竹　玄奘人文社会学院中国语文研究所硕士论文　230 页　2001 年 5 月　邱燮友指导

廖栋梁　诗与超越——试论王维及其诗

辅仁学志(人文艺术之部)　第 28 期　1—28 页　2001 年 7 月

简恩定　诗选课程欣赏举隅——以王维诗为例

空大学讯　第 283 期　118—121 页　2002 年 1 月

庄文福　王维送别诗之意象选择与创造

中国文化大学中文学报　第 7 期　275—290 页　2002 年 3 月

佚　名　翰墨名诗——积雨辋川庄作·王维

书友　第 181 期　67—70 页　2002 年 4 月

圣严法师著，单德兴译　佛教与艺术——诗歌与王维

人生　第 228 期　104—109 页　2002 年 8 月

禅的智能——与圣严法师心灵对话　281—287 页　台北：法鼓文化事业公司　2003 年 7 月

王隆升　幽境与禅韵——试论王维《辋川集》的诗情、诗境与诗法

华梵学报　第 8 卷　59—78 页　2002 年 9 月

黄雅莉　名心退尽道心生一说王维山水诗之儒雅风流与萧闲幽远的风度

诗心的寻索　249—264 页　台北：文津出版社　2002 年 10 月

陈友冰　王维《使至塞上》地名、诗意考

中国古典诗文(三)·现地考论　172—186 页　台北：万卷楼图书公司　2002 年 11 月

周敏华　王维《九月九日忆山东兄弟》浅析

中国语文　第91卷第6期　72—74页　2002年12月

叶嘉莹讲，曾庆雨整理　唐诗系列讲座——王维诗

(1)国文天地　第18卷第8期　42—48页　2003年1月

(2)国文天地　第18卷第10期　57—63页　2003年3月

(3)国文天地　第18卷第11期　48—53页　2003年4月

(4)国文天地　第18卷第12期　50—56页　2003年5月

(5)国文天地　第19卷第1期　39—45页　2003年6月

(6)国文天地　第19卷第2期　43—48页　2003年7月

(7)国文天地　第19卷第3期　42—48页　2003年8月

李怡芬　英雄出少年——王维《少年行》中的游侠形象

中国语文　第92卷第6期　67—73页　2003年6月

许圣和　论王维边塞诗中空间的虚写与实写

东华中国文学研究　第2期　201—220页　2003年6月

郑朝通　论王维诗中所展现的三教涵养

文学前瞻(南华大学文学所研究生学刊)　第4期　84—108页　2003年7月

陈秀隽　禅境画意入诗情——王维自然诗探析

中二中学报　第6期　1—18页　2003年9月

陈昭伶　王维诗中的终极关怀类型

新竹　玄奘人文社会学院中国语文研究所硕士论文　123页　2003年12月　罗宗涛指导

萧　驰　如来清净禅与王维晚期山水小品

汉学研究　第21卷第2期　139—171页　2003年12月

中国思想与抒情传统　第2卷：佛法与诗境　87—130页　台北：联经出版事业公司　2012年7月

佚　名　翰墨名诗——渭川田家·王维

书友　209期　52—54页　2004年8月

林淑贞　王维辋川诗歌"人物"在诗景中之构图、作用与体现

国文学志(彰化师范大国文学系)　第9期　41—73页　2004年12月

徐晓忆　以物芳明志洁——王维《山居秋暝》中之格调

景女学报　第5期　83—93页　2005年1月

曾绚煜　谈王维的自然诗——以《鹿柴》《山居秋暝》为例

中国语文　第96卷第4期　71—74页　2005年4月

陈健顺　王维五言律诗之研究
台北:中国文化大学中国文学研究所在职专班硕士论文　197页　2005年5月　席涵静指导

康全诚　试说王维山水田园诗的美学价值
远东学报　第22卷第2期　263—272页　2005年6月

邱湘云　王维《山居秋暝》中的禅理与融合
正修通识教育学报　第2期　143—160页　2005年6月

黄伟正　王维山水诗之研究
新竹:玄奘大学中国语文学系硕士论文　155页　2005年6月　李孟晋指导

李及文　王维山水诗句的美学鉴赏及研究
彰化:彰化师范大学国文学系硕士论文　166页　2005年7月　耿志坚指导

王力坚　飘悠流动的静——王维诗意境美一窥
古典新诠——中国古典诗词赏析文集　83—84页　台北:台湾商务印书馆　2005年7月

王力坚　优雅静美,浑然天成——王维诗《鸟鸣涧》赏析
古典新诠——中国古典诗词赏析文集　85—87页　台北:台湾商务印书馆　2005年7月

王碧兰　王维诗中颜色字探析
东方人文学志　第4卷第3期　113—126页　2005年9月

萧佳琳　王维《山居秋暝》篇章结构分析
国文天地　第21卷第6期　4—10页　2005年11月

何淑贞　王维辋川诗的诗情画意乐趣与禅悦
中华发展基金管理委员会主办　书画艺术与文学—2005两岸当代艺术学术研讨会论文集　68—87页　台北:国立台湾艺术大学　2005年11月

简恩定　王维的《辋川集》欣赏
空大学讯　第354期　48—53页　2005年12月

王润华　“经变”后的山水:王维与敦煌壁画的山水意象
钟云莺编　宗教·文学与人生　27—45页　中坜:元智大学中国语文系　2006年12月

林柏仪　王维诗研究
高雄:高雄师范大学国文学系硕士论文　263页　2006年1月　江聪平指导

吴启祯　王维诗之意象研究
台北：中国文化大学中国文学研究所博士论文　351 页　2006 年 5 月　邱燮友指导
台北：文津出版社　418 页　2008 年 5 月

郝俊贤　生命永恒意义的探讨与空义的了悟：济慈和王维诗的研究比较
嘉义：中正大学外国文学所硕士论文　113 页　2006 年 6 月　陈淑芬指导

赖玉树　王维咏史诗试析
通识论丛(万能科技大学)　第 5 期　87—110 页　2006 年 6 月

何慧俐　王维诗歌特色及时空观研究
中国文化月刊　第 311 期　71—83 页　2006 年 11 月

吴志凯　琴曲《阳关三叠》王维诗歌谱中的音声形态——乐字谱识读及观察一例
朝阳科技大学通识教育中心主办　"古琴、音乐美学与人文精神"跨领域、跨文化会议论文集　台中：朝阳科技大学　81—107 页　2007 年 4 月 20 日

林明慧　王维诗鉴赏之研究
台南：台南大学国语文学系硕士论文　276 页　2007 年 6 月　张清荣指导

罗文玲　浅探佛经翻译对文学用语的影响——从王维的佛理诗看佛教对文学的浸润
普门学报　第 44 期　429—444 页　2008 年 3 月

陈子梅　以艺术治疗观《辋川集》之价值
问学(高雄师范大学国文系)　第 12 期　121—148 页　2008 年 6 月

谢美莹　王维山水诗意象探析
台北：台湾师范大学国文学系硕士论文　177 页　2008 年 8 月　陈满铭指导

周丽琼　王维山水田园诗的风格及其艺术探究
台北：中国文化大学中国文学研究所硕士论文　188 页　2009 年 8 月　黄水云指导

萧丽华　王润华《王维诗学》(书评)
汉学研究　第 27 卷第 4 期(总第 59 期)　359—363 页　2009 年 12 月

吕郁雯　王维山水田园诗之草木意象研究

台北：台湾师范大学国文学系硕士专班硕士论文　251 页　2010 年 1 月　傅武光指导

留桦桢　王维诗的色彩研究

新竹：玄奘大学中国语文学系硕士论文　212 页　2010 年 6 月　罗宗涛指导

欧丽娟　论王维诗歌中理性观照的人格特质与表现模式

台大中文学报　第 32 期　209—254 页　2010 年 6 月

王润华　王维诗学

台北：花木兰文化出版社　144 页　2010 年 9 月

张毅群　论沈德潜对王维诗的评价——以《唐诗别裁集》为探讨重心

辅大中研所学刊　第 24 期　79—98 页　2010 年 10 月

陈昭伶　王维诗中悲秋的内涵与扩展

龙阳学术研究集刊　第 5 期　39—65 页　2011 年 1 月

陈清俊　论王维田园山水诗对陶诗的承继与开展

国立台北教育大学语文集刊　第 19 期　95—131 页　2011 年 1 月

林宜臻　王维诗中夕阳意象的内涵

语文瞭望　第 1 期　141—158 页　2011 年 5 月

沈轩铨　禅韵之外——王维《辋川集》诗歌意象之视觉设计

云林：云林科技大学视觉传达设计系硕士班硕士论文　140 页　2011 年 6 月　林芳穗指导

何韵分　模糊语言理论在诗歌教学上的运用——以王维《辋川集》为讨论范围

高雄：高雄师范大学华语文教学研究所硕士论文　210 页　2011 年 12 月　方丽娜指导

[韩]金银雅　摹体以定习，因性以练才——从王维早期"行"诗说起

明道大学中国文学系主编　唐宋学术思想研究论集　197—217 页　台北：万卷楼图书公司　2012 年 4 月

明道大学中国文学系主编　重构与新诠——唐宋学术思想研究论集　219—242 页　台北：万卷楼图书公司　2013 年 9 月再版

蔡孟孜　略述王维绝句所展现之天人章法一以《鹿柴》《竹里馆》《鸟鸣涧》为例

中国语文　第 110 卷第 5 期　102—110 页　2012 年 5 月

廖素芳　王维之诗词衍义与图像研究——以视觉创作为例

高雄：树德科技大学应用设计研究所硕士论文　83 页　2012 年

6月　陈孝铭指导

萧　驰　问津"桃源"与栖居"桃源"——盛唐隐逸诗人的空间诗学
中国文哲研究集刊　第42期　1—50页　2013年3月

李圣俊　从佛禅意趣析论王维《辋川集》
国立台南大学国语文学系主办　第29届南区中文研究所硕博士生论文研讨会论文集　175—196页　台南:台南大学　2013年4月27日

(二)诗画合论

容天圻　王维的诗与画
中国世纪　第47期　12页　1962年5月15日

周子莳　诗中有画,画中有诗的王摩诘
古今谈　第18期　12—15页　1966年8月

吴宣陵　"诗中有画,画中有诗"的王维
国立台湾师范大学国文系编着　诗学集刊　370—375页　台北:国立台湾师范大学国文系　1969年5月

方延豪　从诗中有画,画中有诗谈王摩诘
大华晚报　第8版　1971年1月4日

方延豪　画中有诗,诗中有画的王摩诘
艺文志　第70期　58—60页　1971年7月

陈应龙　王摩诘的无声之诗有声之画
艺文志　第87期　77—79页　1972年12月

张光复　王维诗画之关系研究
台北:中国文化学院艺术研究所硕士论文　269页　1973年6月　庄严指导

张台萍　艺术宗教化:王维和勃莱克的诗画比较
台中:东海大学中国文学研究所硕士论文　272页　1974年5月　邢光祖指导

杜　若　王维诗中有画
台肥月刊　第17卷第3期　30—35页　1976年3月

方　定　诗佛王维——诗中有画,画中有诗
明道文艺　第45期　10—15页　1979年12月

爱书人杂志编　诗画共　碧连天——王维
唐诗之旅　72—74页　台北:号角出版社　1981年10月

罗宗涛　诗中有画——王维诗中的色与光
中央日报　1984年5月3日

艺坛　第195期　6—9页　1984年6月

罗宗涛　诗中有画——王维诗中的视觉意象

中央日报　1984年6月4日

朱守亮等著　中国文学新论　45—64页　台北：新中国出版社　1994年1月

林中行　唐代王维的诗学与画论

国教世纪　第22卷第2期　21—25页　1986年10月

杨文雄　王维诗的艺术特色——诗中有画

诗佛王维研究　275—319页　台北：文史哲出版社　1988年2月

李宜静　诗情画意——王维"辋川诗"中的画趣

兰女学报　第3期　89—106页　1992年4月

简静慧　王维诗中的画意研究

传习(国立台北师范学院)　第11期　139—147页　1993年6月

余崇生　试论王维的诗情画意

中国语文　第76卷第6期(总号456期)　33—39页　1995年6月

古典与现代　53—59页　台北：万卷楼图书公司　2011年10月

黄春秀　"诗中有画、画中有诗"析义

国立历史博物馆学报　第2期　49—68页　1996年6月

彭寿绮　江流天地外　山色有无中——从"诗中有画"探王维山水诗的艺术特色

兴大中文研究生论文集　第3期　60—73页　1998年7月

高以璇　诗画合一　情景交融——王维诗之图画意象

国立历史博物馆学报　第10期　163—179页　1998年9月

李德男　"诗佛"诗中的画境与禅境

景兴铎声　第1期　36—44页　1999年6月

皮述民　王维"诗中有画"的认定及其情趣

王维探论　103—120页　台北：联经出版事业公司　1999年8月

苏曼如　王维《辋川集》的诗画艺术及境界

兴大中文研究生论文集　第7期　84—101页　2002年9月

梁淑媛　王维诗画艺术美典治疗意义

辅仁国文学报增刊　263—274 页　2006 年 1 月

苏心一　王维山水诗画美学研究

台北：中国文化大学中国文学研究所硕士论文　332 页

2007 年 1 月　邱燮友指导

台北：文史哲出版社　354 页　2007 年 5 月

杨天助　王维"诗中有画，画中有诗"研究

新竹：玄奘大学中国语文学系在职专班硕士论文　172 页

2008 年 2 月　柯金虎指导

罗郁华　论王维的诗画美学意涵

国文天地　第 25 卷第 2 期　44—49 页　2009 年 7 月

王兆鹏　《阳关图》与《送元二使安西》的图画传播

彰化师大国文学志　第 22 期　1—16 页　2011 年 6 月

(三)与其他诗人合论

杨心果　论王孟韦柳之诗

建设　第 8 卷第 11 期　28—31 页转 25 页　1960 年 4 月

郭伯恭　歌咏自然之两大诗豪

台北：台湾商务印书馆　108 页　1964 年 10 月 1 版

徐翠娥　歌咏自然之两大诗豪

国立台湾师范大学国文系编著　诗学集刊　376—382 页

台北：国立台湾师范大学国文系　1969 年 5 月

甘秀霞　盛唐自然派诗人——王维、孟浩然诗的风格

国立台湾师范大学国文系编著　诗学集刊　383—392 页

台北：国立台湾师范大学国文系　1969 年 5 月

菊　韵　王维其人其诗——兼评陶王、王孟诗风之异同

今日中国　第 21 期　146—158 页　1973 年 1 月

李师郑　歌咏自然的王维与孟浩然

大华晚报　第 10 版　1973 年 3 月 12 日

潘柏世　古典集——对几首杜甫、王维诗的再体认

哲学与文化　第 8 期　43—47 页　1974 年 10 月

刘肖溪　王维、李白与杜甫之比较研究

台北：台湾大学中国文学研究所硕士论文　269 页　1974 年

11 月　叶庆炳指导

夏敬观　说王孟韦柳

唐诗说　69—74 页　台北：河洛图书出版社　1975 年 12 月

罗联添编　中国文学史论文选集(三)　1043—1047 页　台北：台湾学生

书局　1979年3月

宜　珊　王、岑、高的边塞诗

今日中国　第57期　145—154页　1976年1月

Chi, Ursula K.　Wang Wei, Le Po, Tu Fu: China's Three Great Poets Appreciated by a Foreigner

Asian Culture Quarterly(亚洲文化)　第5卷第4期　38—59页　1977年12月

黄敬钦　王维的空灵和马致远的空无

幼狮文艺　第47卷第2期　158—165页　1978年2月

沈圣时编著　王维与孟浩然

中国诗人　103—105页　台南:僶勉出版社　1978年6月

张秀亚　卡缪与王维

中央日报　第10版　1978年8月2日

洪顺隆　盛唐三大家——李白、王维、杜甫

中华学术院编　文学论集　329—345页　台北:华冈出版公司　1978年9月

柳晟俊　王维诗与李朝申纬诗之比较研究

台北:台湾师范大学国文学系博士论文　468页　1978年9月　林尹、邱燮友指导

简锦松　孟浩然与王维的诗风——以用事观点论二家五律

(上)中外文学　第8卷第1期　180　191页　1979年6月

(下)中外文学　第8卷第2期　104—131页　1979年7月

吴可道　王摩诘跟陶渊明的综合比较

空灵的脚步:王摩诘诗的境界与批评　43—156页　新竹:枫城出版社　1982年6月

吴可道　王摩诘跟李、杜粗浅比较

空灵的脚步:王摩诘诗的境界与批评　157—265页　新竹:枫城出版社　1982年6月

刘开扬　孟浩然、王维和储光羲的诗

唐诗通论　84—96页　台北:木铎出版社　1983年4月

林秀华　田园诗派的代表——王维与孟浩然

台南师专学刊　第5期　74—84页　1983年6月

王邦雄　禅宗理趣与道家意境——陶渊明与王维田园诗境之比较

(上)中央日报　1984年5月22日

(下)中央日报　1984年5月23日

鹅湖　第10卷第1期　14—16页　1984年7月

潘丽珠　盛唐王孟诗派美学研究
台北:台湾师范大学国文研究所硕士论文　233页　1987年5月　邱燮友指导
国立台湾师范大学国文研究所集刊　第32期　515—665页　1988年6月

姚仪敏　孟浩然、王维和储光羲诗
盛唐诗与禅　台北:东吴大学中国文学研究所硕士论文　133—146页　1986年4月　杜松柏指导
盛唐诗与禅　159—174页　高雄:佛光出版社　1991年1月
盛唐诗与禅　115—127页　高雄:佛光山文教基金会　2004年7月

台静农　唐代自然派的诗人——王维、孟浩然(台静农先生遗稿)
台大中文学报　第4期　19—26页　1991年6月

王从仁　王、孟的山水田园诗
王维和孟浩然　105—124页　台北:群玉堂出版事业公司　1992年9月

王从仁　王、孟的送别诗
王维和孟浩然　125—135页　台北:群玉堂出版事业公司　1992年9月

王从仁　王、孟的地位和影响
王维和孟浩然　169—173页　台北:群玉堂出版事业公司　1992年9月

李宜静　唐诗的心灵清流——王维《竹里馆》与孟浩然《宿建德江》比较评析
兰女学报　第4期　99—111页　1994年4月

丁成泉　王、孟山水诗派
中国山水诗史　72—96页　台北:文津出版社　1995年8月

罗宗涛　《辋川集》中王维、裴迪诗作异同之探讨
国立政治大学中国文学系编　中国文学史暨文学批评学术研讨会论文集　43—66页　台北:国立政治大学中国文学系　1996年12月

陈　美　禅意诗情——由王维与苏轼的作品谈起
明道文艺　第246期　154—157页　1996年9月

谢海平　影响王维与钱起诗作风格类似的三个外在因素

国立中正大学中国文学系主编“山鸟下听事，檐花落酒中”——唐代文学论丛　215—264页　嘉义：国立中正大学中国文学系　1998年6月

萧　驰　两种田园情调：王维和赛奥克莱托斯之文类世界
中国抒情传统　199—233页　台北：允晨文化实业公司　1999年1月

余恕诚　王孟韦柳山水田园诗的一般情况
唐诗风貌及其文化底蕴　202—209页　台北：文津出版社　1999年8月

余恕诚　王孟山水田园诗的风貌特征
唐诗风貌及其文化底蕴　209—221页　台北：文津出版社　1999年8月

陈必正　无我之境与着我之景——论王维《辋川集》与钱起《蓝田溪杂咏》
国文天地　第15卷第6期　38—41页　1999年11月

李　浩　王维与孟浩然山水田园诗之比较
唐诗的美学诠释　259—274页　台北：文津出版社　2000年5月

王　榕　安东尼·马洽多与王维诗中对景物诠释之概述
台北：辅仁大学西班牙语文学系硕士论文　127页　2000年11月　沈启元指导

陈友冰　在浓缩中开拓升华——谈几首思乡诗的继承和创新
中国古典诗文(二)——比较篇　17—26页　台北：万卷楼图书公司　2000年12月

陈友冰　春兰秋菊　一时之秀——谈唐代两首送别诗的不同风格和手法
中国古典诗文(二)——比较篇　85—92页　台北：万卷楼图书公司　2000年12月

陈友冰　观猎与出猎——王维的《观猎》与苏轼的《江城子·密州出猎》比较
中国古典诗文(二)——比较篇　105—114页　台北：万卷楼图书公司　2000年12月

颜鹂慧　《唐诗镜》中王维、李白、杜甫三家诗学地位初探
明新通识学报　第1期　73—81页　2002年6月

张白虹　台阁体诗新评价——以岑参、王维、杜甫和贾至《早朝大明宫兼呈两省僚友》诗为例
雄工学报　第4期　1—9页　2002年10月

康全诚　王维、孟浩然山水田园诗比较研究
远东学报　第19卷　457—559页　2001年9月

张白虹　台阁体诗新评——以岑参、王维、杜甫诗为例
国文天地　第25卷第3期　47—52页　2009年8月

林翠华　古今禅思——比较王维《过香积寺》与洛夫《金龙禅寺》
国文天地　第20卷第2期　60—63页　2004年7月

张君梅　禅机与境界——王维和苏轼禅诗比较
普门学报　第36期　105—128页　2006年11月

武氏明凤　中国王维与越南玄光之禅诗研究
桃园：元智大学中国语文学系硕士论文　212页　2011年5月　胡顺萍指导

李美玲　王维和孟浩然诗歌语言之比较——从语言学角度切入
嘉义：中正大学中国文学研究所博士论文　196页　2011年8月　曹逢甫指导

简锦松　王维、裴迪《辋川集》诗现地研究
中国文哲研究集刊　第40期　41—81页　2012年3月

七、绘画 音乐 建筑

汪伯琴　南宗山水画祖——王维
(上)大陆杂志　第16卷第5期　7—10页　1958年3月
(下)大陆杂志　第16卷第6期　22—26页　1958年4月

方祖燊　南宗画祖——王维
文风　第5期　12—15页　1964年6月

庄　申　王维绘画源流的分析
庆祝李济先生七十岁论文集　上册　245—258页　台北：清华学报社　1965年9月
中国画史研究续集　447—468页　台北：正中书局　1972年12月

伯　俞　南宗山水画祖——王维
畅流　第33卷第9期　20—21页　1966年6月16日

刘程远　水墨山水的鼻祖——王维
建设　第16卷第9期　39—40页　1968年2月

虞君质　论王维对于中国南宗山水画的影响
美术学报　第3期　349—369页　1968年12月

陈清香　禅定对王维画风的影响

文化学院慧智刊　第4期　10页　1969年6月

吕佛庭　王维

艺坛　第22期　32—41页　1970年1月

黄汉卿　山水画水墨画法的创始者——王维

建设　第20卷第9期　29—30页　1972年2月

本刊资料室　南宗之祖王维

中国书画　第30期　4—17页　1972年6月

吴维真　画家王维

幼狮月刊　第36卷第3期　47—50页　1972年9月

王仲章　论文人画的始祖——王摩诘

古今谈　第92期　17—21页　1972年12月

蔡文怡　王维"昭君出塞图"真伪犹难辨定:罗覃博士演讲提新考证

中央日报　第6版　1976年5月

庄　申　王维在山水画史中地位演变的分析

中国画史研究续集　469—498页　台北:正中书局　1972年12月

美术学报　第11期　1769—1798页　1977年1月

黄玉芬　南宗山水画之祖——王维

中华文化复兴月刊　第13卷第12期　58—60页　1980年12月

罗　青　谈王右丞的雪中芭蕉

艺术家　第12卷第6期　140—143页　1981年5月

黄友隶　辋川图跋

中央日报　第10版　1982年3月26日

吴可道　画中最妙言山水　水墨高古归摩诘

空灵的脚步:王摩诘诗的境界与批评　267—283页　新竹:枫城出版社　1982年6月

殷登国　王维——文人画的始祖

文艺月刊　第157期　37—45页　1982年7月

刘志炎　王维与雪中芭蕉

故宫文物月刊　第2卷第6期　64页　1984年9月

秉　珊　唐王维《江山霁雪图》流传始末

书画家　第17卷第3期　24—37页　1986年4月

汉宝德　真幻之间谈辋川图中的建筑

艺坛 第229期 22—25页 1987年4月
陕西文献 第68期 33—40页 1987年8月

李淑瑜 王维《辋川集》中二十景之研究
台中 东海大学景观学系学士论文 72页 1989年 林乐健指导

王从仁 王维的绘画、音乐及其他
王维和孟浩然 151—168页 台北:群玉堂出版事业公司 1992年9月

王家诚 明四家传(九六)——辋川图
故宫文物月刊 第10卷第11期 136—144页 1993年2月

许富居 论园林诗画意境与诗意空间之塑造:以王维辋川园为例
台中 逢甲大学建筑及都市设计研究所硕士论文 112页 1994年5月 张俊彦指导

衣若芬 谈苏轼对王维与吴道子绘画艺术的评价及其影响
国立编译馆馆刊 第24卷第1期 19—38页 1995年6月

二 川 王维《袁安卧雪图》画理抉微
中国文化月刊 第191期 92—117页 1995年9月

陈新雄 神品与妙品——王维吴道子画
国文天地 第15卷第5期 45—50页 1999年10月

刘奇俊 南宗山水的师尊——王维
中国历代画派新论 33—35页 台北:艺术家出版社 2001年3月

孙菊君 万历年间郭世元摹《郭忠恕临王维辋川图》石刻拓本研究
台北 台湾师范大学美术学系硕士论文 199页 2005年7月 王正华指导

陈阶晋 同画不同名——赵干《江行初雪图》与王维《捕鱼图》
故宫文物月刊 第342期 46—57页 2011年9月

八、影响

Chung, Kyu—bok(丁奎福) "Wang Wei Chuan" of T'ai—p'ing Kuang—chi Reflected in "Yochangtangeumdam" of Classical Korean Stories
Tamkang Review(淡江评论) 第18卷第1—4期 167—175页 1987年9月

杨文雄 王维在中国诗史上的地位

诗佛王维研究　321—328 页　台北:文史哲出版社　1988 年 2 月

郭士榛　大漠孤烟直　交响乐舞蹈诗:刘凤学新作,王维诗句启发灵感
中央日报　第 28 版　2000 年 3 月 23 日

谢淑容　明代诗话论王维
高雄　中山大学中国语文学系研究所硕士论文　238 页　2005 年 4 月　廖宏昌指导

李思霈　清代诗话论王维
高雄　中山大学中国文学研究所硕士论文　213 页　2006 年 6 月　罗宗涛指导

范淑文　夏目漱石の南画——王维の投影
台大日本语文研究　第 18 期　37—59 页　2009 年 12 月

范淑文　漱石の题画诗にみる画趣——王维の《辋川集》と比较しながら
台大日本语文研究　第 19 期　1—26 页　2010 年 6 月

范淑文　漱石の"明暗"时代前期の汉诗における自然への目——王维の投影を考えながら
台大日本语文研究　第 22 期　93—118 页　2011 年 12 月

王家琪　元前王维接受史研究
台中　中兴大学中国文学系所博士论文　360 页　2012 年 1 月　李建昆指导

王家琪　王维接受史:以唐宋为主
台北　文津出版社　454 页　2012 年 5 月

九、论文集

朱传誉主编　王维传记资料
台北:天一出版社　10 册　1982 年

吴可道　空灵的脚步:王摩诘诗的境界与批评
新竹:枫城出版社　320 页　1982 年 6 月
第一章　前言　1—42 页
第二章　王摩诘跟陶渊明的综合比较　43—156 页
第三章　王摩诘跟李、杜粗浅比较　157—265 页
第四章　画中最妙言山水　水墨高古归摩诘　267—283 页
第五章　王摩诘文章的浏览　285—310 页
第六章　王摩诘代表作品之解析与欣赏　311—320 页

韩文心　一代高人王右丞

台北:庄严出版社　220页　1983年1月初版

台北:庄严出版社　220页　1989年6月再版

1.诗佛王摩诘　1—100页

2.王右丞集选　101—206页

3.诗画评论录　207—220页

杨文雄　诗佛王维研究

台北:文史哲出版社　362页　1988年2月

第一章　绪论　1—11页

第二章　王维的时代背景与生平　13—131页

第三章　王维人格辨诬　133—162页

第四章　王维的艺文观念、背景　163—273页

第五章　王维诗的艺术特色—诗中有画　275—319页

第六章　结论——王维在中国诗史上的地位　321—328页

附录:王维研究论著知见目录初编　329—348页

王从仁　王维和孟浩然

台北:群玉堂出版事业公司　173页　1992年9月

1.王维生平　1—76页

2.孟浩然生平　77—104页

3.王、孟的山水田园诗　105—124页

4.王、孟的送别诗　125—135页

5.王维的边塞诗及其他　137—150页

6.王维的绘画、音乐及其他　151—168页

7.王、孟的地位和影响　169—173页

皮述民　王维探论

台北:联经出版事业公司　306页　1999年8月

1.王维年谱　1—22页

2.王维十五离乡乃入太学试探　23—40页

3.王维绚烂诗风的建立—"少年十五二十时"的诗作　41—58页

4.王摩诘两变桃花源　59—76页

5.王维的边塞诗　77—102页

6.王维"诗中有画"的认定及其情趣　103—120页

7.说王维写真　121—138页

8.王维诗作的音乐感—兼论王维为古诗音声效果之奠基人

139—163 页

9.神游辋川——《辋川集》二十景点析述　165—198 页

10.神游云溪——"皇甫岳云溪杂题五首"析述　199—221 页

11.田园诗与山水诗的融合　223—242 页

12.王维以禅入诗的新境界　243—268 页

13.不朽与不死—论王维对生命价值与意义的追寻　269—301 页

十、其他

杨文雄　王维研究论著知见目录初编

诗佛王维研究　329—348 页　台北:文史哲出版社　1988 年 2 月

王润华　在王维隐居的辋川别业①

幼狮文艺　第 78 卷第 4 期　52—57 页　1993 年 10 月

邓美玲　王维躲在竹里馆,你呢?——花莲读书会教学观摩侧记

经典与人文　第 7 期第 1 版　2005 年 1 月

比尔波特　(Bill Porter)著,明洁译　访王维不遇

空谷幽兰——寻访当代隐士　314—323 页　法鼓文化事业公司　2007 年 10 月

人本教育札记　第 225 期　61—64 页　2008 年 3 月②

谢金鸾　木质文物的修护——以宋人临辋川图木匣为例

故宫文物月刊　第 317 期　页 53—57　2009 年 8 月

① 此系作者感怀时地而创作之新诗。

② 副标题为"摘自《空谷幽兰——寻访当代隐士》"。

2014年唐代文学研究专著索引

□ 李青杉

张九龄大传　熊飞著　暨南大学出版社　2013.10

唐代岭南文学与石刻考　[日]户崎哲彦著　中华书局　2014.1

中国离别诗形成论考　[日]松原朗著　李寅生译　中华书局　2014.1

中唐文学研究论集　[日]下定雅弘著　中华书局　2014.1

文字觑天巧:中晚唐诗新论　[日]斋藤茂著　王宜瑗　韩艳玲译　中华书局　2014.1

莲与荷的文化史:古典诗歌中的植物名研究　[日]市川桃子著　蒋寅　刘宁　邢艳艳　李寅生　张延瑞译　中华书局　2014.1

韩柳文学论　[日]松本肇著　孙险峰译　中华书局　2014.1

唐代文化与诗人之心　[日]丸山茂著　张剑译　中华书局　2014.1

中唐文人之文艺及其世界　[日]赤井益久著　范建明译　中华书局　2014.1

诗海捞月:唐代宗教文学论集　[日]深泽一幸著　王兰　蒋寅译　中华书局　2014.1

唐代的诗人研究　[日]芳村弘道著　秦岚　帅松生　田建国译　中华书局　2014.1

李白诗集新注　管士光注　上海三联书店　2014.1

诗家三李论集　余恕诚著　中华书局　2014.1

杜甫:中国最伟大的诗人　洪业著　曾祥波译　上海古籍出版社　2014.2

盛唐中唐诗对宋词影响研究　刘京臣著　中国社会科学出版社　2014.2

中国李白研究(2013)　中国李白研究会编　黄山书社　2014.2

昌黎韩愈文化史料　何志利主编　中国文史出版社　2014.3

古典文学研究资料汇编:王维资料汇编　张进等编著　中华书局　2014.3

接受与书写:唐诗与清代蒙古族汉语韵文创作　米彦青著　中国社会科学出版社　2014.4

杜甫全集校注　萧涤非主编　人民文学出版社　2014.4
日藏庆安本《游仙窟》校注　曹小云著　黄山书社　2014.5
考古发现与唐代文学研究　胡可先　孟国栋　武晓红著　浙江大学出版社　2014.5
唐代岭南社会经济与文学地理　左鹏著　河南人民出版社　2014.5
唐代入蜀文人蜀中创作研究　彭敏　朱瑞昌　花志红著　四川大学出版社　2014.5
初唐弘文馆与文学　梁尔涛著　郑州大学出版社　2014.5
唐代骈体公牍文论稿:以陆贽为中心　宁薇著　世界图书出版公司　2014.5
齐己诗注　潘定武　张小明　朱大银校注　黄山书社　2014.5
杜甫与佛教关系研究　鲁克兵著　安徽大学出版社　2014.5
唐女诗人甄辨　陈尚君著　海豚出版社　2014.6
佛教寺院与唐代小说　李艳茹　李瑞春著　人民出版社　2014.6
月挂一轮灯:寒山诗提纲注解　孟晓路注解　人民出版社　2014.6
唐代校书郎与文学　黎文丽著　中国社会科学出版社　2014.7
唐代唱和诗研究　岳娟娟著　复旦大学出版社　2014.7
唐诗接受史论稿　沈文凡著　现代出版社　2014.7
百年杜甫研究之平议与反思　赵睿才著　人民出版社　2014.7
全唐五代小说　李时人编校　中华书局　2014.8
高适集校注(修订本)　孙钦善校注　上海古籍出版社　2014.8
唐诗修辞论　段曹林著　中国社会科学出版社　2014.8
汉唐边塞诗研究　阎福玲著　中华书局　2014.8
唐代文学研究年鉴(2014)　中国唐代文学学会编　广西师范大学出版社　2014.9
唐代文学研究(第十五辑)　中国唐代文学学会编　广西师范大学出版社　2014.9
唐代礼制文化与文学　于俊利著　中国社会科学出版社　2014.9
唐代的私学与文学　童岳敏著　上海古籍出版社　2014.9
唐代家族与文学研究　梁尔涛著　中国社会科学出版社　2014.9
唐代文学隅论　赵睿才著　上海古籍出版社　2014.9
唐代叙事文学与冥界书写研究　邵颖涛著　中国社会科学出版社　2014.9
中国李白研究(2014)　中国李白研究会编　黄山书社　2014.9
敦煌歌辞总编　任中敏编著　何剑平　张长彬校理　凤凰出版社　2014.9
唐代判体文研究　谭淑娟著　齐鲁出版社　2014.10
神女:唐代文学中的龙女与雨女　[美]薛爱华著　程章灿译　叶蕾蕾校　生活·读书·新知三联书店　2014.10

朱雀:唐代的南方意象

[美]薛爱华著 程章灿译 叶蕾蕾校 生活·读书·新知三联书店 2014.10

汉唐文学的历史文化考察 陈伟强著 凤凰出版社 2014.10

音乐文化与唐代诗歌研究 柏红秀著 南京大学出版社 2014.11

敦煌文研究与校注 钟书林 张磊著 武汉大学出版社 2014.11

金元明人论杜甫 冀勤编著 商务印书馆 2014.11

孟浩然集校注 徐鹏校注 人民文学出版社 2014.12

跨文化视野下的敦煌俗文学 张鸿勋著 上海古籍出版社 2014.12

2014年唐代文学研究论文索引

□ 李青杉

总　论

重建区隔与自我认同:中唐时期的"华夷"书写与思考
刘顺　中南民族大学学报:人文社会科学版　2014.1

论唐人诗文中的"镜子"及其文化内涵　孙振涛　琼州学院学报　2014.1

中唐礼官的科举存废之争与文人素质的转型
于俊利　安康学院学报　2014.1

论唐代诗文中的牡丹意象　顾玉兰　毕节学院学报:综合版　2014.1

唐代弘农杨氏家族文学创作考论　王伟　孟子勛　文艺评论　2014.1

论唐末五代西蜀文人群体的禅悦创作思潮
孙振涛　兰继华　集宁师范学院学报　2014.1

略论唐代的同年关系　王琦宇　西安文理学院学报:社会科学版　2014.1

近三十年初唐政治与文学关系研究综述
李巍　古籍整理研究学刊　2014.1

唐代学术文化的区域特征
冯敏　王双怀　陕西师范大学学报:哲学社会科学版　2014.1

唐五代皖南本土文人及其创作述论
罗芳芳　方胜　安庆师范学院学报:社会科学版　2014.1

隋唐作家生平考辨二题　刘加夫　齐鲁学刊　2014.1

文章世上争开路,阀阅山东拄破天:浅论唐代山东士族的文学创作
李建华　古典文学知识　2014.2

晚唐诗文中的科考　徐乐军　古典文学知识　2014.2

新世纪唐代文学研究的"学科化"发展及其反思　刘宁　文学遗产　2014.2

试论唐代文人的儒侠精神及其社会原因
武倩　王茜　武汉纺织大学学报　2014.2
汉唐经典作家的大国风范　杨义　华文文学　2014.2
昭宗与唐末文坛　徐乐军　北方论丛　2014.3
初唐史家的文学伦理学批评　李海燕　理论学刊　2014.3
怀旧空吟闻笛赋:唐人对向秀及其《思旧赋》的接受　邓溪燕　求索　2014.3
唐代贬谪文人与湖湘文化的相互影响
戴金波　武汉理工大学学报:社会科学版　2014.4
唐代《诗经》文本研究之生态世界
李金坤　顺德职业技术学院学报　2014.4
20世纪下半叶台湾唐代文学研究成果量的发展变化
王兆鹏　陈小青　齐鲁学刊　2014.4
唐代东阳进士与文学　陈凯　宁波教育学院学报　2014.4
女娲神话的移位与唐代诗文中的女娲形象
芦婷　天水师范学院学报　2014.4
《初学记》引《论衡》考略
苏国伟　智延娜　河北大学学报:哲学社会科学版　2014.5
论二妃意象的形成及在唐代湖湘地区的流传与新变
肖献军　湖湘论坛　2014.5
20世纪海内外唐五代文学研究成果量的地域差异
王兆鹏　西北师大学报:社会科学版　2014.5
洛阳新出的《李毂墓志》与李氏家族文学
高慎涛　南昌大学学报:人文社会科学版　2014.5
李吉甫编纂的诗文总集考论
卢燕新　西北大学学报:哲学社会科学版　2014.5
"仙宗十友":盛唐气象的一个表符　高丽杨　中国道教　2014.5
贞元八年"龙虎榜"科举内涵与文学理念的转变
杜光熙　文艺评论　2014.6
论唐人"文章即诗歌"的文学观念　吴光兴　文学评论　2014.6
试论中古河东裴氏与文学　梁静　山西大学学报:哲学社会科学版　2014.6
唐代应试诗赋对《文选》的接受
王士祥　河南师范大学学报:哲学社会科学版　2014.6
唐人诗文中的"渤海"及其中所见唐文士环渤海地区文化活动
卢燕新　兰州学刊　2014.7
20世纪下半叶韩国唐代文学研究成果的量化考察
王兆鹏　金蕊　贵州社会科学　2014.8

略论开元以前取士制度与诗赋之关系　高晓成　社会科学战线　2014.9
唐后期三大类词臣的升迁与地位:以白居易、元稹、权德舆、李德裕为例
赖瑞和　学术月刊　2014.9
唐代文学中的“汗血马”
高建新　海南师范大学学报:社会科学版　2014.10
初唐文馆学士角色流动及其文学影响　吴夏平　国学研究　2014.第33卷

诗　词

“温李新声”与词体艺术之先导:唐诗意象艺术转型之另面观
陈伯海　江海学刊　2014.1
诗法审美与文化心理的关系:章法篇:以盛唐律体为例
董宇宇　理论月刊　2014.1
论唐代试诗体系的构建及与文德政治之关系
汤燕君　宁波大学学报:人文科学版　2014.1
论唐代诗序对文学理论的贡献　潘仁炎　吴振华　江淮论坛　2014.1
从选本批评看宋初唐诗学的演进:基于《文苑英华》与《唐人选唐诗》的比较
何水英　中南大学学报:社会科学版　2014.1
禅宗心性论要旨及其在唐代文人禅诗中的表现
张锦辉　苑丽丽　东方论坛　2014.1
安史之乱后唐诗的吴风日盛与气骨顿衰
王志清　南通大学学报:社会科学版　2014.1
唐代边塞诗对偶辞格研究　肖红　衡阳师范学院学报　2014.1
宫廷诗歌创作与初唐政治秩序的构建
李荣　牡丹江师范学院学报:哲学社会科学版　2014.1
唐诗中的冀东地理意象考释
马吉照　杨湘江　河北科技师范学院学报:社会科学版　2014.1
唐诗视野下的唐代民俗生活略论
于志鹏　华北电力大学学报:社会科学版　2014.1
生态美学视角下的海洋文化表征:以唐诗海洋意象为例
尚光一　福建省社会主义学院学报　2014.1
盛唐边塞军旅诗歌境界浅论　蔡静平　解放军艺术学院学报　2014.1
金银饰品与唐五代诗词
胡可先　武晓红　浙江大学学报:人文社会科学版　2014.1
解读初唐应制诗的时空设计　岳德虎　中华文化论坛　2014.1

胡震亨的"唐代乐府论"
王辉斌　吉林师范大学学报:人文社会科学版　2014.1
论晚唐咏史诗的审美特征
毛德胜　贵州师范大学学报:社会科学版　2014.1
论初盛唐东北边塞诗及其政治军事背景
余恕诚　王树森　吉林师范大学学报:人文社会科学版　2014.1
唐五代卷写作感想　吴相洲　首都师范大学学报:社会科学版　2014.1
唐代山水田园诗背后的城市意象
侯长生　长安大学学报:社会科学版　2014.1
晚唐山水诗艺术美发微　高国庆　鲁志雄　语文学刊　2014.1A
初唐诗歌的主题演变及其原因探析　杨恂骅　鄂州大学学报　2014.2
唐诗一字平仄两读而义有异同问题之二:唐诗一字平去两读而义同问题论析　刘子瑜　刘宋川　长江学术　2014.2
唐代诗人狂者精神论　岳五九　吴怀东　江淮论坛　2014.2
论禅宗心性论与唐代文人禅诗
张锦辉　内蒙古大学学报:哲学社会科学版　2014.2
性灵派对唐诗的接受与古典唐诗学的走向
查清华　社会科学战线　2014.2
变文、话本与中唐诗歌的雅俗之变　罗筱玉　文学评论　2014.2
《全唐诗》征引之《桂林诗评》及残诗出处考　莫道才　文献　2014.2
明代唐诗选本与"唐无五言古诗"之争
岳进　云南师范大学学报:哲学社会科学版　2014.2
英国汉学家克莱默·宾唐诗英译研究
王凯凤　电子科技大学学报:社会科学版　2014.2
唐乐舞诗序论　张红运　吉林师范大学学报:人文社科版　2014.2
唐代茶诗初探　李精耕　杨冬华　农业考古　2014.2
中晚唐咏史诗产生的历史文化原因分析
许晓芳　山西煤炭管理干部学院学报　2014.2
试论唐代诗人对魏晋名士饮酒风度的接受
李志阳　湖北民族学院学报:哲学社会科学版　2014.2
论唐代宫怨诗所见之宫怨妇　袁瑜　名作欣赏　2014.2中
顺应论视角下唐诗的译文对比　狄晓莉　名作欣赏　2014.2下
遥怜佳句箧中新:渔浦唐诗摭谈　王志清　古典文学知识　2014.3
《全唐诗》中的王周与"施南"考疑
田赤　三峡论坛:三峡文学·理论版　2014.3

唐人选唐诗第一人孙季良生平事迹考
王东峰 河南科技大学学报:社会科学版 2014.3
沙阔独行寻马迹,路迷遥指戍楼烟:唐诗有关居延的书写
高建新 内蒙古大学学报:哲学社会科学版 2014.3
从嵩山武则天诗碑看初唐诗坛盛况
刘玉娥 吉林师范大学学报:人文社会科学版 2014.3
唐代祈雨诗文罪己咎责主题及其现实意义
杨晓霭 华南师范大学学报:社会科学版 2014.3
以文为诗:唐宋诗格的创变与整合 许总 文学评论 2014.3
唐代"晚望"诗的生命意识书写
佘军 青岛农业大学学报:社会科学版 2014.3
从《唐人选唐诗》看唐代著名诗人诗作 吴河清 汉语言文学研究 2014.3
政治动荡中的唐代诗人:谈国家遭遇与诗家遭遇的同背律
王向峰 社会科学 2014.3
加强本体研究,多向拓展贯通:关于唐诗研究取向与深化的思考
余恕诚 社会科学战线 2014.3
明代唐诗选本中"以盛唐为楷式"之现象研究
薛宝生 暨南学报:哲学社会科学版 2014.3
基于语料库的《唐诗三百首》英译本研究
胡筱颖 四川师范大学学报:社会科学版 2014.3
由"沈宋"看宫廷诗人与初唐佛教
刘正平 吉林师范大学学报:人文社会科学版 2014.3
唐代诗画论中"逸"的内涵考察
梁晓霞 吉林师范大学学报:人文社会科学版 2014.3
新出墓志与《丹阳集》诗人考辨
杨琼 胡可先 陕西师范大学学报:哲学社会科学版 2014.3
美国亚洲学会年会的唐诗研究 陶小路 齐鲁学刊 2014.3
试论唐代诗歌中的西域歌舞艺术
郭院林 焦霓 南京师范大学文学院学报 2014.3
深远、高远、平远:从杜甫、李白、王维诗歌看盛唐诗歌之美的三个维度
王晓明 河北科技大学学报:社会科学版 2014.3
猿:唐代文人禅诗的另类书写 张锦辉 北京社会科学 2014.4
唐代晚望诗艺术特色 佘军 付兴林 武汉纺织大学学报 2014.4
唐代行卷中的诗歌创作及其影响
李巍 新余学院学报:社会科学版 2014.4

唐代七绝研究的回顾与展望　徐毅　李姝雯　唐都学刊　2014.4
唐代伤悼诗序及其文化解析　张红运　湛江师范学院学报　2014.4
变迁的风景:论比喻技巧在元嘉、元和、元祐诗歌中的演进
刘一　文学遗产　2014.4
元和体、长庆体与元白体论析　肖伟韬　江西社会科学　2014.4
唐代茶诗体式述略　沈文凡　潘玉环　文艺评论　2014.4
周汝登《唐诗助道》浅论　周兴陆　浙江社会科学　2014.4
郊庙歌辞与唐代国家祈福禳灾观念　闵祥鹏　浙江学刊　2014.4
唐蕃角力与盛唐西北边塞诗
王树森　北京大学学报:哲学社会科学版　2014.4
总集凡例与文学批评:以《读雪山房唐诗选》凡例为中心
何诗海　上海大学学报:社会科学版　2014.4
范摅《云溪友议》:唐诗民间传播的特殊记录　陈尚君　文学遗产　2014.4
《瑶池新咏集》与三位唐代女道士诗人:中国古代女性诗歌发展的新阶段
贾晋华　华文文学　2014.4
对象性思维的消解与唐诗的文化精神
王培暄　南京师范大学文学院学报　2014.4
唐诗中胡姬形象的文化传播与民族融合的媒介价值探析
邹淑琴　昌吉学院学报　2014.4
“智慧的读者”:宇文所安与唐诗研究　高超　中国文学研究　2014.4
论唐代干谒诗展现的文人心态　莎日娜　语文学刊　2014.4A
论盛唐怀乡诗　李春霞　学术交流　2014.5
唐宋咏史诗的文化新变　潘晓玲　广西社会科学　2014.5
论唐诗中的“幽人”书写　秦伟　黄冈师范学院学报　2014.5
唐诗传播研究对重写中国文学史的意义　吴淑玲　河北学刊　2014.5
论唐代赋得体诗的创作特征及其流变
吴河清　河南大学学报:社会科学版　2014.5
唐诗中的文档名词与唐代诗人的文档意识
丁海斌　吴晓菲　档案学通讯　2014.5
论唐代“渔父”诗词的几个特点　钟婷婷　前沿　2014.5
论宇文所安唐诗史的书写方式　蔡慧清　刘璐　学海　2014.5
论唐代乐舞诗与梁朝乐舞诗的差异
杨林夕　湖南科技大学学报:社会科学版　2014.5
鹳雀楼之诗:唐王朝兴衰的心灵史
智宇晖　成都理工大学学报:社会科学版　2014.5

论唐代河洛诗人群体的应制诗
殷海卫　南昌大学学报:人文社会科学版　2014.5
唐诗中的"凤凰台"　张承宗　南京理工大学学报:社会科学版　2014.5
唐声诗与佛曲关系问题新论　杨贺　文学遗产　2014.5
论唐代女性教育与女性的诗歌创作
郭丽　西北大学学报:哲学社会科学版　2014.5
论唐代边塞诗中的韵
黄晓东　守博涵　新疆大学学报:哲学人文社会科学版　2014.5
中唐叙事史诗中"没汉藩人"题材之作的叙事艺术
马兰州　张强　贵州师范大学学报:社会科学版　2014.5
唐代试律诗正文用典修辞效果探析
朱栋　太原理工大学学报:社会科学版　2014.5
论唐代白话诗歌语料的利用
卢巧琴　王燕红　西南交通大学学报:社会科学版　2014.5
论唐人作品"步虚词"的文化审美意蕴
孙振涛　海南师范大学学报:社会科学版　2014.5
神龙之贬与沈宋诗风流变
聂永华　郑州大学学报:哲学社会科学版　2014.5
从"唐人七律第一"看七言律诗的文体特征　王荣林　文化学刊　2014.5
禅宗时间观对唐代诗人心理的突破　孙伟伟　天水师范学院学报　2014.5
唐诗与茶述论　许智银　农业考古　2014.5
论元和时期入蜀诗人群的诗歌创作
刘菊华　杨鑫　中华文化论坛　2014.6
"初唐四杰"在承继中变革和创新　李方阁　理论观察　2014.6
女性主义翻译观的"他者操控":以唐代女性诗作的重写为例
王凯凤　当代文坛　2014.6
开成年间试诗依"齐梁体格"再探讨
仲瑶　浙江大学学报:人文社会科学版　2014.6
唐诗选集的最早译介:弗莱彻《英译唐诗选》(Ⅰ&Ⅱ)研究
葛文峰　安康学院学报　2014.6
提升民族精神的诗史:唐代有关吐蕃诗歌的一个侧面
王树森　余恕诚　民族文学研究　2014.6
论唐诗"孤平拗救"说之不成立
钟如雄　胡娟　云南师范大学学报:哲学社会科学版　2014.6
唐代进士试诗中的咏事诗　王淑玲　文学教育　2014.6上

唐代诗人对《风》《骚》语典接受之管窥
李金坤　毕节学院学报:综合版　2014.7
唐德宗与贞元诗风　袁凤琴　怀化学院学报　2014.7
月亮诗话:唐诗宋词中的千古一月(下)　王迪琴　名作欣赏　2014.7 中
论歌行体在武后时期的成熟与定型　况倩倩　鄂州大学学报　2014.8
论中晚唐游仙诗的世俗化　董素贞　贵州师范学院学报　2014.8
论唐代落第士子省亲诗　张冰　商丘师范学院学报　2014.8
唐代胡姬诗探微　李小茜　社科纵横　2014.8
唐朝侠客诗风:林宗正在复旦大学的讲演　林宗正　文汇报　2014.8.25
唐诗中"玉壶"的历史文化解读　李小茜　兰台世界　2014.8 上
克服独处:盛唐隐者之诗的情绪魅力　蔡丹君　文史知识　2014.9
唐诗的平行结构与翻译　韩巍　温莉莉　边疆经济与文化　2014.9
《历代诗话续编》本《本事诗》考　董希平　王彤　社会科学战线　2014.9
满园春色关不住:唐诗中的杏花意象　张逗　名作欣赏　2014.9 中
唐代边塞诗"绝域"意象的历史地理学考察　王永莉　人文杂志　2014.10
"诗到元和体变新":古典诗歌艺术转型之枢纽谈
陈伯海　社会科学战线　2014.10
论唐人冲淡诗风中的自然观　朱媛　贵州社会科学　2014.10
论唐代诗歌中"静"的审美趋向　马奔腾　社会科学战线　2014.10
唐诗中的佛寺园林之美　王早娟　中国宗教　2014.10
武则天时期宫廷应制诗研究　郭佩姝　名作欣赏　2014.10 中
品味古诗文摹声作品中的侧面烘托手法:以《琵琶行》《李凭箜篌引》和《听颖师弹琴》等作品为例　莫宇芬　名作欣赏　2014.10 中
"即问渔翁何所有?一壶清酒一竿风":唐代"渔父"诗词中的文学意象分析
钟婷婷　名作欣赏 2014.11
诗中有情未必怨:以唐诗中"嘉会寄诗以亲"为例
吴可嘉　名作欣赏　2014.11 下
性别视角下的唐诗:"男子作闺音"与女性诗人作品中的女性形象比较
温一格　语文学刊　2014.11B
唐中宗诗坛综论　岳德虎　文艺评论　2014.12
长孙皇后诗歌蠡测　郭海文　社会科学战线　2014.12
试论唐人送别诗中的审美风范　李小茜　名作欣赏　2014.12 中
论唐代文人的怀洛诗　殷海卫　渭南师范学院学报　2014.17
唐代温州地域内外诗歌创作活动考论　钱志熙　国学研究　2014.第 33 卷
论唐宋隐士题材咏史词的创作因由
罗贤淑　浙江工业大学学报:社会科学版　2014.1

论唐五代宫怨词的情感取向与艺术表达

曹章庆　广东工业大学学报:社会科学版　2014.1

唐宋词中一组愁情意象的审美研究　李蝶　名作欣赏　2014.1 下

唐宋词中花与雨意象的审美研究　金铭　张怡菁　名作欣赏　2014.1 下

帘幕意象下的言情主旨:以唐宋词为例　张奎华　临沂大学学报　2014.2

略论历代对花间词的评价　赵春蓉　乐山师范学院学报　2014.2

论晚唐五代享乐词的创作特点　李晶　佳木斯大学社会科学学报　2014.3

唐代苏杭二州与“第一金曲”《望江南》　李定广　学术界　2014.3

《花间集》传播的社会意义

闫一飞　沈阳师范大学学报:社会科学版　2014.3

《花间集》是最早的“词集”么?　何萃　解玉峰　古典文学知识　2014.5

“建国”三十年唐宋词选主要特征述论　许菊芳　文艺评论　2014.6

唐宋时期伤春伤别词发展阶段研究 王延　长江大学学报:社科版　2014.6

“敦煌曲”名义和“唐词”论争及其现代学术意义

王昊　北京大学学报:哲学社会科学版　2014.6

论唐代“诗客曲子词”的体式特征及其对词体演进的贡献

周韬　邓乔彬　齐鲁学刊　2014.6

花间丽词:巴蜀文化美学的一次聚焦狂欢 邓经武　中华文化论坛　2014.7

从《花间集》编纂背景和原则看《花间集序》“清艳”的词学思想

李延芳　杨兴涓　黑龙江史志　2014.9

《花间集》风格论　宋莹婷　名作欣赏　2014.10 下

唐宋词兴盛原因新论　孙克强　社会科学战线　2014.12

传奇小说

史传叙事体例对汉唐小说结构之影响　何亮　北方论丛　2014.1

唐婚恋传奇中男性形象塑造的艺术成就探析

王卫　商洛学院学报　2014.1

唐人豪侠小说篇目再考 汪聚应　兰州文理学院学报:社会科学版　2014.1

从唐代小说管窥唐代体育的兴盛:兼论唐代体育兴盛的原因

田志升　李谦　蒲松龄研究　2014.1

从文化角度解读《朝野佥载》中的妒妇小说 刘秋娟　名作欣赏　2014.1 中

论唐传奇风尘女子形象的诗意化　田淑珍　语文学刊　2014.1B

唐代人神遇合故事情节范式新变　张艳　廖群　社会科学家　2014.2

唐代爱情传奇的心理类型分析
杨宁宁　太原师范学院学报:社会科学版　2014.2

汉唐宫廷“列肆贩卖”戏考略　高莹　求是学刊　2014.2

禅宗语录与唐传奇:以《离魂记》《柳毅传》为中心
李小荣　东南学术　2014.2

论唐传奇中人鬼恋小说的母题演变及发展动因
赵妍　杨雪　通化师范学院学报:人文社会科学版　2014.2

唐宋传奇中的“潇湘”意象及其对汉字文化圈小说的影响
张灵　上海师范大学学报:哲学社会科学版　2014.3

寺院文化空间与小说创作:以唐长安西明寺为研究中心
邵颖涛　贵州师范大学学报:社会科学版　2014.3

除魅与遇仙:唐代小说中的书生旅行故事
李萌昀　华南师范大学学报:社会科学版　2014.3

唐代幕府与唐代文言小说的创作与传播
伊赛梅　福建广播电视大学学报　2014.3

娱玩、逞才、托寓:唐小说精怪聚会赋诗叙事探析
康韵梅　复旦学报:社会科学版　2014.3

唐代小说的事、传之别与雅、俗之体　戴伟华　文学评论　2014.3

《唐语林校正》等点校商榷　刘洪胜　阅江学刊　2014.3

《虬髯客传》与河东道地域文化之关系
智宇晖　太原理工大学学报:社会科学版　2014.3

唐传奇之婢女生存状态及其服饰略考　张技术　名作欣赏　2014.3 中

唐传奇梦幻小说的圆转型叙事结构分析
蒲华军　四川民族学院学报　2014.4

从唐传奇女性形象看文人创作心态
杨雪　阜阳师范学院学报:社会科学版　2014.4

唐小说中的人身异物化缘由探究　梁苍泱　云梦学刊　2014.4

唐人精怪小说中的谐隐艺术　陈玲　中北大学学报:社会科学版　2014.4

唐传奇之“感应母题”与佛经故事
王永丹　谭晓闯　吉林师范大学学报:人文社会科学版　2014.4

从《游仙窟》看赋与唐人小说的关系
冯卿　西安文理学院学报:社会科学版　2014.4

再论《竹取物语》与中国唐代传奇:以文学创作意识为视角
薛曦　闽江学院学报　2014.4

论唐人小说中的节庆民俗意象及其文化审美价值
熊明　张丽萍　辽宁大学学报:哲学社会科学版　2014.5

顾櫰三《补五代史艺文志》小说著录平议
王丽娟　南京大学学报:哲学·人文科学·社会科学　2014.5
论唐传奇中的服饰描写及其符号学价值
张英姿　李军锋　名作欣赏　2014.5中
唐人爱情类小说性爱文化探微　冯卿　天水师范学院学报　2014.6
隋唐精怪小说与佛教流播
夏广兴　上海师范大学学报:哲学社会科学版　2014.6
从唐代婚姻法看唐传奇中的女性　林小燕　商丘师范学院学报　2014.7
唐传奇梦境叙事的审美特征　蒲华军　名作欣赏　2014.7中
唐代武侠小说中的武术现象及其社会学分析
周慧　杨弢　山东社会科学　2014.8
裴铏文言小说集《传奇》与儒释道思想的兼容　陈丽荣　文艺评论　2014.8
西方净土信仰影响下的唐人小说研究:以《太平广记》为中心
马小方　社会科学论坛　2014.8
唐代传奇文的诗歌特色　孔敏　语文学刊　2014.8B
论唐代精怪小说的情趣主题　翟志娟　语文学刊　2014.8B
浅析唐传奇"女胜于男"现象及其原因　雷贤禹　赤峰学院学报　2014.10
《太平广记》中唐五代商贾小说发展演变　陈洪英　文艺评论　2014.12

散文、赋

论晚唐碑志文的发展变化
徐海容　深圳大学学报:人文社会科学版　2014.1
《全唐文》初唐诏敕编年考辨
张超　山东师范大学学报:人文社会科学版　2014.1
唐代弹劾文文体及源流研究
霍志军　重庆邮电大学学报:社会科学版　2014.2
混而未融,少关世变:隋赋总体风貌论略
刘伟生　洛阳理工学院学报:社会科学版　2014.2
盛唐辞赋中的帝国形象　刘伟生　怀化学院学报　2014.2
论唐代咏史怀古赋　于浴贤　泉州师范学院学报　2014.3
人物品藻与戏谑娱乐:唐代"题目"源流考　朱红　文学遗产　2014.4
唐宋古文运动革新文风的艺术契机
许和亚　兰州文理学院学报:社会科学版　2014.4

唐代古文运动与山东士族的家学门风
李建华　江西师范大学学报:哲学社会科学版　2014.4
《全唐文》中《庆云抱日赋》误录辨疑
林平　何易展　中华文化论坛　2014.5
唐代判文类说　陈勤娜　文史知识　2014.5
唐代书信之文的继承与新变　王凤玲　北方论丛　2014.5
从北周到唐代文道思想的变迁　高人雄　陈丽丽　晋阳学刊　2014.6
胡乐新声:汉唐赋中的西域乐舞　侯立兵　长春工业大学学报　2014.6
唐"以文取士"　陈飞　中国社会科学报　2014.8.29
论唐代京都赋的文化意涵　周兴泰　江西社会科学　2014.9
论中晚唐儒学变迁对骈文演进的影响　曹丽芳　文艺评论　2014.10

书　评

学识、才情与心曲:陈贻焮先生的《杜甫评传》　黄琪　文史知识　2014.1
罗隐集整理研究的"集大成"之作:李定广先生《罗隐集系年校笺》评介
沈文凡　孟杨　西华大学学报:哲学社会科学版　2014.2
《唐代进士行卷与文学》对小说类文献的运用
王丽敏　沧州师范学院学报　2014.2
古代文学家传记中的典范之作:读莫砺锋的《杜甫评传》
靳丹妮　邯郸学院学报　2014.2
一部切实有用的唐诗新选本:读刘学锴先生的《唐诗选注评鉴》
余恕诚　安徽师范大学学报:人文社会科学版　2014.2
《多功能唐诗辞典》问题多多　张宏星　辞书研究　2014.2
力破余地,别开生面:评《唐代关中本土文学群体研究》
杨遇青　陕西理工学院学报:社会科学版　2014.3
颠覆名家旧说,还原历史真相:吴伟斌《新编元稹集》序
郁贤皓　南京师范大学文学院学报　2014.3
杜诗英译的"折中"策略:评大卫·杨《杜甫:诗的一生》
贾卉　华东理工大学学报:社会科学版　2014.3
卓有成绩的李白研究:读王定璋著《学海问津》　肖燕　文史杂志　2014.4
杜甫研究的里程碑著作:《杜甫全集校注》初读记
陈尚君　文汇报　2014.4.14
唐代文学研究领域的新拓展:评霍志军《唐代御史制度与文人》
付乔　天水师范学院学报　2014.5

读《敦煌文学总论》 伏雪芹 天水师范学院学报 2014.5
勇于开拓、新见迭出的唐诗研究 韩成武 河北学刊 2014.6
张九龄研究的新收获:顾建国《张九龄年谱》评介
刘明立 西安文理学院学报 2014.6
从洪业的杜注构想看《杜甫全集校注》 李俊 中华读书报 2014.6.25
葛兆光《唐诗选注》评介 宫婕 名作欣赏 2014.6 中
老骥伏枥,志在解诗:读耿仲琳同志《李贺李商隐研究稿选》
冯子直 中国档案 2014.8
有初有终,矩制晚成:关于《杜甫全集校注》的记忆与初读感受
薛天纬 中华读书报 2014.9.24

作家作品

王 通

论王通的文学伦理学批评 李海燕 求是学刊 2014.4

王 绩

王绩与唐代田园山水诗的生成 李海燕 东岳论丛 2014.2

李世民

唐太宗效仿南朝诗风与文化融合
刘远鑫 宁夏大学学报:人文社会科学版 2014.5

上官婉儿

上官氏家族与初唐文学:兼论新出土《上官婉儿墓志》的文学价值
胡可先 求是学刊 2014.5

卢照邻

论病残视域下卢照邻的文学书写 陈庆艳 名作欣赏 2014.7 中

杨 炯

杨炯事迹三考 祝尚书 中山大学学报:社会科学版 2014.4

王 勃

《滕王阁序》与《滕王阁诗》:异文文本的互文性对读
莫道才 古典文学知识 2014.5
王勃《滕王阁序》的本事书写 陶绍清 古典文学知识 2014.5
王勃《滕王阁序》的经典化 刘城 古典文学知识 2014.5
《滕王阁序》典故运用的艺术及其文化意蕴
莫山洪 古典文学知识 2014.5

"长风一振，众萌自偃"：论王勃的"文章之道"：以《上吏部裴侍郎启》为例
高尚杰　名作欣赏 2014.6 下

宋之问

宋之问桂州山水诗略论　尹逸如　名作欣赏　2014.10 下

杜审言

杜审言与初唐士风转变　毛盂启　辽东学院学报：社会科学版　2014.4

陈子昂

陈子昂散文对汉魏六朝文学的继承和发展
李进宁　河南商业高等专科学校学报　2014.1

从互文性角度看陈子昂的复古与革新　王可　名作欣赏　2014.2 下

试论巴蜀文化与陈子昂　商拓　中华文化论坛　2014.9

张若虚

春江花月之中，感古今之茫茫：对《春江花月夜》的原型解读
苗迪　名作欣赏　2014.3 中

无眠的"泊舟之夜"：再读张若虚的《春江花月夜》
李林圃　名作欣赏　2014.7 中

论张若虚《春江花月夜》的情感生成　阮丽萍　文艺评论　2014.8

《春江花月夜》的抒情逻辑　杨茂义　名作欣赏　2014.8 中

略论《春江花月夜》的修辞美　林旻晖　当代教育理论与实践　2014.9

许敬宗

唐初文馆学士诗歌平议：以许敬宗为主要考察对象
梁尔涛　郑州大学学报：哲学社会科学版　2014.1

许景先

洛阳出土唐代文人许景先墓志考疏　高慎涛　中国韵文学刊　2014.2

张　说

张说《安乐郡主花烛行》系年考　赵建明　中华文化论坛　2014.5

论张说在岳阳的诗歌创作　唐艳芳　名作欣赏　2014.8 中

张九龄

开元政坛文场元帅，盛唐清澹诗风先导：试析张九龄对唐诗发展的贡献
王树海　李谷乔　吉林师范大学学报：人文社会科学版　2014.5

李隆基

试论唐玄宗诗歌的诗史地位
沈文凡　杨辰宇　吉林师范大学学报：人文社会科学版　2014.1

孟浩然

杰出的"美人眠醒"影像文本:孟浩然《春晓》诗解码
曹辛华　古典文学知识　2014.2
孟浩然《春晓》在禅林的传播　李小荣　古典文学知识　2014.2
关于孟浩然诗歌的"清"　葛力力　江西科技师范大学学报　2014.2
孟浩然诗歌自然清淡的审美取向
孟子勋　甘肃广播电视大学学报　2014.3
孟浩然的归属与主体风格
魏耕原　福州大学学报:哲学社会科学版　2014.3
孟浩然诗的女性、模式与用语创新
魏耕原　安徽大学学报:哲学社会科学版　2014.4
孟浩然辞去张九龄幕的时间与原因　魏景波　文学遗产　2014.6
"好乐忘名"的孟浩然及其山水田园诗　王治国　兰台世界　2014.6下
浅析孟浩然清新淡雅诗风的表现手法　李旭　边疆经济与文化　2014.9

王昌龄

凝心用思,精练意魄:王昌龄《诗格》"论文意"辨析
文爽　南华大学学报:社会科学版　2014.1
王昌龄与杜牧宫怨诗之比较研究　蒋红莉　语文学刊　2014.1B
王昌龄对七绝艺术发展的杰出贡献　毕士奎　湖北工程学院学报　2014.2
王昌龄、李商隐诗中的女性形象研究
吴变　山东广播电视大学学报　2014.2
论王昌龄诗歌在唐代的接受
熊倩　重庆交通大学学报:社会科学版　2014.3
论王昌龄五言古诗的崇道意识　杜佳阳　名作欣赏　2014.4下
王昌龄任校书郎期间的创作与心态　黎文丽　渭南师范学院学报　2014.17

寒　山

"中学西传"之译介模式研究:以寒山诗在美国的成功译介为例
鲍晓英　外国语:上海外国语大学学报　2014.1
"禅僧"与"诗人":寒山的自我镜像和他者印象
谢梅林　兰州文理学院学报:社会科学版　2014.3
寒山融汇佛道之"无事"　义尚荣　南通大学学报:社会科学版　2014.5
浅析"垮掉的一代"对寒山诗的解构:以加里·斯奈德英译本与《达摩流浪者》为例　贺可熙　名作欣赏　2014.8下

崔　融

论崔融《珠英学士集》及其"官班为次"的编集体例
卢燕新　山西大学学报:哲学社会科学版　2014.4

张旭

再论《唐诗三百首》中张旭诗争议:兼答朱光立先生
李定广　学术界　2014.7

李白

试论李白、杜甫、高适的人生理想与政治智慧
亓凤珍　山东社会科学　2014.1
从李白到方文山:明月意象的心灵书写与视觉崇拜
姜葵　骆海辉　成都大学学报:社会科学版　2014.1
《静夜思》"床"字解诂再探
相琳　汤海鹏　清远职业技术学院学报　2014.1
《文苑英华》之李白诗题目异文辨读
杨栩生　沈曙东　绵阳师范学院学报　2014.1
李杜赋合论　钱志熙　北京大学学报:哲学社会科学版　2014.1
李白《蜀道难》历代主题说平议:兼论李白与《文选》赋的关系及其"以赋为诗"的艺术特征　冷卫国　中国海洋大学学报:社会科学版　2014.1
论"金士巨擘"赵秉文对李白杜甫的接受与传播
潘殊闲　吉林师范大学学报:人文社会科学版　2014.1
"充满信心"还是"一度绝望"? 试探李白《行路难》(其一)的感悟基调
米法君　语文学刊　2014.1B
李白诗在宋代的编集与刊刻
王永波　吉林师范大学学报:人文社会科学版　2014.2
李白离京后的长安记忆与身份认同及其帝都书写
杨挺　西南交通大学学报:社会科学版 2014.2
李白《上皇西巡南京歌》对成都的三重地理想象
杨挺　四川师范大学学报:社会科学版 2014.2
李白与永王璘"谋主"李台卿:李白《赠别舍人弟台卿之江南》诗笺证
邓小军　北京大学学报:哲学社会科学版 2014.2
关于李白《静夜思》英译的思考何慧珍　卿倩　疯狂英语:教师版　2014.2
李白游仙诗世界之形态、模式及其审美意义:兼议对《楚辞》游仙体式的接受
李金坤阅江学刊　2014.2
试论李白《秋浦歌》与王维《辋川集》的异同　吴振华　阅江学刊　2014.2
巴蜀文化对李白诗歌艺术风格的浸润
甘成英　毛晓红　西南科技大学学报:哲学社会科学版 2014.2
论李白诗歌当代传播与大众接受的形态与特征
张淑华　河北学刊　2014.3

宋刻蜀本《李太白文集》考述
赵望秦　陕西师范大学学报:哲学社会科学版　2014.3
李白佛教诗歌略说袁书会　西藏民族学院学报:哲学社会科学版　2014.3
李白、杜甫"蜀道难"诗作创作心态及艺术表现手法
黄楚蓉　西安文理学院学报:社会科学版　2014.3
《静夜思》原作和英译作"明月"意象的互文性分析
李正亚　山东外语教学　2014.4
李白另类人生及其创作动力揭秘
张起　广州大学学报:社会科学版　2014.4
清代博学理念中的李白诗文注释:论王琦《李太白全集》的注本风格
孙易君　河北师范大学学报:哲学社会科学版　2014.4
试论鲍照与李白的悲情观
关茂　岳成龙　河南机电高等专科学校学报　2014.4
浅谈北宋时期的"扬杜抑李"思想:以《太平御览》对李杜的记载为例
韩志远　菏泽学院学报　2014.4
李白诗歌中的水　蒋碧薇　曹旭　文史知识　2014.5
也说李白的《静夜思》　马执斌　国学　2014.5
李杜与盛唐:一种诗性文化名片的产生　杨义　齐鲁学刊　2014.5
李杜妇女诗对比分析　程朝晖　名作欣赏　2014.5中
也论陶渊明、李白饮酒诗蕴涵的生命意识　樊婧　文艺评论　2014.6
李杜优劣论争与才学、才法论　赵叔功　文学遗产　2014.6
张君瑞先生之《李白精神与诗歌艺术的本质特征:天真》一文指瑕
孟丹　四川职业技术学院学报　2014.6
《李白资料汇编》补遗刍议　李振中　商丘师范学院学报　2014.7
从禅、诗交涉的角度谈禅宗对李白诗歌的渗透　杜文婕　前沿　2014.9
《梦游天姥吟留别》的鉴赏与分析
路漫远　天津职业院校联合学报　2014.9
李白古风其一"我志在删述"解　缪晓静　文史知识　2014.10

王　维

论王维诗歌中"松"意象之禅韵赵帝　新余学院学报:社会科学版　2014.1
离歌自古最销魂:《送元二使安西》与宋代送别诗词
刘京臣　邵阳学院学报:社会科学版　2014.1
论王维、孟浩然山水田园诗不同风格之成因
梁洁　青海师范大学学报:哲学社会科学版　2014.1
论王维与白居易佛教信仰之差异　荣小措　语文学刊　2014.1A

清幽澹远的歌吟:论王维山水田园诗的意境美
黄金团 语文学刊 2014.1A
王维《使至塞上》小考 雷宁 绥化学院学报 2014.2
关于王维《辋川集》的几点思考
张国军 内蒙古师范大学学报:哲学社会科学版 2014.2
田园情结与田园情殇:对比分析王维田园诗《渭川田家》与杜甫田园诗《日暮》的异同 余红芳 沈阳工程学院学报:社会科学版 2014.2
文献考辨与实证研究三题之二 王维生于证圣元年新考
邱小毛 袁志成 中国文学研究 2014.2
论王维边塞诗的魅力构成
李术文 太原理工大学学报:社会科学版 2014.2
王维诗歌风格的成因探析 夏亚玲 胡家祥 名作欣赏 2014.2下
意境之美:评王维《鸟鸣涧》 孟莉莉 语文学刊 2014.2A
理想与现实背离下的自我分裂情结:王维山水诗与田园诗新探
妥静 集宁师范学院学报 2014.3
从长安到辋川:诗佛王维的身踪心迹
钱淑萍 信阳师范学院学报:哲学社会科学版 2014.4
再谈王维"窃"李嘉佑诗 元文广 西安航空学院学报:综合版 2014.4
论王维被贬济州及其诗歌创作
杜慧敏 南京师范大学文学院学报 2014.4
论王维的思想特质及诗美建构(上) 许总 古典文学知识 2014.4
试论王维的山水田园诗 刘维国 语文学刊 2014.4B
浅析儒家思想对王维送别诗的影响 李巍 贵州师范学院学报 2014.5
论王维的思想特质及诗美建构(下) 许总 古典文学知识 2014.5
论王维山水诗的"净"
梁诗宸 西南科技大学学报:哲学社会科学版 2014.5
王维山水诗的境界、神韵与气象 孙植 石家庄学院学报 2014.5
王维女性诗的孤独情怀张自华 华南理工大学学报:社会科学版 2014.5
论王维山水田园诗的空寂美 房立敏 语文学刊 2014.5A
晚唐诗学视野中的右丞诗:司空图对王维的解读
刘宁 北京大学学报:哲学社会科学版 2014.6
王维咏史诗《西施咏》解读 余颖 古典文学知识 2014.6
王维七律与禅宗思想 黄燕平 古典文学知识 2014.6
寂寞异乡人:王维《山居即事》赏析 龙军 名作欣赏 2014.6上
浅析王维山水田园诗禅意的表达 刘明月 名作欣赏 2014.6下

王维古体诗用韵考　全昭梅　杨青华　钦州学院学报　2014.7
王维蓝田辋川诗地名释义考辨　高萍　师长泰　求索　2014.8
王维与“云”意象的禅意演变
周雪钒　重庆科技学院学报:社会科学版　2014.8
论王维诗歌的泉意象　李大强　名作欣赏　2014.8 中
译画入诗、译禅入诗和译典入诗:宇文所安的英译王维诗的翻译诗学
魏家海　理论月刊 2014.9
论王维和华兹华斯描绘自然之诗的异同　张琳　语文学刊　2014.9A
简析王维诗美　申云玲　名作欣赏　2014.11 中
王维《辋川集》与南国文学传统　张红　中国文化研究　2014.夏

卢　象

卢象文学史地位的变迁　李鑫　古典文学知识　2014.6

高　适

高适入河西幕考　刘梅兰　忻州师范学院学报　2014.3
高适诗异文考:以《河岳英灵集》为中心　郭殿忱　衡水学院学报　2014.5
高适、岑参边塞诗之比较　熊志敏　名作欣赏　2014.12 中

储光羲

论苏辙对储光羲的发现与推尊　刘蔚　社会科学战线　2014.11

刘长卿

刘长卿七律送别诗创作特点浅析　黄媛媛　名作欣赏　2014.2 中

张　继

从认知学角度解读唐诗《枫桥夜泊》　夏艳萍　外国语文　2014.1
论意境和意境的创造:以张继的《枫桥夜泊》为例分析
杨姝琼　语文学刊　2014.7A
汪榕培译《枫桥夜泊》的传神达意之美　顾然　边疆经济与文化　2014.12

杜　甫

厌烦公务的菅原道真和杜甫
王京钰　齐齐哈尔大学学报:哲学社会科学版　2014.1
杜甫与大乘佛法　张轶男　北方论丛　2014.1
不断成长的诗人:杜甫诗歌艺术的特质　吕正惠　诗书画　2014.1
杜甫与李白赋作的创作动机探析
石润宏　濮阳职业技术学院学报　2014.1
杜诗造境的四维表现方式　韩成武　唐山师范学院学报　2014.1
杜诗系年新说二题　顾农　南京师范大学文学院学报　2014.1

杜甫“随时敏捷”本义再探　薛世昌　天水师范学院学报　2014.1

杜甫陇右诗《石龛》今地考析:兼论“仇池草堂”与《仇池》诗　张希仁　天水师范学院学报　2014.1

论晚唐五代笔记小说对杜甫生平事迹的杜撰　王新芳　孙微　中国典籍与文化　2014.1

《哀江头》与《长恨歌》比较谈　石宝珠　盐城师范学院学报:人文社会科学版　2014.1

杜甫的乡人情结述论　韩成武　山西师大学报:社会科学版　2014.1

宋代诗话家对杜甫诗歌经典化路径的拓展　刘玉平　西华师范大学学报:哲学社会科学版　2014.1

杜诗引《左传》考　郭冲　杜甫研究学刊　2014.1

嗜酒爱风竹,卜居必林泉:杜甫草堂栖居时的酒与物及其“日常生活”　杨挺　杜甫研究学刊　2014.1

宋代杜诗“鲍注”考论　吴怀东　徐昕　陕西师范大学学报:哲学社会科学版　2014.1

杜甫在唐代长安城南的居住环境　郝鹏展　李令福　陕西师范大学学报:哲学社会科学版　2014.1

杜甫陇蜀纪行诗《木皮岭》地理位置讨论　刘雁翔　大连大学学报　2014.1

“以古为律”与杜甫七律艺术的革新　刘占召　安徽大学学报:哲学社会科学版　2014.1

论杜诗系年的版本依据与标准　曾祥波　北京大学学报:哲学社会科学版　2014.1

杜甫诗歌与兵家思想　李娟　中华文化论坛　2014.1

朱琦《杜诗精华》与邵长蘅杜诗评语的厘定与区分　孙微　韩成武　杜甫研究学刊　2014.1

杜甫在秦州的李白情结　葛景春　杜甫研究学刊　2014.1

宋代杜诗注家鲍彪考　吴怀东　徐昕　杜甫研究学刊　2014.1

《杜诗证选》《广(杜诗证选)》增补　路元敦　杜甫研究学刊　2014.1

杜诗伪王注研究之二:论杜诗伪王注中的误注　武国权　杜甫研究学刊　2014.1

杜甫诗题诗序观蠡测:以陈衍《石遗室诗话》为例　车瑞　杜甫研究学刊　2014.1

杜诗何焯评点本的版本情况及文献价值　宋红霞　杜甫研究学刊　2014.1

唐宋巴蜀地区杜集整理略论　彭燕　杜甫研究学刊　2014.1

杜甫与唐代中原的“文选学”　葛景春　中原文化研究　2014.2

成都杜甫草堂博物馆馆藏现当代及国外杜集述略
陈宁　杜甫研究学刊　2014.2
钟树梁捐赠成都杜甫草堂博物馆书籍史部举要
张宏　杜甫研究学刊　2014.2
沈德潜论杜诗之美　孙纪文　葛亚敏　杜甫研究学刊　2014.2
宋蔡兴宗《杜诗正异》钩沉　杜泽逊　吴玉珊　杜甫研究学刊　2014.2
论《杜诗解》在阐释方法上的创新
张家壮　林继中　杜甫研究学刊　2014.2
宋人员安宇补辑杜诗考释　王新芳　杜甫研究学刊　2014.2
李锴《鹰青山人集杜》校勘札记　王国彪　杜甫研究学刊　2014.2
毛泽东与成都杜甫草堂　任舸　杜甫研究学刊　2014.2
杜诗今译问题管窥　唐瑛　杜甫研究学刊　2014.2
论明代杜诗选本的发展历程及其特征、价值
王燕飞　宋良宏　河北科技师范学院学报：社会科学版　2014.2
阐释的迷途：杜诗注解中存在的误读问题：以杜诗两首注解为例
王朝华　闽南师范大学学报：哲学社会科学版　2014.2
"沉郁顿挫"：杜甫"当时体"追求的体现　王艳军　文艺评论　2014.2
"感事写意"说杜诗：论唐诗意象艺术转型之肇端
陈伯海　上海师范大学学报：哲学社会科学版　2014.2
阐释距离的微妙把握与阐释体验的差异性生成：以"杜诗"阐释为例
薛宝生　西南交通大学学报：社会科学版　2014.2
杜甫歌行中的"尚奇"特质：兼论从汉乐府到中唐诸家的尚奇传统
辛晓娟　西南民族大学学报：人文社会科学版　2014.2
杜甫对湖湘文化的影响
隋秀玲　郑州航空工业管理学院学报：社会科学版　2014.2
俄罗斯杜甫诗歌的翻译探析　张淑娟　中国文化研究　2014.2
严复手批《杜工部集》的批评理念与价值　曾绍皇　中国文学研究　2014.2
杜甫河西边塞情结刍议　朱瑜章　乔志　杜甫研究学刊　2014.2
论杜甫在蜀中文学史上的地位　胡永杰　杜甫研究学刊　2014.2
我于古文学，特爱少陵诗：山东大学杜甫研究学统的变迁
赵睿才　杜甫研究学刊　2014.2
范成大与杜诗：一个官僚诗人的杜诗接受案例
杨理论　杜甫研究学刊　2014.2
欧阳修论杜辨析　杨胜宽　江苏科技大学学报：社会科学版　2014.2
怎一个喜字了得：杜甫《春夜喜雨》解读　方麟　文史知识　2014.3

杜甫夔州诗与三峡文化关系论说
曾超　重庆师范大学学报:哲学社会科学版　2014.3
近年杜甫论书诗研究综述　侯瑞朝　赵俊波　吉林艺术学院学报　2014.3
明清之际诗僧函可对杜甫的接受与新变
孙宇男　张景明　学术交流　2014.3
杜诗“集大成”义解　杨胜宽　杜甫研究学刊　2014.3
《杜诗详注》引《说文》考　胡绍文　杜甫研究学刊　2014.3
钱诗证杜:以钱谦益《有学集》为例　周金标　杜甫研究学刊　2014.3
日本近三十年杜甫诗集版本内容介绍　李寅生　杜甫研究学刊　2014.3
论杜甫赠别诗的规谏精神及其意义　王睿　杜甫研究学刊　2014.3
宋诗话中的杜诗材料统计与用字艺术论析
王红霞　李强　杜甫研究学刊　2014.3
杜甫入蜀诗歌刍议　程得中　杜甫研究学刊　2014.3
冯唐虽晚达,终觊在皇都:出夔前后杜诗述评
黄慧娟　杜甫研究学刊　2014.3
杜诗真性情说　姚菊　杜甫研究学刊　2014.3
安史之乱与杜甫理想的实现　张倩　霍有明　甘肃社会科学　2014.4
杜甫的三次陈情及政治抱负　慧绘　文史杂志　2014.4
张问陶与杜甫:张氏诗学、诗歌渊源初探
郑家治　四川职业技术学院学报　2014.4
论杜甫巴蜀诗与唐宋诗歌嬗变
申东城　安徽大学学报:哲学社会科学版　2014.4
杜诗“花”意象简论　南瑛　安康学院学报　2014.4
杜诗言语风格的多样性　段曹林　宜春学院学报　2014.4
诗心与画意:杜甫陇右入蜀山水纪行诗对诗境与画境的开拓
王飞　杜甫研究学刊　2014.4
杜甫秦州诗记写西域丝绸之路首段栈程山川人文风貌
祁和晖　杜甫研究学刊　2014.4
杜甫秦州诗的咏怀特征　杨胜宽　杜甫研究学刊　2014.4
杜甫《秦州杂诗二十首》诗艺探微　商拓　杜甫研究学刊　2014.4
杜甫影响下的“小李杜”　张忠纲　杜甫研究学刊　2014.4
李调元论杜诗绎说　胡可先　杜甫研究学刊　2014.4
陈友琴先生的杜甫研究　陈才智　杜甫研究学刊　2014.4
宋代巴蜀地区石刻杜诗　彭燕　杜甫研究学刊　2014.4
钱笺杜诗兴寄美刺法初探
孙雪萍　董利伟　盐城师范学院学报:人文社会科学版　2014.4

杜诗二首诗旨辨析　韩成武　张东艳　天水师范学院学报　2014.4
杜诗中率性纵情、洒脱开怀的一面:略说《陪郑广文游何将军山林》
陈梦圆　长春师范大学学报:人文社会科学版　2014.4
杜甫诗歌英译文本选择研究　文军　外语教学　2014.4
《江南逢李龟年》作者发疑　赵海菱　社会科学辑刊　2014.5
杜诗"铁马汗常趋"用典考　孙微　文学遗产　2014.5
"城南韦杜"与"杜陵野老"释证　胡可先　复旦学报:社会科学版　2014.5
经典缺失的诠释与补亡:论宋人对"杜甫不赋海棠"的讨论与书写
沈扬　文学遗产　2014.5
浅谈杜甫律诗风格的多样性　陈桂华　古典文学知识　2014.6
经典变异:文化过滤下的文本细读:以宇文所安对经典诗人杜甫的解读为例
殷晓燕　当代文坛　2014.6
杜甫咏物诗中的"物理"与"性灵"　王建生　文艺评论　2014.6
杜甫陇右诗《积草岭》今地考　张希仁　天水师范学院学报　2014.6
杜甫陇右诗二题:寺院诗与云鸟意象温虎林　天水师范学院学报　2014.6
诗圣光辉耀德阳:赏析杜甫流传在德阳地区的精美诗篇
姜诗　巴蜀史志　2014.6
百年歌苦与千秋盛名:诗人杜甫的被理解与被误解
魏景波　西北大学学报:哲学社会科学版　2014.6
真挚浓郁与悲凉凄苦的乱世离情:杜甫《羌村三首》赏析
乔立智　张倩　名作欣赏 2014.6 下
杜甫五言律诗章法研究　叶汝骏　长江大学学报:社科版　2014.7
杜甫五言古诗格律初探　程仁君　语文学刊　2014.7A
明嘉靖朝杜律版本考略　张慧玲　江西社会科学　2014.8
杜甫新津诗篇情景探微　张放　张新　中华文化论坛　2014.8
论杜甫饮酒诗中的愁苦与伟大　吴萍　名作欣赏　2014.8 下
五四文人的杜诗批评:在古今之间抉择
吴中胜　中国社会科学报　2014.9.5
艺术造诣与生命悲歌:杜甫疾病诗艺术探索
黄静　海南师范大学学报:社会科学版　2014.10
从杜甫研究看现代唐诗研究的三种范式杜学霞　河南社会科学　2014.10
杜甫论诗诗的文学批评价值肖熠君　雷磊　乐山师范学院学报　2014.10
《杜甫〈茅屋为秋风所破歌〉献疑》之献疑:也说《茅屋为秋风所破歌》的评价问题　王鑫　楚雄师范学院学报 2014.10
论杜甫创作思想的形成及诗歌中"沉郁顿挫"的艺术风格
吴志松　苏晓红　语文学刊 2014.10A

梁启超、胡适与杜诗学的现代转型　孔令环　中州学刊　2014.11
关于杜甫联章组诗的整体性　杨海健　名作欣赏　2014.11中
杜甫诗歌的地理特质　党天正　名作欣赏　2014.11中
唐宋时代杜甫“诗史”说的知识考古　黄滢　语文学刊　2014.11B
杜甫山水题画诗特色探析　陈婧文　名作欣赏　2014.12中
诗从对面飞来：杜甫《月夜》曲笔手法分析　李思华　名作欣赏　2014.12中

岑　参

论岑参河朔游历及其诗作　孙植　南京师范大学文学院学报　2014.1
《白雪歌送武判官归京》人物新考　孙植　文艺评论　2014.2
岑参安西之行事迹新考　李芳民　复旦学报：社会科学版　2014.5
岑参《走马川行奉送出师西征》句式渊源考辨　饶益波　钦州学院学报　2014.7
《白雪歌送武判官归京》诗意新解　孙植　文艺评论　2014.8

元　结

元结研究述评　彭小乐　衡阳师范学院学报　2014.2
析唐代元结的独特精神及当代意义　邹文荣　金陵科技学院学报：社会科学版　2014.3

颜真卿

论颜真卿的文学复古观及其影响　邹爽　宜春学院学报　2014.5

独孤及

独孤及为“古文运动先驱”提法的可商榷性　金晶　学术交流　2014.3

韦应物

赵秉文《和秋斋独宿》与韦应物《秋斋独宿》合解　李锦旺　阜阳师范学院学报：社会科学版　2014.1
论韦应物歌行体诗歌　周京艳　名作欣赏　2014.3下

陆　贽

陆贽的骈文与唐宋古文运动　张思齐　西南民族大学学报：人文社会科学版　2014.2

刘　商

论刘商《胡笳十八拍》　陈颖　北京化工大学学报：社会科学版　2014.1

张仲素

细腻柔婉音与粗犷刚健声：略谈张仲素的闺怨及边塞诗作　王辰　白城师范学院学报　2014.2

吴武陵

吴武陵生平事迹考索　洪迎华　西北师大学报：社会科学版　2014.5

杨巨源

唐代诗人杨巨源诗歌用韵研究 闫文静 语文学刊 2014.1B
论杨巨源的酬赠送别诗 刘丽华 山西档案 2014.5
杨巨源诗歌研究 孟子勋 鄂州大学学报 2014.5
杨巨源诗歌色彩与意境的交融 谢卫平 2014.5
论杨巨源诗歌审美特征 谢卫平 企业导报 2014.14

韩 愈

论《进学解》对《答客难》的继承与发展
汪垚 太原师范学院学报:社会科学版 2014.1
“惟陈言之务去”乎:韩愈诗赋创作习用《照明文选》之考察
张鹏飞 湖北社会科学 2014.1
新时期以来韩愈《毛颖传》研究述论
张智炳 牡丹江师范学院学报:哲学社会科学版 2014.1
论韩愈、柳宗元创作对记体文发展的意义 卫宏伟 运城学院学报 2014.1
试论韩愈的说体文 武真真 宜春学院学报 2014.1
论《韩昌黎文集校注》的韩文评点成就 丁俊丽 宜春学院学报 2014.1
文说、王俦韩诗注释价值新探 杜学林 周口师范学院学报 2014.1
略论韩愈在辨伪学史上的成就及其影响
周勇军 周口师范学院学报 2014.1
“韩学”及文学研究的留遗空间:俗文学中韩愈故事与韩愈形象研究的价值
卞良君 中州大学学报 2014.1
韩愈奇险诗风成因探析 王惠丹 社科纵横 2014.1
韩愈、柳宗元赠序文的审美意蕴探析 冯英华 柳州师专学报 2014.1
中唐文人的仕途与经济:以韩愈为中心的研究
鄢挺 陈金凤 江西师范大学学报:哲学社会科学版 2014.1
一曲芳香馥郁自由奔放的晚春歌:韩愈《晚春》解读
洪静云 名作欣赏 2014.1中
论韩愈眼中的佛道文学 杨朗 北京大学学报:哲学社会科学版 2014.2
韩愈的儒学转向:背景、要害及其他 李培平 湛江师范学院学报 2014.2
韩愈的理想人格论 刘亮红 船山学刊 2014.2
韩愈《进学解》创作时间献疑:《旧唐书》关于韩愈《进学解》系年之驳议
徐俪成 海南大学学报:人文社会科学版 2014.2
清代道情、宝卷中韩愈形象的演变及其历史文化价值
卞良君 中州学刊 2014.2

韩愈古文理论与儒家修养思想

刘宁　安徽大学学报:哲学社会科学版　2014.3

从“韩海苏潮”到“韩潮苏海”:关于韩愈、苏轼散文评价的一个公案及相关问题　江枰　学术论坛　2014.3

韩愈的“长安印象”及其形成:从《出门》与《示儿》谈起

李林斐　名作欣赏　2014.3中

论韩愈颂体文的创作

张志勇　河北师范大学学报:哲学社会科学版　2014.4

清代科举影响下的韩文评点文献探微

丁俊丽　山西师大学报:社会科学版　2014.4

韩愈祭文的成就　高永康　周口师范学院学报　2014.4

一封朝奏在何时:韩愈《左迁至蓝关示侄孙湘》诗拙解

贝文贤　周口师范学院学报　2014.4

韩愈湖湘贬谪诗略论　戴金波　云梦学刊　2014.4

后世对韩愈与大颠交往的考辨　张智炳　许昌学院学报　2014.4

唐代地狱观念的传播及其对韩愈诗歌创作的影响

陈龙　中国文学研究　2014.4

韩愈诗文的生命体验与审美取向

吴舜华　吉林师范大学学报:人文社会科学版　2014.5

论韩愈对传统价值的回归:以其散文为研究重点

刘灵成　嘉应学院学报　2014.6

论韩愈、姚合的私人天地及其美学意蕴

李昌舒　江苏行政学院学报　2014.6

韩愈治潮:宋儒树立的一个典型　邝永辉　盐城师范学院学报　2014.6

韩愈自请分司东都原因探析　段承校　盐城师范学院学报　2014.6

契嵩的“非韩”及其在宋代韩愈接受史中的意义

查金萍　聊城大学学报　2014.6

《昌黎先生诗集注》初探

李文博　福建师范大学学报:哲学社会科学版　2014.6

妙远不测的送行之辞:韩愈《送孟东野序》　刘宁　文史知识　2014.7

唐代文豪韩愈的文学造诣　范爱菊　李伟　兰台世界　2014.7下

文以明道:韩愈《争臣论》　吕玉华　文史知识　2014.8

韩愈诗,押韵之文耳　张仲良　江汉论坛　2014.9

韩愈、柳宗元在文学上对《庄子》的接受

姚艾　刘生良　文艺评论　2014.10

论何焯的韩愈研究 宋红霞 理论学刊 2014.11

柳宗元

从柳宗元山水散文中读出的几重对比 崔凤珍 内蒙古电大学刊 2014.1
柳宗元《江雪》禅林传播接受谈片 李小荣 湖南科技学院学报 2014.1
新世纪柳宗元研究的动态与进展 吕国康 运城学院学报 2014.1
血缘与心灵相交融,思想与精神互碰撞:论柳宗元对柳下惠的全面接受与突破 肖献军 湖南社会科学 2014.1
论柳宗元与陶渊明读书、饮酒的风神之异 董灵超 沈阳大学学报:社会科学版 2014.1
论柳宗元唐雅的现实意义及其艺术特点 吴振华 文学遗产 2014.3
论柳宗元诗歌的奇险风格 梁德林 广西师范学院学报:哲学社会科学版 2014.3
柳宗元律诗“峭”的成因探析 马连菊 陈向春 广西民族大学学报:哲学社会科学版 2014.3
在风景与地理之间:柳宗元《柳州山水近治可游者记》 杨朗 文史知识 2014.4
论柳宗元的礼文学创作及其成就 陈戍国 湖南大学学报:社会科学版 2014.5
柳宗元的漫步遐想 乐晓峰 读书 2014.6
柳宗元“大中之道”的道德修养 刘亮红 江西社会科学 2014.6
第六届柳宗元国际学术研讨会综述 翟满桂 尹华君 湖南科技学院学报 2014.8
唐宋派对柳宗元文的评点:以唐顺之、茅坤等评点为中心 杨贵环 湖北社会科学 2014.8
从贬谪心态看柳宗元永州时期的寓言创作 郭静 语文学刊 2014.8A
柳宗元传记散文的特点及其成因新探 高梦云 黑龙江史志 2014.15

刘禹锡

论刘禹锡重入庙堂期间的诗歌创作 肖瑞峰 杭州师范大学学报:社会科学版 2014.2
论刘禹锡出牧苏州期间的诗歌创作 肖瑞峰 浙江学刊 2014.4
刘禹锡诗文中“气”的语意蕴涵 陈加宏 山西师大学报:社会科学版 2014.4
士大夫情怀与刘禹锡词 成松柳 彭琼英 湖南科技大学学报:社会科学版 2014.4

论刘禹锡谪守夔州期间的诗歌创作

肖瑞峰　宁波大学学报:人文版　2014.6

李　贺

日藏《李长吉歌诗》钞本及批点本考述　童岳敏　文献　2014.1

李贺诗未入选《唐诗三百首》原因探析

邹爽　长春工业大学学报:社会科学版　2014.1

李贺诗歌的赋体渊源　余恕诚　文学遗产　2014.1

李贺诗歌中的泪世界初探

岳成龙　王乃祥　盐城工学院学报:社会科学版　2014.3

四库本曹彦约《昌谷集》误收诗文考　尹波　文献　2014.4

从美学角度看李贺诗歌的接受史　丁楠　许昌学院学报　2014.4

《新唐书·李贺传》与《李贺小传》比较:兼谈史传与文学传记之差异

柳卓霞　东方论坛　2014.4

历代诗论中李贺涉"艳"论述评　胡淑娟　北方论丛　2014.6

危城守将的热情礼赞:李贺《雁门太守行》赏论

郭丽　名作欣赏　2014.11 中

刘言史

中唐刘言史咏茶诗脞论　贾建钢　李红霞　农业考古　2014.2

元　稹

论《莺莺传》崔、张爱情的真实与理性

刘莲英　渤海大学学报:哲学社会科学版　2014.1

通脱简易:论元稹的诗序　吴振华　周口师范学院学报　2014.1

元稹与他的《元氏长庆集》:《新编元稹集》前言

吴伟斌　南京师范大学文学院学报　2014.1

裴度、元稹矛盾对中唐文学的影响

杜学霞　辽宁师范大学学报:社会科学版　2014.1

《元稹集编年笺注》错误举隅　吴伟斌　黄河科技大学学报　2014.2

论刘本《元氏长庆集》之贡献与缺憾

吴伟斌　聊城大学学报:社会科学版　2014.2

元稹入蜀纪行诗及"百牢关"位置考辨

付兴林　马玉霞　陕西理工学院学报:社会科学版 2014.2

还将旧来意,怜取眼前人:《莺莺传》中莺莺形象之新解读

李黎　名作欣赏　2014.3 下

元稹与宦官关系再考辨　戚晓婷　阅江学刊　2014.4

解析唐传奇《莺莺传》的双重美学意蕴及文化内涵

王燕芸　长春工业大学学报：社会科学版　2014.4

《莺莺传》在宋元时期的流变及题旨差异性刍论

杨雪　沈文凡　兰州学刊　2014.5

论宋人对唐传奇名篇的接受：以《莺莺传》为中心

余丹　暨南学报：哲学社会科学版　2014.5

后人对元稹诗文的误读　吴伟斌　宁夏社会科学　2014.5

论元稹的乐府观　李雪　长春工业大学学报　2014.5

从创作角度看清代至民初文人对元稹诗歌的接受

周相录　河南师范大学学报：哲学社会科学版　2014.5

白居易

白居易与“永贞革新”主要成员的关系研究

刘秀梅　重庆第二师范学院学报　2014.1

一篇长恨有风情：论《长恨歌》对宋词的影响

刘京臣　临沂大学学报　2014.1

白居易和新郑　焦尤杰　黄河科技大学学报　2014.1

彩云易散琉璃脆：白乐天《简简吟》等感伤诗对宋词的影响

刘京臣　湖南工程学院学报：社会科学版　2014.1

白居易和新郑　焦尤杰　九江学院学报：社会科学版　2014.1

“失意”与“诗意”的交融：白居易的江州生活与诗歌创作

卢秀峰　盐城师范学院学报：人文社会科学版　2014.2

元白体的艺术特色　王晓萍　边疆经济与文化　2014.2

论《琵琶引》对宋词的影响

刘京臣　洛阳理工学院学报：社会科学版　2014.2

遗貌取神：白居易讽喻诗对宋词的影响　刘京臣　滨州学院学报　2014.2

白居易《思旧》诗背后的道教情怀　叶锋　江西科技师范大学学报　2014.2

试析《长恨歌》与《秦妇吟》的异同

臧焱辛　吉林省经济管理干部学院学报　2014.2

论白居易与柳永对女性的平等态度　陈西洁　渭南师范学院学报　2014.2

论《长恨歌》中的孤独情境　赵芳　名作欣赏　2014.2 下

白居易诗注商榷　钟振振　文史哲　2014.3

白居易的科考及科举观

付兴林　陕西师范大学学报：哲学社会科学版　2014.3

白居易在唐代诗歌史上的“第三极”意义　罗时进　文艺理论研究　2014.3

论白居易晚年宅园生活的生态审美意蕴及其思想局限性
程相占　庄守平　江苏行政学院学报　2014.4
白居易讽喻诗的困境及其他
杨奇霖　太原师范学院学报:社会科学版　2014.4
白居易七绝浅析　王君梅　绥化学院学报　2014.5
白居易洛诗纪年表现与探因　焦尤杰　安康学院学报　2014.5
《长恨歌》中的“芙蓉”与“梨花”意象探析　赵娟　学术探索　2014.6
从译者的主体性对比分析《长恨歌》英译本　董秀静　名作欣赏　2014.6下
白居易与唐代靖恭杨氏家族的文学交往考略
王晓红　兰台世界　2014.7下
《长恨歌》中的“霓裳羽衣”意象　姚榕华　文艺争鸣　2014.8
艺术·人生·情感的三重共鸣:《琵琶行》解读
蒋长兰　名作欣赏　2014.8中
论白居易讽喻诗中的对比类型　骆捷文　语文学刊　2014.8A
《长恨歌》中的空镜头　何莉丽　鄂州大学学报　2014.9
也论白居易《长恨歌》的结构及主题　南瑛　名作欣赏　2014.9下
论忠州之移与白居易思想及诗歌创作转变之关系
彭静静　名作欣赏　2014.9下
白居易“中隐”思想及其诗歌传播　董超　语文学刊　2014.10B
白居易的民本思想与政治主张　傅绍磊　中华文化论坛　2014.11
同病相怜的千古一叹:《琵琶行》主题新探　李永刚　丝绸之路　2014.18

薛　涛

论薛涛诗中的用典特点　汪辉秀　中华文化论坛　2014.4
中国古代女性书写的困惑:以薛涛为例　应克荣　学术界　2014.6

白行简

从《李娃传》试析唐传奇的艺术审美特征　逯新军　名作欣赏　2014.4中

李德裕

身历仕宦风波中,魂入山泉逸境来:李德裕“知天命”之年的山水赋书写
王思豪　古典文学知识　2014.4

牛僧孺

《玄怪录》的主题倾向与文人创作心态
程磊　信阳师范学院学报:哲学社会科学版　2014.1
《玄怪录》的诗化特征　江中云　蒲松龄研究　2014.1

蒋　防

《霍小玉传》中女主人公是否存在原型人物:从李益夫妇墓志铭看霍小玉

原型人物存在的可能性 刘吉 名作欣赏 2014.1下
为“负心汉”李益“平反” 王胜明 吴文静 中州学刊 2014.3
玉面人生:试比较霍小玉与林黛玉的人物形象
胡培心 名作欣赏 2014.9中

杜牧

浅论杜牧女性题材诗歌 马诗明 辽宁教育行政学院学报 2014.1
杜牧笔下的池州景观 吴静 池州学院学报 2014.4
试论杜牧诗文在明代的接受与传播 苏铁生 学术交流 2014.5
“停车坐爱枫林晚”的“坐” 王建勇 汉字文化 2014.5
论杜牧以意为主的兵家文学观
李珺平 北京师范大学学报:社会科学版 2014.6
作为兵家的杜牧:杜牧文学思想的定位研究
李珺平 美与时代:BEAUTY 2014.7

李商隐

论李商隐和他的无题情诗
张国军 长春师范学院学报:人文社会科学版 2014.1
李商隐《柳枝五首》诗中的柳枝身份考论
张超男 南华大学学报:社会科学版 2014.1
李商隐《夜雨寄北》疑义辨析 王志清 江汉学术 2014.1
从另一种视角解读李商隐的爱情诗 乔阳 语文学刊 2014.1B
浅论李商隐诗的朦胧美 张潭秋 哈尔滨职业技术学院学报 2014.2
李商隐骈文创作的典范性 芦春艳 中国文学研究 2014.2
沉闷世界中解放束缚的力量:李商隐戏谑诗新论
龙成松 中国韵文学刊 2014.3
李商隐《燕台四首》通感表现手法析论
魏刚 龙柯廷 忻州师范学院学报 2014.3
李商隐诗和吴文英词的用典方式比较
刘国文 韦东晗 刘丽 语文学刊 2014.3B
李商隐诗歌的认知诗学研究:概念隐喻、概念转喻视角
郭强 湖南工业大学学报:社会科学版 2014.4
李商隐无题诗的文体学探析 陆婵娣 名作欣赏 2014.4下
李商隐无题诗的审美内涵及成因
张建军 重庆科技学院学报:社会科学版 2014.5
李商隐寄令狐绹诗之考论
王志清 徐州工程学院学报:社会科学版 2014.5

从“悼亡”说到“自伤”说:论何焯对《锦瑟》主题的阐释及其流变
宋红霞　齐鲁学刊 2014.6

从西方文论与中国诗学谈李商隐诗的诠释与接受
叶嘉莹　刘靓　北京社会科学　2014.6

流光容易把人抛:品读李商隐的《西溪》　叶嘉莹　人民日报　2014.6.17

李商隐《燕台诗四首》异文研究　沈文凡　于悦　文艺评论　2014.8

钱锺书《谈艺录·(锦瑟)诗解》申说
孙桂平　海南师范大学学报:社会科学版　2014.8

从“意用事”看《锦瑟》的情感主题
张龙高　段莉萍　乐山师范学院学报　2014.10

温庭筠

论温庭筠词的艳化　胡煦　齐齐哈尔大学学报:哲学社会科学版　2014.1

温庭筠文集结集、散佚考论　熊伟　唐山师范学院学报　2014.1

文献考辨与实证研究三题:1.温庭筠撰《杨莘墓志》及其文学史料价值
高慎涛　中国文学研究　2014.2

温庭筠“旅游淮上”新探:兼谈晚唐士人的政治倾向
王笑梅　河南社会科学　2014.6

温庭筠《华州参军》中的“史才”、“诗笔”与“议论”:以元稹的《莺莺传》为比照对象　李博昊　湖南科技学院学报　2014.6

鱼玄机

谈鱼玄机爱情诗　王珽　重庆交通大学学报:社会科学版　2014.3

令狐绹

令狐绹与晚唐诗坛　徐乐军　社会科学研究　2014.3

周　贺

周贺重出诗辨析　杨玲　语文学刊　2014.12B

杜荀鹤

杜荀鹤苦吟诗与贾岛苦吟诗之异同　胡海燕　文学教育　2014.6上

顾　云

唐末文人顾云事迹探赜　徐乐军　贵州大学学报:社会科学版　2014.1

王贞白

唐末王贞白其人其诗 郭倩　齐齐哈尔大学学报:哲学社会科学版　2014.4

孙　棨

《北里志》作者和创作考述
王晓娟　中国海洋大学学报:社会科学版　2014.2

齐 己

论诗僧齐己与《早梅》一诗的矛盾性 佘军 钦州学院学报 2014.6
论齐己诗的气骨 黄瑞梅 钦州学院学报 2014.7

司空图

司空图《诗品·悲慨》文本意义的二重阐释
朱桦 匡梅普 琼州学院学报 2014.1
狂放不羁、万象奔涌的豪放之美:说《二十四诗品·豪放》
张国庆 学术探索 2014.2
《二十四诗品》"流动"释 张海明 顾璇 湖湘论坛 2014.3
论中国古典诗歌的美感形态:以《二十四诗品》的审美旨趣为中心
陈超 文艺评论 2014.4
自然:贯穿《二十四诗品》的美学精神 张国庆 窦薇 学术探索 2014.8
生态批评视域下《二十四诗品》的当代启示 吴慧鹏 名作欣赏 2014.9中
《二十四诗品》中诸优美形态阐释 王磊 学术界 2014.11

韦 庄

韦庄诗中的颜色字研究邓煜 兰州文理学院学报:社会科学版 2014.1
百年繁华随风逝,半世浮沉烟雨中:评韦庄《金陵图》
甘旭扬 名作欣赏 2014.1下
论"清丽""沉郁"对韦庄词的美学建构
曾渔渔 重庆师范大学学报:哲学社会科学版 2014.5
从《秦妇吟》的命运看古代文学作品经典化的影响因素
张晓宁 安康学院学报 2014.6

杜光庭

杜光庭道教诗歌的宗教主题和思想意蕴
余红平 长江大学学报:社科版 2014.12

李 煜

论李煜兼好道佛的文学思想 李珺平 青海社会科学 2014.3
李煜词艺术浅析 王震 语文学刊 2014.6A
后主李煜前期代表作意境析 仲伟明 语文学刊 2014.7B
试论李煜词的艺术特征 谢懿维 语文学刊 2014.8A
解读李煜的千古之愁:以《虞美人》为例 王喆 语文学刊 2014.8A
邓恩与李煜诗作手法之简易比较 刘倩倩 名作欣赏 2014.9下
自是人生长恨水长东:李煜小词中的故国之思
张蕊 名作欣赏 2014.12中

王梵志

从王梵志诗看唐初的民间信仰文化 杨万里 文化学刊 2014.1
《王梵志诗校注》商兑 郜同麟 敦煌研究 2014.6
《王梵志诗》中女性题材诗歌的整理 张娜 语文学刊 2014.9A
试论初唐通俗派诗人王梵志思想的三个特点
陈远贵 名作欣赏 2014.10中

敦煌文学

敦煌唐人祭祀韵文非物质文化遗产的传播
高国藩 宁夏师范学院学报 2014.2
《全敦煌诗》误校例析 洪帅 合肥师范学院学报 2014.2
敦煌变文校正举例 萧旭 敦煌研究 2014.2
变文入韵与结韵套语向通俗小说“有诗为证”程式之演进
梁冬丽 北方论丛 2014.2
敦煌本《老子变化经》与老子神话之建构
刘湘兰 武汉大学学报:人文科学版 2014.3
敦煌诗集残卷涉藩唐诗综论 顾浙秦 西藏研究 2014.3
中古书仪的文学风貌与文体发展流变:以敦煌书仪为中心
钟书林 中国文学研究 2014.3
敦煌变文《鷰文赋》再研究
王启涛 西南民族大学学报:人文社会科学版 2014.3
《云谣集》写本斯1441、伯2838新议
王小盾 张长彬 西北师大学报:社会科学版 2014.3
千古一现的痴情汉单于:论《王昭君变文》中的单于形象
张海燕 赵望秦 敦煌研究 2014.4
从敦煌文献论灵验故事在唱导活动中的运用 郑阿财 敦煌研究 2014.3
试论敦煌词女性化倾向的创作特点
于长虹 孙艳红 长春师范大学学报:人文社会科学版 2014.4
浅谈敦煌遗书的研究:以《秦妇吟》研究为例
杨亚琼 鄂州大学学报 2014.6
变·变相·变文:从唐人黄元之“西域之变”说起
张正学 求是学刊 2014.6
论敦煌文学的模式化创作:以敦煌文为例 钟书林 兰州学刊 2014.7
敦煌歌辞联章套曲中戏剧曲辞考述
伏俊琏 喻忠杰 社会科学战线 2014.7

论敦煌写卷中的丑女形象及其审丑价值

刘晓玲　李并成　文艺研究　2014.8

论敦煌曲子词的词史意义　王忠禄　名作欣赏　2014.10

敦煌边塞词的思想意蕴浅析　乌吉斯古楞　语文学刊　2014.10A